領路人帶他們走進一條石塊鋪成的小徑。

梅里和皮聘被俘，伙伴們展開不分晝夜，長達數百哩的救援。

皮聘和梅里僥倖逃入法貢森林，卻不知自己即將面對……

擁有俊美長鬚的樹鬍殷殷垂詢哈比人的一切。

[緊追不捨的亞拉岡一行人在法貢森林中只見一片陰森……

洛汗國那位於伊多拉斯，壯美絕倫的黃金宮殿。

如潮水般的邪惡軍團蜂擁殺向聖盔谷……

樹人的怒氣讓地動天驚，河流也為之改道！

漆黑的歐散克塔原本固若金湯，現在卻成為水中的孤島。

護主心切的山姆不顧一切阻止威脅主人安全的敵人。

在死亡沼澤中，臭水上倒映著戰死者的悽慘容顏。

冷酷陰森的黑門是一切黑暗勢力的集結處，佛羅多一行人不得其門而入……

山姆目瞪口呆的看著瘋狂的猛獁衝入山谷！

已成廢墟的安諾瑞安之城。

高聳絕倫的山脈，拱衛著一切黑暗的源頭。

屍羅作夢也想不到她會承受這麼強烈的痛苦，小小的哈比人竟然擊敗了所向無敵的王者！

II

THE LORD OF THE RINGS

The Two Towers

托爾金作品集

魔戒二部曲
雙城奇謀

托爾金 J. R. R. Tolkien 著
朱學恆 譯

N
伊瑞德米斯林
凋謝荒地
依魯伯
孤山
木精靈
鐵丘陵
長湖上的伊斯加
幽暗
密林
羅馬尼安
疾奔河
盧恩
盧恩內海
褐地
北河套
南河套
達哥拉
戰爭平原
死亡沼澤
摩拉南
伊瑞德力蘇（灰燼山脈）
艾明
威頓
北伊西立安
烏頓
艾辛口
魔窟
巴拉多（邪黑塔）
末日山
魔多
諾恩
諾南內海
米那斯提力斯
奧斯吉力亞斯
（黯影山脈）
瑞
安
波洛斯河
波洛斯渡口
南伊西力安
鐸
哈
拉
德
路
近哈拉德
佩拉格
哈拉德威治
遠哈拉德
侃德

佛洛威治
安格馬
福羅契爾冰封灣
卡恩督
(此地在古代曾是安格馬的巫王國度)
北
亞爾諾的失落國度
安格馬山
剛達巴
伊瑞德龍山脈(藍山)
伊凡丁丘陵
隆恩河
北崗
伊頓荒原
佛林頓
伊凡丁湖
佛諾斯特
阿努米那斯
烈酒河
灰港岸
佛龍
瑞文戴爾
魯道爾
食人妖之地
契特森林
風雲丘
風雲頂
迷霧山脈(西薩格勒)
塔丘
白丘
哈比屯
弱水
遠崗
米丘窟
雄鹿地
老林
布理
東方大道
渡口
隆恩灣
古墓崗
伊利雅德
夏爾
狂吼河
水喧河
哈隆德
伊瑞德龍山脈(藍山)
西境
哈靈頓
薩恩渡口
綠蔭路
米塞塞爾河
伊瑞詹(和林)
伊瑞德隆
寧晗伊力福
摩瑞亞入口
烈酒河
銀光河
格蘭督因河
敏西力亞斯
舊南道
登蘭德
寧若戴爾
灰泛河
隆得戴爾
伊寧威治
法貢森林
捻苦路納
隆得戴爾
艾辛格
艾辛河渡口
洛汗隘口
洛
艾辛河
聖盔谷
亞多河
西洛汗
督亞威治羅爾
伊多
伊瑞德尼姆拉斯
摩頌河
萊夫紐河
皮那斯傑林
剛
西瑞爾河
安法拉斯
艾德西隆得
多爾安羅斯
伊瑞奇(朗斯特蘭)
安德拉斯(拉斯摩西爾)
貝爾法拉斯
貝爾法拉斯灣
托爾法拉斯

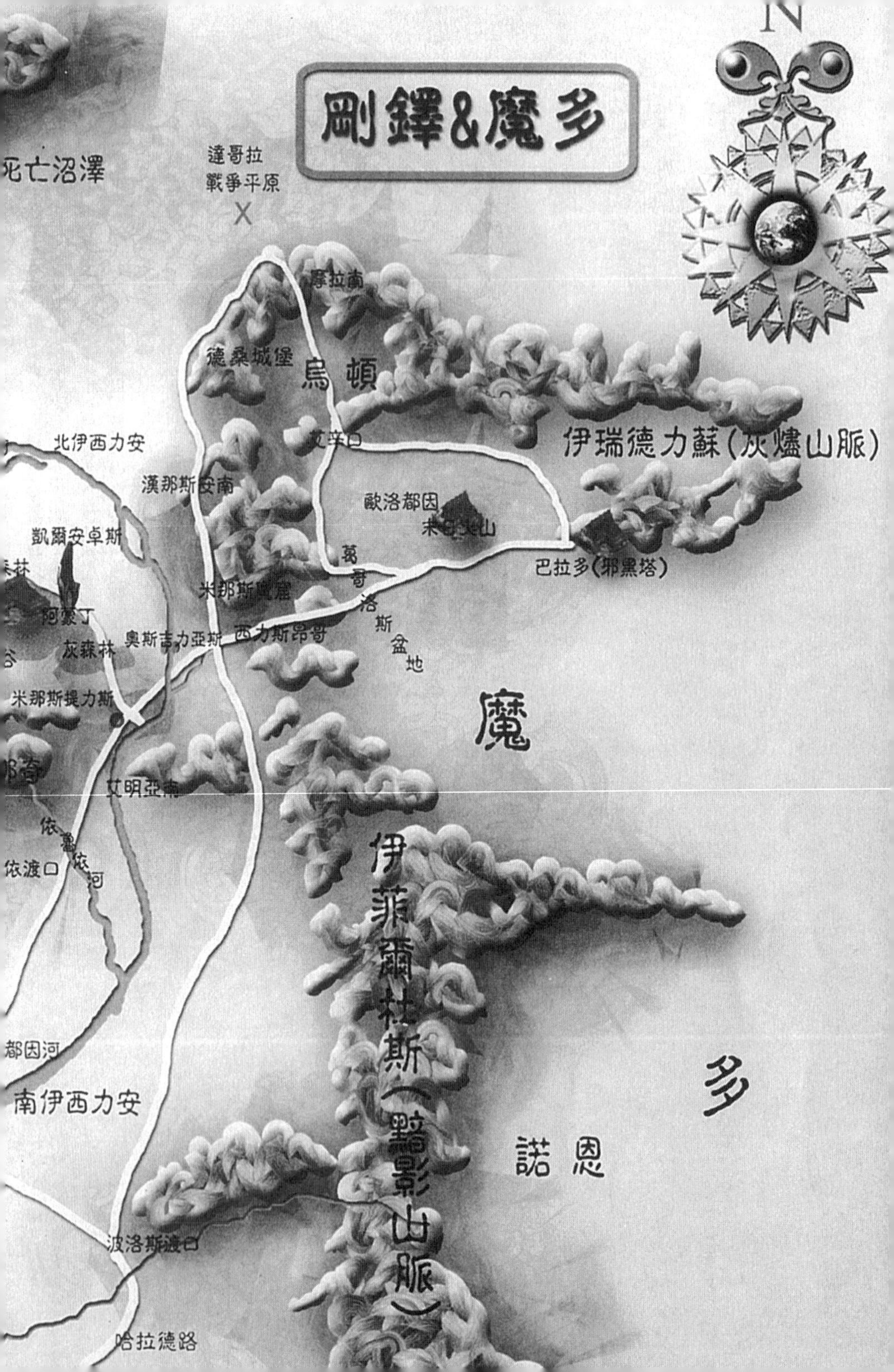
剛鐸&魔多
N
死亡沼澤
達哥拉
戰爭平原
摩拉南
德桑城堡
烏頓
艾辛口
伊瑞德力蘇(灰燼山脈)
北伊西力安
漢那斯安南
歐洛都因
末日火山
凱爾安卓斯
葛哥洛斯盆地
巴拉多(邪黑塔)
米那斯魔窟
阿蒙丁
奧斯吉力亞斯
西力斯昂哥
灰森林
米那斯提力斯
魔
艾明亞南
依魯依河
依渡口
伊菲爾杜斯(黯影山脈)
都因河
南伊西力安
多
諾恩
波洛斯渡口
哈拉德路

樹渡口
艾明莫爾
拉洛斯瀑布
寧道夫
雪界河
伊多拉斯
洛汗國邊界
登哈洛
樹沐河
威頓
佛德
東谷
西大道
樹沐河河口
廢林溪
伊瑞奇
伊瑞德尼姆拉斯
費理安森林
安諾瑞安
哈力費理安
塔龍之頭
加倫漢
明瑞蒙
伊瑞拉斯
那多
拉密頓
卡倫貝爾
西瑞爾河
艾斯林
賽洛斯河
林羅河
蘭班寧
剛
鐸
西瑞斯河
吉爾瑞河
色尼河
多爾恩俄尼爾
佩拉格
林何
伊瑟安都因
安都因河口
貝爾法拉斯

Númenórë
努曼諾爾

譯者註：在遠古時有一群人類參與奪寶戰爭，協助精靈對抗魔苟斯。因此，天神從西方大海中升起了一座形狀近似五角星的島嶼，送給這些人類居住。努曼諾爾在人類的語言中就是「西方的」意思。這座島嶼後來成為最強大的人類帝國。此地的人類在神恩賞賜之下，擁有數倍於凡人的壽命，以及原先只有精靈擁有的智慧和體力。但是，在數千年的繁衍興盛之後，努曼諾爾的國王在黑暗魔君索倫的煽動之下，竟然出兵攻打天神。一夜之間輝煌興盛的王國就在神罰之下全部毀滅，大陸沉入海中，再也不見蹤影。只有僅少數的人逃出，在其它的大陸上開疆拓土，試圖重建輝煌的人類帝國。但，努曼諾爾再也沒有浮出水面。

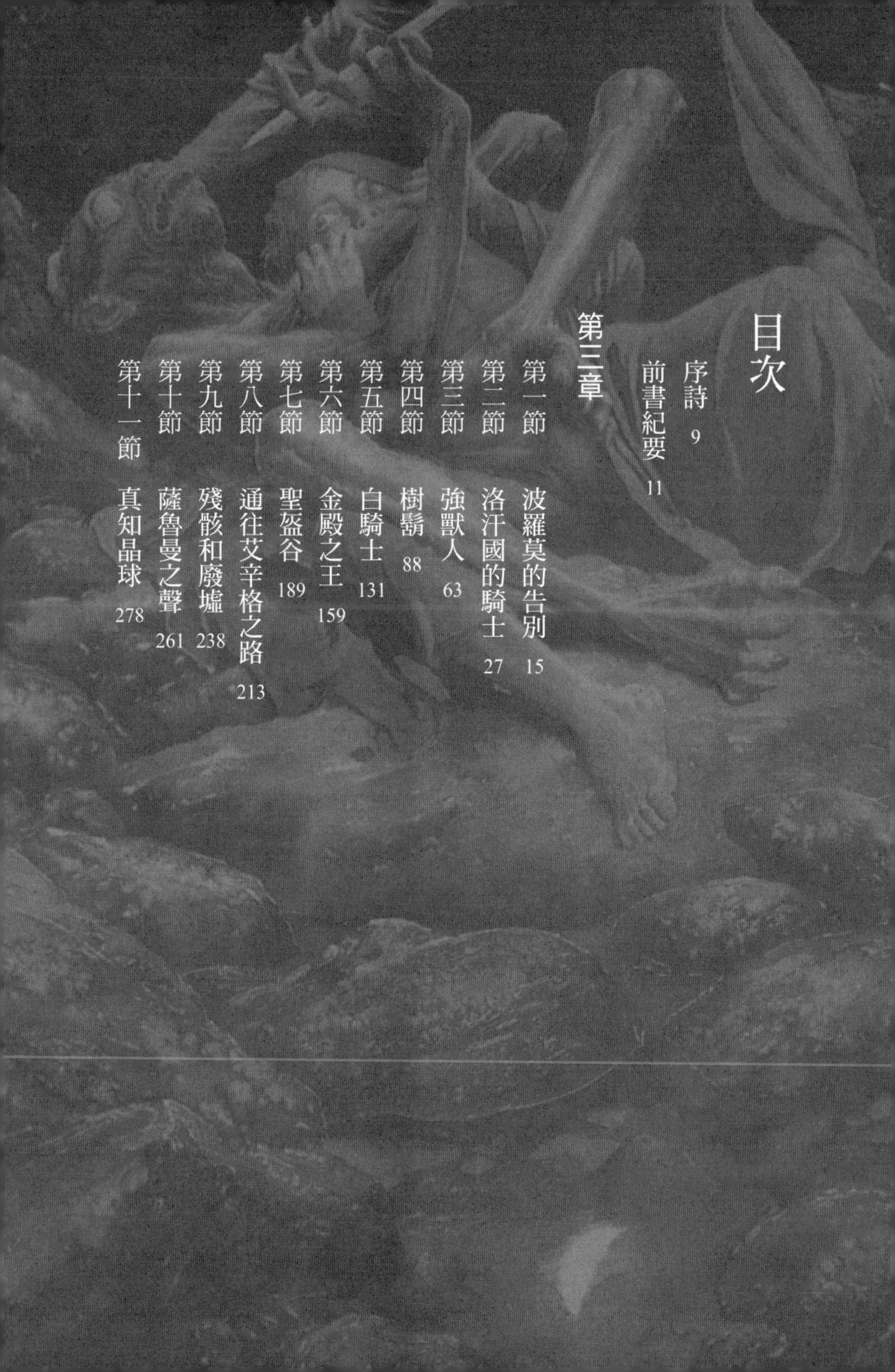

目次

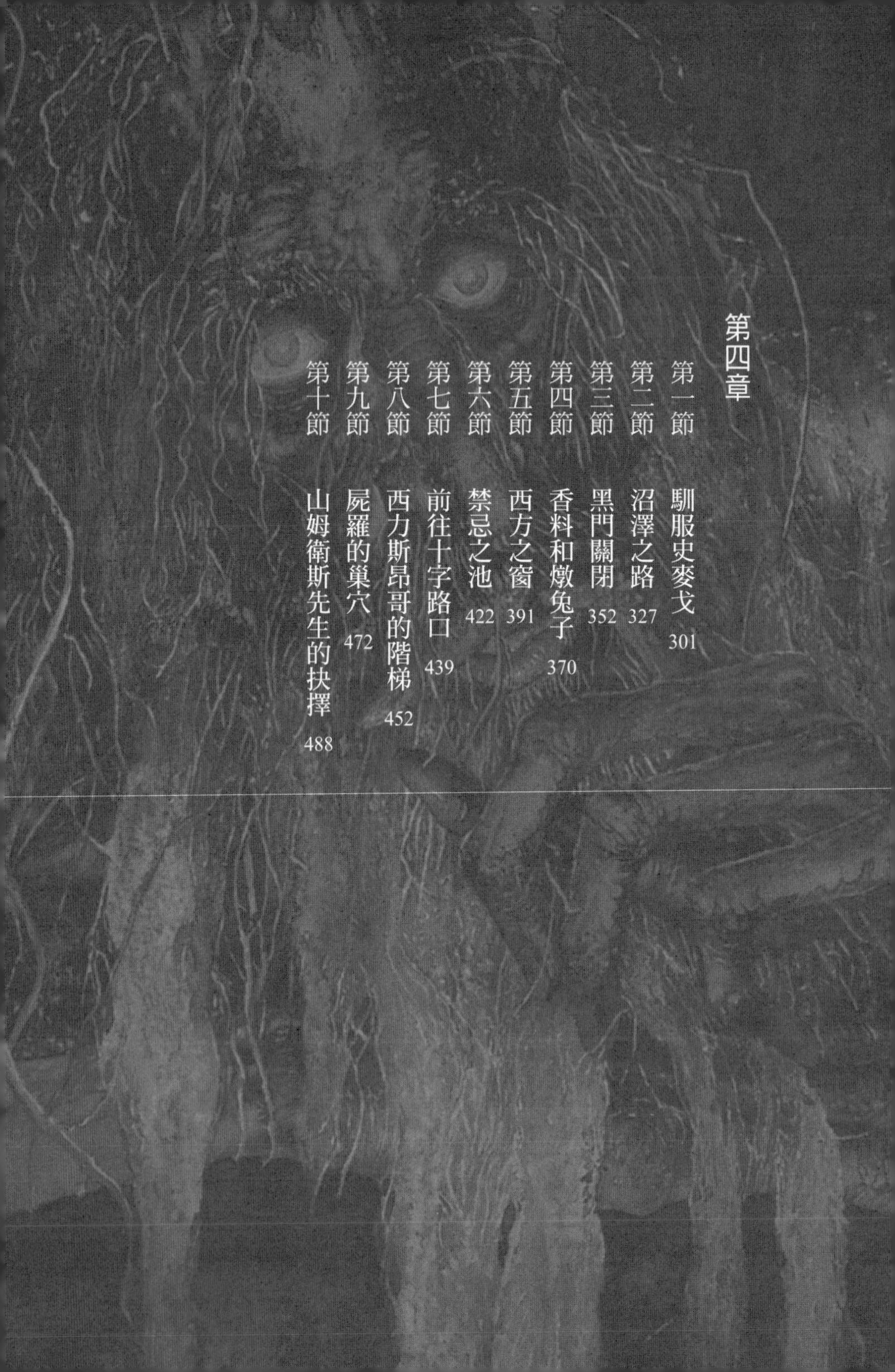

第四章

魔戒之王

天下精靈鑄三戒，
地底矮人得七戒，
壽定凡人持九戒，
魔多妖境暗影伏，
闇王坐擁至尊戒。
至尊戒，馭眾戒；
至尊戒，尋眾戒，
魔戒至尊引眾戒，
禁錮眾戒黑暗中，
魔多妖境暗影伏。

前書紀要

這是魔戒三部曲的第二部分。在首部曲《魔戒現身》中，記述了灰袍甘道夫發現哈比人佛羅多所擁有的戒指其實正是至尊魔戒，統御所有力量之戒的魔戒之王。因此，佛羅多和夥伴們從夏爾一路被魔多的黑騎士追殺，最後，在伊利雅德的遊俠亞拉岡的幫助下，他們終於克服萬難，逃到了瑞文戴爾的愛隆居所去。

愛隆在該處慎重的舉行了一場會議，決定將魔戒摧毀；佛羅多也被指派為魔戒的持有者。魔戒遠征隊的成員就這樣被挑選出來，他們的任務是前往魔王之境中的末日火山，在該處摧毀魔戒。遠征隊中包括了代表人類的亞拉岡和剛鐸城主繼承人波羅莫；幽暗密林的精靈國王之子勒苟拉斯代表精靈，孤山山脈的葛羅音之子金靂代表矮人。佛羅多和他的僕人山姆衛斯，以及兩名年輕的親戚梅里雅達克和皮瑞格林則代表了哈比人；率領他們的是灰袍甘道夫。

一行人秘密的從瑞文戴爾離開，在經過長途跋涉之後，卻因意圖在冬天橫越卡蘭拉斯隘口而無法通過該處。之後，甘道夫帶領他們從密門進入摩瑞亞礦坑，試圖從山底下前往目的地。甘道夫在該處由於和一名黑暗世界的惡魔搏鬥，因此落入了無底深淵。被揭穿了西方王儲身分的亞拉岡繼承遺志，帶領著眾人逃出摩瑞亞的東門，進入精靈的疆界羅瑞安，並且沿著大河而下，來到拉洛斯瀑布。他們在這段旅程中已經意識到遭人跟蹤，對魔戒念念不忘的生物咕魯鍥而不捨的緊追在後。

他們必須決定是否該向東前往魔多，或者是和波羅莫一起前往援助剛鐸的主城米那斯提力斯，面對即將到來的大戰；又或是應該解散遠征隊。當魔戒持有者決定必須繼續前往魔多的旅程時，絕望的波羅莫試圖搶奪魔戒。故事的第一部分就在波羅莫屈服於誘惑，佛羅多逃出虎口，和山姆衛斯一起消失的狀況下結束了。在此同時，剩餘的遠征隊成員遭到半獸人士兵突如其來的攻擊，有些是聽命於黑暗魔君的半獸人，有些則是來自叛徒薩魯曼旗下的強獸人。魔戒持有者的任務似乎已經遭遇到空前未有的危機。

第二部分，《雙城奇謀》講述的是在分散之後，魔戒遠征隊每一名成員的命運，直到黑暗降臨，魔戒聖戰展開為止；剩下的部分則會記述在魔戒三部曲的第三部中。

第三章

第一節 波羅莫的告別

亞拉岡快步跑上山丘，不停地低身察看地面上的痕跡。哈比人的腳步很輕，甚至連遊俠都無法輕易辨識。不過，在距離山頂不遠處有一道山泉橫穿過小徑，他在潮濕的泥地上找到了線索。

「如果我的判斷沒錯。」他自言自語道：「佛羅多跑到山上去了，不知道他在那邊看見了什麼？不過，他又從原路跑了回來，再度衝下山。」

亞拉岡遲疑了。他很想前往山頂坐上王座，看看是否有跡象可以協助他在這一團困惑與混亂中找到出路；但是時間非常緊迫。突然，他縱身向前，奔上山頂，三兩步奔過那巨大的石版圓圈，奔上了階梯。然後，坐上王座，往四面看去。可是，太陽似乎黯淡下來，世界變得十分遙遠灰暗。他舉目四顧，除了連綿不斷的山丘之外還是山丘，唯一特殊的地方是他又看見遠處高空中有一隻巨鷹，正在盤旋著緩緩飄降到地面去。

在此同時，他靈敏的聽覺捕捉到了下方森林中，在河的西岸，有些不尋常的動靜。他渾身一僵，底下傳來叫喊聲，讓他恐懼的是，他可以分辨出其中有半獸人刺耳的吼叫。接著，突然在一聲低沉的吶喊之後，傳來了驚天動地的號角聲；如悶雷般的號角聲在山谷之間來回震動，甚至壓過了瀑布的巨大聲響。

「波羅莫的號角聲！」他大喊著：「他需要我們的幫助！」他立刻跳下階梯，連奔帶躍衝下小徑。「該死！今天運氣真是壞透了，我做的每個決定都出錯。山姆到哪裡去了？」

隨著他急促的腳步，此起彼落的叫喊聲越來越大，但號角聲開始漸漸變弱，變得越來越急迫。半獸人尖厲的嚎叫此起彼落，然後，號角聲突然間停止了。亞拉岡飛奔衝下最後一段斜坡，但是，在他抵達山腳之前，那些叫喊聲就開始漸漸消退。當他轉向左，衝向這些聲音的源頭時，他可以聽見他們撤退了，最後化成一片死寂。他拔出聖劍，大喊著**伊蘭迪爾！伊蘭迪爾！**瞬間衝入樹林間。

他在距離帕斯加蘭不到一哩的湖邊草地上發現了波羅莫。他背靠著一株大樹坐在地上，彷彿正在休息。但是，亞拉岡注意到他渾身插滿了黑羽箭；他手中雖然還緊握著寶劍，武器卻已經斷折至柄，他的號角也被劈成兩半，掉落在他身旁。許多半獸人的屍體橫陳在他四周與腳前。

亞拉岡在他身旁跪下。波羅莫張開眼睛，掙扎著想要說話。最後，他終於擠出了幾個字：「我試圖從佛羅多手中奪過魔戒。」他說：「對不起，我罪有應得！」他的目光掃過倒下的敵人屍體，這兒至少有二十具屍體。「他們走了，哈比人已經被半獸人擄走了。我想他們還沒死，半獸人把他們綁了起來。」他停了片刻，眼睛疲倦地閉上，過了一會兒，他又繼續說：

「永別了，亞拉岡！去米那斯提力斯拯救我的同胞吧！我失敗了。」

「不！」亞拉岡握住他的手，親吻他的眉心：「你擊敗了他們。沒有多少人能贏得這種輝煌戰果。安息吧！米那斯提力斯將永不陷落！」

波羅莫臉上露出了微笑。

「他們走往哪個方向？佛羅多在其中嗎？」亞拉岡追問道。

波羅莫再也無法開口了。

「難道這是天意嗎？」亞拉岡說：「衛戍塔的城主迪耐瑟的王儲就這樣離開了人世！這真是個痛苦的結局，遠征隊如今整個分崩離析，我才是真正失敗的人，完全辜負了甘道夫對我的託付。我現在該怎麼辦？波羅莫把米那斯提力斯的重責大任交給了我，我內心也的確想要去那邊；但是，魔戒和魔戒持有者呢？我要怎麼找到他們，才能讓這次任務不一敗塗地？」

他淚流滿面地發呆了片刻，當勒苟拉斯和金靂找到他時，他仍舊緊握著波羅莫的手。他們從山丘的西坡下來，靜悄悄地如同狩獵一般穿越了樹林。金靂手中握著斧頭，勒苟拉斯手中握著長刀，他的箭袋已經全空了。當他們來到草地上，一時之間都楞在當場。接著，兩人不約而同低下頭，為眼前的景象哀悼，他們都明白發生了什麼事情。

「唉！」勒苟拉斯走到亞拉岡的身邊說：「我們在森林中殺死了許多半獸人，早知如此，我們應該早點趕來這裡。我們一聽到號角聲就趕了過來，但是，還是太遲了……你還好吧？」

「波羅莫死了，」亞拉岡說：「我毫髮無傷，因為我根本沒有和他並肩作戰。他為了保護哈比人而犧牲，而我卻遠在山丘上。」

「哈比人！」金靂大喊道：「他們呢？佛羅多到哪裡去了？」

「我不知道。」亞拉岡疲倦地回答：「波羅莫死前告訴我半獸人綁走了他們，他認為他們還活著。我派他前去保護梅里和皮聘；但是我來不及問他是否看到佛羅多和山姆。我今天所做的每件事都出差錯，現在該怎麼辦？」

「我們必須先處理犧牲的弟兄。」勒荀拉斯說：「我們不能讓他和這些該死的半獸人一起曝屍荒野。」

「但是我們必須快一點，」金靂說：「他不會希望我們在這裡耽擱太多時間的。只要還有希望救回人質，我們就必須跟蹤那些半獸人。」

「可是，我們不知道魔戒持有者是否和他們在一起，」亞拉岡說：「難道我們要捨棄他嗎？我們豈不應該先去找他？眼前又是一個兩難！」

「那麼，就讓我們先做能做的事情吧。」勒荀拉斯說：「我們沒有時間和工具來妥善安葬夥伴，也沒時間為他堆建墳墓。也許我們可以為他堆個石塚。」

「那會花上太多時間，而且水邊又沒有岩石可以利用。」金靂說。

「那麼，讓我們就把他和他佩帶的武器放上船，並以那些被他擊殺之敵人的武器作陪葬。」亞拉岡說：「我們讓他航向拉洛斯瀑布，把他獻給大河安都因。守護剛鐸的大河會照顧他，至少不會讓任何邪惡的生物冒瀆他的遺體。」

他們迅速地從半獸人的身上收集到許多刀劍、劈裂的盔甲和盾牌，並且將它們堆成一堆。

「你們看！」亞拉岡說：「這是他們用的東西！」他從一堆破爛的武器中找出兩柄葉狀的短劍，上面飾有金紅二色的花紋；再進一步找尋後，他又找到了兩個黑色、上面鑲著小小紅寶石的劍鞘。「這不是半獸人的東西！」他說：「這是哈比人隨身攜帶的武器。半獸人劫走他們，但卻不敢留下這些短劍，因為它們是西方皇族打造的，上面被注入了摧毀魔多之力的咒文。好吧，如果我們的朋友還活著，他們現在手無寸鐵。讓我先保管這些東西，只要不放棄最後一絲希望，我相信還是有機會把這些東西物歸原主。」

「而我，」勒荷拉斯說：「會收起所有還可使用的箭矢，因為我的箭囊已經空了。」他在四周的地上以及武器堆中搜尋著，找到不少完好無損，但箭身比半獸人慣用的長之箭矢。他仔細端詳著那些箭。

亞拉岡則再查看著地上的屍體，隨後他說：「這裡有許多士兵不是來自魔多。根據我對半獸人的了解，這裡有些是從北方的迷霧山脈來的。另外還有一些在我看來更奇怪，他們的裝備完全不是半獸人慣用的！」

地上躺著四名身材十分魁梧的半獸人士兵，他們膚色黝黑，眼睛細小，有著格外粗壯的腿和很大的手。他們身上佩帶著刀鋒寬大的短劍，不是一般半獸人愛用的彎刀；而且，他們的長弓是紫杉木做的，在形狀和長度上都與人類慣用的接近。他們的盾牌上有著一個奇怪的徽記，在黑色的盾身中央有一個白色的手掌，在他們的頭盔正面，有著用白色金屬鑲嵌的S形符文。

「我之前沒看過這種徽記。」亞拉岡說：「不知道它們代表什麼意義？」

「我猜是『索倫魔下』的意思。」金靂說：「很容易猜嘛！」

「不對！」勒荷拉斯說：「索倫不會使用精靈的符文。」

「而且，他也不會使用我們稱呼他的名字，更不可能准許屬下將它拼出來，甚至是放在頭盔上。」亞拉岡判斷道：「況且，他絕不可能使用白色，巴拉多要塞的半獸人使用的徽記，是血紅眼。」他沉思了片刻：「我猜這是代表薩魯曼，」良久，他終於作出判斷：「艾辛格中邪惡醞釀，西方已經不再安全。正如同甘道夫所擔心的一樣，薩魯曼透過某種方法知道了我們的計畫，他很有可能也知道甘道夫犧牲的消息。摩瑞亞的追兵可能躲過了羅瑞安的防守，或者是透過其他的路線到達了艾辛格，半獸人的腳程很快。不過，我想，薩魯曼的情報來源絕對不只一個；你還記得在天空盤旋的那些飛鳥嗎？」

「好啦，我們沒時間猜謎了。」金靂說：「我們趕快處理波羅莫的遺體吧！」

「但在那之後我們還是要搞清楚這謎團，否則我們不可能作出正確的選擇。」亞拉岡回答。

「或許根本沒有所謂正確的選擇！」金靂說。

矮人拿出戰斧，砍下幾根樹枝。他們接著利用弓弦將這些樹枝綁起來，最後將斗篷鋪在其上，利用這個簡陋的擔架，他們將夥伴的屍體，以及剛才從他最後一仗中收集來的戰利品，一同搬到岸邊。這段路並不遠，但因為波羅莫十分高大壯碩，對他們來說並不輕鬆。

亞拉岡站在湖邊，看顧著擔架，勒荷拉斯和金靂則匆匆趕回帕斯加蘭。這裡距離該處大概一哩左右，他們過了一段時間才划著兩艘船沿著湖岸回來。

「有件怪事！」勒荷拉斯說：「岸邊只有兩艘船，我們找不到另一艘。」

「半獸人到過那邊嗎？」亞拉岡問。

「我們找不到任何他們去過的蛛絲馬跡。」金靂回答：「如果半獸人去過，他們應該會弄壞所有的船隻，還包括那些行李。」

「等我們過去之後，我會再仔細檢查那裡的腳印。」亞拉岡說。

接著，他們將波羅莫放在小舟的正中央，把灰色的精靈斗篷摺好，墊在他的頭下；三人梳理好他黑色的長髮，讓它披散在他的肩膀上。羅瑞安的金色腰帶在他腰上閃耀發光。他們將他的頭盔放在他身邊，將被劈成兩半的號角和斷折的劍身劍柄放在他腿上；在他的腳下則放著敵人的武器。接著，他們將這艘小舟的船首綁在另一艘的船尾，然後緩緩將他拖進水中。他們沿著湖岸傷心地划著，越過翠綠的帕斯加蘭之後，就進入了大河湍急的主流中。托爾布蘭達的陡峭山壁在陽光下反射著光芒，現在已經下午了。隨著他們繼續往南划，拉洛斯瀑布的水霧在他們眼前騰起，形成一片金色的迷霧。瀑布如同千軍萬馬，奔騰的聲響震動了附近靜滯的空氣。

他們哀傷地鬆開了安置波羅莫遺體的小舟：他躺在舟中，平靜又安詳，滑入流水的懷抱裡。他漂過他們的舟旁，水流載著他緩緩遠去，其他人則是划動著船槳保持在原地。小舟慢慢漂向瀑布，變成金色光芒中的一個黑點，然後突然消失了。拉洛斯瀑布依舊不變的發出怒吼聲。大河帶走了迪耐瑟之子波羅莫，從此，米那斯提力斯再也不見他的身影，他再也不能像過去一樣，在每天清晨登上米那斯提力斯的城牆，瞭望魔王的領土。不過，日後，剛鐸流傳著一個傳說：這艘精靈的小舟載著他穿越了瀑布和大湖，經過奧斯吉力亞斯的河岸，從大河安都因入海，在星光下漂向大海。

三名夥伴沉默不語地看著小舟漸行漸遠，然後，亞拉岡開口了：「白塔之民將會期待他的歸去，」他說：「但是，他再也不能從山中或是海上回到他的故鄉。」他緩緩開口唱道：

穿越洛汗一望無際的草原，
西風步履輕盈來到城牆邊緣。
「喔，漫遊的風兒，今晚你從西方帶來什麼消息？
是否見到壯漢波羅莫在月光下的聲息？」
「我見他策馬越過七溪，越過寬廣大江；
我見他疾行於荒野，進入北方，
那魔影遍布之地，自此杳無音訊。
北風或許聽見迪耐瑟之子的號角傳訊。」
「壯哉波羅莫！從那高牆上我看向遠方，
但你的身影卻不再出現在那荒無人煙的地方。」

勒荷拉斯接著唱下去：

從那洶湧的海岸南風吹來，越過沙丘和岩石；
帶著海鷗的哭喊飛向前，在那門口悲嘆多時。
「喔，低嘆的風兒，南方是否有什麼消息？

俊壯的波羅莫人在何方？他遲遲不歸，我只能空等嘆息。」
「別問我他最後落腳何方——無數白骨
躺在白色沙灘，襯著黑色海岸，和天空的悲苦。
無數魂魄流入安都因，在海中消失無蹤。
問那北風，問那北風可有他的蹤影！」
「偉哉波羅莫！大江越過海口，往那南方流去，
但你的身影卻再也不會與灰暗大海相聚。」

亞拉岡最後開口唱道：

北風穿過王者之門，越過那狂吼的瀑布；
清澈、熾烈的號角聲刺破高塔旁的雲霧。
「喔，強有力的風兒，你今天帶來什麼北方的消息？
勇者波羅莫去向何處？他已離此甚久，杳無音信。」
「在那阿蒙漢山下我聽見他的怒吼，他隻身迎戰無數敵人。
他的破盾、斷劍，隨著滔滔江水流逝，
他神情自傲、抬頭挺胸，足以在任何豪雄身邊安息；
拉洛斯，金黃的拉洛斯瀑布，將他擁在胸前。」

「勇哉波羅莫！衛戍之塔將永恆地望向北方，
看著拉洛斯，金黃的拉洛斯瀑布，直到地老天荒。」

歌聲結束了。然後他們轉過小舟，使盡全力逆著水流划回帕斯加蘭。

「你們把東風留給我描述，」金靂說：「但我決定保持沉默。」

「也就這樣了吧。」亞拉岡說：「在米那斯提力斯，他們承受東風的吹拂，卻不會詢問它任何消息，因為它來自邪惡之地。現在，波羅莫上路了，我們也必須盡快決定自己的道路。」

他搜查著眼前的綠色草地，迅速而詳盡，不時彎身貼近地面：「半獸人沒有來過這地。」他說：「否則，我會什麼也看不出來了！我們來回走過的足跡都在這裡，我看不出在大家分散去找尋佛羅多之後，有多少哈比人回來過。」他轉身走回岸邊，仔細看著山泉流入大河的地方。「這裡有幾個很清楚的腳印。」他說：「一個哈比人涉水走進河中，又跑了回來，但我看不出來是多久以前。」

「你猜這是怎麼一回事？」金靂問道。

亞拉岡沒有立刻回答，反而回到宿營地去檢查行李的狀況。「少了兩個背包，」他說：「一個很明顯是山姆那個又重又大的背包。那麼，根據現場的狀況研判，很顯然佛羅多乘船離開了，而他的僕人則是跟他一起走了。佛羅多一定是在我們都離開之後回來過。我往山上走的時候遇見了山姆，請他跟我走；但他顯然沒有照做。他猜到了主人的心意，在佛羅多離開之前回到了這裡。佛羅多發現要擺脫山姆恐怕沒那麼簡單呢！」

「可是，他為什麼不留下隻字片語就離開我們？」金靂說：「這樣真的太奇怪了！」

「而且也很勇敢，」亞拉岡說：「我想山姆說的對，佛羅多不想牽累任何朋友，和他一起踏上往魔多的死路，但他知道自己非去不可。在他沉思的那段時間中，一定發生了什麼事情，讓他克服了恐懼和疑惑。」

「或許是那些半獸人找上他，他就這樣跑了。」勒苟拉斯說。

「他的確是逃跑了，」亞拉岡說：「但是，我認為他並不是在躲避半獸人。」他並沒有說出佛羅多突然下定決心和離開的原因。波羅莫最後的遺言將永遠成為他心中的秘密。

「好吧，現在至少確定了一些事情。」勒苟拉斯說：「佛羅多已經離開河的這岸了，只有他會划走船。山姆和他在一起，只有他會拿走他的背包。」

「那麼，我們的選擇是——」金靂接續著說：「要不划著剩下的船去追佛羅多，要不就是步行去追半獸人。兩條路的希望都很渺茫，我們已經損失了最寶貴的黃金時間。」

「讓我想想！」亞拉岡說：「現在願我做出一次正確的抉擇，扭轉這不幸的一天！」他沉默了片刻。「我決定追蹤半獸人。」他最後終於說：「我本來應該引領佛羅多前往魔多，一路到達最後的目標；但是，如果我現在前往荒野中尋找他，就等於袖手讓被抓走的人質遭到折磨和殺害。我現在終於想明白了，魔戒持有者的命運不再由我掌控。遠征隊的任務已經完成了。但只要我們還有一口氣在，就不能夠捨棄戰友。來吧！我們即刻出發，把所有不必要的行李都丟掉，我們將日夜兼程追趕！」

他們將最後一艘小舟拖上岸，藏在樹林中。他們將所有非必要的行李藏在船上，然後離開了帕斯加蘭。當他們回到波羅莫戰死的草地時，天已經快黑了。他們找到半獸人撤退的方向。由於半獸人向來做事草率粗魯，要找到這些痕跡並不困難。

「世界上沒有其他的種族會造成這樣子的足跡，」勒苟拉斯說：「他們喜歡破壞甚至不在他們道路上的一切動物和植物。」

「即使是這樣，他們的速度還是迅速無比，」亞拉岡說：「而且他們好像永遠不疲倦似的。不久之後，我們可能必須在寸草不生的硬地上追蹤他們的足跡。」

「不管怎麼樣，趕快動身吧！」金靂不耐煩地說：「矮人的腳程也很快，而且我們的耐力絲毫不會比半獸人遜色。這次我們可能要耗費很長的時間，他們已經領先很多了。」

「是的，」亞拉岡說：「我們都會需要矮人般的耐力。來吧！即使只有一線希望，我們也會緊追敵人到天涯海角。如果我們的速度能比他們快，他們就會嘗到我們的怒火了！我們將會替人類、精靈和矮人，創造出前所未有的傳說來。出發吧，三名復仇的戰士！」

他如鹿般輕盈地拔腿疾奔，穿越濃密的樹林。他領著他們馬不停蹄、不眠不休地趕路，現在他終於拿定主意了。很快的，湖邊的森林就被他們拋在背後。他們急如星火地在陡峭的山坡上飛奔，黑暗的山脊襯托著血紅的落日，構成了一幅壯麗詭異的景象。暮色漸漸降臨，他們化身成模糊的影子，消逝在群山中。

第二節　洛汗國的騎士

暮色越來越濃，眾人腳下的森林開始被迷霧所包圍，安都因河旁也是水氣濃重，但天色依舊十分清明。星辰躍上天空，漸虧的皓月往西落下，岩石上的陰影漆黑無比。他們已經來到了多岩丘陵的山腳下，由於對方留下的痕跡不再明顯，他們的速度也跟著減緩下來。在此，艾明莫爾高地分成兩道狹長崎嶇的山脊，從北往南延伸，每道山脊的西側都十分險峻難行，但東側的陡坡比較平緩，其中有許多溪谷和狹窄的地塹。三人一整晚就在這崎嶇的地形中攀爬，先爬上了第一道最高的山脊，然後下到另一側籠罩在黑暗中的彎曲山谷。

在黎明來臨之前的涼爽空氣中，他們短暫休息了一下。他們前方的月亮早已西沉，頭頂上的星光卻依舊燦爛；但是第一道曙光尚未越過背後黑暗的山丘。亞拉岡此時有些失去方位：半獸人的足跡下到了這處山谷，但卻也在這谷中消失了。

「你想他們會往那個方向轉？」勒苟拉斯問：「會像你猜的一樣，向北往艾辛格，或法貢森林直走？或者，他們會往南渡過樹沐河？」

亞拉岡說：「不管他們的目標是哪裡，他們都不會朝河走。除非洛汗國的狀況比我們想像的還要糟，而薩魯曼的影響力又大為增加，否則他們還是會以最短的路徑穿越洛汗國。我們往北走！」

山谷像是條石造的溝渠一樣在山丘之間蜿蜒，一條潺潺小溪奔流在谷底的亂石之間。眾人的右邊是一座陡峭的岩壁，左邊則是在夜色中顯得十分灰暗的山坡。他們又往北走了一哩左右。亞拉岡低頭不停的搜索，希望能在通往西邊山脊的崎嶇的地形中找到一些線索。勒荀拉斯走在前方。突然間，精靈大喊一聲，其他人立刻跑向他。

「看來我們已經趕上一部分的敵人了。」他說：「你們看！」他指著前面，他們這才發現，前方山坡底下他們原先以為是一堆亂石的東西，是雜亂堆積著的屍體。一共有五名半獸人。他們渾身上下都是傷痕，其中兩名連腦袋都被砍掉了。地上全都沾滿了他們黑色的血液。

「這又是另一個謎團了！」金靂說：「但我們需要明亮的光線才能解開它，而我們目前卻沒有這樣的餘裕。」

「不過，不管你怎麼樣解讀，這看起來都不算絕望。」勒荀拉斯說：「半獸人的敵人多半就是我們的朋友。這一帶山區有任何居民嗎？」

「沒有。」亞拉岡說：「洛汗人極少來這邊，而這裡距離米那斯提力斯又很遙遠。或許是一群人類為了我們不明白的原因在這裡狩獵吧。不過，我覺得這可能性很小。」

「你覺得可能的狀況是什麼？」金靂問道。

「我認為敵人是自己窩裡反。」亞拉岡回答。「這些是從遠地來的北方半獸人。在這些屍體中並沒有那些身材高大，配戴奇怪徽記的半獸人。我推測他們在這裡起了爭執：對於這些傢伙來說，這是很稀鬆平常的事情。或許他們為了該朝哪邊走而爭執不下。」

「或者是為了俘虜的處置方式，」金靂說：「希望他們不會也遭遇到了相同的命運。」

亞拉岡仔細搜索著方圓數呎之內的地面，但找不到其他任何打鬥的痕跡。他們繼續往前走。東方的天空已經開始微亮，星辰正在緩緩下沉，灰色的光芒正緩緩浮現。他們往北又走了一段路之後，來到了一個窪地。在此，一條小溪切穿了岩石，淅瀝嘩啦的流入山谷中。窪地中生長著一些矮灌木，兩邊則長著許多翠綠的青草。

「啊！」亞拉岡鬆了一口氣道：「這就是我們一直在找尋的足跡！沿著這個水道，它就是半獸人在經過爭執之後選擇的路線。」

追兵們很快地轉過身，跟著新的蹤跡繼續趕路。由於發現了新線索，一群人彷彿經過整夜的休息一般精力充沛，在嶙峋的岩石間蹦跳奔馳。他們好不容易終於奔上了灰色的丘陵，突如其來的和風吹拂過他們的斗篷和髮際：這是黎明前的冰寒柔風。眾人不約而同地轉過身，看著河對岸遠方漸漸模糊的山丘。天已經亮了。鑲著紅邊的太陽從黑暗的地平線上露出頭來。他們眼前是靜滯不動的西方世界，朦朧灰暗；但是，就在他們凝望的同時，黑夜漸漸消融，大地重新拾回繽紛色彩；綠色的浪潮重新掩蓋了洛汗大地，河谷間飄盪白色迷霧，在他們左方大約九十哩，是閃耀著藍紫色光芒的白色山脈；尖銳陡峭的山峰頂上覆蓋著爍亮的白雪，正反射著玫瑰色的晨光。

「剛鐸，剛鐸！」亞拉岡忍不住大喊，抒發胸中之氣：「不知何時我才能得見你的容顏！我的道路依舊無法和你閃耀的河川匯流。

剛鐸，剛鐸！介於高山和深海間的寶地！
西風吹拂，光芒照在銀樹裡，
如同閃亮的雨滴一般，在古代的御花園中滴落。
喔，驕傲的高牆！白色的尖塔！有翼的皇冠和那黃金的寶座！
剛鐸，剛鐸！人類是否能捍衛銀色聖樹，
還是西風會再度於高山與深海間吹拂？

我們該走了！」他將視線從南方移開，轉向他必須前往的西方和北方。

他們所站立的山脊，在他們腳下變成快速傾斜的陡坡。在距離坡底大約一百二十多呎遠的地方，一片寬大、凹凸不平的岩棚突然被險峻的峭壁所取代：這是洛汗國的東牆。這就是艾明莫爾高地的尾端，眼前則是驃騎國一望無際的綠色草原。

「你們看！」勒苟拉斯指著湛藍的天空大聲說道：「又是那隻巨鷹！牠飛得很高，似乎正準備遠離這塊土地，回到北方去。牠的速度非常快，你們看！」

「我們看不見，親愛的勒苟拉斯，連我都看不見牠的蹤影。」亞拉岡無可奈何地說：「牠一定飛得非常高，如果我們之前看到的就是牠，不知道牠究竟在執行什麼樣的任務……你們看！更緊急的狀況逼近了，草原上有什麼東西在移動！」

「應該是很多生物才對，」勒苟拉斯說：「我只能看出那是一大群步行生物，但我沒辦法判斷他們的種族。他們距離我們好幾十哩，我猜至少三十六哩以上，這塊大平原很難讓人確實估計它的距離。」

「我想，現在我們已經不需要任何足跡來指引方向了。」金靂說：「我們快點找條路，盡快趕到底下的平原去。」

「我很懷疑，我們能否找到除了半獸人所走的路之外的捷徑。」亞拉岡研判目前的情勢之後，神情凝重地說。

如今他們是在明亮的天光中追趕敵人。看來那些半獸人似乎也在拚命拔足狂奔。三名追擊者不時可在路邊找到遺落或是拋棄的物品：食物袋、灰色的硬麵包殘屑、一件撕破的黑斗篷、一雙在岩石上踏破的沉重鐵底鞋。對方留下的痕跡，讓他們一路來到了陡坡的頂端，最後他們來到一道被一條溪流深深切穿的裂罅前，溪流奔騰喧譁衝下了懸崖。在狹窄的溪谷中，他們找到一條一路陡直下到平原去的簡陋石梯。

在道路的底端，他們脫離了多岩的地形，來到了洛汗國的大草地上；如此突然的轉變，讓眾人都覺得十分突兀。這塊綿延不斷的大草地，如同綠色的大海一般綿延到了艾明莫爾高地腳下。從上方流下的溪水隱沒在及膝高的水生植物和雜草之間，眾人都可以聽見它潺潺的流水聲，沿著緩坡向下朝著遠方的樹沐河谷而去。他們似乎已把冬天拋在身後的高地上，此地的空氣比較溫暖、柔和，似乎還飄著春天特有的草葉和花朵的芬芳。勒苟拉斯深吸一口氣，彷彿長期在荒漠中飽受乾渴之苦的旅人，終得品嘗甘泉一般地享受這一切。

「啊！這種綠意盎然的味道！」他說：「比飽睡一頓更令我精力充沛，讓我們快跑吧！」

「輕巧的腳步能在此地跑得更快。」亞拉岡說：「或許，可以勝過穿著鐵鞋的半獸人。現在我們終於有機會趕上這些傢伙了！」

他們排成一行，像是聞到獵物的猛犬一般狂奔，眼中閃爍著急切的光芒。半獸人粗魯的步伐，將草地往西的方向踐踏得滿目瘡痍；洛汗甜美的草原被他們割出一道道烏黑的傷痕。突然間，亞拉岡大喊一聲，向旁邊奔去。

「留在那裡！」他匆忙大喊：「先別跟過來！」他飛快地向右跑去，離開那道明顯的主痕跡；因為他發現了一對沒有穿鐵鞋的小腳印衝向這方向。不過，隔不了多遠，這些腳印就被從主痕跡前後兩面趕來的半獸人腳印追上截斷。接著雜沓的腳印急轉又回到原來的路上，消失在大軍狂奔的腳印裡。亞拉岡在小腳印出現的最遠處彎下身，撿起草地上的某樣東西，然後又跑了回來。

「沒錯，」他說：「這很顯然是哈比人的腳印，我想應該是皮聘的，他個子比其他人都小。你們看看這個！」他撿起一樣在陽光下閃耀的東西，看起來像是山毛櫸樹上的新鮮嫩葉，在這片無樹的大草原上顯得分外美麗又格格不入。

「這是精靈斗篷的別針！」勒苟拉斯和金靂不約而同地大喊。

「羅瑞安的葉子絕不會無故落下。」亞拉岡說：「這不是意外，這是他留給任何可能追來的援兵的記號。我想皮聘就是為了這目的才跑到這邊來的。」

「那麼，至少他還活著，」金靂說：「他也沒有放棄自己那雙腿和他的小腦袋，這真讓人振奮，我們的追趕不是徒勞無功的。」

「我們只能希望，他沒有為如此勇敢的行為付出太大的代價，」勒荀拉斯說：「來吧！我們繼續趕路！我一想到這些快活的小傢伙，被像是牲畜一般的驅趕，就覺得心痛不已。」

太陽爬到半空，接著又緩緩落下。單薄的雲朵從極南的海面上飄來，隨即又被微風吹散。太陽落下地平線，陰影從東方開始四野蔓延；獵人們依舊緊追不捨。波羅莫去世已經過了一天，半獸人依舊還保持著相當遠的距離，他們在這塊大平原上，已經無法看見對方的行蹤。

在夜色漸漸降臨的同時，亞拉岡停了下來。在這一整天的跋涉當中，他們只休息了兩次，此時，他們已經距離天亮時出發的峭壁三十六哩之遠。

「看來我們又要做一個困難選擇了。」他說：「我們應該趁夜色休息，還是把握體力尚可的時候繼續趕路？」

「除非我們的敵人也停下來休息，不然只要我們停下腳步，他們就會把我們遠遠拋在背後。」勒荀拉斯說。

「即使是半獸人也不會這麼拚命吧？」金靂說。

「半獸人極少在光天化日下行軍，但這群半獸人卻毫無顧忌。」勒荀拉斯說：「想當然耳，他們不會在晚上休息。」

「可是，如果我們在晚上趕路，就沒辦法看清楚他們的腳印了！」金靂爭辯道。

「他們留下的痕跡是筆直的，就我所看到的蛛絲馬跡判斷，他們不會往左也不會往右走。」勒荀拉斯說。

「在黑暗中我也許可憑猜測領你們走在可能的路線上，」亞拉岡說：「但是如果我們走岔了路，或是他們中途轉向，那麼，在天亮之後我們可能會花更多的時間重新找回原路。」

「而且，也別忘記，」金靂說：「只有在白天，我們才能看見是否有其他離開的足跡。如果又有俘虜逃跑，或者是有人被帶往東方的安都因河，往魔多的方向去，我們都可能錯失這些跡象，盲目地繼續趕路。」

亞拉岡：「的確如此。若是我的猜測沒錯，白掌徽記的半獸人奪得了主控權，現在整個部隊是往艾辛格移動，他們目前的走向和我所猜想的一樣。」

「不過，目前的跡象還不足以完全斷定他們的意圖。」金靂說：「脫逃的俘虜又怎麼辦？在黑暗中，我們可能會錯失稍早時讓你找到別針的足跡。」

「從那之後半獸人一定已經加強了警戒，而俘虜們也會變得太疲倦而無法逃出他們的掌握。」勒苟拉斯推斷道：「除非有我們的協助，否則他們絕對難以逃脫。至於要如何救他們，現在我還不知道，但我們得先趕上他們再說。」

「可是，即使是我這個飽經旅途歷練，體力絲毫不比我族人遜色的矮人，也無法中途毫不休息一路跑向艾辛格。」金靂說：「我也覺得很心急，我寧可早點出發；但現在我得休息一下才能跑得更快。如果我們要休息，最好是趁著天色正黑的時候。」

「我說過這是個很艱困的選擇。」亞拉岡說：「我們該怎麼結束這場爭辯？」

「你是我們的嚮導，」金靂說：「你也最擅長在野外追蹤；應該由你決定。」

「我的心敦促我該繼續走，」勒苟拉斯說：「但我們必須集體行動，我願意聽從你的決定。」

「你們實在是找錯人了！」亞拉岡說：「自從我們穿過亞苟那斯峽之後，我的每個抉擇都帶來了厄運。」他沉默下來，在夜色之下，往北方和西方察看了很長的時間。

「天色一黑我們就停下來，」最後，他終於說：「我不敢冒著錯失足跡的危險，如果月光還夠，我們可以利用它繼續趕路；可惜的是，月亮今天會很早落下，而且也不夠亮。」

「反正今晚它也會被雲霧遮蓋。」金靂喃喃自語道：「真希望女皇當初把賜給佛羅多的光明賜給我們！」

「我想佛羅多會比我們更需要它。」亞拉岡說：「真正的任務是在他的身上。我們的部分不過是歷史浪潮中的一個波瀾而已。或許一開始就注定會是一場徒勞，而現在我不論做什麼選擇都無濟於事。但既然我已經下了決定，我們就好好利用這段時間吧！」

他躺了下去，立刻陷入沉睡；從在湖邊靠岸的那晚，這是他第一次闔眼。天還沒亮，他就醒了過來。金靂依舊沉睡著，但勒苟拉斯如同一株年輕的樹木沉默地佇立在無風的夜裡，若有所思地凝望著北方的黑暗大地。

「他們在很遠很遠的地方。」他哀傷地轉向亞拉岡，說：「我心裡知道他們今晚沒有停下來休息。現在，只有老鷹可以趕上他們了！」

「無論如何，我們還是要盡力追趕。」亞拉岡堅定地說。他彎下身，叫醒矮人：「來吧！我們得走了！他們的足跡已經開始變冷了。」

「可是天還沒亮，」金靂說：「即使派勒苟拉斯站在山頂，在天亮前他也看不到他們。」

「我恐怕他們已經遠離我的視力範圍，不論我是站在山上、平原，是在月光或日光下，都看不見他們了！」勒苟拉斯說。

「就算看不見，大地還是會留下線索的。」亞拉岡說：「在他們被詛咒的雙腳下，大地會發出哀嚎。」他平趴在地上，耳朵貼著地面，動也不動，時間久到金靂以為他是昏過去了還是又睡著了。曙光乍現，灰白的光芒逐漸將三人包圍。最後，他終於站了起來，夥伴們這才看見他的面孔：蒼白、緊繃，神情充滿憂慮。

「大地的哀嚎非常微弱、混亂。」他說：「我們方圓數十哩內都無移動之物，敵人的腳步聲非常遙遠、微弱，但是，一直有著十分清晰的馬蹄聲。我這才想起來，在夢中一直有馬蹄聲騷擾我的安眠：馬匹在西方不停地奔馳。但現在牠們朝向北方奔馳，離我們越來越遠。不知道這片大地到底發生了什麼事情！」

「我們趕快走吧！」勒苟拉斯說。

就這樣，追擊的第三天揭開了序幕。在這雲朵不時遮蔽太陽的一整天中，他們幾乎沒有停下來；有時快步，有時狂奔，彷彿沒有任何疲倦能夠熄滅他們胸中的火焰。他們幾乎一言不發，在空曠沉寂的四野中，三人所披著的精靈斗篷讓他們完美地融入灰綠的草原；即使是在中午清冷的陽光下，除了精靈之外，沒有人能夠看見他們，除非他們近在咫尺。他們心中時常感謝賜給他們精靈乾糧蘭巴斯的羅瑞安女皇；因為，即使是在奔跑中，這些乾糧每一口都替他們帶來了新的力量。由於敵人持續朝著西北方向前進，他們整天都循著筆直的腳印窮追不捨。到了黃昏的時候，他們來到了一處毫無樹木的斜坡前，地勢在此隆起，向前延伸到一連串起伏的丘陵。半獸人的足跡朝北邊丘陵地前進，卻也變得比較模糊；因為這區的土地變得比較堅硬，草也變得比較短。在左方遠處樹沐河轉了個彎，成為綠色大地上的一條銀線。極目所及沒有任何移動的事物。亞拉岡開始懷疑，為何完全沒有看見野獸或是人類的蹤跡？洛汗國主要的人類聚居地還在南邊許多哩的地方，也就是在白色山脈的森林邊緣，極目望去，該處現在隱藏在白色的迷霧之中。不過，這些牧馬王們曾在東洛汗放牧了許多馬匹和牲畜，即使在冬天的時候，此地也應該常見尋水草而居的牧人們的帳棚和牲口才對。但現在，整片大地上空無一物，空氣中似乎隱藏著暴雨欲來的緊張氣氛。

到了傍晚時分，他們又停了下來。現在他們和艾明莫爾的峭壁已經距離七十二哩，它的身影也已經消失在東方的陰影中。新月在天空飄浮的雲靄間閃爍，無法給大地帶來多少光亮，星辰也黯淡無光。

「我現在最痛恨的一件事，就是休息和停頓！」勒荀拉斯說：「半獸人已經超前了，彷彿索倫的鞭子在驅趕著他們一般。我擔心他們可能已經抵達了森林和幽暗的山丘中，現在甚至已經進入陰影遍布的森林裡了。」

金靂咬牙切齒地說：「如果真是這樣，我們的希望和努力就全都落空了！」

「希望或許是落空了，但努力不會白費。」亞拉岡說：「我們不能在這個時候氣餒，可是，我感覺十分疲累。」他的目光轉回原先一路走來，夜色越聚越濃的東方。「我覺得這片大地上有某種怪異的力量在運作。這種詭異的寂靜讓我覺得不安，連這蒼白的月亮都讓我難以信任，星辰也隱沒不見。我過去從未有過如此疲憊的感覺，對於一名遊俠來說，在有如此清晰可追的足跡時，根本不該感到如此疲憊的。有某種力量賜給我們的敵人，讓他們健步如飛，卻又在我們面前設下隱形的障礙，讓我們的意志感到疲憊。」

「你說的沒錯！」勒苟拉斯說：「自從我們一下艾明莫爾高地，我就有同樣的感覺。那種意志似乎不在我們身後，而是在我們前方。」他指向越過洛汗國，在一彎明月下顯得黑沉沉的西方。

「薩魯曼！」亞拉岡嘀咕著：「我們絕不能讓他的意志得逞！但我們必須再次休息。你們看，連新月都已經落入了雲霧之中。不過，明天一早，我們得繼續往北方的草原進發。」

和前一天一樣，勒苟拉斯第一個醒來，如果他確實闔過眼的話。「醒來！醒來！」他大喊著：「已經天亮了，森林的邊緣有什麼東西在等待著我們。我不知道那究竟是吉是凶；但我們必須回應它的召喚。快醒來！」

其他人立刻跳了起來，幾乎立刻就開始拔腿狂奔。慢慢地，山丘越來越接近，當他們趕到山丘地帶時，離正午大約還有一小時。綠色的山坡向上伸展到一路筆直向北延伸的、光禿禿的山脊。他們腳下的土地十分硬實，雜草也相當粗短，在他們和遠方的河流之間有一塊十哩方圓的窪地，河流穿行在茂密的蘆葦和燈心草叢裡。往西方看去，他們可以看到最南邊的山坡上有一大圈飽經踐踏的草地，從那塊區域，半獸人的腳印又開始沿著山丘的邊緣繼續往北延伸。亞拉岡停下腳步，仔細檢查那些腳印。

「他們在這邊休息了一下，」他說：「但即使是外緣的痕跡，也已經有一段時間了。勒苟拉斯，我恐怕你內心的直覺是正確的，距離半獸人在這裡出沒，我猜已經整整過了一天半的時間了。如果他們保持同樣的速度，那麼在昨天日落時分，他們就抵達法貢森林的邊緣了。」

「不管往西或是往北，我都只能看見綿延伸入迷霧中的青草。」金靂說：「如果我們爬上山丘，可以看見那座森林嗎？」

「森林還在很遠的地方。」亞拉岡說：「如果我沒記錯，這些丘陵一路往北大概有二、三十哩，然後，向西北過了樹沐河之後，還要越過大約四、五十哩的寬闊之地才會到達森林。」

「那麼，我們還是繼續吧。」金靂說：「我的腿必須忘掉這些哩數；如果我的心不再那麼沉重，兩條腿跑起來就不會那麼辛苦。」

當他們好不容易來到丘陵的盡頭時，太陽也開始落下了。他們已經馬不停蹄地奔馳了許多個小時，現在腳步已經開始變慢了，金靂的背也彎了。矮人面對艱苦勞動和長時間跋涉，都能如同頑石一般的堅毅，但這場永無止盡的追逐，在他心中的希望整個落空之後，開始讓他難以為繼。亞拉岡一言不發，面色凝重地走在他後面，不時彎下身來檢查地面上的痕跡或是腳印。只有勒苟拉斯的腳步依舊輕快，他的腳幾乎完全不著草地，沒有留下任何痕跡。精靈的乾糧足以提供他所有需要的體能；而且他能睡覺，如果人類能稱此為睡覺的話——他能一邊張著眼睛走在這世界的日光下，一邊讓他的大腦沉睡遊走於精靈的迷離夢境中。

「讓我們先爬上這座綠色山丘吧！」他說。疲憊的兩人跟著他爬上長長的斜坡，一直到山頂為止。那是一座圓形且光禿的山丘，獨自孤立在一串丘陵的最北端。夕陽西下，夜色彷彿簾幕般籠罩四野，他們似乎孤身處在毫無任何起伏的灰色世界中。只有在遙遠的西北方，漸逝的天光下有一團更深的陰影，那是迷霧山脈和它腳下的森林。

「我們在這邊看到的東西，都無法指引未來的道路。」金靂說：「好吧，我們又得要停下來休息，等待黑夜過去。天氣怎麼越來越冷了！」

「風是從北方的積雪往這邊吹過來的。」亞拉岡說。

「早晨又會開始吹東風的。」勒苟拉斯說：「倘若你們需要的話，就休息吧。但別放棄所有的希望。明天還是個未知數。太陽升起時，通常都會帶來新的希望。」

「在這趟追逐中，太陽已經升起三次了，卻什麼也沒帶給我們！」金靂說。

夜晚變得寒意逼人。亞拉岡和金靂陷入熟睡，每當他們醒過來時，都會看見勒苟拉斯站在他們身旁，或不停來回踱步，或用自己的語言低聲唱著歌謠；在他的歌聲下，深黑的天空綻放出一顆顆星斗。如此，黑夜緩緩消退，三人一起看著曙光慢慢在無雲的天空中展現，直到最後太陽升起。天空十分清朗，東風將所有的霧靄吹散；在清冷的日光下，環繞在他們四周的是寬廣蒼涼的大地。

在前方和東方，他們看見洛汗國一望無際的大平原，和多天前在大河邊看到的景象並無二致。西北方則是黑暗的法貢森林，它陰暗的前緣距離三人大約還有三十哩遠，森林的盡頭則消逝在遠方的藍色天空下。在更遠處，是彷彿飄浮在灰色雲海中的馬西德拉斯峰，也就是迷霧山脈的最後一座山峰。樹沐河從林中流出，河道很窄，水流湍急，在它兩旁的河堤陡直深切；半獸人的腳印從山腳下轉向河邊。

亞拉岡銳利的目光跟著那足跡移向河邊，接著越過河堤朝向森林，他看見遠方的綠地上有一塊急速移動的暗影。他立刻趴向地面，再次仔細地傾聽著。勒苟拉斯則是站在他旁邊，用他纖細的手指遮住日光，看向遠方。在他爍亮的眼中那不是黑影，而是騎兵小小的身影，許許多多的騎兵，晨光閃耀在他們手中長槍的槍尖上，猶如天上閃爍的繁星，遠超過凡人的雙眼所能分辨。在他們背後更遠的地方，有一股裊裊上升的黑煙。四野一片寂靜，連金靂都可以聽見風吹過草原的聲音。

「騎兵！」亞拉岡跳起來大喊道：「很多騎著快馬的騎兵，正朝著我們衝過來了！」

「沒錯，」勒苟拉斯說：「共有一百零五匹，他們擁有金黃色的頭髮和閃亮的長槍，為首之人身形十分高大。」

亞拉岡微笑道：「精靈的眼光果然銳利。」

「才不算呢！這些騎士距離此地不過只有十五哩而已！」勒苟拉斯說。

「不管一哩還是十五哩，」金靂說：「在這種空盪盪的平原上我們都逃不掉。我們應該在此等待他們，還是繼續趕我們的路？」

「我們在這邊等。」亞拉岡說：「我已經很疲倦了，我們的追蹤也已經失敗了。至少已有其他人趕在我們前面；這些騎兵是沿著半獸人的足跡騎過來的。我們或許能從他們那邊獲得新消息。」

「或是嘗到槍尖的滋味。」金靂說。

「我看見有三匹馬沒有騎士，但未發現任何哈比人的蹤影。」勒荀拉斯說。

「我沒說我們會聽到好消息。」亞拉岡說：「但不管是好是壞，我們都必須在這邊等待。」

三人離開山頂，緩緩走下北邊的山坡，避免讓自己在清朗的天空下成為清楚的目標。在山腳不遠處他們停下腳步，裹著斗篷靠在一起坐下來。時光沉緩地流逝，風不大但十分寒冷，金靂覺得十分不安。

「亞拉岡，你對這些騎士知道多少？」他問道：「我們在這邊枯等，算不算坐以待斃？」

「我曾經和他們一起生活過。」亞拉岡回答：「他們是驕傲、固執的民族，但也是言出必行、光明正大、心地慷慨的人；他們勇敢但不殘酷，睿智但並非飽讀詩書；他們不以文字記錄歷史，但以歌謠記述一切，就像是黑暗年代之前的初始人類。但我不知道他們近年來的演變如何，我也不知道在叛徒薩魯曼和索倫的威脅之下，這些驃騎國的子民有什麼變化。他們和剛鐸的百姓之間有綿長的友誼，不過在血緣上卻沒有任何關係。許久之前，他們由年少的伊歐帶領離開北方地區，他們的血統，其實和谷地的巴德族人或是和森林的比翁一族比較接近。現在你還是可以在那邊看到如同洛汗國的騎士一般高大俊美的人類。至少，他們絕不會喜歡半獸人。」

「可是，甘道夫提到過，謠傳他們向魔多進貢的消息。」金靂說。

「我跟波羅莫一樣都不相信這種說法。」亞拉岡回答道。

「你們很快就會知道答案的。」勒荀拉斯說：「他們已經開始靠近了。」

不久之後，連金靂都可以聽見震耳的馬蹄聲。騎兵們跟隨著足跡，已經從河邊轉向，朝丘陵地帶奔來。他們行動迅捷如同疾風一般。

一陣清澈、嘹亮的呼喊聲響徹了草原。突然間，這群騎著駿馬的人像暴雷一般席捲而來，最前方的騎士一馬當先，帶著大隊沿著丘陵西邊的低地奔馳；後面跟隨著的騎士個個都無比壯健，穿著閃亮的鎖子甲，場面十分剽悍壯觀。

他們的駿馬高大壯碩，四肢均勻，灰色的皮毛在陽光下閃耀著，長長的馬尾隨風飛舞，經過仔細梳理的鬃毛在高昂的脖子上左右搖晃。馬上的戰士與他們的坐騎十分相配：英姿煥發，身材高大，淺金色的頭髮在輕盔底下飄動，並在腦後綁成許多的細辮子，臉上則有堅毅和驍勇的神色。他們的手中拿著白楊木的長槍，五彩斑斕的盾牌掛在背上，腰帶上別著長劍，精工打造的鎖子甲則是垂到膝蓋。

他們兩人一組，以緊密的隊形前進，不時地往左右兩邊掃視著。不過，騎士們似乎沒有注意到，在草地上坐著悶不吭聲看著他們的三名陌生人。直到馬隊快要完全通過的時候，亞拉岡才突然站起來，大聲呼喊道：

「洛汗國的驃騎啊，北方有什麼消息？」

所有的騎士，皆以迅雷不及掩耳的驚人速度與技巧拉定馬匹，撥轉馬頭包抄圍衝上來。很快地，三人就被一群騎士策馬團團圍在中心，騎士們馳上他們背後的山丘又奔下，圍著他們繞了一圈又一圈，包圍圈越縮越小。亞拉岡沉默地站著，另兩人則是動也不動地坐在他身邊，不知接下來情勢會如何發展。

毫無預警地，騎士們突然停了下來。密密的長槍一起指向圓心中的三人；有些騎士手中已經彎弓搭箭，隨時準備攻擊。接著，一名高過其餘眾人的高大騎士策馬向前，他的頭盔頂端裝飾著一束飛舞的白色馬尾，他一直前進，直到槍尖距離亞拉岡的胸口不到一呎時才停下來。亞拉岡絲毫不為所動。

「你是誰？在這塊土地上有何貴幹？」騎士使用西方的通用語質問道，他的口氣與腔調和剛鐸人波羅莫很像。

「大家叫我神行客。」亞拉岡回答道：「我來自北方。我正在追獵半獸人。」

那騎士從馬背上一躍而下，他把長槍交給隨行另一名躍下馬的同伴，自己則拔出長劍，面對面仔細地打量著亞拉岡，眼中露出十分詫異的神情。最後，他開口了。

「一開始我還以為你是半獸人，」他說：「但我現在看出來情況不是那麼一回事。如果你想以這麼簡陋的裝備去獵殺半獸人，恐怕你對敵人的了解並不多。他們速度快、全副武裝，而且數量龐大。如果你追上他們，可能反而會從獵人變成獵物。不過，神行客，你有些與眾不同的地方！」他清亮的目光再度掃視著這名遊俠：「你給我的名字絕非普通人，你們的裝扮也十分特殊，難道你們是從草叢裡面跳出來的嗎？你們是怎麼躲過我們的偵察？你們是精靈嗎？」

「不，」亞拉岡說：「我們之中只有一名精靈，勒苟拉斯是來自遠方幽暗密林的精靈。不過，我們之前通過了羅斯洛立安，精靈女皇賜給我們她的祝福和禮物。」

那名騎士用更吃驚的神情看著他，但眼神卻變得更為冷硬。「那麼，果然如同傳說中的一樣，黃金森林中有一位女皇！」他說：「根據傳說，沒有多少人能逃過她的羅網。這可真是個怪異的年代！但是，如果真如你所聲稱的一樣，她祝福了你們，那麼你們必然也是編織羅網的惡徒和妖術師。」他冰冷的目光突然轉向金靂和勒苟拉斯，質問道：「沉默的兩位，你們為什麼不說話？」

金靂起身，叉開雙腿穩穩站定，他的手已經握住了斧柄，暗色的眼眸中閃動著怒火。「騎士，亮出你的名號，我就會告訴你我是誰；然後，我可能還有更多東西可以給你。」他說。

「按理說，」騎士低頭瞪著矮人說：「陌生來客應該先報出自己的名號。不過，好吧，我是伊歐蒙德之子伊歐墨，驃騎國的第三元帥。」

「那麼，歐蒙德之子伊歐墨，驃騎國的第三元帥，讓矮人葛羅音之子金靂警告你不要隨口亂說；你侮蔑的人物高貴聖潔超乎你想像，這種行為只能用愚蠢來形容！」

伊歐墨的雙眼冒起憤怒的光芒，洛汗國的士兵們舉起長槍，憤憤低語著逼近。「矮人先生，如果你夠高的話，我會把你的腦袋連鬍子一起砍掉。」伊歐墨說。

「還有我在，」勒苟拉斯用人眼無法分辨的速度彎弓搭箭，瞄準對方：「在你揮劍之前，就會被我一箭射死。」

伊歐墨舉起劍，如果不是因為亞拉岡舉起手，用身體擋住兩人，一切可能會以悲劇收尾。「伊歐墨，請聽我一言！」亞拉岡大喊著：「如果你多了解一些真相，你就會明白為何我的同伴如此憤怒。我們對洛汗國和它的子民都沒有惡意，不管是馬匹還是人類都一樣。在你揮劍之前，願意傾聽我們的解釋嗎？」

「好吧，」伊歐墨放下長劍：「但在這個世風日下的年代，洛汗國境中的陌生人最好不要如此咄咄逼人。你先告訴我，你的真名。」

「請先告訴我你效忠什麼人。」亞拉岡說：「魔多的黑暗魔君索倫，是你的朋友還是敵人？」

伊歐墨回答道：「我只服侍洛汗國的驃騎王，塞哲爾之子希優頓。我們並不聽從遠方黑暗大地的指揮，但我們也還沒有和它公開宣戰；如果你在躲避他的追捕，那最好趕快離開這塊土地。我們的邊境近來紛爭不斷，還受到各種威脅；但我們只希望能夠自由自在地按照自己的方式生活，如同過往一樣，不需要服侍任何外地的君王，管他是善良還是邪惡。在比較平靜的日子裡面，我們會慷慨地歡迎來客，但在這樣的局勢中，不請自來的客人將會發現我們迅速且冷酷。直說吧！你到底是誰？你又服侍什麼人？你是奉誰的命令在我們的領土上獵殺半獸人？」

「我不聽命於任何人，」亞拉岡說：「但索倫的爪牙不管逃到什麼地方，我都不會放過他們！這世界上沒有多少人比我更了解半獸人，我會以這樣的裝備追殺他們乃因別無選擇。他們俘虜了我們的兩位朋友。情勢所逼，沒有坐騎的我們不惜徒步奔行百哩，而我也不會請求別人恩准我們的追擊。當然他們不可能乖乖就縛，但我們會用刀劍來計算敵人的腦袋，我們並非手無寸鐵的獵人。」

亞拉岡一揮手掀開斗篷，精靈製作的劍鞘閃閃發光，當他抽出安都瑞爾聖劍時，彷彿有道白淨的火焰流瀉而出。「伊蘭迪爾萬歲！」他大聲道：「我是亞拉松之子亞拉岡，我又被稱作伊力薩，『精靈寶石』，登納丹，我是剛鐸的伊西鐸之直系子孫。這就是傳說中斷折的聖劍重鑄！你是要協助我還是阻撓我？趕快作出決定！」

金靂和勒苟拉斯驚訝地看著這位同伴，因為之前從未看過他以這樣的氣勢說話；他的身形似乎突然間暴增，而伊歐墨則是縮小了；在那短短的片刻，他們在他臉上捕捉到了一抹亞苟那斯的君王雕像上的威嚴與力量。有那麼一瞬間，勒苟拉斯的雙眼似乎看見亞拉岡的眉心閃起一道白色的火焰，猶如一頂閃爍發光的皇冠。

伊歐墨後退了幾步，臉上同樣也掛著吃驚的表情。他驕傲的雙眼低垂：「這可真是怪異的年代啊；」他低聲道：「夢幻和傳說，竟活生生從草地上冒了出來！」

「告訴我，大人，」他問道：「是什麼讓你駕臨此處？你所說的黑暗預言到底是什麼意思？許久之前迪耐瑟之子波羅莫經過此地前去找尋答案，而我們借給他的駿馬卻獨自跑了回來。你們從北方帶來了什麼樣的末日預兆？」

「我們帶來的是自由選擇的機會，」亞拉岡說：「把我的話轉述給希優頓：戰爭即將爆發，他可以選擇和索倫並肩作戰或是對抗他。世間一切都將改變，人們將不再能夠擁有屬於自己的事物，但是，這些東西我們可以稍後再談。如果時機恰當，我會親自和驃騎王見面。但現在我急需諸位的幫助，至少讓我知道目前的狀況。你剛剛已經知道，我們在獵殺一群抓走我們朋友的半獸人部隊，你有什麼情報可以透露給我們？」

「你們不需要再追了，」伊歐墨說：「半獸人已經被我們殲滅了！」

「那我們的朋友呢？」

「我們只有找到半獸人而已。」

「這真是太奇怪了！」亞拉岡說：「你們搜尋過那些屍體嗎？有沒有不屬於半獸人的死者？他們的體型比較小，在你們眼中看起來和小孩一樣，沒有穿鞋子，身上披著灰色的斗篷。」

「我們沒發現任何侏儒或是小孩的蹤影，」伊歐墨說：「我們清點了所有的死者，將屍首徹底破壞，最後並且依照我們的習俗，把屍體堆積起來燒掉，那裡現在還在冒煙呢。」

「我們說的不是小孩或是矮人，」金靂說：「我們的朋友是哈比人。」

「哈比人？」伊歐墨大惑不解的反問：「他們是什麼生物？這名字聽起來好奇怪。」

「他們的確也蠻奇怪的，」金靂說：「但他們是我們的好朋友。就眼前的狀況看來，你們似乎已經聽說了米那斯提力斯的謎語，謎語中提到了半身人，這些哈比人就是半身人。」

「半身人！」伊歐墨身邊的騎士哈哈大笑：「半身人！這些只是出現在北方童話和兒歌裡面的矮傢伙罷了，我們到底是活在當下？還是在討論遠古的傳說啊？」

「這是有可能同時發生的，」亞拉岡說：「因為只有後人才會將我們的歷史化為傳說。你覺得應該腳踏實地嗎？這塊土地將來也會變成人們的傳奇的！」

「時間很緊迫了！」其他的騎士假裝沒聽見亞拉岡所說的話：「大人，我們必須趕快往南走。我們別管這些作夢的野人了吧。或者，我們也可以把他們抓起來，帶去給國王。」

「別著急，伊歐參！」伊歐墨用自己的語言說道：「先到一旁去別吵我。讓部隊在路上集結待命，隨時準備趕往樹沐河。」

伊歐參嘀咕著退開了，開始對馬隊的其他成員下令。很快地，他們就退了開來，讓伊歐墨和這三人獨處。

「亞拉岡，你所說的每件事情都很奇怪。」他說：「但你說的也都是實話，這很容易明白：驃騎國的戰士不說謊，因此他們也不會輕易被欺騙。但你並沒有說出全部的真相。現在，你願意告訴我更多你的任務，好讓我能夠判斷該怎麼做嗎？」

「我是許多天以前從伊姆拉崔出發的，相信你也在那首詩中聽過這個地名。」亞拉岡回答道：「米那斯提力斯的波羅莫和我同行；我的任務是和迪耐瑟之子一起前往他的城市，協助他的百姓在戰爭中對抗索倫。但是，我們的隊伍另有其他的任務，我現在不能告訴你。灰袍甘道夫是我們的領隊。」

「甘道夫！」伊歐墨倒吸一口冷氣：「驃騎國上上下下都聽過甘道夫的名號；但是，我必須警告你，他的名字不再獲得驃騎王的青睞。自從我們有記憶以來，他就曾經在此作客多次；有時間隔數月，有時間隔好幾年。他一向都是宣告奇異事件的通報者，現在有人也把他叫作噩耗的使者。」

「事實上，自從他去年夏天來過之後，一切都起了天驚地動的變化。從那時開始，我們和薩魯曼之間起了猜忌。在那之前，我們一直把薩魯曼當作盟友，但甘道夫出現，警告我們艾辛格正在備戰。他聲稱自己被囚禁在歐散克塔，好不容易才逃了出來，並請求我們援助他。但希優頓王不相信他，因此他離開了。千萬別在希優頓王面前提到甘道夫的名字，他會大為震怒的；因為甘道夫取走了稱為影疾的神駒，王的寶馬中最珍貴的一匹，牠是神駒之首，是只有驃騎王才能夠騎乘的皇家寶馬，牠是吾祖伊歐能通人語的神駒之直系子孫。七天以前影疾回到我國，但國王的怒氣並沒有稍歇，因為那匹馬現在野性難馴，不願意讓任何人騎乘牠。」

「原來影疾終於從北方回到了牠的故鄉，」亞拉岡說：「因為甘道夫和牠告別了。唉，遺憾的是，甘道夫可能再也無法騎乘這匹神駒了，他已經落入了摩瑞亞的黑暗深淵，再也無法行走在人世間了！」

「這真糟糕！」伊歐墨說：「至少對我和一些人來說是這樣的；不過，如果你見到國王，就會知道不是每個人都這樣想。」

「這件事悲傷沉痛的程度，遠超過這地百姓所能了解，不過，他們可能要在今年稍晚的時候，才會體認到它的痛苦。」亞拉岡說：「當偉人殞落之後，居次者必須起而領導。我的任務就是引導隊員們從摩瑞亞一路前進，我們穿過了羅瑞安森林——關於該地，我建議你最好弄清楚真相之後才下斷語。接著，我們沿著大河安都因來到了拉洛斯瀑布，波羅莫就是在那裡被你們所消滅的那些半獸人給殺害了。」

「你帶來的怎麼盡是不幸的消息！」伊歐墨大驚失色地說：「波羅莫的戰死，對米那斯提力斯有著莫大的傷害，對我們來說也是極大的損失。他是個值得尊敬的好漢！這裡每個人都對他極為敬仰。他極少前來洛汗國，因為大部分時間他都在東方邊境作戰；但我有幸曾經見過他。在我看來，他比較像是伊歐那些敏捷的子嗣，而不像嚴肅凝重的剛鐸人。如果他的時機到來，他將能成為獨當一面的將領。不過，剛鐸那邊為什麼沒有通知我們這個壞消息呢？他是什麼時候陣亡的？」

「四天前，」亞拉岡回答：「從那天傍晚開始，我們就從托爾布蘭達出發，日夜兼程的趕路，沒有停歇。」

「徒步追趕？」伊歐墨吃驚地反問。

「沒錯，就像你現在看見的這樣。」

伊歐墨眼中露出了敬佩的神情：「亞拉松之子啊，神行客這稱號未免太過名不符實；」他說：

「我看你應該叫作疾風之足，你們三位所創造的奇蹟，應該讓世人傳頌不已。不到四天，你們竟然橫越了一百三十五哩的大地！伊蘭迪爾一族果然名不虛傳！」

「不過，大人，您現在有什麼吩咐？我必須盡快回到希優頓身邊。在部下面前我必須謹慎言詞。我們的確還沒有和那塊暗黑大地開戰，而我王身邊卻又有佞臣毫不停歇地進獻讒言；不過，戰爭確實即將到來。我們絕不該在此刻背棄多年的盟友剛鐸，只要他們開戰，我們必將和他們並肩抗敵：至少，我和身邊的人都是這樣想的。東洛汗是第三元帥的領地，正是我的轄區；我已經下令撤走所有牲口與牧民，將他們移居到樹沐河之後，在此只留下守軍和行動快速的斥候。」

「那，你們沒向索倫進貢嗎？」金靂問道。

「我們不曾這樣做，也永遠不會！」伊歐墨眼中閃動著光芒：「不過，據傳有人刻意在散布這類的謠言。幾年以前，暗黑之地的君王想以高價向我們購買馬匹，但我們拒絕了他，因為他將駿馬用在邪惡之途上。於是，他派出半獸人來劫掠，什麼都搶，但只挑黑色的馬帶走，因此，我族中的黑色良馬已經所剩無幾了。因為這樣，我們和半獸人之間有著極深的仇怨。」

「不過，這段時間，我們主要的威脅還是來自於薩魯曼。他聲稱這塊土地全都是他的管轄範圍，為此我們已經和他陷入了數月之久的拉鋸戰。他招募半獸人、狼騎士和邪惡的人類加入他的部隊，而他也封鎖了洛汗隘口，因此，我們很可能腹背受敵，同時遭到東西兩方的夾擊。」

「這樣的對手實在非常難纏：他是名詭計多端的巫師，擁有很強的法力和各式的偽裝。據說，他四處走動，模樣是個披著斗篷戴著兜帽的老人，許多人現在回想起來，都覺得那模樣很像甘道夫。他的間諜可以穿透天羅地網，連天空都布滿他那些惡兆的鳥。我不知道這將會如何收場，但我內心十分不安；在我看來，他的盟友似乎並不只駐紮在艾辛格。如果你有機會來到我王的皇宮，相信你會懂我的意思的。你會來嗎？我將你視為我處於迷惑困境中的援軍，我的希望不會落空吧？」

「只要我可以抽身，一定會立刻趕過去！」亞拉岡回答道。

「現在就來吧！」伊歐墨說：「在這動盪的年代中，伊蘭迪爾的後裔將會給伊歐的子嗣帶來極大的幫助。即使在我們說話的當口，西洛汗也正陷入戰火之中，我擔心戰況會對我國極為不利。」

「事實上，我這次策馬北上並沒有得到我王的許可，因為我一離開皇宮，該處僅剩薄弱的衛戍兵力。但此地的斥候回報有一群半獸人在三天之前自東牆下到此地區，其中還有一些穿戴著薩魯曼的白色徽記。我擔心那是我最害怕的事情：歐散克塔和邪黑塔之間的聯盟；因此，我出動我自己家族的衛隊，在兩天前的夜裡，在靠近樹人林的地方追上他們，將他們包圍，並在昨天黎明時發動了攻擊。唉，我竟然在戰鬥中犧牲了十五名戰士和十二匹戰馬！因為半獸人的數量比我原先預估的要多上許多。途中有些半獸人越過大河，加入了他們的陣容；你從這裡往北走一小段距離，就可清楚看見他們的足跡。還有其他一群半獸人則是從森林中出現加入他們。那是一群身形極為壯碩的半獸人，都佩戴著艾辛格的白掌徽記，他們比其他半獸人更為驍勇善戰和邪惡……」

「不過，我們還是將敵人全都消滅了。但我們已經離開駐地太久，西方和南方都需要我們的馳援。你願意一起來嗎？如你所見，我們有多的馬匹。聖劍絕對可以幫上我們的忙。而且，金靂的斧頭和勒苟拉斯的弓箭也一定可以派上用場，如果他們願意原諒我對森林女皇的魯莽評論的話。

我所知的和我同胞們並無二致，我很樂意得知更多的真相。」

「多謝您這番坦誠的說明，」亞拉岡說：「我內心也很想與你同去；但只要還有一絲希望，我絕不會捨棄我的朋友。」

「但事實上已經沒有希望了。」伊歐墨表示：「你不會在北方邊境上找到你的朋友的。」

「但我的朋友也不在其他的地方。在距離東牆地區不遠處，我們發現了一個線索，可以證明當時他們至少還有一人活著。不過，從該處到這丘陵之間，我們再沒發現其他他們所留下的痕跡，但半獸人的前進方向也沒有任何的改變，除非我追蹤的技巧已經退步了。」

「那麼你認為他們的下場是什麼？」

「我不知道。他們可能和半獸人一起被殺，屍體也被焚燬了。但既然你保證絕不可能，我也不會往這個方向擔憂。我只能猜測，他們可能在戰鬥開始前，或甚至是在被你們包圍前，就已經被帶入森林中。你確定沒有任何人溜出你的包圍圈？」

「我可以發誓，沒有任何半獸人逃出我們的包圍！」伊歐墨說：「我們在他們之前趕到森林的前緣，如果在那之後還有任何生物逃脫我們的包圍圈，那麼他們絕對不是半獸人，而是擁有精靈力量的生物！」

「我們的朋友和我們有著同樣的打扮，」亞拉岡說：「而你們在光天化日之下都絲毫沒有察覺到我們的存在。」

「我都忘了這件事了，」伊歐墨回答道：「在見識了這麼多奇蹟之後，實在很難再說出斬釘截鐵的話。整個世界似乎都被顛覆了。精靈和矮人竟在大白天結伴走在我國的土地上；居然有人能在跟森林女皇說過話之後，還能活著讚揚她的行誼；在我們遠古的祖先建立驃騎國之前就已斷折的聖劍，竟然又重回人世間！凡夫俗子要如何在這種情境下，作出正確的判斷？」

「像你平常一樣的作出判斷吧。」亞拉岡回答：「善惡的界線並未改變，衡量它的標準在精靈、矮人和人類之間也沒有任何不同。作出最後決定的還是你自己，不論是在黃金森林或是你家的屋簷下，都沒有例外。」

「你說的很對。」伊歐墨說：「我對你並無絲毫的懷疑，我內心也很確定自己該做什麼。但是，我必須受到家國規範的約束。除非我王恩准，否則按照我國的律法，是不能聽任陌生人在國土上漫遊的；在這段動盪的日子中，這項律法變得更為嚴苛。我已經懇求過諸位和我一起回宮，但你們拒絕了，我又不願意以百人之力對抗你們三位。」

「我不認為你們的律法是針對這樣的狀況而定的，」亞拉岡說：「況且我也不是什麼陌生人；因為我曾經多次來過此地，並曾與驃騎大軍一起馳騁在這塊草原上，只不過當時我用的是別的名號和容貌。我之前沒看過你，因為你年紀還很輕；但我曾經和你父親見過面，也見過塞哲爾之子希優頓。要是在從前，洛汗國絕不會有任何君主逼迫我放棄這樣的任務。至少我的目標很明顯，就是繼續往前走。伊歐墨，該是你作出決定的時候了！幫助我們，或至少讓我們自由離去。不然，你只能選擇執行洛汗國的律法了。如果你那麼做，我只能保證你的戰力將會大為削弱。」

伊歐墨沉默了片刻，最後開口道：「我們雙方都不能再耽擱了！」他說：「我的部隊必須立刻開拔，而時間拖得越久，你的希望也越渺茫。我決定了，你們可以離開，不只如此，我還會借給你們可以奔馳千里的駿馬。我只要求一件事：當你們的任務完成，或是希望落空的時候，騎著這些馬匹越過樹渡口前往梅度西，到希優頓皇宮的所在地伊多拉斯來謁見我王。如此，你才能向他證明我沒有看錯人。為此我押上的是自己的人格，甚至是我的性命，別讓我失望！」

「我不會的！」亞拉岡說。

當伊歐墨下令把馬匹借給這些陌生人時，他的部屬議論紛紛，神情都十分疑惑；不過，只有伊歐參敢公然勸誡元帥。

「或許把馬匹借給這位自稱是剛鐸子孫的大人不算過分，」他說：「可是，有誰聽說過把駿馬借給矮人一族的？」

「的確沒有過，」金靂回答：「也不勞你擔心，這件事也不會發生。我寧願自由步行，也不想要坐在這麼自由自在的尊貴生物背上，還必須承受他人的嫉妒。」

「但現在你一定得騎馬才行，否則你會拖累我們的！」亞拉岡說。

「來吧，金靂好友，你可以坐在我背後。」勒苟拉斯即時伸出援手：「這樣就沒問題啦，你也不需要借馬或是擔心別人的眼光。」

亞拉岡獲得的是一匹高大的暗灰色駿馬，當他翻身上馬時，伊歐墨說道：「牠的名字叫作哈蘇風，願牠能夠帶來比他的前任主人加魯夫更好的運勢！」

勒苟拉斯則是獲得一匹體格較小，但看來性格剛烈、難以駕馭的馬匹，牠的名字叫作阿羅德。勒苟拉斯接著要求他們替他解下馬鞍和韁繩。「我不需要這些東西。」他說，隨即身輕如燕地躍上馬背，出乎眾人的意料，阿羅德乖乖地讓他騎在背上，任憑他發號施令：精靈一向是這樣和善良的牲畜打交道的。金靂被拉上馬背坐在朋友身後，他死命地抱著勒苟拉斯，緊張的神態絲毫不亞於坐在小船上的山姆。

「再會了，願你們能夠找到所尋找的目標！」伊歐墨大喊道：「希望你們能夠趕快回來，讓我們的刀劍一同在戰場上閃出火花！」

「我會的。」亞拉岡說。

金靂說：「我也會的。我們還沒解決凱蘭崔爾女皇的事情；我還想要教你說話的禮貌呢。」

「到時我們就知道了。」伊歐墨說：「我今天見識了這麼多的奇蹟，如果將來可以在矮人的斧頭底下學習對精靈女皇的尊敬，也不算是什麼奇怪的事情。再會了！」

他們便如此分手了。洛汗國的駿馬果然名不虛傳，才不過一會兒，當金靂回頭看時，伊歐墨的馬隊已經距離他們十分遙遠了。亞拉岡並沒有回頭，他一邊急馳，一邊將頭俯低到哈蘇風的頸邊，觀察著地面的足跡。不久之後，他們就來到了樹沐河邊，也發現了伊歐墨之前所說的，從東方高原前來的足跡。

亞拉岡跳下馬，仔細地觀察地面，然後再度上馬，繼續往東騎了一段距離，小心翼翼地不踐踏到這道痕跡。然後又下馬檢查四方，來回走著搜尋地面。

「這裡沒什麼特別線索。」他回來之後表示：「主要的足跡，已經被這些馬隊回來時給踐踏破壞了；他們之前的路徑一定比較靠近河邊。但這條往東的足跡十分清晰，我找不到任何回頭往安都因河走的腳印。我們現在必須騎慢一點，確定兩旁沒有任何分岔出去的腳印。半獸人一定由此開始發現他們遭到了追擊，他們可能會試著在被追上之前將俘虜帶離。」

在他們繼續趕路的時候，天色漸漸暗了下來。低沉的灰色雲朵從高地飄過來，一陣迷霧遮住了太陽。法貢森林長滿樹木的斜坡越來越近，四野隨著西沉的太陽越來越暗。他們並未發現任何腳印脫離行軍路線，卻不時看見半獸人的屍體倒臥在地上，背上或咽喉被灰色羽箭射穿。

臨近傍晚時，他們來到了法貢森林的邊緣；在樹林附近的草地上，他們看到了焚燒屍體的大火堆：灰燼依舊餘煙裊裊，冒著熱氣。在火堆旁有好大一堆頭盔和盔甲、破碎的盾牌和斷折的刀劍，以及各種武器和裝備。在正中央則是一根木樁，上面插著一顆半獸人的腦袋，破碎的頭盔上還可以看見白色的徽記。在距離樹沐河流出森林處不遠，有一座土墩：那是新起的墳，新土上覆蓋著新近鏟下來的草皮，土墩四周插著十五根長槍。

亞拉岡和同伴四處搜遍這塊戰場，但光線越來越暗，夜色毫不留情地落下，四野一片陰沉迷濛。一直到天色全黑為止，他們都沒有發現梅里和皮聘的蹤跡。

「我們已經盡力了。」金靂哀傷地說：「自從我們抵達托爾布蘭達之後，我們就遇上了許多難解的謎團，但眼前的這個最難解。我猜，哈比人的屍骨可能已經和半獸人混在一起了。如果佛羅多還活著，這對他來說會是最壞的消息；我擔心在瑞文戴爾等候的那個老哈比人也會哀傷欲絕；愛隆當初就反對他們跟著一起來。」

「但甘道夫並未反對。」勒苟拉斯說。

「但甘道夫自己也來了，並且成了第一個犧牲的人。」金靂回答道：「他這一回真是走眼了！」

「甘道夫的建議，不論是對他自己還是他人，都不是以個人安危為優先考量。」亞拉岡說：「有些事情即使最後的結局並不好，還是必須要有人去做。我認為現在還不能夠離開這個地方，不論如何，我們都該等到明天天亮。」

他們在距離戰場不遠處的一棵枝葉茂密的大樹下紮營，那樹看起來像是栗子樹，但樹上卻還留著許多去年的褐色枯葉，像有著長長手指般的張開手掌，在晚風中發出哀傷的沙沙響聲。

金靂打了個寒顫，他們每個人只帶了一條毯子。「我們可以生火嗎？」他說：「我已經不在乎危險了，就讓那些半獸人如同飛蛾撲火一樣迎向我的斧刃吧！」

「如果那些不幸的哈比人在森林中迷了路，火光也可以把他們吸引過來。」勒苟拉斯說。

「但火光也可能吸引來別的東西，既非半獸人亦非哈比人。」亞拉岡說：「我們現在十分靠近叛徒薩魯曼的領土；而且，這裡是法貢森林的邊緣，據說在這邊傷害樹木會有可怕的下場。」

「但是洛汗國的軍隊昨天才在這邊燃起大火，」金靂反駁道：「而誰都看得出來，他們還砍樹生火。當他們忙完之後，昨晚還不是在此睡了個好覺！」

「他們人多勢眾，」亞拉岡說：「而且，他們因為極少前來這裡，所以不了解法貢森林的恐怖之處，況且他們也不需要進入森林。但我們的道路可能必須踏入森林中。因此我們一定得小心，絕對不能砍活著的樹木！」

「其實根本不需要，」金靂說：「騎士們留下了很多的殘枝斷葉，附近也有很多枯木。」他立刻去收集柴火，並且為了生火而忙得不可開交。亞拉岡坐在地上，背靠著大樹，沉思著；勒荷拉斯獨自站在空地上，望著深廣陰暗的森林，身體微微前傾，彷彿正聆聽著遠方傳來的呼喚。

當矮人好不容易生起火之後，三人走到火堆旁坐下休息。他們戴著兜帽的身影把火光都擋住了。勒荷拉斯猛然抬起頭來看著伸展到他們頭頂的大樹枝枒。

「你們看！」他說：「這些樹木看到火焰也很興奮！」

或許這是光影愚弄了眾人的眼睛，但在三人的眼中，這些樹木似乎真的從各方伸出枝枒，想要靠近火焰。高處的枝枒低下來，原先枯萎的褐色樹葉也靠近火焰晃動著，彷彿許多冰冷皺縮的手對著火堆揉搓取暖一樣。

眾人一時間都陷入了沉默之中，他們突然意識到，這片黑暗未知的森林是這般近在咫尺，它看來似乎正在醞釀著什麼，充滿了神秘的目的。過了好一會兒，勒荷拉斯開口了。

「凱勒鵬警告過我們不要太深入法貢森林，」他說：「亞拉岡，你知道原因嗎？波羅莫所說的傳說到底是什麼？」

「我在剛鐸和其他的地方聽過許多傳說，」亞拉岡接口道：「但如果不是凱勒鵬的警告，我只會把它們當成是人類在真相消逝之後所編造出來的夢幻。我本來還想要問你這件事情的真相。如果連和森林朝夕相處的森林精靈都不知道，人類又怎麼可能有資格回答呢？」

「你的見識比我廣得多。」勒荷拉斯說：「在我的土地上我從未聽過這類的事情，只除了一些歌謠中描述過歐樂金，也就是人類口中的樹人，在許久之前居住在此地。法貢森林是個非常古老的地方，古老到連精靈也無法數算。」

「沒錯，這裡的確非常古老，」亞拉岡說：「和古墓崗的森林一樣古老，範圍卻更大得多。愛隆說這兩座森林之間有些關連，是遠古廣袤森林的最後的大本營，當時精靈四處遊歷，人類還在沉睡之中。但是，我認為法貢森林還保有某些自己的秘密；那到底是什麼，我卻不知道。」

金靂說：「我也不想要知道！千萬別因為我，而打攪了法貢森林的居民！」

隨後，他們抽籤排出守夜的順序，金靂抽到第一個。其他人躺了下來，睡意幾乎立刻籠罩住他們。「金靂！」亞拉岡睡意濃重地說：「記住，在法貢森林裡千萬別傷害任何樹木；也別為了收集枯木而走得太遠，寧可讓火熄滅算了！有需要的時候隨時叫我！」

話一說完他就睡了。勒苟拉斯早已毫無動靜，他修長美麗的雙手交疊在胸前，雙眼則依精靈睡眠的方式睜開著，彷彿凝望著黑夜，又同時沉睡在夢裡。金靂瑟縮在營火旁，若有所思地以大拇指不斷撫摸著斧頭。除了樹木搖晃的沙沙響，周遭沒有其他的聲響。

突然間，金靂抬起頭來，他在營火光芒的邊緣看見了一名彎腰駝背，拄著手杖、披著厚重斗篷的老人；他的寬邊帽子拉得十分低，遮住了他大半個面孔。金靂跳起來，片刻之間吃驚地說不出話，但隨即想到這是薩魯曼逮到他們了。亞拉岡和勒苟拉斯，都因為他突如其來的舉動而驚醒坐了起來，瞪著同樣的方向。那名老人一言不發，沒有任何的動作。

「老先生，有什麼我們可以幫忙的地方嗎？」亞拉岡跳起來，友善地問道：「如果你覺得冷，不妨過來烤烤火！」他走向前，但那老人已經消失了。四周完全找不到他的蹤跡，他們也不敢冒險走太遠。月亮此時已經落下，四野非常黑暗。

突然間勒苟拉斯驚呼出聲：「馬兒！馬兒不見了！」

兩匹馬都不見了。牠們掙脫了束縛，消失得無影無蹤。三名夥伴沉默呆立了好一陣子，對於眼前的厄運感到心煩意亂。他們身在法貢森林的邊緣，距離洛汗國的馬隊十分遙遠，而那還是他們在這片荒涼大地上的唯一友伴。當他們站立不語的時候，似乎可以聽見遠方傳來馬匹嘶叫的聲音。接著一切就都沉寂下來，只剩下夜晚的風聲颯颯作響。

「好吧，馬兒都沒了，」亞拉岡最後說：「我們找不到牠們，也不可能趕上牠們；所以，如果牠們不自己回來，我們就必須將就點了！反正一開始我們就是徒步前進的，至少我們都還有腳。」

「還有腳！」金靂說：「腳只能走路，又不能吃！」他氣沖沖地丟了幾把柴火進營火中，惱怒地坐了下來。

「幾小時之前，你還不願意坐上洛汗國的駿馬呢。」勒苟拉斯笑道：「看來你有成為騎士的潛力。」

「連馬都沒了，談什麼潛力！」金靂說。

「如果你們想知道我在想什麼，」他不久之後繼續說道：「我認為，那是薩魯曼。除他之外，還會有誰呢？你們記得伊歐墨的話：**他打扮成老人的模樣，戴著兜帽、披著斗篷四處行走**。他把我們的馬匹帶走了，或趕跑了，我們被困在這裡；記住我所說的話，前面還會有更多的麻煩！」

「我記住了。」亞拉岡說：「但我也記得那老人戴的是帽子，不是什麼兜帽。不過，我也覺得你說的沒錯，我們在這邊不管白天還是黑夜都是很危險的，可是，現在我們除了把握機會休息之外，別無選擇。金靂，先讓我值夜吧！我現在比較需要沉思，反而不需要什麼睡眠。」

這一晚過得十分緩慢，勒苟拉斯在亞拉岡之後守夜，在那之後又是金靂。不過，這一整夜什麼都沒有發生，老人沒有再度出現，而馬匹也沒有回來。

第三節　強獸人

皮聘做著噩夢：他似乎可以聽見自己渺小的聲音，在黑色隧道裡面大喊著：「佛羅多！佛羅多！」但回應他的卻不是佛羅多，而是數百張半獸人醜惡的臉孔看著他獰笑，數百雙手從四面八方伸來想要抓住他。梅里呢？

他醒了過來，冷風吹著他的面孔，他正躺在地上。傍晚已經快到了，天空的顏色也漸漸變深，他轉過身，發覺現實世界並沒有比噩夢好到哪裡去，他的手腕、腳踝和大腿都被繩子綁著。梅里就躺在他身邊，臉色蒼白，頭上還綁著一塊骯髒的抹布，他們四周則是一大群的半獸人。

慢慢地，皮聘劇痛的腦袋開始一點一點把記憶拼起來，讓他脫離了噩夢的陰影。沒錯，當時他和梅里都跑進了森林中。到底他們怎麼搞的？為什麼不顧神行客的叫喊拚命衝進森林？他們拚命跑，一邊跑一邊大喊，他已經記不得自己跑了多遠；然後，突然間，他們撞上了一群半獸人：他們似乎正在傾聽著什麼，根本沒看見梅里和皮聘出現，直到兩人差點撞進他們懷裡才發現；然後，他們一聲大喊，許多半獸人從樹林間跑了出來。梅里和他都拔出劍來，但半獸人似乎不想要戰鬥，只想要趕快抓住他們，連梅里砍斷了他們好幾個傢伙的手臂他們都沒有反擊。好一個梅里！

然後波羅莫就衝了出來，他逼使對方不得不動手。他殺死了許多敵人，其他的半獸人都逃了開來。但三人才跑沒多遠，又遭到第二波至少一百名以上的半獸人攻擊；他們的身形非常壯碩，不停地瞄準波羅莫射箭。波羅莫奮命吹號，讓森林也為之震動；一開始半獸人因恐懼而退卻了，但是，等到他們發現只有回音，而沒有任何援軍趕來時，他們發動了更猛烈的攻擊。皮聘接下來什麼也不記得了，他眼前最後的景象是波羅莫靠在樹上，從身上拔出一枝箭，然後一切就陷入黑暗中。

「我想我多半是腦袋上挨了一記，」他自言自語道：「不知道梅里有沒有傷得更重？波羅莫到底怎麼了？為什麼半獸人不殺我們？我們在哪裡，又準備要去哪裡？」

他完全無法回答自己提出來的問題。皮聘覺得又冷又難過。「我真希望甘道夫當初沒有說服愛隆讓我們來。」他想道：「我有幫上任何忙嗎？不過是大家的負擔，只是個過客，是一包行李！現在我又成了被偷走的行李，變成半獸人的負擔。我真希望神行客或是什麼人，會來取回我這包行李！但我有什麼資格這樣希望呢？這樣難道不會破壞一切的計畫嗎？我真希望可以逃出去！」

他徒勞無功地掙扎了片刻，一名坐在附近的半獸人哈哈大笑，用他們可憎的語言和夥伴嘀嘀咕咕不知道在說什麼。「趁有機會的時候趕快休息吧，小笨蛋！」他接著用通用語對皮聘說，他的口音幾乎讓這變得和那邪惡的語言一樣噁心。「把握機會休息！等下有的你走哩！在我們到家之前，你會希望老媽根本沒生下你這雙腿。」

「如果照我的方法做，你會希望現在自己已經死了。」另一個半獸人說：「你這隻臭老鼠，我會讓你吱吱叫個不停。」他走到皮聘身邊彎下腰來，黃色的獠牙幾乎貼到了皮聘臉上，他手上還握著一把有著長長黑色鋸齒的小刀。「安靜躺著，不然我就要用這個替你搔癢了！」他帶著嘶聲說道：「不要吵到其他人，否則我會忘記上級是怎麼吩咐我的。該死的艾辛格士兵！**烏骨陸u bagronk sha pushdug 薩魯曼—glob búbhosh skai**——」他緊接著用自己的語言咒罵了好長一串，最後才停歇下來。

嚇得半死的皮聘動也不敢動，雖然他的手腕和腳踝都越來越痛，背後的石頭也十分扎人，但他還是不敢動彈。為了讓自己分心，他讓自己專心傾聽所有的聲音。四周有各式各樣的聲音，雖然半獸人的語言本來就充滿了仇恨，但皮聘還是聽得出來，他們似乎陷入了越來越激烈的爭執中。

大出皮聘意料之外的是，他竟然聽得懂大部分的對話，許多半獸人用的竟然是通用語。在場顯然有兩三個不同部落的半獸人，他們聽不懂彼此之間的半獸人方言，他們正激烈地爭辯下一步該怎麼做：他們該走哪個方向，還有這些俘虜該怎麼處置。

「沒時間好好拷打他們，」一名半獸人說：「這次旅行沒時間好好享受！」

「這也沒辦法，」另一人說：「但為什麼不現在一刀殺掉他們？他們實在很煩人，我們又沒時間和他們瞎耗，天色快黑了，我們得趕快出發了！」

「我們有命令在身，」第三個低沉的聲音說：「**殺死所有人，留下半身人，盡快把他們活著帶回來**。這是我獲得的命令。」

「要他們幹麼？」好幾個聲音同時問道：「為什麼要帶活的回去？難道他們可以提供什麼特別的樂趣嗎？」

「不！據說他們當中有一名身上帶有對這場大戰十分關鍵的東西，好像是跟精靈有關的物件。不論如何，他們兩人都會經過詳細的審問。」

「你就只知道這些嗎？為什麼我們不現在搜他們的身，搞清楚到底怎麼一回事？說不定我們可以找到一些自己能用的好東西。」

「說得好！」一個比其他人柔和，卻更邪惡的聲音輕蔑地說：「或許我得向上級回報這件事情。我收到的命令是：不准動俘虜身上的任何東西！」

「我的命令也是一樣，」那個低沉的聲音說：「**保持原樣，不准亂動。**」

「我們可沒接到什麼命令！」稍早的那個聲音沉不住氣地說：「我們從礦坑一路大老遠趕過來殺人，替我們的同胞報仇。我要趕快殺掉他們，然後回北方去。」

「你慢慢想吧，」那個低沉的聲音說：「我是烏骨陸，我指揮這裡，我決定要抄捷徑回艾辛格。」

「薩魯曼是老大，還是魔君是老大？」那邪惡的聲音說：「我們必須立刻回到路格柏茲去才行。」

「如果我們可以越過大河，或許可以考慮，」另一個聲音說：「但是我們的兵力不足以橫越那座橋。」

「我不是過來了嗎！」那個邪惡的聲音回答：「在東岸北邊有一位會飛行的戒靈在等待我

們。」

「或許吧！然後你就可以帶著俘虜飛回去，在路格柏茲獲得所有的表揚和獎賞，讓我們步行穿越這個到處都養馬的臭國家。不行，我們一定不能分散，這個地方很危險，到處都是該死的叛軍和強盜！」

「沒錯，我們一定得集體行動。」烏骨陸低吼道：「我不相信你們這些矮笨蛋，你們出了老家之後就一點膽子也沒有。如果不是我們前來支援，你們可能早就逃到天涯海角去了。我們是驍勇善戰的強獸人！是我們殺死那名強悍的戰士，抓到兩名俘虜。我們是智者薩魯曼的手下，是他——白掌賜給我們人肉吃。我們的根據地是艾辛格，我們帶你們來到了這裡，也該由我們決定要走什麼路回去。我是烏骨陸，我已經表達了我的看法。」

「烏骨陸，你說的話已經嫌太多了。」那邪惡的聲音輕蔑地說：「不知道在路格柏茲的老大們會怎麼想？他們可能會認為烏骨陸的腦袋太重了，最好幫你從肩膀上拿下來輕鬆一下。他們可能還會質疑你的想法是從哪裡來的。或許是薩魯曼告訴你的？他以為自己是什麼東西，竟然敢讓部隊配戴他的白色醜徽章？他們一定會認同我，認同可靠的信差葛力斯那克的想法。我葛力斯那克告訴你們：薩魯曼是個蠢蛋，是個一肚子鬼胎的蠢蛋；王之眼已經開始注意他的一舉一動了。」

「你叫我們矮笨蛋？兄弟們，你們喜歡被這些由骯髒的臭巫師所豢養的寵物罵成笨蛋嗎？我打賭他們吃的是半獸人的肉。」

許多半獸人開始大吼回應對方的羞辱，許多人拔劍相向，一時間陷入了劍拔弩張的緊張局面。皮聘小心翼翼地翻過身，希望看清楚到底發生了什麼事情。看守他的衛兵已經前去加入那場爭辯。在微光中，他看見一名高大的黑色半獸人，八成是烏骨陸，面對著葛力斯那克，一個肩膀寬闊、短腿，手幾乎可以碰到地面的傢伙。四周還有許多身形矮小的半獸人包圍著他們。皮聘猜測這些傢伙應該是從北方來的半獸人，他們都已經拔出了武器，但不敢貿然攻擊烏骨陸。

烏骨陸大喝一聲，幾名和他同樣身材的半獸人很快跑了過來。突然間，在毫無預警的狀況下，烏骨陸一躍向前，兩刀就砍掉了兩名對手的頭顱。葛力斯那克往旁邊一退，消失在陰影中。其他人往四下紛紛散開，有一人後退時還不小心被躺在地上的梅里給絆倒了，大聲咒罵了一句；不過，那可能反而救了他一命，因為烏骨陸的手下這時正好從他身上躍過，用寬扁的長劍砍倒了另外一個對手，剛好就是那長著黃色獠牙的守衛。他的身體一軟，倒在皮聘身上，手上還緊握著那把長鋸齒刀。

「收起你們的武器！」烏骨陸大喊道：「不要再作無謂的抵抗了。我們從這邊開始往正西走，然後下山梯；從那以後就直接朝向丘陵地帶前進，然後沿河前往森林。我們必須日夜不停的趕路。都聽清楚了嗎？」

「現在，」皮聘想：「只要這個醜傢伙再多花一點時間集合部隊，我就有機會了！」他在突然間瞥見了一線希望。那柄黑色的鋸齒刀割傷了他的手臂，滑到他的手腕間；他感覺到鮮血流到手掌上，但同時也感覺到冰冷鋼鐵緊貼著他的肌膚。

半獸人正準備再度上路，但有些北方來的半獸人依舊不肯妥協，艾辛格的士兵又再殺了兩個人，他們才終於低頭，整個部隊陷入咒罵和混亂的狀態中。在那片刻，沒有任何人看守皮聘。他的腿被綁得很緊，但手臂只有在手腕的地方受到束縛，而且還是被綁在身前；雖然繩子綁得非常緊，他兩手仍可同時移動。他將半獸人的屍體推到一邊去，大氣也不敢喘一口，小心翼翼地將手腕的繩子貼在刀刃上摩擦。刀刃本身很鋒利，而死者又把小刀握得很緊，最後，繩子終於被割斷了！皮聘很快地握住斷繩，將它鬆鬆綁成原來的樣子，重新套在手上，然後躺回去一動也不動。

「把這些俘虜帶走！」烏骨陸大喊著：「別對他們玩花樣！如果我們回到基地的時候他們死了，也會有人跟著死。」

一名半獸人將皮聘像抓一袋東西般地提起來，然後將皮聘被縛的雙手擱在頭上，然後拉住他手臂把頭套進去，再把他手臂向下用力拉緊，直到皮聘的臉壓在他脖子上，然後就這樣一顛一顛背著他往前跑。另一個傢伙也用同樣的方法對待梅里。半獸人的爪子像是鋼鐵一般緊緊箍在皮聘的手臂上，對方的指甲深深陷入他的肉裡。他只得閉上眼睛，回到噩夢中。

突然間，他又被丟在多岩的地面上。天色看來才黑不久，但一彎新月已開始往西落下。他們身處在一個懸崖邊緣，似乎面對著由薄霧所構成的大海，附近還有水流淌落的聲音。

「斥候終於回來了！」附近有一名半獸人說道。

「你發現了什麼沒有？」烏骨陸的聲音咆哮道。

「只有一名騎士，而他往西邊走了。底下一切都很平靜。」

「目前是這樣，但能夠持續多久？你這個笨蛋！應該射死那個傢伙，他會通知其他人。那些該死的馬夫，明天早上就會知道我們的行蹤。從現在開始，我們得要加速趕路了。」

一個陰影遮住了皮聘的視線。那是烏骨陸。「起來！」半獸人大喊道：「背著你到處跑來跑去，我的部下已經都累了。我們得要爬下去，你得用自己的腿才行。別耍花樣，不准大叫，也不准逃跑。我們有的是方法可以讓你得到教訓，又不會讓主人看出你們有什麼損傷。」

他割斷了皮聘大腿和腳踝上的繩子，扯著他的頭髮讓他站起來；皮聘倒了下去，烏骨陸又再度拉著他的頭髮讓他站起來。有幾名半獸人哈哈大笑。烏骨陸撬開他的牙關，倒了些燙嘴的東西進去；他覺得渾身一股熱流通過，腳踝和大腿的疼痛消失了，他現在可以站起來了。

「下一個！」烏骨陸大喊道。皮聘看他走到一旁的梅里身邊，踢了他一腳；梅里發出哀嚎，烏骨陸粗暴地抓起他，讓他半坐起來，把他頭上的繃帶扯掉。然後他從一個小木盒中挖出一撮黑色的東西抹在傷口上，梅里大聲慘叫，拚命掙扎。

半獸人們拍手大笑：「這傢伙不能好好享受他的藥啊！」他們嘲弄道：「根本不懂什麼東西是對他好的。唉，我們以後再從他身上找樂子好了！」

不過，此時的烏骨陸沒心情陪他們起鬨，他必須盡快趕路，又得要安撫那些不情願的跟隨者。因此，他用半獸人的方法醫治梅里，的確也很快見效。在他強灌梅里那飲料，割斷他腿上的繩子把他拽起來後，梅里搖搖晃晃地站住，看起來臉色蒼白，神情卻堅毅又挑釁，看起來生氣勃勃。前額的傷口似乎不再困擾他，但那條褐色的傷疤將會永遠跟隨著他。

「嗨，皮聘！」他說：「你也來參加這場小冒險了啊？我們要去哪裡投宿跟吃早餐啊？」

烏骨陸大喊道：「閉嘴！別耍小聰明！不要亂說話，不准和你的同伴交談。你們敢惹麻煩，我都會跟長官報告，到時你們會後悔。你們會有早餐和床鋪可以睡的，就怕你們承受不起。」

半獸人的小隊開始沿著狹窄的梯道，往底下滿是迷霧的草原前進。梅里和皮聘之間隔了十幾名半獸人，小心翼翼地和他們一起往下爬；在梯道底他們踏上了草地，兩位哈比人都覺得精神一振。

「往前直走！」烏骨陸大喊道：「西偏北的方向，跟著拉格達虛走。」

「天亮了之後我們要怎麼辦？」北方來的半獸人問道。

「繼續跑。」烏骨陸回答：「要不然你想怎麼辦？不然坐在草地上，等那些白皮膚的傢伙一起來野餐嗎？」

「可是我們不能夠在陽光下跑步。」

「我會跟在你們背後一起跑。」烏骨陸說：「你們最好認真跑！否則就永遠看不到你們那個可愛的地洞了。我以白掌之名咒罵你們，一群沒受好訓練的無用山蛆。混蛋，還不快跑！趁著夜色快點跑！」

然後，整個隊伍就用半獸人慣有的步伐開始奔跑。他們沒有任何的秩序和隊形，只是你推我擠的往前衝，不時還會咒罵彼此。每名哈比人都有三個衛兵看守。皮聘遠遠落在後面，他懷疑自己還能夠繼續這樣跑多久？他從那天早上之後，就沒吃過東西了。他身邊的一名守衛還拿著鞭子。不過，目前那種半獸人的提神飲料效力還持續著，他的腦子也跟著轉個不停。

他腦中不斷浮現神行客專注地察看地面足跡，跟在後面不停趕路的影像；可是，即使是遊俠，也無法在這一堆混亂的半獸人足跡中分辨出什麼異樣。他和梅里的小腳印，早就被圍在四周穿著鐵鞋的沉重腳步給徹底掩蓋了。

當他們跑離懸崖一哩多的時候，地形突然下降變成窪地，地面也變得又軟又濕。四野霧氣瀰漫，在新月的最後一絲光芒中微微發亮。前方半獸人的陰影漸漸被吞沒在大霧中。

「喂！穩住！」烏骨陸從後方大喊道。

皮聘突然間靈機一動，立刻馬上行動。他往右一晃，躲開了守衛的手，一頭衝入大霧中，立刻趴在草地上。

「停！」烏骨陸大喊道。

眾人陷入一陣混亂中，皮聘立刻跳起來繼續奔跑，但半獸人緊跟在後，有幾個傢伙甚至神出鬼沒地出現在他眼前。

「看來這次是逃不掉了！」皮聘心想：「但還有機會在這塊濕地上作些記號給後來的人。」他將兩手伸向咽喉，解開斗篷的別針；正當幾隻手臂伸過來抓住他的時候，他將這信物丟到地上。「我想它可能會永遠躺在這裡。」他想：「我不知道自己幹麼這麼大費周章，如果其他人逃離那場戰鬥，他們多半會跟著佛羅多走。」

一條鞭子揮過來捲住他的腿，痛得他不由自主大喊。

「夠了！」烏骨陸跑上來大喊：「他還得跑上很長一段路，逼他們兩個一起跑，用鞭子好好的提醒他們。」

「不會就這麼算了的，」他轉過身對皮聘咆哮道：「我不會忘記的，你的處罰只是暫時延後而已。快走！」

皮聘或梅里都不太記得接下來的旅程到底是什麼情形，他們就在半夢半醒的渾噩恍惚情況下，持續受到折磨，希望也變得越來越渺茫。他們不停奔跑，絕望地試圖跟上半獸人的步伐，殘酷的鞭子精確地不損傷筋骨，只給他們帶來熱辣辣的痛苦。如果他們踉蹌幾步或是倒了下來，士兵們就會拖著他們繼續前進。

提神藥所帶來的溫暖已經消失了，皮聘覺得又冷又難過。突然，他栽倒在地上，一隻有著利爪的手粗魯地將他提起，他又像一袋東西被背著往前跑。他覺得四周越來越黑暗，這到底是因為天黑還是他的眼睛瞎了，皮聘一點也分辨不出來。

他依稀感覺到許多半獸人要求停下來，烏骨陸似乎大喊了什麼。他覺得自己被丟到地上，就這麼躺著又進入了黑暗的夢鄉。但他並沒有脫離痛苦太久，很快地又有另一雙鐵爪毫不留情地將他抓起，晃得他天旋地轉，最後才好不容易醒了過來，發現此時已經是清晨了；一聲令下，他又被粗魯地丟到草地上。

他在草地上躺了片刻，絕望地掙扎著。他覺得頭暈腦脹，但從身體的燥熱程度來看，他似乎又被餵了一點半獸人的飲料。一名半獸人低頭看著他，丟給他一塊麵包和一條肉乾，他狼吞虎嚥地吃下那發酸的灰色麵包，但捨棄了肉乾。他的確很餓，不過還沒餓到昏頭去吃半獸人丟給他的肉乾；他連想都不敢想，這塊肉原先是屬於什麼生物的。

他坐了起來，看著四周。梅里距離他不遠。他們坐在一條激流的河岸邊，遠方是隆起的山脈，一座高聳的山峰正反射著太陽的第一線曙光。他們眼前的斜坡下方是一片黑矇矇的森林。

半獸人之間又起了激烈的爭論，似乎北方的半獸人又和艾辛格士兵起了爭執，有些傢伙指著南方，有些則是指著東方。

「好吧，」烏骨陸說：「那就把他們留給我！我說過，不准殺他們；如果你們寧願捨棄千里迢迢才取得的戰利品，那麼儘管放棄吧！我會接收他們的。就像平常一樣，讓善戰的強獸人來收拾一切吧。如果你們害怕那些白皮膚的傢伙，那就走啊！快跑！森林就在那邊！」他指著前方說：「快進森林！這是你們的唯一希望，快滾！最好在我砍掉幾個腦袋讓你們恢復理智之前趕快走！」

在一陣紛亂和咒罵之後，大部分的北方半獸人都離開了，人數大約有一百多個，他們沿河狂奔向山脈。留在哈比人身邊的是至少有八十名身材高大壯碩、皮膚黝黑、斜吊眼睛的艾辛格士兵，他們都背著巨弓，拿著闊劍；幾名身材比較高、膽子較大的北方半獸人也留了下來，加入他們的行列。

「現在我們該對付葛力斯那克這傢伙了。」烏骨陸說；但是，連他的部下都開始不安地看著南方。

「我知道你們在想什麼，」烏骨陸咆哮道：「那些該死的馬夫已經知道我們的行蹤了。史那加，這都是你的錯，你和另外一個斥候應該把耳朵砍掉才對。不過，我們是戰士，搞不好到時有馬肉或是更好的肉可以吃。」

此時，皮聘才明白為什麼有些人指著東方。那個方向現在傳來了沙啞的喊聲，葛力斯那克又出現了，他帶來了數十名和他一樣長臂彎腿的半獸人。他們的盾牌上都漆著紅色的巨眼。烏骨陸走向前去迎接他們。

「你又回來了？」他說：「想清楚，認同我們了，是吧？」

「我回來是為了看看你們有沒有服從命令，俘虜是不是完好無傷。」葛力斯那克回答道。

「是唷！」烏骨陸說：「浪費時間。在我的管轄下當然不會有問題，你回來又有什麼目的？你剛剛走得很匆忙，是忘了什麼東西嗎？」

「我漏了一個蠢蛋沒帶走！」葛力斯那克吼道：「但他身邊還有很多精壯的士兵，就這麼犧牲太可惜了。我知道你會帶他們蹚進渾水中，我是來協助他們的。」

「真是太好了！」烏骨陸大笑著說：「不過，除非你有種大戰一場，否則你是走錯路了；路格柏茲才是你該去的地方。白皮膚的傢伙快要來了，你那位尊貴的戒靈到哪裡去啦？如果戒靈的名聲不是虛有其表的話，你帶他來可能可以派上一些用場。」

「戒靈，戒靈！」葛力斯那克舔著嘴唇，渾身發抖的重複道，彷彿光是這幾個字就讓他嘴裡有了苦味：「烏骨陸，你說的是你那愚蠢的腦袋根本不明白的屁話！」他說：「戒靈！啊！名聲不假！有天你會希望自己沒有說過這句話。死猴子！」他惱怒大吼道：「你應該知道戒靈是王之眼的愛將。要想出動有翼戒靈，時機還沒到。他還不會讓他們出現在河對岸的，起碼不是現在。他們是為了大戰和其他重要的事情而準備的。」

「你似乎知道的很多嘛！」烏骨陸說：「我猜知道得太多恐怕對你不好。或許那些在路格柏茲的傢伙會懷疑你是怎麼知道的，有什麼目的。不過，此刻艾辛格的強獸人可以像以前一樣替大家收尾。別站在那邊發呆！還不快振作精神！其他的矮笨蛋都已經逃到森林裡面去了，你們最好跟上去。你們這次沒辦法活著回到河對岸了，沒錯，正是如此！動作快！我就在你們後面。」

艾辛格的士兵再度扛起梅里和皮聘，然後大隊就啟程了。他們連續不停地奔跑了好幾個小時，中途只有換人接手來扛時，才稍微停頓一下。不知道是因為體力和速度上較強，或者是葛力斯那克的計謀，艾辛格的士兵慢慢地超越了魔多的半獸人，讓葛力斯那克的手下只能緊跟在後。很快的，他們也趕過了前面的北方半獸人，森林越來越接近了。

皮聘全身淤青，到處是傷，他覺得頭痛欲裂，扛他的半獸人惡臭的下顎和毛毛的耳朵摩擦得他更難受。在他眼前的是拱起的背，一雙不停擺動的粗壯腿，上上下下毫不停歇，彷彿是由鋼鐵所鑄造一般絲毫不會疲累，就在這噩夢一樣的場景中不停晃動著。

到了下午，烏骨陸的部隊已經完全趕過了北方的半獸人。這一行人低頭不敢正視明亮的太陽，雖然這是冬天蒼白無熱力的太陽；他們垂著頭，舌頭無力地吐在外面。

「低等生物！」艾辛格的士兵取笑道：「你們都快被烤熟啦！那些白皮膚的傢伙會趕上你們，把你們吃光的。他們就要出現啦！」

葛力斯那克從後方傳來的叫聲，證明這並非是開玩笑。以極快速度奔馳的騎士，的確已經出現在眾人的視線中。雖然他們距離尚遠，但已經慢慢地趕上來，似乎會像潮水湧上沙灘，吞沒掉陷在流沙中的人一樣。

艾辛格的士兵邁開大步，用令皮聘咋舌的加倍速度奔馳，在他眼中，這似乎是漫長比賽的最後衝刺。然後，他注意到太陽已經漸漸西沉，落到了迷霧山脈之後；陰影逐步籠罩大地。魔多的士兵開始抬起頭來，並且加快腳程。黑暗的森林十分靠近了，眾人已經越過了森林前緣的幾棵樹，地形也已經開始慢慢上升，變得越來越陡；但半獸人絲毫沒有減緩腳步。烏骨陸和葛力斯那克都不停地叫喊著，催促自己的部下往前衝。

「他們的速度夠快，他們會逃走的！」皮聘心想。接著，他勉強轉過頭，用一隻眼瞥向背後的景象。一看之下，才發現在東邊緊緊追趕的騎士已經和半獸人們並駕齊驅，平原的地形更無阻於他們的奔馳。落日的餘暉照在長槍和頭盔上，也映射著他們白金色的頭髮。他們正在包圍這些半獸人，避免他們散開來，並且沿河驅趕他們。

他開始思索這些到底是什麼人。他真希望自己在瑞文戴爾時有多看些書籍，仔細地閱讀那些地圖和史料。可是，在那些日子裡，似乎都是由更厲害的人在負責策劃旅程，他從來沒想過自己會失去甘道夫，甚至和神行客分開，更別提和佛羅多分開了。他對洛汗國唯一的記憶，就是甘道夫的神駒影疾是從這裡來的。至少這聽起來讓人覺得滿懷希望。

「可是，要怎麼讓他們知道我們不是半獸人呢？」他想：「我想他們在這裡，應該從來沒聽過哈比人。我會很高興看見半獸人能夠都被消滅，但我也很希望自己可以活下來。」事實是，很有可能他和梅里在被洛汗人發現之前，就會跟眾多的半獸人一起被殺死。

馬隊中似乎有幾名弓箭手，十分擅長在急馳的馬背上射擊。他們會飛快地靠近，射殺那些落後的半獸人；接著，騎士們會轉身迅速撤離到對方的射程之外；半獸人只能夠盲目地隨便亂射，不敢停下來瞄準。這樣周而復始的重複了好幾次，有一次剛好有支箭射進了艾辛格士兵的行列中，皮聘眼前有一名半獸人就這麼倒地，再也沒有起來。

夜色慢慢降臨，騎士依舊沒有採取決定性攻擊的態勢。許多半獸人已經戰死，但現場大約還有兩百名半獸人。傍晚時分，半獸人們來到了一塊高地上，森林的邊緣已經十分靠近了，或許不到一哩，但他們也無法再靠近森林一步。騎士們已經將他們團團圍住。有一小隊的半獸人不聽烏骨陸的號令，闖向森林，最後只有三人活著回來。

「好吧，我們落到這步田地，」葛力斯那克輕蔑地說：「真是英明哪！我希望偉大的烏骨陸可以再次帶領我們突圍。」

「把那些半身人放下來！」烏骨陸不理葛力斯那克的嘲弄：「你，陸格達，派兩個人看守他們。除非那些該死的白皮膚闖了進來，否則不准殺他們。明白嗎？只要我還活著，他們就是我的。但是你們不能讓他們叫喊，也不能讓他們被救走。綁住他們的腿！」

兩人的腿就這樣被無情地綑住。不過，至少皮聘這次發現，自己終於可以靠近梅里了。半獸人發出巨大的噪音，大吼大叫，敲擊自己的兵器，哈比人把握住機會悄悄交談。

「我覺得沒什麼希望了。」梅里說：「我快虛脫了。即使我掙脫了這些束縛，恐怕也沒力氣爬多遠。」

「別忘了**蘭巴斯**！」皮聘低語道：「我身上還有一些，你呢？我想他們只有收走我們的短劍而已。」

「沒錯，我口袋裡還有一塊。」梅里回答道：「但它一定都被打碎了。反正，我也無法把嘴巴伸進口袋裡！」

「你不需要。我已經——」皮聘被踹了一腳，他這才發現半獸人都已經安靜下來，守衛開始把注意力轉回到他們身上。

這夜寒冷無風。半獸人所聚集的這塊高地，四周被點著了一堆堆小小的營火，在黑夜中發出金紅色的光，把半獸人團團困住。這些火焰都在長弓的射程之內，但騎士們都在暗處沒有現身，半獸人浪費了許多箭矢射在這些火焰上，到最後烏骨陸才阻止他們。騎士們一聲不出。夜深之後，在月光鑽出迷霧後，偶爾可以看見騎士們陰暗的身影，毫不懈怠地在月光下來回巡邏。

「該死，他們在等太陽出來！」一名守衛低聲咒罵道：「為什麼我們不一起衝出去？我真想知道烏骨陸到底在想些什麼啊？」

「我知道你想知道。」烏骨陸從背後悄悄地走出來：「你以為我沒腦袋是嗎？你這個混蛋！怎麼和那些路格柏茲的低等生物一樣愚蠢！和他們一起衝出去是不切實際的想法。這些傢伙會尖聲亂叫，四處逃跑，反而亂了陣腳。這些馬夫們就可以在平地上輕輕鬆鬆地掃蕩我們。」

「那些低等生物唯一能做的事情，就是在黑暗中清楚視敵。但是，就我所知，這些白皮膚馬夫的夜視力比一般人類要好，也別忘記他們騎的馬匹。據說這些生物可以看見夜風的吹拂！不過，這些傢伙還不知道，毛赫和他的部下就在森林裡面，隨時有可能會殺出來。」

很明顯的，烏骨陸的保證已經足以滿足艾辛格的士兵；但是，其他半獸人的士氣都十分低落，非常不願意服從命令。他們只安排了一點哨兵，大多數的人都躺在地上，在他們喜愛的黑暗中休息。由於月亮西沉落到厚厚的雲層後面去了，四野真的變得非常黑暗，皮聘連幾呎外的東西都看不見。底下的火焰並沒有給高地上帶來任何的光明。不過，騎士們並非枯等天明，讓敵人可以養精蓄銳。高地東邊突然傳來的呼喊聲讓他們知道出問題了。看來，似乎有些人類騎到近處，溜下馬，潛進營地殺死了幾名半獸人，接著又悄無聲息地溜走了。烏骨陸連忙衝到該處，去安撫幾乎暴動的半獸人。

皮聘和梅里坐了起來，看守他們的艾辛格士兵已跟著烏骨陸離開。但哈比人逃跑的希望很快就被澆熄了。一隻長滿毛的大手抓住他們的脖子，將他們拉近。他們在昏暗的光線下依稀可見葛力斯那克醜惡的大臉，他惡臭的呼吸正吹在他們的脖子上。他開始摸索著眼前的兩名哈比人，當他冰冷的手指撫摸到皮聘的背上時，皮聘忍不住打了個寒顫。

「好啊，小朋友們！」葛力斯那克輕聲低語道：「還舒服吧？還是不夠舒服？可能位置不太好吧？一邊有刀劍鞭子，一邊有可惡的長槍！很難睡吧！小傢伙還是不要太常插手管大人的事務比較好。」他的手指繼續撫弄著，眼中似乎冒出白熱的光芒。

皮聘突然間明白了，這念頭彷彿是直接來自於他的敵人腦中。「葛力斯那克知道魔戒的事情！他準備趁著烏骨陸抽不開身的時候，將魔戒據為己有。」皮聘內心感到一陣寒意，但同時他也在思考著要如何運用葛力斯那克的貪念。

「我想你這樣是找不到的，」他壓低聲音回答：「這樣東西不好找。」

「**找什麼？**」葛力斯那克說，他的手指停止摸索，一把抓住皮聘的肩膀：「找什麼？小傢伙，你在說什麼？」

皮聘沉默了片刻，然後，在黑暗中，他突然從喉嚨中擠出了**咕魯**、**咕魯**的聲音，然後加上一句：「沒什麼，我的寶貝。」

皮聘感覺到葛力斯那克的手指一緊。「呵呵！」半獸人低聲說道：「原來你是這個意思啊？呵呵，小傢伙，這是非常、非常危險的。」

「或許吧，」梅里現在也明白了皮聘的猜測：「但危險的不只是我們，你對自己的任務應該知道得最清楚。你到底想不想要？又願意拿什麼東西來換？」

「我想不想要？我想不想要？」葛力斯那克彷彿十分困惑地回答，但他的手臂依舊顫抖著：「我願意拿什麼東西來換？你這是什麼意思？」

「我們的意思是，」皮聘小心翼翼地字斟句酌，不想被對方看出破綻：「在黑暗中瞎摸是沒有用的，我們可以幫你省掉很多時間和麻煩。但你必須先鬆開我們的腿，否則我們絕對不會配合，也什麼都不會說。」

「我親愛的小蠢蛋，」葛力斯那克低語道：「你所擁有的一切，所知道的一切，不久之後都會變成我的，一切的一切！你會希望自己有更多事情可以告訴拷問者，是的，很快你就會知道了，我們不需要催促拷問大師，呵呵，不需要的！不然你以為為什麼會讓你們活命？我親愛的小傢伙，請相信我這不是出自於同情，連烏骨陸都不會犯下這樣的錯誤。」

「我當然知道，」梅里說：「但是你還沒把這獵物運回家呢。不管發生什麼事情，看來都不會像你想像的那麼順利。如果我們到了艾辛格，獲得獎賞的就不會是偉大的葛力斯那克，薩魯曼會拿走所有他找到的東西。如果你還想要替自己留下一些好處，現在是交易的好時機。」

葛力斯那克按捺不住自己的脾氣了，薩魯曼的名號似乎特別讓他生氣。時間很緊迫，他好不容易把握的這一團混亂也漸漸的平息了。烏骨陸或是艾辛格的士兵隨時可能會回來。「你們誰身上帶著它？」他大喊著。

「**咕魯！咕魯！**」皮聘只是這樣回答。

「鬆開我們的腿！」梅里說。

他們感覺到半獸人的手劇烈顫抖著。「該死，你們這些混帳！」他低聲說：「鬆開你們的腿？我會把你們大卸八塊。你以為我不能把你們的骨頭都搜出來嗎？搜身！哼，我會把你們碎屍萬段。我不需要你們雙腿的幫忙就可以把你們帶走，你們全都是我的！」

突然間他將兩人抱起，他的長臂和肩膀擁有驚人的怪力，他一邊夾著一個哈比人，用力地將他們箝住，同時還用手掌將他們的嘴堵住；然後他彎著腰，快速無聲地衝向前，直到來到高地的邊緣。他在該處從兩名哨兵之間挑了個空隙，如同邪惡的黑影一樣融入夜色中，沿著斜坡往西跑向流出森林的河流。在那個方向洛汗人似乎只有點燃一座篝火，因此露出了很大的空隙。走了幾十碼之後，他停下來四處張望著。他什麼也沒有發現，於是彎著腰繼續慢慢前行，幾乎都快趴到地面了，然後，他又停下來側耳傾聽；接著，他猛然站起身，似乎準備冒險邁步狂奔。就在那一瞬間，一名騎士的黑影出現在他面前，馬匹發出嘶鳴聲，一名男子的叫喊聲跟著傳來。

葛力斯那克立刻趴在地上，並將哈比人壓在身下；然後，他拔出了劍，毫無疑問是要殺死這兩名俘虜，不想讓他們被救走或是逃脫；但這也給他帶來了厄運。那把長劍在黑暗中微微反射出他左方篝火的光芒；一支羽箭從黑暗中呼嘯而至，不知是命運的安排還是對方的神技使然，這支箭正中他的右手。他慘叫著丟下劍，急促的馬啼聲隨即趕到，正當葛力斯那克跳起來準備逃跑的時候，一匹馬將他踩倒在地，一柄長槍應聲刺穿了他的身軀，他狂嚎一聲倒在地上，不動了。

哈比人在葛力斯那克離開之後，依舊躺在地上一動也不動，另一名騎士飛快的騎來協助同伴。不知道是由於駿馬銳利的眼光還是其他什麼原因，這兩匹馬竟然都從兩人身上躍過，讓他們毫髮無傷。騎士們則完全沒有發現這兩個嚇得不能動彈、裹著精靈斗篷蜷縮在草地上的身影。

終於，梅里動了一下身體，輕聲耳語道：「至少到目前為止都很順利，但我們要怎麼避免被不長眼睛的東西刺穿？」

答案幾乎立刻出現。葛力斯那克的慘叫聲驚醒了半獸人，從高地上發出的吵雜聲來看，他們的失蹤已經被發現了：烏骨陸搞不好正在砍掉幾個腦袋來發洩他的怒氣。然後，突然間，半獸人回應的呼喊聲從右方包圍圈之外傳來，約莫是在山脈和森林的方向。顯然毛赫終於趕到了，現在正在攻擊包圍者。隨即傳來的是急馳的馬蹄聲，騎士們冒著半獸人的箭矢縮小包圍圈，避免有人乘機突圍，另一隊騎士則出面對付新來的攻擊者。突然間，皮聘和梅里意識到，他們竟然連動都沒動就已經脫離了包圍圈，已經沒有任何力量可以阻止他們逃跑了。

「就是現在！」梅里說：「如果我們手腳可以恢復自由，就可以逃出去了！可是我碰不到繩結，我也咬不到他們。」

「不需要試了，」皮聘說：「我正準備告訴你，我已經掙脫了。我手上的繩圈只是偽裝用的。你最好先吃幾口**蘭巴斯**恢復力氣。」

他掙脫了手腕上的繩子，掏出一塊精靈的乾糧，這塊乾糧雖然已經被壓碎了，但它的葉子包裝還完好如初。哈比人各吃了幾口，這味道立刻讓他們回憶起那些美麗的面孔和笑語，以及許多天前所吃過的山珍海味。他們在黑暗中坐了好一會兒，若有所思地吃著，身邊的戰鬥和慘呼似乎都與他們無關，皮聘是第一個恢復鎮定的人。

「我們必須趕快離開這裡。」他說：「等等！」葛力斯那克的長劍雖然就在他們腳邊，但卻沉重得讓他們拿不動。因此，他悄悄地爬向前，找到半獸人腰間的一把鋒利的長刀；藉著長刀的幫助，他俐落地割斷了兩人身上的束縛。

「現在可以了！」他說：「等我們身體暖和一點之後，或許我們可以站起來走動。不過，目前我們最好還是先開始爬離這裡。」

他們就這樣開始在草地上匍匐前進。這塊草地上的草長得很高，正好幫助他們隱藏形跡，但這樣爬起來似乎永遠都爬不完似的。他們盡量遠離四周的篝火，一寸一寸地往外爬，直到他們來到河邊，可以聽見黑暗中潺潺的水聲為止。然後他們回頭打量。

之前的廝殺聲都已經停止了。顯然毛赫跟他的部下們不是被殺光，就是被趕走了，騎士們又重新回到崗位上，寂靜無聲地警戒著。看來這不會持續太久了，天色已經快要亮了。清朗無雲的東方已經微微露出魚肚白來。

「我們必須趕快找掩護，」皮聘說：「否則就會被發現了。就算那些騎士在我們死後發現我們不是半獸人，也已經太晚了。」他站起來用力跺腳：「這些繩子纏死人了，幸好我現在腳又有感覺了。我現在應該可以走路了，梅里，你呢？」

梅里站了起來。「還好，」他說：「我應該還撐得住。蘭巴斯真的能讓人提振精神，比半獸人喝的提神飲料要讓人舒服多了。不知道那是什麼東西釀的？我想還是最好不要深究。我們趕快喝口水，沖掉那種味道吧！」

「不能在這邊喝，這裡太陡了。」皮聘說：「往前走吧！」

他們轉過身，肩並肩慢慢地沿著河邊走。他們背後的東方已經越來越亮了。當他們行走的時候，他們以哈比人的方式彼此若無其事的交換著被俘之後的記憶。從他們的腔調和表情來看，旁觀者絕對猜不出他們吃了多少苦，在絕望的處境中打過滾，甚至在鬼門關前走了一遭。即使是現在，他們兩人也明白，自己不太可能再遇到朋友，轉危為安。

「皮聘先生，你看來似乎表現得不錯嘛！」梅里說：「只要我能夠活著去向他報告，搞不好你可以在老比爾博的書裡面留下輝煌的一章喔。你幹得真是漂亮，特別是玩弄那個多毛怪物的那段，真是把他給惹毛了，不過，我懷疑以後到底會不會有人跟著你的足跡找到那別針。我可不想弄丟自己的別針，但我想你的可能永遠找不回來了！」

「如果我想和你平起平坐，我得加把勁努力囉。現在，是在下我好好表現的機會了。我猜你大概不知道我們身在何處吧？幸好我在瑞文戴爾的時候相當用功。我們正沿著樹沐河往西前進，眼前是迷霧山脈的尾端，還有法貢森林。」

他話還沒說完，森林的灰暗邊緣無聲無息地出現在他眼前。夜色似乎躲進了森林的巨樹下，不想和即將到來的曙光打交道。

「帶路吧！梅里先生！」皮聘說：「或者是回頭！我們之前曾經聽人說過不該接近法貢森

林，希望這位博學多聞的大人沒有忘記這件事情。」

「我可沒忘記，」梅里回答：「但這座森林看起來沒什麼問題，總比回頭闖進一場大戰中要好吧。」

他帶頭走進森林濃密的枝枒間，這些樹木看來似乎蒼老得超乎想像。每一棵巨木周身都被厚重的苔蘚所圍繞，在微風中看來像是老人飄動的美髯一般。哈比人在陰影中窺探，回頭看著斜坡下的情景：他們兩人就像精靈的小孩，在時間的深處由古老的森林往外望，驚奇地看見他們人生中的第一個黎明。

越過大河，越過褐地，在極遠之處，火紅的黎明終於降臨了。狩獵的號角聲響起迎接晨光。洛汗國的驃騎突然出現在草原上，號角一聲接一聲彼此呼應著。

梅里和皮聘在這冷冽的空氣中聽見了戰馬的嘶鳴，以及突如其來的人類雄壯的歌聲。太陽的光芒如同火紅的巨臂一般揮舞過大地。驃騎們大聲呼喊著從東方策馬殺出，甲冑和槍尖上都反射著血紅的光輝。半獸人狂嚎著射出所有剩餘的箭矢。哈比人看見幾名騎士倒下了，但他們衝鋒的陣形依舊緊密地掩殺過高地，接著又調轉馬頭再度衝刺。僥倖存活的半獸人們四散奔逃，最後都遭到長槍破體而過的命運；但是，依舊有一群半獸人保持隊形，持續的衝向森林，他們沿著斜坡直接殺向看守該處的驃騎。在梅里和皮聘的眼中，這些半獸人似乎會殺出重圍，已經有三名擋路的騎士遭到他們殺害。

「我們已經耽擱太久了，」梅里說：「你看，帶隊的是烏骨陸！我可不想要再遇見他。」

哈比人轉過身，逃進森林的陰影中。

因此，他們並沒有看見這場惡鬥的結局，烏骨陸的小隊在法貢森林的邊緣又再度被包圍，洛汗國的第三元帥伊歐墨下馬親自與他對決，最後終於將他斬殺於劍下。平原上殘存尚有力氣奔逃的半獸人，則在驃騎的銳利目光下無所遁形，被一個接一個的刺死在長槍或是馬匹的踐踏下。

隨後，驃騎們將戰死的夥伴集中，吟唱他們的豐功偉業；最後，他們生起了熊熊烈火，把敵人的骨灰散布在大地上。這場半獸人的突擊就這麼結束了，沒有任何人活著將消息帶回魔多或是艾辛格；但是，這場大火的濃煙飄入高空，也飄進了許多人的眼中。

第四節　樹鬍

在此同時，哈比人在黑暗林中盤根錯節的老樹腳下盡可能的趕路，沿著小溪的水流向西方山脈的方向前進，同時卻也越來越深入法貢森林。慢慢的，他們對於半獸人的恐懼消退了，腳步也跟著減緩。他們覺得有種異樣的窒息的感覺，彷彿這裡的空氣稀薄到讓人無法呼吸。

最後梅里停了下來，氣喘吁吁地說：「我們不能這樣繼續趕路了，我需要新鮮空氣！」

「至少先喝點水吧，」皮聘說：「我快渴死了！」他沿著一條延伸進小溪中的樹根爬到河岸邊，用手捧起溪水來啜飲。溪水十分清澈冰涼，他一連喝了好幾口，梅里也跟著有樣學樣大喝特喝。溪水不只讓他們不再乾渴，似乎也給他們帶來了新的力量。有好一會兒，兩人並肩坐在河邊泡腳，讓河水釋放肌肉中的痠痛，一邊打量著四邊沉默無聲，樹木一層層地向四面八方毫無邊際地延伸而去，直到隱沒在灰濛濛的微光裡。

「我猜你應該還沒迷路吧？」皮聘說著，靠向需要好幾個人才能合抱的老樹幹：「至少我們可以再沿著這條河走，管它叫作樹沐河還是什麼的，一路走回原來進入森林的地方。」

「只要我們還走得動，」梅里說：「而這裡的空氣能讓人正常呼吸的話，就沒問題。」

「沒錯，這裡的空氣似乎很稀薄，好像停滯住了一般。」皮聘說：「不知道怎麼搞的，這裡讓我想起了在大地道那邊建的圖克大廳。那是個很大的地洞，那邊的家具大概有好幾世代都沒移動或更換過。他們說老圖克就這樣年復一年的居住在那裡，看著家具和自己逐漸被歲月所侵蝕。自從他一百年前去世之後，那個房間就再也沒人動過了。傑龍提斯是我的曾曾祖父，這就是他告訴我的。可是，那裡的古舊感覺和這邊根本不能比。你看看這些四處飄盪、恣意生長、橫行霸道的苔蘚！幾乎每棵樹都掛著一大堆已經枯死的樹葉，看起來真不乾淨。我很難想像這裡的春天看起來會是什麼樣子，甚至我都無法想像春天會不會來呢，更別提要在這邊大掃除會是什麼樣子了。」

「不過，太陽至少偶爾會照進來一下。」梅里說：「這裡看起來和比爾博所描述的幽暗密林完全不同。那裡又黑又暗，是暗黑生物的大本營。這裡只是光線微弱，樹多得嚇人而已。你根本完全無法想像有動物居住在這裡，或甚至稍微待上一段時間。」

「沒錯，連哈比人也不例外。」皮聘回答：「我也不敢想像穿越這座森林會是什麼樣子。我猜大概走一兩百哩都不會有東西吃。我們的乾糧還夠嗎？」

「不太夠了，」梅里說：「我們脫逃的時候身上只有幾塊**蘭巴斯**，其他東西都沒帶。」兩人看著剩下來的幾塊精靈乾糧，這些碎片大概只夠支撐五天，然後就什麼都沒有了。「而且我們也沒有毯子。」梅里說：「不管往那個方向走，今天晚上都要忍受風寒了。」

「好吧，我們最好先決定一下該往哪裡走。」皮聘說：「天色已經很亮了。」

就在這個時刻，他們突然發現不遠的森林深處出現了一道金光，那是穿透了森林濃密頂蓋照射進來的溫暖陽光。

「哇！」梅里說：「剛剛我們走進森林的時候，太陽一定是被雲遮住了，現在她又跑了出來，或者是她已經爬到高空，可以從空隙照進森林裡來了。那裡距離並不遠，讓我們去看看吧！」

他們發現，那裡其實比他們想像的遠多了。地形依舊持續的上升，地表的岩石也越來越多。隨著他們的前進，四周越來越亮，很快的他們就發現眼前出現了一堵石壁，那應該是某座山丘的一部分，或是遠方山脈的延伸。石壁上沒有任何的樹木，太陽光正照滿了整面岩壁。在它底部樹木的枝枒都筆直向上伸出，彷彿渴求太陽的溫暖。原先看起來死氣沉沉的森林，現在成了陽光下紅褐飽滿的美景，灰黑色的樹皮也如同打磨光滑的皮革一樣細緻，樹幹也反射著如同鮮嫩青草一樣的柔和綠光，這可能是早春的跡象或是它們久遠活力的殘跡。

在岩壁表面，有一處地方近似一道階梯，從它崎嶇不平的形狀看來，或許這是岩石破裂和雨水沖刷所自然構成的奇景。在石壁上方，幾乎與樹頂平行處，在峭壁下有一塊突出的岩石。岩石上沒長東西，只有邊緣上長了幾株雜草，以及一段只剩下兩根彎曲的枝幹的老樹樁，模樣看起來像是一位乖戾的老人，站在那裡，被晨光迷了眼睛。

「我們上去吧！」梅里歡欣鼓舞地說：「終於可以呼吸新鮮空氣，看看這裡的樣子了！」

他們攀爬上這一連串的階梯。如果這些階梯是人工打造的，那麼它是造來給比他們腳大腿長的人用的。不過，由於他們太急切了，以至於絲毫沒有發覺自己身上的累累傷痕已經痊癒，活力也都回來了。最後，兩人終於爬到了岩壁的頂端，正好位在那老樹樁的底下。然後他們一躍而上，轉過身背對著山丘，深吸一口氣，望向東方。他們這才發現自己只進入了森林大約三、四哩遠，森林的前緣順著山坡往下一路延伸向大草原。在那邊，在靠近森林的邊緣處，有濃密的黑煙升起，向著他們飄過來。

「風向改變了，」梅里說：「又轉向東方了，這裡好涼快喔。」

「沒錯，」皮聘說：「可惜這只是曇花一現，我恐怕一切又都會恢復成灰濛濛一片。真可惜！這座老森林在陽光之下看起來好漂亮，我幾乎覺得自己要喜歡上這個地方了。」

「幾乎覺得你喜歡這座森林？很好！你們真是太客氣了！」一個奇異的聲音說：「轉過身來，讓我看看你們的臉。我幾乎覺得我要討厭你們兩個人了，不過，最好還是不要倉促下決定。快轉過身！」一雙長滿了樹瘤的手放在兩人的肩膀上，將他們輕柔、但不可抗拒地轉了過來；然後，一雙大手將他們舉了起來。

梅里和皮聘發現自己面對的是一張極端不尋常的面孔。那張臉孔屬於一個類似人類，幾乎有著食人妖輪廓的高大身形。他至少有十四呎高，看起來非常強韌，頭很長，卻幾乎沒有脖子。兩人很難推斷他到底是穿著綠灰色的樹皮衣服，還是這就是他的皮膚。不過，他們至少可以確定的是，離軀幹有一小段距離的雙臂沒有任何皺褶，是褐色的光滑肌膚。他的每隻大腳有七根趾頭，那張長臉的下半端則掩蓋在茂密的灰鬍子底下，鬍根的部分簡直像小樹枝，尾端薄薄的，並且覆著一層苔蘚，看起來有點像老人的灰色鬍鬚一般豐美。不過，此時此刻，哈比人唯一注意到的就是那雙眼睛；那雙深邃的眼睛正緩慢、嚴肅地打量著他們，非常具有穿透力。他的眼睛是褐色的，放射著綠色的光芒。日後，皮聘常試著要描述他對那雙眼睛的第一印象。

「你會覺得那背後似乎有著十分深邃的古井，裝滿了遠古以來的記憶和緩慢、堅定的思緒；但是它們的表面卻是閃爍著現世的波瀾，就像陽光映射在大樹表層的枝葉上，或是照射在幽深湖水的漣漪上一樣。我不確定，那種感覺好像是在樹頂和樹根之間、大地和天空之間某種沉睡的力量突然醒了過來，正用著億萬年以來同樣緩慢審視自己的目光在打量著眼前的你。」

「哼姆，呼姆，」那低沉如同極低的木管樂器般的聲音呢喃道：「真是奇怪！我的座右銘是不要倉促行事。可是，如果我在聽見你們的聲音之前看見你們——順道一提，我很喜歡你們小小的聲音，讓我想起了一些不復記憶的事物——如果我在聽見你們的聲音之前看見你們，我應該會一腳從你們身上踩過去，把你們當作小半獸人，等事後才發現我犯了錯。你們真的很奇怪，我的老根啊，真的很奇怪！」

皮聘雖然依舊很吃驚，卻已經不再害怕。他在那雙眼睛的打量下只有感覺到好奇，但沒有恐懼。「打攪您了，」他說：「但閣下是誰？又是什麼種族？」

那雙蒼老的眼中出現了詭異的光芒，似乎是某種提防的感覺——那座古井被蓋了起來。「哼姆，」那聲音回答道：「我是樹人，其他人是這樣稱呼我的；沒錯，就是樹人這兩個字。你們可以用你們的語言稱呼我樹人，也有某些語言稱呼我為**法貢**，還有人叫我**樹鬍**。叫我**樹鬍**應該就可以了。」

「**樹人**？」梅里驚訝地問道：「那是什麼？你怎麼稱呼你自己呢？你真正的名字是什麼？」

「呵，等等！」樹鬍回答道：「呼！那可會說上好長一陣子呢！別這麼著急。問話的是我呢，你們是在我的勢力範圍內，我才要問你們是什麼？我無法將你們分類，你們似乎不屬於我在年輕時候所學到列表中的種族。不過這也難怪，那已經是很久很久以前的事情了，或許有人編出了新列表也說不定。讓我想想！讓我想想！列表是怎麼說的？

快學習各種生靈的知識吧！
先是四種自由民：
最古老的是精靈們，
矮人在黑暗的地底挖洞居住；
大地所生的樹人和山脈一樣年長；
壽命有限的人類是馬兒的主人。

嗯，哼，嗯。

水獺是工人，山羊愛跳躍，
大熊愛吃蜜，野豬最好鬥；
野狗吃不飽，小兔膽子小……

嗯，哼。

獵鷹在天際，水牛在草地，
雄鹿有美角，猛隼飛最快，
天鵝最潔白，大蛇最冰冷……

呼姆，嗯，呼姆，嗯。接下來是什麼？嘟姆，咚，嘟姆，東，嚕滴嘟咚，這列表很長哪！反正，你們就不在列表上就對了！」

「古老的故事和列表裡面，似乎永遠都漏掉了我們。」梅里說：「但是我們已經在世界上活了很久了，我們是哈比人。」

皮聘說：「為什麼不編一條新的句子進去？

半高哈比人，住在洞穴中。

你可以把我們放在四種人種當中，接在人類（大傢伙）之後，這樣你就不會搞錯了。」

「嗯！不錯，不錯，」樹鬍說：「這樣就可以了。原來你們住在洞穴中啊？聽起來很恰當、很舒服呢！不過，到底是誰叫你們哈比人呢？這聽起來不像是精靈的傑作，精靈是古語的創造者，一切都是由他們開始的。」

「哈比不是別人叫的，是我們自己用的名字。」皮聘回答。

「呼姆，嗯嗯！等等！別這麼急！你們叫你們自己哈比人？但你們不應該這樣到處跟人家說。如果不小心的話，可能會不小心把自己的真名告訴別人。」

「我們在這方面才不會那麼小心翼翼呢，」梅里說：「事實上，我是烈酒鹿家的人，梅里雅達克．烈酒鹿，不過，大部分的人只叫我梅里。」

「我是圖克家的人，皮瑞格林．圖克，不過，一般人都叫我皮聘，甚至是小皮。」

「嗯，你們果然是個急急忙忙的種族，我明白了。」樹鬍說：「我很高興你們這麼信任我，但你們也不應該一下子就這麼放心。你們應該知道，這世界上有這種樹人和那種樹人；還有一些看起來像是樹人，但不是樹人的生物。這樣吧，如果你們不介意的話，我就叫你們梅里和皮聘好了，真是不錯的名字。不過，我還是不準備告訴你們我的名字，因為時候還沒到。」他的眼中閃起了半是了解，半是幽默的綠光：「一部分是因為這會花上很長的時間，我的名字隨著時光的流逝而越來越長，而我又活了很長很長的時間，所以我的名字就像是一則故事。說出我的真名，會是以我的語言，你們所謂的古老樹人語，告訴你們我這一生的故事。那是種很美的語言，但是用它說話很費時；除非一件事值得花上很長的時間去說，也值得花上很長的時間去聽，否則我們是不會使用樹人語的。」

「不過，現在，」那雙眼睛變得十分明亮，突然間回到現世來，似乎縮小並更顯得銳利：「到底發生了什麼事情？你們到底和那一切有什麼關係？我可以從這個……從這個 a-lalla-lalla-rumba-kamanda-lind-or-burúmë 裡面看見、聽見（還有嗅到和感覺到）很多事物。抱歉，這是我名字的一部分，我不知道對應的外界語言是什麼。你知道的，就是我們所在之處，我站立瞭望明朗早晨，思考太陽，還有森林以外的草原，以及馬匹、雲朵和整個展開之世界的地方。到底發生了什麼事情？甘道夫在忙些什麼？這些──布拉魯，」他發出一陣低沉，彷彿某種巨大樂器的不和諧顫音──「這些半獸人，還有艾辛格那個年輕的薩魯曼在忙些什麼？我喜歡新消息，但別說得太快。」

「最近發生了很多事情哪！」梅里說：「即使我們說得很快，恐怕都要花上很長的時間。但你又告訴我們不要說太快，我們應該這麼快告訴你這些事情嗎？如果我們先問你到底要拿我們怎麼辦，以及你是站在哪一邊的，這會不會太沒禮貌？還有，你認識甘道夫嗎？」

「是的，我的確認識他，他是唯一在乎樹木的巫師。」樹鬍回答：「你們也認識他嗎？」

「是的，」皮聘哀傷地回答：「我們很榮幸認識他。他是我們的好朋友，也是我們已故的嚮導。」

「那我就可以回答你的另一個問題了。」樹鬍說：「我不會用你們來做什麼事情的，也就是說，我不會在沒有經過你們同意的狀況下對你們怎麼樣，我們可能會一起做些事情吧。我不知道什麼邊不邊的，我通常是只管自己的，不過，你們可能會和我相處一段時間。可是，你們提到甘道夫先生時候的表情……好像他的故事已經結束了。」

「你說的沒錯，」皮聘憂傷地說：「故事還在繼續，但甘道夫已經不是其中的角色了。」

「呼，啊！」樹鬍說：「呼姆，嗯，啊，好吧！」他暫停片刻，看著哈比人。「呼姆，啊，我不知道該說些什麼。來吧！」

梅里說：「如果你想要知道更多，我們會告訴你的，但得花上一段時間。你願意先把我們放下來嗎？我們可不可以坐在陽光下好好享受這難得的天氣？你一直抓著我們一定累了。」

「嗯，累？不，我不累。我很難感覺到疲倦的，我也不會坐下來；我並不是那麼的，嗯，有彈性的。不過，你們說的沒錯，陽光的確很舒服，讓我們離開這個──你說你們怎麼稱呼這個地方？」

「小山？」皮聘猜測道。「石壁？樓梯？」梅里跟著幫忙。

樹鬍若有所思地重複這幾個字：「小山，沒錯，是這個字。不過，用這個短短的字眼來描述自開天闢地就聳立在此的東西也未免太倉促了吧！算了，我們離開這裡吧。」

「我們要去哪裡？」梅里問道。

「去我家，我的其中一個居所。」樹鬍回答。

「很遠嗎？」

「我不知道，或許你們會認為那裡很遠，但這又有什麼關係呢？」

「這麼說吧，你看得出來，我們的東西都弄丟了，」梅里說：「我們的食物不太夠。」

「喔！嗯！你們不需要擔心這個，」樹鬍說：「我可以給你們喝種東西，能讓你們常保翠綠，長得又快又好。如果你們想要離開，我隨時可以把你們放在森林外的任何一個地方，我們走吧！」

樹鬍輕而牢地將這兩名哈比人夾在兩邊的臂彎中，一隻接一隻的抬起大腳，走到高地邊緣；然後，像是樹根一樣的腳趾抓住懸崖邊緣；接著，他小心又穩固地一階一階走下去，最後來到了森林的地面。

他立刻邁開大步，在樹林間穿梭，越來越深入森林。他的步伐一直沿著河流走，穩定地朝著山脈的斜坡往上爬。許多的樹木似乎都陷入沉睡，對於他的經過並沒有多少反應，不過，也有許多樹木開始顫抖，當他走近時伸出枝枒遮住他的頭。當樹鬍快速移動的時候，他嘴裡依舊對自己喃喃不停念誦著如同樂音一般的語言。

哈比人沉默了很長的一段時間。十分詭異的，在這種危機四伏的狀況下，他們竟然覺得安全和放心。最後，皮聘終於忍不住問道。

「打攪你了，樹鬍，」他說：「我可以問問題嗎？為什麼凱勒鵬會警告我們，不要打攪你的森林？他告訴我們最好不要和這裡有所牽扯。」

「嗯嗯，他知道嗎？」樹鬍咕噥道：「以我來說，我可能也會告訴你們相同的話。不要和羅瑞爾林多立安森林有所牽扯！古時候精靈們是這麼稱呼那座森林的，不過現在他們把它縮短了，變成羅斯洛立安。或許他們改變稱呼是對的，或許那座森林已經在漸漸消逝，不再繼續成長。那裡曾經是人們歌頌的黃金之谷，現在已經成了夢中花。啊，好啦！那裡的確是個特殊的地方，不是每個人都能踏入冒險的。我很驚訝你們能夠安全出來，但你們能夠進去更讓人覺得不可思議：已經有好多年沒有陌生人進去過了，那的確是塊詭異的地方。」

「這裡也是一樣的。人們來這邊會感覺到憂傷，沒錯，來這邊是會憂傷的！Laurelindórenan lindelorendor malinornélion ornemalin.」他自言自語道：「我想，他們在那邊已經和現世隔絕了。」他說：「不論是這裡，或是黃金森林之外的任何事物，都跟凱勒鵬年輕時不一樣了。不過：

Taurelilómë-tumbalemorna Tumbaletaurëa Lómëanor，他們以前常這樣說，世事或許多變化，但在有些地方卻是恆久不變的。」

「你這是什麼意思？」皮聘問道：「什麼東西會恆久不變？」

「樹木和樹人。」樹鬍回答道：「我也不完全明白自己身上的狀況，所以無法完整地向你解釋。我們之中有些依然保持著樹人的特徵，以我們的角度來看還算活躍；但有些同伴變得昏昏欲睡，你可以說他們『人』的成分被慢慢抽離了，只剩下『樹』的成分。當然，大多數的樹也還是樹，不過，有些卻已經處在半夢半醒的狀態，有些甚至相當的清醒，變得有些——有些像樹人了，這一切都是這樣循環不息的。」

接著，樹鬍又說：「當有些樹發生這樣的轉變時，你會發現他們的心並不好，這和他們的木質沒有關係，我不是指他們被蟲咬了或得病了。對啦，我認識一些樹沐河下游的老柳樹，唉！樹幹都空了，事實上它們都快變成碎片了，但還是依舊如同嫩葉一般的甜美、沉寂。當然，也有一些靠近山脈的河谷中的樹木，整天響叮噹，而且心又很壞。這種狀況似乎會傳染。這裡從前有些地方相當的危險，現在也還是有相當黑暗的地方。」

「你指的是北方的老林嗎？」梅里問道。

「算是，算是吧，很類似，但情況比那更糟糕。我懷疑北方有些大黑暗時期所留下的殘影還在那邊，不好的記憶有時會一直流傳下來。不過，這塊土地上也有黑暗從未曾離開過的河谷，有些樹木比我還要古老。然而，我們依舊盡力去行動。我們會趕走陌生人，不讓那些愚蠢的傢伙進來；我們訓練和教導，我們散步的時候同樣也會除草。」

「我們這些古老的樹人是牧樹者，現今存留下來的樹人已經沒多少了。綿羊有時會變得和牧羊人一個脾氣，牧羊人也會和綿羊越長越像；但這種變化的過程很緩慢，而且出現的時間也都不算久。樹木和樹人之間的關係更密切也變得更快，他們還一同承受歲月的變化。樹人比較像精靈：不像人類那般對自己感興趣，而是更能夠深入其他事物的本質。但是，從某個角度來看，樹人又更像人類，他們比精靈容易變通，也更容易了解事物的外在。或者，從某個角度來說，樹人優於兩者：因為樹人比較穩定，他們有持久的恆心。」

「我的同胞之中如今有些看起來像是樹木一樣了，必須要有巨大的變動才能夠喚醒他們，而且他們只用低語的方式交談。不過，我的森林中有些樹枝枒很柔軟活躍，還有許多可以和我交談。當然，這都是從精靈開始的，他們喚醒樹木，教導它們使用樹的語言。古老的精靈總是希望能夠和每種東西交談。但緊接著，大黑暗就降臨了，他們渡海而逃，有些躲進遠方的山谷，隱藏起身分，撰寫著逝去世代的歌謠；而那些世代再也不會重臨了。唉，唉，從盧恩到這裡曾經一度全都是一座大森林，這個區域不過是它的東方邊境而已。」

「那可是個寬廣的年代！我可以吟唱、步行一整天，耳中除了聽見山中傳來自己的回音，沒有別的響聲。這裡的樹林就像是羅斯洛立安的森林一樣，只不過更濃密、更強壯、更有活力。那空氣中的清新味道！啊，我常常一整個星期都花在深呼吸上面。」

樹鬍沉默下來，繼續往前走，但他的腳步幾乎是寂靜無聲的。不久之後，他又開始哼歌了，慢慢地變成吟頌詩文的語調。哈比人過了一段時間之後才發現，原來他是吟誦給他們聽的：

在那塔沙瑞楠的柳樹下，我走過春天。
啊！那春天的景象和氣味，就在塔斯仁谷地！
那真是不錯的感覺。
在那歐西瑞安德的榆樹林裡，我走過夏天。
啊！那光芒和那歐西七河美妙的樂聲，都是夏天獨有的景象，
我本以為那是最好的美景。
我又在秋天來到了尼多瑞斯的山毛櫸樹林。
啊！那黃金和暗紅的落葉，都在尼多瑞斯森林的美麗秋天中，
我已經心滿意足了。
在冬天，我爬上了多索尼安的高地松林中。
啊！那風吹、那白雪，和那多索尼安森林冬日的黑色枝枒！
我放開喉嚨，對著蒼天歌唱。
這些大地現在都隱在波浪之下，
我只能走在安巴倫那、塔倫莫那、阿達羅畝，
走在我的土地上、走在法貢森林中，
此地的樹木根深，
年歲比樹葉還要厚重，
在那塔瑞莫那羅畝。

他頌唱完了，又開始沉默地邁進，整座森林中卻沒有傳出任何回響。

天色漸漸變黑，暮色開始落在樹木的枝枒上。最後，哈比人終於看到在前方有一個陡峭的黑色斜坡：他們終於來到了山腳下，也就是翠綠的馬西德拉斯峰。在此地還是小溪的樹沐河喧嚷地沿著斜坡流下，才剛離開山上冰冷的泉源不久。在溪流的右邊是座很長的斜坡，上面長滿了青草，在暮色下顯得灰濛濛的。此地沒有任何的樹木生長，可以直接看到頂上的天空，在雲朵的空隙之間，已經可以看見閃爍的星辰。

樹鬍開始往斜坡上走，腳步並沒有任何延緩。突然間，哈比人看見前方出現了一個寬闊的開口，兩邊各有一株高大的樹木，彷彿是活生生的門柱一般。當樹人靠近的時候，兩株樹舉起枝枒，所有的樹葉也開始晃動。他們是長青樹，樹葉是墨綠色，有一層蠟光，在暮色中閃閃發亮。在兩株樹木後則是一塊平坦的空地，彷彿是山坡上開鑿出了一座大廳一樣，兩邊的牆壁都一直往上延伸，一直到達五十呎高的洞頂為止；而兩旁的樹木，也隨著他們越深入內部而越來越高聳挺拔。

大廳盡頭的岩壁十分陡峭，但底部又挖了個凹洞，成了有著圓拱頂的小房間，這是大廳中除了枝葉自然構成的屋頂之外，唯一的人造屋頂。在大廳的其他地方，樹木的枝葉將外界的光源全都遮住，只留下正中央的一塊空隙。一道涓涓細流從上方泉源躍出，脫離斜坡上的小河，發出清脆悅耳的聲音落下岩壁，在那拱頂的小房間前構成了一個透明的簾幕。這些流水又再度匯集在樹木間的一個石盆中，再度喧擾地沿著開口流出去，和外面的樹沐河匯流，踏上它的森林之旅。

「嗯，我們到了！」樹鬍打破了長久的沉默：「我帶你們走了大約七萬個樹人步，但我不知道這在你們的計算中是有多遠的距離。反正，我們已經到了最後山脈的山腳。這裡的名稱在你的語言中應該是威靈廳。我喜歡這個地方，今晚我們就待在這邊。」他將兩人放在在兩排樹木之間的草地上，皮聘和梅里跟著他走向拱頂。哈比人注意到他走路時膝蓋幾乎不彎曲，但他的腿卻可以張得很開。他會先將大腳拇趾（真的很大很寬喔）踩到地面，然後其他部分再跟著移動。

樹鬍先在落下的泉水中站立了片刻，然後他深吸一口氣，哈哈大笑著走進房間內。裡面有一張巨大的石桌，但沒有任何的椅子。房間的後方已經相當黑暗了。樹鬍拿起兩個大容器，將它們放在桌子上。這兩個容器裡面似乎裝滿了水，但樹鬍將手罩到容器上，它們立刻開始發光，一個是黃金色的光芒，另一個則是飽滿的綠色，整個房間被這兩種交織的光芒所照亮，彷彿夏日陽光透過嫩綠的樹葉般宜人。哈比人回頭一看，發現整個洞穴中的樹木也都開始發光，一開始很微弱；但逐步增強，所有的樹葉邊緣都染上一圈光暈，有些翠綠，有些金黃，有些則如同紅銅；而樹幹本身看起來像是夜光石所打造的石柱一樣。

「好啦，好啦，現在我們可以好好的聊天了！」樹鬍說：「我想你們應該已經渴了，你們多半也已經累了，快喝下這個！」他走到房間的後方，兩人看見那邊有好幾個高大的石甕，上面蓋著看來十分沉重的蓋子。樹鬍打開其中一個大甕，用一個大長柄杓舀出一些液體，裝滿了三個碗，一個碗很大，另外兩個碗則稍微小一點。

「這是樹人居住的地方，」他說：「所以恐怕沒有可以坐的位置。不過，你們可以坐在桌上。」他將哈比人一把抓起，放到離地面六呎高的巨大石板上，讓他們踢著小腳，喝著飲料。

這飲料喝起來像水一樣，就和他們在森林邊的樹沐河中所喝到的河水味道一樣，但是其中有股很難形容的香氣：那味道很淡，但卻讓他們想起森林中晚風吹拂所帶來的味道。這飲料的效力從腳趾頭開始，一路緩緩地往上升，讓他們的四肢百骸，最後連頭皮都感覺到精力充沛。哈比人覺得自己連頭髮都站了起來，開始迎風飄揚、捲曲和生長。至於樹鬍，他先是把腳泡在大廳中央的石盆內，然後仰頭緩緩地一口喝光碗內的東西，哈比人還以為他這一口永遠都喝不完。

最後，他放下了碗。他滿足地嘆息道：「啊，哈，呼姆，嗯，這才比較適合聊天。你們可以坐在地板上，不過先讓我躺下來，這樣可以避免剛剛喝的東西直衝腦門，讓我想睡覺。」

在房間右邊則有一張相當低矮的床鋪，不過幾呎高，上面鋪滿了乾草和樹皮。樹鬍慢慢地躺上床（腰身只有些微的彎曲），直到全身都躺上去為止。然後，他枕著手，看著天花板上燦爛的光芒像陽光下的樹葉般舞動，梅里和皮聘則在他身邊的草枕頭上坐了下來。

「現在可以告訴我你們的故事啦，別太快喔！」樹鬍說。

哈比人就從一行人離開哈比屯開始，對他描述整趟冒險中的遭遇。他們的順序有些混亂，因為兩人會彼此插嘴打斷對方的描述，而樹鬍也常阻止說話的人，詢問之前的細節，或者是跳去詢問後來的狀況。他們完全沒提到魔戒的事情，也沒告訴他出發的理由和目的地，而他也沒有針對這方面提出質疑。

他對於一切都非常感興趣：對於黑騎士，對於愛隆，對於瑞文戴爾、老林、湯姆龐巴迪、摩瑞亞礦坑，以及羅斯洛立安和凱蘭崔爾，他都十分好奇。他要求他們一遍又一遍地描述夏爾和四周的環境。這時他說了句很奇怪的話：「你們從來沒看見，嗯，附近有任何樹人嗎？」他問道：「好吧，不對，應該是樹妻才對。」

「樹妻？」皮聘問道：「她們和你們長得一樣嗎？」

「是的，嗯，又不太算。我現在實在不太確定。」樹鬍若有所思地說：「但我想她們會喜歡你們老家的，所以我才會想要問。」

樹鬍對於甘道夫的一切事蹟都特別感到好奇；對薩魯曼的所作所為，更是問得鉅細靡遺。哈比人很遺憾自己對他們知道的實在不夠多，唯一的線索是山姆轉述甘道夫在會議中的描述。不過，至少他們確定烏骨陸和部下都是來自艾辛格，並且尊稱薩魯曼為主人。

當他們的故事，最後終於來到了洛汗國驃騎和半獸人之間的戰鬥後，樹鬍說道：「嗯，哼姆！好的，好的！這果然是很多新消息啊。不過，你們沒有告訴我全部的內情，恐怕還差得遠了。但是，我了解你們的所作所為都符合甘道夫的期望。我看得出來有什麼大事正在發生，那到底是什麼事，不論時機好壞，我都可能有機會知道。以根與枝之名哪，這些事情真奇怪：就在我眼前冒出了兩個沒有在舊列表上的小傢伙！不只如此，九名被遺忘的騎士再度出沒，獵殺他們；甘道夫帶領他們踏上艱困的旅程；凱蘭崔爾在卡拉斯加拉頓收留他們；半獸人在荒地上千里追蹤要尋找他們：這些小傢伙一定被捲入了恐怖的暴風中，我希望他們可以安全度過！」

「你自己又怎麼樣呢？」梅里問道。

「呼姆，嗯，這場大戰並未打擾到我，」樹鬍說：「它大半是和精靈及人類有關。那些都是巫師的事：巫師們總是喜歡擔憂未來。我不喜歡擔心未來。我不跟任何人站在同一邊，因為也沒有任何人和我站在同一邊。如果你了解我的意思：沒有人像我這樣關心樹木，連現今的精靈都不關心了。不過，我對精靈依舊比對其他種族客氣：許久以前是他們給了我們智慧，即使我們之後分道揚鑣，但這個禮物絕不可輕易忘記。而且，還有一些人、一些東西是我絕對不會苟同的。事實上，我徹頭徹尾地反對他們，這些**布拉魯**，」他又再度發出厭惡的哼聲：「這些半獸人和他們的主人。」

「當黑暗入侵幽暗密林的時候，我曾經緊張了一陣子，但當它返回魔多時，我就放鬆下來了：魔多畢竟離這裡很遠。但是，看來這股邪風又再度從東方吹來，所有樹木枯萎的時刻或許正在漸漸逼近。單憑老樹人是無法阻止這風暴，他必須支撐過這風暴，或是就此斷折。」

「可是，現在連薩魯曼都墮落了！薩魯曼就在我們附近，我不能忽略他。我想，我一定得做些什麼。最近我經常思索，到底要拿薩魯曼怎麼辦。」

「誰是薩魯曼？」皮聘問道：「你知道他的過去嗎？」

「薩魯曼是名巫師，」樹鬍回答：「除此之外我就不清楚了，我並不知道巫師的過去。我只知道他們是在大船越過海洋前來之後出現的；但他們是否是乘坐大船來的，我不確定。我相信薩魯曼在他們之中的地位很高。不久之後——你們可能會說那是很久很久以前——他就不再四處奔波與介入人類和精靈的事務了。他在安格林諾斯特定居下來，洛汗國的人又叫那個地方艾辛格。他一開始十分的低調，但他的名聲不脛而走。他們說他接受了聖白議會議長的職務，但結果似乎並不怎麼好。現在我懷疑是否那時薩魯曼就已經落入邪道。反正，他以前並不會對鄰居造成任何麻煩，我曾經和他說過話，他有一段時間經常在我的森林裡面漫步。那時他總是很有禮貌，時常會請求我的許可（至少在他遇到我的時候會這樣），總是願意傾聽；我告訴他許多單憑他自己的力量永遠不會知道的事情，但他從來沒有用同樣的態度回報我。我不記得他曾告訴過我任何事情，而他這樣的情況越來越嚴重。他的臉孔——那張我已經很久沒有見到的臉孔，變成像是石牆上的窗戶一樣封閉，窗戶內的窗簾還拉了起來。」

「我想，現在我才明白他到底在忙些什麼。他正計畫要成為人們不可忽視的力量。他的腦袋就像齒輪一樣亂轉，他根本不在乎其他的生物，除非他們此時此刻可以幫助他稱霸世界。現在，我確定他是淪落黑暗之道了，他收留了許多半獸人和邪惡的生物！嗯哼，呼姆！更糟糕的是，他似乎對他們動了某種手腳，某種很危險的事。因為，這些艾辛格的士兵看起來更像是邪惡的人類。自大黑暗中存留下來的半獸人害怕太陽，這是他們的特徵；但是，薩魯曼的部下雖然痛恨太陽，卻可以忍受它。不知道他到底做了些什麼？他們究竟是被摧殘的人類，還是他將半獸人和人類混種？那真是邪惡的罪行！」

樹鬍咕噥了片刻，彷彿正在念誦某種樹人古老的諺語。「一段時間以前，我開始懷疑為什麼半獸人能這麼自在的穿越過我的森林。」他繼續說道：「直到最近，我才懷疑薩魯曼是這幕後的黑手，許久以前他就在森林裡面窺探我的秘密、規劃道路。他和他的邪惡部下正在大肆破壞蹂躪這地。他們在邊界砍倒了很多樹，很好的樹。有些樹他們砍倒之後就棄置在地，任其腐爛，這是半獸人的惡行；不過，大部分的樹木都是被運到歐散克塔中當做爐火的燃料。這些日子以來，艾辛格的濃煙終日不斷。」

「該死，這個連根帶葉都爛光光的傢伙！那許多樹木都是我的朋友，是我從種子到果實都熟得不得了的老友；許多都擁有自己獨特的聲音，就這樣永遠的失去了。許多原先曾經茂密豐美的樹林也都成了斷枝殘幹的廢墟。我已經袖手旁觀太久了，竟然坐視這種殘忍惡行，一定得阻止這一切！」

樹鬍猛地從床上彈起來，站直，一巴掌拍在桌面上。發出光亮的容器猛一震動，激出兩道火焰來。他的眼中有著綠色的怒火，鬍子也根根豎起，像一把大掃帚證明了他心情的激動。

「我會阻止這一切！」他低吼道：「你們跟我一起來，或許可以幫上我的忙。如此一來，你們其實也在幫助自己的朋友；如果不阻止薩魯曼，剛鐸和洛汗就會面臨腹背受敵的窘境。我們的方向是相同的——去艾辛格！」

「我們願意和你一起走，」梅里說：「我們會盡可能地幫忙。」

「沒錯！」皮聘說：「我會很高興看見白掌被推翻的。即使我派不上什麼用場，我也很高興可以在現場目擊。我永遠不會忘記烏骨陸和越過洛汗國的那趟噩夢。」

「很好！很好！」樹鬍說：「但我說得太急躁了些。我們絕不可以操之過急。我剛剛太激動了，必須要冷靜下來思考才行。因為大喊『住手！』比實際行動要輕鬆多了。」

他走到拱門前，在落下的泉水中又站立了片刻；然後他大笑著甩甩身子，從他身上紛飛開來的水滴像是紅色和綠色的火花一樣紛紛落在地上。他走回來，再度躺回床上，陷入沉默中。

過了一陣子之後，哈比人又聽見他開始喃喃自語。他似乎在扳著手指頭數數：「法貢、芬格拉斯、佛拉瑞夫，啊，啊……」他嘆息道：「問題是我們的人數太少了！」他轉過身對哈比人說：「在黑暗來到之前就在森林中行走的樹人只剩下三位：只有我法貢，和芬格拉斯和佛拉瑞夫，這是我們的精靈語名字；你可以叫他們葉叢和樹皮，這樣比較好記。在我們三個之中，葉叢和樹皮恐怕都幫不上什麼忙。葉叢已經變得太像樹了，整天昏昏欲睡；他去年一整個夏天都站在那邊，陷在半沉睡的狀態，四周的荒草長到及膝高，他頭上的樹葉可是很豐美的呢！他以前在冬天的時候會醒來，但是最近他變得太遲鈍，連那時候都無法走得太遠。樹皮則是居住在艾辛格西邊的山坡上，也是麻煩最多的區域，他被半獸人弄傷了，許多他的同伴和樹群們也都被殺死或是被摧毀了。他躲到更高的地方去，藏在他最愛的樺木林裡面不敢下來。不過，我想我應該還是可以找到不少年輕的樹人，只要我能夠說服他們這次的危機有多大，只要我能讓他們熱血沸騰：我們實在不是那種天性好鬥的生物。真可惜，我們的數量實在太少了！」

「既然你們在這邊居住了這麼久，為什麼數量還是那麼少呢？」皮聘問道：「是有很多人去世了嗎？」

「喔，不！」樹鬍說：「沒有人因為壽命的關係死去。當然，在過去那邪惡的年代中，有許多死在黑暗的手下，但有更多的樹人變成像樹木一樣。不過，我們的數量本來就不多，而且中間也沒有增加；我們已經有很多年沒有小樹人，也就是我們的小寶寶了。你知道，我們的樹妻都消失了。」

「好可憐啊！」皮聘說：「她們怎麼會都死掉了呢？」

「她們沒死！」樹鬍抗議道：「我根本沒說她們死了。我是說樹妻都消失了。她們消失之後，我們就再也找不到她們了。」他嘆了一口氣：「我以為大多數的人都知道這件事情。有許多歌謠是有關樹人尋找樹妻的故事，從幽暗密林到剛鐸之間的人類和精靈，都會頌唱這些歌謠。它們沒有這麼容易就被忘記吧。」

「這樣啊，恐怕這些歌謠都沒越過山脈，來到夏爾。」梅里說：「你可以告訴我們這個故事，或者是唱幾首這類歌來聽嗎？」

「好的，我會的。」樹鬍說，看來對這樣的要求感到十分高興：「但是我沒辦法詳細地描述這個故事，只能簡短說明；然後我們就必須休息了。明天我還要召集會議，還有很多工作要做，甚至要開始一趟旅程。」

「那是個十分奇異又哀傷的故事。」他暫停了片刻之後說：「當這個世界還年輕的時候，森林遍布大地，樹人和樹妻，當時她們還是樹女——啊！我還記得芬伯希爾的可愛，以及風枝那輕盈的步伐，在我們年輕時那快樂的時光！她們一起行動，一起居住。但我們的思緒並沒有一直朝向同一個方向發展：樹人把他們的愛給了在世界上遇到的其他事物，但樹妻則把思緒轉移到其他的東西身上。因為樹人喜愛大樹、野林和高山的陡坡；他們喝的是山泉水，吃的是樹木自然落下的果實；他們學習精靈語，並且和樹木交談。但樹妻把關懷獻給了更小的植物，獻給那些在森林外陽光下的草本植物；她們喜愛的是灌木叢中的野莓，和春天野生的蘋果及櫻桃，以及夏天在水邊地上生長的藥草，秋天在大地上生根的草薊。她們不想要和這些植物說話，只想要它們聆聽並遵從給予它們的命令。樹妻命令它們照著她們的喜好生長出果實和樹葉來；樹妻喜歡秩序、豐饒和安詳（在這裡，安詳的意思是每樣東西都停留在樹妻當初安排的位置上）。因此，樹妻開始開闢花園，變成她們的居所。但我們這些樹人則是四野遊蕩，只會偶爾來到這些花園。然後，當黑暗來到北方，樹妻們越過了大河，在那邊種植了新的花園，馴服了新的植物，我們和她們更少見面了。在黑暗被推翻之後，樹妻擁有的大地開始豐收，田野間結滿了玉米的果實。人類從樹妻那邊學到了這技巧，對她們十分敬重；但我們對人類來說就成為單純的傳說，只是森林中心的神秘意志。然而如今我們還好好的站在這裡，但樹妻的花園已經全都毀棄：人類現在稱呼那裡為褐地。」

「我記得那是很久以前，是在索倫和來自海上的人類作戰的那段時期，我突然很想要再看看芬伯希爾。當我最後終於見到她時，她在我的眼中依舊十分美麗，雖然她的模樣已經和當年的樹女十分不同了。由於她們經年辛勤工作，樹妻都彎腰駝背，皮膚變成棕色，她們的頭髮在豔陽的炙烤之下成了成熟玉米的黃色，臉頰紅得像熟透的蘋果一樣。但她們的雙眼依舊是我族人民的雙眸。我們越過安都因河，來到她們的大地，卻發現一片荒漠：一切都被破壞燒毀了，戰火延燒過該處，造成了莫大的破壞，但樹妻們並不在那邊。我們找了又找，喚了又喚，詢問所有遇到的人，想知道樹妻往哪裡去了。有些人說他們從來沒看過樹妻；有些人說見過她們往西走，有些人說往北走，有些人說往南走。但不管我們往哪個方向去找，就是找不到她們。我們非常、非常地哀傷。但森林再度呼喚我們，我們就又回到了森林中。之後有許多年，我們經常離開此地，尋找樹妻，在世界各地呼喊她們美麗的名字。但隨著時光的流逝，我們慢慢放棄了這項搜尋，很少再離開遠行。現在，樹妻已經成了我們腦海中的回憶，我們的鬍子也已經斑白飄落。精靈們做了很多有關樹人搜尋的歌謠，有些歌謠甚至翻譯成人類的語言。但我們自己沒有作出任何歌謠，單單是在思念她們時吟唱她們美麗的名字就已足夠。我們相信終有一天會再度和她們相遇，或許可以找到一個地方和她們廝守終老。但預言說，那只有在我們都失去這一切的時候才會完成這個夢想。或許這個末日終於已經快要到來了。因為若是古代的索倫摧毀了樹妻的花園，現在的魔王恐怕會讓所有的樹木枯死。」

「有一首精靈歌謠，就是描述我剛剛所敘述的故事，至少就我所知是這樣的。這歌曾經一度傳唱於大河上下游。不過你們別搞錯了，這不是樹人的歌曲；如果要用樹人語來唱，這會是很長的一首歌！不過，我們每個樹人都在內心熟記這首歌，不時會輕輕地哼唱。翻譯成你們的語言是這樣的：

樹人：當春天吹開山毛櫸的嫩葉，
　樹汁滿溢時；
　當光芒照在野林的小溪中，
　風吹溪畔時；
　當步伐輕快，呼吸深沉，
　山風冷冽時；
　快回到我身邊！快回到我身邊，

讚頌我的國度美麗如詩！

樹妻：當春日來到草場上，
玉米結實纍纍時；
當花朵像未融初雪罩在蘭花樹梢時；
當陣雨和陽光籠罩大地
空氣中充滿芬芳時；
我會留在這裡，不會來到你的地方，
因為我的國度美麗如詩。

樹人：當夏天落入世間，
籠罩在黃金色的午後時，
在沉睡的葉下樹木的美夢
緩緩成真實；
當林地翠綠清涼，
西風吹拂時，
快回到我身邊！快回到我身邊，
讚頌我的領地永不侵蝕！

樹妻：當夏焰暖和樹梢的水果
　烤熟了野莓時；
　當稻草金黃，玉米穗潔白，
　村中收成滿滿時；
　當蜂蜜滿溢，蘋果成熟，
　西風吹拂時，
　我將在陽光下流連，因我的土地
　纍纍結實！

樹人：當冬日到來，冷風飛舞
　山丘和樹林也低伏時；
　當樹木倒下，無星的夜晚
　取代了無陽的白晝時；
　當吹起致命的東風，
　下起苦雨時；
　我將尋找妳，呼喚妳；我將不再
　讓妳迷失！

樹妻：當冬日到來，歌唱結束；
　黑暗終於落下時；
　當樹枝斷裂，光明
　和勞動的時節已過去時；
　我將尋找你，等待你，直到
　我們重逢的那時：
　我們將攜手共淋苦雨！

樹人與樹妻合：我們將一同踏上
　前往西方的道路。
　在那遙遠的彼方將會找到
　我倆可安息的大陸。」

樹鬍的歌唱完了。「這首歌就是這樣的。」他說：「當然，原來是精靈語，因此輕鬆、快速，很快就結束了。我覺得這首歌很淒美。但是樹人如果有時間，可能還有更多意見想表達！不過，現在我得站起來，好好睡一覺了。你們要站在那邊睡？」

「我們通常要躺下來才能睡的。」梅里說：「在這邊應該就可以了。」

「躺下來睡覺！」樹鬍重複道：「當然囉，我都忘記了，嗯，呼姆。我的記性真是有點糟糕：剛剛唱的歌讓我滿腦子都是過去的回憶，幾乎以為我在和年輕的小樹人講話呢。啊，你們就躺在這床上睡吧，我要站在雨裡面睡覺了。晚安！」

梅里和皮聘爬上床，蜷縮在柔軟的苔蘚和乾草上。這張床有種新鮮的味道，而且還十分的溫暖。桌上的光芒熄滅了，樹木的光線也慢慢地黯淡消失；但他們依舊可以看見樹鬍站在拱門下，手舉到頭上，動也不動地站著。天空中星光閃爍，照亮那些灑在他指尖和頭上，再紛紛墜落到他腳上的水滴。哈比人們傾聽著這讓人心安的滴水聲，最後終於睡著了。

兩人醒來時，發現清冷的陽光正照在大廳中，並且也照進了洞穴裡。高空稀疏的雲朵正順著東風飄移。樹鬍並不見人影；但是，當梅里和皮聘正在石盆旁盥洗的時候，他們聽見樹鬍滿嘴哼唱著走上了兩排樹間的小路。

「呼，呵！早安哪，梅里和皮聘！」發現他們起床之後，樹鬍以低沉的聲音問好：「你們睡得可還真久，我從早上到現在都已經走了幾百步了。我們先喝一杯，然後去參加樹人會議。」

他又幫兩人倒了滿滿一碗的飲料，但這次是從不同的大甕中舀出來的。那味道也和昨天晚上喝的那碗不同，感覺起來更醇厚、更讓人飽足，可說是比較像食物。當哈比人坐在床邊喝著飲料，邊嚼著小塊的精靈乾糧時（這是因為他們覺得早餐一定要吃點什麼，而不是因為他們肚子餓），樹鬍就在站在一旁，用樹人語、精靈語和一些奇怪的語言喃喃自語，看著澄藍的天空。

「樹人會議在哪裡？」皮聘大膽問道。

「呼？呃？樹人會議？」樹鬍轉過身說：「樹人會議不是地方，而是樹人集合的會議，這可是很少發生的事情喔；但我已經說服很多樹人，讓他們答應前來。我們集會的地方和以往一樣，是人類叫作德丁哥的地方。它在這裡的南方，我們必須在中午前趕到。」

不久之後，他們便出發了。像昨天一樣，樹鬍將這兩個哈比人抱在臂彎裡。在大廳的入口處，他往右邊轉，一腳跨過了小河，沿著樹木稀少的陡坡邊緣往南邊走。一路上哈比人們看見了許多叢的樺木和花楸，後方則是黑色高聳的針葉林。很快的，樹鬍就轉了方向離開山丘，一頭衝進濃密的森林裡。這裡的樹木更大、更高，是哈比人所見過最濃密的森林。一開始，他們又感覺到像初進法貢森林時的氣悶凝滯，但這感覺很快就過去了。樹鬍並不和他們交談，他低沉的哼著曲調，似乎在思索著什麼；對於梅里和皮聘來說，他口中所發出的似乎只是哼哼、呼呼、嗯嗯的節拍聲，只不過音符和曲調時常變更而已。他們不時會聽見森林裡面傳來回應，可能是哼聲或是顫音，彷彿來自地面，或者是他們頭上的枝葉；不過，樹鬍的動作絲毫沒有減緩，頭也沒有往兩邊看。

他們走了很長的一段時間，皮聘試著想要計算樹人總共走了多少步，但最後在三千步左右就搞混了；正好在同一時間，樹鬍也放慢了腳步。突然間，他停了下來，把哈比人放下，把手捲成杯狀湊到嘴邊；然後他不知道是用吹還是用喊叫的方式，發出了巨大的轟轟聲，彷彿森林中獨有的震耳號角聲，餘韻還在森林間不停地迴盪。從很遠的地方也傳來了巨大的轟、轟、轟三聲，回應他的呼喚。

樹鬍接著把梅里和皮聘放到他的肩膀上，再度開始往前走，並且不時發出同樣的號聲；每次的回應則是越來越近、越來越大聲。就這樣，他們最後來到了一堵看起來根本無法穿透、由濃密的長青樹所構成的高牆，哈比人從來沒有看過這種植物。它們從根部就開始長出分枝，墨綠色的樹葉看起來有點像無刺的冬青一樣，而樹上還長有許多筆直的花莖，上面拱著許多橄欖綠的花苞。

樹鬍往左走，繞過這個巨大的圍籬，幾步之後就走進了一個狹窄的入口，穿過入口之後，眼前就是一道長長往下傾斜的陡坡。哈比人注意到他們正走入一個巨大的窪地，如同碗狀的地形，十分寬深，邊緣則是被那道高大的長青樹圍籬圍住。窪地內長滿了青草，看起來很光滑，除了生長在碗底的三株高大俊美的銀樺樹之外，草地上並沒有其他的樹木。另外有兩條來自東邊和西邊的通道，也同樣通向這塊窪地。

已經有幾名樹人先到了，還有許多樹人正從另外兩處入口進來，有些人則是跟在樹鬍後面。當他們靠近的時候，哈比人瞪大眼睛打量他們。起初他們以為會看到和樹鬍沒有多大差別的樹人（就像哈比人在外人眼中看來沒什麼差異一樣），但他們很驚訝地發現自己錯得離譜。樹人的長相個個不同，就像不同種類的樹；有些雖像同種類的樹，但因為生長過程與時間長短而在外貌有了極大的不同，有些甚至像是不同種類的樹一樣天差地別，就像樺樹和山毛櫸、橡樹和冷杉。這其中也有幾名比較古老的樹人，身上長滿了苔蘚和樹瘤，但都沒有一個比得上樹鬍這麼德高望重；另外，也有許多高大、強壯的樹人，枝椏和樹皮都乾乾淨淨的，彷彿是正值壯年的樹木一般，不過，在場的沒有年輕的樹人，也沒有小樹人。當他們抵達的時候，谷地中的草地上已經大概站了二十多名的樹人，還有許多正在進場。

一開始，梅里和皮聘對於樹人之間的多樣化感到十分的驚訝，他們在樹皮、枝葉、顏色、形狀、手臂和腳的長度上各有不同（甚至連手指和腳趾，都有從三根到九根的差異）。有幾個樹人看起來和樹鬍有點關係，讓他們想到樺木或是橡樹；不過，場中也有其他種類的樹木，有些人讓他們想到栗樹：這些樹人的皮膚是深褐色的，手指又大又長，腿則是短而粗壯；有些樹人讓他們聯想到白楊木：又高又直的身軀，手指十分細緻優雅，手臂和腿都很長；有些則讓他們想到杉木（最高的樹人們），其他還有銀杏、花楸、菩提樹等等。不過，等到所有的樹人都到齊圍繞著樹鬍，微微低著頭用音樂般的語言交談，並且久久專注地打量著兩位陌生人的時候，兩名哈比人才清楚意識到他們都屬於同一個族類；他們都擁有相同的眼睛。並非每個樹人的眼睛都像樹鬍一樣深邃、古老，但都同樣的擁有緩慢、穩定和沉思的神情，以及同樣的綠色光芒。

等到所有的人都聚集起來，在樹鬍身邊圍成一大圈之後，他們就開始了一連串讓人好奇又無法理解的對話。樹人一個接一個的開始呢喃，直到所有的人都加入這一連串漫長、高低起伏的音律中為止。有些時候這聲音在一邊會特別強烈，有些時候則是在一邊低落下來，隨即又在另一邊以轟鳴聲再度出現。雖然皮聘聽不懂對方的語言，他推測這些都是樹人語，他一開始覺得這聲音聽起來很悅耳；不過慢慢的，他的注意力便渙散了。經過很長的一段時間之後（那呢喃聲並沒有絲毫緩慢下來的跡象），他發現自己開始胡思亂想：既然樹人語是種很緩慢的語言，那麼這些傢伙到底說完「早安」了沒有？如果樹鬍要點名，那不知道又會花上多少天的時間才能念完這些傢伙的名字？「不知道樹人語中的是或不是到底怎麼說？」他邊想著邊打呵欠。

樹鬍立刻意識到他的轉變：「嗯，哈，嘿，我可愛的皮聘！」他說，其他的樹人都立刻停下念誦。「我都忘記你們是群很著急的生物，而且聆聽你們完全不懂的語言也很累人，你們可以下來了。我剛才把你們的名字告訴樹人會議，他們也看過你們了，也都同意你們不是半獸人，也同意將你們的那一行歌謠加入古老的列表中。我們還沒有討論到其他的事，不過，對於樹人會議來說，這樣算很快了呢！你和梅里可以在附近逛逛，如果你們想要喝喝水、沖沖涼，在北邊的岸緣上有座水井。在會議正式開始之前，我們還有不少東西要談。我到時候會再來找你們，告訴你們事情的發展如何。」

他將哈比人放了下來，在他們離開之前，兩人深深一鞠躬。從樹人們呢喃的抑揚頓挫和眼睛的眨動看來，這動作似乎讓他們大感興趣；不過他們很快就又轉回到自己關注的事上。梅里和皮聘沿著之前下來的小徑往回走，從樹籬的開口處向外望。覆滿樹木的長斜坡從窪地的一側向上延伸，在這之後，在最遠處的杉樹邊緣，是高大雪白的山脈尖峰。他們往左邊的南方看，可以看見森林一路綿延伸到迷濛的遠方。在更遠處閃爍著一絲淡綠的影子，梅里猜測那多半是洛汗的草原。

「不知道艾辛格在哪裡？」皮聘說。

「我根本不知道自己現在在哪裡，」梅里說：「但是，那座山峰多半是馬西德拉峰，就我所記得的來說，艾辛格好像是在山脈盡頭的一個凹谷中。說不定它就在這座山脈後面。在那山峰左邊，看起來似乎有煙霧在繚繞，你說呢？」

「艾辛格長什麼樣子？」皮聘說：「不知道樹人能對他們採取什麼行動？」

「我也很好奇。」梅里說：「我記得艾辛格是一圈岩石和小山丘所構成的地形，中間是塊平原，再來則是正中央的一個孤島還是高塔什麼的，叫作歐散克，薩魯曼在上面蓋了座高塔。在四面環繞的高牆上有一座門，也許不只一座。我記得平原中間有條河流，是從山裡面流出來的，一直流過洛汗隘口。那裡看起來不像樹人可以輕易解決的地方。不過，我對這些樹人有種奇怪的感覺，不知道為什麼，我認為他們並不像外表看起來那麼的安全和好笑。他們似乎動作很慢、詭異，有耐心，幾乎到了悲傷的地步；但是，我相信他們是可以被鼓舞起來的。如果一旦發生這種情形，我會希望自己不要處在和他們敵對的那一邊。」

「沒錯！」皮聘說：「我知道你的意思。一隻公牛在草地上慢吞吞地吃草，或許看來很安全，但牠也可能突然間氣勢洶洶地狂奔。不知道樹鬍能不能夠喚醒這些沉睡的樹人？我確定他真的想這麼做，但他們似乎不喜歡太激動。昨天晚上樹鬍就變得很激動，後來就又平靜下來。」

哈比人又往回走，樹人的聲音依舊在他們的會議場上不停地起起伏伏。太陽現在已經攀到半空，越過樹籬照進來：陽光照在這些樺木樹梢頂上，並讓谷地北邊都籠罩在和煦的黃色光芒下。他們也在那方向發現了一汪閃爍的清泉。兩人沿著大碗的邊緣走在長青樹腳下——能夠再度光著腳踏在青草上的感覺實在很舒服，更何況可以不需要急著趕路——然後下到噴泉旁。他們喝了一些乾淨、冷冽、有點刺激的泉水，然後在一塊長滿青苔的岩石上坐了下來，看著流瀉在草地上的陽光，以及藍天上行雲在地面投下的影子。樹人的呢喃聲持續著。整個谷地似乎化成一個遙遠的世外桃源，遠離了一切曾經發生在他們身上的遭遇。他們開始想念同伴們的聲音和面孔，特別是佛羅多、山姆以及神行客的身影。

好不容易，樹人的聲音停止了；他們抬起頭，發現樹鬍正帶著另一名樹人朝他們走來。

「嗯，呼姆，我又來啦！」樹鬍說：「你們覺得累或是不耐煩了嗎？希望你們不要覺得不耐煩，因為我們才剛結束第一回合的會議呢。我還必須對那些住得很遠、那些離艾辛格極遠的樹人，或是我來不及在會議前通知的樹人解釋這一切；在那之後，我們還必須決定該做些什麼。不過，只要我們詳細地說明了一切發生的事實，對樹人來說，決定怎麼做不會花太久的時間。我也不想否認，恐怕會議還得持續很長的時間，多半還要好幾天。因此，我帶了個同伴給你。他在附近有個居所，布理加拉德是他的精靈語名字。他說他已經做好決定，不需要繼續待在會場中了。嗯嗯，他是我們當中個性最急躁的樹人了，你們應該會處得很好。再見！」樹鬍轉身離開了他們。

布理加拉德站在那邊，花了一些時間認真地打量哈比人；兩人回瞪著他，心中懷疑不知何時可以看到他展現出「急躁」的個性來。他身材很高，似乎是屬於比較年輕的樹人，手臂和腿的外皮都很光滑；他的嘴唇紅潤，頭髮是灰綠色的。他能像修長的小樹一樣在風中彎曲搖擺。最後，他開口了，他的聲音頻率比樹鬍要高，也比較清晰。

「哈，嗯嗯，我的朋友們，讓我們散散步吧！」他說：「我是布理加拉德，在你們的語言中是『快枝』的意思。不過，當然啦，這只是我的綽號而已。自從我在一名老樹人說完問題之前，就回答**好的**之後，他們就都這樣叫我了。而且，我喝水的速度也很快，其他人連鬍子都還沒沾濕，我就已經喝完出門去了。你們跟我來！」

他伸出均勻的雙臂，用細長的手指牽住兩名哈比人。接下來整天他們都和他一起在森林裡面漫步，唱著歌，歡笑著。快枝是個很愛笑的樹人。如果太陽從雲後探出頭來，他會大笑，如果路上遇到一條小溪，他也會大笑，還會把頭和腳伸進水中潑水；只要在樹林中聽見什麼聲音，他也都會大笑。不論何時，只要他在路上看見花楸樹，他就會停下腳步，伸出手搖晃著身體高聲吟唱。

到了晚上，他將兩人帶到他的屋子裡面，這不過是塊長滿青苔的大石，安置在斜坡下的青草上。四周長滿了花楸樹，一旁還有山壁中冒出來的泉水（所有樹人的屋子都近水源）。隨著夜幕降臨，他們又繼續談天說地了好一會兒。他們可以聽見遠處樹人會議的聲音仍在持續著；不過，現在他們的聲音聽起來似乎比較深沉和嚴肅。偶然會有一個巨大的聲音變得比較快速、急促，而其他的聲音都跟著沉默。不過，布理加拉德依舊在他們身邊，用他們的語言輕柔地呢喃著。哈比人們稍後知道他是樹皮的同胞，而他們所居住的地方就是首當其衝遭到破壞的森林。兩人這才明白，為什麼他在對付半獸人的這個話題上，會這麼的急躁。

「在我的家園中有很多的花楸樹，」布理加拉德幽幽地說：「在我還是小樹人的時候，這些花楸樹就已經落地生根。那是很久很久以前，在世界還很安靜的時候。最早的花楸樹是樹人種下，用來取悅樹妻們的；但她們看著這些樹，微笑著說她們知道哪裡還有更白的花朵和更飽滿的果實。不過，在我眼中，全天下沒有任何比它們更美麗的植物了！這些樹木一直不停地生長著，每株樹都儼然長成一座巨大的綠色廳堂，在秋天時，它們的紅色梅子會變成它們的負擔、美麗與驕傲。以前有許多的飛鳥聚集該處，我喜歡小鳥，即使牠們會吱喳亂叫也不會改變我的想法，而且那時的花楸樹也多得可以和任何人共享。但是，慢慢的那些鳥兒變得既不友善又貪婪，牠們會破壞樹木，把果實抓落在地卻又不吃。然後，半獸人帶著斧頭來了，他們砍倒我的樹木。我呼喚著它們的名字，但它們聽不見，也無法回應，它們躺在地上，死了。」

喔，歐絡法恩，雷沙米塔，卡里密力！
美哉花楸樹，滿樹的白色花苞更襯托你的美麗，
我的花楸樹，我看見你沐浴在金黃的陽光裡，
你的樹皮光滑，樹葉清飄，聲音柔軟清冽：
金紅色的皇冠是你頭上的一切！
亡矣花楸樹，你的秀髮乾裂灰敗；
你的皇冠粉碎，聲音如花凋謝。
喔，歐絡法恩，雷沙米塔，卡里密力！

哈比人在布理加拉德溫柔的歌聲中緩緩睡去，那歌聲就像藉由許多不同的語言來哀悼這許多逝去的、他所鍾愛的美麗樹木。

第二天他們也和他一起度過，但這次三人並沒有遠離他的「屋子」。大多數時候他們都默默地坐在岩壁下的避風處；因為風兒變得比較冰冷，雲朵變灰，更為低垂；很少見到陽光，而遠處

的樹人說話聲音依舊不停地抑揚頓挫，有時強而有力，有時低迴憂傷，有時快，有時則慢得哀傷如輓歌。第二天的夜晚降臨，樹人會議依舊在滿天星斗與滾滾馳雲之下繼續進行著。

第三天破曉的時候，風強而冷冽。天一亮，樹人的聲音就突然變強，隨後又減弱到幾乎無聲的地步。隨著晨光漸漸展露，風停雲止，空氣中充滿了期待的氣氛。哈比人注意到布理加拉德正專注地傾聽著，雖然對他們來說，在他家所在的這谷地中，樹人會議場上傳來的聲響十分微弱。

到了下午，太陽漸漸往西方的山脈偏移，從雲朵的空隙間射出長長閃亮的金色光柱。突然間，眾人意識到一切的吵雜聲響都停止下來，整個森林陷入沉寂之中，樹人的聲音早就停息。這代表著什麼意思？布理加拉德站得又高又挺，回頭看著樹人聚集的地方。

接著，隨著一聲巨響，傳來了讓人熱血沸騰的叫聲：啦—轟，啦！整座森林隨著這聲音搖擺低頭，彷彿被一陣颶風吹襲。然後是另一陣沉靜，隨後，激昂雄壯如莊嚴鼓聲的進行曲，伴隨著碰碰拍打的鼓聲，樹人嘹亮雄渾的歌聲傳了過來。

出發，出發，伴隨著鼓聲前進：噠隆噠—隆達—隆達—轟！

樹人們越走越近，歌聲越來越激昂：

出發，出發，伴隨著戰鼓、號角前進：噠隆噠—隆達—隆達—轟！

布理加拉德抱起哈比人，從他家中走了出來。

沒多久，他們就看見行進的隊伍漸漸靠近，樹人們跨著大步朝向他們走來。樹鬍走在最前方，大約有五十名樹人兩兩並肩緊跟在後，他們的腳步齊一，兩手還同時拍打著身側，步伐和著手的節拍一致前進。當他們逐漸靠近的時候，雙眼中的光芒清晰可見。

「呼姆，轟！我們終於來了，我們終於來了！」當樹鬍看見布理加拉德和哈比人的時候，他大聲喊道：「來吧，加入我們！我們要出發了，我們要前往艾辛格！」

「前往艾辛格！」樹人們異口同聲地大喊。

「前往艾辛格！」

攻入艾辛格！無論它是否被堅不可破的磐石包圍；
縱使艾辛格是銅牆鐵壁，易守難攻插翅也難飛，
我們衝，我們撞，我們終於要宣戰，敲破那石頭
打開它城門；
只要邪惡的爐火不停息，我們就會不停往前進！
戰鼓雷鳴，大地哀嚎，誓不破城絕不返，
前進，前進；
艾辛格的末日在眼前！

艾辛格的末日在眼前，艾辛格的末日在眼前！

他們就這麼唱著戰歌，一路往南而去。

布理加拉德的雙眼閃動著火光，在樹鬍的身邊走著。老樹人現在把哈比人抱起來，將他們放回肩膀上，因此，他們可以抬頭挺胸，血脈沸騰地跟著隊伍前進。雖說他們本來就預料到會有驚天動地的變化，但他們對於這些樹人的轉變還是感到十分驚訝。他們的怒氣彷彿山洪爆發一樣的突然，勢不能擋。

「樹人們畢竟還是很快下定了決心，對吧？」皮聘過了不久之後，趁著歌聲暫歇，四周只有踏步聲和揮手聲的時候問道。

「快嗎？」樹鬍回答道：「呼姆！的確很快，比我想像得快多了。我已經有很多很多年沒有看過他們這麼激動了。我們樹人通常不喜歡情緒上的波動，除非認知到我們的性命和樹群陷入極端的危險，否則我們是不能採取行動的。自從索倫和渡海的人類宣戰以來，這座森林就沒有這樣過了。是那些半獸人肆無忌憚的砍伐——甚至連砍樹當柴燒這種壞藉口也沒有——激怒了我們；而且，本來應該協助我們的鄰居竟然出賣了我們。巫師們應該清楚，他們比常人更有知識。不管是精靈語、樹人與或是人類的語言，都沒有足以咒詛這種背信忘義惡行的字眼。我們要推翻薩魯曼！」

「你們真的會打破艾辛格的城門嗎？」梅里問道。

「呵，嗯，我們真的可以！或許你還不知道我們有多強壯。你們聽過食人妖嗎？牠們擁有一身可怕的怪力。但是，食人妖只是天魔王在黑暗時代裡模仿樹人所做出的仿冒品[1]，正如同半獸人是精靈的仿製品一樣。我們比食人妖更強壯。我們是大地的骨幹所孕育成的。我們可以像樹根一樣輕易地斷山裂石，只要我們一激動起來，那速度可是快多了！只要我們沒有被砍倒，或是被火焰、魔法給摧毀，我們可以將艾辛格撕成兩半，甚至將它的銅牆鐵壁都化成廢墟。」

「但薩魯曼會試著阻止你們，對吧？」

「嗯，啊，是的，的確是如此，我並沒有忘記這一點，我的確為此思索了很久。但是，許多的樹人都比我要年輕很多，他們現在都已經被喚醒了，腦海中只有一個念頭：摧毀艾辛格！不過，不久之後他們的情緒就會比較平復，在我們停下腳步喝晚餐水的時候，他們會開始仔細思考這個問題。啊，到時候我們一定會很口渴的。但是，現在讓他們前進並歌唱吧！我們還有很長的路要走，還有很長的時間可以思考。我已經開始思考了。」

樹鬍往前邁進，和其他人一起又唱了一會兒。但在過了一段時間之後，他的聲音漸漸化成呢喃，最後又沉默下來。皮聘看見他的雙眉緊鎖在一起。最後，他抬起頭，皮聘看見他的眼中有一種憂傷，但不是不快樂。他的眼中有一股光芒，彷彿那股綠色的火焰已經沉陷到他思緒的深處去了。

「當然，吾友，也是有這個可能，」他緩緩地說：「我們可能邁向的是我們自己的末日，這是樹人最後一次的進軍。但是，如果我們待在家中袖手旁觀，末日遲早會臨到我們的。其實我們自己也都意識到了這件事情，而這也是為什麼我們會下定決心。這並不是倉促的決定。至少，樹人的最後一戰或許可以換取後人的歌頌。啊……」他嘆氣道：「我們在徹底消失之前，或許可以對這世界做出最後的貢獻。不過，我還是很希望在有生之年，能夠看到我們和樹妻的歌謠成真，我實在很想念芬伯希爾！好吧，這麼說吧，歌曲就像樹木一樣，它們結實的方式和時機不是外人可以預料的，有些時候，它們會就這樣枯萎凋謝。」

樹人們繼續邁開大步迅速前進。他們此時已經下到一塊向南傾斜的狹長丘陵地，現在他們開始往上爬，一直爬向了西邊高地的邊緣。森林逐漸消失，眾人來到了只有稀疏樺木生長的空曠高地，然後是只有幾株蒼老松樹的光禿斜坡。太陽緩緩地落入眼前的山脈背後，暮色籠罩大地。

---

1 在古老的星光第一紀元中，天魔王馬爾寇仿造了一種凶猛、強悍，卻毫無智慧的食人生物，這些黑血的巨人被稱為食人妖。據說馬爾寇是模仿樹人們強而有力的體魄，才造出這個種族。不過，牠們的智能極度低落，幾乎不會任何的語言，大部分只能用半獸人之間的方言交談。牠們的身材幾乎是一般人類的兩倍高，皮膚則是綠色的鱗甲，可以抵擋刀劍的攻擊；不過，牠們有一個最大的缺陷，就是畏光。由於仿造牠們的法術是在黑暗中施展的，如果光亮照到牠們身上，這個法術就會被破除，牠們的外殼就會開始往內生長，將牠們化成石像。因此，牠們在黑夜出沒，或是待在隧道或洞穴中等獵物上門。

當第二紀元索倫崛起的時候，他賜給這些愚蠢的生物相當的智力，讓牠們有了學習和製造工具的能力，也成為更恐怖和危險的生物。

皮聘回頭看著隊伍，他發現樹人的數量增加了——還是他看錯了？原先光禿禿的斜坡上現在長滿了樹木，但它們都在移動著，難道是法貢森林的樹木整個甦醒過來，越過山丘準備開戰了嗎？他揉揉眼睛，懷疑是否睡意讓他看到了幻影？但那些灰色的身影依舊穩穩地繼續往前移動，枝枒間傳來了如風吹過的颯颯聲。樹人們現在越來越靠近高地邊緣，所有的歌聲也都停了下來。夜色降臨，四野一片寂靜，只有大地在樹人腳下發出微微的顫動，以及許多枝葉沙沙的低語。最後，他們走到了高地邊緣，低頭看見一個幽深的黑洞：那是山脈邊緣的裂谷，捻苦路納，薩魯曼之谷。

「夜色籠罩艾辛格！」樹鬍說。

第五節　白騎士

「我都快冷到骨髓裡了！」金靂跺著腳，揮舞著手臂說。好不容易到了天亮。天一亮，三人就想辦法弄出一頓早餐填飽肚子。在晨光中，他們準備好繼續搜尋哈比人的足跡。

「也不要忘記找那個老傢伙的足跡！」金靂忿忿地說道：「如果我發現他的腳印，我的心情會好一點。」

「為什麼呢？」勒苟拉斯問道。

「因為有腳、會留下腳印的老人，多半不會是什麼可怕的怪物。」矮人回答道。

「或許吧！」精靈回答：「不過，這裡的草叢很深又很有彈性，即使是沉重的靴子也不一定會留下腳印。」

「這應該難不倒遊俠。」金靂說：「一根彎折的草就足以讓亞拉岡判讀出線索來。不過，我也不期望他能夠找到什麼蛛絲馬跡。我們昨天晚上看到的是薩魯曼邪惡的影像。即使在大白天，我也敢這麼確定。或許，他現在還正從法貢森林裡瞪著我們呢！」

「的確很有可能，」亞拉岡說：「但我還是不太確定。我剛剛在思考有關馬匹的事情。金靂，你說牠們昨晚是被嚇跑的，但我並不這麼認為。勒苟拉斯，你聽見牠們的聲音嗎？牠們聽起來像是受到驚嚇的牲畜嗎？」

「不像。」勒苟拉斯回答：「我清楚聽見牠們的聲音。若不是因為四周的黑暗和我們自己的恐懼，我會說牠們是突然間太過興奮了。牠們的嘶鳴聲就像是馬兒看到許久不見的朋友一般。」

「我也是這麼想！」亞拉岡說：「但除非牠們回到我們身邊來，否則我搞不清楚其中的謎團。來吧！天色已經很亮了，還是先看看到底發生了什麼事情，稍後再來猜測吧！我們應該從營地附近往四下仔細搜尋，不要漏掉任何可能的線索，沿著斜坡往森林的方向找。不管我們對於昨晚的訪客有什麼看法，我們的任務還是找到那些哈比人；如果他們真的湊巧逃了出來，應該會躲在樹林間，至少我們也可以看到一些線索。如果在這裡和森林的前緣都找不到任何的痕跡，那麼就必須在戰場的焚灰之間找尋線索。但是，洛汗國的驃騎手段實在太俐落了，我們在那邊恐怕找不到多少痕跡的。」

三人又是爬行又是彎腰地在四周的地面仔細搜尋了一陣子。樹木哀傷地矗立在他們頭上，枯乾的樹葉無精打采地垂掛在樹上，在冷風中沙沙顫抖。亞拉岡慢慢地往外移動，他來到了河岸邊那些篝火燒剩的殘跡旁，然後又循著地上的痕跡往回搜尋到發生戰鬥的小丘。突然間，他停下腳步，臉幾乎貼到草叢中。然後，他大聲呼喊其他人。他們連忙跑了過來。

「終於，我們在這邊找到了新的線索！」亞拉岡從地面上撿起一片破碎的葉子給大家看，那是一片很大的、有著金色色澤的蒼白葉片，現在已經大半變成枯萎的褐色。「這是羅瑞安的梅隆樹葉，上面還有一些乾糧的碎屑，地面上也有一些。你們看！附近還有幾段被切斷的繩索！」

「這是割斷繩索的小刀！」金靂說。他彎下腰，從一叢曾被踐踏過的草叢中拾起一根短的鋸齒刀刃，被踩斷的刀柄就落在旁邊。「這是半獸人的武器！」他小心翼翼地拿著刀，看著它那雕刻過的刀柄，面露噁心之色。刀柄的形狀是一個醜惡的腦袋，臉上有雙斜吊眼和邪淫的笑容。

「好吧，這真是我們所找到的最大的謎團了！」勒苟拉斯大聲說道：「一個被綁住的俘虜，竟然從半獸人和騎士的包圍圈中逃了出來；然後他在沒有任何掩護的地方停了下來，利用半獸人的小刀割斷繩索。可是這是怎麼辦到的？因為，如果他的腳被綁住，要怎麼走路？如果他的手被綁住，又要怎麼使用小刀？如果他的手和腳都沒有被綁住，那他又為何割斷繩索？他對於自己驚人的表現很滿意，於是坐下來舒舒服服的吃乾糧！單從這點，就算沒有羅瑞安的樹葉，我們也可以推斷這傢伙一定是個哈比人。在那之後，我想他應該是長出翅膀，高高興興地飛進樹林裡面去了。要找到他應該很簡單，我們只要也跟著長出翅膀來就好了！」

「我猜這一定和魔法有牽連。」金靂說：「不知道那老人扮演了什麼樣的角色？亞拉岡，你對於勒苟拉斯的推論有什麼看法？你有更好的高見嗎？」

「或許我有！」亞拉岡臉上露出了微笑：「我們手邊還有一些細微的線索你們沒有考慮到：我同意這名俘虜一定是哈比人，在他抵達這邊之前，手或腿一定已經掙脫了束縛。我猜是他的手，因為這樣會讓謎題變得比較容易，而且，我從其他的線索判斷，他是被半獸人抱到這邊來的。你們看，幾步之外有血跡；那是半獸人的血跡。在這一帶有很深的蹄印，又有重物被拖走的痕跡。這名半獸人是被驃騎殺死的，後來他的屍體又被拖去焚化。但他們並沒有發現哈比人，他並非『毫無掩護』，因為當時還是晚上，他又穿著精靈斗篷。他覺得又餓又累，因此，我們可以推測，在他利用死去敵人的小刀割斷繩索之後，就順便休息了一下，吃掉一些東西，然後才爬離開此地。知道他口袋裡還有一些**蘭巴斯**，讓我放心不少，即使他逃跑的時候沒有攜帶任何裝備，但在口袋中隨身攜帶食物是哈比人的習慣。我雖然都是用**他**來描述，但我希望梅里和皮聘是一起行動的；很遺憾的，現場沒有其他的線索可以支持我的這個想法。」

「根據閣下精巧的推論，請問我們的朋友，一開始又是怎麼掙脫手腕的束縛的？」金靂問道。

「我不知道那是怎麼發生的。」亞拉岡回答：「同樣的，我也不知道為什麼會有一名半獸人要把他們拖走。我們可以確定，他絕對不是想幫助他們逃跑。因為如此，我似乎明白了一個從一開始就讓我大惑不解的情況：為什麼在波羅莫戰死後，半獸人甘於只抓走梅里和皮聘就好了？他們並沒有試圖找出我們，也沒有攻擊我們的營地；相反的，他們全速朝著艾辛格前進。他們是否以為自己已經俘虜了魔戒持有者和他忠實的僕人？恐怕不是。即使他們的主人知道真相，也不敢把這機密對半獸人說得這麼清楚。他們絕不可能對屬下公開提及魔戒，半獸人不是那麼忠實的僕人。但我想，半獸人的命令應該是不計一切代價俘虜哈比人，要留活口。因此在戰鬥開始前，有人試著想把俘虜偷帶走，對於這些人來說，陣前叛變是家常便飯；某些強壯、大膽的半獸人或許想要獨自帶著這獎賞逃跑，獲取利益。這就是我的推斷。也許還有別的可能性。總之，我們可以確定一點：我們的朋友至少有一名逃出了魔掌；現在我們的任務是在回洛汗之前找到他。我們不能夠因法貢森林而退卻，因為他一定被迫躲入了這座森林。」

「我不知道什麼比較讓我害怕：法貢森林，還是將來必須走路回洛汗。」金靂悶悶不樂地回答。

「那我們還是先進法貢森林吧！」亞拉岡說。

過不了多久，亞拉岡又找到新的線索。在靠近樹沐河的地方，他找到了腳印；那些是哈比人的腳印，但對方的腳步太輕，無法確認有多少人。接著，他們又在森林邊緣的一株大樹旁找到了一些痕跡；但該處的泥土太硬了，找不到太多的線索。

「至少有一名哈比人站在這裡，回頭看了一陣子；然後他就轉過身，走進了森林中。」亞拉岡說。

「那我們也必須進去了。」金靂說：「不過，我不喜歡這座法貢森林的樣子；之前也有人警告我們了。我真希望這趟追蹤是把我們領到別的地方！」

「不管傳說是怎麼說的，我不認為這座森林有邪惡的氣息。」勒苟拉斯說。他站在森林的邊緣，身子微微前傾，彷彿正在傾聽，同時睜大眼睛望向林中的暗影。「不，這不是邪氣；就算有，也距離我們很遠。我只能依稀聽到黑暗之處有著黑色樹木的動靜。我們附近沒有任何的威脅，但我可以感覺到監視和憤怒。」

「好吧，至少它們的憤怒不會是衝著我來的，」金靂說：「我可沒有傷害它們。」

「我當然知道，」勒苟拉斯說：「但它的確受過傷害。森林裡面有什麼事情正在發生，或是即將發生。你們難道沒感覺到那種風雨欲來的氣氛嗎？它讓我喘不過氣來。」

「我覺得空氣很悶，」矮人說：「這森林比幽暗密林要來得稀疏，但卻有股陳腐的霉味，看起來爛兮兮的。」

「這是座古老的森林，非常古老；」精靈說：「古老到幾乎讓我覺得自己又變年輕了，自從我和你們這些孩子一起旅行以來，從未有過這種感覺。這是座古老、充滿了回憶的森林。如果在和平的年代，我在此可能會覺得身心舒暢。」

「我想也是！」金靂哼了哼，「畢竟你是木精靈，而所有的精靈都是怪裡怪氣的傢伙。但你至少讓我很放心，你去哪裡，我都願意跟著。不過，請隨時準備好你的弓箭，我也會備好我的斧頭。不是要用在樹木上啦！」他看著身邊的大樹，急忙補充道：「我只是不想要意外遇上那個老人時，手上還沒有可以『討論』的籌碼。我們走吧！」

話一說完，三名百哩追蹤的獵人就走進了法貢森林。勒苟拉斯和金靂把觀察足跡的工作交給亞拉岡，不過實在沒有什麼痕跡可給他看。森林的地面十分乾燥，又蓋滿了枯葉；不過，亞拉岡推測逃跑的俘虜多半會靠近水邊走，因此他經常走回溪水邊觀察。正因如此，他才發現了梅里和皮聘停下腳步喝水和泡腳的地方。所有的人都可以清楚地看見那裡有兩名哈比人的足印，其中一雙還比較小。

「這真是個好消息！」亞拉岡說：「可惜的是這腳印已經是兩天之前的痕跡了。看起來，從這邊開始，哈比人離開了水邊。」

「那我們該怎麼辦？」金靂說：「我們可沒辦法跑遍整個法貢森林搜尋他們，我們的存糧不夠。如果我們不能趕快找到他們，恐怕也幫不上什麼忙；除非我們願意在他們身旁坐下來，用大家一起挨餓來表達我們的友誼。」

「如果我們只剩這個選擇，那也沒有反悔的餘地！」亞拉岡說：「我們繼續往前吧。」

最後，他們終於來到了樹鬍的小山丘前的斜坡，抬頭看著通往高處峭壁的那道簡陋的階梯。陽光不時從滾動的雲朵中照射出金光，森林看起來不再顯得那麼灰暗陰沉。

「讓我們上去看看四周吧！」勒苟拉斯說：「我還是覺得胸口有點悶，嘗嘗新鮮的空氣對我可能比較好一些。」

一夥人爬上階梯。亞拉岡走得比較慢，最後才爬上高地，一路上他都在仔細地觀察階梯和地面的蛛絲馬跡。

「我幾乎可以百分之百確定，哈比人來過這裡！」他說：「但還有其他的痕跡，非常奇怪的痕跡，我竟然認不出來。不知道我們是否可以從這塊高地上看見什麼線索，讓我們知道下一步該怎麼做？」

他站直身子，看著四周，但沒有發現任何有用的線索。高地面向南方和東方，但只有東方的視野是開闊的，從那個方向他可以看見一排排的樹梢朝下而去，和之前他們所踏足的平原銜接在一起。

「我們繞了一大圈路。」勒苟拉斯說：「如果我們在第二天或第三天就離開大河往西走，大家就都可以毫髮無傷地來到這裡。前途果然是難以預料的啊！」

「但我們並不想來法貢森林啊！」金靂說。

「不過我們還是到了這裡，又正好陷入了羅網之中。」勒苟拉斯說：「你看！」

「看什麼？」金靂問道。

「森林裡面的東西。」

「哪裡？我可沒有精靈那麼好的視力。」

「噓！小聲點！看那邊！」勒苟拉斯指道：「就在森林裡，在我們之前經過的地方，就是他——你應該可以看見他在森林裡面走動吧？」

「啊，我看見了！我看見了！」金靂壓低聲音說：「亞拉岡，你看！我不是警告過你了嗎？那個老人又來了，身上披著骯髒破爛的灰衣服，難怪我一開始沒發現他。」

亞拉岡看見一個彎腰駝背的身影正在緩緩移動。他距離他們並不遠。他看起來像是一個倚著枴杖的老乞丐，疲乏不堪地走著。他的頭低垂，並沒有朝向他們的方向打量。在其他地方，三人或許會用和善的話語問候他；但此刻三人都沉默挺立，分別都有一種期待的感覺：有某種隱藏的力量或是威脅正逐漸靠近。

金靂張大眼睛瞪視了好一陣子，看著那身影一步步越走越近。然後，突然間，他再也克制不住自己的情緒，大喊道：「你的弓，勒苟拉斯，拉弓！瞄準他！那是薩魯曼。別讓他有機會開口，或是對我們施咒！先射再說！」

勒苟拉斯拿起長弓，緩緩地拉開弓弦，彷彿有另一股力量在和他的意志對抗。他手上捻著一支箭，但卻沒有將它搭在弦上。亞拉岡沉默地站著，臉上露出極度專注的表情。

「你們在等些什麼？你們到底怎麼搞的？」金靂壓低聲音，緊張萬分地說。

「勒苟拉斯是對的。」亞拉岡低聲說：「不管我們有多害怕、或多麼懷疑，都不可以這樣攻擊一名毫無防備，尚未露出敵意的老人。我們等著看吧！」

就在那一刻，那老人加快了腳步，以驚人的速度來到了石壁之下。然後，突然間他抬起了頭，眾人則是動也不動地往下看。天地之間瞬間變得萬籟俱寂。

他們看不見他的面孔，他戴著兜帽，在兜帽之上還有一個寬邊的高帽，遮住了他臉上所有的特徵，只露出鼻尖和灰鬍子。不過，亞拉岡覺得自己似乎驚鴻一瞥，看見對方在帽簷下精光逼人的雙眼。

最後，那老人終於打破了沉默：「朋友，真高興見到你們！」他柔聲說：「我想要和你們談談，是你們要下來，還是我要上去？」不待回答，他就開始往上爬。

「就是現在！」金靂大喊著：「勒苟拉斯，阻止他！」

「我剛剛不是說過要和你們談談了嗎？」那老人說：「精靈先生，快把弓箭拿開！」

弓和箭果然從勒苟拉斯的手中掉下，他的手卻依舊保持著原來的姿勢。

「還有你，矮人先生，請你先把手從斧柄上移開，等我上來吧！你不會需要這個『籌碼』的。」

金靂動也不動，如同石像一般呆立著，眼睜睜地看著這老人身手矯健如同山羊一般跳上階梯。老人似乎不再如之前一樣的露出疲態，當他踏上高地的時候，似乎有什麼白光一閃，彷彿灰色的破衣底下還穿著華美的白袍，意外顯露了出來。在這一片寂靜中，金靂倒抽一口冷氣的聲音顯得格外刺耳。

「我再重複一次，真高興見到各位！」那老人走向眾人道。當他距離只有幾呎遠的時候，他靠著手杖，從帽簷下瞪視著他們：「諸位在這裡有何貴幹？精靈、人類和矮人，全都穿著精靈的衣服，我想這一定有段引人入勝的故事吧！我們在這裡可不常看見這種景象。」

「聽您說話的口氣，似乎很了解法貢森林。」亞拉岡說：「我的推論沒錯吧？」

「不敢說是很了解，」那老人回答：「我可能要花上好幾輩子的時間才能夠了解這裡，但我偶爾會來這邊逛逛。」

「我們可以知道您的大名，聽聽閣下要跟我們說的話嗎？」亞拉岡說：「時間不等人，我們還有一個急迫的任務是不能等的。」

「我剛剛已經說過我的高見了，你們在這邊幹什麼，有什麼精采的故事可以和我分享嗎？至於我的名字！」他輕輕地笑了幾聲，亞拉岡覺得那聲音讓他感到全身一股寒意，但卻不是出自於恐懼或是害怕，那感覺彷彿是冰水或是冷風撲面而來，讓他突然間清醒過來。

「我的名字！」老人又重複了一次：「你們應該都已經猜到了吧？我想你們之前應該聽過的。沒錯，你們絕對聽過這名字。不過，來吧，還是說說你們的故事吧？」

三人沉默地站著，沒有回應。

「你們這種態度，可能會讓人懷疑你們的任務有什麼見不得人的地方。」老人說：「幸好我知道一些內情。我相信你們在追蹤兩名年輕哈比人的足跡。沒錯，哈比人！別這樣瞪著我，假裝你們好像從來沒聽過這奇怪的名字一樣。你們聽過，我也不例外。好吧，再告訴你們，他們前天爬到這裡來過，遇見了意料之外的人物。這樣有沒有讓你們比較安心一點？現在你們是不是想知道他們被帶到哪裡去了？好吧好吧，或許我可以告訴你們更多的消息。我們為什麼還站在這邊？你們應該看得出來，你們的任務已經沒有那麼緊急了，我們坐下來好好聊聊吧！」

那老人轉過身，走向懸崖邊的一堆石頭，自顧自地坐了下來。其他的人彷彿魔咒解除一般，也都回過神來。金靂的手立刻握住斧柄，亞拉岡拔出劍，勒苟拉斯拾起了弓。

老人一點也不在意，他停下腳步，挑了塊平整的石頭坐了下來。於是，他的灰斗篷分了開來，他們終於確切看見了他底下穿著的白色衣服。

「薩魯曼！」金靂擎著斧頭衝向前：「快說！快說你把我們的朋友藏到哪裡去了！你把他們怎麼樣了？快說，否則我就給你腦袋來上一斧頭，恐怕連巫師都沒辦法應付我這一斧！」

老人的動作快到讓人來不及反應，他立刻跳了起來，躍到一塊大岩石之上。他站在那邊，身形突然間高漲，低頭俯視著他們。他的兜帽和灰色的破爛衣物都被拋開，身上白色的服裝顯得格外耀目。他舉起法杖，金靂的斧頭脫手飛出，掉落在地面上；亞拉岡的寶劍緊握在他僵硬的手中，此時也跟著發出刺眼的火焰。勒苟拉斯大喊一聲，對著高空射出一箭，它化成一道火焰。

「米斯蘭達！」他大喊著：「米斯蘭達！」

「我對你再說一次，真高興見到你，勒苟拉斯！」那老人說。

他們全都瞪著他。他的鬚髮在陽光下如同白雪一樣潔白，袍子散發著白色的光芒，他濃眉下的雙眼清澈雪亮，如同陽光一樣直刺人心；他的手中握著無比的力量。三人的心中充滿了驚訝、歡樂和恐懼，一時之間竟不知該如何開口。

最後，亞拉岡回過神來：「甘道夫！」他說：「沒想到你竟然在我們最需要你的時候出現了！剛剛究竟是什麼蒙住了我的眼睛？甘道夫！」金靂一言不發跪倒在地上，雙手遮住眼睛。

「甘道夫……」那老人複誦著，彷彿在記憶中回想一個極少使用的詞：「沒錯，就是這個名字，我以前叫作甘道夫。」

他從岩石上走下來，撿起地上的灰斗篷，再度將它披起；眾人有一種閃耀的太陽再度被雲霧遮掩的感覺。「是的，你們還是可以叫我甘道夫！」他的聲音又再度恢復成他們的老友和嚮導：「起來吧，我的好金靂！我不怪你，你也沒傷到我。是的，老友們，你們的武器根本都無法傷到我。高興一點吧！我們終於又見面了。正好在扭轉局勢的關鍵。前所未見的風暴即將降臨，但局勢已經逆轉了。」

他摸著金靂的頭，矮人抬起頭，突然間笑了：「甘道夫！」他說：「可是你為什麼全身穿著白色的衣服？」

「沒錯，我現在只穿白衣了。」甘道夫說：「事實上，你們其實也可以把我當作薩魯曼，我扮演的是薩魯曼應該擔任的角色。算了吧，還是告訴我你們的故事吧！在我們分手之後，我經過了火焰和深水的考驗。我忘記了許多我認為我知道的事物，也再度記起了許多我早已忘卻的事物。我可以看見極遠的情勢，但卻對許多近在眼前的消息視而不見。說說你們自己的狀況吧！」

「你想要知道些什麼？」亞拉岡問：「如果是從我們在橋上分離之後的所有故事，那可能要花上很長的時間。你能先告訴我們有關哈比人的消息嗎？你找到他們了嗎？他們安不安全？」

「不，我沒有找到他們。」甘道夫說：「艾明莫爾高地之間的山谷被黑暗所籠罩，直到老鷹告訴我之後，我才知道他們遭到了俘虜。」

「老鷹！」勒苟拉斯說：「大概是三天之前，我最後一次看見一隻老鷹在很遠的高空中飛翔，在艾明莫爾的上方。」

「是的，」甘道夫說：「那位就是風王關赫，也是將我從歐散克塔救出來的巨鷹。我派牠先到這邊來偵察大河，收集情報。牠的視力很好，但牠無法看見所有在山丘下和樹林內的事物。有些事是牠看見的，有些是我自己發現的。魔戒現在已經不在我能提供協助的範圍之內了，沒有一個魔戒遠征隊的成員能幫得上忙。它差點就被魔王發現，但它還是逃了開來。我在其中也出了一些力，那時我在高處，與邪黑塔進行搏鬥，魔戒才能躲過一劫。隨後，我很疲倦，非常的疲倦；在黑暗的思緒中徘徊良久。」

「那你知道佛羅多的狀況！」金靂迫不及待地問道：「他的狀況怎麼樣？」

「我不敢確定。他暫時逃離了一次極大的危險，但他眼前還有許多的挑戰。他決定單獨前往魔多，而他也出發了。我就只知道這麼多。」

「不是單獨一人。」勒苟拉斯說：「我們認為山姆和他一起去了。」

「是嗎？」甘道夫的眼中精光一閃，臉上露出微笑：「真的嗎？我現在才知道，但我並不覺得驚訝。很好！非常好！你讓我放心了。你們最好再多告訴我一些。坐到我身邊來，告訴我你們的旅程。」

三人坐在他的腳邊，亞拉岡從頭開始敘述一行人的故事。有很長的一段時間，甘道夫一言不發，只是靜靜地聽著，並沒有詢問任何問題。他的手放在膝蓋上，眼睛也一直閉著。最後，當亞拉岡說到波羅莫戰死，以及他被送上大河走人生最後一段路的情景時，老人嘆了一口氣。

「亞拉岡吾友，你並沒有說出所知或是所推測的全部！」他靜靜地說：「可憐的波羅莫，我沒想到這種事情會發生在他身上。這對他來說是極端嚴苛的考驗，他是一名戰士，也是流有高貴血液的王族。凱蘭崔爾告訴過我他有危險，幸好他最後還是躲過了萬劫不復的結局，我替他感到高興。如果只從波羅莫的角度來看，我們帶來那兩位年輕的哈比人其實是好的，不過，他們所扮演的角色還不只如此。他們被帶到法貢森林來，這兩名哈比人的到來，就像是落在山坡上的小石頭一樣，乍看雖然不顯眼，卻會啟動驚天動地的山崩。即使在我們談話的時候，我也可以聽見那土石鬆動的聲音。在大難來臨的時候，薩魯曼最好別在家門外被逮到！」

「親愛的朋友，有件事情你一直沒改變，」亞拉岡說：「你還是很愛打啞謎。」

「什麼？打啞謎？」甘道夫說：「不！我是在大聲地自言自語。這是我的老習慣了。我習慣對眾人中最睿智的傢伙說話，因為實在沒體力對那些年輕人解釋一切。」他又笑了，但這次，這聲音聽起來像是溫暖的陽光一樣和煦。

「即使以古代人類家族的眼光看來，我都早已不年輕了。」亞拉岡說：「你願意說得更明白一些嗎？」

「我又該說些什麼？」甘道夫暫停片刻，思索著：「如果你想要知道我到底在想什麼，我只能說，剛剛所講的都是我對於目前局勢的看法。當然，魔王也早就知道魔戒已經離開了夏爾，而它目前的持有者是一名哈比人。他現在也知道離開瑞文戴爾的遠征隊人數，以及每個人的種族，但是，他依舊還不確定我們的目的和用意。他推測我們都會前往米那斯提力斯，因為如果是他，他也會這麼做。根據他的思考模式，我們這樣的計畫會對他造成極為沉重的打擊。他目前正惶惶不可終日，不知道會有哪個掌握權柄的偉人出現，拿著魔戒挑戰他、以戰爭推翻他，取代他的地位。他根本沒想過我們只想推翻他，不想找人取而代之；我們竟然想摧毀魔戒的這個計畫，也根本從未出現在他最黑暗的噩夢中。毫無疑問的，你也看得出來我們的幸運和希望之所在。由於他幻想中的戰爭，他被迫倉促掀起戰爭，認為自己必須要把握時機。他相信如果是自己先發制人，只要傷害夠大，或許可以不用發動接下來的攻擊，因此，他為最終戰爭所準備的兵力，必須比計畫中更早開始行動。真是聰明反被聰明誤！如果他把所有的力量都用來守衛魔多，傾全力搜尋魔戒，那我們才真正只能臣服於他；不管我們使用什麼樣的方法，最後魔戒和持有者都無法躲過他的搜尋。幸好，他的目光在世界各地游移，卻沒有注意到自己的家門，大部分的時間都花在米那斯提力斯之上。不久之後，他就會發動全部的兵力攻打該處。」

「因為，他已經知道自己派出阻撓遠征隊的部隊已經失敗了。他們沒找到魔戒，也沒有帶回哈比人的俘虜。即使他們只做到了後者，對我們也會是沉重的打擊，甚至可能導致整個計畫的瓦解。不過，我們還是別想太多，免得長他人志氣，滅自己威風。至少目前來看，魔王的計畫失敗了。這都要多謝薩魯曼！」

「那薩魯曼沒有出賣我們囉？」金靂問道。

「他依舊是個叛徒，」甘道夫說：「這是毫無疑問的。不過，這聽起來很奇怪，對吧？艾辛格的陣前倒戈似乎是我們所承受最大的打擊。被我們當作統領和指導者的薩魯曼擁有極為強大的力量，他威脅洛汗國的驃騎不得支援米那斯提力斯，只能眼睜睜地看著邪惡的勢力從東方入侵。但是，叛徒是把兩面刃，薩魯曼也有私心想要搶奪魔戒，據為己有，至少想抓到幾名哈比人供作他邪惡計畫的驅使。因此，在索倫和薩魯曼的爾虞我詐之下，他們唯一達成的任務，就是在恰到好處的時機將這兩名哈比人帶到法貢森林來，如果不是這命運的安排，這兩人可能根本沒機會出現在這裡！這樣一來，他們的情報和計畫都出現了極大的漏洞。多謝洛汗國的驃騎，這下子魔多不會知道這場戰鬥的結果了。但黑暗魔君知道有兩名哈比人在艾明莫爾被俘，並且違抗他手下的命令被強迫帶到艾辛格去。現在，艾辛格也成了米那斯提力斯之外的一大隱憂；如果米那斯提力斯陷落，薩魯曼恐怕也會唇亡齒寒。」

「真可惜我們的朋友將這兩大勢力分隔開來，」金靂說：「如果艾辛格和魔多之間沒有其他國家作為分隔，我們就可以坐山觀虎鬥了。」

「如果這樣，那獲勝者將會擁有比任何一方都要強大的力量，而且也不會再有任何懷疑，」甘道夫分析道：「但艾辛格是無法對抗魔多的，除非薩魯曼先弄到魔戒，現在這已經永遠不會發生了，他還不知道自己的危險，有許多事情他依舊被蒙在鼓裡。他急著想要捕獲獵物，因此迫不及待離開基地，想要觀察和監督他的手下；但這次，他來得太晚了，戰鬥已經結束，他也沒有在這邊停留太久。我觀察過他的思緒，發現了他的疑慮。他不擅長野外追蹤的技巧，因此，他相信那些騎士殺死了所有的人，並且將屍體全都燒光了。但他看不出來這些半獸人是否帶著俘虜，他也不知道他的部下和魔多的爪牙之間的爭執，更不知道有翼使者的事情。」

「有翼使者！」勒荷拉斯驚呼一聲：「我在薩恩蓋寶激流上，用凱蘭崔爾的弓射了他一箭，讓他從空中墜落。他讓我們恐懼不已，那到底是什麼生物？」

「是你無法用弓箭殺死的敵人！」甘道夫說：「你殺死的只是他的坐騎，但騎士很快就獲得了新的坐騎，因為他是九戒靈之一，騎著有翼的坐騎。很快的，他們所帶來的恐懼將會侵襲我們盟友的軍隊，遮蔽陽光的溫暖。但他們暫時還不能跨越大河，薩魯曼也沒機會知道戒靈的新偽裝。他的全副心神都集中在魔戒上。魔戒曾出現在那場戰鬥中嗎？有人找到魔戒了嗎？如果驃騎王希優頓偶然發現了它的力量怎麼辦？他所看見的只有這些，因此，他回到艾辛格，加強對洛汗的騷擾。在這段時間中，有一個更靠近的危險他渾然不覺，只是不斷地動腦筋對付洛汗，他忘記了樹鬍這號人物。」

「你又在自言自語了！」亞拉岡笑著說：「我不知道樹鬍是什麼人。我大概猜到了薩魯曼的兩面作戰計畫，但我看不出來哈比人到法貢森林這件事有什麼重要的，最多不過是讓我們徒勞無功地緊追數百哩而已。」

「等等！」金靂大喊一聲：「我還想先知道一件事情。昨天晚上我們看到的是你——甘道夫，還是薩魯曼？」

「你們看到的絕對不可能是我！」甘道夫回答：「所以，我必須假設你們看到的是薩魯曼。很明顯的我們看起來很相像，所以我可以原諒你想砍掉我腦袋的衝動。」

「很好，很好！」金靂說：「我很高興那不是你。」

甘道夫又笑了：「是的，親愛的矮人，」他說：「幸好我沒有到哪裡都被認錯，這經驗我可很豐富哪！不過，當然啦，我也不會責怪你對我的歡迎儀式。當初我們還不是把薩魯曼當作盟友，和他商討機密大計，卻沒想到正是和魔王在打交道啊。金靂，但願有一天你可以同時看到我們兩人，那時再作出判斷吧！」

「可是那些哈比人呢？」勒苟拉斯打岔道：「我們千里迢迢前來找他們，你似乎知道他們在哪裡。他們現在在哪裡？」

「和樹鬍以及樹人們在一起。」甘道夫說。

「樹人！」亞拉岡大驚道：「古代傳說樹林中有高大的樹人，原來是真的？世界上還有樹人嗎？如果那不是洛汗國的傳說，我也只會以為他們是古代絕種的生物。」

「才不只是洛汗國的傳說呢！」勒苟拉斯辯解道：「不，大荒原上的每名精靈都會吟唱這些樹人的悲歌，但是，樹人只存在於我們的記憶中。如果我遇到樹人，我真的會覺得自己又變年輕了！至於樹鬍，這其實是『法貢』兩個字翻譯成通用語的稱呼，但你似乎好像指的是一個人。這個樹鬍是誰？」

「啊！你問太多了，」甘道夫說：「我對他所知甚少，但光是這樣的故事就足以讓你們聽上很久的時間了。樹鬍就是法貢，這座森林的守護者，他是樹人中最年長、也是中土世界太陽下最古老的生物。勒苟拉斯，我真的希望你有機會可以遇見他，梅里和皮聘很幸運，他們就在我們坐的這個地方遇見了他。他在兩天前來到這裡，並且把他們帶去遠方山腳下他居住的地方。他經常來到這裡靜思，特別是在外界的傳言讓他心神不寧的時候。四天以前，我看到他在樹林間穿梭，我想他發現了我，因為他停了下來；但我並沒有開口，因為我當時滿腦子都是憂慮，而且在與魔多之眼的搏鬥之後非常疲倦，而他也沒有開口叫我的名字。」

「或許他也把你當作薩魯曼了。」金靂說：「但你談他的方式好像他是朋友似的，我一直以為法貢是很危險的。」

「危險！」甘道夫大聲說：「我也很危險，除非你們親眼見到黑暗魔君，否則我可以算是世界上最危險的人。亞拉岡也很危險、勒荷拉斯也很危險，金靂，你被危險所包圍了……連你自己也很危險。當然，法貢森林的確不平靜，特別是對於那些執斧入山林的人來說更是如此；而法貢本人也很危險，但他同樣的也很睿智和友善。不過，現在他長期累積的怒氣已經滿溢了，整座森林中都充滿了他的憤怒。哈比人的到來和所帶來的消息，讓這怒氣決堤而出；很快的，它們就會化成滔天巨浪，但瞄準的目標是薩魯曼和艾辛格的士兵。有件自遠古以來就沒有發生過的事情即將發生了：樹人將甦醒過來，了解自己擁有驚人的力量。」

「他們會怎麼做？」勒荷拉斯驚訝地問。

「我不知道，」甘道夫說：「我想他們自己也不知道。」他低下頭，陷入沉思。

其他人看著他。一道陽光穿破飄移的雲層，落到他放在膝蓋上的手掌心，讓他的兩手中籠著光，彷彿杯中盛滿水一般。最後，他抬起頭，凝視著太陽。

「快到中午了，」他說：「我們必須趕快動身。」

「要去找我們的朋友和樹鬍嗎？」亞拉岡問道。

「不，」甘道夫說：「那不是你們該走的道路。我已經告訴你們希望之所在，但那也只是希望而已，希望並不代表勝利。我們和所有的盟友們都處身在戰爭中，這場戰爭只有靠著魔戒才能夠讓我們確保勝利。這讓我十分哀傷，更極端地恐懼：有許多事物可能被摧毀，甚至一切都可能會失去。我是甘道夫，白衣甘道夫，但黑暗的力量依舊比我強大。」

他站起身，以手遮日看向東方，彷彿正觀看著極遙遠地方無人能見的事物。然後他搖搖頭。「不！」他柔聲說：「它已經離開了我們的掌握，至少我們應該為此感到高興，我們不再會受到魔戒的誘惑。我們必須在幾近絕望的狀況下面對危機，但至少真正致命的威脅已經去除了。」

他轉過身。「來吧，亞拉松之子亞拉岡！」他說：「不要後悔你在艾明莫爾所做的決定，也不要認為這是一場徒勞無功的追蹤。你在一團混亂中理出頭緒，作出了選擇，那選擇是公正的，我們也獲得了回報。正因為如此，我們才能夠及時會面，否則將錯過最好的時機。你和同伴們的這趟任務暫時結束了，你們的下一趟旅程是你對人許下的承諾。你必須前往伊多拉斯，謁見希優頓，因為他們需要你。安都瑞爾聖劍的光芒現在必須自它長久的等待中顯現，面對戰鬥。洛汗國已經陷入了戰爭，還有更邪惡的陰謀：希優頓身陷危機之中。」

「那麼，我們豈不就不會再見到那些快樂的哈比人了？」勒荀拉斯說。

「我可沒這麼說。」甘道夫說：「誰知道呢？別心急，去你該去的地方，心中懷抱著希望！去伊多拉斯吧！我也會和你們一起去的。」

「不管對什麼年紀的人來說，那都是段很長的路。」亞拉岡說：「我擔心在我們趕到之前，戰鬥就已經結束了。」

「我們到時就會知道了，到時就知道了。」甘道夫說：「你們願意和我一起走嗎？」

「沒問題，我們會一起出發的。」亞拉岡說：「但我猜得到，如果你想的話，其實會比我還要早到達那邊。」他站起來，意味深長地看著甘道夫。其他人瞪著兩人，看著他們面對面地站著。亞拉岡那人類的灰色身影十分高大，如同磐石一般堅定不移。他的手放在劍柄上，看起來彷彿是剛脫離迷霧之海的君王，踏上低等人類的灣岸一樣。在他面前則是一個彎駝的蒼老身影，白色的袍子閃著光芒，彷彿有一種經歷歲月磨練的神光隱匿其中，超越了君王的力量。

「甘道夫，我說的對不對？」亞拉岡終於說：「只要你想做到，任何事情都可以比我更快達成。這讓你理所當然成為我們的隊長和舵手。黑暗魔君有九名騎士，但我們擁有一名力勝千軍的白騎士。他通過了火焰和深淵的考驗，眾人將對他無比的畏懼，我們願意跟他上山下海。」

「是的，我們願意一起跟隨你！」勒苟拉斯說：「但首先，甘道夫，我必須知道你在摩瑞亞到底怎麼了，好讓我心安。你願意告訴我們嗎？難道你就不能多花一點時間，對朋友解釋你是如何逃出的嗎？」

「我已經浪費太多時間了。」甘道夫回答：「時間已經不夠了。但即使我們有一整年的時間可以耗用，我也不會告訴你們一切。」

「那就請你把握僅有的時間，把你願意說的部分告訴我們！」金靂鍥而不捨地追問：「來嘛！甘道夫，告訴我們你和炎魔決鬥的經過如何！」

「別提起他的名字！」甘道夫的臉上彷彿閃過一陣痛苦的烏雲，他沉默地坐著，看起來蒼老如風中殘燭。「我不停地往下掉……」他最後終於開口，十分緩慢，似乎連要回憶起這過程都非常痛苦。「我一直往下掉，他也跟我一起往下掉，我被他的火焰包圍，遭到嚴重的燒傷。然後我們一起落入了深水之中，一切都歸於黑暗；死亡之潮無比的冰冷，我的心臟險些為之凍結。」

「都靈之橋下的深淵很深，從來沒人度量過。」金靂說。

「但它還是有盡頭的，是在人所未見、光明也無法達到之處。」甘道夫說：「最後我終於來到了大地的根基上。他仍然跟著我。他的火焰已經熄滅了，但他成了黏稠的形體，比纏人窒息的毒蛇還要致命。」

「我們在地心深處不停地搏鬥，時光似乎停止流逝。有時是他抓住我，有時是我砍倒他，最後，他逃進黑暗的隧道中。葛羅音之子金靂，那些隧道並非都靈的百姓所建造的，在遠比矮人家園還要幽深的地底，有無名生物挖掘出隧道，連索倫都不知道這些生物，他們比他還要古老。雖然我曾行過該處，但我不願意在此多說，使白日蒙上陰影。在那絕望的環境中，敵人成了我唯一的希望，我對他緊追不捨；就這樣，最後他終於帶我來到了凱薩督姆的秘道中。他對這些地方實在是瞭若指掌，我們一直往上走，直到我們來到了無盡之梯。」

「那個地方已經失傳很久了，」金靂說：「許多人說它只存在於傳說之中，但其他人則認為它已經被摧毀了。」

「它的確存在，也沒有被摧毀，」甘道夫說：「它從最底層的地牢一路通往最高階的山峰，是一段高達數千階的螺旋樓梯。它的盡頭是雕刻在西拉克西吉爾峰之內的都靈之塔。」

「在那座山峰的積雪之中有一個孤單的開口，旁邊則有一塊平地俯瞰著整個籠罩在雲霧之中的大地。該處的陽光熾烈，但腳下卻完全被雲霧所遮蔽。他一跳出來，我隨即跟在後面，正好看見他全身冒出新的火焰來。沒有人看見這一切，或許，在未來的歲月中，將會有歌謠描述那段巔峰之戰。」甘道夫突然間笑了：「但歌詞能寫些什麼呢？那些從遙遠的下方抬頭仰望之人，只會認為峰頂籠罩在暴風雪中。他們聽見隆隆雷聲，看見耀目的閃電劈在凱勒布迪爾峰上，以及火舌不停地自山峰上竄起。這樣還不夠嗎？我們四周升起了濃密的煙霧，那是蒸氣和白煙；冰雹如同暴雨般落下。我打倒了敵人，他從高處墜下，撞毀了大塊的山壁，從此再也沒有爬起來。接下來，我失去了意識，我游離了時間與意識，並漫遊在我不願再提及的道路上。」

「我被赤裸裸地送了回來——再停留一段時間，直到我把工作完成。我就這麼不著寸縷地躺在山頂。身後的高塔已經化為粉塵，出口也消失了，已經毀了的階梯中塞滿了破裂、燒焦的岩石。我就這麼孤單、被遺忘、束手無策地躺在孤絕的山峰上。我躺在那裡瞪著天空，看著星辰運行，每一天都如同一個紀元般漫長。我耳邊依稀可以聽見各地傳來的聲響：生和死、歌唱和哭泣，以及岩石承受極大重量的悶哼。就這樣，風王關赫最後找到了我，把我帶離了絕頂。」

「『伸出援手的老友啊，我注定要成為你的負擔！』我說。」

「『你以前或許算是個負擔，』他回答：『但現在你已經不同了。在我的爪下，你輕得如同天鵝的羽毛一般，陽光可以穿透你的身體。事實上，我認為你根本不需要我了，如果我鬆開爪子，你可能會隨風飄揚呢！』」

「『千萬別鬆手！』我大呼道，這時才覺得生命重新在體內躍動：『帶我去羅斯洛立安！』」

「『事實上，這正是派我來的凱蘭崔爾女皇所下的命令。』他回答。」

「因此，我就這麼抵達了卡拉斯加拉頓，並得知你們已經離開了。我流連在那時光不老之地，在那裡，日子帶來的是醫治，而非衰老。我的確獲得了醫治，並且披上了白袍。我和他們商談，也獲得了許多忠告。因此，我自奇異之路前來，為你們其中一些人帶來消息。女皇囑咐我告訴亞拉岡這段話：

登丹、伊力薩王現在人在何處？
為何你的親族仍飄流在遠處？
失落的王儲重現之時即將到來，
灰衣的隊伍也將從北而來。
但汝之道路將充滿黑暗：
亡者鎮守著那道路通往海岸。

她對勒苟拉斯則是說：

勒苟拉斯．綠葉在樹下已經歷許久
汝已度過快樂的時光，但務須注意那大海不朽！

若汝聽見岸邊的海鷗鳴叫，
汝之心將不再甘於被森林圍繞。」

甘道夫沉默地閉上眼。

「她沒有給我任何的話語嗎？」金靂低頭道。

「她的話語讓人有不祥的感覺，」勒苟拉斯說：「對於收到的人來說卻又含混不清。」

「這話還是安慰不了我！」金靂說。

「那你要怎麼樣？」勒苟拉斯說：「難道你寧願她明明白白地說出你的死期？」

「是的，如果她別無他話可說。」

「她說了什麼來著？」甘道夫張開眼說：「啊，我想我明白她的意思了。金靂，真抱歉！我剛剛在思索那訊息的意思。但事實上，她的確有話要告訴你，那既不黑暗、也不傷悲。」

「『給葛羅音之子金靂——』她說：『代我向他問好，執吾髮者，無論你往何處去，我的心思都與你同在。但務須小心，不要將斧頭砍向錯誤的樹木！』」

「真高興你能夠和我們重逢，甘道夫。」矮人手舞足蹈地用奇怪的矮人語大聲唱歌。「走吧，走吧！」他揮舞著斧頭高喊道：「既然甘道夫的腦袋現在是神聖不可侵犯的，讓我們找顆對的腦袋砍砍吧！」

「時機應該不會太遠了。」甘道夫起身說道：「來吧！老友重聚，已經占去了我們不少的時間，現在該趕路了。」

他再度披上破舊的斗篷，開始帶路。一行人跟著他，很快地就從高地走下來，進入森林，回到了樹沐河的河岸邊。他們一言不發，直到再度來到法貢森林邊緣的草地為止。四周還是沒有他們馬匹的蹤跡。

「牠們沒有回來。」勒荀拉斯說：「這次恐怕要走很遠了！」

「我可不能走路，事態緊急！」甘道夫說，然後，他抬起頭，吹出一聲嘹亮的口哨聲；那聲音清澈響亮，讓其他人都覺得無比驚訝，很難想像這種聲音會是出自老人之口。他吹了三次口哨；然後，從遙遠的地方，眾人聽見有馬匹的嘶鳴聲，乘著東風飄送過來。他們驚奇地等待著。不久之後，就傳來了馬蹄聲；一開始，只有趴在草地上的亞拉岡可以感覺到，接著聲音穩定增強，其他人也都可以聽見。

「來的不只一匹馬。」亞拉岡說。

「當然了，」甘道夫說：「一匹馬可載不了全部的人哪！」

「有三匹馬。」勒荀拉斯看著平原的彼端：「你看看牠們跑得多快！你看，那是哈蘇風，旁邊是吾友阿羅德！但領頭的是一匹十分高大的駿馬，我之前沒有看過他。」

「你以後也不會再有機會看見這麼美麗的神駒了！」甘道夫說。「這是影疾。牠是眾馬之王，連洛汗國之王希優頓都不曾看過比牠優秀的駿馬。你們看，牠是不是閃著銀光，跑起來如同激流奔騰？牠是來找我的，牠是白騎士的坐騎，我們將要並肩作戰！」

正當老法師還在說話的時候，那匹馬依舊衝勢未緩地奔向他；牠的毛皮閃耀，鬃毛在急馳下跟著狂風飛舞，另外兩匹馬則緊跟在後。當影疾一見到甘道夫的時候，牠立刻緩下步伐，開始大聲的嘶鳴；然後，牠緩步小跑過來，低下高傲的頭，用鼻子在老人的脖子上磨蹭個不停。

甘道夫輕拍著牠：「老友，這裡離瑞文戴爾可真遠哪！」他說：「但聰明、快速的你，總是在我需要的時候趕來幫忙。讓我們奔馳到天涯海角，再也不分離吧！」

另外兩匹馬很快的也跟了上來，靜靜地站立一旁，彷彿在等待著命令。「我們立刻前往梅杜西，前往你主人希優頓的宮殿。」甘道夫神情凝重地命令，眾馬低下頭。「時間緊迫，請諸位同意載送我們，我們懇求你們以全速趕路。哈蘇風載送亞拉岡，阿羅德則是協助勒荷拉斯，我會讓金靂坐在我前面，在影疾的同意之下一起趕路。現在我們先喝點水，然後就出發。」

「我這才明白昨晚是怎麼一回事，」勒荷拉斯身輕如燕地躍上阿羅德的背，說：「不管牠們一開始是不是因為恐懼而逃跑，後來牠們都遇到了影疾，牠們的首領，因此高興地和牠會合。甘道夫，你知道牠就徘徊在附近嗎？」

「是的，我知道！」巫師說：「我的意念投向牠，懇求牠快速趕來。昨天牠還遠在這地的南方，願牠能更加快速地帶我們回去！」

甘道夫在影疾耳邊低語幾句，馬王立刻開始奔馳，但並未超過其他兩匹馬趕不上的速度。過了不久之後，牠猛然轉向，選擇一處比較低矮的河岸，帶領眾人蹚過河流，然後領著他們往南踏上一塊寬闊無樹的草原。風吹過一望無際的草原，像是一陣陣起伏的灰色海浪。這裡沒有任何道路的痕跡，但影疾並沒有顯出絲毫猶豫。

「牠正朝著希優頓在白色山脈下的皇宮直線前進。」甘道夫說：「這樣子會比較快。東洛汗的土地比較堅實，主要的北方大路就經過該處，在河的另一邊，但影疾知道這條路上的每一個沼澤和坑洞。」

接下來的許多個小時，他們都在草原和河谷間奔馳著。綠草的高度時常甚至高達騎士的膝蓋，眾人的坐騎似乎泅泳於綠色的大海中。他們一路上遇到許多隱蔽的水塘，以及大片大片的蘆葦搖曳在潮濕危險的沼澤上；但影疾都找得到路，而另兩匹馬也都跟著牠的蹄印走。太陽開始漸漸往西沉落。越過遼闊的大平原望去，騎士們目睹遠方的太陽如同一團火球沉入青青草叢裡。在遠方的山脈，兩邊山肩下都閃爍著紅光。似乎有一道黑煙升起籠住了落日，將它化成一片血紅，宛如它落下地平線時點燃了草原似的。

「那裡就是洛汗隘口。」甘道夫說：「它現在幾乎就在我們的正西方。艾辛格就在那個方向。」

「我看見了一道濃煙。」勒苟拉斯說：「那會是什麼？」

「戰爭的前兆！」甘道夫說：「繼續趕路！」

第六節　金殿之王

他們一路騎過了落日和暮色，一直騎進黑暗的夜色當中。當他們終於下馬休息的時候，連亞拉岡都覺得全身僵硬痠痛。甘道夫只給了他們幾個小時的休息時間，勒苟拉斯和金靂睡著了，亞拉岡攤開四肢平躺在地上；但甘道夫倚著手杖站著，在黑暗中凝視著東方和西方。萬籟俱寂，周遭沒有任何生物的蹤跡或響聲。當他們再醒來的時候，夜空中布滿了許多雲朵，在冷凜的風中飄移著。在冰冷的月光下，他們開始繼續趕路，速度和白天時一樣快速。

時間流逝，他們依然馬不停蹄地趕路。金靂開始低垂下頭，如果甘道夫沒有抓住他，將他搖醒，他可能就這麼落下馬去。疲倦但自傲的哈蘇風和阿羅德，跟隨著牠們毫無疲態的領袖，追著那在黑夜中依稀可見的灰色影子。月亮落入多雲的西方，兩旁的景物都飛快地被拋在腦後。

空氣中增添了一股寒意，東方的黑暗緩緩淡褪成冰冷的灰色。紅色的曙光從他們左方的艾明莫爾高地之上一道道竄出。清澈的黎明已經到來了，一陣狂風吹過，讓路上的野草全都為之低頭。突然間，影疾停下腳步昂首嘶鳴。甘道夫指著前方。

「你們看！」他大喊著。眾人抬起疲倦的雙眼凝神望去，在他們眼前就是南方的大山，頂端覆蓋著白色的積雪，還有一道道黑條狀的皺褶。草原一路延伸到山腳邊，最後進入許多尚未被晨光觸及的幽暗山谷中，隱遁在這些崇山峻嶺的中心地帶。就在這些趕路人的眼前，那些幽谷中最大的一個，像是群山間一道長長的海灣一樣開展，在那山谷的深處，他們在綿延的山脈中依稀看見一座挺立的孤峰，在山谷的入口處有一座孤伶伶的高地，像是一名哨兵守在谷口。在那座高地腳下有一條銀光閃閃的河流，河流源自山谷；在上升旭日的光芒中，他們瞥見遠方高地的頂端有一道金色的光芒。

「勒苟拉斯，說吧！」甘道夫說：「告訴我們你看見了什麼！」

勒苟拉斯伸手遮住刺眼的曙光，定睛一看。「我看見一條積雪所融成的溪流，」他說：「它是從山谷的陰影中一路流出，東邊還有座翠綠的山丘，有道壕溝和帶刺的圍籬圍住了該處。在那裡似乎有許多的屋舍，在正中央的一塊綠地上，有一座人類所建造的巨大殿堂，在我的眼中看起來，它似乎擁有黃金打造的屋頂，那光芒照耀著四周大地，它的柱子和大門也都是金色的。宮殿附近有許多穿著閃亮盔甲的人類守衛著，但其他的人都還在夢鄉中。」

「這座城市叫作伊多拉斯，」甘道夫說：「那個黃金宮殿叫作梅杜西，洛汗國的驃騎軍團統帥，塞哲爾之子希優頓就居住在該處。我們和曙光一同來到，眼前的道路也十分清楚，但我們必須更謹慎地趕路，因為戰火迫在眉睫；不管從遠方看起來怎麼樣，這些牧馬王隨時都處在枕戈待旦的警戒狀態。不要拿出武器，也不要冒犯對方，一切都等我們來到希優頓的王座之前再說。」

當一行人來到溪邊時，晨光已經十分明亮，眾鳥啁啾。溪水一路匆匆流入平原，在山腳下轉了個大彎，往東流去，匯入河床上蘆葦遍布的樹沐河。大地一片翠綠，在濕潤的草地與溪流的兩岸上生長著低垂的柳樹。在這塊南方的土地上，柳樹的枝條上已經開始冒出泛紅的芽胞，讓人感覺到春天的腳步近了。溪流上有一處溪岸較低的淺灘，可看見飽經馬蹄踐踏的痕跡。四人從該處渡過小溪，踏上一條通往較高地勢的寬廣道路上。

在那座被圍牆所包圍的山丘腳下，這條路繞經許多高而翠綠的小丘。在這些小丘的西邊，草地的顏色潔白如同新降的初雪一般：一朵朵綻放的小花，像是草原上綴滿了無數的星辰一般。

「你們看！」甘道夫說：「這些草地上的明亮眼睛多麼美麗啊！它們被稱作永誌花，在這個人類的國度中則被稱為心貝銘花，因為它們整年開放，生長在亡者安息之處。看啊！我們已經來到了希優頓的先王們沉眠的地方。」

「左方有七座墳丘，右方有九座墳丘。」亞拉岡說：「自從黃金宮殿建成以來，確實經過了很長的一段時間。」

「在我們的幽暗密林中，楓葉紅了五百次，」勒苟拉斯說：「但在我們的眼中看來，不過是剎那一瞬。」

「但對驃騎們來說，可是極為久遠之前的事情了！」亞拉岡說：「這皇家的興起都已經成為歌謠中記載的傳說，確實的年代也消失在歷史的迷霧當中。現在，他們將這裡稱作家園，語言也和北方的同胞有了區隔。」然後，他開始用一種矮人與精靈都沒聽過的語言吟唱一首歌謠，雖然兩人不知其中的意義，但也被那特殊的旋律所吸引，集中精神傾聽著。

「我猜，那就是驃騎國的語言吧，」勒苟拉斯說：「它聽起來就像是這座大地本身，富饒而又平坦，但在某些地方又堅韌、嚴肅如同山脈一樣。但我實在猜不出其中的意思，只感覺出裡面充滿了人壽短暫、歲月無常的悲哀。」

「翻譯成通用語是這樣的，」亞拉岡說：「我盡量翻譯得貼切一點。

駿馬與騎士今何在？
號角撼地今何在？
鋼盔與鎧甲今何在，
那飄揚金髮今何在？
春意、農耕、金黃的玉米今何在？
一切都如細雨落入山中，
如微風吹拂草原；
歲月隱入西方，
藏入山後的陰霾。
誰能收回枯木火焰之湮滅，
或挽留大海彼方流逝的歲月？

這是一首洛汗國早已遺忘的詩歌，歌頌年少的伊歐有多麼高大、多麼俊美，他策馬自北方而來，他的坐騎費勒羅夫，眾馬之父的四蹄彷彿乘風而起的四翼。人們依舊會在傍晚吟唱這樣的歌謠。」

在交談間，一行人已經越過那些沉默的墓丘，隨著蜿蜒的道路來到了山丘之上，他們最後終於到了寬闊的擋風高牆和伊多拉斯的大門旁。

該處坐著許多披掛晶亮鎖子甲的人，一看見他們靠近就立刻躍起，以長槍阻住了去路。「陌生人停步！」他們用驃騎語大喊，要求來客表明身分和來意。他們的眼中有著好奇，卻沒有多少的友善之意，全部的人都陰鬱地看著甘道夫。

「我很了解你們的語言，」他用同樣的語言回答：「但很少陌生人做得到這一點。如果你們想要獲得答案，為什麼不照慣例使用西方的通用語提問呢？」

「吾王希優頓下令，除非是我國的盟友，了解我族的語言，否則不得進入此門！」一名守衛回答：「在這戰火逼近的關鍵時刻，除了我們的同胞，以及來自蒙登堡和剛鐸的人之外，我們不歡迎其他的人。你們穿著奇怪的衣服，大膽地從平原上過來，卻又騎著類似我族的駿馬，你們究竟是誰？我們已經留心觀察你們很久了。我們從來沒看過這麼奇怪的騎士，更沒看過這匹超凡脫俗的神駒。除非我們的雙眼被法術蒙蔽，否則牠一定擁有馬中之王的血統。表明你的身分，你究竟是薩魯曼派來的巫師，還是他的魔法所創造的幻影？快點說！」

「我們不是什麼幻影，」亞拉岡說：「你的眼睛也沒看錯。承載我們的確是貴國的駿馬，我猜你在開口之前就已經知道了。馬賊是不可能光明正大把馬騎回馬廄的。這是哈蘇風和阿羅德，是驃騎軍團第三元帥伊歐墨在兩天前慷慨借給我們的。我們遵守承諾，將這兩匹馬帶回來了。難道伊歐墨沒有回來告訴你們，我們即將前來的消息？」

守衛的眼中掠過一絲掙扎：「有關伊歐墨的消息，無可奉告！」他回答：「如果你說的是真的，毫無疑問，希優頓王應該已經知道了這件事情。或許有人已經預料到你們的出現。就在兩天之前，巧言大人來我們這邊轉告了希優頓王不准陌生人通過此門的命令。」

「巧言？」甘道夫用銳利的眼光看著守衛：「不要再說了！我的任務和巧言沒有關係，我要晉見的是驃騎王本人。時間緊迫。可否請你進去通報王上我們已經到了？」他濃眉下的雙眼精光閃爍地在瞪視著對方。

「好的，我會的。」對方緩緩地回答：「但我該以什麼名號通知吾王呢？你外表看起來老態龍鍾，疲倦不已，但我覺得你在這層偽裝下其實是精明幹練的。」

「你看得很清楚，也很會說話。」巫師說：「我就是甘道夫，我回來了。你看！我也帶回來一匹駿馬。這是神駒影疾，只有我能夠馴服牠。在我身邊的是亞拉松之子亞拉岡，人皇的繼承人，他的目的地正是蒙登堡；另外兩位是精靈勒苟拉斯和矮人金靂，我們的同伴。快去求見你的主人，告訴他我們正在門口等候，想要和他談談，希望他能夠准許我們進入他的宮殿。」

「你給的名號果然不是一般人能夠擁有的！我會將它們呈報給吾主，詢問他的看法。」那名守衛說：「請在此稍後，我會將他的指示轉告給諸位。別抱太高的期望！這是黑暗的年代。」他飛快地離開，讓同僚們看守著這些陌生人。

不久之後他回來了。「跟我來！」他說：「希優頓王准許各位進入，但你們所攜帶的任何武器，即使只是手杖，都必須留在門口。門衛會幫諸位保管的。」

黑色的大門隨即打開，一行人跟在衛士之後魚貫而入。眼前是一道寬廣的大路，鋪滿了鵝卵石，一路通往山丘上，中間還夾雜著許多精心設計的階梯。他們經過了許多木造的房屋和暗色的門扉，在道路旁有一條渠道，清澈的泉水潺潺流經其間。最後，他們終於來到了山丘頂端。在那裡，一片青綠的台地上矗立著一座高大的平台，台地下方有一道泉水從石雕的馬頭口中噴出，流入一個寬廣的水池裡，然後從池中溢出流入底下的渠道中。在青綠的台地之上有一道高大寬廣的石階，在最高一階的左右兩邊有兩排石雕的座椅，椅上端坐著其他的守衛，他們的膝上橫臥著出鞘的寶劍。他們的金髮綁成細辮，垂在肩膀上；陽光照在他們綠色的盾牌，反射出耀眼的光芒，他們的胸甲擦拭打磨得如同鏡面一樣光亮，當他們站起來的時候，也比常人要高出許多。

「眼前就是宮殿了。」帶路的衛士說：「我必須回去大門值勤了，再會！願驃騎王以禮相待諸位！」

他轉過身飛快地離開，其他人在那些守衛的打量之下開始一階階往上爬。守衛們一言不發地站著，直到甘道夫踏上最後一階為止。在同一時間，他們用清朗的聲音以本國的語言問好。

「停步，遠道而來的旅人！」他們說，並且將劍柄轉向來客以示和平之意。綠色的寶石在陽光下閃耀著。其中一名守衛走向前，以通用語說道：

「我是希優頓的看門人，」他說：「在下名為哈瑪，在諸位進門前請將武器交給我。」

勒荀拉斯將銀柄的小刀、箭囊和長弓交到他手中：「好好保管！」他說：「這些是來自於黃金森林的武器，是羅斯洛立安的女皇親手交給我的。」

那人的眼中閃起驚奇之色，匆忙地將武器放在牆邊，彷彿畏懼這些東西。「我向你保證，不會有人亂動這些武器。」他說。

亞拉岡遲疑了片刻：「這不是我的作風，我不願將安都瑞爾離手，或是交給任何人。」

「這是希優頓的命令。」哈瑪說。

「即使他是驃騎王，我也不確定希優頓的命令，是否能夠凌駕伊蘭迪爾直系子孫，剛鐸王儲亞拉岡的意願。」

「就算你坐在迪耐瑟的王位上，這也是希優頓的皇宮，不是亞拉岡的。」哈瑪迅即走到門前，擋住眾人的去路。他已經拔出了劍，指著這些陌生人。

「這樣的爭執毫無意義，」甘道夫說：「希優頓的要求是沒必要的，但拒絕他也是無用的。不管是睿智或是愚笨，國王理應可以在宮廷內執行他的命令。」

「的確，」亞拉岡說：「若我手中並非安都瑞爾聖劍，即使這只是平民的小屋，我也願意聽從主人的指示。」

「不管這把劍叫什麼名字，」哈瑪說：「如果你不願意單槍匹馬面對伊多拉斯的所有臣民，還是要請你將它置放此處。」

「他可不是單槍匹馬！」金靂撫弄著戰斧的刀刃，目光凌厲地看著眼前的守衛，彷彿他是一棵正要被砍倒的小樹，「他可不是單槍匹馬！」

「不要衝動，不要衝動！」甘道夫說：「別傷了和氣，我們應該要忍耐，如果我們刀劍相向，魔多的嘲弄將會是我們唯一的獎賞。我的任務很緊急，忠誠的哈瑪，這是我的寶劍。好好保管，這柄劍叫作敵擊劍，是遠古的精靈鑄造的，讓我們通過吧。亞拉岡，不要堅持了！」

亞拉岡緩緩地解下聖劍，將它小心放在牆邊。「我將它放在此處，」他說：「但我命令你不准碰觸它，其他人也不例外。在這精靈的劍鞘中藏放著斷折重鑄的聖劍。巧匠塔爾查在古代鑄造了這柄神兵。除了伊蘭迪爾的子嗣之外，任何人意圖拔出此劍都將橫屍當場。」

守衛後退了幾步，震驚地望著亞拉岡：「閣下似乎是從遠古乘著傳說之翼而來的人物；如您所願，大人！」

「好吧，」金靂說：「我的斧頭如果有安都瑞爾作伴，它在這邊也不會可惜了，」他將武器放在地上，「好了，如果一切都已經妥當，請讓我們覲見你的主人。」

那名守衛依舊猶豫不決。他對甘道夫說：「你的手杖，請原諒我，但它也要留在門口。」

「愚蠢！」甘道夫說：「小心是一回事，但無禮又是另一回事。我已經老了，如果我不能靠著手杖走過去，那麼我就要坐在這裡，等待希優頓王親自走出來和我談話！」

亞拉岡哈哈大笑：「看來每個人都有不願意交給別人的東西。可是，要讓老人失去依靠的確太冷酷了。來吧，讓我們進去吧！」

「巫師手中的手杖可能不只是年歲的象徵，」哈瑪說。他仔細地打量著甘道夫手中的木杖。「不過，在這種狀況下，自重的人會相信自己的智慧。我相信你們是我國的盟友，也是重榮譽的人物，同時也不會有任何的邪心，你們可以進去了。」

守衛抬起了大門口沉重的門閂，將門往內推開，巨大的鉸鍊咿呀作響。一行人走了進去。在山丘上呼吸過清新的空氣之後，這殿內感覺起來又暗又暖。這座大殿極長極寬，四處都是陰影和幽暗的燈光，巨柱支撐起高聳的屋頂。陽光從東邊屋簷下高高的窗戶照進來，在大廳中灑下一道道亮光。從屋頂的天窗往外看去，在淡淡的輕煙之上是清朗的藍色天空。當四人的眼睛適應了室內的亮度之後，這才發現地板是由許多色彩繽紛的石頭所鋪設的，盤繞的符文和各種奇怪的圖案在他們腳下交錯著。這時，他們也發現柱子上有著豐富的圖案，閃動著黯淡的金光。四周的牆壁上掛著許多織錦，在寬闊的織幅上是許多昂首闊步的傳說中人物，有些織錦隨著年歲而變得黯淡，有些則在陰影中顯得十分落寞。但有一幅圖案被灑上了耀眼的陽光：一名年輕人騎在白馬上。他正吹動著一只大號角，金黃色的頭髮隨風飛舞；馬兒昂頭長嘶，鼻翼翕動，嗅聞著遠方的戰火，牠的膝蓋間則有綠色和藍色的流水噴濺著。

「各位看，那是年少的伊歐！」亞拉岡說：「他就是以這樣的英姿從北方策馬而來，加入凱勒布蘭特平原的戰爭[1]。」

四名夥伴走向前，越過了大殿中央燃燒的熊熊爐火。然後他們停住腳步。在大殿的另一頭，有一個面北向門有三階梯級的高台，在高台的正中央是一個巨大的寶座。寶座上坐著一名男子，他蒼老佝僂的模樣讓人幾乎以為他是名矮人；但他白色的頭髮又長又密，編成了許多根長辮，從他頭上戴著的一圈金冠底下垂下來。在他的前額正中央則掛著一枚鑽石。他雪白的鬍子一直垂落到膝蓋上，但他的眼中依舊有著閃動的光芒，毫不留情地在陌生人身上掃射著。在他的寶座後站著一名穿白衣的女子。在他的腳下階梯上，則坐著一名形容枯槁、擁有一張蒼白多慮的臉孔和一雙瞇瞇眼的男子。

眾人陷入沉默之中，寶座上的老人動也不動。最後，甘道夫終於開口了：「幸會，塞哲爾之子希優頓！我回來了。請留心！暴風將臨，所有的盟友都需團結，否則將被個個擊破。」

老人緩緩地站起身，全身重量幾乎都倚在一柄全黑、有著白色骨柄握把的木杖上。眾人注意到，雖然他現在身形佝僂，但他年輕時必定是龍行虎步，渾身充滿了帝王之氣。

「你好！」他說：「或許你還期望我會歡迎你。不過，說實話，甘道夫先生，我對你實在吝於給予歡迎。你一直都是惡兆的先驅，麻煩就像烏鴉一樣緊跟著你，你出現得越頻繁狀況就越糟糕。我不需要騙你，當無主的影疾回來的時候，我很高興可以再看到牠，但更高興牠的騎士失蹤了。當伊歐墨回來通知我你已經過世的消息時，我並不為你哀悼。可惜遠方的消息往往讓人空歡喜一場。你又出現了！就像以往一樣，你勢必會帶來更糟糕的消息。巫師甘道夫，為什麼我要歡迎你呢？告訴我吧！」他又慢慢地坐回座位上。

「王上聖明，你說的真是一針見血！」坐在高台階梯上的蒼白男人說：「不到五天之前，我們才得知您的左右手，驃騎軍團的第二元帥，王子希優德戰死在西洛汗。伊歐墨這人又不值得信任，如果讓他掌權，將不會有什麼人來守衛您的宮牆。而且，我們還剛從剛鐸知道黑暗魔君又在

1　洛汗國的奠基始自於第三紀二五一〇年，當時剛鐸的大軍正在凱勒布蘭特平原苦戰，由伊歐率領的一支游牧民族經過，解救了大軍的危機。為了感謝他們伸出援手，剛鐸將一整個省分的土地劃歸給他們，讓他們成為一個獨立自主的盟邦，這就是洛汗建國的歷史。

東方蠢動，這個四處流浪的傢伙偏偏挑這個時間出現。甘道夫先生，我們為什麼要歡迎你呢？我替你取名叫噩耗，噩耗和惡客一樣不受歡迎。」他神情凝重地乾笑幾聲，邊抬起沉重的眼皮，用黑眸打量著這些來人。

甘道夫柔聲說：「老友巧言，毫無疑問的，你被認為是此地智者，王上也很倚重你。但每次會帶來噩耗的人有兩種可能。他可能是邪惡的僕人，也可能是在危機時挺身前來相助的義勇之士。」

巧言說：「或許吧！但還有第三種人，食屍者，以他人的哀傷和戰火的蔓延為樂的人。老巫師，你幫過我們什麼？這次你又要怎麼幫我們？上次你來要求的是我們的協助。那時王上請你挑選任何一匹馬，趕快離開。你竟然無禮的挑選了影疾，吾主因此相當懊悔，但只要能夠讓你趕快離開國界，這代價也算是值得的。我想這次多半也會和上次一樣，你又是來乞求我們的幫助的。你帶來援兵嗎？還是馬匹、刀劍、長槍？這才是我所謂的援手，也才是我們目前真正需要的東西。你身後的這些跟班是誰？三個穿著灰衣的流浪漢，你自己看起來就像是個乞丐頭一樣！」

「塞哲爾之子希優頓，你宮廷的禮節似乎退步許多，」甘道夫說道：「難道你的看門人沒有回報我同伴的名號嗎？洛汗國的君王極少有榮幸可以接見這樣的三名貴客。他們置於你門前的武器可值千軍萬馬。他們之所以穿著灰衣是出自於精靈的善意，如此他們才能躲過黑暗的力量，歷經重重危險來到你的駕前。」

「那麼，如同伊歐墨所說的一樣，你們和黃金森林的女巫結盟了？」巧言說：「難怪，那座森林裡面全是欺瞞和詭詐的羅網。」

金靂一步跨上前，但甘道夫的手迅速抓住他的肩膀。他只得停下腳步，渾身僵硬地站著。

在羅瑞安，在黃金林
在那凡人罕至的森林，
只有極少凡人曾看過那光芒，
永恆不變，耀目閃爍的光芒。
凱蘭崔爾！凱蘭崔爾！
妳的井水潔淨名聞遐邇；
潔白玉手中星辰閃亮，
純潔無瑕的森林高尚。
在羅瑞安，在黃金林
在那凡人難明的美麗樹林。

甘道夫溫柔地唱完這首歌，突然間神色一凜，他丟開破爛的斗篷，挺起胸膛，不再倚著手杖，用冷冽清朗的聲音說道：

「智者只闡述他所知道的真相，加默德之子葛力馬，你已經墮落成一條無知的蛆蟲。閉上嘴，不要再耍弄你那三寸不爛之舌。我經歷火焰和死亡的考驗，不是要把時間浪費在和下人爭辯上，天雷將證明我的怒氣……」

他高舉起手杖，一陣轟隆的雷聲響起，東窗射入的陽光被烏雲給遮蔽了，整個大殿彷彿突然被夜色所籠罩，火焰變成軟弱無力的餘燼。眾人眼中只能看見高大逼人、一身雪白的甘道夫站在那漸暗的火爐前。

在一片昏暗當中，眾人聽見巧言嘶啞的聲音說道：「王上，我已經警告過你不要讓他帶手杖進來！哈瑪那個笨蛋出賣了我們！」一道刺眼的強光閃過，閃電擊中屋頂。接著一切都安靜下來，巧言動也不動地趴在地上。

「塞哲爾之子希優頓，你願意聽我說話了嗎？」甘道夫問道：「你需要協助嗎？」他高舉起手杖，指向一扇高窗。那裡的黑暗似乎消退了，從那開口可以看見一塊高遠的澄藍天空。「並非一切都是黑暗的。驃騎王，不要喪志，我能提供的是天下無雙的力量，絕望者將無法從我口中獲得忠告。但我還可以給予你建議、給予你指導。你聽見了嗎？有些話是不可以對別人說的，請你走出大門，望向遠方。你龜縮在陰影中，只聆聽這傢伙的片面之詞已經太久了！」

希優頓緩緩地離開椅子。大殿中再度充滿微弱的光線。他身後的女子快步走到他身邊，攙扶著他；老人顫危危地走下階梯，虛弱地走向門口。巧言依舊動也不動地趴在地上。他們走到門前，甘道夫用力敲打著門。

「開門！」他大喊道：「驃騎王要出來了！」

大門轟然開啟，新鮮的空氣撲面而來，大殿中吹入了一陣微風。

「把你的守衛都遣到樓梯底下去！」甘道夫說：「還有妳，小姐，讓他和我獨處片刻，我會好好照顧他的。」

「去吧，王女伊歐玟！」衰老的國王說：「擔心受怕的時刻已經過去了。」

那女子轉過身，緩緩地走回大殿內。當她走過門口時，她回頭看了一眼；她的眼神中充滿了憂慮，當她的眼神停留在國王身上時，流露出濃濃的憐憫之情。她長得非常美麗，長髮如同黃金的河流一般華麗，瘦高的身軀穿著一襲白袍，繫著銀色的腰帶；但她看來英氣勃發，讓人可以感受到一種鋼鐵般的堅毅，果然是擁有王族血統的女子。亞拉岡第一次在白晝目睹了洛汗之女伊歐玟的美貌，認為她冰冷如同清晨的薄霧，尚未褪去少女的青澀；而她也在一瞬間發現了他：高大的王儲，散發著飽經風霜的睿智，披著灰色的斗篷，她可以感覺到他身上有股隱藏的力量。她僵立了片刻，最後飛快地轉過身，消失在眾人眼前。

「王上，」甘道夫說：「看看你的國土！再一次呼吸自由的空氣吧！」

他們在皇宮雄偉的門廊前，可以看見洛汗國青綠的疆域一路綿延到地平線的彼端。微風細雨開始緩緩飄落，猶如一道簾幕；頭頂的天空和以西的天際依舊黑暗，雷聲隆隆，遠方山丘上閃電肆虐。但風向迅即轉向北方，來自東方的風暴也開始緩緩消退，往南移向大海。突然間，一束陽光穿透他們身後雲層的裂罅，照射下來；細雨在陽光中像是銀絲一般的閃耀，遠方的河流像反光的玻璃一般耀眼。

「外面並不黑暗哪！」希優頓吶吶地說。

甘道夫回答：「的確，你的年歲也並不像某些人暗示的那麼老朽。拋去你的枴杖吧！」

國王的手一鬆，黑色的手杖就這麼落到地面上。他慢慢地直起身，彷彿彎腰許久的僕人一般小心翼翼。現在，他抬頭挺胸的站著；當他看著天空時，湛藍的雙眼閃閃發光。

「我最近所做的夢都是晦暗的，」他說：「但我覺得自己重獲新生。甘道夫，如果你早些來，我可能已經醒過來了。我擔心，你到來的時機會不會已經太遲了，你只能見到我皇室的末日，伊歐之子布理哥所興建的壯麗皇宮，恐怕就快要蕩然無存了。火焰將吞沒我國的寶座，我能做些什麼？」

「你有很多事情要做。」甘道夫說：「但請先召伊歐墨進宮。我猜，你應該在那個人稱巧言的葛力馬讒言之下，將他關進監牢去了吧？」

「是的。」希優頓說：「他違抗我的命令，並在殿中公然威脅要殺死葛力馬。」

「敬愛你的人，多半不會敬愛巧言和他的忠告。」甘道夫說。

「或許吧，我會照你所說的做。召哈瑪過來，既然他不適任看門的職務，那我就讓他跑跑腿好了。讓犯錯者去帶領犯錯者來接受審判！」希優頓的聲音十分凝重，但他看著甘道夫的臉上露出笑容，許多原先因憂慮而生的皺紋都在這一笑之間被撫平，消失無痕。

當哈瑪被召來去執行命令後，甘道夫帶希優頓到一張石椅上坐下，自己則坐在國王面前最高的階梯上。亞拉岡和同伴們都站在一旁。

「我沒時間把所有你應該知道的事情告訴你，」甘道夫說：「但如果我的預測是正確的，不久之後我就可以更完整地告訴你一切。千萬小心！你即將面臨連巧言那詭計多端的謊言都無法比擬的大危險。但你看！至少我已經將你從謊言的羅網中拯救出來，你又活了起來。剛鐸和洛汗並非孤軍作戰，敵人比你想像的還要強大，但我們擁有他無從知曉的一線希望。」

甘道夫的口氣越來越急促，他的聲音現在壓得極低，除了國王之外沒人聽見他講些什麼。但眾人都可以看見希優頓眼中的光芒越來越盛，最後他以無比的氣勢站了起來，甘道夫也跟著起立，兩人並肩從這高處望向東方。

甘道夫用中氣十足的雄渾嗓音說：「是的！我們的希望就在那裡，但我們最大的恐懼也在該處。我們的處境可說是千鈞一髮，但只要我們能夠再堅守陣地一段時間，戰況就還有希望。」

眾人也紛紛將視線轉向東方。他們的思緒越過綿延的草原，直到視線的盡頭，又繼續越過山脈，來到了魔影之地的黑暗山脈。魔戒持有者身在何方？懸掛千鈞的一髮依舊岌岌可危！

視力極好的勒苟拉斯，似乎看見了一道白色的閃光，那或許是陽光照在遠方衛戍之塔上的亮光。在更遠處，燃起了一道小小的火舌，那是還很遙遠，卻是目前最迫切的威脅。

希優頓再度慢慢地坐下來，似乎他體內的疲倦依舊在和甘道夫的意志作對。他轉過身看著雄偉的宮殿。「唉！」他說：「這邪惡該由我來承擔，在我戎馬半生之後讓我有理由馳騁沙場，而不該安享我換來的和平。哀哉勇者波羅莫！年少者離世，而年長者竟只能苟活、衰老。」他用滿是皺紋的手抓住膝蓋。

「如果你的手能夠再度握住劍柄，相信他們會恢復舊日活力的！」甘道夫說。

希優頓站起身，將手往腰間一探，但卻沒有摸到寶劍。「葛力馬把我的寶劍收到哪裡去了？」他喃喃自語道。

「收下這個，王上！」一個爽朗的聲音說：「這將永遠效忠王上！」有兩人飛快地走上前來，站在低幾級的階梯上。來人是伊歐墨，他未戴頭盔也未穿鎧甲，但手中握著一柄出鞘的寶劍；他跪下將劍柄遞向國王。

「怎麼會這樣？」希優頓嚴厲地說。他轉身面對伊歐墨，對方驚訝地看著他昂首挺胸、活力充沛地站在自己面前。原先那個蜷縮在寶座上，或是倚著枴杖走路的老人到哪裡去了？

「是我自作主張，王上。」哈瑪顫抖著聲音說：「我知道伊歐墨將會被釋放，我可能被高興沖昏了頭而做錯事。但是，我想，既然他被釋放，他就是驃騎軍團的元帥，我便遵他所囑將他的寶劍交給他。」

「只為了將它奉上您的駕前，王上！」伊歐墨說。

希優頓沉默了片刻，看著跪在他面前的伊歐墨，兩人都動也不動。

「你不接下寶劍嗎？」甘道夫問道。

希優頓緩緩地伸出手。當他的手指一碰到劍柄時，在旁觀者的眼中，精力似乎一瞬間回到他瘦弱的膀臂上。他猛地取起劍，將它在陽光下揮舞著，然後他大吼一聲；接著用雄渾無比的聲音，以洛汗語喊出備戰的命令。

奮起，奮起，希優頓的騎士！
邪惡甦醒，東方黑暗現。
備好戰馬，吹響號角！
伊歐子嗣齊向前！

禁衛軍們以為自己被召喚，飛快地衝上來。他們驚訝的看著王上的轉變，不約而同地拔出劍，將它們放在國王的腳前。「謹遵吾王聖旨！」他們異口同聲地說。

「吾王希優頓萬歲！」伊歐墨大喊道：「能看到您恢復活力我們實在太高興了！甘道夫，我們將永遠不會再說你是噩耗的傳信人了！」

「伊歐墨啊，我的外甥，收回你的寶劍！」國王說：「去吧，哈瑪，把我自己的劍找回來！葛力馬把它收了起來。順便也把他帶到我面前來吧。甘道夫，你說如果我願意聽的話，你有忠告可以給我。你的建議是什麼呢？」

「你已經讓自己照我的建議做了！」甘道夫回答道：「你信任伊歐墨，而不再對一個巧言令色的人推心置腹；你拋開遺憾與恐懼，將意志集中在當下。如同伊歐墨所建議的，派出你所有的兵力即刻往西前進，我們必須趁著還有時間，先摧毀薩魯曼的威脅。如果這場仗失敗了，我們全盤皆輸。如果我們成功了，就還有下一個目標要達成。與此同時，你所有留下來的子民，包括女人、小孩和老弱，都必須躲進山中，他們一定早就對這邪惡的一天做好準備了！讓他們收拾補給品，但不准他們為了大小財寶而拖延，他們的生命才是最珍貴的。」

「我現在覺得你的建議果然很好，」希優頓說：「讓所有的子民都準備好！至於我的賓客們——甘道夫，你說得對，我的宮殿之中禮儀蕩然無存。你們一整夜馬不停蹄，現在都快中午了，而你們居然未曾闔眼、粒米未進。在你們用過餐之後，我們應該替你們準備客房，讓你們好好休息。」

「不需要，王上，」亞拉岡說：「不管我們多麼疲倦，都還不能休息；洛汗國的戰士必須今天就出發，我們得帶著斧頭、聖劍和長弓跟著一起出發，驃騎王，我們帶這些武器來並非是要在您的宮牆上休息的。我也答應了伊歐墨，我將會和他並肩作戰！」

「勝利的希望這下才真正來臨了！」伊歐墨說。

「只是希望而已，」甘道夫說：「別忘記，艾辛格依舊十分強大；還有其他的威脅正在不斷逼近中。希優頓，不要拖延，在我們出兵之後，快點帶著子民們躲到山中的登哈洛去！」

「不，甘道夫！」國王說：「你不知道自己已經徹底治好我了。我不會照你說的做，我將御駕親征；若有必要，我將不惜戰死沙場，這樣我才能夠安息！」

「那麼，就算洛汗國戰敗，也將成為史詩中最壯烈的篇章！」亞拉岡說。站在附近的士兵們敲擊著武器，大喊道：「驃騎王御駕親征！驃騎萬歲！」

「但你手無寸鐵的子民不能沒有引導他們的人啊。」甘道夫說：「誰將代替你管理和指引他們？」

「在我走之前我會想出答案的。」希優頓回答：「我的諮詢大臣可不就來了嗎？」

就在此時，哈瑪從大殿中走了出來。在他身後被兩個人左右架著的是巧言葛力馬。他的面孔極為蒼白，他的眼睛在陽光下不停地眨著。哈瑪跪下來，將一柄收在包覆黃金、鑲有綠色寶石劍鞘的長劍進獻給國王。

「王上，這是西魯格因，您的家傳寶劍！」他說：「是在他的箱子裡面發現的。他極度不願意交出鑰匙，箱子裡面還有許多其他人遺失的東西。」

「你說謊。」巧言心虛地說：「這柄寶劍是你的主人親手交給我保管的。」

「現在這主人又再度向你要這柄劍了。」希優頓說：「你有意見嗎？」

「當然沒有，王上。」巧言說：「我心心念念的都是您的福祉和安危。王上，千萬別累著或耗費太多力氣，讓其他人來打點這些不速之客吧。您的午餐已經快準備好了，難道您不想要用餐嗎？」

「我當然會，」希優頓說：「在我的桌上也準備好客人的午餐。大軍今天就開拔。派出傳令！召喚所有居住在附近的戰士，命令所有能夠使用武器、擁有馬匹的男子，在正午過後兩小時之內集結在城門口！」

「王上！」巧言大喊著：「這正是我所害怕的。這名巫師對您下了魔法！難道沒有任何兵力留下來，保衛您王朝代代相傳的黃金宮殿和財寶嗎？難道沒有人要留下來保護驃騎王？」

「如果這是什麼魔法，」希優頓說：「也比你在我耳邊嘀咕的讒言要讓我感覺舒服多了。你不斷地吸取我的精力，最後終有一天會讓我退化成四腳走路的野獸。不！我們一個人都不留，連葛力馬也一樣，葛力馬也得騎馬上陣。去吧！你還有時間打點一切，清理你寶劍上的鏽痕！」

「開恩啊，王上！」巧言趴在地上哀嚎著：「請可憐我這為您鞠躬盡瘁的小人物，千萬別把我派離您身邊！至少在其他人都離開的時候，我將會寸步不離地守護你。別將您的忠僕葛力馬趕走啊！」

「我特別對你開恩，」希優頓說：「我不會把你遣離我的身邊，我將會御駕親征，我要求你和我一起出陣，證明你的忠誠。」

巧言仔細地打量每個人的臉，他的眼神彷彿野獸在獵人的包圍中尋找出路。他用蒼白的長舌舔著嘴唇：「這樣的決心，果然只有伊歐子嗣的國王才會擁有，即使他已經年老力衰了。」他說：「但是，真正敬愛他的忠臣會考量到他的年紀。我看得出來，現在已經太遲了。某些不會因我王駕崩而難過的人已經說服了他。如果我不能揭穿他的陰謀，王上，請至少聽我一言！您至少該讓一名了解您的想法、服從您命令的人留在伊多拉斯。指派一名忠誠的管家，請讓您的大臣葛力馬替您保管一切，直到您回來！我祈禱您會安全回來，雖然沒有多少人認為這是可能的。」

伊歐墨哈哈大笑道：「如果這樣的建議無法讓你躲避戰爭的話，最尊貴的巧言先生，」他說：「你會接受什麼比較低賤的工作嗎？如果有人願意信任你，讓你背負糧食上山，你會接受嗎？」

「不，伊歐墨，你對巧言先生的詭計還是沒有完全理解。」甘道夫將銳利的目光轉向巧言：「他非常大膽、工於心計。即使此刻他仍在玩弄詭計，想要險中求勝。他已經浪費了我不少寶貴的時間了。跪下，毒蟲！」他突然以可怕的聲音說：「跪下來！薩魯曼買通你多久了？他承諾的價格是多少？當所有的人都死了之後，你會拿走這些寶物、帶走你所垂涎的女人，是吧？你那雙眼睛已經在她身上遊移打量太久了！」

伊歐墨握住劍柄。「我早就知道了！」他喃喃道：「光是為了這個原因，我就甘冒禁律，在大殿中斬殺他於劍下。但我還有其他的原因足以殺他——」他大步向前，但甘道夫伸手攔住他。

「伊歐玟現在已經安全了。」他說：「但是你，巧言，你已經替你的主人盡力了。或許你最終將可獲得一些獎賞。不過，薩魯曼以不守信用而惡名昭彰。我建議你最好趕快前往，提醒他不要忘記你忠貞的為他犧牲奉獻。」

「你說謊！」巧言無力地反駁道。

「這三個字你說得未免太輕鬆、太頻繁了吧！」甘道夫說：「我不說謊。希優頓，你看，這就是你王朝中的毒蟲！為了你的安全，你不能帶他走、也不能把他留下來。處死他並不算過分，不過，有時最明顯的解決之道並不是最好的方法。他曾經是你的部下，為你做了不少事，給他一匹馬，讓他自己選擇去向。從他的選擇中，你將知道他的為人。」

「巧言，你聽見了嗎？」希優頓說：「眼前是你的選擇：和我一起上戰場，讓我們看看你的忠心在戰鬥中是否禁得起考驗；或者是現在離開我們，隨你愛去哪裡！不過，如果我們有機會再相見，我將不再開恩。」

巧言慢慢地站起來。他半閉著眼睛看著所有人。最後，他的目光落到希優頓身上，彷彿準備說些什麼。突然間，他站了起來，雙手抽搐著，怨毒的眼神讓四周的人不由自主地後退。他露出滿嘴的利牙，對著國王的腳邊啐了一口，接著狂奔下階梯。

「去追他！」希優頓說：「不能讓他傷害任何人，但也不要弄傷他或是阻攔他！如果他想要的話，可以給他一匹馬。」

「那還必須要有馬願意讓他騎才行。」伊歐墨忿忿不平地說。

一名守衛奔下階梯，另一名守衛跑到水井邊，用頭盔盛了滿滿的清水，用來洗乾淨巧言弄髒的地面。

「客人們，來吧！」希優頓說：「讓我們把握時機，享受倉促之下所能準備出來的餐點吧！」

他們再度走回宮殿中。此時，他們已經可以聽見傳令兵在底下的市鎮中宣布集合，備戰的號角也吹響了。只要城內的居民和附近的人們都集合完成，國王就會馬上出發。

國王的餐桌上坐著伊歐墨和其他四名客人，負責侍奉國王的是伊歐玟。他們用餐的速度很快，當希優頓詢問甘道夫有關薩魯曼的情報時，其他人都沉默不語。

「誰猜得到他到底多久之前就背叛了我們？」甘道夫說：「他並非自始就是邪惡的。我相信他曾經是洛汗國之友，甚至當他的心腸逐漸變黑的時候，他也覺得你們還有利用價值。但他暗中計畫毀滅你們已經有很長一段時間了，只是他仍戴著友誼的假面具，直等他準備好為止。在這些年間，巧言的工作很簡單，你的所作所為都會立刻回報到艾辛格去；因為當時你的國境是開放的，陌生人可以自由來去。巧言則是不停地在你耳邊進獻讒言，毒害你的思想、冷卻你的熱情、削弱你的活力，而其他人只能眼睜睜地看著這一切發生，因為你被巧言玩弄在股掌之間。」

「但是，當我逃出來之後，我警告了你，那張友善的面具在明眼人之前被揭穿了。在那之後，巧言被迫只能在剃刀邊緣討生活，不停地想辦法拖延，阻止你集合所有的兵力。他的心機很重，總是看情況行事，有時擴大人們的恐懼，有時麻痺人們的警覺心。你難道忘了，他是多麼迫切地說服你不應該浪費兵力在北方邊境的巡邏上，應該把重兵駐守在西邊？他說服你禁止伊歐墨獵殺那些入侵的半獸人。如果伊歐墨沒有違抗你被巧言欺騙而下的命令，這些半獸人如今已將他們劫掠來的驚人成果，帶到艾辛格了。雖然那成果並不是薩魯曼最想要的，不過，其中有兩名我隊伍中的夥伴，他們分擔著我們的秘密任務——請王上見諒，那任務現在連你我都得暫時保密。

你能夠想像，我們的同伴將受到何等的折磨，或是薩魯曼得知我方弱點時的得意狂妄嗎？」

「我虧欠伊歐墨許多。」希優頓說：「忠言逆耳啊，果不其然。」

「這麼說吧，」甘道夫說：「對於遭到蒙蔽的人來說，真相或許反而是比較醜陋的。」

「的確，我完全遭到他人的蒙蔽！」希優頓說：「貴客們，我能夠擺脫這個命運都要感謝諸位，你們又再度即時伸出援手。在你們離開之前，請任意挑選禮物，我絕不會吝嗇。除了我的寶劍之外，任何一樣我朝的寶物都可以送給你們！」

「我們還不知道這次援手到底是否伸得即時。」甘道夫說：「至於你所說的禮物，王上，我選擇一項十分切合我需要的禮物，請將影疾賜給我！你之前只是將牠借給我，但我現在必須騎著牠和黑暗對抗，在黑暗中射出一絲銀光，而我不敢拿任何不屬於我的生命來冒險。而且，我們人馬之間已經有了密不可分的感情。」

「你選得很好！」希優頓說：「我很榮幸可以將牠送給你。這是項十分寶貴的禮物，這世上再無其他馬匹比得上影疾。牠彷彿是古老的神駒復生一般。從今以後，再也不會有這麼偉壯的駿馬了。至於其他的貴客們，我可以提供兵器庫中的一切給你們。你們不需要刀劍，但我的庫藏中有剛鐸賜給我先祖的精工打造的盔甲，在你們離開之前請記得挑選所需的盔甲，願它們協助你們戰無不勝！」

人們從國王的寶庫中拿出盔甲來，為亞拉岡和勒荷拉斯穿戴。他們選擇了頭盔和圓盾，盾牌的邊緣裝飾著黃金，並鑲有綠、紅、白三種寶石。甘道夫不穿盔甲，金靂也不需要洛汗的鎖子甲，即使洛汗國的寶庫中有符合他身材的盔甲，也不會有任何一件比得上他在北方山下打造的甲冑。不過，他還是挑選了一頂鑲鐵的皮帽戴在頭上，以及一面小圓盾，圓盾上面有著綠底的白馬標記，那是伊歐皇族的家徽。

「願你好好使用它！」希優頓說：「那是我父命人在我少年時打造給我的。」

金靂鞠躬為禮。「驃騎王，能夠使用您的盾牌我覺得很榮幸。」他說：「我寧願背馬，也不願意騎馬。事實上，我比較偏好用腳走路。不過，或許有一天我能夠遇到在平地上和人作戰的機會。」

「很有可能！」希優頓說。

國王站了起來，伊歐玟立刻拿著醇酒走上前。「向希優頓致敬！」她說：「飲下這杯中的酒，紀念這歡樂的一刻，願您健康出征，平安歸來！」

希優頓從杯中喝了一口，她接著將杯子遞給每一名客人。當她站在亞拉岡面前時，她突然停住，楞楞地看著他，眼中閃動著莫名的光芒。當他看著她美麗的面孔時也不禁露出微笑；但當他接過酒杯，手無意間碰觸到伊歐玟的玉手時，他清楚感覺到對方對這輕觸顫抖了一下。「敬亞拉松之子亞拉岡！」她說。「敬洛汗國的王女！」他回答，但臉上的笑容已經斂去，顯得憂愁。

當他們都喝過酒後，國王穿過大殿來到門前。衛士在該處等候他，傳令官們也都肅立在旁，在伊多拉斯或附近的諸侯與將領們也都到齊了。

「各位聽我說！這次親征可能是我最後一次的出戰，」希優頓說：「我沒有子嗣，吾兒希優德已經戰死沙場，我宣布外甥伊歐墨未來成為王儲，繼承我的王位。如果我們兩人都無法生還，國民們可以按照自己的意願選出新領袖。但是，現在，我必須將我的國民交給一位值得信任的人帶領。誰願意留下來？」

無人開口。

「你們沒有任何中意的人嗎？我的子民究竟信任什麼人？」

「他們信任的是伊歐王室。」哈瑪回答。

「但是我捨不下驍勇善戰的伊歐墨，他也不會願意留下來，」國王說：「而他是王室的最後一名成員。」

「我指的不是伊歐墨。」哈瑪回答：「而他也不是王室最後一名成員。還有伊歐蒙德的女兒伊歐玟，他的妹妹。她十分勇敢，情操高尚，全國的人民都敬愛她。讓她在我們離開的時候，擔任洛汗國的領袖吧！」

「就這麼辦！」希優頓說：「傳令下去，伊歐玟公主將率領他們！」

國王在殿門前的一張椅子上坐下，伊歐玟在他面前跪下，從他手中接過一柄寶劍和一件美麗的盔甲。「再會了，外甥女！」他說：「這是個危機四伏的時刻，但或許我們還有機會回到這黃金宮殿。不過，登哈洛的人民需要有睿智的領袖帶領他們，而萬一這場戰爭失敗，逃回來的殘兵也會需要妳的保護。」

「千萬別這麼說！」她回答道：「您不在的時候，我將度日如年。」不過，當她這樣說的時候，目光悄悄地飄向亞拉岡。

「國王會歸來的！」他說：「別害怕！我們的真正威脅不在西方，而是在東方。」

國王接著和甘道夫並肩走下階梯，其他人緊跟在後。當一行人朝城門口走去的時候，亞拉岡回頭望了一下。伊歐玟孤單地站在宮殿門前階梯的頂端上；她手握著劍柄，將劍支在面前；她已披上閃亮的鎖子甲，這時在陽光下渾身發出銀光。

金靂扛著斧頭，走在勒苟拉斯身邊。「呼，我們終於出發了！」他說：「人類每次要做什麼事情總是要先說一大堆話，我的斧頭都等得不耐煩了。不過，我並不懷疑這些洛汗人在戰鬥時的能力。真可惜他們習慣的作戰方法和我不同，我要怎麼和他們並肩作戰？我希望可以用雙腳走路，而不必像一袋行李似地在甘道夫的馬上彈來彈去。」

「我想，那位置比大多數人都安全多了。」勒苟拉斯說：「不過，當戰鬥開始的時候，甘道夫或是影疾都會很高興能夠擺脫你的，畢竟斧頭並不適合騎馬作戰。」

「矮人不是天生騎士。我適合砍斷半獸人的脖子，而不是替人類剃頭。」金靂拍著斧柄說。

到了城門口，他們發現已經有一大群人，老老少少，都騎在馬上集結完畢了。眼前至少有超過一千名以上的戰力，他們的長槍羅列起來，如同濃密的樹林。當希優頓走上前來時，眾人都不約而同地大聲歡呼。有人牽著國王的坐騎雪鬃過來，還有人則牽著勒苟拉斯和亞拉岡的馬。金靂侷促不安地皺著眉頭，伊歐墨領著自己的馬走到他身邊。

「你好，葛羅音之子金靂！」他大喊著：「我還沒時間在你的斧頭下聆聽溫柔有禮的話語，正如你所承諾的。但我們可否暫時將爭執放到一邊？至少我不會再說森林女皇的壞話了。」

「伊歐蒙德之子伊歐墨啊，我可以暫時忘記那次的不愉快。」金靂說：「但如果你未來有機會親眼目睹凱蘭崔爾女皇，你必得承認她是世界上最美麗的女子，否則我倆的友誼就完了。」

伊歐墨說：「就這麼說定了！但在那之前請暫時原諒我，為了表示歉意，我懇求你和我共乘一騎。甘道夫將和驃騎王並肩共騎在前；如果你願意的話，我的坐騎火蹄將搭載我們兩個。」

「非常感謝你！」金靂十分高興地說：「如果我的同伴勒荀拉斯願意和我們一起共騎的話，我會很高興接受您的好意。」

伊歐墨說：「就這麼辦！我的左邊是勒荀拉斯，亞拉岡在我右邊，這個組合將無人能擋！」

「影疾呢？」甘道夫問。

「在草地上散步呢！」眾人回答：「牠不讓任何人碰牠。你看，牠就在河邊，像是柳樹底下的陰影一樣。」

甘道夫大喊著坐騎的名字，吹了聲很響的口哨；遠方的影疾昂首嘶鳴，如同飛箭一般向集結的部隊疾奔而來。

「吹拂的西風若有形體的話，現身時就會是這樣吧。」伊歐墨看著駿馬奔到巫師面前時說道。

「看來這禮物已經自己送到你面前了。」希優頓說：「大家聽著！我在此宣布我的客人甘道夫，將永遠是我國最睿智的諮詢者、最受歡迎的漫遊者、馬隊的貴族、洛汗國的領袖；我在此，鄭重地將馬中之王影疾送給他。」

「感謝你，希優頓王！」甘道夫說。他隨即拋開灰色的斗篷，丟下帽子，一躍而上馬背。他並不穿戴盔甲，白色的頭髮在風中飛舞，白袍在陽光下閃閃生光。

「看啊！白騎士駕臨！」亞拉岡大喊道，所有的人都跟隨著一起喊。

「吾王與白騎士！」他們大喊著：「驃騎出發了！」

號角聲響起，馬匹紛紛提起前蹄應和，長槍敲擊著盾牌。國王一揮手，洛汗國的最後一支勁旅就如疾風奔雷一般馳向西方。

伊歐玟孤身一人站在寂靜的皇宮門口，看著草原上槍尖的反光。

第七節　聖盃谷

當他們離開伊多拉斯的時候，太陽已經開始西沉，落日的光芒將他們眼前起伏的洛汗大草原，鋪上了一層炫目的金光。他們沿著一條西北方靠著白色山脈腳下，被踩踏出來的道路前進，越過翠綠的鄉野，穿過許多條細小的溪流。他們的右方極遠處是聳立的迷霧山脈，隨著他們前進的腳步，它變得越來越高大、越來越黑暗。太陽在他們面前緩緩沉墜，暮色也跟著降臨。

馬隊繼續前進，他們必須繼續前進。他們擔心太晚抵達，於是以全速前進，絕少停下來休息。洛汗國的良馬善馳耐久，但眼前還有許多哩的旅程。從伊多拉斯到艾辛河渡口的直線距離，大約有一百二十哩，他們希望能夠在那邊和阻擋薩魯曼入侵的部隊會合。

夜色將眾人包圍。最後，他們不得不停下來紮營。他們已經馬不停蹄地趕了五個小時路程，深入了西部的平原，但眼前還有超過一半的距離。在滿天星斗和月光下，他們圍成一個大圈紮起了營帳。由於不明四周狀況，他們沒有生火，但是在四周設下了重重的守衛，斥候也騎到遠方打探敵情，如影子般沒入起伏的大地。這夜相安無事地度過。到了黎明，號角聲再度響起，一個小時之內他們又踏上了征途。

天上沒有一絲雲朵，但他們可以感覺到空氣凝重；以這個季節來說，這是相當炎熱的一天。初升的太陽帶著血色，其後還有一大塊黑雲跟著出現，彷彿東方有暴風雨即將降臨；在西北方，似乎也有另一道黑影在不斷的游移，在巫師之谷上緩緩移動。

甘道夫策馬奔回勒苟拉斯和伊歐墨身邊，「勒苟拉斯，你擁有精靈的敏銳視力，」他說：「可以從數哩之遙分辨麻雀和黃雀。告訴我，你在往艾辛格的方向看見了什麼？」

「距離那邊還有很遠的距離，」勒苟拉斯用手遮住日光，邊觀察道：「我看見一道黑影，裡面有一些生物在移動；在河邊有許多高大的身影在移動，但我看不出來那是什麼。遮蔽我視線的並非是雲霧，而是某種籠罩大地的力量，它正沿著那河流往下擴散；感覺上，好像是樹林之中的陰影都從山丘上集體流瀉而出。」

「而在我們的身後則是魔多來的風暴，」甘道夫說：「這將會是危險的一夜。」

第二天眾人依舊繼續趕路，但空氣變得越來越沉重。過了中午，烏雲開始趕上他們，高聳的雲中閃動著雷電的光芒。太陽落下，在一片煙霧中赤紅如血。當最後一抹光線照在瑟理西尼峰陡峭的山壁上時，驃騎們的槍尖都反射著血紅的烈焰；他們這時已來到白色山脈最北端，三座鋸齒狀的山峰與落日遙遙相對。在最後一抹餘光中，馬隊的先鋒看見一個黑點奔向他們。那是一名狂奔的騎士，他們停下腳步等待他。

他終於來到馬隊之前，那是一名頭盔髒污、盾牌裂成兩半的騎士。他有氣無力地爬下馬，不停喘氣，最後他終於擠出說話的力氣：「伊歐墨在嗎？」他問道：「你們終於來了，但是已經太晚了！兵力也太少了！自伊歐德戰死之後，戰況急轉直下，我們昨天承受了慘重的犧牲，並且被迫強渡艾辛河，許多戰士在渡河的過程中戰死。當天晚上，對方的生力軍又夜襲我們的營地，全艾辛格的兵力一定都已經派出來了，薩魯曼把山上的野人和登蘭德的牧羊人都收納成為旗下的士兵，並且驅使他們攻擊我軍。我們寡不敵眾，盾牆遭敵擊潰，西谷的鄂肯布蘭德帶著殘兵退守聖盔谷，其他的人都潰散了。」

「伊歐墨在哪？告訴他前方的戰況已經沒有希望了。在艾辛格的惡狼抵達伊多拉斯之前，他應該回防我朝最後的宮殿。」

希優頓一言不發，刻意隱在前鋒之後，對方話一說完，他立刻策馬向前。「瑟歐，來我面前！」他說：「帶隊的是我，驃騎的最後大軍已經來到這裡了，我們不會不戰而退！」

那人的臉上突然間充滿了喜悅，他立刻挺直腰，睜大眼望著面前的景象；接著立刻跪下，將滿是缺口的長劍獻給國王：「王上，請下令吧！」他大喊：「請饒恕我的無知！我以為——」

「你以為我躲在梅杜西，像老狗一樣龜縮不出。當你們出兵的時候的確是這樣的，但一陣西風吹醒了沉睡的雄獅……」希優頓說：「給這人一匹新馬！讓我們一起前去支援鄂肯布蘭德！」

在希優頓說話的時候，甘道夫往前騎了一段距離，孤身看著北方的艾辛格和西方的落日。這時他趕了回來。

「希優頓，我們動作得快！」他說：「快去聖盔谷！別去艾辛河渡口，也別在平原上徘徊！我得要先離開你們一陣子，影疾必須載我去執行另一個急迫的任務。」他轉過身看著亞拉岡和伊歐墨以及全體的驃騎，大喊著：「好好保護驃騎王，直到我回來。在聖盔之門前等我！再會了！」

他在影疾的耳邊低語幾句，駿馬如同飛箭一般勁射而出。在落日餘光中，他的身影如同一道銀光和旋風般捲過草原，消失在眾人眼前。雪鬃揚首嘶鳴，想要跟在後面狂奔，但只有飛鳥能夠追過急馳的影疾。

「這是怎麼一回事？」一名禁衛軍問哈瑪。

「甘道夫有急事待辦。」哈瑪回答道：「他經常都是來無影去無蹤的。」

「如果巧言在這邊，恐怕可以編出許多是非來。」另一人說。

「的確是，」哈瑪說：「至於我嘛！我寧願等待甘道夫回來。」

「或許你會等上很久。」另一名禁衛軍接話道。

部隊離開了朝向艾辛河渡口的道路，轉往南進。夜色降臨，他們依舊頭也不回的奔馳。山丘越來越靠近，白色山脈的山峰已經被夜色所吞沒。在數哩之外，西谷的另一邊，有一座深綠色的峽谷，那是三面環山的峽谷，當地的人們稱呼它為聖盔谷，為了紀念一名古代在此躲藏的英雄。這座峽谷的地形從北邊瑟理西尼峰的陰影中一路向內延伸，越往裡走就越陡峭狹窄，直到兩旁的峭壁如高塔般地矗立在側，遮擋住一切光線為止。

在聖盔谷的入口，聖盔之門前，北方的峭壁上有一座巨石伸出；在那底下有一道遠古所建造的高牆，牆內則是一座聳立的高塔。人類有傳說在剛鐸全盛之時，海上之王藉由巨人之手建造了這座要塞。這裡被稱為號角堡，因為在塔上吹響的號角會在後方的深谷中迴繞，彷彿古代的戰將從深谷的洞穴中甦醒而戰。古代的人類也將這道高牆，從號角堡延伸到南邊的峭壁，完全阻擋住峽谷的入口。深溪從底下的渠道中流出，它在號角岩的位置轉了個彎，從聖盔之門流向聖盔渠，再從那邊落入深溪谷，最後流進西谷中。西谷的領主鄂肯布蘭德，就駐守在聖盔之門的號角堡中。當時代黑暗，戰爭的威脅逼近，有遠見的他修復了城牆，並且強化了堡壘的防禦能力。

部隊的主力大多還在深溪口前的低谷之中，先遣的斥候就已經聽到了殺聲和號角聲。在黑暗中箭矢呼嘯四射。很快，一名斥候策馬回報，狼騎士出沒在山谷中，一群半獸人和野人正從艾辛河渡口急行軍，目標似乎是朝向聖盔谷。

「我們發現了許多同胞在撤退時遭到殺害的屍體。」斥候報告道：「我們在路上還遇到了群龍無首、潰散奔逃的散兵，似乎沒人知道鄂肯布蘭德的下場如何。如果他沒有在遭遇戰中犧牲，他很可能在抵達聖盔之門前就被敵軍趕上了。」

「有任何人看見甘道夫嗎？」希優頓問道。

「是的，王上，許多人看見一名穿著白衣的老人騎在馬上，像風一般在草原上四處奔波。有人以為他是薩魯曼。據說他在天黑之前被目擊奔向艾辛格。有些人也說他們早先看到了巧言，隨著一群半獸人往北而去。」

「如果甘道夫趕上他，巧言可就慘了。」希優頓說：「我還真想念新舊兩名顧問。不過，在這種時刻，我們別無選擇，只能繼續往前進，不管鄂肯布蘭德在不在，我們都必須照著甘道夫的指示前往聖盔之門。有人知道北方前來的部隊兵力有多少嗎？」

「對方數量非常龐大。」斥候說：「雖然撤退的士兵會因為草木皆兵而誇大敵人的數量，但我和比較老練的戰士當面談過，我相信敵人的主力部隊是我們集結在此之兵力的好幾倍。」

「那我們就必須更快些！」伊歐墨說：「讓我們先衝殺這些阻擋在我們和要塞之間的敵人。聖盔谷中有許多可以躲藏數百人的洞穴，還有通往山中的密道。」

「別相信密道的隱密性，」國王說：「薩魯曼對此地已經觀察許久。不過，我們應該還是可以死守住該處。快出發吧！」

亞拉岡、勒苟拉斯和伊歐墨並肩而行騎在先頭部隊中，他們頭也不回地騎進夜色之中，隨著四周越來越黑暗，往南的地勢越來越陡峭，他們的速度也越來越慢。他們發現前方的敵人並不多，他們偶爾會遇到走散的半獸人小隊，但是在驃騎來得及動手之前，這些傢伙便都已逃之夭夭。

「我恐怕不久之後，」伊歐墨說：「驃騎王御駕親征的消息就會傳到敵軍首領的耳裡了，我還不確定對方是薩魯曼，或是哪個大將。」

他們身後的威脅也逼近得很快。這時他們已經可以聽見身後傳來粗啞的歌聲。部隊已經爬上了深溪谷，當他們回頭觀看的時候，他們望見無數火把，在背後黑暗的大地上，密密麻麻的火紅光點像是紅花一般綻放，或像長蛇般在低地上延伸，偶爾還會有某些地方竄起熊熊烈火。

「對方的兵力確實驚人，而且還緊追不捨！」亞拉岡說。

「他們一路放火，」希優頓說：「不管是花草樹木都被他們燒個精光。這裡曾經是座水草豐美、畜養很多牲畜的山谷。唉，我可憐的百姓！」

「如果現在還是白天，我們可以像山脈席捲而下的暴風一樣，殺進他們的隊伍中！」亞拉岡說：「被迫在他們面前不停奔逃，讓我覺得滿腔怒火。」

「我們不需要再逃多遠了。」伊歐墨說道：「眼前不遠就是聖盔渠，那是從聖盔之門底下穿過、綿延數哩的古老壕溝，我們可以在那邊轉身應戰。」

「不行，我們的人數不足以守住聖盔渠。」希優頓說：「它的長度大概一哩左右，其中的缺口還相當寬。」

「如果我們能夠通過該處，一定得派後衛駐守那些缺口。」伊歐墨說。

當騎士們來到聖盔渠的時候，天上無星也無月，溪水從山上由渠道流出，渠旁的道路則是通往號角堡。一座聳立的石牆陡然出現在他們面前，在石牆的陰影前還有一道很深的陷坑。當他們騎近的時候，一名衛兵喝問他們的身分。

「驃騎王要前往聖盔之門！」伊歐墨回答道：「我是伊歐墨。」

「這真是天大的好消息！」衛兵說：「動作快！敵人緊追在後！」

部隊通過了那缺口，停留在斜坡上。他們很高興地發現，鄂肯布蘭德留下了很多人防守聖盔之門，而且還有很多逃過大難的士兵回來協助防守這地。

「我們或許可以湊出一千名戰鬥的步兵，」帶領部下防守聖盔渠的老兵加姆林說：「但這些人裡面，不是像我一樣見識了太多寒暑，就是和我這位孫子一樣乳臭未乾。有任何關於鄂肯布蘭德的消息嗎？我們昨天聽說他帶著西谷最強騎兵團的殘兵一起撤退，但他並沒有出現。」

「我想他恐怕不會來了。」伊歐墨說：「我們的斥候打聽不到任何關於他的消息，而我們身後的山谷中更是擠滿了敵人。」

「我衷心希望他能逃過這場大難。」希優頓說：「他是個驍勇善戰的人，他擁有遠古英雄再世般的勇氣和意志。但我們不能在這邊空等。我們必須趕快將所有的部隊都撤進城牆內才行。你們的補給夠嗎？我們當初是準備和敵人決戰，沒想到必須面對圍城的局面。」

「在我們身後的聖盔谷中，集合了西谷中的老弱婦孺。」加姆林說：「不只如此，還有許多的食物和牲畜，以及給他們的糧秣也都集中在該處。」

「非常好。」伊歐墨說：「敵人在後面的谷地上放火破壞了一切。」

「如果他們想要來聖盔之門前乞求我們的食物，他們可得要付出極大的代價！」加姆林說。

國王和所有的部隊繼續前進，他們渡過了小河後，立刻下馬集合，所有的驃騎都牽著馬匹，走進號角堡的大門中。在那邊，守軍又再度熱情地歡迎這些生力軍的到來；有了這些戰力，他們才終於獲得了足夠防禦要塞和城牆的兵力。

很快的，伊歐墨就部署好兵力。國王和他的禁衛軍，以及許多西谷的戰士負責鎮守號角堡。不過，伊歐墨將自己大部分的兵力都安排在深溪牆、牆的塔樓以及牆後方，因為如果敵方集中兵力攻打此處，這裡的防禦是最脆弱的。馬匹則被領到聖盔谷的深處，以僅存的少數兵力來看守。

深溪牆高達二十呎，寬可以讓四個人並肩齊步，防禦守軍的胸牆則只有身材高大的人才能夠伸頭往外看；牆上到處布滿了可以讓弓箭手瞄準敵人的箭孔。這道防禦工事可由一條號角堡外院門前延伸過來的階梯抵達；另外還有三道從背後的聖盔谷過來的階梯。不過，在面對敵人的正前方則是光滑平整的高牆，巨大的石塊彼此之間嚴絲合縫，毫無任何可以落腳的地方。對於進攻的部隊來說，眼前是一道如同懸崖一般難以克服的阻礙。

金靂靠在城牆的胸牆上；勒苟拉斯則坐在胸牆上，撥弄著弓弦，眺望入那片朦朧的黑暗中。

「我就是喜歡這樣！」矮人用力跺著腳底的岩石說：「我們越靠近山脈，我的心情就越好。這裡的岩石都很堅固，這可是塊骨骼牢靠的大地。我從壕溝那邊走上來的時候，腳下清楚感覺到它們的強韌。只要給我一百名同胞和一年的時間，我就可以把這地方建造得固若金湯，讓來犯的敵人無不煙消雲散。」

「我相信你。」勒苟拉斯說：「你畢竟是矮人，矮人都是怪裡怪氣的傢伙。我不喜歡這個地方，就算在白天也不會喜歡。不過，金靂，你的話令我安心；我很高興能有你拿斧頭屹立在我身邊；我真希望能有更多你的同胞加入我們。但我更希望能有百名幽暗密林的弓箭手來防守此處，我們會需要他們的。驃騎們擁有自己本領獨特的射手，但數量太少了，太少了！」

「以射箭來說，現在嫌黑了些。」金靂說：「事實上，這是該睡覺的時候了。睡覺！現在我可能是有史以來最需要睡眠的矮人了，騎馬真是累人。但我的斧頭不甘寂寞地在手中跳躍，只要給我一整排半獸人和揮舞斧頭的空間，我的疲倦就會一掃而空！」

時間緩慢流逝，底下的山谷依舊野火四竄，艾辛格的部隊正沉默地前進。守軍們可以清楚的看見他們的火把排成許多列，同時朝向此地進發。

突然間，人類的慘嚎和戰呼從聖盔渠的方向傳了過來，火把似乎全都擠在渡口附近，接著它們分散開來，消失了。人們開始往城牆內撤，躲進號角堡的防禦之中，西谷的後衛們已經被敵軍趕出了之前的陣地。

「敵軍來襲！」他們大喊著：「我們射光了箭，讓聖盔渠內躺滿了半獸人的屍體。但這無法阻止他們太久，他們已經從許多地方同時渡過了壕溝，像是螞蟻雄兵般蜂擁而來。但我們已經給他們上了慘痛的一課：別帶火把！」

時間已經過了午夜。天色一片漆黑，沉悶凝滯的空氣預示著將臨的風暴。突然間，一道炫目的亮光劃破了雲朵，閃電的獠牙刺在東邊的山丘上。在那一瞬間，城牆上的守軍看到了在他們和聖盔渠之間被閃電照亮底下如同白晝噩夢般的景象：地面上擠滿了黑色的身影，有些矮胖、有些高壯，戴著頭盔和黑色的盾牌。數以千百計的敵人正不停地湧過溝渠，穿過那唯一的缺口，這道黑色的浪潮一路湧過噴濺到兩側的懸崖，不停朝城牆逼近。山谷中雷聲轟隆滾動，滂沱大雨毫不留情地嘩嘩落下。

如同大雨一般密集的箭雨瞄準城牆射來，全都被堅固的岩石給阻擋了，只有極少數射中了目標。對聖盔谷的攻擊已經展開了，但守軍卻沒有任何的回應，也沒有回射一箭一矢。

進攻的部隊停了下來，被那岩石和高牆沉默的威脅所阻擋。閃電一再地扯裂黑暗，接著，半獸人們嘶啞的大吼，揮舞著刀劍和長矛，對著防禦工事中任何會動的目標發射密集的箭矢。驃騎軍團驚訝地向外張望，他們彷彿看見一片極其廣闊的黑色玉米田，在狂暴的戰火下搖動，每個玉米穗上都閃著芒刺的光。

刺耳的號角聲響起，敵人蜂擁而上，有些攻向深溪牆，其他則攻向通往號角堡大門的堤道和斜坡。最高大的半獸人都集結在那裡，登蘭德的野人也被指派到該處。他們遲疑了片刻，接著也跟著衝向前。在閃電的照耀下，每個頭盔和盾牌上艾辛格的白掌都顯得十分刺眼。進攻的部隊抵達了岩石邊，開始衝向城門。

於是，守軍終於回應了：一陣濃密的箭雨和巨石從城牆上落下。攻方被打得一陣踉蹌，陣形潰散，只得轉身逃跑；但隨即再度集結進攻，潰散，再攻。如此周而復始，像滾滾而來的海潮，每次都更進一步攻占了幾吋的土地。號角聲再度響起，一群吼叫的人類衝了出來，他們高舉著巨盾，如同屋頂一般遮擋著上方攻擊的屏障，在隊形中間則抬著兩根巨大的樹幹。在他們後方密密麻麻的一群半獸人弓箭手不斷發射箭矢，壓制城牆上的守軍。他們就這樣衝到了門前，在許多雙強壯手臂的揮動下，大樹幹一次又一次衝撞著城門。如果有任何人被守軍丟下的巨石砸死，立刻有兩人上前來取代。一次又一次，巨大的破城鎚狠狠撞擊在城門上。

伊歐墨和亞拉岡並肩站在深溪牆上。他們聽見那破城鎚一次又一次發出震耳的撞擊聲；在一陣突如其來閃電的照耀下，他們發現了城門已經岌岌可危。

「快來！」亞拉岡說：「這是我們並肩拔劍的時刻了！」

兩人十萬火急地沿著城牆狂奔，爬上樓梯，奔到外院的號角岩上；他們邊跑邊集合了一群強悍的劍士。在西牆的牆角有一座小門，通往牆外峭壁凸出相連之處。門外，一條狹窄的小路，在巨岩和城牆的夾縫間通往城門口。伊歐墨和亞拉岡兩人並肩衝出小門，部下緊跟在後。兩柄劍同時拔出，就像合而為一的神兵一般激射出光芒。

「古絲溫出鞘！」伊歐墨大喊著：「古絲溫為驃騎而戰！」

「安都瑞爾！」亞拉岡大喊著：「安都瑞爾為登丹人而戰！」

兩人從旁邊的山壁上奮不顧身地撲向那些野人；安都瑞爾不停地揮舞，發出白色的火焰。城牆與塔樓上的守軍紛紛開始大喊：「安都瑞爾！安都瑞爾上戰場了！斷折的聖劍今晚再現神光了！」

負責破門的敵軍被這氣勢所壓，只得拋下樹幹，轉身迎戰；但他們的盾牌陣形彷彿被一道閃電擊破，潰不成軍。守軍如同斬瓜切菜一般砍倒他們，或是將他們推到底下的河流中。半獸人弓箭手在一陣亂射之後，也跟著逃跑了。

伊歐墨和亞拉岡站在城門前環顧四方，雷聲現在已經漸漸遠離，閃電依舊在南方的山脈中肆虐。陣陣的強風再度從北方吹來，天上的濃雲被撕扯吹開，星辰也探出頭來；在峽谷一側的山丘上方，西沉的月亮正從殘雲的空隙中灑出黃色的光芒。

「我們來得還是有點遲了。」亞拉岡看著城門說。巨大的門樞和上面的鐵條已經都被撞彎了，許多木板也都出現了裂縫。

「可是，我們也不能站在牆外抵禦敵人的攻擊。」伊歐墨說：「你看！」他指向堤道。已經又有一整群的半獸人和人類在溪流旁再度聚集。箭矢呼嘯而來，撞在他們身旁的岩石上。「快來！我們得趕快回去，看看要如何從門內修補這座城門。來吧！」

他們轉過身準備再度衝回要塞。就在那時，有數十名躺在地上裝死的半獸人跳了起來，無聲無息地緊跟在後。有兩名半獸人撲倒抓住了伊歐墨的後腳跟，把他拉倒，其他人立時撲過來壓在他身上。在這千鈞一髮之際，一個之前沒人注意到的矮小身影從黑暗中跳了出來，沙啞地大喊：**Baruk Khazâd! Khazâd ai-mênu!**一柄斧頭在黑暗中飛舞，那兩名半獸人的腦袋就這麼飛上半空中，其他人見勢頭不對，也立刻轉身開溜。

亞拉岡還沒趕回到伊歐墨身前，對方就已經擺脫糾纏，站了起來。

側門又關了起來，城門也從內側堆上石塊門上補強。在一切都安排妥當之後，伊歐墨轉身說道：「葛羅音之子金靂，多謝你的救命之恩！」他說：「我不知道你和我們一起衝了出來。看來，不速之客往往是最好的客人。你是怎麼出現在那邊的？」

「我跟你們一起跑出去是為了擺脫睡意，」金靂說：「但是我看著那些野人，發現他們體型對我似乎太高了些，所以我就在旁邊的石頭上坐下來，欣賞你們的劍技表演。」

「你的恩情實在難以報答！」伊歐墨說。

「在今晚結束之前你應該會有很多機會的。」矮人笑著說：「不過，我自己倒是挺滿意的。自從離開摩瑞亞之後，除了木頭，我幾乎什麼都沒砍過。」

「兩個！」金靂拍著斧頭說，他已經回到之前在城牆上的崗位。

「兩個？」勒苟拉斯說：「看來我的表現好多了，等下我還得去找人借箭才行；我的箭都射完了。我至少射中了二十個敵人。可是，倒下的敵人和對方全軍的數量比起來，只算是九牛一毛而已。」

天空此時變得十分清朗，西沉的月亮發出耀眼的光芒。但這光芒並未給驃騎們帶來任何希望。他們眼前的敵人似乎越來越多，而且遠方山谷中還有更多的敵軍正朝裂口處擁入。從號角岩上的突襲只爭取到極為短暫的時間；對城門的攻擊這時已變得加倍猛烈。艾辛格的部隊如同怒潮一般不停地拍打深溪牆，半獸人和野人把城牆前的空地擠得水洩不通。對於底下不停拋上來的抓鉤，守軍們砍斷繩索的速度幾乎趕不上它們丟上來的速度。數以百計的長梯在牆邊架了起來，許多梯子被守軍推倒砸斷在下方，但又有更多的梯子衝上取代；半獸人飛快地在梯子上攀爬，如同南方森林中的猿猴一般矯健。牆角的屍體堆積如山，越來越高，但敵人卻視若無睹地繼續蜂擁而上。

洛汗國的戰士開始疲倦了。他們的箭矢都已耗盡，長矛也都擲完；每柄劍都出現了缺口，盾牌也都傷痕累累。亞拉岡和伊歐墨三次鼓舞士氣，拚殺敵軍穩住陣腳，安都瑞爾的火焰三次在絕望中從城牆上殺退了敵軍。

然後，要塞後方的聖盔谷中傳來了騷動，半獸人像老鼠一樣從溪水的渠道中鑽了進來。他們在峭壁的陰影下悄悄集結，等到戰況最熾烈、幾乎所有的守軍都衝上城牆時，他們才跑了出來。

有一些半獸人已經衝到了聖盔谷口，開始和馬群的守衛打起來。

金靂大喊著從城牆上一躍而下：「凱薩德！凱薩德！」震耳的戰呼在山壁之間回響。很快的，他就不再感到無聊沒事做了。

「喂！」他大喊著：「半獸人混進來了！注意注意！勒苟拉斯，快過來！這邊夠我們兩個好好殺一頓。衝啊！」

老兵加姆林從號角堡往下看，在滿山遍野的喧鬧中聽見了矮人的大吼聲。「半獸人進入聖盔谷了！」他大喊：「聖盔谷守軍注意！衝啊！」他帶著許多西谷的戰士從巨岩上衝了下來。

他們的反擊猛烈地超乎對方想像，半獸人的兵力在他們面前徹底瓦解。不久之後，他們就被圍困在峽谷的角落，所有的入侵者不是被殺，就是被逼得在慘叫聲中跌落深谷。

「二十一個！」金靂說。他雙手一揮，最後一名半獸人倒在他腳前。「現在我的殺敵數終於超過勒苟拉斯先生啦。」

「我們必須堵住這個老鼠洞。」加姆林說：「據說矮人是掌控岩石的奇才，大師，請協助我們！」

「我們無法用指甲或是戰斧來雕鑿岩石。」金靂說：「但我會盡力幫你們。」

他們盡可能地蒐集了許多的小塊石頭和岩石碎塊，在金靂的指導下，西谷的戰士們擋住渠道的這一端，只留下一個小開口。聚積大雨而水流上漲的深溪，在被堵塞的溝渠之間亂竄，慢慢地在峭壁之間累積起了一汪水塘。

「上面會乾一點。」金靂說：「來吧，加姆林，我們回去看看城牆上的人表現如何！」

他爬上城牆，發現勒苟拉斯站在亞拉岡和伊歐墨身邊，精靈正在磨著他的長刀。在從渠道入侵的企圖被封住之後，敵人的攻擊似乎暫時鬆懈了一陣子。

「我殺了二十一個！」金靂說。

勒苟拉斯說：「很好！但我已經累積到二十四個，剛剛上面這裡有一場激烈的白刃戰。」

伊歐墨和亞拉岡都疲倦地倚著寶劍。在他們的左方號角岩上，又再度響起了激烈的戰鬥聲。不過號角堡依舊如同大海中的孤島面對浪潮，仍然屹立不搖。它的城門已經破爛不堪，但在重重的工事和岩石阻擋下，暫時還沒有敵人能夠攻入。

亞拉岡看著蒼白的星辰和即將落入谷底的月亮，說：「這一夜和一年一樣漫長！」他說：「到底還要多久才會天亮？」

「就快了！」加姆林這時爬上了城牆，站在他身邊說：「但我恐怕黎明也幫不上我們的忙。」

「曙光始終為人類帶來希望！」亞拉岡說。

「可是，這些艾辛格的變種怪物，這些薩魯曼以邪惡之法將半獸人與野人混種培育出來的新種，並不懼怕陽光。」加姆林說，「同樣的，山中的野人也不怕。你聽見他們的聲音了嗎？」

「我聽見了；」伊歐墨說：「但在我耳中聽起來，它們似乎只是鳥獸的嘶吼聲。」

「其中有許多用的是登蘭德的語言。」加姆林說：「我聽得懂那種語言。那是人類所使用的一種古語，驃騎國西邊谷地一帶曾經使用過這種語言。哼！他們恨我們，這時也感到很高興，因為他們似乎確定我們會慘敗。『國王！國王！』他們大喊著：『我們會親手殺死他們的國王。稻草頭去死吧！北方的強盜去死吧！』這些都是他們替我們取的渾名。五百年來，他們從未忘記剛鐸將這塊土地賜給伊歐並與之結盟的仇恨。薩魯曼煽動了這過去的仇恨。在仇恨的驅使下，他們是凶猛的戰士。除非希優頓王戰死，或是他們全被消滅，否則不管黑夜或是白天，都無法阻擋他們的怒火。」

「不論如何，白晝都會替我帶來希望！」亞拉岡說：「傳說中豈非曾言，只要有人守衛號角堡，它就永不會陷落嗎？」

「吟遊詩人是這樣說的。」伊歐墨說。

「那麼，就讓我們懷抱希望守住這裡吧！」亞拉岡回答。

就在他們交談的時候，又響起了另一陣號角聲。接著一陣爆炸，夾著火光與煙硝瀰漫。深溪的水冒著青煙洶湧流出：水流已經不再堵塞，牆上被炸出了一個大洞，一大群黑影擁進洞內。

「薩魯曼的邪惡伎倆！」亞拉岡大喊道：「在我們談話的時候，他們又爬進了那道溝渠，還在我們腳下點燃了歐散克塔的妖火。衝啊，殺啊！」他大喊著跳下城牆；但在此同時，數百條雲梯也對著城牆立了起來。敵方最後一波攻勢，從城牆內和城牆外瘋狂展開，猶如一股黑潮橫掃上沙灘。守軍被敵人給衝散了。一部分的驃騎被逼得朝著聖盔谷內撤退，他們邊戰邊退，不時有人倒下，沿路步步拚死戰鬥，只希望能夠來得及撤入洞穴中做最後的奮戰，其他的敵軍則是切斷了他們撤回要塞的退路。

聖盔谷中有一道寬大的階梯，通往號角岩和號角堡的後門，亞拉岡就站在階梯底端，安都瑞爾依然在他的手中閃閃發光，聖劍的威力暫時逼退了敵人，每一名能夠奮戰退到階梯邊的守軍，一個接一個撤入堡壘中。勒苟拉斯單膝跪在亞拉岡身後的階梯上方，他彎弓瞄準，但手上只剩下孤單的一支羽箭，他凝神看著前方，準備射死第一個膽敢靠近階梯的半獸人。

「亞拉岡，能退到階梯前的守軍都已安全進入堡壘了，」他大喊著：「快回來！」

亞拉岡轉過身，飛快地奔上階梯；但久戰的疲倦讓他奔跑中一步踏空，摔倒在階梯上。敵人們立刻蜂擁衝向前，半獸人們大吼著伸出長長的手臂抓向他。當先的第一個半獸人被勒苟拉斯一箭射中咽喉，但其他人還是爭先恐後的衝上來。就在此時，守軍從牆上丟下一枚巨石，將其他的半獸人全都撞回聖盔谷中。亞拉岡乘機一個箭步衝入門內，門轟地一聲關了起來。

「這下子糟糕了，老友！」他用手臂擦去額上的汗珠，邊說道。

「糟透了，」勒苟拉斯說：「但只要還有你與我們同在，就還沒到絕望的地步。金靂到哪裡去了？」

「我不知道。」亞拉岡說：「我最後一次看到他的時候，金靂還在外面奮戰，但敵軍把我們衝散了。」

「糟糕！這真是個壞消息！」勒苟拉斯說。

「他是個身經百戰的戰士，」亞拉岡說：「我們只能希望他可以逃到洞穴中，在那邊他可以暫時安全地待一陣子。至少比我們要安全多了。那樣的避難所會是矮人喜歡的。」

「我也這麼希望。」勒荀拉斯說：「不過，我真希望他是朝這個方向撤退的。我很想告訴金靂老大，我的戰績已經累計到三十九人了！」

「如果他能夠殺出重圍退進洞穴中，一定可以再勝過你。」亞拉岡笑著說：「我從來沒看過這麼刁鑽的戰斧。」

「我得趕快去找些箭才行。」勒荀拉斯說：「如果天亮了，我就有更好的條件可以瞄準了。」

亞拉岡進入到要塞中，他震驚地得知伊歐墨沒來得及撤入號角堡。

「不，他沒有往號角岩這方向來。」一名西谷的戰士說：「我最後看見他的時候，他在聖盔谷口集結人馬，準備反攻。加姆林和矮人都和他在一起；但我無法衝到他們身邊去。」

亞拉岡穿過要塞的內院，進入塔中最高的房間。國王在裡面，站在窄小窗後的陰影中凝視著山谷中的戰況。

「亞拉岡，有什麼消息嗎？」他說。

「王上，深溪牆已被攻陷，守軍都被衝散了，但還是有很多人躲進了號角岩內。」

「伊歐墨回來了嗎？」

「沒有，王上，但你有不少兵力撤入了聖盔谷，有人說伊歐墨就在他們當中。藉著該處狹窄的地形，他們或許可以擋住敵人的侵襲，撤退入洞穴中。之後他們還有什麼希望，我就不知道了。」

「我想至少比我們有希望多了。據說裡面有很豐富的補給，而且，因為山壁上方有很多的裂縫通風，洞穴中的空氣十分新鮮。只要守軍決心堅守，沒有任何的力量可以強行侵入。他們應該可以支撐很長一段時間。」

「但半獸人從歐散克塔帶來了可惡的魔法，」亞拉岡說：「他們有種會爆炸的火焰，靠著那火焰，他們輕易地炸開了城牆。就算他們攻不進洞穴中，也可以把守軍封死在裡面。唉，多說無益，我們還是仔細想想該怎麼守住號角堡才行。」

「我被困在這牢籠中，」希優頓說：「如果我可以帶著部隊衝上戰場，身先士卒地享受那種置死生於度外的殺敵感覺，就這麼戰死沙場也比困守在此地好多了。」

「在這裡，至少你有驃騎國最堅強的要塞保衛你。」亞拉岡說：「在這裡比在伊多拉斯，或甚至是登哈洛都要容易防守多了。」

「據說號角堡從未被攻陷過，」希優頓說：「但我現在心裡也不禁感到有些動搖。世事多變化，一度強盛的國家可能在轉眼間崩潰。世界上怎麼可能有任何高塔擋得住這種狂暴的攻擊和無盡的仇恨？如果我早知道艾辛格的勢力已經如此坐大，或許我就不敢這麼狂妄地上戰場，就算有甘道夫在背後全力支援也一樣。他的建議現在看起來並沒有像在白天時那麼妥當！」

「在大勢底定之前，王上，不要輕率評斷甘道夫的忠告。」亞拉岡說。

「不久一切就會結束了。」國王說：「但我可不願意像是隻困獸一樣被囚在這牢籠中。雪鬃和哈蘇風以及禁衛軍的坐騎都在內院裡，只要天一亮，我就會下令部屬吹起聖盔的迎戰號角，親自策馬出陣。亞拉松之子，你願意和我同上戰場嗎？也許我們可以殺出一條血路，或至少拚出一場可歌可泣的戰鬥——希望到時還會有人活下來，作歌紀念我們。」

「我會與你同赴戰場！」亞拉岡說。

他向國王告退，回到城牆上，把握每一個機會激勵守軍，哪裡戰況最激烈，他就奮不顧身地前去支援。勒苟拉斯緊跟在他左右。城下爆炸的火光一次又一次撼動城牆。敵方又丟出了許多抓鉤，升起許多攻城梯；半獸人一次又一次衝上城牆，而守軍也一次次將他們擊退。

最後，亞拉岡站在城門上，不顧敵方的箭雨，看著東方的天空逐漸泛白。然後，他舉起右手，對著敵人伸出掌心，示意對方要談判。

半獸人們歡聲雷動。「下來！下來！」他們大喊著：「如果你想要和談，快下來！把你們的國王帶出來！我們可是善戰的強獸人。如果他不來，我們會把他從洞中抓出來！把你們懦弱的國王帶出來吧！」

「國王愛來就來，愛走就走。」亞拉岡說。

「那你在這邊幹什麼？」他們回答：「你為什麼看著這個方向？你想要親眼看見我們壯盛的軍容嗎？我們可是驍勇善戰的強獸人啊。」

「我想要看看黎明的景色。」亞拉岡說。

「黎明又怎麼樣？」他們輕蔑地回答：「我們是強獸人，不管白天黑夜、風霜雨雪，我們都不會停止戰鬥。不管天上出的是太陽還是月亮，我們都是來殺人的。黎明又能怎樣？」

「沒有人知道嶄新的一天會帶來些什麼。」亞拉岡說：「你們最好趕快撤退，免得必須面對厄運。」

「你不下來，我們就把你射下來。」他們大吼著：「這根本不是什麼和談，你根本無話可說。」

「我還有幾句話要說。」亞拉岡回答：「號角堡從未被敵人攻陷過。趕快撤退，否則我們將會把你們趕盡殺絕。沒有人可以活著回去向北方的主人回報軍情，你們還不知道自己正面對著末日。」

亞拉岡獨自站在傾頹的城牆上，面對著敵人的大軍，全身散發出舉世無匹的王者之氣，許多野人停下了動作，不安地回頭看著背後的山谷，有些甚至抬頭困惑地望著天空。但半獸人們則是毫不留情地哈哈大笑，亞拉岡從高牆一躍而下，身後的箭矢標槍如雨激射，越過牆頭。

一聲震耳欲聾的巨響和刺眼的火光爆射，亞拉岡之前所站立的地方在濃煙中轟然崩塌了。城門下方的防禦工事似乎受到閃電擊打一般崩潰了。亞拉岡飛奔向國王所在的高塔。

但是，就在大門被攻陷、半獸人們狂吼著準備衝鋒時，他們的身後忽然響起了一陣低語的聲音，彷彿是從遠方颳來了一陣風，這陣低語越來越響，形成一片嘈雜，在晨曦中呼喊著奇怪的訊息。號角岩上的半獸人聽見這嚇人的聲音，不禁紛紛轉頭回顧。就在此時，從要塞的高塔中突然響起了可怕的巨響，聖盔的迎戰號角被吹響了。

所有聽見這聲音的人都不禁渾身顫抖。許多半獸人伏倒在地，用爪子摀住耳朵。號角聲在深谷中不斷回響，一聲接一聲，彷彿每座山岡與懸崖上都有一名號手在回應這呼喚。牆上的守軍無不抬起頭，驚奇地傾聽著；號角的回聲始終沒有停歇，而是在群山中不住迴盪，一聲回應一聲，越來越奔放、越來越振奮高昂。

「聖盔！聖盔！」驃騎們大喊著：「古代的勇士復生了，將協助希優頓王打勝仗！」

國王在眾人的歡呼聲中出現了，他的馬匹潔白勝雪、盾牌金黃耀眼、長槍無比銳利。他的右邊是伊蘭迪爾的子嗣亞拉岡，身後則是伊歐皇室的禁衛軍。曙光劃破天際，夜色悄然消退。

「驃騎們，衝啊！」一聲大吼，所有的馬隊全都朝敵人衝鋒。他們衝出了倒塌的大門，沿著堤道一路所向披靡，像是狂風吹過草原一般席捲過艾辛格的部隊。在聖盔谷中則是傳來之前倖存者的回應，他們從洞穴中殺出，趕走了流連在該處的敵人。號角岩所有殘存的守軍全都一擁而出。震耳的號角聲依舊在群山中不停地迴盪。

國王帶領著禁衛軍奮勇衝殺，敵人的統帥和軍官，不是死於長槍之下就是四散潰逃，沒有任何半獸人或是人類可以阻擋他們的攻勢。敵人的背後是驃騎的長槍和利劍，面前是山谷。他們哀嚎著逃竄，黎明的確給他們帶來了意想不到的致命打擊。

就這樣，希優頓王從聖盔之門一路衝殺到聖盔渠，部隊在那邊勒馬止步。天色越來越明亮。陽光開始從東方的山丘後一道道躍出，照射在他們的槍尖上。但他們全都靜坐在馬上，目瞪口呆望著深溪谷的景象。

大地的容貌已經完全改變了。原先那裡是一片翠綠的溪谷，青翠的草地順著斜坡一直生長蔓延到山坡上來，現在那裡卻出現了一座森林。巨大的樹木，光禿而沉默，一排又一排地矗立在草原上，糾纏的枝枒上方是灰白的樹冠，它們扭曲盤錯的老根則深深鑽入土壤，埋在青草之中。森林中漆黑一片。夾在聖盔渠和這座無名的森林之間，只有不到一哩的空地，薩魯曼引以為豪的大軍就被困在該處，既怕後方的驃騎王又怕前方恐怖的樹林。他們沒命地自聖盔之門奔逃下來後，如今卻被困在聖盔渠前，像一片黑壓壓的蒼蠅。他們徒勞無功地攀爬著峽谷兩旁峭壁，想要逃開這困局。東邊的谷壁十分陡峭，難以攀爬；而左側的西邊，他們真正的致命一擊逼近了。

一名穿著白袍的騎士，在刺眼的陽光下突然出現在山坡上，號角聲再度從山下響起。在他身後，一千名手握鋼劍的步兵從山坡上直衝而下。在他們的隊伍中有一名高大強悍的戰士，他握著紅色的盾牌，當他來到山谷邊緣時，他舉起一支巨大的黑色號角湊到唇邊，吹出震耳欲聾的響聲。

「鄂肯布蘭德駕到！」驃騎們歡欣鼓舞地大喊：「鄂肯布蘭德！」

「看啊！白騎士！」亞拉岡大喊道：「甘道夫又回來了！」

「米斯蘭達！米斯蘭達！」勒苟拉斯說：「這可真是巫師的法術！快來！我要在魔法消失之前，看看這座森林。」

艾辛格的部隊倉皇狼狽地四處碰壁，偏偏每個方向都是死路。高塔中又再度響起號角聲。國王領著驃騎沿著聖盔渠的裂口衝了出來，西谷的領主鄂肯布蘭德也帶兵從山坡上衝下來。而影疾則以飛快穩健的四蹄在山谷中奔跑。白騎士的出現讓敵人恐懼得發狂，野人們在他面前趴地不敢動彈，半獸人狂叫著丟下武器只顧逃命。他們像是被強風吹散的黑煙一般四散奔竄，在走投無路之下，他們只得哀嚎著衝入森林的陰影中；再也沒人活著出來。

第八節　通往艾辛格之路

就在這樣一個美麗的清晨，希優頓王和白騎士甘道夫，於深溪旁的青青草原上再度會面了。當時在旁的還有亞拉松之子亞拉岡、精靈勒荷拉斯、西谷的鄂肯布蘭德，以及黃金宮殿的諸侯們。洛汗國的驃騎們都聚攏在領袖身邊，他們心中充滿了戰勝的喜悅，目光都投射往森林的方向。

突然間又響起一陣大喊，之前被追入聖盔谷的殘兵都一擁而出，老兵加姆林、伊歐蒙德之子伊歐墨和矮人金靂都在行列中。金靂的頭盔不見了，腦袋上紮著沾血的麻布，但他的聲音依舊中氣十足。

「四十二個啊，勒荷拉斯先生！」他大喊著：「真可惜，我的斧頭都砍出缺口了，第四十二名敵人的脖子上竟然有個鐵項圈。你那邊情況怎麼樣？」

「你贏我一個！」勒荷拉斯回答：「但我並不沮喪，能夠看見你活生生地站在這裡，實在是太讓我喜出望外了啊！」

「歡迎，伊歐墨！」希優頓說：「看見你沒有受傷，我真是高興。」

「驃騎王，」伊歐墨致意道：「黑夜已經過去，白晝又降臨了。但我沒想到隨著白晝而來的會是這麼奇怪的景象。」他轉過身，眼中充滿了驚奇，先是看著那座憑空出現的森林，然後是甘道夫：「閣下再一次不請自來，拯救我們於危難之中。」他說。

「不請自來？」甘道夫說：「我說過，我會回來和你們在這邊會合的！」

「但是你並未說是什麼時間，也沒有告訴我們你會怎麼回來。你帶來的幫手可真是奇怪。白袍甘道夫，你的法術真是讓人吃驚！」

「或許吧。不過，若我真有法術，我還沒使出來呢。我只不過是在危機中給予良好的建議，並且善用影疾的速度罷了。你們自己的奮戰不懈和西谷戰士連夜行軍，才是勝利的關鍵。」

眾人用著更為訝異的眼神看著甘道夫。有些人不安地瞥著黑黝黝的森林，同時還揉揉眼睛，彷彿不相信眼前看到的景象。

甘道夫高興地哈哈大笑：「你們是指那些樹嗎？」他說：「不，我和諸位一樣沒預料到眼前的森林。那可不是我的功勞，它是超越了賢者思慮的奇蹟，比我的計謀還要好；從結果來看，甚至超越了我原先的預料呢！」

「既然這不是你變的，那會是誰的魔法？」希優頓說：「顯然不會是薩魯曼的，難道是我們還未曾得知的，更強大的賢者嗎？」

「這不是魔法，卻是種更為古老的力量，」甘道夫說：「那是在精靈歌唱或鐵鎚響起之前，就生存在這世界上的力量。

在鐵礦被發掘、樹木被砍伐前，

　　月下的山脈還是少年；
　　在魔戒鑄造、邪惡誕生前，
　　它就已經在森林中行走多年。」

「你這謎語的答案是什麼呢？」希優頓問道。

「如果你想要知道，你們應該跟我一同前去艾辛格。」甘道夫回答。

「去艾辛格？」眾人異口同聲地大喊。

「是的！」甘道夫說：「我必須回到艾辛格，願意的人也可以跟我一起來。他們或許可以在該處看到奇異的景象。」

「但是，就算所有的傷兵都恢復體力、醫治好傷口，驃騎們也沒有足夠的兵力進攻薩魯曼的堅固堡壘。」希優頓說。

「無論如何，我還是會去艾辛格。」甘道夫說：「我不會在那邊待太久的。我的目標是往東方。在月亮虧蝕之前，你們可以在伊多拉斯等我！」

「不！」希優頓說：「在黎明前的黑暗中或許我曾有過懷疑，但是我不願意在此和你分開。如果你如此建議，那麼我會和你一同前往。」

「我想盡快和薩魯曼談談，」甘道夫說：「既然他對你們造成了極大的傷害，你到場也是理所當然的。但是，你們多快可以出發？」

「我的部下都兵疲馬倦了，」國王說：「我也疲憊不堪。我日夜不停地趕路，幾乎沒有闔眼。唉！我的衰老並不全是出於巧言的影響。這是無藥可醫的疾病，就連甘道夫都沒有辦法。」

「那麼，要和我一同出發的人，最好現在就休息。」甘道夫說：「我們等傍晚天暗之後再動身。這樣也好，因為我建議大家的來去最好盡量保持隱密。不過，希優頓，請不要帶太多人同行。我們這次去是會談，而不是開戰。」

國王接著挑選了沒有受傷、擁有快馬的戰士，派遣他們將勝利的消息，通知到洛汗國的每個角落；他們也受命通知所有的男子，不論年少或蒼老，都必須趕往伊多拉斯。驃騎王將在滿月後的第二天，在該處集結所有能夠戰鬥的人。至於和他一起前往艾辛格的隨從，他則挑選了伊歐墨和二十名禁衛軍；和甘道夫同行的則有亞拉岡、勒苟拉斯和金靂。矮人雖然受傷，但還是頑固地不肯留下來。

「這只是輕微的擦傷，頭盔又擋住了攻擊。」他說：「這種半獸人的抓傷，才不足以讓我留下來呢！」

「你休息的時候，我會照料傷口。」亞拉岡說。

國王回到號角堡中，陷入沉睡，他已經有很多年沒有睡得如此安詳了，他所選擇的隨從也都跟著休息。但其他沒有受傷的驃騎們，開始了一項極為辛苦的任務；因為戰場上有許多戰死者，暴屍在荒野中或是峽谷內。

沒有任何的半獸人活著，他們的屍體難以計數。但有許多的野人投降了，他們害怕地大聲求饒。

驃騎們沒收了他們的武器，派他們開始清理戰場。

「協助我們收拾你們犯下的過錯，」鄂肯布蘭德說：「在那之後，你們必須發誓永不攜帶武器跨越艾辛河渡口，也不准再和人類的敵人一起並肩作戰；然後，你們就可以自由地回到家園去。我們知道，你們其實是被薩魯曼所欺瞞，許多人因信任他而戰死在此處。但即使你們獲勝了，可能也不會比死亡好到哪裡去。」

登蘭德的人聽得目瞪口呆，因為薩魯曼告訴他們洛汗國的戰士十分殘酷，會將俘虜活活的燒死。

在號角堡之前的戰場上堆起了兩座墓塚，所有為了保衛此地而陣亡的驃騎們，都安息在此處。東洛汗的埋葬在一邊，西谷的則埋葬在另一邊。在號角堡的陰影下，有另一座單獨的墓塚，其中葬著禁衛軍的隊長哈瑪，他戰死在聖盔之門前。

半獸人的屍體則在遠離人類墓塚之處堆積如許多小山，距離那座森林則不是很遠。人們感到相當困擾，因為這許多堆的屍體多到無法掩埋，也無法焚燒。他們沒有多少柴火；即使甘道夫沒有警告他們絕不可傷害那座森林，他們也不敢對那座奇怪的樹林刀斧相向。

「就把半獸人的屍體放在那邊吧。」甘道夫說：「到時候我們就知道該怎麼辦了。」

到了下午，國王的隨從們準備出發，埋葬屍體的工作才剛開始。希優頓特別停下來哀悼禁衛軍隊長哈瑪的犧牲，並且將第一坯土撒在他的墳上。「薩魯曼對我及這片大地造成了極大的傷害，」他說：「當我們見面的時候，我絕不會忘記這件事！」

當希優頓、甘道夫以及同行的夥伴騎下聖盔渠出發的時候，太陽已經偏近峽谷西邊的山丘了。驃騎和西谷的人民，那些從躲藏洞穴中出來的老弱婦孺，都聚集在身後送行。他們吟唱了一首勝利的戰歌，之後，他們全都沉默下來，擔憂地望著那片樹林，他們對它感到害怕。

騎士們來到森林邊，人馬都一起停了下來，他們都不願意貿然進入。樹木看來泛灰，有種咄咄逼人的感覺，四周瀰漫著一層霧氣和黯影。它們長長伸出下垂的樹梢如同一根根搜尋的手指，它們裸露在地表的樹根扭曲隆起，好像某種不知名怪物的觸角，觸角底下還有著幽深的黑色洞穴。但甘道夫還是領著隊伍往前走，原先從號角堡下來的道路在與森林會合處出現了一個開口，巨大的樹枝搭成一座拱門，甘道夫走了進去，其他人也跟在後面。他們驚訝地發現這條路竟然一直延伸下去，路旁就是深溪，頭頂還看得見充滿金黃色光芒的天空。即使如此，兩旁巨大的樹木似乎已經籠罩在暮色裡，向外延伸入無法穿透的黑影中；他們可以聽見枝枒搖動的嘎吱聲和呻吟聲，還有遠方的呼喊，以及飄移不定的詭異聲響，似乎都蘊含著無比的怒氣。林中沒有任何半獸人或是其他生物的蹤跡。

勒荷拉斯和金靂共騎著一匹馬，他們刻意保持在甘道夫身邊，因為金靂很害怕這座森林。

「這裡好悶熱！」勒荷拉斯對甘道夫說：「我覺得有股強烈的怒氣在四周盤旋，你沒有感覺到空氣在你耳邊震動嗎？」

「有的！」甘道夫說。

「那些倒楣的半獸人下場怎麼樣？」勒荷拉斯問。

「那個啊，我想永遠都不會有人知道了。」甘道夫回答。

他們沉默地騎了片刻；但勒苟拉斯一直不停地左右觀看，只要金靂同意，他經常會勒馬停下來傾聽森林的呢喃。

「這是我所見過最奇怪的樹林了！」他說：「我曾看過無數幼苗長成參天古木；我真希望現在有時間可以讓我在此探索，它們有獨特的語言，只要有時間，我可以理解它們的想法。」

「不，千萬不要！」金靂說：「我們最好趕快離開！我猜得到它們的想法：痛恨所有用兩隻腳行走的生物，它們不停呢喃著要勒死和壓碎這些傢伙。」

「它們並非痛恨所有用兩隻腳行走的生物。」勒苟拉斯若有所思地說：「這點你錯了。它們恨的是半獸人。因為它們本來不屬於這裡，對人類和精靈所知甚少。它們生長在遠方的山谷中。金靂，我猜他們是從法貢森林的深谷中長出來的。」

「那麼，這兒一定是這個世界上最危險的森林了！」金靂說：「我很感謝它們所扮演的角色，但我實在很難愛上它們。你或許會認為它們很不錯，但我已經看過比這世界上任何花草樹木都要美麗的景象，我現在腦中還充滿著那裡的幻影。」

「勒苟拉斯，人類的舉動真是奇怪！他們在這裡擁有的是北方世界最壯麗的景色，而他們是怎麼描述的呢？洞穴，就這麼簡單兩個字！洞穴！戰時用來躲藏、儲存補給品的地方！親愛的勒苟拉斯，你知道嗎，聖盔谷的洞窟有多麼的美麗和廣大？如果矮人知道這樣的奇景，他們將不遠千里來朝聖，只為了能看它一眼。啊，真的，他們願意用黃金來換取看上一眼這樣的景象！」

「我願意用黃金換取不必看它的權利，」勒苟拉斯說：「萬一我誤入其中，我還願意用兩倍的黃金來換取脫身！」

「你沒親眼目睹，我可以原諒你的想法，」金靂說：「但你真的是太武斷了，你以為幽暗密林中在矮人協助下建造的皇室廳堂算美麗嗎？它們和我在這邊所看到的奇觀比起來，只像是陋室一樣窮酸；這裡是難以言喻的龐大宮殿，水滴落下的節奏濺跳在四周，所聚集成的池水則美麗得恍如星光下的鏡影湖。」

「勒苟拉斯，不只如此，當人們點起火把，走在高聳的圓頂下時，呵！勒苟拉斯，那光潔的洞壁上有寶石、水晶及珍貴的礦脈在閃爍，火把的光芒滲透入天然的大理石，像貝殼一樣，它們透明得猶如凱蘭崔爾女皇的玉手一般。洞中四處還有白色、橘黃色和破曉時分玫瑰色的石柱，勒苟拉斯，它們形狀各異，如同雕樑畫棟的夢境般美麗。這些石柱從多彩的地面竄出，與洞頂懸垂下來的閃亮物質相接：那些懸垂物有的如翅膀，有的如長繩，有的精緻如冰凍的雲霧簾幕，如長槍、旗幟和飄浮在空中的堡壘！而地下水泉所構成的湖泊倒映著這些奇景，彷彿漆黑的湖面覆上一層明鏡照映著一個閃爍華麗的世界；壯偉的都市，那是連都靈作夢都無法想像的美景，四通八達的街道延伸入巨柱架構的精緻廳堂，直到深入光芒照耀不到的黑暗中。滴答一聲，晶瑩的水滴落下，漣漪讓所有的高塔和建築，如同海面下的珊瑚與海草一般搖曳生姿。夜晚來臨，它們閃爍著消失在眼前。火把如此通往另一個廳堂與另一個夢幻。勒苟拉斯，那裡有接連不斷的廳堂；一個殿堂接一個殿堂，一個拱頂接一個拱頂，階梯之後還有階梯；而這美景卻依然繼續蜿蜒進入了山脈的核心。洞穴！聖盔谷的洞窟！幸運眷顧我才會讓我機緣巧合進入該處！離開那裡時，我忍不住熱淚盈眶。」

「那麼我祝福你，金靂，希望能夠讓你好過些，」精靈說：「但願你能從這場戰爭中安全歸來，再度欣賞到這美景。但不要將這秘密和你的同胞分享！從你的描述中，這巧奪天工的奇觀已不再需要斧鑿去畫蛇添足。或許這地的人不願大肆聲張是明智的，一群忙碌的矮人帶來錘子和鑿子，毀壞的可能比創造的更多。」

「不，你不明白。」金靂說：「沒有任何矮人會對這美景無動於衷，即使這裡可以開採出鑽石和黃金，都靈的子嗣也絕不會冒瀆此處。你們難道會在春天砍下長滿鮮花的枝枒當柴燒嗎？我們會好好照顧這座岩石花園，絕不可能破壞它。我們會小心翼翼，輕輕敲擊——或許耗一整天只敲下一小片岩石；如此，隨著歲月的流逝，我們可以開出新的通道，將仍隱藏在黑暗中的洞穴挖掘出來，讓人們一睹這隱藏許久的美麗。啊，還有光，勒苟拉斯！我們還要製造一些光亮，就如凱薩督姆的燈光一樣，我們可以用它來驅走自洞穴生成以來就存在的黑暗；而當我們想要休息的時候，我們可以輕易地讓夜色重新降臨。」

「金靂，你的話感動了我。」勒苟拉斯說：「我從來沒聽過你用這種口氣說話。你幾乎讓我後悔沒去見見那些山洞。來！讓我們做個約定——如果我們都能夠從前面的無數危機中生還，我們會一起旅行一陣子。你當隨我一起去拜訪法貢森林，而我會跟你去參觀聖盔谷的奇觀！」

「那本來不是我回程時想走的路；」金靂說：「不過，如果你答應和我一起回到那洞穴，分享它的美景，我就願意忍耐法貢的景象。」

「我答應你。」勒苟拉斯說：「可惜啊！我們現在都必須暫時把洞穴和森林拋開。你看！我們已經來到森林邊緣了。甘道夫，距離艾辛格還有多遠？」

「直線距離大約四十五哩，」甘道夫說：「從深溪谷到渡口大約十五哩，從那邊到艾辛格的大門大約三十哩。不過，我們今晚應該不需要整夜趕路。」

「當我們到那邊時，會看到什麼呢？」金靂問：「你或許已經知道了，但我可猜不到。」

「我自己也不太確定。」巫師回答：「我昨天日落之後曾到過該處，但之後可能發生了很多事情。不過，我想，即使你必須被迫離開愛加拉隆的閃耀洞穴，你也應該會覺得不虛此行的。」

最後，一行人終於穿過了森林，發現自己已經來到了峽谷的最底部，從聖盔谷出來的道路在此分岔，往東是通往伊多拉斯，往北則是通往艾辛河渡口。當他們走出森林的蔽蔭時，勒苟拉斯停下馬，回頭遺憾地看著森林。然後，他突然大叫一聲。

「有眼睛！」他說：「從樹幹之間有眼睛看著我們，我從來沒看過這樣的眼睛！」

其他人也都吃驚地停下來，轉過身看著森林；而勒苟拉斯則準備策馬往回走。

「不行，不要！」金靂大喊：「隨便你要發什麼瘋都行，但先讓我下馬！我不想看什麼眼睛！」

「停步，勒苟拉斯．綠葉！」甘道夫說：「別走回森林裡！暫時別去，你的時機還沒到。」

正當他們交談的時候，有三個奇怪的身影從樹林中走了出來。他們和食人妖一樣的高大，每個都至少有十二呎高，他們粗壯的身體看來跟正值壯年的樹木一樣堅韌，上面披著灰色和褐色的皮或是衣物；他們的四肢修長，有很多隻手指，頭髮看來很堅硬，鬍子則是像苔蘚一樣是灰綠色的。他們用嚴肅的眼睛望著前方，但並非注視這些騎士，他們的目光轉向北方。突然間，他們將手湊到唇邊，發出一連串如同號角般清澈悅耳，但變化卻更多端的響聲。接著，那呼喚有了回應；騎士們又轉過頭，看見同樣的生物從草原上大步走來。他們從北方飛快地走來，走路的姿態如同蒼鷺一樣優雅，但速度不同，他們的長腳動起來比蒼鷺的翅膀還要快。騎士們失聲驚呼，有些甚至伸手握住了劍柄。

「你們不需要動用武器，」甘道夫說：「這些只不過是牧人而已。他們不是敵人，事實上，他們根本不會管我們！」

似乎的確是這樣，因為當他說話的時候，這些高大的生物對他們並沒有多看一眼，只是自顧自地走進森林中，消失了。

「牧人！」希優頓說：「他們的牲畜在哪裡？甘道夫，這些到底是什麼生物？對你來說，他們顯然一點也不陌生。」

「這些是樹的牧人。」甘道夫回答：「你已經很久沒在爐火邊聆聽傳說和故事了吧？你的國家裡面，有很多孩童都能在這曲折離奇的故事裡，迅速找出你問題的答案。國王啊，你剛剛看到的是樹人——法貢森林的樹人，那座森林在你們的語言中是樹人林。難道你以為這個名字是亂取的嗎？不，希優頓，那是有原因的：對他們來說，你們不過是歷史的一瞬；從少年伊歐到老人希優頓這麼長的時間，對他們來說都只是一剎那；所有你們皇室的豐功偉業，在他們眼中不過是過眼雲煙。」

國王沉默了片刻。「樹人！」他最後終於說：「我想，從傳說的影子中，我開始有點理解樹木的神妙了。我有生之年竟親眼目睹這樣一個奇怪的時代！數百年來，我們只是忙於照顧牲畜、耕種、興建房屋、打造工具，或者是協助米那斯提力斯對抗邪惡。我們認為這就是人類的一生，就是整個世界運轉的道理。我們對邊界之外的事物毫不關心。我們的歌謠中描述了這些生物，但我們卻漸漸忘了他們，只漫不經心地把他們當作童謠中的事物來看待。現在，歌謠中的傳說活生生地冒出來，在光天化日之下出現在我們面前。」

「希優頓國王，你應該感到高興才對。」甘道夫說：「因為，此時受到威脅的不只是人類渺小的生命，也包括了這些你認為是傳說中的生物。即使你渾然不覺他們的存在，你也並非孤立無援。」

「但我還是應該感到傷悲，」希優頓說：「因為，不管我們的戰爭多麼順利，總會有很多美麗、奇妙的事物，從此永遠消失在中土大陸上，對吧？」

「或許是的；」甘道夫說：「我們無法完全修復索倫的邪惡所造成的破壞，更不可能讓它變得像是從未發生過。但我們注定要經歷這樣的時代。我們還是繼續原先選擇的旅程吧！」

眾人轉向離開谷底和森林，踏上了通往渡口的道路。勒苟拉斯不情願地跟在後面。太陽已經落入地平線下；但是，當他們騎離山巒的陰影，轉頭望著西方的洛汗隘口時，天空依舊一片緋紅，浮雲底下仍燃燒著霞光。在這霞光中有許多黑色翅膀的飛鳥在盤旋；有些發出淒厲的叫聲飛掠他們的上方，飛回岩石中的家園。

「這些禿鷹在戰場上，可是十分忙碌哪！」伊歐墨說。

他們不疾不徐地繼續往前騎，夜色鋪天蓋地落在四周的平原上。月亮緩緩升起，正在逐漸轉圓，在銀色輝光中，豐饒的草原像是灰色的大海般上下起伏。當他們終於靠近渡口的時候，已經騎了將近四小時。長長的斜坡通往河邊平緩的灘頭，河流經過這淺灘繼續向前，兩旁是青草叢生的高階地。眾人從風中可以聽見狼嚎的聲音，一想到這裡曾經有許多同胞戰死，他們就覺得心情沉重。

這條道路往下蜿蜒伸向河邊，兩旁是漸漸升高的翠綠河岸，在河的對岸又再度往上攀升。河中有三道平坦岩石鋪設的踏腳石，中間還有專門給馬匹通過的淺灘，全都從一岸經過河中的沙洲到另一岸。騎士們往下望著水中的石頭路，都覺得很奇怪；此地原先是個河水喧囂之處，無時無刻都會聽見水花沖擊岩石的聲音；但現在卻一片沉寂。河床幾乎已經乾了，只剩下光禿的岩石和灰色的沙洲。

「這裡怎麼變得這麼陰沉淒涼？」伊歐墨說：「這條河到底遭到了什麼災難？薩魯曼已經摧毀了很多美景，難道他連艾辛河都破壞了？」

「看起來的確是這樣。」甘道夫說。

希優頓說：「唉！我們一定得經過這裡，踏上無數驃騎慘遭禿鷹吞食的戰場嗎？」

「我們只能走這裡。」甘道夫說：「戰死者的確讓人懷念不已，但至少山中的惡狼不會吞食他們，這些狼吃的是他們的戰友半獸人，這邪惡的關係就是彼此吞食啊。來吧！」

他們走入了枯竭的河流，那些野狼隨著他們的來到紛紛銷聲匿跡。當狼群看見月光下的甘道夫和影疾渾身染著銀光時，感覺到一種無比的恐懼。騎士們走到河中央的沙洲上，對岸的陰影中有許多眼睛依舊在虎視眈眈地注視著他們。

「你們看！」甘道夫說：「友軍在這邊留下了痕跡。」

他們看見沙洲的正中央堆起了一個墳堆，四周堆砌著石塊，並插著許多長槍。

「在附近陣亡的驃騎都被埋葬在此處。」甘道夫說。

「願他們安息！」伊歐墨說：「在他們的長槍鏽蝕之後，願他們的英靈繼續鎮守艾辛河渡口！」

「吾友甘道夫，這也是你努力的成果嗎？」希優頓說：「你在一夜的時間內，完成了這麼多驚人的事情！」

「當然，是靠著影疾和其他人的協助。」甘道夫回答：「我騎得很快，去到很遠的地方。不過，在這座墳堆旁我倒是有話可以安慰你：的確有許多人戰死在渡口，但並沒有人們想像的那麼多。有許多人只是被敵軍衝散，我派一部分去和鄂肯布蘭德會合，另一部分則是在這邊完成了這些工作，他們現在應該已經往伊多拉斯進發了；除此之外，我還派了很多人回去鎮守你的宮殿。我知道薩魯曼派出了他的全部兵力來對付你，他的僕人放下手邊所有的工作來攻擊聖盔谷，這塊大地上似乎所有的敵人都消失了，但是，我還是擔心會有狼騎士或盜匪趁隙攻擊梅杜西。不過，我想現在你可以不用擔心了，你的宮殿將會完好如初地歡迎你的歸來。」

「我看到它也會很高興的！」希優頓說：「但是，我想，和它相處的時間恐怕不會太長。」

於是，隊伍告別了沙洲中的墳堆，越過河流，爬上河的對岸。他們繼續前進，離開讓人哀傷的渡口。他們一離去，狼嚎又再度響起。

有一條古老的道路從艾辛格通往這渡口。一開始它隨著這河流往東然後折向北走，最後則轉離河邊直朝著艾辛格的大門而去；這段路沿著山脈西邊的谷地延伸，距離山谷的入口大約有十六哩的路程。他們沿著這條路走，但沒有走路面，他們大部分時候是奔馳在大道旁的短草硬地上。一行人騎得飛快，到了午夜，他們已經離渡口約十五哩遠了。由於國王已經累了，他們停了下來，結束今晚的行程。他們已經到了迷霧山脈的山腳，巫師之谷長長的側臂延伸到了他們面前。由於月亮已經西沉，光芒被山丘給遮擋，眼前的山谷中一片黑暗；但是，從山谷深幽的陰影中升起了極大一團夾雜著蒸氣和濃煙的霧氣；這煙霧盤升上高空後，在月光的折射下，像一團閃爍著銀色和黑色的煙波，在天空中不住翻滾。

「甘道夫，你覺得那是什麼？」亞拉岡問道：「外人可能會認為巫師谷起了大火呢！」

「這些日子以來，那座山谷就是這樣煙霧環繞，」伊歐墨說：「但我之前從來沒看過這樣的景象。這些大多數是蒸氣，黑煙只占極少部分。薩魯曼多半又在策劃什麼陰謀對付我們；或許他正在煮沸所有艾辛河的水，因此河水才會枯竭。」

甘道夫說：「或許吧，明天我們就會知道他在幹什麼了。現在讓我們先休息一下吧！」

他們在艾辛河的河床旁邊紮營，一度喧鬧的河流如今沉默空曠。有些人把握時間睡了片刻。但到了凌晨，守夜的人一聲大喊，所有的人都醒了過來。月亮已經消失了，只剩滿天閃爍的星斗；但大地上有些比夜色還要沉鬱的形影在移動著，在河流兩邊朝向他們而來，似乎要往北方去。

「留在原地！」甘道夫說：「不要拔劍！耐心等！他們會過去的！」

一陣迷霧籠罩住眾人，他們依舊看見天上有幾顆星斗無力地閃耀著，但四周都陷入了無法穿透的迷濛中，他們被困在快速移動的高大陰影之間。他們依稀可以聽見一些聲音，那是低語、嚎叫和無盡的嘆息，大地在他們身下顫抖。他們似乎呆坐了極長的一段時間，心中充滿了恐懼；但最後，那黑暗和低語聲還是過去了，消失在群山之間。

在遙遠南方的號角堡中，半夜人們突然間聽到了巨大的聲響，彷彿有強風吹入谷中，地面不停的震動；所有人都極為害怕，沒有人敢冒險出去察看。但是，到了早晨，他們一出門就看到了讓人驚訝的景象，那些半獸人的屍體和森林都一起消失了！在谷地開口的地方，草地受到嚴重的踐踏，許多土壤都翻了起來，彷彿有位巨大牧人驅趕著大群的牛在此放牧狂奔。但在距離聖盔渠一哩遠的地方，地上被挖了一個大坑，上面用石頭堆成了小山。人們相信半獸人的屍體被埋在該處，但之前躲進森林裡面的半獸人是否也在其中就不得而知了。那座小山從此被稱作死亡丘，沒有任何人類膽敢涉足其上，該處也從此寸草不生。那些奇怪的樹木再也沒有出現在深溪谷中；他們已經連夜回到了法貢森林的黑暗深谷中。他們終於報了半獸人濫墾濫伐的深仇大恨。

國王和隨從們當夜無法再入睡，但他們再也沒有看見任何奇異的景象；唯一的例外是，潺潺河水聲似乎突然間清醒過來。他們在半夜聽到水流沖上河床岩石的聲音，然後，艾辛河恢復了舊觀，再度成了一條水流湍急的溪流。

黎明時他們已經準備好要出發了。東方泛著灰光，但他們看不見升起的太陽；空氣中充滿了濃重的霧氣，四周全瀰漫著水氣。他們騎上大道，緩緩前進。這道路又寬又廣，保養良好。迷霧中他們依稀可以看見在他們左邊逐漸隆起的山脊；他們已經進入了捻苦路納，所謂的「巫師之谷」。這是座三面環山的山谷，只有南方有一個出口。它曾經是個美麗、翠綠的地方，艾辛河從谷中穿流而過，在流入平原之前在此已是河深水急的大川；因為它在上游多雨的山區中匯聚了許多泉水和小溪，它的流域原先是座祥和、富饒的大地。

現在一切都改觀了。在艾辛格的牆下，依舊有數畝薩魯曼的奴隸所修剪的花園，但谷地絕大部分區域都成了雜草和荊棘叢生的荒地。荊棘四處生長，攀爬在灌木叢和河岸邊，構成了小動物出沒居住的洞穴。此地光禿禿的，沒有任何樹木，但是在雜草間仍可看見遠古森林慘遭砍伐和燒毀的殘樁斷木。這是個讓人感到哀傷的大地，只有河水撞擊岩石的單調聲響。煙霧和蒸氣在雲霧間飄移，也在谷地間亂竄。騎士們一言不發，許多人心中十分疑惑，不知道這次的冒險將會有什麼樣陰暗的結局。

在他們又繼續騎了一陣子後，原先的大路成了寬廣的街道，地上鋪滿了巧匠精心安排的扁平大石，嚴密的接縫中不見生有任何野草。道路兩邊的溝渠，有水不停地往外流。突然間，一根高大的石柱無聲無息地出現在眾人眼前。石柱呈黑色，上面有塊巨大的岩石，雕刻繪製著一隻白掌，它的手指指向北方。眾人知道不遠處應該是艾辛格的大門了，他們覺得心情十分沉重，但他們的視線依舊無法穿透前方的濃霧。

在山脈之間，巫師谷之中，有塊經歷了無數的歲月，人們始終稱之為艾辛格的地方。該處一部分是天然的地勢，但西方皇族在那邊興建了極為雄偉的建築；薩魯曼在那裡居住了很長的一段時間，他並沒有虛度這些時光。

在薩魯曼被許多人認為是巫師之長的全盛時期時，這裡的情景是這樣的：一道巨大的環形石牆，如同峭壁般，環繞著山邊建成一圈；這牆只有一個開在南邊的巨大拱形出入口。在這條從黑色岩石中開鑿出來的長隧道的兩頭，裝有兩扇大鐵門。這兩道門巧妙地安裝在用鋼柱打進山體做成的鉸鏈上，因此，只要拉開門閂，任何人都可以伸手輕輕一推，無聲無息地打開它。當來客穿過這條回音蕩漾的隧道出來時，會看見一個廣大的圓形平原，有點像一個淺底大碗：對角的長度幾乎有一哩左右。這裡曾經一度綠樹成蔭，長滿了奇花異果，由兩旁山脈上流下的泉水所灌溉，這些水最後匯聚成一個小湖。但是，在薩魯曼統治的後期，這裡所有的綠意都被破壞殆盡。道路被鋪上了黑硬的石板，路旁原先生長樹木的地方現在豎立了許多石柱，有些是大理石打造的，有些則是鋼鐵或青銅，柱與柱之間串有沉重的鎖鍊。

石牆的內環興建了許多房屋並向牆內挖鑿了各種房間、大廳和通道，因此，整個圓形的平原廣場都處在無數窗戶和門扉的俯視之下。這些建築裡居住了成千上萬的居民：工人、僕役、奴隸和戰士，以及大量的武器，狼群則被飼養和照顧在地底的洞穴中。整個平原廣場也被挖得千瘡百孔，直豎的隧道深挖進地底，它們頂端的開口用低矮的土丘或岩石來做圓頂封蓋，因此，夜間月光下的艾辛格看起來像是一座死者不安穩沉睡的墳場，大地常會無端地震動。這些隧道可經由許多的斜坡與螺旋狀的階梯直深入地底的巨大洞穴，薩魯曼在這些洞穴中藏放著他的財寶、兵器庫、倉庫、鐵匠和巨大的熔爐。鋼鐵的輪子在此處日夜不停地轉動，鐵鎚永不止息地發出敲擊聲。到了夜間，這些隧道會冒出許多的蒸氣，被底下的紅光、藍光或妖異的綠光所照亮。

所有的道路夾在鐵鍊之間通往廣場的中央。在那裡有一座雄偉的高塔，是由遠古的工匠所建造，整個艾辛格的環形圍牆也都是他們的傑作。但是，這座高塔卻不似人類的創造物，反而像是古時在群山的震動中硬從地面拉扯出的骨架一般。它是一座孤立的岩峰，漆黑的表面反射著光芒：四根巨大的多面體方柱緊密結合在一起，到接近頂端處又分叉開來，它們的尖端銳利得如同槍尖，邊緣鋒利得好似刀刃。在這些尖叉之間有一塊平台，打磨光滑的地面上刻畫著許多奇怪的符號，站在這平台上的人可以從將近五百呎的高度俯瞰底下的平原廣場。這就是歐散克塔，薩魯曼的要塞；這個名稱有兩個意思（不知是巧合或是刻意）：在精靈的語言中，歐散克表示牙之山；但在驃騎國的古語中，歐散克代表的是狡詐之心。

艾辛格是個易守難攻的壯偉之地，它一直以美麗的面貌迎接了許多個歲月；這裡曾經居住過許多偉大的王侯，西方剛鐸的諸侯駐蹕在此，智者從這裡仰觀天象。但薩魯曼慢慢地將此地按他的目的重新改造，在他那被欺瞞的心智中，覺得自己將此地改造得盡善盡美。他為所有高超的技藝與精巧的發明，捨棄了自己原先的睿智，他以為這些事物都是他自己想像創造出來的，但實際上全都來自魔多。因此，他所做的一切都是空無，只是兒戲或奴隸的奉承，強大力量的堡壘、兵器庫、監獄和地牢，都是對巨大的邪黑塔、要塞巴拉多的模仿和抄襲。邪黑塔則是安坐在東方，對這對手不屑一顧，嘲笑這阿諛奉承，等候著自己的時機，安於自己那難以估計的強大力量與高傲，高枕無憂地面對這一切。

這就是傳聞中的薩魯曼的要塞；因為沒有任何現今的洛汗人曾進出其間；或許只有極少數像巧言這樣的人，會悄悄進入此地，卻不敢和其他人分享他們的見聞。

甘道夫騎向上有白掌的高大石柱，經過它；這時，騎士們驚訝地發現，石柱上的巨掌不再是白色的；上面彷彿沾著乾掉的血跡，靠近一看，他們才發現它的指甲也變成紅色的。甘道夫若無其事地繼續向霧中前進，眾人遲疑地尾隨在後面。他們環顧四周，發現這裡好像不久前遭遇到洪水，路旁的低窪地都成了水塘，所有的空洞中都積滿了水，還有涓涓細流從岩石的裂縫中淌下。

最後，甘道夫終於停了下來，示意眾人上前。一行人這才看見甘道夫身前的霧氣已經散開，蒼白的陽光照耀在大地上。正午剛過，他們來到了艾辛格的大門前。

但見毀壞的大門被丟在地上，扭曲變形。四周散布著許多碎石和瓦礫，遠近盡是砸碎的石塊，有些還被刻意集中成數堆。高大的拱門依舊存在，但整個隧道頂端都被打穿，成了露天的街道，兩旁峭壁般的高牆上有著縱橫交錯的刻痕和凹洞，牆上的塔樓則被打成了齏粉。即使大海暴漲以狂風巨浪之姿撲向這些山丘，恐怕也無法造成比眼前更大的損害。

隧道之後牆內的廣場淹沒在冒著蒸汽的水裡，像是一個冒泡的大鍋，水面上漂浮著許多殘樑斷木、箱子、桶子以及砸爛的器具。斷折的石柱只剩下斷裂的底端露出水面，所有的道路全都被水淹沒了。遠處，半籠罩在雲霧裡的，似乎聳立著一座岩石島嶼；那是未受風暴摧毀的歐散克塔，依舊漆黑聳立，蒼濁的水從四面拍打著它的底部。

國王和所有的人全都一言不發地坐在馬上，驚訝萬分，明白到薩魯曼已經被推翻了；但他們完全猜不出來這是怎麼辦到的。他們把目光轉向破爛不堪的拱門和飽經蹂躪的鐵門，在離他們不遠處有一個很大的瓦礫堆；突然間，他們注意到那堆瓦礫上躺著兩個悠閒的小小身影，身披灰衣，在瓦礫中幾乎讓人難以發現。他們四周有許多的碗盤酒瓶，可能剛剛才大吃大喝了一頓，現在正在飯後休息一下。有一個似乎是睡著了；另一個則是雙手交疊在後腦上，好整以暇地蹺著二郎腿，背靠著一塊大石頭，嘴裡正吐出一個又一個的淡藍煙圈。

有那麼片刻，希優頓和伊歐墨以及他們所有的部下，就這麼驚奇地瞪著他倆；在艾辛格的一片殘破廢墟中，對他們而言，這恐怕是最奇特的景象。但是，就在國王能開口前，那名吐煙的小傢伙突然察覺到沉默地站在煙霧中的這群人。他立刻跳了起來。他看起來像是名年輕人，但身高卻不及常人的一半；他沒戴帽子的頭上是一頭褐色的捲髮，但身上穿著的是和甘道夫及同伴們去到伊多拉斯時一樣的灰色斗篷。他將手放在胸前，深深一鞠躬。接著，他似乎沒注意到巫師和他的朋友們，轉過頭對伊歐墨和國王說起話來。

「歡迎大人們來到艾辛格！」他說：「我們是這裡的看門人。在下梅里雅達克，是沙拉達克之子；而我的同伴，啊，恐怕他已經累垮了！」說到這裡，他踢了那名同伴一腳，「他是皮瑞格林．圖克家族的帕拉丁之子。我們的故鄉是在遙遠的北方。薩魯曼大人還在裡面；不過，他此刻正在裡面和巧言密談，否則，我想他一定會前來歡迎諸位這麼尊貴的客人！」

「他一定會的！」甘道夫笑著說：「那是薩魯曼命你們守住破爛的城門，在大吃大喝之餘分神替他看看客人抵達了沒嗎？」

「不，大人，他沒想到這一點。」梅里神情凝重地回答：「他被太多事纏住了。我們的命令是來自接管艾辛格的樹鬍。他命令在下必須要用最適當的言詞歡迎洛汗的國王，我已經盡力了。」

「那你又是怎麼對待你共患難的夥伴？勒苟拉斯和我又怎麼辦？」金靂再也忍不住了，不禁大吼道：「你們這兩個傢伙，你們這個毛毛腳，全身長毛、好吃懶做的小鬼！你們害我們跑了多遠知道嗎？整整六百哩！穿越沼澤和森林，經歷戰鬥和死亡，都是為了救你們！然後我們竟發現你們在這邊悠閒地大吃大喝，而且還——抽菸！抽菸！你們這些壞蛋，菸草是哪裡來的？天哪！我真是又高興又生氣，如果我不發洩一下，實在會受不了啊！」

「金靂啊，你把我心裡的話都說出來了！」勒苟拉斯笑著說：「不過，我比較想要知道他們的酒是哪裡來的。」

「你們追了這麼久，有一樣東西沒找到，那就是更聰明的腦子。」皮聘張開一隻眼說：「你們發現我們坐在勝利的戰場上，在兵荒馬亂之後的廢墟中，竟然還為我們有資格好好休息而驚訝！」

「有資格休息？」金靂說：「我真不敢相信你的話！」

騎士們都笑了。「毫無疑問的，這是好朋友會面的場景。」希優頓說：「所以，甘道夫，這些就是你們失蹤的朋友啊？這真是充滿奇蹟的時代啊。自從我離開皇宮之後，已經見識到了許多奇蹟；而現在在我眼前竟然又出現了另一種傳說中的人物。你們是不是傳說中的半身人，我們當中有人稱呼你們為哈比特蘭？」

「王上，請叫我們哈比人。」皮聘說。

「哈比人？」希優頓說：「你們的語言好像改變了；不過，這個名字聽起來倒是很恰當。哈比人！果然是百聞不如一見啊。」

梅里再度鞠躬，皮聘跳了起來，也跟著深深一鞠躬：「王上，您太客氣了，我可是會都把你的話當作真心的。」他說：「我也遇到了另一個奇蹟！自從我離家之後，已經見識過了許多國度，但之前從來沒聽過有人知道任何關於哈比人的故事。」

「我族是許久以前離開北方的居民，」希優頓說：「但我不想騙你們，我們沒有哈比人的故事。我們的傳說只說，在很遠的地方，越過許多山脈和河流，有一群矮小的生物居住在洞穴或是沙丘中。但是沒有任何關於他們所行事蹟的傳說，因為據說他們遊手好閒，躲避人類的目光，可以在一瞬間消失，而且他們還可以將嗓音偽裝成飛鳥的啁啾聲。不過，看來似乎並不只是這樣。」

「的確，王上。」梅里說。

「比如說，」希優頓說：「我從沒聽說過他們會從嘴裡噴煙。」

「這可不讓人驚訝，」梅里回答：「因為這門藝術我們是在幾代之前才開始發展的。在我們的紀年一零七零年時，居住在南區長底的托伯．吹號者，第一次在他的花園中種植出真正的菸草。至於老托伯是怎麼發現這植物的……」

甘道夫打岔道：「希優頓，你不知道你正面對著什麼樣的危險，如果你表現出一絲一毫的耐心，這些哈比人就會在戰場的廢墟旁，和你討論用餐的快樂、他們父親、祖父、曾祖父或是九等親的芝麻蒜皮小事。或許你應該利用其他時間，再來聽聽抽菸這檔事的歷史。梅里，樹鬍呢？」

「我相信他應該是在北邊吧，他去找乾淨的水喝。大多數的樹人都和他一起走了，他們還在那邊忙碌地工作著。」梅里對著冒煙的湖泊揮揮手；當眾人轉頭看去時，他們聽見什麼東西崩塌的聲音，似乎山崩了一樣，更遠的地方則是傳來轟轟，呼姆的聲音，似乎有人正吹響著勝利的號角。

「沒有人看守歐散克嗎？」甘道夫說。

「有這些水就夠了。」梅里說：「不過，快枝和其他的樹人其實還在警戒中。廣場水中的柱子其實不完全是薩魯曼的傑作。我想，快枝就在那個階梯附近的巨岩旁。」

「沒錯，那邊有個高大的灰色樹人，」勒苟拉斯說：「他的雙臂貼在身側，直挺挺地像是柱子般矗立在那裡。」

「已經過了中午了，」甘道夫說：「我們從一早到現在都沒吃任何東西。但我又想盡快和樹鬍見面。他沒有留話給我嗎？還是這些碗盤酒瓶讓你忘記了他交代的話？」

「他是留了話，」梅里說：「我剛剛正準備要說，你們的一大堆問題打斷了我的進度嘛！我正準備說，如果驃騎王和甘道夫願意騎馬到北方的牆邊，他們會發現樹鬍就在那邊，他會親自招待兩位。請容我補充一句，你們也可以在該處找到最上等的食物，那是由你們謙遜的僕人親手挑選的。」他鞠躬說道。

甘道夫笑了，「這樣好多了！」他說：「好吧，希優頓，你願意和我一起去找樹鬍嗎？我們必須繞點路，幸好還不算遠。當你見到樹鬍之後，你會知道更多的。因為樹鬍就是法貢，也是樹人之中最年長的領袖，當你和他說話的時候，你會聽見世間最古老的語言。」

「我願意和你一起走，」希優頓說：「再會了，哈比人！願我們可以在我的宮殿中再會！那時，你們可以坐在我旁邊，告訴我所有你們想說的東西：父祖輩或一切你記得起的小事都可以，我們也可以討論老托伯和他的草藥知識。再會了！」

哈比人深深鞠躬。「這位洛汗國的國王還真好！」皮聘壓低聲音說：「他人真不錯，很客氣呢！」

第九節　殘骸和廢墟

甘道夫和國王一行人轉往東騎去，準備繞過艾辛格殘破的城牆去找樹鬍。但亞拉岡、金靂和勒苟拉斯則留了下來。他們讓阿羅德和哈蘇風在附近吃草，自己在哈比人身邊坐了下來。

「好呀，好呀！這場追獵終於已經結束了，我們好不容易會面了，卻是在一個我們誰也沒想到要來的地方。」亞拉岡說。

「既然大人物都去討論大事去了，」勒苟拉斯說：「這些獵人或許可以從朋友身上知道那些謎團的真相。我們一路追蹤你們留下的痕跡到森林裡面去，但有許多事情讓我們感到十分好奇。」

「而我們也想要知道發生在你們身上的很多事呢。」梅里說：「老樹人樹鬍告訴了我們一些事，但實在是太少了。」

「沒問題，會有時間的。」勒苟拉斯說：「我們是辛苦追蹤的人，你們應該先告訴我們之前的經歷。」

「這件事也還不急，」金靂說：「吃完飯後可能聽起來會舒服些。我頭很痛，時間又過了中午了。你們這些懶惰蟲應該找到不少吃的東西吧？如果有好吃好喝的，可以勉強消我心頭的怒氣啦。」

「沒問題！」皮聘說：「你們是要在這邊吃，還是要舒服一點，在薩魯曼的警衛室廢墟裡吃？它就在拱門底下那邊。我們剛剛在這裡野餐，是因為得注意道路上的動靜。」

「有注意才怪！」金靂說：「不過，我可不願意在半獸人的屋子裡面吃飯，更別說碰任何半獸人污染過的食物。」

「我們可不會要你這樣做。」梅里說：「我們這輩子已經受夠半獸人了。不過艾辛格還有許多其他的種族。薩魯曼還算聰明，不敢完全信任半獸人。他有人類看守大門，我想那是他最忠實的僕人。反正哪，他們相當受到寵幸，擁有很不錯的補給品唷！」

「有菸草嗎？」金靂說。

「不，我想沒有好到那個地步。」梅里笑著說：「不過，那又是另一個故事了，我們可以等到吃完午餐再說。」

「那就帶我們就去吃午餐吧！」矮人這才覺得輕鬆多了。

哈比人在前面帶路，一行人穿過拱門，在左邊找到了一連串的階梯，在頂端有一扇門。那扇門直接通往一個大房間，遠端則有其他的小門，一旁甚至還有壁爐和煙囪。這房間是從岩石中鑿挖出來的，過去可能十分的昏暗，因為它唯一的窗戶是面向著隧道。不過，由於隧道頂已經被打穿了，外面的日光就直接流瀉進來，壁爐內還正燃著熊熊的火焰。

「我生了一些火，」皮聘說：「在大霧裡面烤火感覺好多了。附近柴火很少，我們所能找到的幾乎都泡濕了。幸好壁爐裡有一股很強的氣流，風似乎是透過上方岩石間的裂縫在流動，也幸好這些風孔沒有被堵塞。有火真的很方便，我幫你烤些麵包吧！不過，這些麵包恐怕已經有點久了，大概做了三四天了吧。」

亞拉岡和同伴們在一張長桌的一端坐了下來，哈比人則跑進另一扇內門中。

「那邊是儲藏室，幸好沒被水淹到。」皮聘說；他們拿著盤子、杯子、碗、刀叉和各種各樣的食物回來。

「金靂大爺，你也不需要一聞到這些東西就皺鼻子。」梅里說：「樹鬍說，這些可不是半獸人的東西，而是人類的食物。你想喝葡萄酒還是啤酒？裡面還有一桶啤酒，味道不錯喔！這是頂級的醃豬肉。如果你需要的話，我也可以替你切一些培根，幫你煎一煎。真抱歉沒有蔬菜啊，過去幾天補給可能稍稍受到了一些影響吧！除了奶油和蜂蜜之外，我也沒有別的東西可以讓你塗麵包。這樣滿意嗎？」

「啊，非常滿意啦。」金靂說：「我的怒氣一看到食物就陣亡不少囉！」

三人很快就狼吞虎嚥起來；兩名哈比人也毫不客氣地開懷再大吃一頓。「我們必須要陪客人吃，否則未免太失禮了！」他們說。

「你們這個早上可還真是有禮貌啊！」勒荷拉斯笑著說：「不過，如果我們沒來，你們可能也會彼此陪對方繼續再吃下去吧。」

「或許吧；為什麼不呢？」皮聘說：「我們可是和半獸人周旋了很久，在那之前又都吃得很少。我們已經很久沒有開懷大吃了哪！」

「但這似乎並未對你們造成任何傷害。」亞拉岡說：「事實上，你們看起來健康極了。」

「啊，的確是。」金靂從杯邊上下打量著兩人：「哇！你們的頭髮長得比我們分開前更濃密也更捲了些。我還敢打賭你們兩個都長高了一點，我不知道像你們這種年紀的哈比人還會長高。這個樹鬍看來可沒讓你們餓著。」

「他是沒有。」梅里說：「但是樹人光靠喝水過活，而喝水怎麼能填飽肚子。樹鬍的飲料可能營養充足，但我們總覺得要有些可以嚼的食物才算數。即使是有精靈的乾糧可嚼也不錯啊。」

「你們喝了樹人的水，對吧？」勒荷拉斯說：「啊，那麼我想金靂沒有看錯，法貢森林的飲料可有不少奇異的傳說哪。」

「那塊土地上有許多奇異的傳說。」亞拉岡說：「但我卻從來無緣親身一探。來吧，告訴我那片森林的事，也好好描述一下樹人吧！」

「樹人，」皮聘說：「樹人是──樹人每個都不一樣，但他們的眼睛，他們的眼睛真的很特別。」他囁嚅了幾句，最後又閉上嘴。「喔，好吧，」他繼續道：「你們已經從遠處看過一些樹人了，至少他們看見了你們，回報說你們正在前來的路上。我想，在你們離開這裡之前，應該會看到更多的樹人。你們會有自己的看法的。」

「等等，等等！」金靂插嘴道：「我們怎麼從故事的一半開始說起。我聽故事喜歡按正確的順序，從我們遠征隊分散的那天開始說起吧。」

「如果有時間的話，你會聽到的。」梅里說：「但首先──如果你們吃飽了的話──你們可以把菸草塞到菸斗裡點燃。然後，我們可以暫時假裝自己都還安全地待在布理，或是瑞文戴爾。」

他掏出了一個裝滿菸草的小皮袋。「我們有一大堆喔，」他說：「在我們離開這裡之前，你們愛拿多少就拿多少。皮聘和我今天早上做了不少打撈工作，水上漂著各種各樣的東西。是皮聘發現了兩個小木桶，我想是從某個倉庫裡被沖出來的。當我們打開桶蓋的時候，發現裡面裝滿了這些東西：你所能期望到的最頂級菸草，而且還都沒弄濕呢！」

金靂捏了一些，在手掌中揉搓著，又聞了聞。「摸起來很好，聞起來更香！」他說。

「當然啊！」梅里說：「我親愛的金靂，這是長底葉啊！桶子上面還清清楚楚貼著吹號者家的標籤哪！我實在想像不出它是怎麼跑到這邊來的。我猜，多半是薩魯曼專用的吧。我從來不知道這東西會運到這麼遠的地方來。不過，現在正好派上用場。」

「是啦，」金靂說：「如果我有菸斗就更好了。唉，我的在摩瑞亞或更早之前就弄丟了。你們的戰利品中有菸斗嗎？」

「不，恐怕沒有。」梅里說：「我們沒找到，連在這個房間裡面也沒有，看來薩魯曼喜歡自己享受。我想，就算現在去敲歐散克塔的大門跟他討一根菸斗，恐怕也沒什麼用吧！我們可以一起共享菸斗，患難之交一定能這麼做啦。」

「等等！」皮聘說。他把手伸進外套胸前的口袋，掏出一個袋口綁著繩子的小軟袋子。「我貼身保存了兩個對我而言像魔戒一樣珍貴的寶物——這是一個，我自己的舊木頭菸斗；還有另一個，以前沒用過的新菸斗。我帶著這兩樣東西到處跑，連我自己也不知道為什麼。在我的菸草用完之後，我根本不認為一路上還會找到任何菸草。不過，現在還是派上用場了。」他掏出一個有寬淺凹槽的小菸斗，遞給金靂，「這樣你對我的氣該扯平了吧？」他說。

「我對你們的不滿早就拋到九霄雲外去了！」金靂說：「我高貴的哈比人啊，這讓我反過來倒欠你們很多哪！」

「好啦，我要回去外面看看狀況如何了！」勒苟拉斯說。

「我們都跟你一起去。」亞拉岡說。

他們走出來，在大門前的石堆上坐了下來。現在他們可以清楚看見山谷的景象，煙霧在清風吹拂下全都飄走了。

「讓我們輕鬆一下吧！」亞拉岡說：「我們可以坐在廢墟旁邊聊天，讓甘道夫在別的地方忙吧，我很少覺得這麼累。」他將灰色的斗篷裹起來，藏住身上的鎖子甲，雙腿一伸躺了下來，接著開始吞雲吐霧起來。

「大家看！」皮聘說：「遊俠神行客又回來了！」

「他從來沒離開過，」亞拉岡說：「我既是神行客，也是登納丹，我屬於北方也屬於剛鐸。」

他們沉默地吸了一陣子的菸；高掛在西方天際的太陽，從層層白雲間斜照進山谷，暖暖照在眾人身上。勒苟拉斯躺在地上，專注地看著天上的變化，邊低聲哼著歌。最後，他坐了起來，「可以了吧！」他說：「已經過了很久啦！如果不是因為你們抽菸，霧氣也都散去了。你們到底說不說？」

「好吧，我的故事一開始的時候是：我醒了過來，發現自己渾身被綁住，身在半獸人的營地中，」皮聘說：「讓我算算，今天是幾號？」

「是夏墾曆的三月五號。」亞拉岡說。皮聘扳著手指計算著。「才不過九天以前！」他說：「自從我們被抓以來，我還以為我們已經過了一年了咧！好吧，雖然其中有一半像是噩夢一樣，但我清楚記得接下來那非常恐怖的三天。如果我忘記任何重要的關鍵，梅里會提醒我的。我不準備詳述所有的鞭打、辱罵和臭味，光是去回憶就令人受不了。」接著，他開始仔細描述波羅莫的最後一戰，和半獸人一路從艾明莫爾趕往森林的過程。其他人在符合他們猜測的地方紛紛點頭。

「這裡是幾樣你們弄丟的寶物。」亞拉岡說：「相信你們會很高興找回這些東西的！」他解開了斗篷底下的腰帶，拿出兩柄小刀來。

「太好了！」梅里說：「我根本沒指望會再找到這些東西！我用我的刀子傷了好幾個半獸人，但烏骨陸把我們的武器給沒收了。他瞪我們的眼光可真是凶狠啊！一開始我還以為他準備要刺死我們，不過，他隨即就把這兩把刀丟開，彷彿會燙手一樣。」

「皮聘，還有你的別針。」亞拉岡說：「我替你好好保管著這樣東西，它可是很珍貴的。」

「我知道。」皮聘說：「丟掉它我真心痛，但我還有什麼選擇呢？」

「你確實別無選擇。」亞拉岡說：「人在緊急關頭若不能壯士斷腕，恐怕會遇上更大的麻煩。你的選擇是正確的。」

「割斷你手上的繩子也真是聰明的一招！」金靂說：「雖然你可說是運氣好，但你也是用雙手掌握住了機會。」

「也給我們留下了個大謎團。」勒荷拉斯說：「我還以為你們長出翅膀了呢！」

「很不幸的沒有。」皮聘說：「但你們還沒聽到有關葛力斯那克的部分。」他打了個寒顫，不願意繼續說下去，留給梅里去描述那恐怖的一刻：無情的雙手、惡臭的呼吸和葛力斯那克擁有怪力的毛毛臂膀。

「光是描述這個魔多的半獸人，或是他們口中的路格柏茲，就讓我覺得很不安，」亞拉岡說：「黑暗魔君已經知道太多了，他的下人也一樣。葛力斯那克很顯然在爭執之後，設法送了些消息到河對岸去。血紅眼將會十分注意艾辛格，薩魯曼這回可是自作自受了。」

「是啊，不管哪一方獲勝，他的前途都十分黯淡，」梅里說：「從他手下的半獸人踏上洛汗國的那一刻起，局勢就整個變得對他都不利了。」

「甘道夫暗示過，我們曾經瞥見過這個老壞蛋，」金靂說：「就在森林附近。」

「那是什麼時候？」皮聘問道。

「五天之前的晚上。」亞拉岡說。

梅里說：「讓我算算看，五天之前——啊，我們來到故事中你們一無所知的部分了。那天早晨戰鬥結束後，我們遇上了樹鬍，當天晚上我們在他的樹屋威靈廳休息。第二天早上我們去樹人會議，也就是樹人的集會，那真是我這輩子見過最詭異的事了。他們的會議整整持續了兩天，我們和一名叫快枝的樹人一起度過了兩個晚上。到了會議的第三天下午，樹人們突然爆發了。真驚

1 夏爾的曆法中每個月只有三十天。

人！整座森林氣氛非常緊繃，彷彿有場風暴在累積，然後一切突然間爆發開來。我真希望你們能聽聽他們在行軍時所唱的歌！」

「如果薩魯曼聽到了那歌聲，就算他只剩兩條腿能跑，他也早就跑到幾百哩之外去了！」皮聘說：

「攻入艾辛格！無論它是否被堅不可破的磐石包圍；
我們衝、我們撞，我們終於要宣戰，敲破那石頭打開它城門；

歌詞當然並不只這些。這首戰歌中有一大部分沒有歌詞，聽起來就像是號角和戰鼓聲，讓人十分振奮。我當時以為那只是某種進行曲，沒什麼特別的意思，但是當我到了這邊之後，我才知道他們的厲害。」

「我們越過最後一道山脊，在天黑之後進入巫師之谷。」梅里繼續道：「那時我才第一次感覺到，整座森林都在我們身後移動，我還以為我在跟樹人一起作夢，但皮聘也注意到了。我們兩個都覺得很害怕，不過，要等到後來我們才知道這到底是什麼情形。」

「他們是胡恩，樹人用所謂的『簡稱』這樣稱呼他們。樹鬍不願意多談他們，但我想他們是幾乎退化成樹的樹人，至少外表看起來很像。他們四處散布在樹林中，或在森林邊緣，沉默佇立著，永遠不鬆懈地照管著森林；在最黑暗的深谷中，我認為有數以千計這樣的生物存在著。」

「他們擁有極強大的力量，而且似乎可以將自己裹藏在陰影中，你很難清楚地看見他們移動，但他們的確在動。如果他們生氣了，他們可以非常快速地移動。你可能在抬頭看看天氣，或是聽聽風吹的聲響，然後突然發現，自己已經無聲無息地被樹林所包圍了。他們依舊可以發出聲音，也可以和樹人談話，根據樹鬍的說法，這是為什麼他們還被叫做胡恩的原因。但他們的個性變得十分古怪跟狂野，非常危險。如果沒有真正的樹人約束他們，我可不敢在他們附近走動。」

「然後，當天晚上我們就悄悄爬下一條長長的峽谷來到巫師之谷的上方，包括所有的樹人和跟在他們背後沙沙作響的胡恩。當然，我們看不見他們，但可以聽到空氣中充滿了吱吱嘎嘎的聲音。天色非常的黑暗，那是多雲的一個夜晚。他們離開山丘之後，就開始快速移動，發出類似風吹過的吵雜聲。月亮被雲朵所遮住了，在午夜過後不久，整個艾辛格的北邊就都被高大的樹木給占據了。我們沒有發現任何的敵蹤或是阻礙，只有高塔上的一扇窗戶裡還透著光，如此而已。」

「樹鬍和幾名樹人繼續悄悄前進，潛到了靠近正門的地方。皮聘和我跟著他，我們都坐在樹鬍的肩膀上，我可以感覺到他身體緊張得微微顫抖。但是，即使樹人在生氣的狀態下，他們依舊可以非常小心和有耐心。他們就這麼動也不動像岩石般站著，呼吸和傾聽。」

「突然間起了巨大的騷動，號角雷動，艾辛格的高牆不停的回響。我們以為自己被發現了，戰鬥終於要展開了，但完全不是這麼一回事，薩魯曼的所有兵力傾巢而出。我對這場戰爭一無所知，也不知道洛汗國的驃騎出動了，只知道薩魯曼這次似乎要給他的敵人最後致命一擊，他幾乎讓艾辛格成了空城。我看見敵人們頭也不回地出發，半獸人的長龍延伸到地平線的彼端、還有騎著巨大惡狼的部隊，而且，隊伍中也有人類組成的戰力。許多人攜帶著火把，在閃動的火光中我可以看見他們的面孔，大部分只是普通的人類，身材很高，頭髮是黑色的，表情嚴肅，但並不特別邪惡；不過，也有其他很恐怖的怪物，他們長著半獸人的面孔，和人一樣高，一雙斜眼瞟呀瞟的。你知道嗎，他們讓我想起布理出現的那些南方人，只不過他沒有像這些人有那麼明顯的半獸人血統。」

「聽你一說，我也想到了他。」亞拉岡說：「我們在聖盔谷也對付了不少這種混種的半獸人。很明顯的，那名南方人可能就是薩魯曼的間諜；但我不確定他究竟是為黑騎士工作，還是為了薩魯曼工作。這些邪惡的勢力彼此之間爾虞我詐、鉤心鬥角，實在很難確定誰效忠誰。」

「好啦，我大概推算了一下，當時至少有一萬人以上的兵力。」梅里說：「他們花了快一個小時才全部走出城門。有些沿著大道往渡口走，有些人轉個彎，往東方走。大概一哩之外，在河水特別湍急的地方建有一座便橋。如果你們站起來，還可以看見那座橋。他們粗啞的嗓門都大聲唱著歌，每個人都有說有笑，發出可怕難聽的聲音。我想洛汗國這次可能要完蛋了。但樹鬍不為所動。他說：『今晚我的工作是要用岩石對付艾辛格。』」

「雖然我看不見黑暗中的情形，但是我推測大門一關上，那些胡恩可能就開始往南移動。我想，他們的任務是去對付半獸人。到了早上，他們就已經到了遠處的山谷；反正，那裡籠罩著一種我無法看穿的黑暗。」

「等薩魯曼把所有的兵力都派出去之後，就輪到我們上場了。樹鬍把我們放了下來，走到城門前，開始猛搥大門，大聲喊著薩魯曼的名字。門內毫無回應，只有箭矢和落石從高牆上飛下來。但用箭矢對付樹人根本無效；當然，他們會覺得疼痛，但也更激起了他們的怒火，就像我們被蚊子咬一樣。樹人身上可以插滿了半獸人的箭，卻不會受到什麼真正的傷害。對了，他們也不會中毒；而他們的皮似乎非常的厚，比一般的樹皮要堅韌多了，得要有極為沉重的一斧，才會對他們造成嚴重的傷害。他們不喜歡斧頭。不過，光是對付一名樹人就要有很多的持斧戰士才行：對樹人砍出一斧的人永遠不會有機會砍出第二下。樹人一拳就可以打穿最堅硬的鋼鐵。」

「在樹鬍身上被插了幾根箭矢之後，他才剛開始熱身，照他的說法，也才真正的『倉促』起來。他發出震耳的呼姆、轟的聲音，然後有十多名樹人走上前去。生氣的樹人是非常恐怖的。他們的手指和腳趾陷入岩石中，像是撕扯麵包屑一樣將它們拉碎。那就像是觀看一株老樹的根在百年中做的動作，縮短到幾秒鐘之內進行一樣。」

「他們又推又拉、又扯、又搖、又搥；過不了五分鐘，巨大的城門就在轟隆聲中倒地，成了一堆廢鐵；有些樹人甚至開始搗毀城牆。我不知道薩魯曼以為發生了什麼事情，我只知道他根本不知道該如何對付這情況。他或許還是有使用巫術攻擊啦，但我認為他實在不是怎麼樣偉大的人。特別是被困在一個擁擠的地方，沒有什麼機器、奴隸和軍隊的時候，更是顯得一無是處。他和我們的老甘道夫真是完全不同；不知道他的名聲，是否都是來自於躲在艾辛格這地方所造成的。」

「你錯了。」亞拉岡說：「他曾經名副其實、相當了不起。他的知識淵博、思維精細、巧技過人，並且他還擁有操控他人心智的力量。他能說服賢者，更能威嚇弱小；他肯定仍然保有這種能力。即使在他遭受失敗的現在，我敢說，在這中土世界，若有人單獨和他交談，能全身而退的恐怕寥寥無幾。或許在他的陰謀被揭穿之後，甘道夫、愛隆和凱蘭崔爾可以不受影響，但其他人就極少能敵得住他了。」

「樹人是安全的，」皮聘說：「他似乎曾經說服過他們，但這狀況再也不會發生了。反正，他自始至終就不了解他們，忽略他們是他極為嚴重的失算。他本來就沒有對付他們的計畫；等到他們開始行動，要研擬任何對策也嫌太晚了。在我們的攻擊開始之後，艾辛格中剩餘的鼠輩就開始從每個樹人打出的破洞往外鑽。樹人放過了人類，在盤問過他們之後，就讓他們離開，到目前為止大概也只有發現二三十個。我認為沒有任何半獸人活著逃出來，至少胡恩們不會放過他們。那時整個艾辛格都被包圍在一座濃密的森林裡，連山谷那邊都毫無空隙。」

「當樹人將大部分的南牆搗成廢墟，而剩餘的爪牙也都棄守逃跑之後，薩魯曼也倉皇而逃。我們抵達的時候，他正好站在城門口，我猜他是來視察那壯盛的軍容的。當樹人衝進門，他便匆忙地開溜了。一開始樹人沒有發現他，但隨著雲朵散開，滿天燦爛的星光就足夠讓樹人看清楚附近的環境。突然間，快枝大喊一聲：『砍樹者！砍樹者在這邊！』快枝是名很溫柔的樹人，但這也讓他更痛恨薩魯曼，他的同胞在半獸人的斧頭下吃盡了苦頭。他從內城門的通道上跳了下來，懷著滿腔怒火像是一陣風衝上前。有個蒼白的身影，藉著柱子的遮掩拚命往前奔竄，幾乎就快逃到塔前的階梯了。但，事情就差那麼一點。動作飛快的快枝衝到塔邊，只差一兩步就能把那個傢伙勒死在門邊，可惜對方先他一步溜進塔內。」

「當薩魯曼安全躲回歐散克塔之後，他就啟動了那些他寶貝的機器。那時已經有許多樹人進入了艾辛格，有些是跟著快枝進來的，其他的則是從北邊和東邊破牆而入；他們在山谷內四處遊蕩，造成極大的破壞。突然間，無數的火焰和惡臭的黑煙竄起，整塊大地上的各種孔道都噴出了熊熊的火焰。有幾名樹人被燒傷了，其中一個，我記得他的名字是柏骨，一名非常高大、雄壯的樹人，正好被一團燃燒的液體火焰給淋到了，轉眼間就成了一根大火把：那情景真是太可怕了。」

「那才真正惹惱了樹人們！我還以為他們之前的舉動已經算是激動了，但我錯了，我隨後才知道什麼叫做生氣的樹人，那真是讓人心膽俱裂的景象。他們咆哮大吼，直到隆隆的聲浪開始令岩石爆裂崩塌；我和梅里趴在地上，用斗篷塞住耳朵。樹人們如同狂風般席捲整座山谷，他們打斷柱子、用巨石堵塞洞口，巨大的岩石好像樹葉一般滿天飛舞。歐散克塔成了在颶風中心的唯一建築。我親眼看見巨大的鐵柱和岩石飛起數百呎，砸爛了歐散克塔的窗戶。幸好，樹鬍還保持清醒；他很幸運，身上沒有任何的燒傷。他不希望樹人們在狂怒中傷害到自己，也不想讓薩魯曼趁著這團混亂逃跑。許多樹人不停地用身體撞擊歐散克塔，但卻沒有多大的效果。建造塔身的岩石又硬又光滑，多半是有什麼比薩魯曼還要古老的魔法灌注在其中。反正，樹人們就是沒有著手之處，也無法在上面造成任何的裂縫；他們的衝撞只把自己弄得渾身青腫，傷痕累累。」

「因此，樹鬍衝進這一片混亂中，開口大喊。他低沉的聲音壓過了一切吵雜的聲音。突然間，一切沉寂下來。在這片沉寂中，我們聽見高塔上傳來了尖厲的笑聲。這對樹人們產生了十分奇特的影響。他們之前的憤怒沸騰到了極點，現在卻冷靜下來，安靜、嚴肅地像是冰山一樣。他們離開平原，聚集到樹鬍身邊，動也不動地站著。他用樹人的語言對他們交代了幾句話，我猜他是在說一個他很早以前就決定的計畫。然後，他們就在曙光中逐一消失了。當時天已經快要亮了。」

「我相信他們派人監視那座塔，但那些監視者隱藏得非常好，讓我根本無法看見他們。其他人則全都往北走了；他們在那邊忙了一整天，全看不見蹤影。大部分時候我們只有兩個人，那真是很無聊的一天；於是我們到處亂逛，雖然我們盡可能避開歐散克塔的窗子，但它們還是充滿威脅地瞪著我們。我們花了不少時間在找吃的東西。我們也坐下來聊天，想著遠處南方的洛汗國不知道怎麼樣了，以及我們其餘的同伴遭遇如何。在這段時間中，我們不停地聽到遠方傳來岩石落下和敲打的聲音，重擊的轟隆聲在群山間不住回響著。」

「到了下午，我們繞著圍牆走過去，想要看看到底怎麼回事。在山谷的開口處有一座胡恩所構成的巨大黑暗森林，圍著北牆邊是另一座。我們不敢進去，但遠遠可以聽見裡面傳來撕扯捶打的聲音。樹人和胡恩攜手一起挖掘深坑和渠道，建造巨大的水池和水壩，把艾辛河所有的水流和山中的泉水都集中在一起。我們決定不打攪他們。」

「到了黃昏的時候，樹鬍回到了城門口。他愉悅地發出哼哼聲，看來似乎相當滿意。他伸展著粗壯的手腳，深深的吸了一口氣。我問他是否覺得疲倦了。」

「『疲倦？』他說：『不，沒有，不疲倦，只是身體有些僵硬。我真希望可以好好喝上幾口樹人的飲料。我們工作得很辛苦，今天所劈砍的石頭和挖掘的土壤，遠遠超過好幾千年來所做的，幸好已經快完成了。入夜之後千萬別靠近這座門或是舊隧道！大水可能會淹過這裡，那些水會暫時染上惡臭，直到把薩魯曼的污穢給沖乾淨為止。這樣，艾辛河才能夠恢復往日的純淨。』他隨手從牆上扯下一大塊岩石，單純只是好玩而已。」

「就在我們想著要躲在哪裡才能安全睡個覺的時候，最出乎意料的事發生了。我們聽見一名騎士快速奔馳在大道上。梅里和我悄悄地趴在地上，樹鬍自己則躲到拱門下的陰影中。突然間，一匹駿馬像是一道銀光掠過般衝上前來。天色已經暗了，但我可以清楚看見那騎士的面孔，似乎閃爍著光，他全身的衣服都是白色的。我坐了起來，張口結舌地瞪著他。我試著想發出聲音，卻做不到。」

「其實根本不需要，他就在我們身前停下來，低頭看著我們。『甘道夫！』我最後好不容易擠出三個字，但聽起來跟咳嗽一樣。他可是中氣十足的說啦：『你好啊，皮聘！這可真是讓人喜出望外啊！』喔，好啦，我稍微修正一下，其實他是說：『快起來，你這個笨圖克人！在這一團廢墟裡面，樹鬍到底人在哪裡？我想要見他。快點！』」

「樹鬍聽到他的聲音，立刻從陰影裡走了出來；那可真是場詭異的會面。我真是詫異，因為他們兩人似乎誰也不感到驚訝。甘道夫顯然知道樹鬍在這裡，而樹鬍在城門附近晃來晃去似乎也是為了等待甘道夫。可是，我們明明把摩瑞亞發生的事情都跟那老樹人說了啊。然後，我想起了他當時臉上露出的怪異表情。我只能假設，他曾經看到過甘道夫，或是有些關於他的消息，只是不願意匆忙地將事情說出來。『不要倉促行事！』是他的口頭禪。可是，當甘道夫不在的時候，似乎連精靈都不願多提他的行蹤。」

「『呼姆！甘道夫！』樹鬍說：『真高興看見你來了。樹木和水流、貨物和岩石，我都可以處理；但那邊還有一個巫師要對付呢。』」

「『樹鬍，』甘道夫說：『我需要你的幫助。你已經做了很多，但我還需要更多的幫助。我大概有一萬名左右的半獸人要對付。』」

「然後，這兩個人就走到另外一個角落，悄悄地討論起來。對樹鬍來說一定覺得很倉促，因為甘道夫似乎十萬火急，邊走就邊說了很多話。他們只離開了幾分鐘，或許十五分鐘吧，然後甘道夫又回到我們身邊，他似乎鬆了一口氣，幾乎要露出笑容。那時，他才說他很高興見到我們。」

「『可是，甘道夫，』我大喊著：『你之前到哪裡去了？你遇到其他人了嗎？』」

「『不管我去了哪裡，現在都回來了！』他用甘道夫慣用的那套說法回答我：『沒錯，我看到了一些同伴。不過現在不適合聊天敘舊，今晚是危險的一晚，我得要四處趕路。但明天的曙光或許會更明亮；果真如此，我們將會再見面的。好好照顧自己，不要靠近歐散克！再會！』」

「在甘道夫走後，樹鬍開始沉思，他顯然在短時間內知道了很多消息，正在設法消化這些情報。他看著我們說道：『嗯，我這才發現你們並不像我想的那麼倉促，你們保留了很多，但該說的也都告訴了我。嗯，這可真是一大堆新消息啊！好吧，樹鬍又得開始忙了。』」

「在他離開之前，我們從他口中得知了一些消息，但並沒有讓我們覺得多高興。至少當時，我們比較擔心的是你們三個，對佛羅多、山姆和波羅莫，可沒有多餘的時間去想他們。我們知道有場大戰將臨，而你們也在其中，甚至可能無法生還。」

「『胡恩會幫忙的。』樹鬍說。然後他就離開了，直到今天早上我們都沒再看見他。」

「當天深夜，我們躺在一堆石頭上，什麼也看不見。霧氣和陰影像一塊厚重的毯子，遮蔽了周圍所有的景象。空氣又熱又悶，到處充滿了各種騷動聲、摩擦聲和像是呢喃的耳語聲。我猜多半是有幾百名的胡恩出發去幫忙戰鬥了。稍後，南方傳來了打雷一般的巨響，遠方的閃電劃過了整個洛汗。每隔一陣子，我們就可以看見遠方的山脈突然間被閃電照亮，像是黑白的風景，然後消失。在我們身後的群山中也傳來隆隆聲響，但又不像打雷，整座山谷都迴盪著這聲音。」

「當樹人打破水壩，將所有存積的水從北牆的缺口灌入艾辛格的時候，一定已經午夜了。胡恩的身影都消失了，雷聲也漸行漸遠。月亮也緩緩落到西方的群山之後。」

「艾辛格開始被洪水灌入，一瞬間河水就在平原上四處橫流，殘餘的月光照在四溢的洪水上，反射著微弱的光芒。這些四處竄流的洪水毫不留情的鑽進地下的隧道和孔洞，隨即就冒出了大量的白色蒸氣，白煙也跟著不停湧出。地底傳來了沉悶的爆炸聲，偶爾還會冒出火光，數道濃密的蒸氣一路往天空竄，將歐散克緊緊包圍起來，在月光下形成了平地雲海的詭異景觀。大水依舊毫不留情地持續流入，到了最後，艾辛格看起來像是一個湯碗，各個角落都被蒸氣和煙霧所籠罩。」

「我們昨夜靠近巫師谷入口的時候，就看見南方冒起一大堆的蒸氣和煙霧。」亞拉岡說：「我們還擔心是薩魯曼在醞釀新的詭計對付我們呢。」

「這次可輪不到他了！」皮聘說：「他可能都快被嗆死，連笑都笑不出來了。到了昨天早上，大水都流入了地底，平地則籠罩在大量的濃霧中。我們暫時躲在這邊的房間裡面，覺得非常害怕，裡面湖水開始溢流，沿著舊隧道往上淹。我以為我們會像是半獸人被困在洞穴中一樣走投無路，幸好我們在儲藏室後面找到了一個樓梯，可以走到拱門上方。由於樓梯之前被樹人破壞了一部分，通道也被落石堵塞了，我們花了很大的功夫才擠出去。然後，我們就安全地坐在高地上靜觀水淹艾辛格的奇景。樹人們不停地將大水導入，淹滅所有的火焰和洞穴，大霧慢慢的聚集在一起，變成了一朵巨大的蕈狀雲，可能有一哩高哪！到了晚上，東邊山丘那邊還出現了漂亮的彩虹，日落則被山上的一場大雨給遮擋住了，一切都非常安靜，只有遠方幾隻野狼嚎叫著哀悼這一切。樹人們晚上又擋住了水流，讓艾辛河重新復流。故事就是這樣啦！」

「從那之後，積水就開始退去，我猜，底下的洞穴中一定有什麼可以讓水流出去的出口。如果薩魯曼從他的房間往外看，一定會覺得慘不忍睹。我們在這邊覺得很寂寞，在整個廢墟中連一個可以聊天的樹人都沒有。我們一整晚都待在拱門上，那裡又濕又冷，根本睡不著，我們有種感覺，彷彿隨時會有大事發生。薩魯曼還在塔裡面，到了晚上，有種像是風吹進谷內的聲音傳來，我想是之前離開的樹人和胡恩又回來了；不過，我也不知道他們現在到哪裡去了，當我們爬下來察看四周環境時，已經是個又濕又多霧的清晨了。大概就這樣了，在那一陣混亂之後，現在感覺起來可以說是十分安詳。自從甘道夫回來後，我甚至覺得更安全了些，終於可以睡覺了！」

眾人沉默了片刻，金靂重新將菸草裝滿菸斗。「有件事我不明白，」他一邊點著火絨盒，一邊說：「巧言——你告訴希優頓說他和薩魯曼在一起，這傢伙是怎麼進去的？」

「喔，對了，我都忘記他了！」皮聘說：「他直到今天早上才趕到。我們正生好火，才吃了一些早餐，樹鬍就出現了。我們聽見他在外面哼歌，同時叫著我們的名字。」

「『小朋友，我正好過來想要看看你們過得怎樣，』他說：『順便告訴你們一些消息。胡恩們已經都回來了。一切都很好，好得不得了哪！』他大笑著，邊拍著屁股。『艾辛格裡再也不會有半獸人，再也不會有斧頭了！天晚之前就會有人從南方過來；當中有些人你會很高興見到的。』」

「他話才剛說完，我們就聽見路上有馬蹄的聲音。我們衝到城門前，我站在那裡瞪大眼睛眺望，心裡半期待著會看見神行客和甘道夫帶著大軍過來。可是，出乎意料之外，從濃霧中出來的是一個騎著疲憊老馬的人，他自己看起來也是狼狽不堪。此外沒有別的來人了。當他走出大霧之後，猛一看見眼前的一片殘破，整個人都驚呆了，臉色刷地幾乎變成了青綠色。他震驚過了頭，以至於一時之間沒有注意到我們就在旁邊。當他發現的時候，他驚叫一聲，試著要調轉馬身逃跑。但樹鬍三步就趕上了他，將他從馬上抓了下來。他的馬匹吃驚竄逃，而他則是趴在地上不敢動彈。他說他叫作葛力馬，是國王的好友和諮詢大臣，這次是希優頓派他來送一個重要的口信給薩魯曼。」

「『沒有其他人膽敢冒險穿越到處都是半獸人的區域，』他說：『所以他們才派我來。我一路上突破重重難關，現在又餓又累。我被惡狼追趕，偏離了原先的路徑。』」

「我看見他偷瞄樹鬍的樣子，心中暗叫了一聲『騙子』。樹鬍以他慣有的方式慢吞吞地打量了他好幾分鐘，直到對方完全趴到地上去了。然後，他終於開口說：『哈，嗯，巧言先生，我本來就在等你呢！』那人聽到這名字吃了一驚。『甘道夫先到過這邊，所以我知道很多有關你的事情，也知道該怎麼對付你。甘道夫說，把所有的老鼠都擺在一個陷阱裡；我會照做的。現在我是艾辛格的主人，而薩魯曼則被鎖在他的塔中；你可以進去把所有你能編出來的口信告訴他。』」

「『讓我去，讓我去！』巧言說：『我知道怎麼走。』」

「『我可不懷疑你知道怎麼走，』樹鬍說：『但這地的情況有點變了，你自己去看看吧！』」

「他讓巧言走了。這傢伙一跛一跛地穿越拱門，我們則是緊跟在後；直到他看見一片水鄉澤國橫亙在他和歐散克塔之間的情形。然後他轉過身面對我們。」

「『快讓我離開這裡！』他哀求道：『讓我離開！我的口信現在一點用也沒有了。』」

「『的確，』樹鬍說，『不過，你只有兩個選擇：留在我身邊，直到甘道夫和你的主人抵達為止；或是越過這些積水。你選擇哪一個？』」

「一提到他的主人，那人就開始渾身發抖，接著把一隻腳踏進水中，但隨即又抽了回來。『我不會游泳！』他說。」

「『水並不深，』樹鬍說：『水很髒，不過不會對你造成傷害，巧言先生。快下去！』」

「話一說完，那個落魄的傢伙就跳進水中。他走了不遠，水就快淹到他的脖子了。最後，我看到他抱著桶子還是木板之類的東西開始漂流。但樹鬍涉水靠近，監視著他的進度。」

「『好啦，他已經進去了。』當他回來的時候描述道：『我看見他像隻溺水的老鼠一樣爬上台階。塔裡還有人，有隻手伸出來把他拉了進去。現在他到了目的地，希望人家會好好歡迎他。現在我得先去找個地方洗乾淨身上的污泥；如果有人要找我，我就在北邊。這裡的水都不夠乾淨，沒辦法讓樹人飲用或是沐浴。所以，我要請你們兩位小朋友注意正在前來的人物，請注意，會有洛汗的國王喔！你們必須用所知最周到的禮儀歡迎他，他的部下才剛和半獸人打了一場惡戰。或許，你們對歡迎一位人類國王的正確尊稱和禮儀，比我們樹人懂多了。我年輕的時候，大草原上到處都是王公貴族，我卻從來學不會他們的稱呼和語言。他們也會想要一些可以讓人吃的食物，我想你們也都知道是什麼。所以，請你們盡可能找一些適合國王吃的東西吧！』故事到此告一段落啦。不過，我很想要知道巧言是誰？他真的是國王的諮詢大臣嗎？」

「他是的，」亞拉岡說：「同時兼任薩魯曼派在洛汗的間諜和僕人。這傢伙可說是罪有應得了。他認為無敵的壯麗王國出現在他面前竟是一片廢墟時，那滋味恐怕就夠受了。但是，我想，塔裡可能還有更可怕的遭遇在等他。」

「沒錯，我並不認為樹鬍讓這傢伙進入歐散克塔是出於仁慈。」梅里說：「樹鬍似乎對趕他進去頗為快樂，當他去喝水和洗澡的時候還在偷笑呢。在那之後我們忙了好一陣子，花了很大的功夫搜尋漂浮在水上的殘骸。我們在附近找到了幾間在水線以上的儲藏室，但樹鬍還派了一些樹人過來，帶走不少東西。」

「『我們需要二十五份人吃的食物。』樹人說，由此可見在你們到達之前，就已經有人仔細數過你們的人數了。你們三人很明顯是該和大人物們一起走的。不過，你們在那邊也不會吃得比這邊好。我跟你保證，我們留下的食物跟送出去的一樣好。應該是更好，因為我們沒把酒給他們。」

「『那飲料怎麼辦？』我問樹人。」

「『艾辛河的水就夠了，』他們說：『那對人類或是樹人來說都夠好了。』不過，我還是希望樹人們有時間從山泉中釀出他們愛喝的那種飲料，這樣一來，我們就可以看見甘道夫翹著鬍子回到我們面前。在樹人走掉之後，我們覺得又餓又累。但我們並沒抱怨，實際上，我們的努力換來豐富的報酬。在那一陣忙亂之中，皮聘發現了這些殘骸中的寶物，吹號者牌子的菸草。『吃過飯後抽菸實在太爽了！』皮聘說；所以，最後就變成你們看到的樣子了。」

「現在我們全都了解了。」金靂說。

「只有一件事情例外，」亞拉岡說：「夏爾南區的菸葉怎麼會來到艾辛格，我越想就越覺得不對勁。我之前從未來過艾辛格，但我曾經往來過這片區域，對橫亙在夏爾和洛汗之間的這片荒地相當了解。這地區已經有許多年沒有任何貨物的往來和貿易，至少沒有公開的。我猜，薩魯曼應該和夏爾的某個人有秘密的往來。或許除了希優頓的皇室之外，其他地方也有巧言這樣的人在。桶子上有製造日期嗎？」

「有，」皮聘說：「這是一四一七年份的，是去年的——不，應該說是前年的，那年的菸草很不錯。」

「啊，好吧，不論當初醞釀過什麼邪惡勾當，我希望現在都已經結束了；再不然，其他的狀況我們此時也愛莫能助。」亞拉岡說：「但我認為等下應該把這小事告訴甘道夫，雖然這在他所忙的大事裡似乎微不足道。」

「我真好奇他都在忙些什麼。」梅里說：「下午都快過完了。讓我們四處逛逛吧！神行客，如果你想的話，現在可以走進艾辛格了。只是，風景並不怎麼好看！」

第十節　薩魯曼之聲

一行人穿過了坍塌的隧道，站到一堆石塊上，眺望著黑色的歐散克塔和上面無數的窗戶；在它周圍的那片荒蕪中，依舊籠罩著一股邪氣。積水現在幾乎已經全部消退了，只剩四處可見的水窪還積滿了髒水，上面漂浮著泡沫和殘骸。但圓形廣場大部分的地方都已露出水面，地面上到處都是泥濘和滾落的石塊，還有許多黑色的坑洞，並且到處都可見到東倒西歪的柱子。在這個巨大破碗的邊緣，有許多隆起的大土丘和斜坡，像是石礫被巨大的風暴颳到這裡來一樣。在那之後，是翠綠色的山谷，一直綿延到山脈兩臂之間的深谷中。在這廢墟的對面，他們看見騎士們正小心翼翼地擇路而行，從北方過來，已經逐漸接近了歐散克塔。

「那是甘道夫，還有希優頓和他的部下！」勒苟拉斯說：「我們過去和他們會合吧！」

「小心走！」梅里說：「如果你們不小心，地上一些鬆動的石版可能會翹起來，讓你們摔到坑洞裡去。」

他們勉強順著殘破不堪的道路走向歐散克塔，腳步很慢，因為地上的石版都破碎不堪，布滿了泥濘。騎士們看見他們正在靠近，便在岩石的陰影下停步等候。甘道夫策馬向他們騎來。

「好啦，樹鬍和我剛剛討論了一些有趣的事情，也做了幾個計畫，」他說：「我們也都好好地休息了一下。現在，我們必須要繼續任務了。我希望你們也都已經休息過和用過餐了？」

「是的。」梅里說：「不過，我們的討論是在吞雲吐霧中開始跟結束的。但是，我們對薩魯曼的敵意有稍微降低了。」

「是嗎？」甘道夫說：「嗯，我可沒有。現在在我離開之前，還有最後一項任務要做：我得要拜訪一下薩魯曼。這會很危險，也可能完全無濟於事，但這還是得做。你們願意的人可以和我一起去。但千萬要小心！也不可鬆懈！這可不是開玩笑的時候。」

「我要去，」金靂說：「我希望見見他，看看他是否真的和你長得很像。」

「矮人先生，你要怎麼分辨呢？」甘道夫問道：「如果他覺得有必要，薩魯曼在你的眼中或許會看起來和我一樣，在經歷了這麼多之後，難道你還不能夠了解他的邪惡嗎？好吧，或許我們到時候就會知道了，等下他搞不好不敢在這麼多人之前露面。不過，我已經說服所有的樹人離開他的視線，或許我們可以讓他走出來。」

「到底是哪裡危險啊？」皮聘大惑不解地問道：「他是會用箭射我們？還是往窗戶外面丟火焰？或者他可以從遠距離對我們施法？」

「如果你們來到他門前卻掉以輕心，最後一個是最有可能的。」甘道夫說：「但我們實在無法推斷他到底能做什麼，或會嘗試做什麼。被逼到角落的野獸是最危險的。薩魯曼還擁有你們連猜都猜不到的力量。小心他的聲音！」

一行人終於來到歐散克塔下。整座塔黑漆漆的，岩石閃著光澤，彷彿是潮濕的一般。多面體的岩石擁有許多面銳利的邊緣，彷彿剛經過斧鑿。在樹人的怒火爆發之下，歐散克塔唯一受損的痕跡，靠近塔底的幾處裂縫和幾塊碎片，就是樹人的暴怒所留下來的全部痕跡。

在塔的東面，兩根石柱交會的凹角處，有一座巨大的門；該處離地相當的高，門的上方有一扇緊閉的窗戶，窗前有個圍著鐵欄杆的陽台。通往大門的是二十七階寬大的石階，不知是以什麼樣的技術用同一種黑岩雕鑿出來的。這是高塔唯一入口；但在陡峭的塔壁上開有許多內寬外窄的高窗，從底下遠遠望上去，它們像是獸角上的許多小眼睛。

在樓梯前甘道夫和國王雙雙下了馬。「我先上去。」甘道夫說：「我曾經來過歐散克，知道這裡的危險。」

「我也跟你上去。」國王說：「我已經老了，不再懼怕任何的危險。我希望能夠和折磨我這麼久的敵人談談。伊歐墨可以跟我來，免得我這雙老腿不爭氣。」

「就這麼辦！」甘道夫說：「亞拉岡應該跟我來，其他人都在樓梯底下等。如果有任何事情發生的話，他們在底下都可以看得很清楚。」

「不行！」金靂說：「勒苟拉斯和我都想一起去。我們分別代表各自的種族，我們要跟在你們後面。」

「那就來吧！」甘道夫話一說完，就爬上了階梯，希優頓走在他身旁。

洛汗的騎士們不安地坐在馬上，分立在階梯的兩側，神情擔憂地看著高塔，害怕他們的國王會遭到什麼危險。梅里和皮聘坐在樓梯口，覺得既不被重視，也很不安全。

「從門那邊一路踩爛泥就走了快半哩路！」皮聘嘀咕著：「我真希望可以悄悄地溜回守衛的房間！我們來這邊幹麼？又不需要我們。」

甘道夫站在歐散克塔的門口，用手杖敲打著大門，門上傳來空洞的聲音。「薩魯曼，薩魯曼！」他用十分威嚴的聲音大喊道：「薩魯曼快出來！」

有一段時間毫無任何的回應。最後，門上的窗戶打開了，但看不到任何的人影。

「是誰？」一個聲音說：「你們想要什麼？」

希優頓吃了一驚。「我聽過這聲音，」他說：「我詛咒我聽到它的每一天。」

「巧言葛力馬，既然你已經變成薩魯曼的跑腿，就快去把他找來！」甘道夫說：「不要浪費我們的時間！」

窗戶關上了。他們靜靜地等著。突然間，另一個低沉優美的聲音說話了，它的每字每句都如同音樂一般魅惑人心。那些不疑有他的人聆聽這個聲音，稍後要複述時多半什麼也記不起來；即使他們記得，他們也會感到奇怪，因為那些話根本平淡無奇。大多數時候他們只記得很高興聽見那聲音說話，所有那聲音說的話，似乎都無比睿智、極端的有道理，讓他們內心想要快快同意好顯得自己也很聰明。當其他人說話的時候，他們的聲音相較起來就顯得沙啞、粗魯不堪；如果他們膽敢指責那聲音，那些已經著魔的人心中會不由自主產生一股怒氣。對於某些人來說，這魔力只有在那聲音說話的時候才存在，當它對其他人說話時，這些人會忍不住失笑，就像人們看穿魔術師的詭計時一樣。對大部分人來說，光是聽見一次那聲音，就足以讓他們迷失自我；但對那些被這聲音征服的人來說，不管他們走到天涯海角，那聲音都會繼續起作用，他們會一直聽到那溫柔的聲音在耳邊不停地低語和催促。沒有人能不受到這話音的影響；只要話聲的主人還能控制這聲音，就沒有人能拒絕它的要求和命令，除非這人具備有極強的意志力。

「怎麼了？」那聲音溫和有禮地問道：「你們為什麼要打攪我的休息？難道你們無論日夜都不願意放過我嗎？」那聲音彷彿出自一顆善良的心靈，因為遭到無故的騷擾而受傷。

眾人驚訝地抬起頭，因為他們都沒有聽見任何人出來的聲音；卻接著見到一個身影站在陽台上俯視著他們。那是一名披著大斗篷的老人，那斗篷到底是什麼顏色實在很難說，因為它的色澤會隨著他們目光的移動或他身子的擺動而變幻。他有一張長臉和飽滿的額頭、一雙深邃難測的黑眸，但他此刻的眼神十分憂慮和慈善，而且還有些疲憊。他的鬚髮全白，但在嘴邊和鬢角旁，依舊有著幾縷黑絲。

「看起來很像，卻又有所不同。」金靂嘀咕著說。

「不過你們畢竟都來了，」那溫柔的聲音說：「這其中至少有兩個人我認識。我太了解甘道夫了，他絕對不會來這邊尋求幫助或是解惑。但你就不同了，驃騎王希優頓，從你身上飄散的睿智風範和聰敏的外表看來，你依舊是個不辱及伊歐皇家的偉大君王，在在說明了你的身分。喔，聲威顯赫又偉大的賽哲爾之子啊！你之前為什麼不以朋友的身分前來？我非常想要見見你，親眼目睹這位西方最強大的君主，特別是在這幾年，我更是想要將你從那邪惡的讒言和誤解中解救出來！難道這已經太晚了嗎？即使我已經受到了這麼重的傷害，即使，唉！洛汗國的子民也在其中出了不少力，但我依舊想要拯救你，救你脫離逐步逼近、不可避免的滅亡。不要再繼續執迷不悟了，真的只有我可以幫忙你啊。」

希優頓張開嘴，彷彿想要說些什麼，卻又什麼也沒說。他抬頭看著薩魯曼的面孔，和那正彎下身凝視著他的幽深黑眸，然後轉頭看看身邊的甘道夫，似乎開始遲疑了。甘道夫沒有任何的動作，只是沉默地站著，彷彿正在耐心地等候某種將臨的召喚。驃騎們最先開始騷動，紛紛發出讚同薩魯曼話語的聲音；但隨後也都像中了魔法的人一樣沉默下來。在他們看來，甘道夫就從未如此尊敬、睿智地對他們的王上說過話。如今看來，甘道夫對待國王的態度實在粗魯又傲慢自大。他們心裡蒙上了一道陰影，一種對未來將遭遇極大危險的憂慮：或許甘道夫正在將驃騎國推向滅亡的黑暗中，而薩魯曼卻站在一扇逃命的大門旁，將門推開了一半，讓他們看見一道希望之光照進來。氣氛越來越靜滯沉重。

打破這沉默的是矮人金靂，「這個巫師所說的話都是謊言！」他低吼著，邊握住腰間的斧頭。「在歐散克的語言中，協助代表的是破壞，拯救代表的是屠殺，這任誰都看得出來。我們不是來這裡向你卑躬屈膝的。」

「不要激動！」薩魯曼說，在那一瞬間，他的聲音似乎不那麼溫和，眼中也有道光芒一閃即逝。「葛羅音之子金靂，我不是在對你說話。」他說：「你的家園在遠方，當然對此地的動盪不安不屑一顧。但你並不是自願捲入此地的危機中，所以我也不責怪你在這場戰爭中所扮演的角色——英勇過人吧，我相信。但是，我請求你，先讓我和洛汗的國王——我的好鄰居以及曾經一度的好友談談。」

「希優頓國王，你說呢？你願意與我和解，接受我多年累積的知識所能帶來的好處嗎？我們是否可以一同攜手對抗邪惡，讓雙方的善意平復彼此的傷痛，並開出和平之花，給這塊土地帶來更美好的未來？」

希優頓依舊沒有回答，沒有人看得出來他是在強忍怒氣還是起了動搖。伊歐墨開口了。

「王上，請聽我一言！」他說：「現在我們總算體會到前人警告的危險。我們歷經血戰，獲勝前來，難道就為了站在這裡聽任一個油腔滑調的老騙子賣弄言詞嗎？受困的獵物當然想要向獵人討饒。他能夠給您什麼樣的幫助？他唯一想的就是從這危機中逃出。您怎麼可以向這個出賣同伴的殺人凶手讓步？別忘記死在渡口的希優德和聖盔谷中的哈瑪之墓！」

「邪惡的毒蟲，如果我們要討論油腔滑調，恐怕閣下才是其中的佼佼者，」薩魯曼說，現在眾人都可以明顯地看出他的怒氣。「但是，別這樣，伊歐墨！」他又換成溫柔的嗓音：「每個人都必須扮演自己的角色，你的責任是舞槍弄劍，你也因此獲得了極高的榮譽。請你服從王上的命令，砍殺那些被認為是敵人的對手，政治是你不能理解的複雜事務。或許，等你將來繼承了王位，可能會知道國王必須要慎選朋友。薩魯曼的友誼和歐散克塔的力量，是不可以被輕忽的寶物，不管我們之間有多少誤解、衝突都一樣。你贏了一場戰鬥，但並非整場戰爭，而且這次你獲勝的關鍵是下次不會再出現的。或許，下次這幽暗的森林會出現在你家門前，它們漫無目的、毫無理智，對人類一點好感也沒有。」

「可是洛汗王哪，難道因為英勇的戰士求仁得仁，在戰場上犧牲，我就得背負殺人凶手的罪名嗎？如果你們單方面宣戰，即使我不願意，人們也會因此而死。如果這樣就算是殺人凶手，伊歐的皇室豈不是滿手血腥；在過去的五百年中他們不是殺死了無數敵人、征服了許多對手？但是，他們稍後也和許多的對手簽訂和約，一切都不過是政治的問題而已。希優頓，我倆之間是否能化干戈為玉帛？畢竟這是我們兩人的責任。」

「我們可以從此和平相處。」希優頓最後終於口齒不清地勉強回答。幾名驃騎大聲歡呼。希優頓舉起一隻手說道。「我們可以和平相處，」他話聲一凜道：「在你和你所有的計謀和努力全都被摧毀之後，在你的邪惡主上賜給你的一切全都被剷平之後，我們可以擁有和平。薩魯曼，你是個騙子，是個玩弄人心的毒蛇，你伸出友誼之手，我卻看到魔多的利爪在其後。你這個冷血的禽獸！即使你是為了正義對我宣戰，你要怎麼解釋被燒得漆黑的大地，和孩童的屍體？況且，就算你比我睿智十倍，也不代表你有資格為了自己的利益奪人國家！你的部下在聖盔之門殺死了哈瑪，並且踐踏、破壞他的屍體。當你被吊在窗外，任由禿鷹蹂躪的時候，我才會放過你們。我真是有辱伊歐一族，雖然我是個不肖子孫，但我也不需要向你低頭。放棄吧，你的欺瞞之聲已經失去了魅力！」

驃騎們如夢初醒地看著希優頓，他們主人的聲音在薩魯曼的樂聲之後，聽起來沙啞而粗魯。薩魯曼一時間被怒氣沖昏了頭，他靠在欄杆上，彷彿想要用枴杖擊打希優頓。許多人突然間看到了一幅毒蛇襲人的景象。

「禿鷹！」他嘶聲說，眾人都因為這瞬間的轉變而打了個寒顫。「混帳！伊歐皇族算是什麼東西？他們不過是一群騎馬強盜，住在稻草屋裡、喝著骯髒的水，孩童和畜生廝混在一起！你們自己已經偏安太久了。絞刑索已經漸漸靠近、慢慢地收緊，最後會把你們統統都勒死！」他的聲音又變了，彷彿正慢慢的壓抑自己的怒氣。「我不知道為什麼要浪費時間在你身上，牧馬王希優頓，我根本不需要你和你的這些小丑，你們逃得快，衝得慢。我很久以前就給予你超過你身分地位的賞賜，但你拒絕了。為了你好，我又再度提出，卻反而遭到你的惡言相向。罷了，罷了，回去你們的茅草屋吧！」

「但是，甘道夫！我最替你感到可惜，替你覺得丟人。你怎麼能夠忍受這樣的同伴？甘道夫，你至少是有尊嚴、自傲的人物，擁有高貴的心腸和遠見，難道到了現在，你還是不願意聽我的忠告嗎？」

甘道夫動了動，抬頭看著：「有什麼話，是你在我們上次見面的時候還沒說的？」他問道：「還是，你有什麼話要收回？」

薩魯曼楞了片刻。「收回？」他似乎有些迷惑。「收回？我這都是為了你好，你卻不領情。你太過自大，不聽外人的建議，只是一意孤行。但是，你偶爾還是會犯錯，誤解了我的用意。在上次的會面中，恐怕我是太過急於說服你，而失去了耐心。我真的很後悔，因為我對你並無惡意；即使你現在帶著這一群無知的暴徒前來，我還是不會怪你的。我怎麼會呢？我們豈不都是中土世界最優秀、最古老與高貴的使者嗎？我們的友誼可以為彼此帶來許多的好處。我們現在攜手，仍然可以完成許多大業，挽救這個脫序的世界。讓我們敞開心胸，不要理會這些下等生物的干擾吧！就讓他們等待我們的決定！為了共同的利益，我願意盡釋前嫌，重新接納你。你願意與我共商大計嗎？你願意上來嗎？」

薩魯曼這最後一搏，幾乎投注了他所有的力量，四周的圍觀者無不動容。但這話施展的魔力完全不同。他們聽見的是一名仁慈的國王正和藹地苦勸他犯錯卻依舊備受敬愛的宰相。但他們卻被關在門外，傾聽跟他們不相干的談話，就像是淘氣的小孩或愚蠢的僕人，在偷聽父母或主人說話，並擔心這件事到底會對他們有什麼影響。這兩個人的確是超凡脫俗，大有智慧。他們肯定會結盟，甘道夫將會走入高塔，在歐散克塔雄偉的廳堂中討論著凡人無法理解的事務。大門將會關上，他們將會被遺棄在門外，等候交辦的工作或是處罰。即使是在希優頓的腦海中，這想法也逐漸成形，讓他開始懷疑：「他會出賣我們，他會拋棄我們一走了之。」

然後，甘道夫笑了。那些幻覺如同一縷清煙般瞬間消失。

「薩魯曼啊！薩魯曼！」甘道夫笑著說：「薩魯曼哪，你這輩子真是選錯了行業。你應該去當國王的弄臣，模仿他的諮詢大臣，相信這樣可以騙到一些東西餬口。哈，還對我來這招！」他停下來，忍住笑喘口氣道：「了解彼此？恐怕我早已超越你的理解範圍了。至於你，薩魯曼，如今我對你可是瞭如指掌。我比你更清楚記得你的論點與你的事蹟。上次我和你見面的時候，你還是魔多魔下的獄卒，我本來會被送到那邊去的。不，那從屋頂逃了出去的客人，下次要從大門進去時會更加小心。不，我想我是不會上去的。不過，聽著，薩魯曼，聽我最後說一次！你願意下來嗎？艾辛格比你期望的與幻想打造的要弱多了。所以，看來是有別的事物讓你堅信不移。暫時將它擱置一旁不好嗎？或許，轉向另一些新的事？薩魯曼，好好想想！你願意下來嗎？」

薩魯曼的臉上掠過一道陰影，然後變得死白。在他來得及隱藏之前，圍觀的眾人都看見了他面具底下的恐懼和遲疑，既不想龜縮在塔中又不敢離開它的保護。他遲疑了一剎那，眾人也跟著屏住呼吸。然後，他開口了，聲音冰冷淒厲；他已經被驕傲和仇恨給征服了。

「我會下來嗎？」他模仿著對方說的話：「手無寸鐵的人會打開門和強盜談判嗎？我在這邊就可以聽清楚你要說什麼。我可不是笨蛋，我也不相信你，甘道夫。他們不在我看得到之處，但我知道那些木頭惡魔們隨時準備等你的號令。」

「狡詐的人本身必定多疑。」甘道夫疲倦地回答：「但你不需要擔心自己的小命。如果你真的了解我，就會知道我既不想殺你，也不想傷害你；只有我有力量保護你。我給你最後一次機會，如果你願意的話，你可以自由地離開歐散克。」

「這聽起來真不錯！」薩魯曼輕蔑地說：「聽起來真像是灰袍甘道夫的說法：那麼包容、那麼體貼。我知道你會喜歡上歐散克塔的，當然，我能夠離開這裡對你來說是更好的。但我為什麼要離開？你所謂的『自由』又是什麼？我想應該有條件吧？」

「離開的原因，你應該自己看得很清楚，」甘道夫回答：「其他的你則可以想得到。你的僕人全都被消滅了，你的鄰居和你反目，你試著想要背叛新主人。當他的眼睛下次轉到這裡來的時候，將會是被怒氣充滿的血紅眼。但是，當我說『自由』的時候，我的意思就是『自由』；你可以不再受到束縛、不再受到牽絆，自由自在地去你想去的地方，甚至是魔多。但你必須要先將歐散克塔的鑰匙和你的手杖交給我。這就當作是你善意的抵押品，稍後會再歸還給你。」

薩魯曼的臉孔因為憤怒而扭曲，眼中閃動著紅光。他狂笑著說：「稍後！」他大喊著，聲音變成嘶吼：「稍後！是啊，我想應該是等到你也拿到巴拉多的鑰匙之後吧！還有七王之冠、五巫之杖，以及比現在偉大多了的稱號。這可真是個謙遜的計畫啊。這裡面根本不需要我的幫助嘛！我還有其他的事情要忙，別傻了！如果你想要把握機會對付我，還是等你清醒一點之後再來吧！帶著這些跟屁蟲到處晃吧！再見！」他轉身離開了陽台。

「回來，薩魯曼！」甘道夫用極富威嚴的聲音說。眾人十分驚訝地發現，薩魯曼竟然真的轉回頭，彷彿被硬拖回來一樣。他靠在欄杆上氣喘吁吁地看著外面。他的臉上遍布皺紋、臉頰凹陷，握住手杖的雙手變得跟爪子一樣猙獰。

「我還沒准你走，」甘道夫嚴厲地說：「我還沒說完。薩魯曼，你變成了一個無知的人，讓人同情。你還有機會改過向善，但你竟然決定留下來，為了自己的錯誤而感到悔恨。那就留下來吧！但我警告你，你要出來就沒有這麼簡單了，除非等到東方的邪惡之手過來抓你。薩魯曼！」他大聲道，聲音充滿了力量與權柄：「看哪！我不再是被你出賣的灰袍甘道夫。我是死而復生的白袍甘道夫。你現在什麼顏色都不是了，我在此剝奪你巫師的身分和參與議會的資格！」

他高舉起手，用清朗冰冷的聲音大聲說道：「薩魯曼，你的手杖將斷折……」喀拉一聲，薩魯曼手中的枴杖斷成兩截，杖頭落在甘道夫的腳下。「去吧！」甘道夫說。薩魯曼慘叫一聲，踉蹌地倒退離開。就在那一刻，塔上丟下來一個沉重的閃亮物體，它撞上鐵欄杆，差點打中甘道夫的腦袋，最後將他所站的地板附近砸凹了一塊。欄杆發出一聲巨響，跟著掉了下來，但那圓球卻毫髮無傷，它一直沿著樓梯往下滾。那是顆黑色的水晶球，球心彷彿著火一般，在它滾到樓梯之外前，皮聘跑去撿起那水晶球。

「該死的傢伙！」伊歐墨大喊，但甘道夫不為所動。「不，這不是薩魯曼丟的，」他說：「我想也不是他授意的。它是從上面更高的一個窗子丟下來的。我猜是巧言先生沒瞄準的臨別禮物。」

「或許瞄得很不準，因為他不知道自己到底是比較恨你，還是比較恨薩魯曼。」亞拉岡說。

「或許是這樣吧。」甘道夫說：「這兩個傢伙彼此作伴的日子不會好過的：他們會彼此猜忌、用話互相攻擊。但這處罰很公正。如果巧言可以活著走出歐散克塔，就算是他賺到了。」

「來，小朋友，讓我拿！我可沒叫你動手啊。」當甘道夫轉身看見皮聘緩慢地爬上階梯，懷中似乎抱著極沉重的東西時，立刻大喊。他走下階梯，匆忙自哈比人手中接下黑球，小心翼翼地包在斗篷中。「交給我來處理。」他說：「我想這可不是薩魯曼會隨便丟棄的東西。」

「不過，他可能還有別的東西可以丟。」金靂說：「如果我們已經辯論完了，最好是先離開他們的射程！」

「已經都說完了。」甘道夫說：「我們走吧。」

他們轉過身，步下歐散克塔的階梯。驃騎們對國王歡呼，對甘道夫敬禮。薩魯曼的魔咒已經破除了：他們清楚看見他聽命前來，又夾著尾巴爬開。

「好啦，都忙完了。」甘道夫說：「現在我得趕快去找樹鬍，告訴他發生了什麼事情。」

「他應該猜得到吧？」梅里說：「難道還會有別種結局嗎？」

「的確不太可能，」甘道夫回答：「但也不是完全的絕望。但我有理由要嘗試，有些是出自慈悲，有些不是。首先，讓薩魯曼暴露出他自己聲音的力量正在減弱，他不可能同時扮演暴君和顧問的角色。當計畫成熟攤開時，秘密就再也不是秘密了。但他卻掉入了陷阱，想當著其他人的面誘騙他的受害者與他和談。然後，我給了他最後一個相當公平的機會，請他放棄魔多和他自己的計畫，並且藉著協助我們來補償這一切。他當然知道我們的需要，他能夠給我們相當大的幫助。但他選擇袖手旁觀，選擇躲在歐散克塔中。他不願意聽從吩咐，只願意下令指揮。如今他只能活在魔多的恐怖陰影下，但他還夢想著可以乘勢而起。真是愚蠢！如果東方的勢力對艾辛格伸出魔爪，他會被活活吞掉。我們無法從外面摧毀歐散克塔，但是索倫——誰知道他能做什麼？」

「但是如果索倫沒有攻下他呢？你會怎麼對付他？」皮聘問道。

「我？什麼也不做！」甘道夫說：「我完全不會對他怎麼樣。我不想要控制任何人。他會怎麼樣呢？我也不知道。我惋惜的是有那麼多好東西被困在塔中腐朽。不過，對我們來說情況還不太壞。命運真是個有趣的東西！仇恨經常會反噬自己。即使我們真的闖進了歐散克塔，恐怕也不會找到什麼寶物比巧言剛丟下來的東西更珍貴的了。」

從上方高處的窗戶中傳來一聲淒厲的尖叫，卻又突然戛然而止。

「看來薩魯曼也是這樣想。」甘道夫說：「我們離開他們吧！」

一行人轉身走向已成廢墟的大門。他們還沒穿過拱門，樹鬍和十多名其他的樹人就從原先站立的石堆陰影中大步走了出來。亞拉岡，金靂和勒苟拉斯驚訝地看著他們。

「這就是我的三位夥伴，樹鬍，」甘道夫說：「我跟你提到過，但你還沒見過他們。」他一一介紹了他們三人。

老樹人仔仔細細地打量每個人，並且逐一和他們談話。最後，他對著勒苟拉斯說：「所以，你是大老遠從幽暗密林來的啊，親愛的精靈？那裡曾是座很大的森林呢！」

「現在也還是。」勒苟拉斯說：「但還沒有大到讓我們會厭煩看見新的樹木。我很想要去看看法貢森林。之前我曾經走入它的邊界，差點就不想離開。」

樹鬍的眼中閃著滿意的光芒：「我希望在不久之後你可以如願以償！」他說。

「如果我能幸運度過大戰的話，我會來的。」勒荀拉斯說：「我已經和朋友達成協議，如果一切順利，我們將在您的允許下前去拜訪法貢森林。」

「任何與你一同前來的精靈，我們都歡迎！」樹鬍說。

「我所說的朋友不是精靈；」勒荀拉斯說：「我指的是葛羅音之子金靂，這位矮人。」金靂深深一鞠躬，但他的斧頭偏偏不巧匡噹一聲掉在地上。

「呼姆，嗯！啊，」樹鬍面露不豫之色看著他。「拿著斧頭的矮人！呼姆！我對精靈很有好感，但你的要求未免過分了些。你們之間的友誼真少見啊！」

「或許很少見，」勒荀拉斯說：「但只要金靂還活著，我就不願孤身進入法貢森林。他的斧頭不是用來砍樹，而是用來砍半獸人脖子的。喔，法貢，法貢森林的主人哪，他在戰場上砍了四十二名半獸人！」

「呼！這聽起來真不錯！」樹鬍說：「那就歡迎你來！好吧好吧，事情還沒發生呢，我們也不需要提早擔心吧。不過，現在我們得先分手了。白晝快過完了，而甘道夫說你們天黑之前就要走，驃騎王也急著要回家了。」

「是的，我們現在就得走了。」甘道夫說：「我很遺憾必須把你們的看門人一起帶走，希望少了他們你們也不會有問題。」

「應該沒什麼問題啦。」樹鬍說：「但我會想念他們的。我們在這麼短的時間內變成了朋友，讓我開始想我一定是變得倉促了——大概是往回長，變年輕啦。不過這也不能怪我，他們可是我好多年以來第一次在太陽或月亮下看到的新鮮事啊。我不會忘記他們的。我已經把他們的名字放進列表中，樹人會記得他們的。

大地生出大樹人，壽命可與山脈齊，
四處漫遊，大口喝水；
哈比孩子們餓得像獵人，
愛笑的小小人！

只要樹葉還會換新，我們就還是朋友。再會了！如果你們在那塊美麗的夏爾聽說了什麼消息，記得告訴我！你們知道我的意思，就是樹妻的蹤影。假如可以的話，最好自己來！」

「我們會的！」梅里和皮聘異口同聲說，然後匆忙地轉身離去。樹鬍看著他們，沉默了片刻，若有所思地搖搖頭。然後，他轉過來面對甘道夫。

「那麼，薩魯曼不願意離開囉？」他說：「我也認為他不會。他腐爛的心地和邪惡的胡恩一樣黑。不過，如果我被打敗，所有的樹木也都被摧毀，那麼只要還有一個小洞可以躲藏，我也不願意出來。」

「是的，」甘道夫說：「但你又沒有計畫想要用大樹征服全世界，奴役所有的生物。也就這樣了吧，我們就讓薩魯曼在這邊療傷止痛，編織仇恨的羅網。歐散克塔的鑰匙在他手中，千萬別讓他逃走。」

「絕對不會！這交給我們樹人就好了。」樹鬍說：「沒有我的同意，薩魯曼絕不可能踏出塔外一步。樹人們會好好看著他的。」

「好極了！」甘道夫說：「這也正是我所希望的。現在我可以減少一個擔憂，轉去想別的事了。不過，你們必須小心。水已經退了，我恐怕守衛的數量無法嚴密地看守這座塔。我認為歐散克塔底下有很深的隧道，不久之後，薩魯曼就會想要利用那些隧道悄悄地來去。如果你們願意的話，我請求你們再度將水導進來，直到艾辛格變成湖泊，或是你們找到地底隧道的出口為止。在你們把所有的地底隧道都淹沒、出口都堵住之後，薩魯曼才會願意乖乖待在樓上，看著窗外的風景。」

「把這些都交給樹人吧！」樹鬍說：「我們會仔仔細細地搜索整座山谷，翻過每顆石頭底部。會有許多樹木回來居住在這裡，老樹、野生的樹。我們會把它們稱作監視森林。就算只是一隻松鼠經過，我也會知道。都交給樹人吧！就算過了七十年、七百年，我們也不會鬆懈的。」

第十一節 真知晶球

當甘道夫及其夥伴，與國王和驃騎們一行人從艾辛格出發的時候，太陽已經落到西邊山脈長長的臂彎後去了。甘道夫背後載著梅里，亞拉岡則載著皮聘。兩名禁衛軍先行出發，急馳而去，偵察前方的山谷中有無異狀。其他人則是好整以暇地隨後而行。

樹人們像一排雕像般肅穆地站在城門前，每個都高舉著雙手，卻是一語不發。當他們在蜿蜒的道路上走了一段距離之後，梅里和皮聘轉頭回望。天空依舊還是亮的，但長長的陰影已經慢慢籠罩了艾辛格，灰敗的廢墟開始沉入黑暗中。樹鬍孤身站在那裡，像一截老樹幹，哈比人不禁憶起在法貢森林邊緣高地上，陽光下的初次會面。

他們來到了白掌之柱。柱子還矗立在該處，但雕刻在上方的白掌已經被丟在地上，打成碎片。在道路中央還躺著一根長長的食指，在暮色中顯得慘白，它紅色的指甲已經變成黑色的了。

「樹人真是鉅細靡遺！」甘道夫說。

他們繼續往前，山谷中的暮色漸漸深濃。

「甘道夫，我們今天晚上會騎很遠的路嗎？」梅里過了一陣子之後問道：「我不知道你對我們這些小跟屁蟲有什麼感覺，但是小跟屁蟲們都覺得很累，暫時不想跟屁，想要躺下來休息。」

「你也聽到啦？」甘道夫說：「別太在意！你應該很高興那些話都不是針對你說的。他的眼睛其實一直盯著你。如果這話能夠安慰一下你的自尊心，我得說，此刻你和皮聘是他腦中最憂慮的兩個人。你們是誰？是怎麼到這邊的？又是為了什麼？你們知道些什麼？你們是否真被俘虜過？果真如此，又是如何在半獸人全部陣亡的狀況下逃出來的？薩魯曼聰明一世的腦袋，全都耗在這些謎團上打轉。梅里雅達克啊，如果你對他的關心感到榮幸，那麼他的一聲嗤笑可就是讚美囉。」

「多謝啦！」梅里說：「不過，甘道夫，能夠跟在你屁股後面到處轉才是真正的榮幸哪。舉例來說，像我坐在這個位置，就有機會可以把問題再重複一次。我們今天晚上會騎很遠的路嗎？」

甘道夫笑了：「真是鍥而不捨的哈比人哪！所有的巫師都該在身邊帶上一兩個哈比人——一方面可以教導他們用詞遣字，一方面還可以糾正他們。真抱歉，但我連這些細節都已經想好了。我們可以輕鬆地騎幾個小時，到了谷口就休息，明天比較需要趕路。」

「當我們來的時候，我們本來想回程直接從艾辛格跨越平原回到國王位在伊多拉斯的宮殿去，這會需要騎上好幾天。但我們仔細考慮過後，更改了這個計畫。我們已經派了信差前去聖盔谷，通報國王明天將會回來。他將從那邊帶領許多人走山路前往登哈洛。從現在開始，不管白天或黑夜，超過三人以上的團體，都當盡量避免公開行走在這片土地上。」

「你要嘛就不說，不然就說上一大堆！」梅里說：「我其實只是擔心今天晚上睡哪裡而已。

聖盔谷和其他那些地方都是什麼樣子？在哪裡啊？我對這個國家可說是一無所知。」

「如果你想要了解發生了什麼事情，那最好趕快學著點。不過，不是現在，也不是找我：我有許多要緊的事情得趕快想。」

「好吧，我會在營火旁邊纏著神行客不放：他比較有耐心。可是，為什麼要這麼隱密呢？我還以為我們贏了這場戰爭呢！」

「是啊，是贏了，但這只是第一場勝利，這場勝利還會為我們帶來更多危險。魔多和艾辛格之間必定有某種聯繫，我還沒有搞清楚。他們到底是怎麼交換情報的呢？我還不知道，但他們彼此之間確有往來。我想魔王之眼一定會更加頻繁地注視巫師谷和洛汗，讓它看見越少越好。」

道路緩緩地沿山谷蜿蜒而去。艾辛河淌流在岩石河床上，時遠時近。夜色從山脈上籠罩下來，所有的迷霧都消散了，只剩下陣陣冷冽的寒風。快要圓的月亮將東方天空灑滿了蒼白的光，他們右方的山脈緩緩沉降成了光禿低矮的山丘，大平原在他們的面前開展。

他們終於停了下來。接著，一行人轉離了大路，再次向長滿青草的高地行去。他們往西走了一哩左右，來到了一處溪谷中。溪谷的開口朝南，背後伸向多爾巴蘭圓形丘的緩坡，多爾巴蘭山是北方山脈最後的分支，山腳十分青翠，山上長滿了石南叢。溪谷兩側雜亂叢生著去年的老蕨類，蕨叢中可見春天新長的捲曲嫩芽正從芬芳的泥地裡破土而出。溪流低矮的兩岸上長著密密的灌木叢，他們在灌木叢下紮營，那大約是午夜前兩小時左右。他們在一株茂密山楂樹下的凹地中升起一堆營火，這棵山楂高大如喬木，雖然經歷了不少歲月，但每根枝幹依舊十分硬朗，枝枒上幾乎都長滿了花苞。

他們安排好了守衛，每一班有兩個人。在大家用過晚餐之後，不當班的人紛紛裹上斗篷或毯子，開始睡覺。哈比人獨自躲在角落，躺在一堆老蕨類植物上。梅里昏昏欲睡，但皮聘卻似乎顯得精神旺盛；他不停地翻來覆去，那些蕨類被壓得發出怪聲。

「怎麼搞的？」梅里問道：「你躺在螞蟻窩上嗎？」

「不是，」皮聘說：「可是我覺得很不舒服，我在想我有多久沒在床上睡過覺了？」

梅里打了個哈欠。「你自己用手算啊！」他說：「你一定知道我們離開羅瑞安有多久了吧。」

「喔，你說那個啊！」皮聘說：「我指的是臥室裡面一張真正的床。」

「好吧，那就是瑞文戴爾囉。」梅里說。「管那麼多幹麼啊，今天晚上我在哪裡都睡得著。」

「梅里，那是你運氣好啊。」皮聘輕聲說，停了好一會兒之後，又說：「載你的是甘道夫。」

「那又怎麼樣？」

「你有沒有從他口中，獲得任何的消息或情報？」

「有，多得很；比平常要多很多。不過，其實你也都聽到了；你就在旁邊，我們又沒有小聲講話。如果他願意載你，你又覺得可以從他口中弄出更多消息，那麼明天可以換你跟他走。」

「真的嗎？太好了！但他的嘴巴還是很緊吧？一點都沒變。」

「沒錯！」梅里稍稍清醒了一些，開始疑惑到底是什麼讓夥伴輾轉反側。「他似乎成長了些。我想，他可以同時更仁慈又更警覺，比以前更快樂又更嚴肅。他變了，但我們還沒有機會看見他到底變了多少。但你想想他對付薩魯曼的最後那一段！別忘了，薩魯曼以前曾是甘道夫的上級長官，他可是議會的議長，管他那是什麼意思。他曾經是白袍薩魯曼。但現在白袍的稱號被甘道夫繼承了。薩魯曼被叫過來就過來，讓人奪走他的手杖，最後也聽話乖乖地離開了！」

「好吧，如果甘道夫真的改變了，那我看他比以前更守口如瓶了。」皮聘爭辯道：「那個──玻璃球；他似乎很高興可以拿到它。他知道或猜測到一些有關它的事情。但他告訴了我們嗎？沒有，一個字也沒說。是我把它撿起來，讓它免於掉進水池裡。來，小朋友，交給我──就這樣而已。不知道那究竟是什麼東西？它感覺起來好沉重啊。」皮聘的聲音越變越低，彷彿在和自己說話。

「喂！」梅里說：「原來你掛心的就是這個東西啊？皮聘老友，別忘記吉爾多所說的話，山姆最愛引用的那句：**不要插手巫師的事務，他們心機深沉，易動怒**。」

「可是，我們過去好幾個月以來的生活，幾乎都和巫師密不可分。」皮聘說：「除了危險共享之外，我也應該有資格得知一些情報吧！我想看看那個水晶球。」

「快去睡覺！」梅里說：「你遲早會知道消息的。親愛的皮聘，在好奇心方面，圖克家的人從來沒勝過烈酒鹿家的人；但是，我請問你，現在時間對嗎？」

「好嘛！我只不過告訴你我想看看那水晶球，應該沒什麼不妥吧？我知道我拿不到它，甘道夫把它抱得死緊，好像母雞孵蛋一樣。但你也只會告訴我**拿不到所以快去睡覺**！這也沒屁用啊！」

「嘖！不然我該說什麼？」梅里說：「我很遺憾，皮聘，但你一定得等到早上了。等吃完早餐之後，我應該也會跟你一樣好奇，我也會盡量幫忙你套巫師的話。但我現在實在撐不住了。我再繼續這樣打哈欠，嘴巴就要裂到耳根子去了。晚安！」

皮聘沒有再說什麼。他躺著不動，但就是睡不著。梅里道過晚安後沒多久就睡著了，所發出的均勻呼吸聲也沒起多大的催眠作用。想看那顆黑球的念頭，似乎隨著四周越來越安靜而變得更加強烈。皮聘再次感受到它在手中的重量，再度看見他注視過片刻的球心深處神秘的紅色光芒。他翻來覆去，嘗試要把思緒轉到別的地方去。

到最後，他實在忍不住了；他爬了起來，看看四周。天氣有點冷，他只能裹緊斗篷。月亮散發著冷白的光芒，籠罩著整個溪谷，灌木叢的影子深黑。四周躺著盡是沉睡的身影。他看不見兩名站哨的人，也許他們上到山丘上去了，或者是隱藏在灌木叢中。皮聘在一種自己也無法理解的意念驅使下，躡手躡腳地走到甘道夫的身邊。他低頭看著對方。巫師似乎睡著了，但他的眼皮並未完全闔上，從長長的睫毛間還可以看到他的眼珠。皮聘慌亂地退後幾步，但看到甘道夫沒有反應之後，哈比人再度從巫師腦袋的後方靠近來。甘道夫裹在毯子裡面，外面再蓋著斗篷；在他身邊，就在他右側與彎起的手臂中間，有一團東西，某種圓圓的物體被包在黑布中；他放在上面的手似乎剛剛才滑到地面上。

皮聘屏住呼吸，一步一步悄悄地靠近。最後，他跪了下來，小心翼翼地伸出手，緩緩將那一團東西拿起：它似乎沒有他原先以為的那麼重。「或許，這只是個包裹吧！」他心裡有一種如釋重負的奇特感覺，但手卻沒有將東西放下來。他抱著那東西發呆了片刻，然後，突然想到了一個點子。他又躡手躡腳地溜走，找到一顆大石頭，再無聲無息走回來。

他很快的將外面的布抽下，將石頭包進去，跪下來將布包放回巫師的手中。這時，他終於有時間仔細打量他發現的東西。就是這個，一顆光滑的水晶圓球，現在看起來一片漆黑，顯得死氣沉沉。皮聘拿起圓球，匆匆用自己的斗篷裹住它，轉過身準備走回自己的床邊。就在那時，甘道夫在沉睡中動了動，嘟噥了幾個字，似乎是種奇怪的語言；然後他伸出手，摸到了布包，接著滿足地嘆口氣，沒有再做出任何動作。

「你這個笨蛋！」皮聘對自己說：「你會惹上大麻煩的，快把它放回去！」但他這才意識到自己兩腿發軟，不敢再回到巫師身邊拿布包。「這次我一定會把他弄醒的，」他想，「最好等我冷靜一些再說。既然這樣，我不如就先看看吧。當然不是在這裡！」他躡手躡腳地走開，在距離自己的小床不遠的地方找了塊岩石坐下來。月亮正從溪谷的邊緣探過頭來。

皮聘伸直兩膝端坐著，水晶球就放在兩膝之間。他彎身低頭看著它，像個飢餓的孩子找了個遠離他人的角落盯著一碗食物一樣。他掀開斗篷，仔細地看著水晶球。在他四周的空氣似乎突然間變得凝重而緊張。起初，水晶球黑得像黑玉一樣，月光反射在它的表面；然後，球心發出了一絲微光，裡面開始動起來，它緊抓住他的視線，讓他無法移開雙眼。很快的，整個球內似乎著了火；球開始旋轉，或者是裡面的光芒在轉動。突然間，光芒熄滅了。他喘著氣掙扎起來，但身體姿勢依舊是彎腰盯著水晶球，雙手抱著不放。他的頭越靠越近，接著變成僵硬得不能動彈；他的嘴唇無聲地移動了片刻。然後，隨著一聲悶喊他整個人往後倒在地上，動也不動。

這喊聲相當淒厲。守夜的人隨即從坡岸上跳下來。全營的人很快都醒了過來。

「原來這位就是小偷啊！」甘道夫說。他匆忙地將斗篷遮住地上的水晶球。「但是你，皮聘！情況恐怕一發不可收拾了！」他跪在皮聘的身邊，這名哈比人僵硬地躺在地上，雙眼圓睜，視而不見地瞪著天空。「這邪術！他對自己，也對我們全體，造成了怎樣的危害？」巫師的神情緊繃而憔悴。

他握住皮聘的手，俯下臉去聽他的呼吸，然後再把手放到他的額頭上。這名哈比人抽搐了一下，終於閉上了眼睛。他大喊出聲，坐了起來，昏亂地瞪視著圍在他四周一張張被月光照得慘白的臉。

「這不是給你的，薩魯曼！」他用尖利的聲音大喊，躲開甘道夫的碰觸。「我會立刻派人過去拿。你明白嗎？就這樣說！」然後他掙扎著想要站起來逃走，但甘道夫溫柔堅定地抱住他。

「皮瑞格林．圖克！」他說：「快醒過來！」

這名哈比人鬆了一口氣，躺了回去，緊抓著巫師的手不放。「甘道夫！」他大喊著：「甘道夫！原諒我！」

「原諒你？」巫師說：「先告訴我你到底做了些什麼！」

「我，我拿了這顆水晶球，而且還往裡面看，」皮聘結結巴巴地說：「我看到了讓我很害怕的東西。然後我想要走，卻走不了。然後他就過來質問我，他看著我，然後，然後，我就只記得這麼多了。」

「這樣不夠。」甘道夫嚴厲地說：「你究竟看到什麼，又說了什麼？」

皮聘閉上眼，忍不住打了個寒顫，但什麼也沒有說。眾人都沉默不語地瞪著他，只有梅里不忍心地別過頭去。但甘道夫的表情依舊不為所動。「快說！」他說。

皮聘遲疑地低聲再度開口了，他的聲音慢慢的變得清晰、有力。「我看見黑色的天空，和很雄偉的堡壘；」他說：「還有小小的星辰。它看起來似乎很遙遠、很古老，但又十分確實與清晰。然後，那些星辰開始忽隱忽現，似乎被什麼有翅膀的東西遮住了。我想那些東西真的很大，但從水晶球裡看過去，像是蝙蝠繞著高塔在飛。我想應該有九隻；有一隻直接朝我飛過來，變得越來越大。它有種恐怖的——不，不行！我說不出口。」

「我以為牠會飛出來，所以試著想要逃開；可是，當牠遮住整個水晶球的時候，就消失了。然後他來了。他沒有開口，因此我沒聽到任何的話。他只是看著我，我就知道他的意思。」

「『你回來了？你為什麼這麼久沒有向我回報？』」

「我沒有回答。他又問：『你是誰？』我依舊沒有回答，可是我覺得好痛苦，他步步進逼，最後我只能說：『我是哈比人。』」

「然後，突然間他似乎看見了我，對我哈哈大笑。那是種殘酷的笑。好像用刀子刺我一樣。我拚命掙扎。但他說：『等等！我們不久之後會再見的。告訴薩魯曼，這珍寶不是給他的。我會立刻派人過去拿。你明白嗎？就這樣告訴他！』」

「然後他幸災樂禍地盯著我，我覺得自己碎成了片片。不，不行！我不能再說了，後來我什麼也不記得了。」

「看著我！」甘道夫說。

皮聘抬起頭來直視著他的眼睛。巫師沉默地瞪視他片刻。然後，他的表情和緩下來，露出似笑非笑的表情。他輕輕地將手放在皮聘的頭上。

「好啦！」他說：「不用再說了！你沒有受傷。你眼中也沒有我所害怕的謊言，但這是因為他沒有和你接觸太久。皮瑞格林．圖克，你是個笨蛋，但至少還是個誠實的笨蛋。更聰明的人或許會在這樣的遭遇中犯下大錯。不過，給我記住！你和所有的朋友都逃過了一劫，這單純只是好運而已。你別指望會發生第二次。如果他當下就質問你，那你肯定會把所有知道的事全部告訴他，讓我們全都身陷險境。但他太急躁了。他不只想要情報，更想要快點得到你，這樣，他才可以在邪黑塔中慢慢對付你。別發抖！如果你想要插手巫師的事務，就必須準備好面對這樣的狀況。來吧！我原諒了你，別擔心了！事情沒有想像中的那麼糟糕。」

他溫柔地抱起皮聘，將他帶回床邊。梅里跟在後面，在他床邊坐下。「皮聘，躺好，盡量試著休息一下！」甘道夫說：「相信我。如果你以後又覺得手癢，可以告訴我！我可以治好這種病。親愛的哈比人，請你記住，不要再把石頭放在我臂彎裡了！來，我讓你們兩個獨處吧。」

甘道夫話一說完，就回到其他人身邊。眾人依舊心事重重地站在歐散克塔的水晶球旁。「在我們最意想不到的夜裡，危險臨到。」他說：「那真是千鈞一髮！」

「皮聘怎麼樣？」亞拉岡問。

「我想應該都沒事了。」甘道夫回答：「他並沒有受到太久的影響，哈比人的恢復力又十分驚人。這個記憶和恐懼感可能很快就會消退的，或許還太快了些。亞拉岡，你願意收下這個歐散克塔的水晶球，好好保管它嗎？這是個危險的任務。」

「確實是危險，但並非對每個人都危險。」亞拉岡說：「有個人擁有正當的繼承權。這一定是伊蘭迪爾寶庫中的真知晶球，是由剛鐸的國王們安置在歐散克塔的。既然我的時機已近，我願意收下它。」

甘道夫看著亞拉岡，接著，在眾人的驚訝中，他掀起蓋布，鞠著躬將晶球獻給亞拉岡。

「請收下，王上！」他說：「這只不過是物歸原主罷了。但請容我進上一言，別使用它——暫時別用！千萬小心！」

「我已經等待、準備了這麼多年，怎麼會急躁輕忽於一時呢？」亞拉岡說。

「這是說不準的，行百里者半九十，許多錯誤常常是在最後犯下的。」甘道夫回答：「至少請你不要大肆宣揚，不只你，還有在座的諸位！尤其不能讓哈比人皮聘知道它在何處。因為它的誘惑或許會再度施展，因為他根本不該去用它，甚至是碰觸。他在艾辛格就不應該碰觸它，我的動作應該更快一些的。但當時我只顧著監視薩魯曼，最後才發現這是什麼。到了現在，我才能夠絕對確定這塊石頭的真正來歷。」

「是的，不會再有疑問了。」亞拉岡說：「至少我們知道艾辛格和魔多之間的聯繫方式了；許多謎團都獲得了解釋。」

「我們的敵人擁有詭異的力量，但同時也有詭異的弱點！」希優頓說：「古諺有云：惡有惡報就是這樣的。」

「這已經證實了許多次。」甘道夫說：「但這次我們的運氣實在太好了。或許這名哈比人替我阻擋了一次極大的危險。我之前本來想親自測試這枚石頭，找出它的用途。如果我這樣做了，我將在他面前揭露了自己。即使這是不可避免的，我也還沒準備好面對這樣的考驗。但就算我擁有力量逃脫，光是被他在時機到來之前發現，就是極大的危險。」

「我想，時機已經到了。」亞拉岡說。

「還沒。」甘道夫說：「他正處在短暫的疑惑中，我們必須好好把握。魔王還以為這枚水晶球是在歐散克塔中，當然了，他沒有理由懷疑。因此，哈比人是被囚在該處，在薩魯曼的逼迫下使用那顆水晶球，是種對他的折磨。魔王的心中此刻將充滿了這哈比人的聲音和影像，並且滿心期待，可能要等一段時間之後才會發現自己的錯誤。我們必須把握這段時間。我們之前已經太鬆懈了，現在必須趕快採取行動。艾辛格的鄰近地帶已經不再適合久留，我會立刻帶著皮瑞格林．圖克往前走。這會比當眾人都睡著後讓他一個人躺在黑暗中要安全多了。」

「我會留下伊歐墨和十名驃騎。」國王說：「他們明天一早就和我一起出發。其他人則可以跟隨亞拉岡，任何時間都可以出發。」

「就照你說的做。」甘道夫說：「但你們必須盡快躲進山脈的掩蔽中，前往聖盔谷！」

就在那一刻，一道陰影籠罩了他們。明亮的月光似乎突然間被遮斷了。幾名驃騎驚呼一聲，抱住腦袋蹲伏在地，彷彿想要躲避天空降下的襲擊：無名的恐懼和死亡的冰冷籠罩了他們。他們驚恐地抬頭仰望，有個巨大的有翼生物飛過月亮，像是塊巨大的烏雲。牠盤旋了片刻，又往北飛去，速度比中土世界上任何的狂風都要快。星辰在牠面前也為之失色。最後，牠消失了。

眾人渾身僵硬地站起來，甘道夫凝視著天空，手臂直直向下垂著，雙手緊握著拳。

「戒靈！」他大喊著：「魔多的信差。風暴將臨了。戒靈已經渡過了大河！快點出發！快！不要等天亮了！趕快上馬，全速進發！」

他立刻一躍而起，邊跑邊召喚著影疾。亞拉岡緊跟在他後面。甘道夫跑向皮聘，一把將他抱起來，說：「這次你和我走！」他說：「影疾將會讓你看看牠的腳程有多快！」然後，他跑向剛才他就寢的地方，影疾已經在該處等候了。巫師背起一小袋行李，跳上馬背。亞拉岡將皮聘裹好毯子和斗篷，抱起來放到甘道夫的臂彎中。

「再會！快點跟上來！」甘道夫大聲說：「出發，影疾！」

駿馬頭一揚，尾巴在月光下甩動著。然後牠就一躍向前，掀起塵土，如同山中吹來的北風般，消失得無影無蹤。

「這還真是一個美麗祥和的夜晚啊！」梅里對亞拉岡說：「有些人的運氣可真好。他睡不著，還想要和甘道夫騎馬遛遛——咻！現在他不是走了！卻沒人主持正義，把他變成石像以儆效尤！」

「如果是你先拿起那水晶球，而不是他，現在又會怎麼樣？」亞拉岡說。「你搞不好會惹上更大的麻煩呢。誰知道呢？現在，你能跟我走搞不好算是走運哩。我們馬上出發。快去準備好，把皮聘留下的東西一起帶走。快點！」

影疾奔馳在平原上，不需要引導也不需要催促。還不到一小時，他們就越過了艾辛河渡口。身後就是騎士的墓塚和那些冰冷的長槍。

皮聘已經慢慢恢復了。他覺得很溫暖，但颳在他臉上的風十分冷冽，也相當提神醒腦。他和甘道夫在一起。水晶球和那遮蔽月亮的黑影所帶來的恐怖正在逐漸消退，那些事都被遺留在山中的迷霧裡或在消逝的噩夢中。他深深吸了一口氣。

「甘道夫，我不知道你不用馬鞍的。」他說：「你沒有馬鞍，也沒有馬嚼！」

「若不是因為影疾，我也不會用精靈的方式騎馬。」甘道夫說：「不過影疾不願意承受任何的鞍具。不是你騎影疾，而是牠載你。當然，得要牠願意才行。除非你自己跳下去，否則牠會讓你一直留在馬背上。」

皮聘問：「牠跑得到底有多快？從風聲感覺起來非常快，但又很平穩。腳步好輕喔！」

「牠現在的速度是世間馬匹的極限了，」甘道夫回答，「但這樣對牠來說還不算快。地形在這裡有些陡，也比河對岸崎嶇。但是你看，白色山脈在星空下靠近的速度有多快！山峰像是黑色的槍尖一樣朝我們逼近。不多久，我們就會來到分岔路口，進入深溪谷，也就是前天晚上的戰場。」

皮聘沉默了片刻。他聽見甘道夫柔聲對自己哼著，用許多語言唱著同樣一首歌，腳下的路飛快的往後逝去。最後，巫師換了一首皮聘聽得懂的歌，在風聲中有幾行字清楚的飄進他耳中：

高大的船和偉壯的王
三王同領九艘船，
是何助其離陸沉，
越海來到這一方？
是七星和七晶石
還有聖白樹相傳。

「甘道夫，你在說些什麼？」皮聘問。

「我剛剛在背誦一些歌謠。」巫師回答，「我想，哈比人對那些他們曾經知道的歌謠，都忘光光了。」

「這可不見得。」皮聘說。「我們也有很多自己的歌謠，或許你不會感興趣。但我從來沒聽過這首歌。這首歌是在說什麼？什麼是七星、七晶石？」

「這是有關於古代的國王和**帕蘭特里**的故事。」甘道夫說。

「那又是什麼東西？」

「帕蘭特里的意思是『可以望遠之物』。歐散克塔的晶球就是其中一個。」

「那麼，它就不是，不是——」皮聘遲疑道：「不是由魔王所打造的囉？」

「不，」甘道夫說。「也不是薩魯曼做的。這超越了他的能力，也超越了索倫的能力。**帕蘭**

特里來自比西方皇族的故鄉更遠的地方，它們來自艾爾達瑪，是諾多精靈所造的。有可能是費諾王子親自打造的，時間久遠到無法用現今的年歲單位來度量。很遺憾，沒有什麼東西是索倫不能夠拿來供作邪惡之用的。唉！薩魯曼也真是不幸！我現在才看出來，這顆真知晶球多半就是他墮落的根源。任何人膽敢使用超乎自己能力的裝置，都會身陷危險。但真正該怪的其實還是自己。愚蠢！竟然將這樣東西密藏起來，希望藉此獲益。他對議會的成員從來沒有提過這樣東西。我們從未想過有任何的**帕蘭特里**躲過了剛鐸古代的大戰。人類幾乎完全忘了它們。在剛鐸，它們甚至是個秘密，只有極少數人知道；在亞爾諾，只在登丹人的歷史歌謠中才有記載。」

「古代的人類拿這個東西來做什麼？」皮聘問，對自己竟然一次獲得了那麼多問題的解答，既興奮又吃驚，不禁好奇這樣的好運究竟會持續多久。

「可以看見遠方，利用思想和對方交談，」甘道夫說。「因此，這些法器才能夠在漫長的歷史中守衛剛鐸，並且讓剛鐸團結在一起。他們將這些真知晶球置放在米那斯雅諾、米那斯伊希爾，以及艾辛格牆內的歐散克塔。統管眾晶石的主晶石被安放在毀滅之前的奧斯吉力亞斯的星辰圓頂下。其餘三枚晶石則安放在遙遠的北方。在愛隆所保存的記載中，據說這些晶石安放在安努米那斯和阿蒙蘇爾，而伊蘭迪爾的晶石則安置在俯瞰盧恩海灣，也就是灰船停泊的米斯龍德港的塔丘上。」

「每枚真知晶球都可以互相回應，但所有位在剛鐸境內的晶石都在奧斯吉力亞斯主晶石的監控下。看來，歐散克塔不只不受歲月的侵蝕，連其中的晶石都存留了下來。但它獨自一枚起不了作用，只能看見遠方的事物和過去的影響。毫無疑問的，這對薩魯曼來說已經非常有用了。但他顯然並不覺得滿足。他越看越遠，直到他的目光來到巴拉多。於是，他在那邊落入了陷阱！」

「誰知道亞爾諾和剛鐸所失落的晶石現在何方？深埋地底還是深沉海底？但至少索倫弄到了一枚，用在他的邪惡大業上。我猜那應該是伊希爾的晶石，因為他在許久之前征服了米那斯伊希爾，並且將該地轉變成邪惡的米那斯魔窟。」

「綜合以上種種推斷，很容易就可猜到四處窺探的薩魯曼在該處被逮並困住了；從那之後，他就受制於遠方的魔王，當說服無用的時候，對方就用恐嚇的方式。聰明反被聰明誤，噬人者遭到了反噬！我真不知道他被迫經常去凝視晶石，接受魔王的指示、監督有多久了，而歐散克的晶石在受制於巴拉多這麼久之後，除非遇到擁有鋼鐵般意志的人，否則這枚晶石都會將凝望之人的心思飛快傳往巴拉多。而它又擁有這麼可怕的吸引力！難道我會沒有感覺嗎？即使是現在，我心裡都必須不斷抵抗挑戰自己意志的慾望，看看我是不是能和魔王的意志相抗，將這枚晶球導向我想看的——望向寬闊大海的彼端，看見美麗提理安城的盛世，看見費諾王子那無法想像的心思與巧手所打造出來的仙境，那時，銀白樹和黃金樹仍然燦爛盛開！」他嘆了一口氣，沉默下來。

「我真希望早點知道所有這些事。」皮聘說：「我當時根本不知道自己在做什麼。」

「喔，不，你知道的。」甘道夫說：「你知道自己正在做錯事，犯愚蠢的錯誤；你也告訴自己了，但你就是不聽。我之前沒有告訴你這些事，是因為在我思索過所有發生了的事之後，才明白過來，這也不過就是我們這一路騎來才理出頭緒的。但是，就算我早點跟你說，也無法降低你的慾望，或讓你更容易抵抗它。正好相反！不，不經一事，不長一智。人要受過教訓才會記得住。」

「你說的沒錯。」皮聘說：「現在，即使七枚晶石都放在我面前，我也只想閉上眼睛，雙手插進口袋裡。」

「很好！」甘道夫說：「這正是我所期望的。」

「但我想要知道——」皮聘又開口道。

「求求你！」甘道夫大喊道：「如果和你分享知識是為了治好你的好奇心，我這輩子恐怕都得和你說不停了。你還想知道什麼？」

「所有星辰和生物的名字，整個中土世界的歷史，以及天外和隔離大海的故事。」皮聘邊笑邊說道：「當然囉！幹麼不問？我一定得把握機會才行！呵呵，其實今晚沒有那麼急啦！此刻我只想知道的是那道黑影。我聽見你大喊『魔多的信差』。那是什麼？它會對艾辛格造成什麼影響？」

「那是名騎在翅膀上的戒靈。」甘道夫說：「它有可能把你抓去邪黑塔。」

「但他不是來找我的，對吧？」皮聘結巴的說：「我是說，它不知道我看了……」

「當然不知道。」甘道夫說：「從巴拉多直飛歐散克塔至少也有六百哩，即使是戒靈也要花上幾個小時才能飛得到。我猜，薩魯曼在派出半獸人之後一定曾經用過這晶石，而他內心的想法都已經在不知不覺中被人所知。那名信差是來搞清楚他到底在做些什麼。在今晚的意外之後，我想，還會有另一名戒靈飛快地趕過來。如此一來，薩魯曼就會自食惡果了。他手中沒有俘虜，又沒有真知晶石可以使用，更無法回應魔王的召喚。索倫將會認為他把俘虜藏起來，並且拒絕使用真知晶石。即使薩魯曼對信差說實話，也完全無濟於事。因為雖然艾辛格已經毀了，他卻依舊安全地躲在歐散克塔中。因此，不管他怎麼做，看起來都會像是一名叛徒。但他卻依然為了避免被視為叛徒而拒絕我們！連我都猜不出來在這狀況下他會怎麼做。我想，只要他還在歐散克塔內，他還是擁有抵抗九騎士的力量。他可能會嘗試著這樣做。他可能會試著困住戒靈，或至少殺死他們所騎乘的坐騎。如果是這樣的話，洛汗國就必須小心看管馬匹了！」

「但我無法預測最後的結果會如何，對我們到底有什麼影響。或許魔王依舊十分困惑，會被對薩魯曼的怒氣給蒙蔽了判斷力。或許他很快就會知道我曾經在那邊，身後還跟著哈比人。甚至還能夠得知伊蘭迪爾的子嗣還活著，就在我身邊。如果巧言沒有被那洛汗國的盔甲所欺瞞過去，他應該還記得亞拉岡的稱號。這才是我擔心的。因此，我們才必須趕快動身。不是為了逃跑，而是為了迎向更大的危險。皮聘，影疾的每一步都讓你更靠近魔影的根據地。」

皮聘一言不發，只是緊緊地裹住斗篷，彷彿突然間感到極度的陰寒。灰色的大地不停地往後掠去。

「你看！」甘道夫說：「西洛汗的山谷就在眼前。我們終於又回到了東去的路上，前方那片陰影就是深溪谷的入口。裡面就是愛加拉隆和閃耀洞穴。不要問我有關那裡的問題，如果你再遇到金靂，去問他；這次你搞不好會獲得超過你所想聽的冗長答案。你這趟恐怕無法親眼欣賞那個地方。它們很快就會被我們拋在背後。」

「我還以為你要去聖盔谷！」皮聘說：「你到底要去哪裡？」

「去米那斯提力斯，我要在戰火包圍那裡之前趕到。」

「喔！那裡有多遠呢？」

「很遠很遠。」甘道夫回答。「大約是希優頓王宮距離這裡的三倍遠；魔多的信差從這裡直飛到希優頓的王宮大概有一百多哩，影疾在地面上得繞更遠的路。不知道牠和魔多的信差究竟誰快？」

「我們要一直騎到天亮，那還有好幾小時。到時候，即使是影疾都必須找個谷地休息。我希望會是伊多拉斯。如果你能睡，就睡吧！你或許可以看見第一線曙光照耀在伊歐家黃金宮殿上的美景。隨後，兩天之後，你就可以看見明多陸因山的紫色陰影和迪耐瑟的白色城牆了。」

「現在，影疾，快跑！雄偉的駿馬啊，用你前所未有的速度奔馳吧！我們現在已經到了你生長的地方，你該知道此地的一草一木。快跑吧！我們的希望緊繫在你的速度上！」

影疾一昂首，大聲嘶鳴，彷彿被號角聲召喚投入戰場一般。然後牠一躍向前，四蹄冒出火花，夜色從牠身旁急馳而去。

皮聘慢慢地陷入了夢中，同時卻有種奇怪的感覺：他和甘道夫像石像一樣僵硬，兩人正坐在一匹作勢欲奔的駿馬雕像上；整個世界則是夾帶著強勁呼嘯的風從馬蹄下滾滾而去。

第四章

第一節 馴服史麥戈

「好啦，主人，我們這次真的無路可走了！」山姆．詹吉說。他垂頭喪氣，垮著肩膀站在佛羅多身邊，瞇著眼睛瞧著面前的景象。

這是他們離開遠征隊的第三天晚上，不過，這也是有些勉強的推算，自從他們在愛明莫爾光禿崎嶇的岩石地形中跋涉以來，幾乎完全忘了時間的計算。他們有時會遇上死路，必須折回，有時則發現自己在花了幾小時後竟繞回了原地。但是，基本上他們還是在穩定地向東前進，盡可能找到路朝這彎曲怪異的山脈的外緣走。但每一次，他們都發現山脈的最外緣是無法下去的斷崖絕壁，陰沉俯瞰著底下的平原；越過這崎嶇的山脊後，前方是一片青黑腐爛的沼澤，那裡顯然鳥獸絕跡，看不見一樣會動的活物。

哈比人此時站在一座高聳、光禿荒涼的懸崖邊緣，懸崖底下被包圍在迷霧中；在他們背後是參差起伏的高地，籠罩在飄動的雲霧間。一股寒風從東方颳來。夜色已經漸漸聚攏在他們前方那片形狀醜陋的大地上；那裡原先看來一片噁心的綠色，現在淡褪成一種陰鬱的褐色。右方極遠處的安都因河，白天在太陽底下不時閃爍著光芒，現在則隱沒在幽暗的暮色中。但他們的目光並未越過大河回望剛鐸，回望他們的朋友和人類的土地。他們凝望的是南方和東方，那裡有一道黑線懸在夜幕的邊緣，彷佛是靜止不動的黑煙構成的遙遠山脈。在極遠處的地平線上，不時會竄起一小點閃爍的紅光。

「這真是矛盾哪！」山姆說：「這世界上只有一個我們聽過，但又絕不想要靠近的地方，現在我們偏偏朝著那個方向走！而且我們竟然還沒辦法走過去，看來我們是走錯方向了。我們沒辦法從懸崖上下去；就算下去了，我敢打賭，我們也將面對那整片噁心的綠沼澤。呸！你聞得到嗎？」他迎著風嗅了嗅。

「是的，我聞得到。」佛羅多說，但他依舊站著不動，雙眼仍然定定瞪視著遠方黑暗天際線上的那點閃爍火焰。「魔多！」他低聲喃喃道：「如果我必須去那邊，我希望這旅程可以盡快結束！」他打了個寒顫。晚風不只寒冷，更夾雜著濃重的腐敗味道。「好吧，」他最後終於將目光移開，說：「不管有沒有路，我們都不能在這裡過夜，必須找個比較有掩蔽的地方歇腳，再熬過一夜；或許明天可以找到別的路。」

「或許後天、大後天、大大後天……」山姆咕噥著：「或許永遠不會。我們可能根本走錯路了！」

「我也不確定；」佛羅多說：「我想，我命中注定要去那黑暗之地，因此我們一定能夠找到路。但這路對我是福是禍呢？我們唯一的希望就是速度。拖延就是落入了魔王的掌心——而我現在被困在這裡，正在拖延。難道是邪黑塔中的意志在操縱我們嗎？所有我的抉擇都出了錯。我應該早點離開遠征隊，從北方由大河與愛明莫爾的東邊下來，越過戰爭平原來到魔多的門前。但現在光靠你我兩人，實在沒辦法找到回頭的路，而半獸人又在東岸出沒；日子每過一天，我們就喪失一天寶貴的時間。山姆，我已經累了，我不知道還能怎麼辦。我們還有什麼吃的？」

「只剩這些，佛羅多先生，你稱為蘭巴斯的東西。數量還很多，總比沒有好。當我第一次吃到這美味時，我從沒想過自己竟然會膩，會想要換口味。但我現在真的好膩了，一塊白麵包，一杯——唉，半杯啤酒就好了。我從營地背了我一大堆炊具過來，又有什麼用？先是沒東西生火，再來是沒東西可煮，連根草都沒有！」

他們轉離了懸崖，走下到一個滿是岩石的窪地。西沉的太陽被雲遮住，夜色飛快地降臨。他們在寒冷中縮在一個飽經風霜大石底下的凹口，在滿是稜角的碎石地上輾轉反側，試著盡量入睡，這裡至少可以擋住寒冷的東風。

「佛羅多先生，你有沒有再看見它們？」山姆問。他們渾身冰冷僵硬地坐在凹槽中，在寒冷灰暗的清晨中嚼著乾糧。

「沒有。」佛羅多說：「我已經有兩個晚上什麼也沒看見，什麼也沒聽見了。」

「我也沒有。」山姆說：「呼！那雙眼睛真的讓我害怕得難以形容！或許我們終於擺脫他了。咕魯！哼！如果我有機會抓到他，一定掐得他咕魯咕魯叫不停！」

「我希望你永遠不需要這樣做。」佛羅多說：「我不知道他是怎麼跟蹤我們的，但也有可能像你說的一樣，他或許又跟丟了。在這乾枯荒涼的大地上，我們根本無法留下什麼腳印，也沒有什麼味道可以讓他的鼻子聞。」

「我希望真的是這樣。」山姆說：「我很希望能永遠擺脫他！」

「我也是，」佛羅多說：「但他不是我主要的問題。我希望我們可以離開這塊丘陵地！我討厭這個地方。在這東邊我覺得暴露無遺，一點掩護也沒有，在我和那塊黑暗之地中間，除了那塊死寂的平原，什麼也沒有，而魔眼還在那邊虎視眈眈。來吧！今天無論如何都得找到下去的路。」

然而，時間慢慢地流逝，當下午都快過完時，他們還在山丘邊緣上下攀爬，找不到離開的路。

有時候，在這塊荒地的死寂中，他們會幻想自己聽見身後傳來微弱的聲音，可能是有塊石頭掉落，或是想像有腳步輕踩在岩石上。但是，如果他們停下來，仔細地側耳傾聽，就什麼都聽不見了，只剩下風吹過岩石間的微弱嘆息——即使如此，也讓他們聯想到從尖利的牙齒間呼出的嘶嘶聲。

他們這一整天都艱難地往前跋涉，愛明莫爾的外緣卻逐漸往北延伸。在高地的邊緣有一片風化剝蝕的大平石，上面來回滿布著溝壑，形成懸崖表面一道道陡峭的切痕。為了要在這些越來越深也越密的深溝間找到一條出路，佛羅多和山姆被迫偏往左邊走，逐漸遠離了高地的邊緣。他們並未察覺自己已經走了好幾哩的路是逐漸下傾的地勢，懸崖頂是慢慢朝低地下降了。

終於，他們必須停下來。眼前的山脊猛地往北轉，並且被一道深溝給切開；深溝對面的地勢又是往上陡升：一堵巨大、灰色的峭壁就聳立在他們前方，彷彿是由刀子劈出來的一般。眼前他們是無法繼續前進了，他們現在必須轉向西或是轉向東。但如果往西走，只會讓他們面對更多的艱苦跋涉和遲延，會讓他們走回群山之間；往東方則只能走到懸崖的邊緣。

「山姆，我們別無選擇，只能爬下深溝去，」佛羅多說：「看看它會把我們領到哪裡吧！」

「我敢打賭，一定是道要命的斷崖。」山姆說。

這深溝比看起來的要高、要深很多。他們往下爬了不遠，發現了幾叢糾結乾癟的樹，這是他們多日以來第一次看到的大型植物，大部分是扭曲的樺樹，中間也夾雜著幾株杉樹；許多樹已經枯死了，被冷冽的東風剝蝕得只剩下樹心。在天候比較好的時節裡，這裡必定曾是一處生有叢叢茂盛植物的深溝，但是現在，在五十多碼之後就沒樹了，四周又是一片荒蕪，只有一些斷裂的老樹樁掙扎著聳立在山崖的邊緣。這道深溝底部緊挨著一條岩石斷層的邊緣，布滿了粗糙的破碎石塊，十分陡峭地往下降。當兩人好不容易走到深溝的盡頭，佛羅多俯身往外探看。

「你看！」他說：「我們一定在不知不覺中，已經往下走了很長一段路，再不就是懸崖本身變矮了。這裡比之前要低多了，看起來也滿容易下去。」

山姆在他旁邊單膝跪地，不情願地探頭往下看。然後他又抬頭看看左邊那直入雲霄的峭壁。

「是簡單多了啊！」他嘟噥著：「好吧！我想往下永遠都會比往上要容易。不會飛，總會跳吧！」

「恐怕還真有你跳的！」佛羅多說：「我看看，高度大概有——」他目測了一下到底的高度。「我看，最多三十六呎，不算太高啦。」

「這就夠了！」山姆說：「喔！媽呀！我最恨從高處往下看了！可是，光看總比爬要好。」

「都一樣啦，」佛羅多說：「我想我們可以從這邊爬下去，不試試看不行。你看，這裡的岩石和幾哩之前差異很大，這裡崩塌了很多次，有很多落腳的地方。」

的確，外側的崖壁在此不再那麼險峻陡峭，而是變成稍稍有些往外傾斜的斜坡，看起來像是地基遭到移位的巨大海堤，整個輪廓與走向都變形扭曲，使得坡面上留下寬大的裂縫和長而傾斜的邊緣，在好些地方看起來幾乎像是寬闊的階梯。

「如果我們想要試著爬下去，最好趕快一點；今天天黑得早，我猜是暴風雨要來了！」

東邊煙霧迷濛的山脈，現在已經隱沒在朝西邊圍攏過來的更深的黑暗裡。開始颳起的風中傳來了遠方的陣陣悶雷聲。佛羅多嗅著空氣，神情疑慮地望著天空。他把腰帶繞到斗篷外綁緊，將不重的背包背好，然後走到懸崖邊。「我來試試。」他說。

「好吧！」山姆悶悶不樂道：「還是讓我先下去好了！」

「你？」佛羅多說：「什麼讓你改變主意了？」

「我沒有改變主意，這只是有常識的做法：讓最有可能失手的人先下懸崖。我可不想跌在你身上把你給一起撞下去，沒必要一人失足卻跌死兩個。」

在佛羅多來得及阻止他之前，他就坐了下來，將小腳伸到懸崖外，然後轉過身，用腳尖試圖找到落腳的地方。他這輩子不知道有沒有做過比這更冷血大膽，或更愚蠢的事情。

「不，不！山姆，你這個傢伙！」佛羅多說：「你連看都不看就爬下去，一定會害死自己的！快回來！」他抓住山姆的手臂，一把將他拉回來。「來，先等一下，要有耐心！」他說。然後，他趴在地上，伸出頭去看著懸崖下方；可是，雖然太陽還沒下山，天卻暗得很快。「我想我們應該可以爬得下去。」他仔細觀察之後說：「至少我可以，而你，如果保持冷靜，照著我說的做，應該也沒有問題。」

「我可不知道你怎麼能夠這麼確定，」山姆說：「你看！在這種亮度之下，我們甚至不能夠看到懸崖底，萬一最後你連踏腳的地方都沒有，要怎麼辦？」

「我想，那就爬回來吧。」佛羅多說。

「說起來可簡單。」山姆抗議道：「最好等到早上，天比較亮一點再爬。」

「不，只要還有機會我就不願意耽延。」佛羅多突如其來，帶著怒氣說：「我不願意浪費每一分每一秒。我一定要試著離開這個地方。在我沒回來或沒叫你之前，不要輕舉妄動！」

他以手指抓住懸崖的邊緣，緩緩地讓身體下降，直到手臂快伸長到極限時，腳尖正好觸到了一塊凸出的地方。「第一步沒問題！」他說：「這塊凸出的部分往右延伸，我可以鬆開手站在這裡。我要——」他的話聲被截斷了。

黑暗頃刻間從東方襲來，吞沒了整個天空。頭頂上傳來了旱雷的聲音，撕裂天際的閃電直擊在山丘中。緊接而來的是一陣狂風，呼號的風聲中夾雜了一聲淒厲的尖叫。許久以前，當他們逃離哈比屯的時候，在沼澤地就聽過這樣的叫聲；即使當時他們還身在哈比屯的森林中，這聲音也讓他們的血液為之凍結。在這寸草不生的荒地中，這叫聲的效果更加駭人；它像恐懼與絕望所凝成的冰冷刀刃，惡狠狠地插入兩人的胸口，讓他們無法呼吸。山姆立刻趴倒在地。佛羅多不由自主地鬆手去遮住耳朵和腦袋。他搖晃了幾下，腳底一滑，慘叫一聲跌了下去。

山姆聽見這聲音，立刻使出渾身力量拚命爬到崖邊。「主人，主人！」他大喊著：「主人！」

沒有回答。他發現自己渾身打顫，於是深吸一口氣，再度大喊道：「主人！」狂風似乎將他的聲音塞回喉嚨中，但在風聲過去之後，一聲微弱的叫喊傳進他耳裡：

「沒事，沒事！我在這裡，可是我什麼都看不見。」

佛羅多的聲音很微弱。事實上他離山姆並不遠。他剛剛只是滑了一跤，並未摔落懸崖，而且在往下滑了幾碼之後便踏到另一塊凸出之處。幸好這處崖壁是向內傾斜的，狂風將他吹得結結實實地貼在崖壁上，因此他才沒有跌下去。他穩住了身形，將臉貼在冰冷的石頭上，感覺著自己的心跳。但不知是由於黑暗太過濃密，還是他失去了視力，他眼前只見一片漆黑。他懷疑自己不知是否撞瞎了，於是深吸一口氣，想鎮靜下來。

「快回來！快回來！」他聽見山姆的聲音穿透這一片黑暗。

「沒辦法，」他說：「我看不見，也找不到可以抓住的地方，我還不能夠動。」

「佛羅多先生，我能怎麼辦？我能怎麼做？」山姆不顧安全地把整個上半身都伸出懸崖外。為什麼主人看不見？天色很昏暗，但也沒有黑到會什麼都看不見。他可以看見底下佛羅多的灰色身影趴在山壁上，但距離卻又遠到無法伸出援手。

又是一陣雷聲，大雨降了下來。混雜著冰雹的雨幕往山崖撲來，帶著刺骨的冰寒。

「我要下來了，」山姆大喊著，不過他卻一時之間，也想不出來下來有什麼用。

「不，不行！等等！」佛羅多的聲音現在有力多了。「我應該很快就會恢復，我已經感覺好多了。等等！沒有繩子你千萬不要輕舉妄動。」

「繩子！」山姆一興奮就忍不住自言自語起來：「我真是笨到該用繩子把自己吊起來！山姆．詹吉啊，你真是腦袋裝漿糊，老爹常跟你這樣說，果然是沒錯。繩子！」

「別再囉唆了！」佛羅多已經恢復到可以感覺到好氣又好笑的情緒了。「別管你老爹怎麼說啦！你的意思是你口袋裡就有繩子嗎？如果是的話，還不快拿出來！」

「沒錯，佛羅多先生，都在我包包裡面。我背著它跑了幾百哩，到要用的時候卻忘得一乾二淨！」

「那還不快點把繩子垂下來！」

山姆飛快地脫下背包，在裡面翻來翻去。在袋底的確有一綑羅瑞安的精靈所鞣製的灰絲繩索，他把一端丟給主人。佛羅多眼前的黑暗似乎離去了，或者是他恢復了視力。他可以看見有條灰色的繩子垂降下來，他認為這繩子有種微弱的銀色光輝。現在，在黑暗中他的眼睛終於有一個可以聚焦的東西了，這讓他覺得不再那麼昏眩。他探身向前，將繩子緊緊地綁在腰上，然後用兩隻手抓住繩子。

山姆後退幾步，將雙腳抵在離懸崖邊幾碼遠的一個樹樁上來施力。如此半拉半爬，佛羅多終於回到崖頂，整個人趴在地上。

閃電雷聲在遠方不停地閃爍咆哮，雨勢依舊很大。哈比人再度爬回深溝中，但那裡也找不到什麼遮蔽的地方。雨水匯成的一道道水流開始流進溝中，很快就匯聚成山洪在石塊上沖激飛濺，然後從懸崖上沖下去，像是一個巨大屋頂上排下的水一樣。

「我如果還待在那邊，現在不是被水淹得半死，就是被沖到崖底去了。」佛羅多說：「幸虧你身上有繩子！」

「如果我能早點想到就更好了！」山姆說：「或許你還記得，我們離開精靈的家鄉時，他們把繩子放到我們船上。我很喜歡那些繩子的做工，因此悄悄藏了一段在背包裡。感覺起來好像是好多年前的事情了。『這會幫上很多忙的。』哈爾達還是哪位精靈這樣說，他說的果然沒錯！」

「真可惜我沒想到多帶一段來，」佛羅多說：「但我離開遠征隊時既倉促又混亂，哪還想得到這些。如果我們有足夠的繩子，就可以用來爬下懸崖。不知道你的繩子有多長？」

山姆小心翼翼地用手臂來測量，「五、十、二十、三十個手臂長左右。」他說。

「誰想得到竟然有這麼長！」佛羅多吃驚地說。

「啊！誰想得呢？」山姆說：「精靈真是神奇的種族。繩子看起來很細，其實很強韌，摸起來像牛奶一般柔滑，收起來體積也很小，又輕如羽毛。他們真是個神奇的種族！」

「三十個手臂長！」佛羅多在腦海中估算著。「我想應該夠了。如果暴雨在午夜之前結束，我要再試試看。」

「雨勢已經開始在減小了，」山姆說：「可是，佛羅多先生，千萬不要在微弱的光線裡冒險了！即使你已經不在乎那風中的叫聲，我還很擔心呢。聽起來像是黑騎士，只不過是空中傳來的，彷彿他們學會了飛行一樣。我想我們最好等天亮。」

「我則覺得，若非絕對必要，我不想再耽擱分秒卡在這懸崖邊，讓黑暗國度的眼睛越過沼澤監視我們。」佛羅多說。

他一說完，就站起來又走到深溝底端。他探頭往外看去，東方的天色又再度澄清起來，風暴的外緣已經開始瓦解，主要的雨雲已將它巨大的翅膀籠罩在愛明莫爾上空，索倫黑暗的心思在烏雲上籠罩了一陣子。於是烏雲轉了個方向，將冰雹和閃電擊打在安都因河谷上，並且將陰影籠罩在米那斯提力斯上，彷佛帶來了開戰的威脅。然後，烏雲在山脈上降低雲頭，聚集它巨大的雲峰，緩緩移動到剛鐸和洛汗國的邊界；正往西方前進的驃騎們，正好看見如山般的烏雲跟在太陽之後移動。不過，在這塊荒涼的山地與冒臭氣的沼澤上方，湛藍色的天空又再度開啟，幾顆黯淡的星斗出現在天空中，彷佛新月之上的蒼穹開了幾個小口一般。

「能夠再度看清楚眼前的景象真好！」佛羅多深吸一口氣說：「你知道嗎，我之前以為自己瞎掉了！多半是由於那閃電或是什麼邪惡的力量。我什麼都看不見，完全看不見，直到那繩子垂降下來，繩子似乎在黑暗中發出了銀光。」

「它在黑暗中看起來的確是銀色的。」山姆說：「我之前從來沒有注意過，不過，自從我將它收起來之後，也沒把它再拿出來過。佛羅多先生，如果你這麼堅持要爬下去，要怎麼利用這繩子？三十個手臂長，大概就是三十六呎左右，跟你估計懸崖的高度幾乎一樣。」

佛羅多沉思了片刻。「山姆，把它綁緊在樹樁上！」他說：「這次我想你可以如願先下去了。我來把你放下去，你只需要用手腳蹬著石壁就好了。不過，如果你可以在中途找到凸出的岩石站一會兒，讓我休息一下也是很好的。當你下去之後，我會跟著下來，我覺得自己已經恢復正常了。」

「好吧，」山姆語氣沉重地說：「如果別無選擇，那我們還是趕快完成吧！」他拿起繩子，將它緊緊地綁在最靠近崖邊的樹樁上，另外一端則是綁在自己的腰上。他不情願地轉過身，準備再度攀下懸崖。

事實上，事情並沒有如他預期的那麼糟糕。儘管當他從兩腳間往下看的時候，還是好幾次忍不住閉上眼睛，但這繩子似乎給了他信心。途中有段相當危險的地方，山壁光滑陡峭又往內凹，完全沒有落腳的地方，他腳一滑，只靠著繩子懸空晃蕩。但佛羅多依舊穩定、持續地將他往下放，最後這段旅程終於結束了。他最害怕的是在他離地還很高時繩子就用完了；不過，當山姆踩到地面時，佛羅多手上還有好長一截繩子。他對著頭上大喊：「我到了！」雖然他的聲音清楚從底下傳來，但佛羅多看不見他，他的灰色斗篷已經將他融入暮色中了。

佛羅多則花了更多時間才下來。他將繩子綁在腰上，確定綁緊了，他將繩子縮短一些，好讓自己在未達地面之前能被繩子拉住，避免失手時跌落摔死，他對這條細細的灰繩子不像山姆那麼有信心。同樣的，他在途中兩處地方都必須完全倚靠它：一處是岩壁光滑到連哈比人強韌的手指都無處可抓，一處是可落腳的支撐點實在太遠。幸好，他還是安全地下來了。

「好啦！」他大喊著：「我們做到了！我們終於逃出了愛明莫爾！接下來會怎麼樣？或許我們不久之後，又要開始抱怨腳底石頭太硬了。」

但山姆並沒有回答，他正仰頭看著懸崖。「要命！」他說：「豬腦袋！我的好繩子！它綁在樹樁上，我們人在底下，正好留給那個臭咕魯一條階梯。乾脆留下個路標告訴他我們去哪裡好了！對他來說一定很簡單。」

「如果你能想出一個兩全其美的辦法，讓我們可以用繩子下來，又可以同時把它一起帶下來，那我就接收豬腦袋這綽號，或是你老爹給你的任何稱呼。」佛羅多說：「如果你真的想的話，那可以爬回去，解下繩子，再跳下來啊！」

山姆搔搔頭。「抱歉，我實在想不出辦法來。」他說：「可是我真的不喜歡把繩子留在這邊。」他抓著繩子的這端，輕輕地搖一搖，說：「要和從精靈國度帶出來的東西分別，實在讓我難過。或許這是凱蘭崔爾自己親手做的呢。凱蘭崔爾……」他喃喃自語道，難過地垂下頭。然後他抬起頭來，用力拉了繩子最後一下，彷彿向它道別。

讓兩名哈比人大吃一驚的是，繩子鬆脫下來了。山姆仰跌在地，那條長長的灰繩子也無聲無息地從天上掉下，落在他身上。佛羅多笑著問：「這繩子是誰綁的啊？」他說：「幸好它在關鍵時刻沒鬆開！我全身的重量都倚靠在你綁的結上哪！」

山姆沒有笑：「佛羅多先生，或許我不擅長爬山，」他用自尊受傷的語氣說：「但我對繩子和打結可是很擅長，你可以說這是我們家族的遺傳。我爺爺和大伯安迪，一年都會表演幾次走繩索呢。我剛才在樹樁上綁的繩結跟任何人綁的一樣緊，不管是在夏爾還是在其他地方。」

「那麼，我猜繩子一定是斷了——被懸崖邊緣給磨斷的。」佛羅多說。

「我打賭它沒有！」山姆用更受傷的語氣說。他彎下腰檢查著繩子的兩端。「真的沒有。你看，連一點痕跡都沒有！」

「那恐怕還是得怪你的打結技術了。」佛羅多說。

山姆搖搖頭，沒有回答。他若有所思地撫摸著繩子。「佛羅多先生，你要怎麼想都隨便你，」他最後終於說：「但我認為這繩子是在我呼喚之後，自己掉下來的。」他愛惜地將繩子捲起，放回背包中。

「它的確是掉下來了，」佛羅多說：「這才是最重要的事情。不過，現在我們得想想接下來該怎麼辦，天馬上就要黑了。你看，月亮和星星看起來多漂亮啊！」

「它們真的讓人心情一振，對吧？」山姆抬起頭來說：「不知為何，我覺得它們很有精靈的味道。月亮也快圓了。在這種多雲的天氣裡，我們已經有好幾天沒有看到月亮，他越來越亮了。」

「沒錯，」佛羅多說：「但距離滿月還有好幾天。我想，在這樣的月色下，我們最好還是不要踏上沼澤地。」

在夜色的第一道陰影之下，兩人展開了第二階段的旅程。走了一陣子之後，山姆轉回頭看著他們經過的道路。深溝的出口看起來像是懸崖上的一道缺口。「幸好我們有繩子。」他說：「這下我們可給那個攔路強盜留下了一個謎團。這次他可以用那雙臭腳在懸崖上好好玩玩了！」

他們小心翼翼地在亂石和粗礫之間找路離開崖邊，由於大雨，這地變得十分濕滑。這裡的地形依舊相當陡峭，他們沒走多遠，就遇到了一個突然出現在他們面前的深溝。它不是很寬，但是在這種微弱的光線下要跳過去實在太危險了。兩人覺得可以聽見溝底傳來水流的聲音。這條深溝在他們左邊蜿蜒向北彎回山裡去，擋住了兩人往這方向去的道路，至少在這黑暗中他們不可能朝這個方向走。

「我想我們最好回頭沿著山崖往南邊走，」山姆說：「或許我們可以找到一個遮風避雨的洞穴。」

「我也這麼想。」佛羅多說：「我已經累了，不管我有多討厭拖延，今晚實在沒有多少力氣可以在這些岩石間攀爬了。我真希望我們眼前有條清清楚楚的大路，這樣一來，我就可以走到腿快斷掉再休息。」

他們發覺，在愛明莫爾崎嶇破碎的山腳下跋涉並不輕鬆，而山姆也沒有找到什麼可以遮風避雨的凹洞，只有光禿禿的石坡被罩在懸崖陰影下，他們越往回走，它就顯得越高越陡。到了最後，他們筋疲力竭地癱倒在一塊靠近懸崖的大石底下。他們癱坐了一會兒，在寒冷的黑夜中可憐兮兮地縮在一起，努力地和不停襲來的睡意搏鬥，但眼皮卻越來越重。月亮此時已經升到半空，發出清澈的光芒。微白的光照亮了岩壁的表面與陰沉寒冷的峭壁，將整塊黑暗的大地轉變成一片森冷的灰白色，當中還分布著一道道的黑色陰影。

「好吧！」佛羅多站了起來，把斗篷裹得更緊一些。「山姆，你蓋我的毯子睡一會兒吧。我先走走，負責守夜。」突然間他身子一僵，隨即彎腰抓住山姆的手臂。「那是什麼？」他低語道：「你看懸崖上那是什麼東西！」

山姆的視線移過去，同時猛吸了一口氣。「嘖！」他說：「就是他，那個死咕魯！要命！我還以為這次可把他困住了！結果你看看！他竟然像醜惡的蜘蛛一樣爬下來。」

在蒼白月光的照耀下，顯得幾乎直上直下的光滑懸崖上，有一個黑色的小身影正伸長了細瘦的四肢往下爬。或許他柔軟如觸鬚一般的手腳，可以找到哈比人看不見也無法利用的縫隙和落腳處，但從遠處看去，他似乎是靠著手腳上的吸盤在山壁上前進的，好像某種蜥蜴或是昆蟲一樣。而且，他還是頭朝下的往下爬，彷彿在嗅聞著路前進。他不時會緩緩地抬起頭，轉動細長的脖子往回望；此時，哈比人就會瞥見兩個閃著蒼白光芒的小光點，他那雙眼睛朝著月亮眨啊眨的，接著又閉了起來。

「你想他看得見我們嗎？」山姆說。

「我不確定，」佛羅多低聲說：「我想應該看不到，即使是同伴都很難清楚看見這些精靈的斗篷。幾步之外我就看不清楚你的身影了。而且，我也聽說他不喜歡太陽和月亮。」

「那他又為什麼會朝這個方向爬？」山姆問。

「山姆，小聲一點！」佛羅多警告道：「或許他聞得到我們的味道。而且，我相信他的聽力跟精靈一樣敏銳。我想他現在多半已經聽到了什麼聲音，可能就是我們談話的聲音。我們剛剛在那邊不是大喊大叫的嗎？而且，我們在不到一兩分鐘之前，說話都還是太大聲了些。」

「好吧，總之我已經厭倦這傢伙的緊追不捨。」山姆說：「他實在太黏人了，這次如果有機會，我要跟他好好談談，我認為這次可不能讓他再逃跑了。」山姆戴上兜帽遮好頭臉，無聲無息地朝向懸崖邊移動。

「小心點！」佛羅多壓低嗓音，跟在後面說道：「別驚動他！他可是比外表看起來要危險多了。」

那個黑影這時已經爬了四分之三的路，離地面只有不到五十呎的距離。兩名哈比人埋伏在一顆大石旁，動也不動地觀察著他。他似乎遇到了一段難以落腳的道路，或是遭遇到了什麼困難的抉擇。兩人可以聽見他嗅聞著，還不時夾雜著聽起來像是詛咒的嘶嘶聲。他抬起頭，佛羅多和山姆覺得似乎聽見他吐痰的聲音，然後他又繼續往下移動。現在他們已經能聽見他那沙啞細碎的聲音了。

「啊，嘶！小心，我的寶貝！欲速則不達。我們可不能拿脖子冒險，對吧，寶貝？當然了，寶貝——咕魯！」他又抬起頭，對著月亮眨眼，接著又很快閉上眼。「我們討厭這東西！」他嘶聲說：「可惡、討厭的銀光——嘶——它監視我們，寶貝，它還弄痛我們的眼睛。」

他越來越靠近地面，嘶嘶聲就越清楚尖銳。「我的寶貝，我的寶貝，它在哪裡？它在哪裡？這是我們的，是我們的，我們想要它。這些小偷，這些小偷，這些可惡的臭小偷！他們把我的寶貝帶到哪裡去了？詛咒他們！我們恨他們。」

「聽起來他好像不知道我們在這邊，對吧？」山姆低語道。「他的寶貝是什麼？難道是——」

「噓！」佛羅多壓低聲音說：「他已經很靠近了，會聽見我們所有聲音。」

的確，咕魯那時突然停了下來，他連在細長脖子上的大腦袋四下轉動著，彷彿正在傾聽什麼。他蒼白的眼睛半睜了開來。山姆壓抑住自己，只是手指忍不住絞扭在一起。他充滿了憤怒和厭惡的雙眼，正緊緊盯在那個變形的生物身上，看著他再度開始移動，再度自言自語。

最後，他到了距離地面不過十幾呎的地方，就在兩人的頭上。從那邊開始懸崖陡峭又往內凹，連咕魯都找不到任何手腳可以著力的縫隙。他似乎想要扭轉過身體，準備用腳先下去。就在此時，他尖叫一聲突然跌落下來，同時，他捲起手臂和腳將身體團團包住，就像是絲線突然斷裂而往下掉的蜘蛛一樣。

山姆閃電般衝出躲藏處，三步併做兩步衝到懸崖邊，在咕魯來得及站起來之前，他就已經撲了上去。但他驚訝地發現，咕魯即使剛從懸崖上落下來，還來不及做任何防備，也比他預料的難纏多了。在山姆來得及抓住他之前，一雙長手和長腳已經緊緊纏住了他，柔軟但極為有力，像繩索般慢慢地收緊，兩隻黏黏的手爪則摸索著伸向他的咽喉。接著，銳利的牙齒咬入了他的肩膀。山姆唯一能做的，就是用力把他堅硬的圓腦袋撞上咕魯的臉。咕魯發出嘶嘶聲，唾沫亂噴，但是沒有放手。

如果山姆只有一個人，可能就會遭遇到難以想像的厄運。但佛羅多迅速地撲上來，將刺針拔出鞘。他用左手拉住咕魯稀疏的頭髮，讓他不由自主地往後仰，露出長長的脖子，強迫他那雙惡毒的眼睛瞪著天空。

「放手！咕魯。」他說：「這是刺針，你之前曾經看過這柄武器。放手，不然這次你將親身體驗它的威力！我會把你的喉嚨割斷。」

咕魯立刻像是扯斷的絲線般軟癱在地上。山姆站了起來，揉捏著肩膀，他的眼中充滿了怒氣，但他無法還手，那位可憐兮兮的敵人現在正趴在石頭上哀嚎。

「不要傷害我們！寶貝，不要讓他們傷害我們！好哈比人不會傷害我們，對不對？我們不想要傷人，但是他們就這麼撲上來，好像貓捉老鼠一樣，你說是吧，寶貝？咕魯，我們好孤單。只要他們對我們好，我們也會對他們很好很好，對吧，是的，嘶嘶的。」

「好吧，這下子該怎麼辦？」山姆說：「我說把他綁起來，以後他就不能再偷偷摸摸跟在我們後面了。」

「但你這樣會殺死我們，殺死我們……」咕魯哀嚎說：「殘酷的小哈比人，把我們綁在這荒涼寒冷的地方，丟下我們不管，咕魯，咕魯。」在他不停發出咕魯聲的喉嚨裡面，傳出類似啜泣的聲音。

「不能這樣做。」佛羅多說：「如果我們要殺他，我們必須一刀殺了他。但像這種狀況，我們又不能夠這樣做。可憐的傢伙！他也沒有傷害到我們。」

「喔，是嘛！」山姆揉著肩膀說：「他一定有這個念頭，我敢打賭，只要給他機會，他絕不會猶豫的，他多半打算在我們睡覺的時候勒死我們。」

「或許吧，」佛羅多說。「他打算怎麼做是另一回事。」他開始仔細思考眼前的狀況。咕魯躺在地上不動，不再發出哀嚎聲，山姆站在旁邊，低頭瞪著他。

佛羅多覺得自己似乎聽見了從遙遠的過去所傳來的聲音：

比爾博當時沒有乘機殺死這傢伙，真是太可惜了！

可惜？就正是對性命的憐惜阻止他下手，憐惜和同情：絕非必要不妄動殺機。

我實在沒辦法憐憫咕魯，他被殺是罪有應得。

罪有應得！我恐怕他是該死。許多苟活世上的人其實早該一死，許多命不當絕的人卻已遠離人世。你能夠讓他們起死回生嗎？如果不行，就不要這麼輕易論斷他人的生死，即使是最睿智的人也無法考慮周詳。

「好吧，」他放下寶劍大聲地回答：「但我還是覺得很害怕。而且，你也看到了，我不想傷害這個傢伙。當我現在終於看見他的時候，我的確憐憫他。」

山姆瞪著主人，發現他似乎在和一個看不見的人交談。咕魯也抬起頭。

「嘶嘶的，寶貝，我們真的很可憐。」他求饒道：「悲慘悲慘！好哈比人不會殺我們，好哈比人不會的。」

「沒錯，我們不會的。」佛羅多說：「但我們也不會讓你就這樣走掉。咕魯，你滿腦子都是壞念頭和壞主意，你得跟我們一起來，好讓我們監視著你。而且，你必須盡可能地幫助我們，這是你應該對我們做出的回報。」

「嘶的，嘶的，」咕魯坐起來說：「好哈比人！我們願意和他們走，幫他們在黑暗中找到安全路。沒錯，我們會的。而他們在這一片荒地裡要去哪裡？我們想知道，沒錯，我們想知道？」他抬頭看著他們，眨動的眼中閃過一道詭詐迫切的光芒。

山姆咬牙怒視著他，但他也意識到主人的情緒有點怪，而這件事顯然不容爭辯。不過，他還是對於佛羅多接下來的回答感到驚訝。

佛羅多直視著咕魯的雙眼，讓他慌忙避了開去。「你知道的，史麥戈，或者你已經猜到了——」他低聲、嚴肅地說：「我們當然是要去魔多。而我相信，你知道該怎麼過去。」

「啊！嘶嘶！」咕魯用手遮住耳朵，彷彿對方這麼坦誠、這麼公開的提到這名字，讓他覺得極端痛苦。「我們猜過，是的，我們猜過，」他低聲說。「我們也不要他們去，是吧，寶貝？沒錯，寶貝，好哈比人不要去。那裡都是灰、灰，還有煙塵；還會很口渴，到處都是洞穴、洞穴、洞穴，半獸人，幾千名半獸人……好哈比人不要去——嘶嘶——那個地方。」

「你果然去過那邊？」佛羅多緊追不捨：「你覺得被一股力量召喚回去，對吧？」

「嘶的，嘶——不！」咕魯尖叫道：「一次而已，是意外，對吧，寶貝？是的，意外。我們不要回去，不要，不要！」接著，他的聲音和所用的語言突然間改變了，他開始在喉間啜泣，自言自語起來：「走開，咕魯！你弄痛我了。喔，我可憐的手好痛，咕魯！我，我們，我不想要回去，我找不到。我好累了，我，我們找不到它，咕魯，咕魯，不，不知道——在哪裡。他們永遠都醒著。矮人、人類和精靈，可怕的精靈擁有明亮的雙眼。我找不到。啊！」他站了起來，雙拳緊握成一團，對著東方揮拳大聲咒罵：「我們不要！」他大喊著：「不要為你這麼做。」然後他又癱倒下來。「咕魯，咕魯，」他的臉趴在地上：「不要看我們！快走！去睡覺！」

「史麥戈，他不會聽你的話離開或是去睡覺的。」佛羅多說：「如果你真的想要擺脫他，你就必須幫助我。而唯一的方法，恐怕就是找到前往他老巢的道路。但你不需要跟我們走到最後，只需要帶路到門口就可以了。」

咕魯再度坐起來，瞇著眼睛看著他。「他就在那邊，」他沙啞地說：「一直都在的。半獸人會把你帶過去，在河東岸很容易遇到半獸人，別問史麥戈。可憐，可憐的史麥戈，他很久很久以前去過一次。他們把他的寶貝拿走了，現在永遠找不到了！」

「如果你跟我們來，或許我們可以再找到他。」佛羅多說。

「不，不會的，永遠找不到！他弄丟了寶貝。」咕魯說。

「站起來！」佛羅多說。

咕魯站起來，不停地後退，直到靠在山壁上為止。

「聽著！」佛羅多說：「你在白天還是晚上比較容易找到路？我們很疲倦，不過，如果你選擇晚上，我們就從今晚出發。」

「大亮光弄痛我們的眼睛，真的。」咕魯哀嚎著：「不能在白天底下走，時候還沒到。它很快就會跑到山後面，嘶的。好哈比人，先休息一下！」

「那麼先坐下來，」佛羅多說：「不要亂動！」

哈比人一邊一個在他身邊坐了下來，每個人都背靠著牆壁，伸直了腿休息。他們彼此之間不需要任何的溝通，都知道這時一定不能睡著。月亮慢慢地隱退，陰影從山脈上蓋過來，他們眼前變得越來越黑暗。天空中的星辰在黑暗襯托下，顯得額外明亮繁密。咕魯將膝蓋頂著下巴，手和腳平放在地上，閉著眼，但他的身體十分的僵硬，似乎在思考或傾聽著些什麼。

佛羅多看著山姆，兩人的眼神交會，立刻就明白對方的意思。他們放鬆下來，頭靠著山壁，假裝閉上眼。不一會兒，他們便傳出了舒緩均勻的呼吸聲。咕魯的手抽動了一下，他的頭用幾乎無法察覺的動作，往左右微微晃動了一下。接著，他先張開一隻眼，然後是另外一隻。哈比人毫無反應。

突然間，咕魯用驚人的敏捷和速度，如同蚱蜢或青蛙般一躍而起，撲入黑暗中。但這正是山姆和佛羅多所預料到的。他才跳出兩步，山姆就已撲了上去，佛羅多正好趕過來抓住他的腿，將他絆倒。

「山姆，你的繩子又能派上用場了。」他說。

山姆拿出繩子。「咕魯先生，在這個荒涼的地方，你又準備要去哪裡啊？」他咬牙切齒地說：「我們很懷疑哪，很懷疑。我敢保證是要去找你的半獸人朋友吧。你這個骯髒的狡猾東西。這繩子應該套在你的脖子上，緊緊打個死結才對。」

咕魯靜靜地躺在地上，不敢輕舉妄動。他並沒有回答山姆，只是迅速怨毒地瞥了他一眼。

「我們只要讓他無法逃脫就好了。」佛羅多說：「我們要他能帶路，所以不能綁住他的腿，或是他的手臂，這傢伙走起路來似乎是手腳並用的。那麼就綁住他的一隻腳踝，另外一端由我們來抓住就好了。」

在山姆打繩結的時候，他低頭看著咕魯。未料繩子的效果讓他們全都吃了一驚。咕魯開始尖叫，那是種單薄、刺耳的聲音，讓人聽起來毛骨悚然。他不停地痛苦扭動，試著用嘴巴去咬繩子，同時尖聲叫個不停。

最後，佛羅多終於相信他是真的很痛苦，但這應該不是繩結的效果。他仔細地檢查繩結，發現它並不算特別緊，事實上根本不夠緊。山姆一向是刀子嘴、豆腐心。「你是怎麼搞的？」他說：「如果你老是想逃跑，我們一定得把你綁起來，但我們又不想傷到你。」

「好痛，我們好痛。」咕魯嘶嘶地說：「它好冰，它咬我們！精靈弄的，詛咒他們！殘酷可惡的哈比人！當然了，寶貝，就是因為這樣我們才會想要逃跑。我們早就猜到他們是殘酷的哈比人。他們和精靈是朋友，那些眼睛爍亮的殘酷精靈。快拿走！我們好痛。」

「不，我不會把它從你身上拿走，」佛羅多說：「除非——」他停下來思考了片刻：「除非你可以發誓讓我相信你。」

「我們願意發誓遵照他的命令，是的，嘶嘶的。」咕魯依舊抓著腳踝不停扭動。「好痛喔！」

「發誓？」佛羅多說。

「史麥戈，」咕魯突然清楚地張開眼，炯炯有神瞪著佛羅多的眼中有一道異樣的光芒：「史麥戈以寶貝發誓。」

佛羅多立刻站了起來，山姆再度對他的嚴肅表情和話語大吃一驚。「以寶貝發誓？你好大的膽子！」他說：「你想想！

魔戒全屬至尊御，眾戒歸一黑暗中。

你願意發出這樣的誓言嗎？史麥戈，它會控制你的。而且，它比你狡猾太多了。它會扭曲你的話，要小心點！」

咕魯趴在地上。「以寶貝發誓，以寶貝發誓！」他重複道。

「你發誓願意怎麼樣？」佛羅多問。

「非常非常乖，」咕魯說。然後，他爬到佛羅多腳前，趴在地面上，用沙啞的聲音低語起來；他渾身發抖，彷彿這句話的每個字都讓他怕到骨子裡去：「史麥戈發誓，永遠，永遠都不會讓他得到它。永遠！史麥戈會救它。但他必須以寶貝起誓。」

「不！不能，」佛羅多用嚴厲、憐憫的眼神低頭看著他。「你只想要看它、碰觸它，即使你知道它會把你逼瘋。不，不能以它起誓，但是，你可以對它起誓。是的，史麥戈，你知道它在哪裡，它就在你面前。」

一瞬間，在山姆的眼中，他的主人突然變得高大，而史麥戈則是縮小了：一個高大威嚴的身影，一個將自己的光芒隱藏在灰色雲朵之後的君王，而他的腳前則有一隻乞憐的小狗。但是，從某個角度來看，這兩個人彼此之間又有類似之處，他們可以感知彼此的心思。咕魯直起身子，開始觸摸著佛羅多的膝蓋，搖尾乞憐。

「趴下！趴下！」佛羅多說：「快發誓！」

「我們發誓，是的，我發誓！」咕魯說：「我願意服侍寶貝的主人。好主人，好史麥戈，咕魯，咕魯！」突然間，他又開始啜泣，回頭咬齧著自己的腳踝。

「山姆，把繩子解開！」佛羅多說。

山姆不情願的照做了。咕魯立刻站了起來，開始到處亂蹦亂跳，好像一隻剛被主人鞭打，又被主人摸頭的小狗一樣興奮。從那一刻起，有某種改變發生了，並且在他身上持續了一段時間。他不再哀嚎、不再發出那麼多的嘶嘶聲，他會直接對同伴說話，不再對寶貝說話。如果他們靠近他，或是做出什麼突然的動作，他會猛然退縮、閃躲；而且，他也刻意避開他們的精靈斗篷。不過，總體來說，他還是非常的友善、費盡心力想要討好人，讓人看了很不忍心。如果有任何人說了笑話，甚至只是佛羅多溫和地對他開口，他都會咯咯大笑。如果佛羅多對他說話的口氣重了些，他就會啜泣。山姆幾乎不對他說話，他比以前更懷疑眼前的這個生物，比起原來的咕魯，他更討厭這個新的史麥戈。

「好吧，咕魯，不管是誰，我們在叫你就是了，」他說：「快點動身吧！月亮已經不見了，夜色也快開始減退了。我們最好出發了。」

「是的，是的，」咕魯同意道，邊蹦蹦跳跳地說：「我們出發！從北邊到南邊只有一條通道，是我找到的。半獸人不會用，半獸人不知道。半獸人不會走沼澤，他們會繞很遠很遠的路過去。你們走這邊很幸運，遇到史麥戈更幸運。是的，跟著史麥戈來！」

他走了幾步，又回頭探詢似地望著他們，像是等待主人帶他去散步的小狗一樣。「等等，咕魯！」山姆說：「別跑太遠！我會緊跟著你，別忘記我手上還有繩子。」

「不會，不要！」咕魯說：「史麥戈發過誓了。」

在清澈的星光之下，他們在深夜踏上了旅程。咕魯領著他們回頭往北走了片刻，然後他往右轉離了愛明莫爾的險峻陡坡，走下碎石滿布的斜坡，朝下方的大沼澤走去。一行人迅速輕悄地融入了黑暗之中。魔多大門前所有的荒地都籠罩在一片黑暗的寂靜中。

第二節　沼澤之路

咕魯的動作很快，他行走時頭頸往前伸，經常手腳並用。佛羅多和山姆得十分辛苦才能趕得上他，但他似乎不再想要逃跑了。如果他們落後了，他會轉過身等待他們。過了一段時間之後，他帶著兩人來到他們之前曾經到過的深溝邊，但這次距離山巒又遠了一些。

「就是這裡！」他大喊著：「底下有條路，沒錯，我們可以跟著走下去，那邊有出口。」他指著東南方的沼澤說。沼澤的臭味直衝他們的鼻子，即使在這帶著涼意的夜裡，那股濃重的臭氣還是十分嗆鼻。

咕魯沿著裂隙往下走，最後他回頭喊道：「在這裡！我們可以從這邊下去，史麥戈以前來過這裡，我就是在這邊躲過半獸人的。」

他領著路，哈比人們跟著他爬下裂隙。一路上並不難走，因為這條裂隙在此只有十五呎深，十幾呎寬而已。底下果然有溪水在奔流，事實上，這就是眾多由山上流下，供給惡臭沼澤積水的小溪之一。咕魯轉向右，朝著南邊走去，他的大腳啪啪踏著淺而多岩的小溪，能碰到水似乎讓他覺得很高興，有時他會咯咯的笑，甚至擠出某種曲調難辨的歌曲。

寒氣冰冰，
刺痛手心，
咬著腳底。
巨岩和石塊，
好像骨骸，
無肉無依。
溪水和池塘，
又濕又冰涼：
舒爽在心裡！
我們想要——

「哈！哈！我們想要什麼呢？」他瞄著哈比人說：「我們告訴你，」他聲音沙啞地自問自答：「他早就猜到了，巴金斯老早就猜到了！」他的眼中閃過一道光芒，山姆在黑暗中注意到那光芒，認為那並不是什麼善意的神色。

活著卻不呼吸，
冰冷帶著死氣；
永遠不渴，永不喝水；

披著鱗甲，卻不用背。
在窒悶的陸地，
把一座島嶼，
看作是高山峻嶺，
誤認為泉水噴，
是那氣泡飛。
如此柔美！
如此美麗！
我們只希望
可以抓到一條魚，
多汁又甜美的魚！

這些字眼卻正好提醒了山姆一件事情，自從他知道主人將要收容咕魯作嚮導的時候，就一直覺得不安的事情：食物的問題。他並不認為主人會想到這件事，但很明顯咕魯想到了。咕魯在這段漫山遍野跟蹤的過程中，到底怎麼求得溫飽的？

「我猜多半吃得不怎麼樣，」山姆想：「他看起來瘦巴巴的。如果沒有魚的話，我看他很可能會想要嘗嘗哈比人的味道。我敢打賭，如果他遇上我們打盹的時候，一定會這樣做的。哼哼，我絕不會讓他得逞的，山姆絕不會當他的犧牲者！」

他們在蜿蜒的溪谷裡面踉蹌地走了很長一段時間，至少對兩腿痠痛的佛羅多和山姆來說是這樣的。溪谷往東蜿蜒，隨著他們的前進，溪水越來越淺，河道越來越寬。最後，天空終於冒出了些許的曙光。咕魯看起來並不疲倦，但他卻停下腳步抬起頭。

「快白天了。」他低聲說，彷彿白天是種會悄悄跟上來偷襲他的怪獸。「史麥戈留在這裡，我會留在這裡，這樣大黃臉就不會看見我。」

「我們看見太陽應該要很高興才對，」佛羅多說：「不過，我們會待在這裡，反正我們現在也已經累到走不動了。」

「看到大黃臉會覺得高興，你實在不太聰明。」咕魯說：「它會讓你被看見。聰明講理的哈比人會和史麥戈在一起，到處都有半獸人和怪物，他們可以看到很遠的東西。和我一起躲在這裡吧！」

三人靠著深溝旁的山壁開始休息。現在這裡的山壁不過只有一名人類的高度，溝底還有好些乾燥的寬扁大石頭；溪水則在另一邊的溝槽裡流著，佛羅多和山姆躺在大石上休息著。咕魯在溪水裡面打滾摸索。

「我們必須先吃一點東西。」佛羅多說：「史麥戈，你餓了嗎？我們能夠分你的東西不多，不過，只要東西還有剩，我們就會和你分享。」

一聽見餓這個字，咕魯蒼白的眼中亮起了綠光，瘦乾臉上的那雙眼睛似乎比平常還要凸出許多。一瞬間，他似乎又恢復了舊有的咕魯行為模式。「我們好餓，嘶嘶的，我們好餓，寶貝。」

他說：「他們吃什麼？他們有沒有好吃的魚？」他的舌頭從黃色的利齒間鑽了出來，舔舐著蒼白的嘴唇。

「不，我們沒有魚，」佛羅多說：「我們只有這個——」他拿起一片精靈的乾糧說：「還有水，希望這邊的水可以喝。」

「嘶嘶的，嘶的，好水，」咕魯說：「要喝，要喝，把握機會喝！可是寶貝，他們有的是什麼東西？可以咬嗎？好吃嗎？」

佛羅多掰下一片**蘭巴斯**，放在原先包乾糧的葉子上遞給他。咕魯聞了聞那葉子，表情立刻就變了，他露出噁心和厭惡交雜的扭曲表情，似乎又準備露出以往那惡狠狠的樣子。「史麥戈聞到了！」他說：「精靈住所出來的葉子！噁！好臭。他爬過那些樹，就一直洗不掉手上的味道，我可愛的手啊。」他丟掉葉子，捏住**蘭巴斯**的一小角，咬了一口；卻立刻吐了出來，開始劇烈咳嗽。

「啊！不！」他口齒不清地說：「你們想要嗆死可憐的史麥戈！吃起來像灰塵，他沒辦法吃這東西。他得餓肚子了，但史麥戈不在乎。好哈比人！史麥戈答應過了。他會餓肚子。他不能吃哈比人的食物。他會餓肚子。可憐的瘦瘦史麥戈！」

「抱歉，」佛羅多說：「可惜我幫不上忙。我本來以為這食物可以讓你更健康一些，只要你願意試試，不過，看來你連試都沒辦法。」

哈比人沉默地嚼著**蘭巴斯**。山姆覺得自己又可以享受這乾糧的美味了，咕魯的反應讓他又注意起這東西的味道。但他吃得很不舒服。咕魯看著他們把每一口乾糧從手裡送到口中，好像是餐桌邊的忠狗一樣。只有當他們吃完收拾好東西準備休息的時候，他才終於相信他們沒有藏起任何好東西。然後，他就轉身離開，坐在比較遠的地方哼哼叫。

「聽著！」山姆對佛羅多耳語道，但其實聲音並不是那麼的小，他不在乎咕魯到底聽不聽得到：「我們得要休息，但是有這個飢腸轆轆的壞蛋在附近，我們不能夠兩個人同時睡著，不管他有沒有發誓都一樣。不管是史麥戈還是咕魯，我敢打賭，舊習難改啊！佛羅多先生，你先睡，我會撐到眼睛睜不開的時候再叫你。跟以前一樣，我們輪流睡。在他還能到處亂跑的時候，我們必須提防。」

「山姆，或許你說的沒錯。」佛羅多刻意大聲地說：「他的確有了些改變，但究竟是什麼改變，又有多深刻，我都還不確定。不過，認真的說，我並不認為現在有必要太擔心。不過，如果你想的話，還是盯著他。讓我睡兩小時，然後叫我起來。」

佛羅多累到幾乎話一說完，頭就往前垂向胸口，立刻睡著了。咕魯似乎不再害怕，他蜷成一團，滿不在乎地開始睡覺。他的呼吸均勻地穿過齒間，發出惱人的嘶嘶聲，但他像石頭一樣動也不動地躺著。過了不久之後，山姆擔心自己如果坐著繼續聽同伴的呼吸聲，多半也會睡著，因此趕忙站起來，輕輕地戳了戳咕魯。他緊握一團的手抽動了一下，但沒有任何其他的反應。山姆彎下身，在他的耳邊低聲說：「有魚！」但對方還是沒有任何反應，連呼吸都沒有絲毫的改變。

山姆搔搔頭說：「多半是真的睡著了！」他喃喃自語道：「如果我像咕魯一樣，這傢伙就永遠沒機會醒來了。」他強自壓抑住浮現在腦中的寶劍和繩子的影像，走回主人身邊坐下。

當他醒來的時候，天空已經黯淡下來，光線比他們用早餐時更暗。山姆立刻跳起來。這不是因為他覺得精力充沛或是肚子餓，而是因為他突然間意識到，自己已經睡過了整個白天，至少九個小時！佛羅多依舊睡得很熟，四仰八叉地躺在他身邊。咕魯不見了。山姆開始從他老爹的豐富詞彙中，找出各種各樣責備自己的話語；同時，他也想到主人的看法是正確的：他們目前根本沒有什麼需要提防的地方。他們兩個至少都還活得好好的，沒有被勒死。

「可憐的傢伙！」他半後悔地說：「不知道他到哪裡去了？」

「不遠，不遠！」他頭上一個聲音說。他抬起頭，看見咕魯的大頭和耳朵，正背對著傍晚的天空看著他。

「哇！你在那邊幹麼？」當山姆一看見對方的身影，立刻又起了疑心。

「史麥戈肚子餓了，」咕魯說：「很快就回來。」

「現在馬上回來！」山姆大喊著：「喂！快回來！」但咕魯已經消失了。

佛羅多一聽見山姆的叫喊聲，立刻揉著眼睛坐了起來。「嗨！」他說：「出了什麼事嗎？現在什麼時候了？」

「我不知道，」山姆說：「我猜太陽多半已經下山了。他又跑了，說他肚子餓。」

「別擔心！」佛羅多說：「你管不住他的。他會回來的，到時你就知道了。那誓言短時間內還會有效。反正，他也不會離開他的寶貝。」

佛羅多在知道自己睡了好幾個小時，身旁還有一名飢腸轆轆的咕魯時，他並沒有很擔心。

「別又想到那些你老爹罵你的話了。」他說：「你已經筋疲力竭了，而結果顯然也很好：我們至少都好好休息過了。眼前還有很艱難的一段路，恐怕是最糟糕的路段。」

「關於食物的部分，」山姆說：「我們這個任務到底會花多久的時間？在我們完成之後，又該做些什麼？這個乾糧可以讓你有體力不停往前走，但是卻無法讓人感到真正的飽足，至少我是這樣啦。我對製造乾糧的人沒有任何不敬的意思。真正讓我擔心的是，我們每天都必須吃一點，而它可不會越長越多。根據我的判斷，我們大概還有至多三星期左右的存糧，這還得是在勒緊褲腰帶的狀況才有可能。到目前為止，我們都吃得太過隨意了些。」

「我不知道要花多久的時間，才能完成。」佛羅多說：「我們在愛明莫爾耽擱了很久的時間。不過，山姆，我最好的朋友，我並不認為我們需要考慮在那之後會發生什麼事情。照你說的，即使我們有機會可以完成這個任務，誰知道最後會有什麼希望？如果我們這樣做，誰又知道最後會怎麼樣？如果至尊魔戒落入火焰之中，而我們正在旁邊呢？山姆，我問你，你覺得我們那個時候會需要什麼麵包嗎？我想恐怕永遠不需要了。如果我們可以好好保持精力，讓自己可以安全地走到末日火山，那就已經夠了。我甚至開始覺得，可能連這個都做不到。」

山姆靜靜地點頭。他握住主人的手，彎下身去。他沒有親吻它，但眼淚卻滴在其上。然後他轉過頭，用袖子擦著鼻子，接著站起來，在四周來回踱步，嘗試要吹口哨輕鬆一下，卻半天才擠出一句：「那個該死的傢伙到哪裡去了？」

事實上，咕魯不久之後就回來了；但他的動作輕到讓人毫無所覺，直到他站在他們面前。他的手指和臉上都沾滿了黑色的泥漿。他口中依舊在不停地嚼著某種食物。不過，他們並不想要知道那究竟是什麼食物。

「可能是小蟲或是什麼從洞裡面挖出來的東西，」山姆想：「噁，這個骯髒可憐的傢伙！」

咕魯在大口喝完溪水和洗過手臉之後，才對他們說話。此時，他舔著嘴唇，走到他們身邊。「現在好多了。」他說：「我們休息夠了嗎？可以繼續了嗎？好哈比人，他們睡得可真熟。相信史麥戈了嗎？很好，很好。」

他們旅程的第二部分，和前半段其實並沒有多大的差異。隨著他們繼續前進，深溝變得越來越淺，它底部的坡度也越來越平坦了。溪底的岩石越來越少，取而代之的是大量的泥漿，而兩旁的陡壁也逐漸變成平緩的堤岸。溪水開始蜿蜒漫流。今晚已經快要結束了，但雲霧遮蔽了月亮和星光，他們只能透過隱隱露出的灰光來判斷清晨的到來。

在黎明前最冷的時刻，他們來到了溪流的末端。兩岸變成長滿了青苔的土丘，在經過一連串腐爛的岩石之後，溪水淙淙地流進一個褐色的沼澤中，就此消失不見。雖然他們感覺不到有風，但乾枯的蘆葦還是發出沙沙嘎嘎的響聲。

現在，他們的兩旁和前方是廣大的沼澤和淤泥，向南與向東延伸到朦朧的遠方。迷霧在黑暗、發出各種聲音的池子間瀰漫。沼澤特有的臭味懸浮在凝滯的空氣中。在遠處，幾乎就是正南方，隱隱可見魔多高聳的山脈，看起來像是一塊邊緣破碎的烏雲漂浮在一片詭譎難測的霧海上。

哈比人現在完全只能倚靠咕魯的帶領。在這迷茫的霧氣中，他們不知道，也猜不到，自己其實只是剛進入沼澤的北邊，主要寬廣的沼澤區還在他們眼前的南邊。如果他們對地形了解得比較清楚，或許可以多花一點時間往回走，往東邊多走一些路，就可走上硬路前往寬闊的達哥拉平原，也就是古代在魔多大門前一場大戰的戰場。不過，走那條路不見得更有希望。因為魔王的士兵和半獸人大多往來於該地，在那片荒涼、毫無掩蔽的平原上，連羅瑞安精靈的斗篷都無法隱藏他們。

「史麥戈，我們接下來要怎麼走？」佛羅多問道：「我們一定要經過這些惡臭的地方嗎？」

「不用，其實根本不用。」咕魯說：「如果哈比人想要很快抵達黑色的山脈直接去見他，就根本不用。我們可以後退一點，繞過一點路，」他瘦弱的手臂往北邊和東邊揮舞著，「你就可以走上又冷又硬的路，直接來到他國度的大門前。他有很多部下會在那邊等待客人的到來，會很高興把你們直接帶去見他，喔，這是真的。他的魔眼隨時隨地都會注意那塊土地。很久、很久以前，史麥戈就在那邊被他發現。」咕魯打了個寒顫：「但史麥戈從那之後就會用自己的眼睛了，沒錯，是的，我從那之後就學會用自己的眼睛、鼻子和雙腳。我知道有其他的路，比較難走、沒有那麼快，但是比較安全，如果我們不想要被他發現，就跟著史麥戈走！他可以在這一片很棒的迷霧裡面，帶你們走過沼澤。小心地跟著史麥戈，這樣一來，在他抓住你之前，你或許可以走上很長、很長的一段路。」

天已經亮了，一個無風、寂靜的早晨，沼澤濃重的臭味依舊瀰漫四周。沒有任何陽光穿透低矮的烏雲，咕魯似乎急著要繼續往前走。因此，在短暫的休息了片刻之後，他們又再度出發，很快就迷失在這片寂靜陰暗的世界裡，迷霧遮斷了他們四周一切的視線，讓他們既看不見所離開的山丘，也看不見將前往的高大山脈。他們排成一列：咕魯、山姆、佛羅多，緩慢地往前走。

佛羅多似乎是三人之中最疲倦的人，雖然前進的速度已經很慢了，他還是經常脫隊。哈比人很快就發現，原先看起來像是一大片沼澤的區域，其實是很多池塘、軟泥地和到處蜿蜒堵塞的河道所構成的。只有極為敏銳的眼睛和小心的步伐，才能在這裡找出一條曲折的通道。咕魯當然夠敏銳，而連他都必須使出渾身解數才行。他的長頸子和腦袋不停地四處亂轉，同時還嗅聞著，對自己嘀咕著；有些時候他會舉起手，示意大家暫停，自己往前走一小段路，用手指或腳趾測試著地面，或者甚至將耳朵貼到地上，傾聽著一切動靜。

這地實在陰沉淒涼，讓人身心俱疲。冰冷、濕黏的冬天似乎仍停駐在這被人遺忘的國度中。唯一的綠意是漂浮在一灘灘油膩黑水上的青黑色水草。枯死的草叢和腐爛的蘆葦矗立在這迷霧中，像是過往夏天所留下的屍骸。

隨著天色逐漸變亮，迷霧也稍稍減少了一些，變得比較薄弱、比較透明。在這塊腐爛、潮濕的土地上，金光閃爍的太陽正越升越高，照耀在這塊水氣蒸騰的大地上，但底下的人只能看見她像個模糊的鬼影匆匆而過，朦朧、蒼白，沒有散發出任何的暖意和顏色。但即使是這樣模糊的陽光，也讓咕魯皺起雙眉，低下頭。他停下腳步不肯再往前走，於是他們在一大叢濃密的褐色蘆葦叢旁蹲下來休息，模樣就像被追獵的小獸。四周一片死寂，偶爾會傳來的只有草葉斷落掉進池中，或植物被他們感覺不到的氣流吹動的聲音。

「連隻鳥都沒有！」山姆哀嘆地說。

「沒錯，沒有鳥，」咕魯說：「好鳥！」他舔著牙齒說：「這裡沒有鳥，有蛇、有蟲還有池子裡面的東西。很多東西，很多醜東西。沒有鳥。」他哀傷地說。山姆用噁心的表情瞪著他。

他們和咕魯同行的第三天就這麼過去了。在夜色籠罩其他更愉快的大地之前，他們又再度出發，不斷繼續前進，中間只有短暫的休息。他們暫停主要不是為了休息，而是為了幫忙咕魯；因為現在連他前進的時候都必須萬分小心，有時候連他自己都無法確定下一步該怎麼走。他們已經來到了死亡沼澤的中心，完全被黑暗給包圍了。

他們緩緩地走著，同時彎腰注意著地面，緊跟著前面的人，專心注意著咕魯的一舉一動。沼地越來越濕，開展成了寬闊的死水塘，讓他們要找到堅硬的地面落腳而不陷入那咯咯冒泡的泥濘中越來越困難。還好三名旅人都很輕盈，否則他們可能永遠也走不出這個沼澤。

這時，天已經全黑了，連空氣也變得又黑又沉重，令人呼吸困難。當光亮出現的時候，山姆揉揉眼睛，還以為自己的腦袋出了什麼問題。他起先是左眼角瞄到，似乎有道一閃即逝的淡淡光芒，但接著其他光芒隨即出現：有些很像發光的煙霧，有些則像迷濛的火焰，緩慢閃爍在看不見的蠟燭上；它們四處閃爍飄忽，像是被看不見的手攪動飛舞的薄紗一般。但他的兩名夥伴都未對此發表任何意見。

最後，山姆終於忍不住了。「咕魯，這些究竟是什麼？」他壓低聲音說：「這些光芒？它們把我們全都包圍了。我們被困住了嗎？它們是什麼？」

咕魯抬起頭。他正趴在地上左右打量著，面前是一池黑色的水，他不知道該往哪邊走。「沒錯，它們到處都是，」他低語道：「這些就是騙人光，鬼火，是的，是的。不要理它們！不要看！不要跟它們走！主人到哪裡去了？」

山姆回頭一看，發現佛羅多又脫隊了，他看不見他的身影。他往回走了幾步，闖進黑暗中，不敢走太遠，也不敢太大聲地呼喚主人。突然間，他撞上了佛羅多，他正呆呆望著那些幽幽的鬼火，兩手僵硬地垂在身體兩側，水和泥巴正從他手上往下淌。

「來吧，佛羅多先生！」山姆說：「不要看它們！咕魯說我們不能夠看它們。我們跟上他，趕快離開這個該死的地方！」

「好吧，」佛羅多彷彿從夢中清醒一般：「我來了，快走吧！」

山姆又急急忙忙地往前走，卻一不小心被一叢植物的根給絆倒了，他摔下去時雙手重重按在地上，未料手卻一下深陷入泥漿中，讓他的臉也貼近了地上的水潭。他聽見一陣微弱的嘶嘶聲，同時一股詭異的惡臭飄上來，周圍光芒開始閃爍，旋轉飛舞。有片刻時間，他眼前的池水變得像是某種窗戶，玻璃上積滿了塵泥，透過它可讓他看見水裡。他猛然把手從泥漿中拔出，大喊著後退好幾步。「裡面有死東西，水裡面有死人臉，」他恐怖地說：「死人臉！」

咕魯哈哈大笑：「這就是死亡沼澤，是的，是的，這就是它們的名字。」他咯咯笑著：「在鬼火閃爍的時候，你不應該張大眼睛往裡看！」

「它們是誰？它們是什麼？」山姆轉過身看著佛羅多，他正跟在後面。

「我不知道，」佛羅多用像是作夢一樣的聲音回答：「但我也看見了他們，在鬼火亮起的時候，我在水塘中看見了他們。每一個水塘中都有，一張張蒼白的臉，在很深很深的水裡面。我看見好多的臉：邪惡、嚴厲的面孔，高貴、哀傷的面孔；許多面孔高傲又美麗，銀色的頭髮中纏繞著許多水草。但全都散發出惡臭，全都腐爛了，全都死了。他們體內有一種墮落的光芒。」佛羅多用雙手遮住臉說：「我不知道他們是誰，但是我想我看見了精靈和人類，旁邊還有半獸人。」

「是的，是的，」咕魯說：「全都死了，全都爛掉了。精靈、人類和半獸人都一樣。死亡沼澤。很久以前這裡有過一場大戰，是的，人家是這樣告訴史麥戈的，那時史麥戈還年輕，還沒遇到寶貝。那是場恐怖的大戰；高大的人類拿著長劍，還有可怕的精靈，以及半獸人的尖叫。他們在黑色的大門前的平原上廝殺奮戰了好幾個月。從那之後，沼澤就出現了，吞沒掉所有的墳墓；不斷地擴張蔓延、再蔓延。」

「但那已經是上個紀元的事情了。」山姆說：「死人不可能真的在這裡！難道這是黑暗大地的某種詛咒嗎？」

「誰知道呢？史麥戈也不知道。」咕魯回答：「你碰不到它們，也撈不到它們。我們試過一次，是的，寶貝。我試過一次，但你就是碰不到它們。或許，只能看到影像，但是碰不到。不，寶貝！都死了。」

山姆用陰鬱的眼神瞪著他，又不禁打了個寒顫，覺得自己已經猜到史麥戈為什麼嘗試去碰觸它們。「好吧，我可不想要再看到它們，」他說：「再也不要了！我們可以繼續往前走，快點離開這個地方嗎？」

「好的，好的，」咕魯說：「但是必須很慢，非常慢。非常小心！不然哈比人就會跌下去加入它們，自己也會點起小小的鬼火。緊跟著史麥戈！不要看那些鬼火！」

他彎著腰背繼續往右邊走，試圖找到一條道路繞過這水塘。他們兩人緊跟在咕魯之後，也彎著腰，時常像咕魯一樣手腳並用。「如果再繼續幾天，我們看起來就像是三隻小咕魯排隊前進了！」山姆想。

最後，他們終於來到這個黑色水塘的盡頭，想辦法橫越它，他們或爬或跳，險象環生地從一塊塊浮出水面的草叢上越過了水塘。他們經常會失足，一腳踏入或兩手趴進臭如糞坑的水中，弄得他們全身都是泥濘，連脖子上都又黑又黏的，每個人都覺得對方臭氣薰天。

等到他們好不容易踏上乾地的時候，已經是午夜之後了。咕魯不停地發出嘶嘶聲跟自言自語，看來似乎很高興：他似乎靠著某種神秘的方法，藉由感官、嗅覺和對黑暗中形影的記憶，他好像又知道自己身在何方，並確定眼前的路該怎麼走了。

「我們繼續前進！」他說：「好哈比人！勇敢的哈比人！當然非常非常累，我們也是，寶貝，我們全都很累。但是我們必須要帶主人遠離這些怪火，是的，是的，我們一定要！」話一說完，他就立刻往前走，幾乎是以小跑步的方式，衝進一條兩旁都是高大蘆葦叢的小徑，而他們兩人盡可能想辦法跟上他的速度。但是，過了不久之後，他突然停了下來，開始充滿疑慮地嗅聞著空氣，發出嘶嘶聲，彷彿他又感到困擾或不高興了。

「怎麼搞的？」山姆誤會了對方的舉止，喝問道：「幹麼要聞成這樣？我摀著鼻子都差點被臭昏過去。你很臭，主人很臭，整個地方都很臭！」

「是的，是的，山姆也很臭！」咕魯回答：「可憐的史麥戈聞得到，但好史麥戈忍住不說話，為了幫助好主人。但這不重要。空氣在動，會有變化，史麥戈不明白，他不高興。」

他又繼續往前走，但他的不安似乎漸漸增加，經常停下腳步，整個身子直立起來，伸長脖子往東邊和南邊看。剛開始，哈比人還完全感覺不到有什麼事情在困擾著他。然後，三個人突然間不約而同地停下來，僵直著身體傾聽著。對佛羅多和山姆來說，他們似乎聽見遠方高空中傳來一聲長長的、淒厲的尖叫。他們忍不住打了個寒顫；在同一時間，空氣的擾動也明顯到他們可以察覺，氣溫瞬間變冷了。當他們呆立著傾聽時，他們聽見遠方有種風暴來臨的聲音；那些鬼火搖晃著、逐漸減弱，然後消失了。

咕魯不肯前進，他呆立在那邊，渾身發抖、自言自語，同時，有一陣強風吹了過來，橫掃過原先霧氣瀰漫的沼澤。夜色變得不再那麼昏暗，亮度讓他們足以看見或隱約看見糾結扭動的迷霧成團向他們捲來，掃過他們而去。他們抬起頭，看見破碎成片片的雲朵，接著，南方的天空出現了懸浮在雲朵之上、發出光芒的月亮。

看到月亮，哈比人覺得心情振奮了片刻，但咕魯趴了下來，開始詛咒著白臉。接著，當佛羅多和山姆凝望著天空，呼吸著新鮮的空氣時，看見它來了：有一小朵黑雲從那可憎的山脈中飛出來；一團黑影自魔多上升，那是個長著巨大翅膀的醜惡生物。牠遮住了月光，發出一聲刺耳的叫喊，以比風更快的速度，向西方飛馳而去。

三人同時朝前一撲，趴在冰冷的地面上不敢抬頭。但那恐怖的陰影卻折回來了，不停盤旋，從他們正上方低飛而過，牠的翅膀捲起了沼澤中的惡臭。然後，牠就消失了，在索倫的怒氣之下飛快地趕回魔多；呼嘯的風似乎也隨著牠一起離開，死亡沼澤又再度陷入荒涼沉寂之中。極目所及一直延伸到遠處山腳下的荒原，現在又再度籠罩在蒼白的月光下。

佛羅多和山姆揉著眼睛站起來，像是剛經歷噩夢的小孩，發覺熟悉的夜晚依然存在這世界上。但是咕魯依舊趴在地上動也不動，彷彿暈了過去。他們勉強將他拉起來，但他有好一會兒不肯把臉抬起來，一直用他那雙大而扁平的手抱住腦袋，雙肘著地蜷縮成一團。

他哭喊著：「死靈！有翅膀的死靈！寶貝是牠們的主人。牠們可以看見所有的東西，所有的。沒有任何事物可以阻擋牠們。該死的白臉！牠們會把一切告訴他。他可以看見，他會知道。啊，咕魯，咕魯，咕魯！」直到月亮西沉，落入托爾布蘭達島之後，他才願意站起來繼續前進。

從那時候開始，山姆認為咕魯又有了改變。他變得更奉承、更巴結；但山姆有時會驚訝地發現他眼中閃動著奇異的光芒，特別是在看著佛羅多的時候。然且，他也會越來越常使用以前說話的口氣。山姆還有另一件越來越擔心的事：佛羅多似乎很疲倦，疲倦到了精疲力竭的地步。他沒說什麼，事實上，他幾乎連句話都不說；他也沒抱怨，但走起路來卻像是背著沉重負擔的旅人，而且，這重量似乎還在不停地增加；他獨自拖著腳步，速度越來越慢。因此，山姆必須經常拜託咕魯停下腳步，等待主人跟上來。

事實上，佛羅多每往魔多的大門前進一步，就越覺得掛在脖子上的魔戒又重了幾分；他現在開始感覺到有一種實質的力量在將他往下拉。但他更困擾的是那隻魔眼，這是他自己對它的稱呼。它的壓力遠遠勝過魔戒，讓他走路的時候更抬不起頭直不起腰來。那隻魔眼以一種邪惡、不斷滋長的敵意，正以極強大的力量穿破一切雲霧、岩層、血肉的屏障，上山下海地搜尋你，要把你赤裸裸、無法動彈地鎖死在它致命的仇視之下。躲避它搜索的屏障是如此薄弱，但這些薄紗卻依然在擋著它。佛羅多清楚知道那股仇恨意志的中心點位在什麼地方，就像普通人閉著眼睛也可以知道太陽的方向一樣。他正面對那方向，那一波波湧來的力量不停地擊打著他。

咕魯可能也感覺到某種相同的力量。但他那卑鄙的心靈夾在魔眼的壓力、近在咫尺的魔戒的引誘，以及自己在半是恐懼利劍之下所發的誓言之間，到底在想些什麼，哈比人完全無法猜測。佛羅多根本沒有精力多想。而山姆的全副心神都放在主人身上，幾乎沒有注意到自己心中也蒙上了一層黑暗的陰影。現在他讓佛羅多走在他前方，小心翼翼地注視著主人的一舉一動，不時地扶持腳步不穩的他，或是用笨拙的言語鼓勵他。

當白天終於到來之後，哈比人驚訝地發現，他們竟然已經離那座不祥的山脈如此的近。空氣現在變得涼爽、乾淨多了，雖然魔多的山脈依舊離他們有一段距離，但已不再是視線盡頭處充滿威脅的陰影，而像一列猙獰的黑塔，聳立在陰沉荒原的彼端。他們終於來到了沼澤的盡頭，在經過幾片乾枯龜裂的淤泥和泥炭地後，就消失了。前方的大地是一塊緩緩隆起、寸草不生的貧瘠斜坡，一路通往索倫大門前的荒漠。

整個灰白的白晝，他們像是小蟲般躲在一塊黑色的巨岩下，免得被空中恐怖的黑影發現。在這段行程接下去的日子裡，恐懼的陰影越來越盛，讓人腦海中無法回憶出什麼確實的影像。在這疲乏無路的荒野裡，他們又掙扎跋涉了兩個晚上。他們感覺到空氣似乎變得越來越乾燥，有種苦澀的臭味滲入他們的呼吸，讓他們的口唇逐漸乾裂。

最後，在他們與咕魯結伴同行的第五天早晨，他們再度停了下來。在他們眼前，曙光中一座巨大的山脈直聳上天插入雲霧裡。從山腳下延伸出一條條高大的支脈和斷碎的丘陵，離他們最多只有十幾哩。佛羅多恐懼地四處張望。這裡和死亡沼澤以及荒涼不毛的褐地曠野一樣恐怖，但眼前在晨光下被緩緩揭開面紗的這塊大地比前兩者更為邪惡可憎。即使在那充滿了亡靈的沼澤中，依舊保有些殘破的綠意，讓人感覺到春天的影子；但是，在這裡，既無春天，夏天也永遠都不會來。這裡寸草不生、萬物凋零，連靠著腐敗之物就可以生長的苔蘚都無法在此苟活。在這裡的水塘都被泛著病態死灰色泥土和煙灰所淤塞，彷彿山脈將它體內的骯髒物嘔吐得遍地都是。許多碎裂化為粉塵的岩石在此堆積如山丘，被火焚燒過和毒物污染過的土堆，一排排矗立如墳場中無窮無盡的墓碑一般。這一切，都在遲疑展露的晨光中顯現出來。

他們已經來到了橫亙在魔多之前的荒漠：這是它的奴隸所行黑暗事蹟的最後紀念物，當他們所有的目的都成為一場空之後，只有這塊無藥可救的死寂大地會留存下來——除非大海氾濫，將此地完全沖刷淹沒。「我覺得好想吐。」山姆說。佛羅多沒有回答。

他們站在這塊土地之前好一會兒，像是快要睡著的人知道噩夢就潛藏在前而拚命抵抗著睡意，然而他們知道，他們唯有經過這陰影，才能見到黎明。天色越來越亮，地面上的凹洞和染有劇毒的土堆變得越來越清晰。太陽爬上高空，穿行在雲朵和一道道的黑煙中；在此連陽光都變得虛弱無力。哈比人並不喜歡這種陽光，它看起來一點也不友善，只是徒然讓他們的行蹤被揭露在眾多敵人的眼前，而他們就像漫遊在黑暗魔君王國中的一縷小鬼魂。

由於他們已經太過疲倦，無法繼續往前，他們找了個可以休息的地方。他們坐在一個火山灰堆起的土丘的陰影下，有好一陣子誰也沒開口；沒想到，土丘上突然冒出了惡臭的濃煙，嗆得他們喘不過氣來。咕魯第一個站起來，他嗆咳咒罵，然後完全不管身後的哈比人就手腳並用地逃開。山姆和佛羅多緊跟著他爬開，好不容易來到一個圓形的坑洞中，它面西的邊緣特別高聳。坑洞中冰冷死寂，坑底還有反射著七彩光芒的噁心油漬。他們瑟縮在這噁心的坑洞中，希望藉由它的陰影躲過魔眼的注意。

白天過得很慢，他們都覺得非常口渴，但卻只敢從水壺中稍稍喝一點水。那是他們在之前深溝的溪流中裝的，從他們現在所在之處往回望去，那裡似乎變成了一個美麗又安詳的地方。哈比人輪班警戒。一開始，他們雖然極累，兩個人卻誰也睡不著；但是，隨著太陽西移躲進緩慢移動的雲朵中，山姆打起了瞌睡。那時是佛羅多放哨，他靠在坑洞的斜坡上，但那並不能解除他胸口所感覺到的沉重負擔。他抬頭看著布滿一道道黑煙的天際，看見奇怪的魅影，黑色騎馬的身影，以及來自過去的幻影。他在半睡半醒之間不知過了多久，最後終於失去了意識。

山姆突然間醒了過來，以為自己聽見主人的叫喊聲。天色已經接近黃昏。佛羅多不可能發出任何的叫喊聲，因為他已經睡著了，而且幾乎快要滑到池底去了。咕魯在他身邊。一時間，山姆以為他正準備叫醒佛羅多，但細看之下才發現不是這樣。咕魯正在自言自語，史麥戈正在和另外一個共用同樣聲音，但說話時帶著更多嘶嘶聲的人格爭論，蒼白與綠色的光芒不斷在他眼中閃爍互換。

「史麥戈發過誓了！」第一個人格說。

「是的，是的，我的寶貝，」另一個人格回答道：「我們發過誓了，要拯救我們的寶貝，不讓他找到它，永遠不讓。但它正在逐漸靠近他，沒錯，一步一步越來越近。我們不知道，我們不知道這哈比人想要怎麼做，是的，我們不知道。」

「我不知道，我沒辦法。它在主人手上，史麥戈發過誓要幫助主人！」

「是的，是的，要幫助主人：寶貝的主人。但如果我們是主人，那麼我們就可以幫忙自己，是的，而且也不會破壞諾言。」

「但史麥戈說過他會非常非常乖。好哈比人！他把殘酷的繩子從史麥戈的腳上拿走。他很和氣地對我說話。」

「非常非常乖，呃，我的寶貝？那我們就乖一點，和魚一樣，好孩子，只對我們自己好。當然，不會傷害好哈比人，不，不會。」

「但是我們是以寶貝起誓！」史麥戈的聲音抗議道。

「那就搶下它，」另一個聲音說：「讓它變成我們的！這樣我們就會變成主人了，咕魯！讓另外一個哈比人，那個疑心重的壞哈比人在地上爬，沒錯，咕魯！」

「但不會害到那個好哈比人吧？」

「喔，不，如果這不會讓我們高興，我們就不做。可是，我的寶貝，他還是巴金斯家的人，是巴金斯家的人偷走了它。他找到它，卻什麼也不說，不說。我們恨巴金斯家的人。」

「不，這個巴金斯家的人例外。」

「才不，每個巴金斯家的人都一樣，還有所有藏起寶貝的人。我們一定要拿到寶貝！」

「可是，他會看見的，他會知道的。他會把它從我們手中奪走！」

「他看見了，他也知道了，他聽見我們做出愚蠢的承諾，違背他的命令。是的，一定要拿到它。死靈在搜索了，一定要拿到它！」

「不能為了他這樣做！」

「不，好孩子。你看，我的寶貝，如果我們有了它，那麼我們就可以逃走，甚至躲過他的搜索，對吧？或許我們可以變得很強，變得比死靈還要強。史麥戈大王？咕魯大帝？至尊咕魯！每天都可以吃魚，一天吃三次，海上撈來的新鮮魚。最珍貴的咕魯！一定要拿到它。我們想要它，我們要它，我們要它！」

「可是他們有兩個人，他們會很快醒過來，殺死我們！」史麥戈最後掙扎道：「不是現在，時候還沒到。」

「我們想要它！但是，」這個人格暫停了很長的一段時間，彷彿想到了什麼新點子：「時候還沒到，呃？或許吧，她可以幫忙，是的，她可以。」

「不，不要！不要走那邊！」史麥戈哭喊道。

「要的！我們想要它！我們想要它！」

每一次，當第二個人格說話時，咕魯的細長手指就會緩緩伸向佛羅多，然後在史麥戈說話的時候又會猛抽回來。最後，兩隻手臂連同那扭曲的手指，都抽搐著伸向佛羅多的脖子。

山姆躺著不動，完全被這場爭辯吸引住了，他半閉著眼睛看著咕魯的一舉一動。在他簡單的小腦袋中，曾認為咕魯最大的危險是他的飢餓，是他想要吃掉哈比人的慾望。這時，他才意識到情況並非如此：咕魯感受得到魔戒恐怖的召喚，所謂的他就是黑暗魔君，但山姆很好奇她是誰？或許是這個小怪物在四處漫遊的過程中所結交的怪物朋友。然後，他就將此事忘得一乾二淨，因為眼前的狀況已經發展過頭，變得越來越危險了。他覺得四肢非常的沉重，但他還是使盡全身力氣坐了起來。他心中有某種預感，警告自己不要讓對方知道他聽見了之前的爭論。他重重地喘了口氣，誇張地伸了個懶腰。

「什麼時候了？」他睡眼惺忪地問。

咕魯從齒縫間發出了一聲長長的嘶嘶聲。他站了起來，有片刻時間全身肌肉緊繃並充滿威脅性；但他隨即又癱軟下來，四肢往前趴倒在地，然後往上爬到坑洞邊。「好哈比人，好山姆！」他說：「頭昏昏，是啊，頭昏昏！讓好史麥戈來看守！不過，已經傍晚了，天色已經漸漸暗下來，該走了。」

「正好！」山姆說：「也是我們該出發的時間了。」但是，他心中也不禁開始懷疑，到底應該放任咕魯繼續亂跑比較危險，還是將他留在身邊比較危險。「該死！我真希望他被嗆死！」他嘀咕著。他踉蹌地走下坑底，將主人叫醒。

奇怪的是，佛羅多覺得神清氣爽。他之前一直在作夢，黑暗的陰影已經消退了，在這塊惡疾之地竟出現了一幅幅美麗的影像。他記不起來到底是什麼了，但卻知道自己因為那影像而覺得心情輕鬆而高興。他的重擔似乎也變輕了些。咕魯像條狗般興高采烈地歡迎他，他咯咯笑著，將細長的手指扭得劈啪響，又去撫摸著佛羅多的膝蓋，佛羅多對他露出微笑。

「來吧！」他說：「你很聰明，很忠實的替我們帶路，這是最後的一個階段了。把我們帶到門口，我就不會再要求你跟著一起來了。只要把我們帶到門口，然後你就可以去任何你想去的地方，只要不去投靠敵人都好。」

「去大門嗎？」咕魯露出害怕和驚訝的表情：「主人說要去大門！是的，他這樣說。好史麥戈一定會遵命的，是的，遵命。但是當我們走近之後，我們或許會看見，我們是會看見。它一點都不漂亮，喔，不，喔，不！」

「出發吧！」山姆說：「我們趕快把這件事情解決！」

他們在逐漸降臨的暮色中爬出坑洞，速度緩慢地在這片死寂的大地上前進。他們走沒多遠，又再度感覺到死靈乘著翅膀掠過沼澤地時那同樣的恐懼降臨。他們停了下來，趴在那帶著惡臭的地面上，但是陰暗的天空中卻什麼也沒有。很快的，這陣威脅感又消失了，或許它只是執行巴拉多的某個任務，在高空中飛過而已。過了一陣子之後，咕魯爬起來，繼續彎腰駝背地往前走，不斷地渾身發抖。

大概在午夜過後一個小時，恐懼感第三度襲來；但這次的感覺更遙遠，似乎是從雲層上以極高的速度撲向西方。不過，咕魯卻害怕得不得了，認為眾人的行蹤已經被發現，因而敵人正派出大軍來獵殺他們。

「三次了！」他哭叫道：「三次就真的很危險。他們感覺到我們在這裡，他們感覺到寶貝了！寶貝是他們的主人，我們今天不能再走了，一點用都沒有，沒用！」

懇求和好言相勸完全失去了效用，直到佛羅多板著臉，生氣地命令他，並且一隻手放到劍柄上，咕魯才終於站起來。最後，他狂嚎一聲，像是頭被毒打的狗一樣，繼續前進。

就這樣，他們毫不休息走了一夜，直到第二天清晨；這期間他們一直喪氣地垂著頭，除了耳畔呼嘯的風聲之外，什麼也聽不見，什麼也看不見。

第三節　黑門關閉

在第二天天亮之前，他們前往魔多的旅程結束了。沼澤和荒漠都已經被拋在背後。他們眼前，在蒼白黯淡的天空下，重重陰森的黑影是魔多高聳的山脈。

在魔多西邊綿延的山脈是伊菲爾杜斯，「黯影山脈」，在北邊的是伊瑞德力蘇破碎的山峰和殘脊，顏色灰白如灰燼。這兩座山脈的山脊互相圍攏接近，構成一座巨大的山牆，環繞住陰慘慘的葛哥洛斯盆地和力斯拉德平原，以及苦澀的內陸海諾南。這兩座山脈往北延伸出長長的山脊，在兩道山脊之間有一座很深的峽谷，被稱作西力斯葛哥，意思是「被詛咒的通道」，它是進入魔王之境的入口。高聳的峭壁在峽谷兩側低矮下來，在谷口處有兩座陡峭的山丘，光禿黑硬。在這兩座山丘上矗立著「魔多之牙」：兩座高聳堅固的高塔。它們是許久以前，剛鐸的人類在推翻索倫之後，為了紀念自己的豐功偉業和力量所建造的，同時也用來監視這塊土地，避免索倫再逃回老巢來。但是，剛鐸的力量漸漸衰微，人類開始怠惰，兩座高塔閒置了許多年。然後，索倫回來了。現在，這兩座年久失修的守衛高塔，已經被再度修好，裡面日夜不休駐守著強大的兵力。它們有堅固的石砌外牆，在面對北方、東方和西方的牆上有許多窗洞，裡面布滿了許多永不鬆懈的眼睛。

橫跨峽谷的入口，在兩座峭壁之間，黑暗魔君建造了一座防禦城牆。城牆上有一扇巨大的鐵門，守衛們日夜不停地在城垛上巡邏。在兩旁的山丘之中，也挖掘了無數的隧道和洞穴，成群結隊的半獸人就在其中生活，隨時準備在一聲號令之下蜂擁而出應戰。除非來客是應索倫之召前來，或是知道通過黑暗之門的密語，否則都將被這強大的兵力給團團圍住，難以脫逃。

兩名哈比人絕望地瞪著這兩座高塔與城牆。即使在這微光中，他們從遠處依舊可以看見黑衣黑甲的守衛在城牆上不停地梭巡，以及門前絡繹不絕的士兵。他們此刻趴在伊菲爾杜斯最北端陰影下的一個石坑邊緣，往外張望。如果他們可以化身成烏鴉，大約只要飛行十幾呎的距離，就可抵達比較近的那座黑塔。塔頂有著繚繞的黑煙，就彷彿山丘中悶燒著火焰一樣。

白日降臨，蒼白的太陽了無生氣地照在伊瑞德力蘇的邊緣。突然間，銅製的號角自守衛高塔中響起，從山丘底下隱藏的洞穴和山丘上的據點都傳來了回應，還有，在更遙遠的巴拉多要塞中，也跟著傳來震耳的鼓聲和號角聲，不停地迴盪在邪惡空洞的山谷中。魔多又開始了它新的、充滿恐怖辛勞的一天；夜間的守衛聽見這訊號，紛紛回到他們在地底的住所，而目光邪惡、面目醜陋的白天守衛則大踏步地走上崗位。城牆上閃動著鋼鐵被陽光照射的光輝。

「好啦，我們終於到了！」山姆說：「門就在這邊，在我看起來，多半就是我們能夠走到的最後一個地方了。這是我的看法啦，但是如果我們家老爹看見現在的我，一定又有話好要說了。他老是說我若走路不當心，下場肯定要遭殃。不過，我想我以後恐怕不會再見到老傢伙啦，他一定會懷念在我面前數落我的機會：山姆，老子跟你說過了吧！如果我還能再見到他那張老臉，而他也還有一口氣在，他就可以一路講個沒完。不過，以我目前的模樣，恐怕不洗把臉他是認不出來的。」

「現在如果再問『我們要去那邊？』恐怕有點晚了吧。除非我們想要請半獸人送我們一程，否則就無路可走了。」

「不，不行！」咕魯說：「沒用的，我們不能再前進。史麥戈說過了。他說：我們可以走到門前，然後再看看。我們現在可看見啦。喔，是的，寶貝，我們是看見了。史麥戈知道哈比人不能走這邊。呵，是的，史麥戈知道。」

「那你帶我們來幹啥？」山姆沒好氣地說。

「那是主人說：帶我們到門前。所以好史麥戈就照做。主人這樣說的，聰明的主人。」

「我是這樣說過，」佛羅多說。他的表情十分陰沉嚴肅，但很堅定。他渾身又臭又髒，衣衫襤褸，眉宇之間有著疲倦的神色，但他不再彎腰駝背，雙眼也更明亮清澈。「我這樣說，是因為我打算進入魔多，而我不知道有其他的路。因此，我只能走這條路，我並沒有要任何人跟我一起去。」

「不，不，主人！」咕魯磨蹭著他，似乎非常著急：「走這條路沒用！沒用的！不要把寶貝帶給他！他會把我們全吃掉的，如果他拿到寶貝，他會把全世界都吃掉的。好主人，留下它，對史麥戈好一點。不要讓他拿到它。或者離開這裡，去找個好地方住，把這東西交給小史麥戈。是的，是的，主人：還給史麥戈好不好？史麥戈會好好保管。他會做很多好事，特別是對好哈比人。哈比人回家，不要去大門！」

「我受命前往魔多，因此我一定得去。」佛羅多說：「如果只有這條路，那我也別無選擇。之後的事情就交給命運吧！」

山姆一言不發，單看佛羅多臉上的神情他就都明白了，他知道再說什麼都沒用。畢竟，從一開始，他就沒有對這次的任務抱持任何真正的希望。不過，身為一名天性快樂的哈比人，只要絕望不在眼前，他就不需要任何的希望。現在，他們終於來到痛苦的結局。但他會始終緊跟著他的主人，這也是他前來的真正目的，他會一直緊跟到底。他的主人絕不會孤單前往魔多，山姆願意和他一同前往——並且無論如何他們都要擺脫掉咕魯。

只是，咕魯暫時還不打算被擺脫，他跪在佛羅多的腳前，絞扭著雙手尖聲說：「主人，不是這個方向！」他懇求道：「還有另一條路。喔，是的，的確還有另一條路。另一條更黑暗、更難發現，更秘密的道路。但史麥戈知道，讓史麥戈帶你們去！」

「另一條路？」佛羅多充滿疑慮道，低頭以索查的目光看著咕魯。

「嘶嘶的！嘶嘶的！真的有另一條路，史麥戈找到的。我們去看看它還在不在。」

「你之前沒有提到這件事情。」

「不，因為主人沒有問。主人沒有說他想要幹什麼。他沒有告訴可憐的史麥戈。他只說：史麥戈，帶我去大門，然後說再見！史麥戈可以到任何地方，並且乖乖的。但是現在他又說：我準備從這條路進入魔多。所以史麥戈非常害怕。他不想要失去好主人。而且，他發誓，主人逼他發誓，要拯救寶貝。但如果主人走這個方向，他將會把它直接交給他，直接交到黑掌上。所以史麥戈必須兩個都救，於是他想起了另一條以前曾經存在過的路。好主人，史麥戈很乖，一直很幫忙。」

山姆皺起眉頭。如果他的眼神可以在咕魯身上打洞，那咕魯早就滿身是血了。他的心中充滿疑惑。從外表上看來，咕魯似乎真心感到著急，想要幫助佛羅多。但山姆想起了之前偷聽到的爭辯，發現自己很難相信原先一直被壓抑的史麥戈，突然間冒上來成了強勢人格：至少，他沒敢在爭辯中說最後一句話。山姆推測史麥戈和咕魯（或者是他心裡替他們取的綽號：膽小鬼和骯髒鬼）至少暫時達成了一個共識——兩者都不希望魔王獲得魔戒；兩者都希望讓佛羅多不被抓走，或是在他們的監視下越久越好。反正，只要久到骯髒鬼有機會染指他的「寶貝」就好。山姆很懷疑是否真有另一條通往魔多的路。

他心中暗自嘀咕：「幸好這臭傢伙的兩半人格，都不知道主人的目的是什麼。」他想：「我敢打賭，如果他知道佛羅多先生準備永遠摧毀他的寶貝，這傢伙一定會拚命的。反正，骯髒鬼很害怕魔王，似乎接受了他的什麼命令，他寧願檢舉我們，也不願被逮到正在幫助我們；當然，更不可能讓他的寶貝被融化掉。至少，這是我的看法，我希望主人可以仔細地想一想。他比大多數人都要聰明，但心腸太軟了些。我實在猜不出來他下一步會怎麼做。」

佛羅多沒有馬上回答咕魯。在山姆那有些遲鈍，卻十分精明的腦袋正在考慮這些事情的時候，他瞪著西力斯葛哥的黑色山崖發呆。他們所躲藏的凹穴位在一座小山丘的一側，他們下方是一條長長的溝狀山谷，對面便是魔多山牆的外牆。在這座山谷中央，奠立著西邊瞭望塔的黑色地基。在晨光下，可以清楚看見交會在魔多大門前的幾條道路，灰白而且沙塵滿布；一條往北走，另外一條往東鑽入纏繞在伊瑞德力蘇山腳底下的濃霧中，第三條則是朝向他來。這條路繞過高塔，進入一處狹窄的關隘，然後經過他腳底下不遠的山谷，再從他的右手邊，往西轉沿著山肩走，然後往南進入覆蓋了整個伊菲爾杜斯西側山崖的深重陰影中；在他的視線之外，它繼續往前進入夾在大河和山脈之間的狹長土地。

佛羅多凝望著眼前的景象，突然間意識到平原上似乎起了陣騷動。似乎是有支龐大的部隊正在行軍，不過，這部隊大部分的兵力都被從荒地上飄來的沙塵和煙霧給遮蔽了。但是，他依舊不時可以瞥見許多長槍和頭盔的閃光；在道路的兩旁地平線上，還可以看見大隊的騎兵正滾滾馳來。他想起了僅僅幾天之前在阿蒙漢山上看到的景象，現在回想起來卻恍如隔世。然後，他才知道，之前心中燃起的小小希望又再度幻滅了。剛才的號角聲不是備戰而是歡迎。這些前來的部隊不是剛鐸的士兵，不是久遠前戰死的勇士從墳中爬起，像復仇的幽靈前來攻擊黑暗魔君。這些是其他部族的人類，他們是來自於廣大的東方大地，在君王的召喚之下前來；這些部隊之前駐紮在大門前，現在，他們準備進入他的基地，增強他不斷壯大的力量。佛羅多這時似乎才突然意識他們的處境有多危險，多孤立無援，天色越來越亮，面對近在咫尺的巨大威脅，他迅速拉起了灰斗篷的兜帽戴在頭上，退回他們藏身的凹穴。然後，他轉向咕魯。

「史麥戈，」他說：「我願意再信任你一次。事實上，我似乎也別無選擇，看來我命中注定要接受從你而來的協助，而你卻是我最不想尋求協助的人；而你的命運是協助我，協助一個你抱持惡意追蹤了許久的對象。到目前為止，你的表現都值得我稱讚，並且你也真心謹守你的誓言。我說你真心，是認真的。」他瞄了山姆一眼後繼續道：「我們已經有兩次落在能任你宰割的狀況裡，但你沒有對我們做出任何的傷害。你也沒有嘗試從我身上拿走你之前極端渴望的東西。希望第三次會是最好的證明！但是，史麥戈，我必須警告你，你身處極大的危險中。」

「是的，是的，主人！」咕魯說：「非常危險。」一想到這件事，史麥戈就渾身發抖，但他沒有逃跑，他必須幫助好主人。」

「我指的不是我們都必須面對的危險。」佛羅多說：「我指的是只有你才會遇到的危險。你對那個你稱為寶貝的東西發過誓。記住！它會確保你遵守誓言，但卻會扭曲你的誓言，讓你受到傷害。你應該受到了影響，而且還愚蠢地在我面前露出馬腳。你剛剛說，**把它還給史麥戈**。別再讓我聽到你說這句話！別再讓這念頭在你心中滋長！你永遠不可能拿回這東西。但想得到它的慾望將會讓你落入悲慘的結局。你永遠不可能再得到它。萬一逼不得已，史麥戈，我會戴上寶貝，而這寶貝在許久以前就已經控制了你。如果我戴上了它，並且對你下令，即使是命令你跳下懸崖或是跳入火中，你也都必須服從。而我是真的會如此下令的。史麥戈，要小心了！」

山姆欣慰地看著主人，但同時也感到驚訝：佛羅多臉上的表情和聲音中的語調都是他從來沒見過的。他以前一直以為，佛羅多這麼好心腸的人，一定有些見識不清的地方。當然，他始終堅信佛羅多是世界上最有智慧的人（老比爾博和甘道夫除外）。咕魯由於和主人相處的時間不長，因此也可能犯了相同的錯誤，將體貼和盲目混為一談。無論如何，那一番話在他身上發揮了極大的效果，把他嚇壞了。他趴在地面上，只能口齒不清地喃喃唸著**好主人**。

佛羅多耐心地等了片刻，然後，他用比較溫柔的口吻說：「來吧，不管你是咕魯還是史麥戈，告訴我你所說的另外一條路。如果可以的話，也請你詳細地說明白，為什麼我應該放棄這條明顯的路，轉而聽從你的計畫。快點，我趕時間！」

不過，咕魯似乎嚇得失了神，佛羅多的威脅讓他心驚肉跳。要從他含糊不清的口中搞清楚他到底在說什麼，實在困難；而且，他還不時會趴在地上重複哀求著兩人要對「可憐的小史麥戈」仁慈一點。過了一陣子之後，他好不容易比較冷靜了些，佛羅多才一點一點從他話中得知，如果旅人沿著那條從伊菲爾杜斯往西邊轉的路前進，他最後會來到位於一圈黑暗樹木之中的十字路口。在右邊有條路通往奧斯吉力亞斯以及越過安都因河的大橋；中間還會有一條往南方去的路。

「一直走一直走一直走，」咕魯說：「我們從來沒走過那條路，但是他們說那條路有好幾百哩，到最後你可以看見永恆不息的大水。那裡有好多的魚，而且還有吃魚的大鳥，一定是很好的鳥。但是好可惜，我們從來沒去過那個地方，唉！沒有機會。他們說，再過去更遠的地方還有更多的土地，但是黃臉在那邊很熱，又沒有什麼雲，那裡的人都很凶猛，有著黑色的臉孔。我們不想要看到那塊土地。」

佛羅多說：「當然不想！不要岔太遠了，第三個路口呢？」

「喔，是的，喔是的，還有第三條路。」咕魯說：「那就是左邊的那條路。它立刻往上爬爬爬，一直蜿蜒爬到高大的陰影裡。然後當它繞過黑色大岩石，你會看到它，突然看到它在你上方，然後你會想要躲起來。」

「看到它，看到它？究竟是會看到什麼？」

「古老的要塞，非常老，非常恐怖。我們以前，很久以前，在史麥戈還很年輕的時候，曾經聽過南方的故事。喔，沒錯，我們曾經坐在大河岸邊，在那遍地楊柳的地方，說著很多故事，那時大河也很年輕，咕魯，咕魯。」他開始啜泣，喃喃自語，哈比人耐心地等待著。

「南方的故事，」咕魯又繼續道：「有關眼睛爍亮的高大人類，他們的房子好像岩石打造的山丘，他們的國王擁有銀色的皇冠和聖白樹，好美的故事。他們會建造非常高的高塔，有一座是銀白色的，裡面有顆像月亮一樣的石頭，四周還有雄偉的白牆。喔，沒錯，有很多關於月亮之塔的故事。」

「那應該就是米那斯伊希爾，伊蘭迪爾之子伊西鐸所建造的高塔。」佛羅多說：「是伊西鐸砍下了魔王的手指。」

「是的，他的黑掌上只剩下四根指頭，但這也夠了。」咕魯渾身發抖地說：「而且他很痛恨伊西鐸的城市。」

「天下哪有一樣東西是他不恨的？」佛羅多說：「但月亮之塔和我們有什麼關係？」

「喔，主人，以前就有關係，現在也還有，那座高塔和白牆和屋子；但是現在已經不再美麗了，已經不再完整了。他很久以前就征服了那裡。現在那裡變得十分恐怖，旅人看見它就會忍不住發抖，他們會躲開它的視線範圍，他們會躲開它的陰影。但是主人必須要走那邊，那是唯一的路。因為山脈在那邊比較低矮，古老的道路在那邊往山上攀升，直到它們抵達山頂的隘口為止。然後它又會一直一直往下降，直下到葛哥洛斯為止。」他的聲音變成了低語聲，又忍不住打了個寒顫。

「可是這要怎麼幫上我們的忙呢？」山姆問道：「魔王一定對自己的領域瞭若指掌，而那個隘口應該也有重兵駐守才對？高塔並不是空的吧？」

「喔，不，不是空的！」咕魯低語道：「看起來是空的，但其實不是，喔，不是！非常恐怖的東西居住在那邊，半獸人，永遠都是半獸人；但還有更恐怖的怪物，更恐怖的怪物居住在該處。那條路會從高牆的陰影下經過，穿過大門，沒有任何在路上移動的東西可以逃過他們的監視。裡面的東西知道一切，他們是沉默的監視者。」

「原來這就是你的建議，」山姆說：「我們可以往南再走很長的一段距離，然後發現我們被困在一個更要命的地方，前提還是我們要有可能抵達那邊才行。」

「不，當然不是。」咕魯說：「哈比人必須要看到，哈比人必須要了解。他並不預期有人會從那邊展開攻擊，他的魔眼觀察四方，但是那裡是他比較不會注意之處。他不可能一次看到所有的地方，至少目前還不行。你看，他已經征服了黯影山脈以西直到大河邊的所有領土，現在大橋也在他的掌握中。他認為沒有人可以不在橋上掀起大戰的狀況下穿過月之塔，就算他們準備用很多船渡河，數量也一定會多到引起他的注意。」

「你似乎知道很多他的想法和做法。」山姆說：「你最近是不是和他說過話？還是和半獸人聊過天？」

「不好的哈比人，不講理！」咕魯生氣地瞪了山姆一眼，轉過身對佛羅多說：「當然，史麥戈和半獸人談過話，但是在他遇到主人之前，而且他也和許多人說過話：他曾經旅行過很多地方。他所說的話現在很多人都知道。對他跟對我們，最大的危險是在北方，有一天他會走出黑色大門，這天很快就會到來。這是唯一大軍可以到來的路，但是他並不害怕敵人往西方走，因為那邊有沉默的監視者。」

「果然是這樣！」山姆可不願意被人家忽視：「所以我們就可以走上前去，敲敲門，問問看我們是不是走對路前往魔多？還是他們沉默到不能夠回答？這一點道理都沒有。我們或許待在這裡不要走，搞不好還可以省下長途跋涉的力氣。」

「別拿這個來開玩笑。」咕魯嘶嘶地說：「這不好笑，喔，一點都不好笑。要闖進魔多本來就一點道理也沒有。但是如果主人說他要去，或是他一定得去，那麼他一定得要試別的路。但他不會去那可怕的城市，不，當然不是。這也是史麥戈幫上忙的地方，好史麥戈，雖然大家都不跟他說到底要幹什麼，他還是願意幫忙。這是他找到它的，他知道它。」

「你找到什麼？」佛羅多問。

咕魯趴在地上，聲音再度變得十分低微：「一條小路往上進入山脈，然後是很多階樓梯，狹窄的樓梯。呵，沒錯，又長又窄，然後是更多的階梯。然後……」他的聲音變得更低不可聞：「是條隧道，黑暗的隧道；最後是一條裂縫，一條就在大路上方的小徑。史麥戈就是從那條路逃出黑暗的。但那已經是好多年前了。那條路可能已經消失了，但也可能還沒有，可能還沒有。」

「我不喜歡這個樣子，」山姆說：「聽他說起來太簡單了。如果那條路還在，現在一定也有兵力把守了。咕魯，有人看守那邊，對不對？」當他提出這個問題的時候，他看見，或覺得自己似乎看見，咕魯的眼中綠光一閃。但咕魯依舊嘟囔著沒有回答。

「到底有沒有人看守？」佛羅多嚴厲質問：「史麥戈，你是真的逃出黑暗嗎？還是你被獲准離開，去執行任務？至少這是亞拉岡多年前在死亡沼澤中找到你時的想法。」

「他說謊！」咕魯說，他一聽見亞拉岡，眼中就閃起邪惡的光芒，「他說我的話全是謊言，沒錯，他說謊。我真的逃了出來，全靠我可憐的一個人。他的確告訴我要去找尋寶貝，而且我也真的找了又找，找了又找，我當然要找。但不是為了黑暗王。寶貝是我們的，我告訴你它是我們的。我真的逃了出來。」

佛羅多有種奇怪的確定感，在這件事上，咕魯沒有像其他人推測的那樣口是心非；他的確找到了一條離開魔多的路，至少他相信他是憑藉著自己的聰明找到的。因為，他注意到，咕魯用了我這個字。這個稱呼極少出現，它通常是某些過往實情與誠心的殘餘浮現時的標誌。但是，即使咕魯在這件事上說的話是真的，佛羅多也不敢忘記魔王的狡詐。那趟「逃亡」或許根本就是安排好的，是邪黑塔精心策劃的一個戲碼。無論如何，他看得出來咕魯隱藏了許多事實。

「我再問你一次，」他說：「那條密道有沒有人看守？」

但是，亞拉岡的名字讓咕魯變得情緒陰沉。他整個人像是一名騙子竟然因為說實話而被懷疑一樣地受傷。他沒有回答。

「有沒有人看守？」佛羅多重複道。

「有的，或許有吧，這裡根本沒有安全的地方。」咕魯語帶保留地說：「沒有安全的地方。但是主人如果不試，就只能回家。沒有別的路了。」他們無法再從他口中逼出更多的話。那條密道和那個隘口的名字他不能說，或是不願意說。

那個名字是西力斯昂哥，一個擁有可怕傳說的地方。亞拉岡或許可以告訴他們這個地方的著名之處，而甘道夫則會警告他們千萬別去。但他們此時別無依靠，亞拉岡人在遠方，甘道夫正在艾辛格的廢墟中和薩魯曼周旋。但是，即使在他對薩魯曼發出最後通牒，真知晶石砸在階梯上冒出火花的時候，他的思緒依舊落在佛羅多和山姆身上，他的意志仍越過漫漫長路，帶著希望和憐憫在找尋他們。

或許佛羅多感覺到了，卻不自知，正如他在阿蒙漢山上的遭遇；當時他以為甘道夫已經去世了，已經永遠被埋葬在遙遠的摩瑞亞的陰影中。他坐在地上沉默了很長的一段時間，低著頭，試圖回想所有甘道夫對他說過的話。但是，在這個選擇上，他想不起任何有關的建議。甘道夫的指引太早就被奪走了，那時他們距離黑暗大地還很遠。甘道夫並沒有說他們最後要怎麼進入魔多，或許他也不知道。他曾經獨自冒險進入魔王在北方的要塞，多爾哥多；但是，進入魔多，去到末日火山與巴拉多塔，在魔王的力量東山再起之後，他曾經去過那些地方嗎？佛羅多並不這麼認為。而他，只是一個夏爾來的小半身人，一個住在寧靜鄉間的單純哈比人，竟得要找出一條路，去那連偉人都無法去或不敢去的地方。這命運真是太壞了！但是，這責任是他在去年春天，在遠方他家中的小客廳裡義無反顧接下的。如今來看這事是如此遙遠，彷彿是遠古時代歷史的一個篇章，那時世界還很年輕，銀樹與金樹仍然盛開繁花。這真是個惡劣的選擇。他該選擇哪一條路？如果兩條路都同樣地通往恐怖與死亡，又何苦費心選擇？

時間一分一秒的流逝，一種深沉的寂靜籠罩著他們所躲藏的灰色坑洞，在如此靠近恐懼之地的邊境上，他們可以清楚感覺到一種死寂，這寂靜像是一層厚厚的面紗，將他們和周圍的整個世界隔絕開來。他們頭頂上是灰白的穹蒼，不時飄過一縷縷的黑煙，但它看起來又高又遠，彷彿透過因沉重憂思而更顯深沉凝重的空氣看見一般。

即使是在太陽之下飛翔的蒼鷹，也無法發現這兩名裹著灰色斗篷、背負著命運的重擔、一言不發靜坐在坑洞中的哈比人。牠或許會暫停片刻觀察咕魯，一個趴在地上的小生物：以為那或許是某種人類小孩的骨骸，身上還掛著殘破的衣物，細長的手跟腿幾乎已成白骨：沒有值得啄食的血肉。

佛羅多的頭垂在膝蓋上，山姆則是躺了回去，雙手交疊在腦後，茫然瞪著空曠的天空。至少，有好長一陣子是空曠的。然後，山姆覺得自己似乎看見了一個黑色的鳥形生物飛進他的視線，盤旋了片刻，然後就飛走了。接著是另外兩隻，然後又有第四隻。牠們看起來都非常小，但是，不知怎地他知道牠們其實相當龐大，擁有極寬的翼展，飛翔在極高的天空中。他遮住眼睛，身體向前蜷縮成一團。他感覺到黑騎士出現時同樣的恐懼，那種隨著風中的尖叫與月亮蒙上陰影所傳來的無法遏止的恐懼，只不過，這次的壓迫感沒有那麼強烈，威脅感更加遙遠。但那依舊是種威脅。佛羅多也感覺到了。他的思緒被打斷，他忍不住顫抖瑟縮，但他沒有抬頭。咕魯縮成一團，像是被逼到角落的蜘蛛一樣。那些長著翅膀的生物盤旋著，接著一陣俯衝，飛快地回到魔多去。

山姆深吸一口氣。「騎士們又在空中盤旋了！」他聲音沙啞地低聲說：「我看見他們了。你認為他們看得見我們嗎？他們的高度很高，如果他們是之前的黑騎士，那麼，他們在白天應該看不到什麼吧？」

「是的，或許什麼都看不到。」佛羅多說：「但他們的坐騎卻看得見，而且這些他們所騎長著翅膀的生物，多半比世界上其他生物看得都要遠。他們就像大型的食腐肉鳥一樣。他們在尋找某些東西，我恐怕魔王已經提高警覺了。」

恐懼的感覺消退了，但那籠罩的沉寂卻被打破了。他們之前似乎與世隔絕，身處在孤絕的海島上，但現在他們再度暴露在敵人眼前，危險又再度回來了。但佛羅多沒跟咕魯說話，也沒做出選擇。他閉著眼，彷彿在作夢，或是在仔細回顧過去的所有回憶。最後，他站了起來，似乎已經做出選擇，準備開口了。但是剎那間，「什麼！」他說：「那是什麼？」

新的恐懼降臨。他們聽見歌聲和粗魯的吼叫聲。一開始它似乎是從遙遠的地方傳來的，但那聲音越來越近，正朝著他們走來。他們三人心中浮起的念頭都是：那些黑色的巨鳥看見了他們，派出武裝的士兵來搜捕他們，索倫的恐怖僕人向來都是以速度著稱。他們躲了起來，傾聽著一切。人聲和武器的撞擊聲都十分靠近了。佛羅多和山姆將他們的小劍拔出鞘，這次已經無路可逃了。

咕魯緩緩地爬起來，像是隻昆蟲一樣地爬到坑洞邊。他小心地一吋一吋伸出脖子，直到他可以透過兩塊岩石間的空隙往外看。他保持不動，一聲不出地看了一陣子。目前，那聲音已經開始降低，然後慢慢變弱走遠了。遠處魔多大門上又傳來了號角聲。然後，咕魯悄悄地縮回來，溜下坑洞中。

「更多人類去魔多。」他壓低聲音說：「黑面孔。我們之前沒看過這種人類，沒有，史麥戈沒看過。他們很凶狠，有黑色的眼睛和黑色的頭髮，耳朵戴著金環，是的，很多很多漂亮的黃金。有些還在臉頰上塗了紅顏色，披著紅斗篷，他們的旗子和長矛都是紅色的；他們還有黑色和黃色的圓盾牌，上面有大尖刺。不好，他們看起來是很殘酷的人類，幾乎和半獸人一樣壞，而且還高大多了。史麥戈認為他們是從大河盡頭的南方來的，他們是從那條路過來的。他們已經走進了黑門；但還會有更多的人前來。一直會有更多的人進入魔多。有一天，所有的人都會走進去。」

「有沒有猛瑪？」山姆問，他一聽見這種未知的種族，立刻把之前的恐懼都拋到九霄雲外去了。

「沒有，沒有猛瑪。猛瑪是什麼？」咕魯問道。

山姆站起來，雙手交疊在背後（他每次「念詩」的時候就會這樣），開口道：

像是老鼠般灰，
如同屋子般魁偉，
鼻子像條蛇，
我會讓大地打嗝，
當我跨越草地；
樹木也會跟著倒地。

我嘴裡吹著號角，
在南方四處行腳，
搧著大耳朵，
歷經年月許多。
我大踏步地散步，
絕不躺在地上閉目，
連死也不躺下啊。
我就是猛瑪，
世上生物屬我最大，
蒼老、高壯、龐大。
如果你曾看過我，
絕對不會忘記我。
如果你從沒看過我，
一定不會相信我。
但我就是那古老的猛瑪，
絕不躺下的猛瑪。

「這啊，」山姆在念完詩之後說：「這是我們在夏爾念的一首詩。或許只是亂掰的，或許不是。不過，我們自古就有關於南方的傳說和故事喔。在古代，哈比人經常四處遊歷，不過沒有多少人回來，而他們所說的也不全都被人相信：所謂的**夏爾之談**和**布理的消息**就是這麼來的。但是我曾經聽說過有關日之地的大傢伙的傳說。我們在故事中叫他們史臥丁人，據說，當他們作戰的時候，他們會騎猛瑪。他們會把屋子和高塔放在猛瑪背上，而那些猛瑪會對彼此丟擲石塊和大樹。所以，當你提到『從南方來的人類，都穿著紅色衣服戴著黃金』的時候，我自然會問『有沒有猛瑪？』因為如果真有的話，我一定要冒險看一看。不過，唉，現在看來，我想我這輩子都沒機會看見猛瑪了，或許這世界上沒有這種動物。」他嘆氣道。

「沒有，沒有猛瑪。」咕魯又再說道：「史麥戈沒有聽過猛瑪，他不想要見到牠們。他不想要這些傢伙存在。史麥戈想要離開這裡，躲在比較安全的地方。史麥戈想要主人也一起去。好主人，要不要跟史麥戈一起走？」

佛羅多站了起來。剛剛在山姆背誦那首壁爐旁的舊詩歌時，他忍不住自重重思慮中哈哈笑了起來。歡笑驅散了他的遲疑。「我真希望我們有一千隻猛瑪，而甘道夫可以騎在當先的一頭白猛瑪上。」他說：「那麼，我們或許就可以硬闖這個邪惡的地方。不過，我們什麼也沒有，只有一雙疲憊不堪的腳。好吧，史麥戈，第三次對你的信任或許會是最好的一次。我願意和你一起走。」

「好主人，聰明的主人，好主人！」咕魯高興地拍著佛羅多的膝蓋。「好主人！那麼，好哈比人，現在休息吧，在岩石的陰影下休息吧，靠著岩石休息！靜靜地休息，等到大黃臉離開為止。然後我們就可以趕快走。我們一定要安靜無聲得像影子一樣！」

第四節　香料和燉兔子

他們在白晝剩餘的幾小時天光中休息，隨著日影的移動變換位置，直到他們躲藏坑洞西側的陰影越變越長，最後終於完全將坑洞籠罩在內。然後，他們隨便吃了一些東西，小口的喝了一些水。咕魯什麼都沒吃，但很高興地接受水喝。

「很快就可以多喝水了，」他舔著嘴唇說：「乾淨的水從大河流過來，我們要去的地方有好水，史麥戈也會在那邊找到食物。他很餓了，真的，咕魯！」他用一雙大手撫摸著凹下去的肚子，眼睛閃起綠色的光芒。

當他們終於出發的時候，暮色已經相當深沉了，他們悄悄從坑洞的西側爬出來，像是鬼魂一般融入大路旁的死寂荒野中。大概再過三天就要滿月了，但月亮要到午夜左右才會爬到山脈之上，此刻緊接著黃昏的夜色依舊十分深沉。尖牙之塔上有一道冒得很高的紅光，但除此之外，魔多之門中毫不懈怠的守衛沒有露出絲毫的動靜。

他們在荒涼的石地上踉蹌跋涉了許多哩路，那隻紅眼似乎一直盯著他們。他們不敢冒險走大路，但一直讓它保持在左邊，同時隔上一段距離。最後，當夜已經漸漸深了，而他們也已經很疲倦的時候，那隻眼睛才變成一個小紅點，然後消失在夜空中。他們已經繞過了山脈較低的北邊山肩，正在往南邁進。

隨著一股奇特的輕鬆感，他們再度找了個地方歇腳，但時間並不長。對咕魯來說，他們的速度還不夠快。就他的估計，從魔多之門到奧斯吉力亞斯的十字路口大約有九十哩，他希望分四次走完這段路程。因此很快的，他們又再度掙扎著上路，直到黎明在灰色的荒野中慢慢散播開來為止。那時他們已經走了幾乎二十四哩了，即使哈比人有膽繼續走，他們恐怕也已經走不動了。

漸露的晨光向他們揭示了一塊比較沒有那麼荒涼殘破的大地。左方依舊是看來十分險惡的山脈，但他們可以看見近在眼前的南方大路，在此脫離了黑暗的山腳，向西偏斜而去。在道路前方再過去，山坡上長滿了陰鬱的樹木，像烏雲一樣，但山坡上還長滿了石南、金雀花、山茱萸，以及其他他們所不認識的灌木。此外，他們還可以看見四處生長著一叢叢高大的松樹。哈比人雖然感到非常疲倦，但心情卻又振奮了起來：這裡的空氣清新、飽含著香氣，讓他們想到在遙遠的故鄉中夏爾北區的景象。對他們來說，能夠暫緩一口氣，走在一塊只被黑暗魔君征服了幾年，尚未完全腐化毀壞的大地上，實在感覺好極了。但他們並沒有忘記自己依舊身在危險之中，也沒有忘記魔多之門雖然被山脈所擋住，但還是位在極近之處。他們四下尋找可以在白天讓他們躲過那些邪惡之眼搜索的藏身之處。

白晝過得很不安。他們盡可能地深藏在石南叢中，數著緩慢流逝的時間，而時間似乎慢得像是靜止了；他們依舊還在伊菲爾杜斯的陰影之下，太陽也被雲霧遮蔽了。佛羅多有時會陷入昏睡，睡得平靜深沉，不知道是因為信任咕魯，還是因為太疲倦而懶得擔心他；不過，山姆就實在睡不著，即使連咕魯都已經在睡夢中發出各種各樣的怪聲，他還是輾轉反側。或許，讓他一直醒著的是飢餓，比較不是懷疑，他開始很懷念家鄉口味和正常的飲食，那些「熱騰騰的，從鍋子裡端出來的東西」。

當大地在前來的夜色中化成一片灰暗之後，他們又繼續開始前進。過不了多久，咕魯就領著他們踏上了往南方的道路；在那之後，他們前進的速度變得更快，但也變得更危險。他們的耳朵隨時都要注意前方是否傳來馬蹄聲或腳步聲，或背後有追兵跟上他們。但是，一夜過去，他們沒聽到騎士或步兵的聲音。

他們走的路是在遠古時代興建的，大概在魔多之門以下有三十哩左右的路，是新修復的，不過，當它持續往南前進，荒野就開始和它爭起主權來了。古代人類的建築成就仍可從平坦筆直的道路中看出來：它有時會切過山脈的側坡，或是藉由某個精緻的拱橋越過一段溪流。但是，到了最後，一切巧匠石藝的痕跡都消失了，只有四處留下的破斷石柱，從路邊的樹叢中探出頭來，而古時鋪路用的石板依舊潛藏在荒煙蔓草之間。石南、樹木和蕨類植物蔓生在道路兩側，有時甚至會倒垂到路上來。到了最後，這條路縮窄成了鄉間小路；但它依舊筆直：領著他們用最快速的方式穿越這塊土地。

就這樣，他們踏進了人類曾經一度稱之為伊西立安的北邊疆域，一個長滿了茂密植物和激越溪流的美麗鄉野。夜晚在圓月和星辰的照耀下變得十分舒適，在哈比人的感覺中，似乎他們越走，空氣中的香氣就越明顯。從咕魯不停地嘀咕與喘息中，可看出他似乎也感覺到了這種變化，而且並不喜歡。晨光一露出頭，他們就立刻停了下來。他們已經來到了一條地塹的盡頭，中央的部分又深又陡，道路沿著石脊上切了過去。這時，他們爬上地塹的西側，向四周瞭望。

天空曙光漸明，他們看見原先近逼的山脈現在距離相當遠了，以一個長弧度往東退去，消失在遠方。隨著他們往西轉，眼前可見和緩的斜坡直切入下方的迷霧中。環繞在他們四周的是各種樹脂類的小樹，有杉木、香柏木、柏樹，和其他沒在夏爾見過的樹木，林木間還有十分寬闊的草原，到處都可以看見發出甜美香氣的藥草和灌木。從瑞文戴爾出發的遙遠旅程，已經帶他們來到距離家鄉極遠的南方，但是，直到來到這比較有遮蔭之地時，他們才真正感受到氣候的變化。在此地，春天已經開始忙碌起來，羊齒植物穿透了地面的苔蘚，落葉松的頂端也冒出了綠色的新芽，小花在草原上開放，鳥兒歌唱著。伊西立安，這座剛鐸的花園，現在在荒蕪中依舊保持著讓人憐愛的姿態。

它的西邊和南邊面對著安都因河溫暖的河谷，東邊有伊菲爾杜斯山脈為屏障，卻尚未受到它陰影的污染；北邊則受到愛明莫爾高地的保護，因此可以迎接來自南方的溫暖空氣和遠自海上吹來的滿含水氣的風。此地生長著許多高大的樹木，都是許久以前種植的，由於後人疏於照料，它們便自顧自地生長繁茂。眾多的樹叢中包括了檉柳、篤耨香樹，還有橄欖樹和月桂樹；杜松、桃金孃和百里香也都聚生在一起，或將它們濃密的枝葉層層深覆在隱藏的岩石上；各種的鼠尾草綻放著藍色、紅色或是淺綠色的花朵；還有香花薄荷和新發芽的芫荽，以及其他許多各種超乎山姆園藝知識的草藥和香料。此地凹凸不平的山壁上已經長出了許多虎耳草和景天花，櫻草和銀蓮花從榛樹叢的空隙中生長出來；日光蘭和許多百合花在草地上搖顫著它們半開的花朵。這些深綠色的草生長在許多小池邊，它是奔流往大河安都因的小溪，在山谷之間暫時駐足的地點。

三名旅人轉身離開道路，走下山丘。隨著他們撥開四周各種的灌木叢與藥草，甜美的香氣撲鼻而來。咕魯又咳又吐，但哈比人卻歡欣鼓舞地深呼吸，突然間，山姆哈哈笑了，因為心情暢快，而不是聽了笑話。他們沿著一條奔流迅速的小溪往前進，不久之後，這條小溪帶著他們來到了淺谷中一個清澈的小湖旁：它其實是古時候的一個石砌水池，水池的邊緣幾乎完全被青苔和薔薇所覆蓋了；池旁生長著許多菖蒲，在它深沉、水波不興的水面上漂浮著荷葉。不過，小池中的水十分清澈，水流從另一端池緣上的缺口溢流到旁邊的草地上。

他們在這邊梳洗一番，好好的把清水喝了個飽。然後，他們尋找一個可以休息和躲藏的地方；因為這塊土地雖然看來十分美麗，但依舊還是魔王的領土。他們離大路沒有很遠，即使從大路下到這裡這樣短短一段距離，他們已經看到古老戰爭的創痕，以及由半獸人和魔王其他的邪惡奴僕所造成的新破壞：一坑沒有掩埋的垃圾和排泄物、隨意砍倒枯死的樹木，樹皮上有粗野刀刻的邪惡符文或魔眼的標誌。

山姆爬到水流出口處的下方，嗅聞觸摸著那些不熟悉的植物和樹木，一時間忘記了魔多的威脅，卻被突如其來的景象提醒了眼前的危險。他踏到了一圈被火燒灼過的草地，在正中央找到了一堆燒焦、破碎的骨骼和骷髏頭。雖然這塊荒野的旺盛生命力已經讓不少野草蔓生蓋過了這場屠殺的痕跡，但發生的時間看來並不久。他急忙回到夥伴身邊，卻什麼也沒說：他不想讓咕魯隨意去打擾冒瀆那些屍骨。

「我們找個地方躺一下吧，」他說：「最好是高一點的地方。」

在離小湖不遠的高處，他們找到了一片深褐色、去年生長的羊齒植物，再過去則是一大叢沿著陡峭的斜坡往上生長的有著深綠色葉子的月桂樹，頂端圍繞著古老的香柏樹。他們決定在此休息，度過一個看來將會相當明亮、溫暖的白天。這個天氣適合在伊西立安的草地和森林中漫遊，可惜的是，雖然半獸人討厭陽光，但這裡還是有太多他們可以躲藏、監視的地方；而且，還有許多其他索倫邪惡的爪牙也會四處出沒。此外，咕魯無論如何也不會願意在大黃臉底下行動。很快的，太陽就會越過伊菲爾杜斯陰暗的山脊，他會因為那光亮和高溫而發昏，趴在地上動彈不得。

山姆在一路上前進時想的都是食物。現在，在將那絕望、無法穿過的大門拋在背後之後，他便開始不像他主人所想的，完全不去考慮完成任務之後的生活；反正，他總覺得留下一些精靈乾糧以備日後狀況更糟糕時救急，才是明智之舉。自從他評估乾糧僅夠三週食用的那天算起，到現在已經又匆匆過了六、七天了。

「如果以這個速度來看，三週能夠到達火山就算運氣好了！」他想：「而且，我們還有可能會想要回來，真的有可能！」

此外，在經過一整夜的跋涉和早上的盥洗及飲水之後，他比平常更覺得飢腸轆轆。他真正想要的是一頓早餐或是晚餐，在袋邊路的老廚房中，坐在爐火邊好好享受。他腦中靈光一現，於是轉向咕魯。咕魯正準備悄悄溜走，此時正好四肢著地從蕨類植物上往外爬。

「喂！咕魯！」山姆說：「你要去哪裡？狩獵嗎？來，聽我說，老傢伙，你不喜歡我們的食物，我也很想要換換口味。既然你的新口頭禪叫做**隨時效勞**，那麼，你可以找點適合一名飢餓的哈比人吃的東西嗎？」

「是的，或許吧，是的，」咕魯說：「史麥戈願意效勞，只要他們開口要求，只要他們好聲好氣的請史麥戈去做。」

「當然！」山姆說：「我就是請你去做，如果這樣不夠客氣，就算我求你幫忙吧。」

咕魯消失了。他離開了好一段時間，佛羅多在吃了幾小口的精靈乾糧之後，也趴在乾蕨葉上睡著了。山姆看著他，晨光剛溜進樹葉下的陰影中，但他依舊可以清楚看見主人的臉孔，以及那雙垂放在身旁地上的手。他突然想起佛羅多受了重傷之後，躺在愛隆屋子裡床上的樣子。在山姆持續注視著他的時候，注意到他體內似乎閃動著某種淡淡的光芒；如今這光芒變得比以前更清楚、更強烈了。佛羅多臉上的表情十分平和，恐懼和擔憂的痕跡都已經離開了；但那張臉看起來依舊蒼老，蒼老而美麗。似乎之前的歲月痕跡在平日都隱而不見，現在才顯露出來，但旁人依舊可以看出來這張臉是屬於誰的面孔，至少，山姆是這樣認為的。他搖搖頭，似乎有千言萬語卻不知該如何表達，只能呢喃著說：「我愛他，他就像這樣，有時那光芒會穿透出來。不過，不管有沒有這光芒，我都愛他！」

咕魯悄悄地溜了回來，從山姆肩後探頭探腦。他看著佛羅多，然後閉上眼，一聲不出地爬開。山姆稍後走到他身邊，發現他正嚼著什麼東西，一邊自言自語。在他旁邊的地上躺著兩隻小兔子，他的雙眼正貪婪地看著牠們。

「史麥戈樂意效勞。」他說：「他帶來了小兔子，好兔子。但主人睡覺了，或許山姆也想睡覺。還想要兔子嗎？史麥戈很想幫忙，但沒辦法一次抓到那麼多東西。」

不過，山姆倒是一點也不反對吃兔子，他也這麼告訴咕魯，至少煮熟的兔子沒問題。所有的哈比人都會做菜，這門學問是在他們學寫字（有許多人很可能一輩子都不會）之前，就開始練習的博大精深之藝。不過，即使以哈比人的標準來看，山姆都算是一名好廚子，只要有機會，他就會在野外露一手他的廚藝。即使到了今天，他的背包中還是帶著一部分炊具：一個小火絨盒、兩個小平底鍋，較小的鍋正好可以裝進大鍋內，鍋內還有一柄木匙、一根短柄的雙尖叉以及幾根備用的烤肉串針。在背包的底部還藏著另一個小木盒，裡面是調味的無價寶藏：鹽。但他還需要火和一些其他的東西。他一邊掏出刀子，磨利之後開始剝兔子皮，一邊思索著這件事情。他不要離開熟睡的佛羅多，即使幾分鐘也不行。

「聽著，咕魯，」他說：「我有另外一個任務給你。去把這些鍋子裝滿水，帶回來！」

「史麥戈會去拿水，是的，」咕魯說：「但是哈比人想要那麼多水幹麼？他已經喝過了，也已經清洗過了。」

「別管那麼多。」山姆說：「如果你猜不到，你很快就會親眼看到了。你越快把水拿回來，就可以越快知道。千萬別把我的鍋子弄壞了，不然我就把你剁成肉醬。」

在咕魯離開之後，山姆又看了佛羅多一眼。他依舊靜靜地睡著，但山姆突然驚覺到他臉和手似乎都只剩下皮包骨而已。「他太瘦了。」他嘀咕著：「不像個哈比人。如果我可以把這些兔子煮好，我就把他叫起來。」

山姆收集了一堆最乾燥的蕨葉，又去附近山坡上找了一堆樹枝和枯木，頂端那株香柏木斷落的樹枝供給他不少柴火。他在離蕨類不遠的坡底挖了一個淺坑，然後將柴火擺進去。經過他的巧手打著火石撥弄之後，他很快就生起了一小堆火，它幾乎沒冒什麼煙，卻有種濃郁的香味。當他彎腰吹著火，並架上更大的樹枝來將火弄旺些時，咕魯小心地捧著平底鍋，一邊自言自語的咕噥著回來了。

他把鍋子放下來，然後突然看見山姆在做些什麼。他低聲驚呼，似乎又害怕又生氣。「啊！嘶嘶——不要！」他大喊著：「不可以！笨哈比人，蠢哈比人，沒錯，蠢！他們絕對不可以這樣做！」

「不可以做什麼？」山姆驚訝地問。

「不可以弄出這種可怕的紅舌頭。」咕魯嘶嘶地說：「火，是火！這很危險，沒錯，真的危險，它會燒人，或殺人，而且還會把敵人引過來。是的，它會的！」

「我不這麼認為。」山姆說：「只要你不把濕的東西放上去，弄出濃煙來，我想它就不會引人注意。不過，就算它會冒煙，我也準備冒這個險——我要燉兔子！」

「燉兔子！」咕魯不高興地尖聲說：「糟蹋了史麥戈留給你的好肉，可憐的史麥戈肚子餓啊！為了什麼？笨哈比人，為了什麼？牠們還小，肉很嫩、又很甜。吃掉牠們，吃掉牠們！」他用手戳著已經剝皮、靠近火邊的兔屍。

「別吵，別鬧！」山姆說：「每個人的喜好不同，我們的麵包會讓你嘔吐，生肉則會讓我嘔吐。如果你把兔子給我，那就是我的了，我愛吃愛煮不干你的事。而且我也煮了，你不需要一直看著我。你可以自己去抓兔子，愛怎麼吃就怎麼吃——等等，最好別在我面前吃。這樣你就不需要看見火，我也不需要看見你，我們兩個人都會比較舒服。如果你不放心，由我來負責讓這火焰不冒煙。」

咕魯嘀咕著退了回去，鑽進附近的森林中。山姆忙碌地搬弄著平底鍋。「哈比人拿到兔子，」他自言自語道：「就是要拿香料和根莖類植物來配，特別是馬鈴薯，當然更別提麵包了，看來我們應該可以變出一些香料來。」

「咕魯！」他輕聲說：「第三次，也是最後一次麻煩你啦，我想要一些香料。」咕魯從蕨類中探出頭來，看起來既不友善、也不太願意幫忙。「幾片月桂、一些百里香、幾根鼠尾草就夠了，請你在水滾之前找回來。」山姆說。

「才不要！」咕魯說：「史麥戈不高興。史麥戈也不喜歡臭臭的葉子。他不吃草，也不吃樹根，不，寶貝。除非他肚子很餓或很不舒服，可憐的史麥戈。」

「如果史麥戈不聽話，那麼當這水滾了之後，他就會被扔到非常非常燙的水裡面去。」山姆威脅道：「山姆會親手把他腦袋放進去，是的，寶貝。如果現在是產季的話，我也會請他去找蕪菁和蘿蔔還有馬鈴薯，我打賭這裡有很多好的野生植物，我願意為了五六顆馬鈴薯付很多錢。」

「史麥戈不去。喔，不，寶貝，這次不去了。」咕魯嘶嘶道：「他害怕又非常疲倦，這個哈比人又不好，一點也不好。史麥戈不要去挖什麼根和蘿蔔還有馬鈴薯。馬鈴薯是啥，寶貝，呃，啥是馬鈴薯？」

「洋──芋──啦，」山姆說：「是我老爹最喜歡吃的東西，也是很適合用來填飽肚子的好食物。不過，你應該找不到，所以也不用找了。史麥戈，乖一點，替我找這些香料，我會比較相信你的。而且，如果你能找到我要的嫩葉，把它帶回來，我這幾天就會煮馬鈴薯給你吃。真的：詹吉大廚作出來的炸魚和薯片，你絕對無法拒絕哦！」

「才怪，才怪，我們可以。燒焦好魚，浪費浪費。現在就給我魚，把臭薯片留下來！」

「哼，你真是沒救了。」山姆說：「給我去睡覺！」

到了最後，他還是得自己去找做菜要用的東西。但是他不需要走太遠，至少不需要走到看不見他主人沉睡的地方。有好一會兒，山姆坐著沉思，一邊等待水滾。天色越來越亮，四周也變得相當溫暖；草地和樹葉上的露珠也漸漸消退。很快的，切塊剁好的兔肉就在平底鍋中連香料一同噗嚕噗嚕地滾著。山姆在等兔肉燉熟的時候幾乎睡著了。他讓肉燉了將近一小時，中間不停地用肉叉測試肉的熟度，並且嘗嘗湯汁的味道。

當他認為一切已經準備妥當之後，他將鍋子從火上拿下，躡手躡腳地走到佛羅多身邊，彎下腰來，佛羅多半張開眼看著他，然後立刻從夢中醒來：又是一個平靜、安詳的夢境。

「嗨，山姆！」他說：「你沒睡覺啊？出了什麼問題嗎？現在幾點了？」

「大概是天亮之後幾個小時吧，」山姆說：「依照夏爾的時間計算，或許是八點半。一切都沒問題。不過，我可不會說這是完美的：沒有高湯、沒有洋蔥、沒有馬鈴薯。我剛燉了一鍋東西給你，還有一點湯，佛羅多先生，對你身體好。不過，你得要從杯子裡面喝，或者是等湯涼一些從鍋子裡面直接吃，我沒有帶碗和其他的餐具。」

佛羅多打了個哈欠，伸著懶腰說：「山姆，你應該好好休息的。」他說：「在這一帶生火實在很危險。不過，我也真的餓了。嗯嗯！我聞到的是什麼味道？你煮的是什麼東西？」

「是史麥戈的禮物，」山姆說：「一對小兔子。不過，咕魯現在多半覺得很後悔。遺憾的是，我們只有幾種香料可以搭配，沒有別的配菜。」

山姆和主人就這麼坐在地上，共用著叉子和湯匙分享燉肉。他們又允許自己多吃了半塊的精靈乾糧，這讓他們有種在家鄉吃山珍海味的感覺。

「呼！咕魯！」山姆吹著口哨，輕聲喊道：「來嘛！還有時間改變主意喔，如果你想要試試燉兔子，鍋子裡面還有剩喔！」沒有任何的回音。

「喔，好吧，我想他是去找東西吃了，我們把它吃完吧。」山姆說。

「然後你得要好好睡一覺。」佛羅多說。

「佛羅多先生，在我休息的時候，你別打盹喔。我不太相信他，他的體內還存在有一部分的骯髒鬼——喔，我是指那個壞的咕魯，他這部分顯然又開始增強了。現在，我認為他會嘗試先除掉我，我們兩個彼此看不對眼，而且他對山姆很有一些意見，喔，是的，寶貝，很有意見。」

他們就這麼吃完了，山姆走到小溪邊去洗餐具。當他站起來準備走回去的時候，他回頭看著斜坡上的景象。那時，他注意到太陽從凝聚在東方的某種毒氣、霧氣或陰影中冉冉升起，金色的陽光灑在他四周的樹木和草地上；然後，他發現有一道藍灰色的輕煙，在陽光下顯得十分刺眼，從他上方的樹叢中冒出來。他無比震驚地發現，這是來自於他忘記熄滅的營火。

「這樣不行！我沒想到它會變得這麼顯眼！」他嘀咕著快步跑回營地。突然間，他停下腳步，仔細傾聽著。他是不是聽到了口哨聲？或者那是某種怪鳥的叫聲？如果那是口哨聲，肯定不是來自佛羅多的方向。然後那聲音又從另外一個地方冒了出來！山姆開始拚了老命往回跑。

他發現有一部分火舌燒到了坑洞邊緣，點燃了一些乾枯的蕨葉，起火的蕨葉又讓潮濕的草地開始冒煙。他慌忙將火焰踩熄，灰燼弄散，用樹葉蓋住坑洞，然後他又悄悄地溜回佛羅多身邊。

「你有沒有聽見口哨聲，和聽起來像是回應的聲音？」他問道：「大概在幾分鐘之前。我希望那只是鳥叫聲，可是聽起來不像，我覺得比較像是有人在模仿鳥叫。而且，剛剛我的營火似乎在冒煙。這次如果我又惹了什麼麻煩，我永遠不會原諒自己的，搞不好根本沒機會後悔！」

「噓！」佛羅多低聲道：「我想我聽見什麼聲音了。」

兩名哈比人背起小背包，準備好逃跑；接著，兩人無聲無息地爬進濃密的羊齒叢中，他們趴在那邊動也不動的傾聽著。

毫無疑問地是有聲音出現，對方正低聲、小心地交談，他們距離不遠，而且還在不斷地靠近當中。然後，突然間，有個聲音就在旁邊冒了出來。

「這裡！這就是冒煙的地方！」那聲音說：「他們一定就在附近。我猜躲在那些蕨叢裡面，他們這次插翅也難飛了。然後我們就可以知道這些傢伙到底是什麼東西。」

「是啊，還有他們知道些什麼！」第二個聲音說。

立刻，四名男子就從不同的方向走向兩人藏身之處。既然無路可逃也無法繼續躲藏下去，山姆和佛羅多跳起來，背對著背，拔出腰間的短劍。

如果他們對眼前所見感到吃驚，他們的捕捉者更是目瞪口呆。總共有四名高大的人類；有兩人手中握著有著明亮寬邊的長矛，另兩人拿著幾乎和身長一樣高的巨弓，背後還背著一大袋綠色羽毛的長箭。每個人腰間都掛著長劍，身穿色調深淺不一的綠色和棕色衣服，似乎是特別為了在伊西立安的綠地中隱藏形跡而設計的。他們的手上戴著綠色的手套，頭被兜帽遮住，臉上也戴著綠色的面具，只露出一雙明亮、銳利的眼睛。佛羅多立刻就聯想到波羅莫，因為這些人類在身高、舉止和口音上，都和他十分近似。

「我們發現的和想像中的差很多。」一人說：「不知道眼前的是什麼生物。」

「不是半獸人。」另一個人說，鬆開了緊握的劍柄，他一看見佛羅多手中的刺針，立刻握住自己的長劍。

「那是精靈囉？」第三個人懷疑地說。

「不！不是精靈。」第四個身形最高的人說，他顯然是四人中的首領。「在這些日子，精靈不會出沒在伊西立安；而且根據傳說，精靈們看起來非常的美麗。」

「閣下的意思就是我們看起來不美麗囉！」山姆說：「多謝你的誇獎。在你們對我們品頭論足完之後，或許你們願意說說你們是誰，以及為什麼你們不讓兩個疲倦的旅人休息。」

那個高大的綠人冷冷一笑。「我是法拉墨，剛鐸的將軍。」他說：「不過，這塊土地上根本不會有什麼旅行的人，只有邪黑塔的僕人和白色要塞的士兵。」

「偏偏我們兩者都不是。」佛羅多說：「不管法拉墨將軍怎麼想，我們真的是路過的旅人。」

「那就請你們快點說出你們的來意和身分，」法拉墨說：「我們還有要事在身，沒時間和你們猜謎聊天。快點！你們的第三名同伴呢？」

「第三名？」

「是的，我們之前看到有個鬼鬼祟祟的傢伙，把鼻子伸到底下池子裡去，他看來絕非善類，我猜多半是半獸人的某種偵察用變種，再不然就是他們飼養的動物，但他一溜煙就跑不見了。」

「我不知道他到哪裡去了。」佛羅多說：「他只是我們在路上巧遇到的同伴，我沒辦法替他負責。如果你們稍後遇到他，別下殺手；請將他帶過來，或是叫他來找我們。他是個可憐的生物，我暫時必須照顧他。至於我們，我們是夏爾來的哈比人，夏爾位在遙遠的西北方，必須越過許多河流才能到。我是德羅哥之子佛羅多，這位是哈姆法斯特之子山姆衛斯，是我忠心的助手。我們從瑞文戴爾——有些人叫那邊伊姆拉崔——歷經重重的險阻才來到這裡。」法拉墨突然神情一凜，變得非常專注。「我們原先有七名同伴，其中一名在摩瑞亞犧牲了，另外的同伴則是在拉洛斯瀑布之上的帕斯加蘭分別了：其中有兩名我的同胞，還有一名矮人、一名精靈和兩名人類，他們是亞拉岡和波羅莫，他說他來自米那斯提力斯，南方的一座城市。」

「波羅莫！」四名男子同時驚呼道。

「迪耐瑟主上之子波羅莫？」法拉墨說，他的臉上又出現了那種嚴肅的神情。「你和他一起來的？如果這是真的，那可真是個意外的消息。矮小的陌生人們，迪耐瑟之子波羅莫是白色要塞的守門將軍，也是我們的總帥，我們非常想念他。你又是什麼人，為什麼會和他有牽連？太陽已經開始升起了，你最好快點！」

「波羅莫帶到瑞文戴爾的謎語你聽過嗎？」佛羅多回答。

聖劍斷折何處去？
伊姆拉崔之中現。

「我的確聽過這兩句詩。」法拉墨震驚地說：「既然你也聽過，就代表你說的話至少有部分的真實性。」

「我之前所提到過的亞拉岡，就是斷折聖劍的持有者。」佛羅多說：「我們就是那首詩中所提到的半身人。」

「我也猜到了。」法拉墨若有所思地說：「至少我看得出來。伊西鐸的剋星究竟是什麼？」

「還隱匿不明。」佛羅多回答：「相信時間會給大家一個清楚的答案。」

「我們必須要知道更多才行，」法拉墨說：「而且我們也想要知道，是什麼讓你來到這麼遙遠的東方，來到陰影籠罩下的——」他指著那個方向，不願意說出名字。「不過，不是現在。我們還有更急迫的任務。你身處危險之中，今天恐怕沒辦法再走太遠了。在中午以前附近就會有一場大戰，然後就會是死亡，或是飛快逃回安都因流域的旅途。為了你，也為了我們好，我會留下兩人來保護你們。在這一帶，聰明的人不會信任在路上巧遇的伴侶。如果我可以生還，我會再和你詳談的。」

「再會了！」佛羅多深深一鞠躬：「隨你怎麼想，我是所有對抗魔王之人的盟友。只要我的任務容許，我會願意和你們一起走的，我們這些矮小的半身人願意幫你們這些高大強壯的人類任何忙。願光明照耀你們的寶劍！」

「無論如何，至少這些半身人是非常客氣的。」法拉墨說：「再會了！」

哈比人又再度坐了下來，但這次他們沒有對彼此傾吐心中的想法和疑惑。就在近旁的月桂樹下的陰影中，有兩名人類看守著他們。隨著溫度逐漸升高，他們偶爾會拿下面具散散熱，佛羅多看見他們是相貌堂堂的人，膚色很白，髮色很深，眼睛是灰色的，都有一張高傲和哀傷的臉。他們低聲的彼此交談，起初用的是通用語，不過帶著古代的腔調，然後又換成他們自己的語言。佛羅多隨即驚訝地發現，他們所用的竟然是精靈語，或至少是一種和精靈語相差無幾的語言；這下子，他更驚奇地打量著對方，因為他現在確定他們是西方皇族在南方的後裔，是登丹人的一支。

過了不久之後，他開始和他們攀談，但是，這些人回答得相當小心。他們自稱是馬伯龍和丹姆拉，是剛鐸的士兵，也是駐守伊西立安一帶的遊俠，因為他們的祖先曾經在伊西立安淪陷之前居住在這裡。從這些人的後代中，迪耐瑟王挑選了一群敢死隊，秘密地越過安都因河（從哪裡並如何渡河，他們都不願意透露），突襲在伊菲爾杜斯和大河之間出沒的半獸人和其他的敵人。

「這裡距離安都因河東岸大概有三十哩，」馬伯龍說：「我們很少來到這麼遠的地方。但這次我們有新的任務，我們是來這裡偷襲哈拉德的部隊，這些該死的傢伙！」

「是啊，詛咒這些該死的南方人！」丹姆拉說：「據說，自古以來，剛鐸和南方的哈拉德帝國就有往來，不過雙方從未建立過友誼。那時，我們的邊境遠達安都因河的出海口，他們省分中最靠近我們的昂巴也承認我們的統治權，不過，那已經是很久以前的事情了，我們之間已經有幾百年沒有任何的往來。現在，我們得知魔王和他們結盟，他們準備投靠他，或是重回他的懷抱──我們懷疑這些人一直和魔王有所牽連。在看到他這麼強大的力量和部隊之後，我知道剛鐸的末日已近，米那斯提力斯的高牆終將陷落。」

「不過，我們可不願意坐以待斃，聽任魔王為所欲為。」馬伯龍說：「這些該死的南方人從古時的大道過來，準備加入邪黑塔的部隊。是啊，他們所行進的正是剛鐸所鋪設的道路，而且他們還毫無警覺地走在上面，以為新主人的力量無比強大，光是這些山脈的陰影就足以保護他們。我們是來給他們一個教訓的。許多天以前，我們得到情報，他們集結了大量的兵力往北進發。其中一支部隊，根據我們的偵察，將會在中午左右經過這裡，也就是上方那個隘口。鳥獸或許可以在這條路上自由奔跑，但是他們例外！只要法拉墨領導我們，這些人就逃不掉。這段時間他經常自願執行最危險的任務。不過，他的命運似乎受到上天的眷顧，再不然就是他的時候還未到。」

他們停止交談，開始仔細傾聽著周遭的寂靜，一切似乎都凍結了起來。山姆趴在樹叢邊，小心翼翼地往外看。藉著哈比人銳利的眼睛，他注意到四周還有許多人類埋伏著，他可以看見這些人悄悄地爬上斜坡，有時單槍匹馬，有時成群結隊，唯一的共通點，就是都保持在濃密的樹叢陰影中；他們身上所穿著的迷彩衣物，更讓他們天衣無縫地混入地形地物中，極難被發現。他們全都戴著兜帽和面具，手上戴著手套，身上攜帶著和法拉墨一行人一樣的武器。不久之後，他們就全部通過從山姆的眼前消失了。太陽持續高升，陰影開始往後退縮。

「不知道那個該死的咕魯在哪裡？」山姆躲回陰影中，一邊想著。「他有很大的機會被誤認為半獸人，或者是被大黃臉烤死。不過，我想他會照顧自己的。」他在佛羅多的身邊躺了下來，開始打瞌睡。

他醒了過來，似乎覺得剛剛聽見號角的聲音。他坐直身子，現在已經是正午了。兩名守衛緊張地站在樹木的陰影下。突然間，號角聲變得更清楚，毫無疑問是從山坡頂上傳來的。山姆認為他也聽見了狂亂的呼喊聲，但那聲音十分的微弱，彷彿是從洞穴中傳出來的。然後，戰鬥的聲音就在靠近他們躲藏之處的上方傳過來。他可以清楚的聽見金鐵交鳴之聲，聽見刀劍擊打在盾牌上的悶響和砍在頭盔上的清脆聲；人們慘叫、大吼的聲音，還有一個清晰的聲音在大喊剛鐸萬歲！剛鐸萬歲！

「聽起來像是幾百個鐵匠同時一起在打鐵。」山姆對佛羅多說：「他們實在很靠近我們。」

但那聲音越來越靠近。「他們來了！」丹姆拉大喊道：「你們看！有些南方人從包圍中逃了出來，正往外跑。他們往那邊跑了！我們的人正在將軍的率領下追殺他們。」

山姆好奇地想要看得更仔細，於是跑到守衛們身邊去，他爬上了一株較大的月桂樹，想要看得更清楚些。他依稀看見有一大群膚色黝黑的人穿著紅衣，沿著斜坡往下跑，穿著綠色衣服的人則緊追在後，毫不留情地砍殺落隊的敵人。空中箭雨密布。突然間，有一個人從他們所躲藏的上方斜坡滾了下來，一路撞開小樹，差點跌在他們頭上，最後倒在幾步遠的羊齒植物中，臉朝下，一支綠色的羽箭插在他金色項圈下的脖子上。他紅色的袍子被扯爛了，身上層層的黃銅胸甲也彎折破碎，用黃金束起的黑髮上染滿了鮮血，褐色的手上依舊緊握著一柄破碎的長劍。

這是山姆第一次看見人類彼此間的作戰，而他實在不喜歡。他很高興自己沒看見死人的面孔。他開始想要知道那人的名字以及他的家鄉；想知道這人內心是否真的邪惡，或是有什麼人威脅或欺騙他千里迢迢地從家鄉跑到這邊來送死；或許，他寧願選擇靜靜地在家鄉終老一生。不過，這些在他腦海中一閃而逝的念頭很快就都被趕走了。因為正當馬伯龍朝屍體走過去時，附近又傳來了新的、刺耳的吼叫聲。在這一團混亂中，山姆聽見了某種低沉的鼓聲或是號角聲。然後，是一連串沉重的撞擊和踏步聲，彷彿大型的破城鎚不停地敲打著地面。

「小心！小心！」丹姆拉對同伴大喊。「希望瓦拉趕走他！姆馬克！姆馬克！」

山姆先是十分恐懼和驚訝，不過隨即轉為驚喜，他看見一個巨大的形體撞穿樹叢，從斜坡上衝了下來。在他眼中，那是一隻比屋子還要巨大的怪物，簡直是座會移動的灰色小山。或許，這是因為恐懼和驚奇，讓牠在哈比人的眼中放大了數倍，但哈拉德的姆馬克的確是體型無比龐大的一種生物，今天中土世界中已經不見牠的蹤跡了；日後牠那些僥倖生存下來的遠親，完全無法和牠的尊榮和驕傲相提並論。牠直接朝著旁觀者衝過來，在千鈞一髮之際在他們幾碼外轉了個彎，讓他們腳下的大地為之震動。牠巨大的腿如同樹樁一樣粗壯，像是風帆的耳朵不停地搧動，長長的鼻子高舉，如同即將出擊的蟒蛇一般，紅色的小眼中閃動著怒火。牠那雙上揚的獠牙上有著黃金的環飾，同時還滴著鮮血。牠身上原先披掛著的紅色和金色的布幔都已經破爛不堪。牠巨大的背上本來似乎搭載著一座高大的攻城塔，也在牠凶暴地穿越森林時被撞個稀爛；在牠高高的脖子上還掛著一個倉皇無助的人，他是黑人之中體型最高大的戰士，相形之下卻顯得無比的渺小。

這隻巨獸繼續不停地往前衝，盲目衝過池塘和樹叢，箭矢無力地從牠厚厚的皮膚上紛紛滾落下。兩個陣營的戰士都在牠面前四散奔逃，許多依舊被牠追上，在腳下踩成肉醬，很快的牠就消失在眾人面前，依舊嘶鳴著衝向遠方。一直到很久以後，山姆都沒有再聽說過牠的消息，不知道牠是否在野外生活了一段時間，在遠離家園的地方頤養天年；還是牠被困在某個深坑中，或者是在狂怒中奔入大河，從此不知所終。

山姆深吸一口氣。「那就是我說的猛瑪！」他說：「這世界上果然有猛瑪，我今天就看到了一隻。這真是怎樣的經歷啊！可惜，家鄉的人永遠不會相信我的。好吧，如果這一切結束了，我想要休息一下了。」

「把握時機好好休息吧。」馬伯龍說：「將軍如果沒受傷，不久之後就會回來的。在他回來之後，我們會很快出發的。只要這消息一被魔王知道，他馬上會派兵來搜捕我們，而他很快就會知道了。」

山姆說：「你們離開的時候請安靜一點！沒必要把我吵醒。我已經走了一整晚的路了。」

馬伯龍笑了：「山姆衛斯先生，我不認為將軍會把你們留在這邊的。」他說：「我們到時候就知道了。」

第五節 西方之窗

當山姆醒過來的時候，他以為自己只睡了幾分鐘而已，不過他發現時間不但已經到了下午，連法拉墨都已經回來了。他帶了很多人一起回來，事實上，是剛剛那場大戰的所有倖存者，現在都聚集在這個斜坡上，大約有兩三百名。他們圍成一個馬蹄形，法拉墨坐在正中央，佛羅多站在他面前，看起來就像一場對囚犯的審判。

山姆從羊齒蕨叢中爬了出來，但是沒有任何人注意他，因此他在隊形的盡頭坐了下來，剛好可以看見和聽見所有發生的事情。他專注地聽著、看著，準備隨時有需要就衝到主人身邊去。他可以看見法拉墨的面孔，對方現在已經除下了面具；那是張嚴肅、擁有王者之氣的面孔，而那雙不斷梭移的眼中也有著相當的智慧。當他看向佛羅多的時候，灰眸中露出濃濃的疑惑。

山姆很快就聽出來，將軍對佛羅多在幾個部分的交代感到不滿意：他想要弄清楚佛羅多在從瑞文戴爾出發的遠征隊中，究竟扮演什麼樣的角色？為什麼他會離開波羅莫？現在又準備前往何處？他特別針對伊西鐸的剋星反覆質問。很明顯地，他認為佛羅多刻意隱藏一些重要的關鍵不讓他知道。

「但是，從字面上來說，就是因為半身人的到來，伊西鐸的剋星才會再度甦醒。」他堅持道：「如果你就是詩中的半身人，毫無疑問的，你也將這樣東西，不管它是什麼，帶到了你所說的那場會議中，而波羅莫也看到了這樣東西。我的這項推論有錯嗎？」

佛羅多沒有回答。「那麼！」法拉墨說：「我希望從你口中知道更多有關它的事情。因為，波羅莫關切的事情和我關切的一樣。至少在遠古的傳說中，殺死伊西鐸的是半獸人的箭矢。但到處都可以看到半獸人的箭矢，光是這樣的景象，並不會讓剛鐸的波羅莫認為末日將臨。你隨身攜帶這樣東西嗎？你說它還隱而未現，但是不是由於你選擇要將它隱藏起來？」

「不，這不是因為我的選擇。」佛羅多回答：「這不是屬於我的東西。這東西不屬於任何的凡人，不管他是偉大還是弱小；如果有任何人想宣稱有權擁有此物，那也只有先前提過的，帶領我們從摩瑞亞抵達拉洛斯瀑布的遠征隊隊長，亞拉松之子亞拉岡。」

「那麼，為什麼不是波羅莫，伊蘭迪爾之子所建造的本城王子有權擁有？」

「因為亞拉岡是伊蘭迪爾之子伊西鐸的直系子孫，而他所繼承的長劍，就是伊蘭迪爾的聖劍！」

人群中響起一片驚嘆，開始竊竊私語，有些人甚至大喊著：「伊蘭迪爾的聖劍！伊蘭迪爾的聖劍要來米那斯提力斯！風雲將變！」但法拉墨依舊不為所動。

「或許吧。」他說：「但這茲事體大，即使這位亞拉岡到了我邦，我們也必須要有更確切的證據才行。當我六天之前離開的時候，他或是你的任何一位同伴，都沒有來到米那斯提力斯。」

「波羅莫可以接受我的說法。」佛羅多說：「事實上，如果波羅莫人在這裡，他就可以回答你的一切疑問。既然許多天前他就已經到了拉洛斯瀑布，並且準備直接前往你的城市；如果你回去，你可能很快就可以從他口中得知答案。我在遠征隊中的任務，是所有隊員都知道的秘密，因為那是伊姆拉崔的愛隆在會議中公開指派給我的任務。為了執行那項任務，我來到了這塊土地，只是我奉命不能對任何遠征隊成員以外的人揭露這項任務。我只能說，任何抵抗魔王勢力的善軍，最好都不要阻礙我的工作。」

不管佛羅多內心怎麼想，他的語氣都十分自傲，而山姆也對此十分讚賞；但是，這些話並未使法拉墨平息下來。

「如此說來！」他說：「你是在囑咐我不要多管閒事，趕快回國，不要打攪你。當波羅莫回來的時候，他會告訴我一切。你說的是**當他回來的時候**！你是波羅莫的朋友嗎？」

佛羅多的腦海中，栩栩如生地浮現了波羅莫攻擊他想搶奪魔戒的神情，他遲疑了片刻。法拉墨的眼神變得更凌厲了。「波羅莫是我們遠征隊中一位勇敢的隊友。」佛羅多最後終於說：「是的，從我的角度來看，我的確是他的朋友。」

法拉墨露出凝重的笑容。「那麼，如果你知道波羅莫已經過世了，你會覺得很難過嗎？」

「我當然會難過！」佛羅多回答。然後，他注意到法拉墨的眼神，結結巴巴地反問：「過世？」他重複道：「你是說他已經死了，你確定嗎？你剛剛只是想要和我玩文字遊戲，陷害我？還是你想要欺騙我？」

「即使你是半獸人，我也不會用欺騙的手段對付你。」法拉墨說。

「那麼，他是怎麼死的？你又是怎麼知道的？你剛剛不是說遠征隊的成員在你離開前，一個也沒有抵達你的城市。」

「有關他是怎麼死的，我還正想要從他的朋友和同伴口中知道詳情。」

「可是，當我們分別的時候，他還活得好好的啊。就我所知，雖然這世界上有很多危險與挑戰，他也沒有理由死啊！」

「這世上的確有許多危險，」法拉墨說：「背叛就是其中一個。」

山姆聽著這對話，感到越來越不耐煩，也越來越生氣。最後這句話實在超過了他忍耐力的極限，因此他奮不顧身地衝進眾人之中，站到主人身邊。

「佛羅多先生，請容我插嘴，」他說：「但這場話談得也夠久了。他沒有資格對你這樣說話。畢竟，你是為了他和這些高大的人類，以及其他的人好，才來經歷這麼多的折磨痛苦。」

「聽著，將軍大人！」他抬頭挺胸，雙手插腰地站在法拉墨面前，臉上的表情彷彿是在教訓一名年輕的哈比人，不該隨便進入別人的果園一樣。眾人為此交頭接耳，但有些人臉上還掛著詭異的笑容：他們可不常見到將軍坐在地上，和一個叉開雙腿站立、怒氣沖沖的哈比人四目相對的景象。「聽著！」他說：「你到底在暗示些什麼？在魔多派出所有的半獸人獵殺我們之前，不如打開天窗說亮話吧！如果你認為我的主人殺死了波羅莫，然後逃離現場，那你腦袋一定壞掉了！但是，不管如何，至少說出你的想法！然後讓我們知道你打算怎麼做。但口口聲聲說要和魔王對抗的人，卻不讓其他人以他們的方式去盡他們自己的一份義務，實在令人遺憾。如果魔王可以看見目前的狀況，他一定會很高興的，搞不好還以為有了個新盟友呢！」

「有耐心點！」法拉墨不帶怒氣地說：「不要搶在你主人之前說話，因為他比你睿智多了，我也不需要任何人告訴我眼前的危險。即使這樣，我還是空出時間來，希望能夠在艱難的情況下做出公正判斷。如果我和你一樣急躁，可能早就把你給宰了；因為，我接受到的命令是殺無赦，完全不需要剛鐸統治者的同意。但我不願毫無意義的宰殺人類或是鳥獸，即使在必要的時候，我也不會感到任何的樂趣；同樣的，我也不浪費時間在空談上。不要擔心，坐在你主人旁邊，給我安靜點！」

山姆漲紅著臉，一屁股坐下來。法拉墨再度轉向佛羅多。「你剛剛問我怎麼知道迪耐瑟的兒子去世了；死訊有許多種傳遞的方法。俗諺有云，**夜風經常將消息傳遞給血親**——波羅莫是我的哥哥！」

他的臉上掠過一道悲傷的陰影。「你還記得波羅莫大人隨身攜帶有什麼特殊的東西嗎？」佛羅多思考了片刻，擔心會有什麼進一步的陷阱，同時也不知道這場辯論到底會怎麼樣結束。他好不容易才從驕傲的波羅莫手中救下魔戒，他根本無法想像要如何逃過這麼多驍勇善戰的士兵。但是，他心中卻隱隱明白，雖然法拉墨的外表長得和哥哥很像，卻是一個比較不自我中心，同時也更嚴肅和睿智的人。「我記得波羅莫隨身攜帶了一支號角。」他最後終於說。

「你的記性不錯，表示你的確應該見過他，」法拉墨說。「那麼或許你可以仔細地回想一下：那是一支用東方大陸野牛的角所打磨的號角，利用純銀裝飾，上面寫有古代的文字。那是我們家族中長子代代相傳許多年的傳家寶，據說只要在古代剛鐸國境中吹響這號角，它的聲音就會傳到人們的耳中。」

「在我出發的五天以前，也就是距離今天十一天之前，我聽見了那號角的聲音，聽起來似乎是從北方傳來的，但是相當微弱，彷彿是從記憶中綿延下來的號角聲。我和父親都認為這是不祥的預兆，因為自從他出發以後我們就沒有了他的消息，邊境的警衛也沒有發現他的行蹤。在那之後的第三個晚上，我又遇到了另一個奇特的徵兆。」

「當天晚上我坐在安都因大河旁，在灰白的新月下看著那不停流動的河水，耳邊傳來楊柳飄搖的聲音。我們就這樣不停地監視著河岸，因為奧斯吉力亞斯現在已有部分落入了魔王的掌握，他會從該處派遣部隊前來攻擊我們。但是，那天半夜，整個世界都彷彿陷入沉睡之中，然後我看見了，或者是在我的夢境中出現了，一艘漂浮在水面上的灰色小船。那艘小船設計十分的特殊，有著高高的船首，船內沒有任何人操槳或執舵。」

「我立刻感到狀況非比尋常，因為船身周圍似乎環繞著蒼白的光芒。我立刻走到岸邊，開始踏入水中，感覺到有股力量在吸引著我；然後，那艘船保持著原先的速度漂向我，它漂到我的手邊，但是我並沒有伸手去碰它。它吃水很深，彷彿裡面裝載著什麼沉重的物體；在我的眼中，裡面似乎裝滿了清水，那些光芒也就是從這兒來的，在水中沉睡著一名戰士。」

「他的膝蓋上有一柄斷劍，我看見他身上有許多的傷痕——那是我死去的哥哥，波羅莫。我知道他的穿著、他的寶劍，和他那張英俊的面孔。其中只少了一樣東西：他的號角。此外，有一樣東西是我沒見過的：一條美麗，由黃金葉子串連起來的腰帶，繫在他腰間。**波羅莫！**我大喊著：**你的號角呢？你到哪裡去了？喔，波羅莫！**但他接著就漂走了。那艘船轉向水流，閃閃發光地漂入河中。那看起來好像一場夢境，但又不是夢，因為我沒有醒來的感覺。我很確定他已經過世了，如今順著大河漂向大海。」

「唉！」佛羅多說：「那的確就是我認識的波羅莫。因為那條黃金腰帶，是在羅斯洛立安時凱蘭崔爾女皇贈送給他的。你見到我們時，我們身上穿的衣服，就是她所給我們的精靈灰衣，這個胸針就是同樣的做工。」他碰碰喉間綠色和銀色的葉型別針。

法拉墨仔細地看著那別針。「這真美麗！」他說：「是的，這的確就是同樣的做工。原來你們曾經通過羅瑞安之境？在古代，它的名字叫做羅倫林多瑞安，但已經許多年沒有人類踏入過了。」他柔聲呢喃道，用嶄新的眼光打量著佛羅多：「現在我開始了解你身上有許多奇特的事，你願意再多告訴我一些嗎？因為如果波羅莫死在可以見到家鄉的地方，我會覺得相當遺憾。」

「我知道的都已經告訴你了。」佛羅多說：「不過，你的故事讓我覺得十分不安。我想，你看到的可能只是一個幻覺，是某種已經發生或將會發生的厄運的陰影。除非，它是魔王的某種詭計。我曾在死亡沼澤中看見古代英勇戰士沉睡的面孔，或許那也是他邪惡的魔法造成的。」

「不，不是這樣的。」法拉墨說：「因為他的詭計會讓人心中充滿了厭惡；但我當時心中充滿了遺憾和悲傷。」

「但是這怎麼可能會發生呢？」佛羅多問道：「沒有任何船隻可以通過托爾布蘭達多岩的山區，而且波羅莫的提議是準備穿過樹沐河，再經過洛汗回到故鄉。但是，怎麼有可能會有船隻通過一路上眾多的瀑布和激流，安全抵達你當時所在的地方呢？」

「我不知道，」法拉墨說：「但那船又是從哪裡來的呢？」

「是從羅瑞安來的。」佛羅多說：「我們划著三艘這樣的船一路順著安都因河來到拉洛斯瀑布。它們也是精靈所打造的。」

「你們通過了那隱藏的大地，」法拉墨說：「但是，看來你對它的力量並不了解。如果人類和黃金森林中的魔法女王打過交道，接下來可能會遇到意料之外的狀況。因為根據傳說，凡人踏進太陽照不到的世界是極端危險的，古代沒有多少人在離開的時候是可以不受影響的。」

「波羅莫！喔，波羅莫！」他大喊著。「那不死的女王，她究竟對你說了些什麼？她看見了什麼？你的心中想起了什麼？你為什麼要去羅倫林多瑞安，卻不照著你之前的計畫，騎著洛汗的駿馬在清晨回到家鄉？」

然後，他又轉過身面對佛羅多，再度用平靜的聲音說：「德羅哥之子佛羅多，我想這些疑問你都應該可以解答才是，但或許不在此時此地。不過，如果你還是認為我所見所聞只是幻影，那麼我可以告訴你這件事。波羅莫的號角真真實實的回到了他的家鄉，絕對不是幻影。號角漂流到岸邊，但卻彷彿被斧頭或是長劍砍成兩半；一半是在剛鐸守望者駐防地的蘆葦叢中被發現的，那是在北方樹沐河下游的匯流之地；另外一半則是被有任務在身的人在河中發現的。看起來非常巧合，但根據古諺，枉死者不會讓自己冤沉大海的。」

「此刻，長子代代相傳的號角之碎片，正擺在迪耐瑟王的膝上，而他正坐在寶座上等待新的消息。你難道對這號角破碎的消息一點也不知情嗎？」

「是的，我的確完全不知道。」佛羅多說：「但如果你沒有聽錯的話，號角響起的那一天，就是我和我的僕人離開遠征隊的那一天。你剛剛所說的故事讓我十分的害怕。因為，如果當時波羅莫身陷險境，最後甚至陣亡，我很擔心其他的夥伴也都遭遇了不測。他們都是我一同出生入死的親族與好友。」

「你可否把你的疑慮放到一邊，讓我離開呢？我非常疲倦，心中充滿了哀傷，並且十分恐懼。但在我也遭到同樣的命運之前，我還是有個任務必須要做。而且，如果遠征隊只剩下我們兩名哈比人，我們就更不能夠拖延了。」

「回去吧，法拉墨，剛鐸勇敢的將軍，把握機會好好防衛你的城市，而我必須面對命運領我前往該去之處！」

「我們這場談話同樣也令我覺得疑慮不安，」法拉墨說：「但你確實是太過多慮了。除非是羅瑞安的居民親自前去照料他，否則有誰會替波羅莫安排喪禮？當然不是半獸人或是無名者的奴僕。我猜測，你的同伴還有些人活了下來。」

「不過，不論在北方邊界上發生了什麼事，佛羅多，我都已經不再懷疑你了。如果這些艱苦的日子讓我擁有判斷人心的能力，那麼或許我也能夠以此推斷半身人的想法。不過——」他露出了久違的笑容：「佛羅多，你身上有種奇怪的氣質，或許是精靈的味道吧。但是，我們剛才那一席話背後的意義比我一開始所想的還要大。我現在應該把你帶回米那斯提力斯，讓你親自回答迪耐瑟的問題。可是，如果我做出了錯誤的選擇，可能會賠上我自己的性命並連累到我城邦的命運。因此，我將不在倉促中決定。不過，我們必須馬上動身，不能在此繼續拖延。」

他從地上一躍而起，對四周的人發號施令。四周的人群立刻分散成許多小組，往不同的方向散去，很快地隱入岩石和樹木的陰影中。不久，只剩下馬伯龍和丹姆拉留在原地。

「輪到你們兩位了，佛羅多和山姆衛斯，你們兩位和我以及兩名護衛一起走。」法拉墨說：「如果你們計畫往南走，現在也不能夠繼續走那條路了。這條路在今後好幾天之內都會非常危險，在我們執行了這次突襲之後，此地會受到更嚴密的監控。而且，我想，你們都已經相當疲倦，今天無論如何都往前走不了多遠了。我們也一樣累，現在我們要前往距離此地大約十哩左右的秘密藏身處。半獸人和魔王的間諜，截至目前為止還沒發現那個地方，即使他們發現了該處，我們也能夠在那邊以寡擊眾固守很長的時間。你們可以和我們一起在那邊休息一段時間，到了早上，我會決定怎麼做才是對你也對我是最好的。」

佛羅多別無選擇，只能服從這個要求或是變相的命令。至少，目前看來這是個明智的做法，因為這群剛鐸戰士剛剛的所作所為，已經讓伊西立安暴露在高度危險中。

他們立刻就出發，馬伯龍和丹姆拉打前鋒，法拉墨和佛羅多及山姆則走在後頭。他們繞過了哈比人之前盥洗的池子，越過了小溪，爬上一段長長的斜坡，進入森林的綠影中，一直往下坡和往西方前進。當他們以哈比人最快的步伐前進的時候，照舊壓低聲音交談著。

「我之所以會中斷我們那段談話，」法拉墨說：「並不只是因為山姆衛斯先生提醒我時間緊迫，同時也是因為我們所討論的話題，已經接近無法在眾人面前公開談論的事物了。是因為這個原因，我才把話題轉向我兄長的狀況，不再追問伊西鐸剋星的詳情。佛羅多，你對我並沒有完全說實話。」

「我沒有說謊，也已經把所有能說的真相都告訴你了。」佛羅多回答。

「我不怪你。」法拉墨說：「就我看來，你在很難言明之處依舊說得相當有技巧，也很有智慧。不過，我還是從你沒有說出口的話語中猜到了不少。你和波羅莫的關係不怎麼好，或者是你們離開的時候起了衝突。我猜，你，以及山姆衛斯先生，心裡都有些委屈。雖然我十分愛他，也很想要為他復仇，但我很了解他的為人。**伊西鐸剋星**——我推測它就是引起你們之間的衝突，並造成你們遠征隊員彼此紛爭的原因。它顯然是某種強而有力的傳世寶物，而這類的東西在盟友之間向來不會促進雙方的友誼，萬一有一方從古代的傳說中得知了真相就更是如此。我的猜測是否很接近了？」

「的確很接近，」佛羅多說：「但並不完全正確。遠征隊中沒有紛爭，但的確有猶豫不決：我們不確定在離開了愛明莫爾之後該走哪條路。不過，即使是這樣，古代的傳說也告訴我們不要倉促評斷像是這樣的——傳世寶物。」

「啊，那麼果然和我所想的一樣：你所遭遇到的爭執僅限於波羅莫身上。他希望把這東西帶到米那斯提力斯去。真是遺憾！命運讓你無法告訴我期待已久的真相，也讓我無法從最後一個見到他的人口中探索事實：他生命中的最後一刻到底在想些什麼。不管他之前是否犯了錯，但我知道一件事：他沒有白白犧牲，死前的努力至少讓他可以瞑目，他臉上的表情比生前的任何時刻都要安詳。」

「可是，佛羅多，請原諒我一開始那麼急躁地逼問你有關**伊西鐸剋星**的事情。在此時此地談論它實在不智，我當時沒有時間思考。我們剛打了一場艱苦的戰鬥，我腦中亂糟糟的。不過，當我和你交談的時候，雖然我越來越逼近真相，最後我卻刻意地避開了主題。但你必須知道，許多古代的學問仍保存在城市的統治者當中，並未傳到境外。雖然我們家族不是伊蘭迪爾的直系子孫，但我們仍保有努曼諾爾人的血統。我們家族可直溯到馬迪爾，他是當時的宰相，在國王御駕親征時擔任攝政王，代理朝政。那時在位的國王是伊雅努爾，安那瑞安最後的血脈，而他死時膝下無子。因此，從那天以後，宰相就開始肩負起治理王城的責任，那已經是許多代以前的故事了。」

「我還記得波羅莫小的時候，當我們一起學習祖先的過去和這座城市的歷史時，父親並非真正國王的事實一直讓他非常不高興。『如果國王永不歸來，到底要等幾百年才能夠讓宰相成為國王？』他會這麼說。『在其他比較缺乏忠誠的國家，或許只要幾年。』我父親回答：『在剛鐸，即使一萬年也不會有所改變。』唉！可憐的波羅莫。這多少可以讓你明白一些有關他的為人吧？」

「的確，」佛羅多說：「但他一直十分尊敬亞拉岡。」

「我毫不懷疑這一點。」法拉墨說：「如果他像你所說的認同亞拉岡的血統，那麼他的確會對他非常尊敬。不過，關鍵的時刻還沒到來。他們還沒有抵達米那斯提力斯，或在戰爭中成為彼此競爭的對手。」

「但我把話扯遠了。在迪耐瑟家族中，我們自古以來就對古代傳說投注許多心力。在我家族的寶庫中保留了許多古代的歷史：書籍或是石板，書寫在草葉、岩石、羊皮紙上的記載，甚至是撰寫在銀葉和金葉之上的各種不同的文字。有些現在已經完全無人能懂了；其餘的一些記載，則是沒有多少人曾打開它們。我可以看得懂其中一小部分，因為有人教過我。就是這些記載，讓灰袍聖徒來到我們的城中。我第一次見到他時還是個孩子，從那之後他也只來過兩三次。」

「灰袍聖徒？」佛羅多問道：「他有名字嗎？」

「我們遵照精靈的習慣稱呼他為米斯蘭達，」法拉墨說：「他很滿意這個稱呼。『我在各族中擁有許多名字。』他說：『在精靈中是米斯蘭達，在矮人中是塔空；當我年少居住在遠古的西方時，被稱為歐絡因，在南方被稱為因卡諾斯，北方則是甘道夫；但我從來不去東方。』」

「甘道夫！」佛羅多說：「我就知道是他。灰袍甘道夫，我最寶貴的朋友，也是我們遠征隊的領袖。他在摩瑞亞犧牲了！」

「米斯蘭達犧牲了！」法拉墨說：「你的遠征隊似乎被厄運所詛咒。我實在很難相信，如此睿智、擁有這麼強大力量的人會就這麼死亡，也帶走了無數的知識。他曾經在我邦中施行了許多的奇蹟。你真的確定嗎？有沒有可能他只是暫時離開？」

「很遺憾，我很確定，」佛羅多說：「我親眼看見他落入了深淵之中。」

「我看得出來這背後有段相當恐怖的故事，」法拉墨說：「或許你可以稍後再告訴我。我現在認為，這位米斯蘭達並不只是一位歷史學者而已，他是我們的時代裡在幕後推動許多事蹟的一名偉大人物。如果他當時在我們中間，為我們解讀那段預言，或許我們不需要派出信差就可以清楚了解預言的意義。但是，他可能不會這麼做，因為波羅莫注定要踏上這趟旅程。米斯蘭達從來不告訴我們未來會怎麼樣，也不明說他的目的。我不知道他是如何獲得了迪耐瑟的許可，可以自由的查閱我們的記載。當他願意教導我的時候（這機會極為少有），我便可從他身上學到一點東西。他一直以來都專注地搜尋與詢問我們有關剛鐸初創時於達哥拉一戰的相關記載，我們不願提及名號的那位魔頭，就是在這場戰役中被推翻的。他也非常關注有關伊西鐸的故事，不過我們在這方面能說的很少，因為連我們也不確定他的下落如何。」

法拉墨壓低了聲音繼續說：「但是，我至少知道，或是猜到了這些事，並且從此將它當作秘密藏在心裡：伊西鐸從那位無名者的手中取下了什麼東西，隨後他離開剛鐸，再不見於人世。我想，這就是米斯蘭達疑問的解答；不過，當時看起來，這只是研究歷史者才有興趣知道的細節而已。即使當我們反覆討論我們夢中的預言時，我也沒有想到那東西和伊西鐸的剋星是同一個東西。因為伊西鐸遭到伏擊，被半獸人射死，這是我們唯一所知道的傳說，米斯蘭達也沒有告訴我更多。」

「不過，我實在猜不出來這到底是什麼東西，但它一定是某種擁有強大力量，會帶來厄運的物品，或許是黑暗魔君所製造的某種邪惡武器。如果那是種可以讓人取得優勢的武器，我毫不懷疑驕傲、無懼的，往往不加思索，將米那斯提力斯的勝利擺在第一位（和他個人的榮耀）的波羅莫，可能會想要取得這東西，甚至受到它的誘惑。當初我就不應該讓他前往的！本來在我王和長老們的意見中，應該是由我來執行這任務；但是他自告奮勇前往，既然他是長子，又擁有更多的戰鬥經驗，我只能讓賢了。」

「不要擔心！即使這東西就放在路邊，我也不會想要伸手。就算米那斯提力斯即將淪陷，只有我能拯救她，我也不願為了她好以及為了我的榮耀而使用魔王的武器。不，德羅哥之子佛羅多，我不需要這樣的勝利。」

「愛隆主持的那場會議也是這麼認為，」佛羅多說：「我也一樣。我也不願意和它有所牽扯。」

「就我來說，」法拉墨說：「我寧願看到聖白樹再度開花結果，銀皇冠回到我城，米那斯提力斯重獲和平，米那斯雅諾恢復舊觀，充滿了光明和美麗，如同后中之后一樣的尊貴：而不是諸多奴隸中的女王，不，甚至不應該是諸多自願的奴僕中的善心女王。在我們對抗那吞蝕一切的邪惡時，戰爭是必要的手段，但我並不因刃利、箭尖而愛用它們，也不因戰士可以獲得榮耀而喜愛戰爭。我愛的是他們所致力保衛的，努曼諾爾人的城市，我寧願讓人們回憶它的美麗、它的古典和它的睿智，而不是讓人畏懼它的力量；除非，這力量是來自於對古代智者的尊敬。」

「因此，不要害怕！我並不打算要求你告訴我更進一步的消息，我甚至不準備問你我剛剛的猜測是否已經接近事實。不過，如果你願意相信我，或許我可以給予你一些忠告，甚至，在你的任務中協助你。」

佛羅多沒有回答，他幾乎向自己渴求幫助和忠告的慾望低頭了，他想要告訴這個肩負重責大任的青年，他的話語聽起來從容睿智，似乎一切都已經了然於胸。但有某種力量阻止了他，他的心中充滿了恐懼和哀傷：如果他和山姆真的是九人小隊最後的倖存者，那他就成了秘密的唯一保有者，寧可被誤會也不能魯莽地洩漏秘密。當他看著法拉墨，傾聽著他的話語時，波羅莫在魔戒誘惑下戲劇性的轉變過程，也活生生地出現在他腦海：他們兩人雖然不完全一樣，但卻又有很多方面相同。

他們沉默地走了一陣子，像灰色和綠色的影子穿過老樹下，腳步聲輕得難以察覺；在他們的頭頂上，有許多鳥雀鳴唱，太陽照耀在伊西立安長青的森林中，遮天的墨綠閃亮樹葉上。

山姆完全沒有介入這次的對話，他只是靜靜地傾聽著，同時，他也豎起哈比人靈敏的耳朵，聆聽著四周的一切聲響。他注意到一件事情，在這整段交談中，咕魯這名字一次也沒有出現過。他很高興，只不過，他並不敢奢望這名字會從此永遠消失。他很快就察覺到，雖然他們三個人走在一起，但附近還有許多其他的人類：不只丹姆拉和馬伯龍在陰影中穿梭，兩旁還有其他的人在走動，全都迅速隱密地前往同樣一個地點。

有一次，他似乎被某種遭到偷窺的不適感所驅使，突如其來地回過頭，發覺自己似乎看見有個黑色的小身影躲到一棵樹幹之後。他準備開口大叫，隨即又閉了起來。「我不是百分之百確定，」他對自己說：「如果他們都不打算再去想他，為什麼我又要提醒他們那個卑鄙鬼呢？我真希望自己可以把他忘記！」

因此，他們繼續往前，樹林慢慢變得越來越稀疏，地形也逐漸往下傾斜。然後他們再度往右轉，很快來到了一個狹窄山谷中的小河前：它是流入上方高處那個圓池塘後又流出的同一條溪，現在已經成了一條越過許多岩石，泛著泡沫的激流，兩旁垂吊著冬青和深色的黃楊。往西望去，他們可以看見下方籠罩在朦朧微光中的低地與廣闊的草原，以及遠方在偏西太陽照耀下，波光粼粼的大河安都因。

「在此，唉，我必須冒犯兩位。」法拉墨說：「我希望你們可以諒解一位直到目前為止都將禮貌置於命令之上，沒有下令殺死或是綁起你們的人。但從現在開始，我必須蒙上兩位的眼睛。這是上級的嚴格命令，任何外人，即使是和我們並肩作戰的洛汗驃騎也不例外，都不得看見我們即將踏上的道路。」

「就請你照著慣例來吧。」佛羅多說：「即使是精靈，在必要時也做同樣的事，在我們跨越羅斯洛立安的邊境時蒙上我們的眼睛。矮人金靂對此很不高興，但我們哈比人能夠忍受。」

「我將要帶你去的地方，沒有精靈的住所那麼美。」法拉墨說：「但我很高興你是自願而非由我強迫才接受。」

他低聲輕喚，馬伯龍和丹姆拉立刻走出森林，回到他身邊。「蒙上這些客人的眼睛。」法拉墨說：「綁緊一點，但不要讓他們覺得不舒服。不用綁住他們的手，他們會保證不試著偷看。其實我寧願相信他們會主動閉起眼睛，只是，人快摔倒的時候自然會睜開眼睛，我不能冒這個風險。領他們走，免得他們跌跤。」

兩名守衛用綠色的領巾蒙上了哈比人的雙眼，並且將他們的兜帽戴上，幾乎連嘴都遮住了。接著他們各自迅速牽住一人的手，繼續往前走。佛羅多和山姆對這最後一段路的了解，都是靠著在黑暗中猜測。過了一會兒之後，他們發現自己走在一條很陡的下降斜坡上，道路很快就縮窄到他們必須排成單行前進，還不時會摸到兩側的石壁。守衛走在他們兩人背後，雙手牢牢握住他們肩膀，給予指引。有時他們會來到比較崎嶇的地方，會被暫時抱起來，然後又重新放下。水流的聲音一直在右手邊，也變得越來越清楚、越來越大聲。最後，一行人停了下來。馬伯龍和丹姆拉將他們轉了好幾圈，讓他們完全失去了方向感。接著他們又往上爬了一小段路，溫度變得比較冷，水流的聲音也變微弱了。然後他們又被抱著走下許多階樓梯，繞過一個轉角。突然間，他們又聽見水流聲，清楚響亮，是沖激飛濺的聲音。這水聲似乎將他們團團包圍，他們還感到水如細雨般灑在他們手上臉上。終於，他們又被放回地面。他們呆立了片刻，心中忐忑不安，完全不知道自己身在何方，也沒有人開口說話。

然後，法拉墨的聲音從後方傳來。「解下他們的眼罩！」他說。兩名守衛掀開他們的兜帽拿掉蒙眼的領巾，他們眨著眼睛，深吸了一口氣。

他們站在一塊潮濕、光滑的石板上，它似乎是個門檻，他們身後是個從岩石中鑿出來的大門。他們面前則掛著一道薄薄的水簾，距離近到佛羅多伸手就可觸及流水。水簾朝西，落日的光芒一束束照在水簾上，紅光被折射成許多變換無窮、閃爍多彩的小光點。這情景彷彿是他們站在一座精靈高塔的窗前，窗簾是由金、銀、紅寶石、藍寶石和紫晶石等等所串成的，在不熄的光焰燃照下，瑰麗無比。

「至少我們來的時機剛巧，希望能夠彌補你們的耐心，」法拉墨說：「這是落日之窗，漢那斯安南，萬泉之地伊西立安中最美麗的瀑布，只有極少數的外人曾經看過這裡，可惜的是之後並沒有華麗的廳堂可以與之相匹配。請進吧！」

當他說話的時候，太陽已經落下，流水中的火焰也跟著慢慢地消逝。他們轉過身，進入低矮的拱門，立刻發現自己進入了一個石製的大廳，又寬又廣，連屋頂都高低不平。潮濕的牆壁上插著幾支點燃的火把，讓室內充滿著微弱的光芒，其他人則是三三兩兩的從另一邊的窄門走進來。當哈比人的眼睛習慣這黑暗之後，他們發現洞穴比之前想像大得多了，裡面裝滿了各式各樣的補給和武器。

「好啦，這就是我們的避難所。」法拉墨說：「這不是個很舒服的地方，但至少可以讓你們安全地度過一夜。這裡至少很乾燥，也有食物可吃，只是不能生火。古代有段時間流水是流經這座大廳，從那扇拱門流出去；但古代的巧匠在上面的峽谷中改了河道，讓流水從上方高處的岩石上落下，形成一個落差高兩倍的瀑布。為了避免流水或其他東西進入這個洞穴，當時的工匠把所有的入口都封閉了，如今只剩下兩個出口：一個是你們被蒙住眼進來的通道，另一個則是穿過那道水幕，落進一個滿是尖銳岩石的池塘中。你們先休息吧，我們會把晚飯預備好！」

哈比人被帶到一個角落，如果他們想躺下，那裡還有兩張低矮的床鋪。在此同時，人們在洞穴中各自忙開來，動作井然有序，安靜又迅速。他們從牆壁上取下克難的桌板，把它架在架子上，上面擺上餐具。大部分的餐具都十分樸實，不過每個的做工都十分細緻。圓盤子、碗、碟都是用黃楊木或褐色的黏土製作的，既光滑又乾淨。偶爾可以看到桌上擺著黃銅的杯子或是小盆；最內桌的中央，一個樸素的高腳銀杯放在將軍位置上。

法拉墨在人群當中走來走去，輕聲詢問每一個走進來的士兵。有些人是剛執行完追殺南方人的任務，其他一些人則是負責擔任後衛，肅清道路上的障礙。所有的南方人都被消滅了，唯一的例外只有姆馬克，沒有人知道牠的下落如何。直到目前為止，他們都還沒有發現敵人有任何動作，路上連一個半獸人的間諜都沒有。

「安朋，你什麼都沒發現嗎？」法拉墨詢問最後走進來的人。

「沒有，大人。」那男子說：「至少沒有半獸人。但是，我發現，或是我以為自己看見了某種奇怪的東西。當時天色已經快要黑了，那時人的視力往往會把東西誇大，或許那只不過是隻松鼠。」山姆一聽見這描述，立刻豎起耳朵。「但如果是這樣，那就是隻黑色的松鼠，而且牠還沒有尾巴。牠看起來像是地上的一道陰影一般，躲在一棵樹後面，當我一靠近，牠就像隻松鼠一樣飛快地爬上樹。您不准我們隨意射殺鳥獸，因此我也沒有浪費箭矢，反正當時天色也已經太暗了，我實在無法瞄準，那身影也在一瞬間消失在樹葉的遮掩中。不過我還是在那邊停留了一陣子，因為那景況看起來很可疑，後來我才匆忙地趕回來。我認為當我轉身離開的時候，聽見頭頂上方高處有什麼東西對我發出嘶嘶聲，或許是隻大松鼠。但也或許是在那無名者的陰影籠罩下，有什麼幽暗密林的野獸跑進了我們的森林裡來。根據傳說，那邊有怪異的黑色松鼠。」

「或許吧，」法拉墨說：「但如果真是這樣，這也是個壞兆頭，我們可不想要幽暗密林的動物逃到伊西立安的森林來。」山姆認為他在說這個話的時候，飛快地瞄了哈比人一眼，但山姆還是不動聲色。他和佛羅多就這麼在火把的光芒下躺著，人們壓低著聲音四處移動，佛羅多就這麼睡著了。

山姆掙扎著，和自己內心的想法不停爭辯。「他或許沒問題，」他想：「但也可能沒這麼簡單。華美的言辭可能包藏禍心。」他打了個哈欠。「我可以連續睡上一整個星期，我最好睡一下吧。就算我死撐著不睡覺，四周都是這麼高大的人類，山姆．詹吉啊！你又能夠幹些什麼？我想一點用也沒有。不過，你還是得要熬著保持清醒下去才行。」他最後竟然還是做到了。洞口的光芒漸漸黯淡下來，那道垂落的灰色水幕越來越模糊，最後消失在陰影裡。水聲的節奏單調地持續著，不管是早晨、傍晚或是深夜，它呢喃著讓人昏昏欲睡的低語。山姆不停地揉著眼睛。

此刻，又有更多的火把被點亮了，他們開了一桶葡萄酒，儲藏食物的桶子也被打開，人們從瀑布裡面取了很多水，有些人開始在水盆中洗手。部下們把一個銅盆和白色的毛巾，送到法拉墨面前讓他盥洗。

「叫醒我們的客人，」他說：「同時也給他們一些水，是該用餐的時候了。」

佛羅多坐了起來，打著哈欠伸了個懶腰。不習慣受人服侍的山姆驚訝地發現一名高大的男子向他行禮，手中捧著一盆水。

「先生，麻煩你把水放在地上就好！」他說：「這對你我來說都比較方便。」然後，在那人驚訝又好笑的目光下，他一頭泡進冷水中，並把水潑在脖子和耳朵上。

「你們家鄉的習慣是在吃晚飯前洗頭嗎？」伺候哈比人的男子問道。

「不，我們多半在早餐前洗頭。」山姆說：「但是如果你缺乏睡眠，潑些冷水在脖子上的效果和春天的及時雨澆在萵苣上一樣好。好啦！這會兒我可以保持足夠的清醒吃晚餐了。」

他們被帶到法拉墨旁邊的位子，為了方便他們吃飯，兩人的座位是在眾人坐的板凳上放上小桶子，然後再墊上許多張毛皮。在用餐之前，法拉墨和所有的部下都面向西方，沉默肅立了片刻。法拉墨示意山姆和佛羅多也跟著照做。

「這是我們的習俗，」他們坐下後他說：「我們會面向西，遙念努曼諾爾，以及再過去的精靈之鄉，向精靈之鄉以西的永恆之地致意。你們在用餐前有這樣的習俗嗎？」

「沒有。」佛羅多突然間覺得自己像個沒受過教育的鄉巴佬一樣。「但是，如果我們受邀用餐，我們會向主人行禮，在吃完之後也會再度行禮，感謝他們的招待。」

「我們也會這樣做。」法拉墨說。

在經過這麼長的野外旅行和紮營，以及在荒野中度過了那麼久的時日之後，這頓晚飯對哈比人來說像是難得的大餐一樣。他們可以飲用冰涼、香氣四溢的醇黃美酒，可以吃著麵包和奶油，享受醃肉和乾果，以及上好的紅色乳酪，而且是用乾淨的刀叉和碟子，以乾淨的雙手來享用。佛羅多和山姆對所有的食物都照單全收，第一份、第二份，甚至是第三份都是如此。美酒流入他們的血管和疲憊的四肢，自從離開羅瑞安之後，他們內心已經很久沒有感覺這麼輕鬆愉快過了。

用餐完畢之後，法拉墨帶領兩人來到洞穴後方一處凹進去的空間，這裡有道簾幕半遮著；並且安放了一張椅子和兩張凳子，壁龕中放著一盞黏土燒製的油燈。

「你們可能很快又會昏昏欲睡了，」他說：「特別是這位忠心的山姆衛斯先生，他在吃飯之前連眼都不肯閉一下，我不知道他是怕我，還是怕會錯過晚餐。不過，剛吃過飯就睡覺對身體實在不好，更何況是在一頓大餐之後。我們先聊聊天吧！你們從瑞文戴爾一路到這邊來，中間一定有很多的故事可以說。而且，或許你們也願意聽聽有關現在你們所處這塊土地的故事。告訴我有關我哥哥波羅莫，還有老米斯蘭達，以及羅斯洛立安的美麗居民的故事。」

佛羅多此刻不再覺得昏昏欲睡，也很想交談。不過，雖然食物和美酒讓他放鬆下來，卻沒有讓他喪失警覺性。山姆自顧自地哼著歌，在佛羅多開口之後，起初他很滿足於傾聽，只偶爾會發出贊同的聲音。

佛羅多講述了許多經歷，不過，他總會在關鍵時刻把話轉離遠征隊的任務和魔戒，同時，還刻意強調波羅莫在這整趟冒險中的英勇事蹟，包括對抗荒野中的惡狼，在高山上和暴風雪搏鬥，以及在甘道夫喪生的摩瑞亞礦坑中奮戰。法拉墨對於橋上的一戰極為動容。

「逃離半獸人，對波羅莫來說一定很難忍受，」他說：「即使是躲避你所說的那個妖獸炎魔也一樣。不過，他還是最後一個離開的！」

「他的確是最後一個離開的，」佛羅多說：「亞拉岡也被迫扛下了領導我們的責任。在甘道夫犧牲之後，只有他知道我們該怎麼走。但如果不是為了照顧我們這些弱小的隊員，我想他和波羅莫都不會逃離該地的。」

「也許吧，如果波羅莫和米斯蘭達一同葬身該處，而不是繼續前去面對等在拉洛斯瀑布上方的命運，對他會好得多。」法拉墨說。

「也許。不過，現在換你告訴我你們的遭遇了。」佛羅多說，再度刻意轉開話題。「這樣我才能更了解米那斯伊西爾和奧斯吉力亞斯，以及長久以來屹立不搖的米那斯提力斯。在這場漫長的戰爭中，你的城市有什麼戰勝的希望？」

「我們有什麼希望？」法拉墨回答：「從很久以前我們就不抱持希望了。如果伊蘭迪爾的聖劍重臨，或許可以協助我們重拾希望；但是，除非某種預期之外的精靈或是人類的援軍到來，否則那也只會是曇花一現而已。因為敵長我消，我們是一支逐步衰頹，已經步入秋天卻沒有春天的民族。」

「努曼諾爾的人類，絕大多數散居在大陸沿海地區，但是其中大部分都已經受到邪惡的誘惑而墮落了。許多人沉陷入黑暗和邪惡的誘惑中，有些人則是無所事事，喪失鬥志；有些則是彼此征戰，互相削弱力量，直到他們被野人所征服為止。」

「我們在剛鐸從不碰觸這些邪惡的知識，也不會讓無名者在我邦中受到尊崇。西方所遷來的古老智慧和美麗，只存在於伊蘭迪爾子嗣的國度中，現在依舊沒有消散。但是，即使剛鐸落入了不同程度的腐敗，認為魔王陷入了沉睡；忘記他只是被驅逐而非被消滅。」

「死亡之氣四處蔓延，因為努曼諾爾人的家鄉雖然毀滅了，但是他們依舊渴求著萬世不變的永生不死。國王建造著比生者住宅還要豪華的陵墓，對於古代的先祖名諱，記憶得比自己子孫之名還要清楚。毫無子嗣的國王枯坐在衰敗的王宮中，思索著繼承人的問題，在密室中衰老的人們試驗著強效的不死藥，或是在高而寒冷的塔中觀測星象，而安那瑞安一系的國王，沒有留下任何的血脈。」

「但是，宰相的家族相形之下卻比較睿智，也更幸運。睿智，是因為他們從海岸邊徵召我族中強壯、堅定不屈的百姓，也從伊瑞德尼姆拉斯山脈中找尋飽經歷練的同胞。他們和北方驕傲的民族簽訂休戰和約，那些勇猛強悍的人雖然經常攻擊我們，卻與我們有著遠親的關係，和野蠻的東方人或是殘酷的哈拉德人完全不同。」

「因此，到了第十二代宰相其瑞安的年代時（我父親是第二十六代），他們騎馬前來援助我們在凱勒布蘭特平原上的血戰，消滅了侵占我們北方省分的敵人。他們就是我們所稱的洛汗人，牧馬王，我們將卡蘭納松的疆土分封給他們，從此那地改名為洛汗國，因為那裡本來就是我帝國中地廣人稀的一個省分。他們從此成了我們的盟友，對我們一直十分忠誠，只要我們有需要，他們就會前來支援；同時，他們也協助我們守衛北方邊境和洛汗隘口。」

「他們從我們的歷史和文化中盡可能地學習，在必要的時候，他們的王族也會使用我們的語言。不過，在絕大部分事上他們還是堅持祖先的文化和記憶，使用自己的北方語言。我們十分喜愛他們，他們是高壯的男子和美麗的女子，都同樣的驍勇善戰，有金色頭髮和明亮的雙眸，而且很強壯。他們讓我們想起了遠古時候，人類活力十足的初民。根據我們歷史的記載，這些驃騎們的確和我們擁有緊密相連的血緣，他們的祖先和努曼諾爾人一樣，是來自於人類那三個古老的家族；他們不是精靈之友金髮哈多的直系後裔，但他的百姓與子孫中或許有人留在這塊大陸上，拒絕了主神的召喚渡海前往西方。」

「因此，在我們的歷史記載中，我們將人類分成了上民，或西方之民，也就是努曼諾爾人；以及中民，曙光之民，也就是洛汗人和他們依舊居住在北方大地的同胞；以及最後的野人，黑暗之民。」

「但是，就如同洛汗人變得更文明、更溫和的同時，我們也變得更像他們，再也無法聲稱自己是什麼上民了。我們也成為了所謂的中民，曙光之民，但卻還擁有別的記憶。因此，我們雖然和驃騎們一樣熱愛戰爭和榮譽，以及任何本身良善的事物，它們算是種磨練，也是種手段；雖然我們依舊認為一名戰士應該擁有更多的學識和本領，不該只是知道殺戮和使用武器，卻照樣最推崇戰士，把戰士看得比其他職業的人要高，這是因為我們這個黑暗時代的需要。因此，就連我哥哥波羅莫，也是因他的驍勇善戰，而被視為是剛鐸的第一勇士。他確實非常英勇：米那斯提力斯的後裔已經許久沒有出過這麼勇敢、身先士卒的戰士，也沒有人能夠像他那樣吹響皇家的號角了。」法拉墨嘆了口氣，陷入沉默中。

「大人，你的故事中都沒提到有關精靈的事。」山姆突然鼓起勇氣說道。他注意到法拉墨在提到精靈時似乎非常尊敬；這比他的彬彬有禮以及美酒佳餚更贏得山姆的尊敬，同時也平息了山姆的疑慮。

「山姆衛斯先生，我確實沒提，」法拉墨說：「因為我沒有特別研究精靈的典故。但是你也觸及了我們逐漸從努曼諾爾人退化為中土居民的另一個關鍵。如果米斯蘭達確實和你們同行，而你們也和愛隆交談過，那麼你們應該知道：努曼諾爾人的祖先伊甸人，在起初的大戰中和精靈們並肩作戰，也因此贏得了海中王國的獎賞，可以從那邊眺望到精靈之鄉。但是，在這黑暗的年代中，中土世界的人類和精靈在魔王的詭計下彼此疏遠了，隨著時間的流逝，各自走上了不同的道路，彼此漸行漸遠。人類現在會懷疑和畏懼精靈，又對他們幾乎一無所知。我們這些剛鐸的居民也變得和其他人類一樣，像是洛汗人一樣；連他們這些黑暗魔君的敵人，都會避開精靈，對黃金森林充滿了恐懼。」

「不過，我們當中依舊有人在可能時便和精靈往來，甚至不時會有人秘密前往羅瑞安，但極少有回來的。我不是這樣的人，因為我認為凡人刻意去尋找這些長生不死的種族是危險的。但是，你們和白女皇交談的經驗依舊讓我十分羨慕。」

「羅瑞安的女皇！凱蘭崔爾！」山姆大喊著：「你應該見見她才對，真的，大人！我只是個哈比人，在家鄉的工作是個園丁，大人，你懂吧，我不擅於吟詩作對，或許偶爾會來上一兩首打油詩，你知道的，但是真正優美的詩歌就不行了。所以我沒辦法告訴你我真正要說的意思，那得要變成詩歌才能夠表達其萬一。你得要去找神行客，啊，就是亞拉岡啦，或者是老比爾博先生，才能夠聽到真正的詩歌。但我真希望我能夠為她作一首歌。大人，她真的很美！漂亮極了！有些時候像是花海中的高大神木，有些時候又像是纖細美麗的白色雛菊；如同鑽石般堅硬，如同月光般柔軟；溫暖似陽光，冰冷如星霜；如白雪覆蓋的山巔般高傲又遙不可及，像春日裡頭上戴著野菊花冠般天真歡喜。不過，這都只是我自己的胡言亂語，都無法描述她真正的美貌。」

「那麼她一定真的非常美了，」法拉墨說：「美到讓人覺得危險。」

「我對於你所謂的危險不太了解，」山姆說：「但是我剛剛想到，人們多半把自己的危險帶入羅瑞安森林，然後才發現那裡的危險是他們帶去的危險。但或許你可以稱她是危險的，因為她擁有極度讓人懾服的力量。你有可能在碰上她時被撞得粉碎，就像是船隻撞上岩石一樣；或者你可能會溺死，就像哈比人落到河裡一樣。但是，你不能因此責怪河流或是岩石。說到波羅──」他住了口，滿臉漲得通紅。

「嗯？你要說波羅莫怎麼樣？」法拉墨追問道：「你準備要說什麼？他把自己的危險帶進羅瑞安？」

「是的，大人，請您見諒，我認為您哥哥的確是個好人，但您應該也很了解他。從瑞文戴爾出發以後，我就一路觀察他，仔細注意他的一言一行；請您原諒我的小心眼，不過我這都是為了主人的安全，對波羅莫沒有任何不敬的意思。我個人認為，他在羅瑞安第一次清楚意識到我早就猜到的：他真正想要的是什麼。從那一刻起，他才知道自己想要的是魔王的戒指！」

「山姆！」佛羅多大吃一驚喊道。他剛剛正陷入沉思，突然回神時卻發現自己已經太遲了。

「天哪！我幹了什麼好事！」山姆臉色變得煞白，接著又漲成豬肝色。「我又來了！老爸常對我說：**你如果想要張開大嘴，最好把腳塞進去**！他這次又對了。喔，天哪，天哪！」

「聽著，大人！」他轉過身，鼓起所有的勇氣面對法拉墨。「請您千萬不要因為僕人的愚蠢而占我主人的便宜。你之前的話一直都冠冕堂皇，一直談著有關精靈什麼的，讓我喪失了戒心。但是，我們常說**冠冕堂皇者必有其可取之處**，此刻正好是證明你真正人格的機會！」

「看起來的確是。」法拉墨非常輕柔、非常緩慢地說，臉上露出奇異的笑容：「原來這就是一切謎團的解答！原來是人們認為早已被摧毀的至尊魔戒。波羅莫試著靠武力搶奪這枚戒指？而你們逃了出來？然後一路奔逃——來到我這裡！在這荒野中，你們這兩名半身人落在我手裡，我還有一群部隊聽我的號令，而戒中之戒就在我的面前。這真是太幸運了！這是剛鐸大將法拉墨展現高潔德行的機會！哈！」他站了起來，極其高大和嚴肅，雙眼中閃動著光芒。

佛羅多和山姆從凳子上跳起來，肩並肩背靠在牆上，同時笨拙地伸手去抓劍柄。四周一片寂靜。洞穴中所有的人都停止了談話，神情驚奇地看著他們。但是法拉墨重新在椅子上坐定，開始無聲啞笑，然後突然再次變得神情肅穆。

「唉！不幸的波羅莫！這實在是太嚴苛的考驗了！」他說：「你們兩位來自遙遠異鄉的旅人，背負著人類的大難，你們是如何地增添了我的悲傷啊！但是，你們對人類的判斷力卻不及我對半身人。剛鐸都是言出必行的人。我們極少開口，但只要誓言一出，我們就會謹守諾言，死而後已。我之前說過，**即使這東西就放在路邊，我也不會想要伸手**。即使我是那渴望擁有此物之人，並且就算我說的當時並不清楚知道它是什麼，我也仍然會把那句話當作誓言，謹守我的承諾。」

「但我不是渴望它之人。或者說，我聰明到足以知道有些危險是人必須躲避的。安心坐下！山姆衛斯，不要擔心。如果你剛剛是不小心說漏了嘴，就把它當作命運的安排吧。你那顆心不只忠誠，更刁鑽精明，看得比你那雙眼睛要清楚多了。雖然這看起來很奇怪，但告知我這件事是安全的。這或許還幫了你所愛的主人的忙。事情如果是在我的能力範圍之內，我會給予他協助。所以，不要擔心。但是，也請你不要再提到這東西了，一次就夠了！」

哈比人回到座位上，非常安靜地坐著。人們回頭繼續喝酒談話，以為剛剛將軍和小客人們開了什麼玩笑，現在已經恢復了平靜。

「好吧，佛羅多，我們終於對彼此都開誠布公了。」法拉墨說：「如果你是由於其他人的要求，而非自願地收下這東西，那麼我對你致上敬意及同情；而且，我對你竟然能夠將它藏著而不去用，感到十分敬佩。對我來說，你代表了一種新的人和新的世界。你的同胞們都像你一樣嗎？那麼你的國度一定是個和平安詳的地方，園丁在那邊一定極受尊敬。」

「我們那裡並不是天堂，」佛羅多說；「但的確很尊敬園丁。」

「不過，即使在花園裡面，人們也一定會覺得疲倦，就如這世界太陽下的所有生物一樣。你又離家很遠，疲憊不堪，今晚就到此為止吧。去睡吧，兩位，盡可能好好休息。不要害怕！我不想要看它或碰觸它，甚至不想要更了解它（我目前所知道的已經足夠了），以免危險萬一偷襲我，我會在考驗中敗給德羅歌之子佛羅多。現在去休息吧——不過，如果你們願意的話，只要告訴我一件事，你們想去哪裡，以及要做些什麼。因為我必須觀察、等待和周詳思考。時間過得很快，明天一早，我們各自都必須趕向自己該走的路。」

起初的震驚已經過去了，但佛羅多仍覺得自己不住在發抖。這時極大的疲憊猶如烏雲壓頂，他再也沒有辦法強打起精神了。

「我得要找條路進入魔多。」他用微弱的聲音說：「我準備要前往葛哥洛斯盆地，我必須要找到火之山，並且將這東西丟進末日裂隙中。甘道夫是這樣告訴我的。我不認為我有能力到達那裡。」

法拉墨極其震驚地瞪視了他片刻。然後，他突然及時接住了搖搖欲墜的佛羅多，溫柔地將他抱起，走過去將他放在小床上，替他蓋好被子，他立刻就陷入了深深的沉睡中。

旁邊的另一張床是為他僕人準備的。山姆遲疑了片刻，然後深深一鞠躬：「晚安，將軍大人，」他說：「大人，你接受了考驗。」

「是嗎？」法拉墨說。

「是的，大人，你也證實了你的人格是最高潔的。」

法拉墨笑了：「山姆衛斯先生，你真是個魯莽的僕人。不過，我還是認為有德者的稱讚是最值得珍惜的。可是，我其實沒什麼值得讚美的。我既未受到引誘，也不想做超過我本分的事啊。」

「啊，好吧，大人，」山姆說：「你說過我的主人有種精靈的氣質，你的看法很正確。但請容我補上一句：你也有種特殊的氣質，大人。這讓我想起，想起——好吧，巫師甘道夫。」

「或許吧。」法拉墨說：「也許你洞悉的，是來自遙遠努曼諾爾的氣質。晚安！」

第六節　禁忌之池

佛羅多醒過來時，看見法拉墨正俯身望著他。一瞬間，他被過去的恐懼所攫住，連忙坐起身子不停地往後縮。

「沒什麼好怕的。」法拉墨說。

「天已經亮了嗎？」佛羅多打著哈欠問道。

「還沒，但夜晚已經快要結束了，滿月已經開始落下。你要來看看嗎？我還有另外一件事情需要你的意見。很抱歉吵醒你，但你願意過來嗎？」

「好的，」佛羅多爬起來，一離開溫暖的被子和毛皮，他不禁打了個寒顫。這個沒有火焰的洞穴似乎有些寒意；在這一片沉寂中，水聲顯得格外吵人。他披上斗篷，跟著法拉墨一起離開。

山姆突然間由於某種警戒心而醒了過來，當他一看到主人的空床時，立刻跳了起來。然後他看到兩個黑暗的身影，佛羅多和一名人類，站在黑暗的拱門前，該處現在灑滿了蒼白的光芒。他急忙跟了過去，穿過一排排沿牆席地而睡的人。當他走到洞口的時候，發現原先的簾幕已經變成了一幅由絲綢、珍珠和銀線所織串成的薄紗，閃爍炫目：那是皎潔的月光所融成的。但是，他並未停下來欣賞它，而是轉往一旁跟著主人穿過洞壁上的狹窄出口。

他們先是走進一個黑暗的通道中，然後邁上很多級潮濕的階梯，來到一個在岩石中挖出的小平台，此地藉由頭頂上方的深長天井所透下的蒼白天光來照明。從這裡階梯分成兩道，一道繼續往上走，似乎通到瀑布上方溪流的堤岸，另一道轉向左邊。他們走左邊這條。它彎彎曲曲的往上攀升，像是塔樓中的階梯一般。

最後，他們走出了黑暗的岩石通道，向四面張望。他們正站在一塊寬闊平坦的大岩石上，四邊沒有欄杆或護牆。在他們的右邊，也就是東方，湍急的溪流直瀉而下，落在許多階梯上，然後湧入一道開鑿出來的光滑渠道，水花翻滾白沫四濺，幾乎就從他們腳前流過，然後從他們左邊懸崖上的裂口一頭栽下去。一名男子站在懸崖邊，一言不發地往下看。

佛羅多轉頭看著那左彎右拐打著漩渦的水流；然後他抬起頭，望向遠方。整個世界安靜而冰冷，黎明似乎即將來臨。在西邊遠處，一輪圓月正在慢慢下沉。蒼白的霧氣繚繞著底下壯麗的山谷：一個填滿了銀色霧氣的寬闊深淵，底下奔流著安都因大河的冰冷黑水。在那之外則是一片墨黑，其中閃爍點綴著冰冷、尖銳、遙遠、白如鬼牙般的伊瑞德尼姆拉斯，剛鐸的白色山脈的山峰，上面掛著終年不融化的積雪。

佛羅多在那高聳的岩石上站了片刻，一陣寒意流過他的背脊：不知道在這片廣闊的黑暗大地上，他的老隊友們究竟在何處行走或躺臥，又或是已經死去，被霧靄所包裹掩埋。他為什麼會被叫醒帶到這邊來呢？

山姆也急著想要知道這問題的答案，因此又等不及開始喃喃自語，當然，他以為這只有主人聽得見：「佛羅多先生，這的確是個很美的景色，但是我都凍到心裡，更別提骨子裡！到底有什麼事情？」

法拉墨聽見了，立刻回答道：「月落剛鐸。這是他[1]離開中土世界前，從古老的明多陸因山脈上，投給美麗的伊希爾的最後一瞥。這景色值得你稍稍發一下抖。不過，這不是我主要帶你來看的東西——至於你，山姆衛斯，你是不請自來，寒冷是你警覺過頭的懲罰。等一下喝杯酒就沒事了。過來，和我們一起看吧！」

他走到黑暗的崖邊，站在那名沉默哨兵身旁，佛羅多跟了過去。山姆站在他們背後的原地上，光是這塊高聳、潮濕的平台就讓他覺得夠不安了。法拉墨和佛羅多一起往下看。很深的懸崖下，他們看見白花花的水流灌進一個充滿水沫的大池塘中，然後在岩石的橢圓盆中打著漩渦，直到它們再度找到一個狹窄的出口，嘰哩咕嚕地流入更平坦的地區。月光依舊照在瀑布的底端，在池中的波瀾上泛著光芒。此刻，佛羅多察覺到有個小小的黑色身影站在池邊，不過，就在他張大眼睛看時，那身影跳入水中，像一枚飛箭或利石般乾淨俐落地切開水面，消失在瀑布激起的大量漩渦與泡沫中。法拉墨轉頭問身旁的人：「安朋，這次你覺得它是什麼東西？松鼠，還是魚狗？在幽暗密林漆黑的池塘中有黑色的魚狗嗎？」

「不管它是什麼，總之絕對不是一隻鳥。」安朋回答道：「他擁有四肢，潛水的樣子很像人類，看起來水性也非常好。他到底在找什麼？想要找路穿過水幕進入我們的藏身處嗎？看來我們似乎終於被發現了。我身上帶著弓箭，我也在池塘的兩邊安排了和我一樣百步穿楊的射手。將軍，只要你一聲令下，我們馬上會把他射死。」

「可以嗎？」法拉墨迅速轉向佛羅多問道。

佛羅多一時間沒有回答。然後，「不行！」他說：「不！我求你們不要這樣做！」如果山姆膽子夠大，他可能會搶先大聲說：「可以！」雖然他看不見，但是他從眾人的對話中足以猜到他們發現了什麼。

「那麼，你知道這是什麼囉？」法拉墨說：「來吧，既然你已經看過了，告訴我為什麼要饒過他。在我們之前所有的談話中，你完全沒有提及這個猥瑣的同伴，而我也暫時不加追問。我等著他被抓到我面前來再說。我派出了最精銳的獵手去找尋他，但是他都躲了過去，除了在此的安朋昨天傍晚曾經發現過他之外，其他人直到現在才看見他的蹤跡。不過，現在他所做的比在山上捕捉兔子嚴重得多，他竟然膽敢來到漢那斯安南，這下他只有死路一條了。我對這生物感到非常驚奇，他如此狡猾隱密地溜到我們藏身之地前的池塘來游泳；難道他以為人類晚上睡覺的時候都不警戒嗎？他為什麼會這樣做？」

「我想，有兩個答案。」佛羅多說：「首先，他對於人類所知甚少，即使他這麼狡猾，但你的藏身處是如此隱密，他可能根本不知道有人類躲在裡面。其次，我想他是被一種宰制的慾望誘惑來此，這慾望強過了他的謹慎。」

「你說他是被誘惑到這裡來的，是嗎？」法拉墨壓低聲音說：「那麼他知道你的重擔嗎？」

---

1 努曼諾爾人和哈比人一樣，都稱月亮為男性的「他」，太陽為女性的「她」。

「的確知道。他自己曾經擁有它許多年。」

「他是持有者？」法拉墨驚訝地猛吸一口氣：「這又牽扯到了更多的謎團，那麼他在追逐這個東西囉？」

「或許吧。這對他來說十分珍貴。但我沒提過這件事。」

「那這傢伙到底在找些什麼？」

「魚，」佛羅多說：「你看！」

他們低頭望向底下那黑暗的池子。一顆黑色的小腦袋出現在池子遠方的一端，正好在岩石深沉的陰影外；池中銀光一閃，泛起一陣小小的漣漪。他游到池邊，接著如青蛙般以令人驚異的敏捷度爬出水面上岸。他立刻坐了下來，在池邊啃咬著剛剛發出銀色閃光的物體，最後一絲月光現在已經落入池子底端的石壁後了。

法拉墨輕輕地笑了。「魚！」他說：「這種慾望可能比較沒那麼危險吧。或許也不一定，漢那斯安南的魚可能會讓他付出一切。」

「我已經瞄準他了。」安朋說：「將軍，我到底該不該射呢？根據我國的律法，未經允許前來此地只有死路一條。」

「等等，安朋，」法拉墨說。「這件事情沒有這麼簡單。佛羅多，現在你有什麼看法？我們為什麼要饒過他？」

佛羅多說：「這生物又餓又可憐，而且毫未察覺自己的危險。還有，甘道夫，你口中的米斯蘭達，他也會要求你不要為這些原因而射殺他。他曾禁止精靈這樣做。我不太清楚知道到底為什麼，而我所猜測到的部分也不能在此公開說。但這生物在某方面似乎和我的任務息息相關；在你找到我們並將我們帶走之前，他是我的嚮導。」

「你的嚮導！」法拉墨說：「這事情變得更奇怪了！佛羅多，我會為你做很多事情，但這件事我不能讓步：讓這狡猾的傢伙隨心所欲地自由來去，稍後高興的話再加入你們，或遊蕩時被半獸人抓走，在酷刑威逼下透露出他所知道的一切。我們必須殺死他或是抓住他；如果無法迅速抓到他，我們就必須殺死他。但是，如果我們不藉著羽箭，要如何抓住這個滑如泥鰍的傢伙？」

「讓我靜悄悄地下去接近他。」佛羅多說：「你們可以彎弓搭箭，如果我失敗了，至少可以先射死我，我不會逃走。」

「那就快點去吧！」法拉墨說：「如果他能夠活著逃出，這傢伙下輩子都必須擔任你忠實的僕人了。安朋，帶佛羅多下到池邊，動作輕一點，這傢伙鼻子和耳朵都靈得很，把你的弓箭給我！」

安朋哼了一聲，領路走下蜿蜒的階梯到達一處平台，然後又走上另一道階梯，最後來到一個被樹叢掩蓋的隱密出口。在靜悄悄的穿過出口之後，佛羅多發現自己身處在池子南邊的岸上。天色現在極暗，瀑布顯得灰白，僅能反射西方天空殘餘的月光。他看不見咕魯的蹤影。他往前走了幾步，安朋悄無聲息地走在他身後。

「繼續走！」他對著佛羅多的耳朵低聲說：「小心你的右邊，如果你掉進池子裡，除了你那捕魚的朋友之外可沒人能幫你。也別忘記，附近還有弓箭手，雖然你看不見他們。」

佛羅多躡手躡腳地彎身走向前，像咕魯一樣用手往前探路，並且穩住自己的身體。大部分的岩石都十分平坦光滑，但略帶濕滑。他停下腳步傾聽著。一開始他什麼也聽不見，只有背後瀑布不停沖下的流動聲；隨後，他才聽見前方不遠處有個嘶嘶聲在低語。

「魚，好魚兒。白臉已經消失了，寶貝，好不容易，是的。現在我們可以平靜地吃魚。不，不平靜，寶貝。因為我的寶貝不見了，是的，不見了。骯髒的哈比人，臭哈比人。把我們丟在這裡跑掉了，咕魯；寶貝也跟著走了。只剩下可憐的史麥戈獨自一人。不，寶貝。可惡的人類，他們會拿走它，偷走我的寶貝。小偷。我們恨他們。魚，好吃的魚。會讓我們身強體壯，會讓眼睛發亮，手指有力，是的。勒死他們，寶貝。只要我們有機會，就把他們全都勒死。好魚。好好的魚！」

他就這樣一直不斷的重複著，幾乎和瀑布一樣無止無休，中間只被他進食所發出的咬齧與吞嚥聲所打斷。佛羅多打了個寒顫，帶著憐憫和厭惡的情緒聽著。他真希望這一切可以停止，讓他永遠再也不需要聽見那聲音。安朋就在背後不遠，他可以溜回去，要求他讓射手放箭。在咕魯大快朵頤的時候，這些人或許可以靠得夠近，只要一支箭正中目標，佛羅多就可以永遠擺脫掉這可惡的聲音。可是，不行，他必須負起照顧咕魯的責任，主人必須因為僕人的服務而照顧他們，即使這服務是出自於恐懼。如果不是咕魯，他們可能早就在死亡沼澤中滅頂了。還有，佛羅多不知怎地知道，甘道夫不會希望這樣的。

「史麥戈！」他柔聲叫喚。

「魚，好吃的魚。」那聲音說。

「史麥戈！」他又更大聲了一點。那聲音停了下來。

「史麥戈，主人回來找你了。主人在這裡。快來，史麥戈！」對方沒有回答，只輕嘶一聲，彷彿深吸了一口氣。

「快來，史麥戈！」佛羅多說：「我們有危險了。如果人類發現你在這裡，他們會殺死你。如果你不想死，就快點來，快來主人身邊！」

「不！」那聲音說：「主人不好，留下可憐的史麥戈，和新朋友走掉。主人可以等，史麥戈還沒吃完。」

「沒時間了。」佛羅多說：「把魚一起帶走，快來！」

「不！一定要吃完魚。」

「史麥戈！」佛羅多無比著急地說：「寶貝會生氣了。我要拿走寶貝，然後告訴它：讓他吞下骨頭，嗆到不能呼吸，永遠不准再嘗到鮮魚了。來吧，寶貝在等待！」

黑暗中傳來猛然吸氣的聲音，接著咕魯四肢並用地從陰影中爬了出來，像是隻被召喚的聽話狗狗一樣。他嘴巴裡叼著一隻吃到一半的魚，手上還拿著另外一隻。他爬到佛羅多身前，幾乎和他鼻子碰鼻子，並且開始嗅聞他的味道。他蒼白的眼睛開始閃亮，然後從嘴裡拿出魚，站了起來。

「好主人！」他低語道：「好哈比人，回來找可憐的史麥戈了。好史麥戈來了。現在讓我們趕快走吧，快點走，是的。穿過樹林，趁天色黑的時候。是的，來吧，我們快走吧！」

「是的，我們很快就會出發了。」佛羅多說：「但不能馬上就走，我會遵照之前的承諾和你一起走，我也再度做出承諾，但不是現在。你還沒有逃離危險，我會救你，但你必須相信我。」

「我們必須相信主人？」咕魯懷疑地說：「為什麼？為什麼不馬上走？另一個粗魯的哈比人呢？他在哪裡？」

「在上面。」佛羅多指著瀑布說：「我必須帶著他走，我們得要回去找他才行。」他的一顆心開始往下沉，這實在太像是欺騙了。他並不擔心法拉墨會讓咕魯被殺死，但他很可能會將他囚禁起來，綁住他；對這個天性狡猾的可憐傢伙來說，這看起來就像是佛羅多騙了他。他可能永遠都無法讓咕魯理解，這是他唯一可以用來拯救他的辦法。他還能怎麼辦？他只能對雙方都盡量保持信心吧。「來吧！」他說：「不然寶貝會生氣的。我們要回到河流上游。來吧，來吧，你走前面！」

咕魯沿著池邊往前爬了不遠，不停地嗅聞著，很是懷疑。這時他停下來並抬起頭。「有什麼東西在那邊！」他說：「不是哈比人。」突然間他猛轉過頭，凸出的雙眼中閃動著綠色的光芒。「主人，主人！」他帶著嘶嘶聲說道：「狡猾！騙人！說謊！」他吐了口口水，伸出細長的手臂，扭動著手指。就在那一瞬間，安朋高大的黑色身影從他背後站起來，將他撲倒。一隻強而有力的手掐住了他的咽喉，將他壓制住。他如同閃電般不停扭動，全身濕漉漉、黏答答的他，扭動得像隻蛞蝓，又像是惡貓一般的又抓又咬。但接著又有兩個人類從黑暗中鑽了出來。

「不准動！」一個人說：「不然我們會把你全身射滿箭，讓你變成刺蝟！不准動！」

咕魯軟癱下來，開始哀嚎啜泣，他們毫不溫柔地將他五花大綁。「輕點，輕點！」佛羅多說：「他的力氣沒辦法和你們比，請盡量不要弄傷他。如果你們小心一點，他會比較安靜的。史麥戈！他們不會傷害你的，我會和你一起去，你就不會受傷的。除非他們殺了我！相信主人！」

咕魯轉過頭，又對他吐口水。旁邊的人將他拎起來，用頭罩將他眼睛蓋住，將他帶走。

佛羅多緊跟在後，覺得胸中有著極大的罪惡感。他們穿越了樹叢後的開口，沿著樓梯和通道再度回到洞穴中。洞穴中又點亮了兩三支火把，人們開始騷動。山姆也在那邊，他對那些人所扛著五花大綁的東西投以怪異的眼光。「抓到他了嗎？」他問佛羅多道。

「是的。不過不是我，我沒抓他。一開始，他是因為相信我而過來，我不希望他被綁成這樣。我希望最後一切會沒事，但這整個過程讓我覺得很不舒服。」

「我也是。」山姆說：「不管是哪裡，只要有這悲慘的傢伙在，就會令人不舒服。」

一名男子走了過來，對哈比人比了個手勢，示意他們走到洞穴後方的隔間去。法拉墨坐在他的椅子上，頭上壁龕中的油燈也再度點亮了。他示意兩人在他身旁的凳子上坐下來。

「替我們的客人送酒來。」他說：「也把那俘虜帶到我面前。」

酒送了上來，隨後安朋也帶著咕魯走過來。他拿掉了咕魯腦袋上的頭罩，將他扶起來，並且站在後面支撐著他。咕魯眨著眼，用他厚重灰白的眼皮遮住他眼中的惡毒。他看起來十分悲慘，渾身濕答答的，又聞起來都是魚腥味（手上還抓著一隻魚）。他稀疏的頭髮如同海草般掛在額頭上，鼻翼不停地翕動著。

「放我們走！放我們走！」他說：「繩子弄痛我們了，是的，好痛啊，我們什麼都沒做。」

「什麼都沒做？」法拉墨用銳利的目光掃視著這可憐的傢伙，但他的臉上沒有任何的表情，沒有憤怒、沒有憐憫、沒有驚訝。「什麼都沒做？你難道沒有做過任何該被綁起來，或是承受更嚴重處罰的罪名嗎？無論如何，這都非由我來論斷，幸虧如此。不過，今夜，你來到了擅入者死的地方，這池塘裡的魚要讓你付出很大的代價。」

咕魯立刻丟下手中的魚。「不要魚了。」他說。

「代價不在於你捕捉的魚上。」法拉墨說：「單是來到這邊看到那池子，就是唯一死刑。靠著這邊這位佛羅多的懇求，我才讓你活到現在，他說你至少還做過一些值得他感謝的事。不過，你的說法也得讓我滿意才行。你叫什麼名字？你什麼時候來的？你準備去哪裡？你有什麼目的？」

「我們迷路了，迷路。」咕魯說：「沒名字，沒目的，沒寶貝，什麼都沒有。只有空肚子。只有餓餓；是的，我們很餓。幾隻小魚，幾隻臭臭的瘦小魚給可憐的我們吃，他們就說要殺人。他們真睿智，真公正，真是好公正！」

「我並不睿智，」法拉墨說：「不過，倒還算是公正，至少是我們的小小智慧可以容許的公正。佛羅多，鬆開它！」法拉墨從腰間拿出一柄小刀，遞給佛羅多。咕魯誤會了他的意思，害怕地趴在地上。

「來，史麥戈！」佛羅多說：「你必須相信我，我不會拋下你的。實話實說，這對你會有好處，不會傷害到你的。」他割斷了咕魯手腕和腳踝上的繩子，並且將他扶起來。

「過來這邊！」法拉墨說：「看著我！你知道這地的名字嗎？你之前來過這裡嗎？」

咕魯緩緩抬起眼來，不情願地看著法拉墨。他的雙眼黯淡無光，空洞蒼白地瞪視了片刻那位剛鐸男子清澈的雙眼。洞中一片寂靜。接著，咕魯低下頭，又癱趴在地上，渾身發抖地說：「我們不知道我們也不想知道，」他哀嚎著說：「以前沒來過，以後也絕對不會來了！」

「你心中有許多鎖上的門窗，窗後是黑暗的房間。」法拉墨說：「但是，我知道你這次說的是實話，這是聰明的做法。你準備怎麼樣賭咒，讓我相信你永遠不會回來，也永遠不會透露訊息領任何活的東西回到這個地方？」

「主人知道。」咕魯瞥了佛羅多一眼。「是的，他知道。如果他願意救我們，我們會向主人保證。我們會向它保證，是的。」他爬到佛羅多的腳邊。「救救我們，好主人！」他哀嚎著說：「史麥戈向寶貝發誓，真心發誓。永遠不會來，永遠不說，永遠不會！不，寶貝，不會！」

「你滿意嗎？」法拉墨說。

「是的。」佛羅多說：「至少，如果你不接受這種誓言，你就必須執行你的律法。這已經是最沉重的誓言了。但我也向他保證過，如果他來到我身邊，就不會受傷害。我可不願做個言而無信的人。」

法拉墨坐著沉思了片刻。「很好。」他最後終於說：「我把你交給你的主人，德羅哥之子佛羅多，讓他決定該怎麼處置你！」

「可是，法拉墨大人，」佛羅多鞠躬道：「您還沒有說明你到底準備怎麼對待佛羅多，在你說清楚之前，他也無法替自己或是同伴擬定任何計畫。你之前說等到早上再判決，而現在已經快天亮了。」

「那麼我就宣布我的判決吧，」法拉墨說：「佛羅多，至於你，在我王賜給我的權力之下，我宣布你可以在剛鐸的古老國境範圍中自由來去；唯一的例外是此地，不管你或是你的同伴，均不得在未受吩咐之下再踏進此處。這命令將持續一年又一天，然後就終止效力；除非，在那之前你願意來到米那斯提力斯，晉見城主和剛鐸的宰相。那麼，我將懇請他確認我所做的，並且讓這命令成為終身有效。在這段時間之內，不論你將誰納入庇護，都將被視同為我對他的保護，以及在剛鐸的保護之下。你同意嗎？」

佛羅多深深一鞠躬。「我同意，」他說：「我也願意接受您的指揮，希望我的效勞對這樣一位高貴的人物能夠有所幫助。」

「這的確有極大的幫助。」法拉墨說：「現在，你願意將這個生物，這個史麥戈，納入你的庇護之下嗎？」

「我願意庇護史麥戈！」佛羅多說。山姆大聲地嘆了一口氣；當然，他不是對法拉墨的決定感到不滿，他像任何哈比人一樣，對此極為贊同。事實上，若是在夏爾，同樣的事情可能要說更多話、鞠更多次躬。

「那麼我必須對你宣布，」法拉墨轉向咕魯說：「你仍是被判死罪；但是，只要你和佛羅多同行，我們就不會取你性命。但是，如果你被任何剛鐸的子民發現你離開了佛羅多，那任何人都可以立刻誅殺你。如果你不再服侍他，願死亡很快降臨於你身，不管是在剛鐸境內或境外。現在回答我：你要去哪裡？他說你是他的嚮導。你要帶領他去哪裡？」咕魯沒有回答。「這件事我不容許你保密。」法拉墨說，「回答我，不然我就要收回之前的緩刑！」咕魯依舊不吭聲。

「讓我來替他回答。」佛羅多說：「他照我的要求，帶我去到了黑門之前；但我們發現無法通過該處。」

「沒有任何通道可以進入無名之地。」法拉墨說。

「因此，我們轉了個方向，走上往南的道路，」佛羅多繼續道：「他說在靠近米那斯伊希爾的地方，可能有一條通道。」

「這裡叫米那斯魔窟。」法拉墨說。

「我其實不太清楚，」佛羅多說：「但我想那條路是往上通到那座古城所在的山谷北邊的高山上去。它會往上通到一個很高的裂口，然後下到——之後的土地。」

「你知道那條道路的名字嗎？」法拉墨問道。

「不知道。」佛羅多回答。

「那條路叫作西力斯昂哥。」咕魯猛吸了一口氣，開始自言自語。「這名字對嗎？」法拉墨轉身問他。

「不！」咕魯回答，然後他又哀叫起來，彷彿被什麼東西刺了一下。「是的，是的，我們聽過那名字一次。但那名字跟我們有什麼關係？主人說他一定要進去，所以我們一定得找條路才行。沒有別的路了，沒有了。」

「沒有別的路了？」法拉墨說：「你怎麼知道？誰曾經徹底探索過那黑暗的國度？」他若有所思地打量了咕魯好一會兒。隨後，他再度開口：「安朋，帶走這傢伙。對他好一點，但不要鬆懈。史麥戈，你也別想跳進瀑布裡面，底下的岩石會把你撕成碎片的。趕快離開，去吃你的魚去！」安朋走了出去，將瑟縮的咕魯趕在他前面。阻隔外界的簾幕又再度拉了起來。

「佛羅多，我認為你這麼做很不聰明。」法拉墨說：「我不認為你應該和這個傢伙一起走，他一肚子壞水。」

「不，沒有你想像的那麼壞。」佛羅多說。

「或許不全是壞心眼，」法拉墨說：「但是，惡毒像壞疽正在吞噬他，而他體內的邪惡也在不停地滋長。他不會把你們帶到什麼好地方去的。如果你願意讓他離開，我可以安全地把他帶到剛鐸邊境任何一個他指定的地方去。」

「他不會接受的，」佛羅多說：「他會像長久以來一樣緊跟在我後頭。我也對他承諾了許多次，要保護他，跟著他前往任何他帶我去的地方。你不會要求我對他失信吧？」

「不，」法拉墨說：「但我內心確實想請你這麼做。因為，當人看到朋友不智地將自己和厄運綁在一起的時候，勸告他背信似乎不能算是種惡行。但，算了吧——如果他願意跟你走，你也只能忍受他。只是，我不認為你非得去西力斯昂哥不可，對於該處他有許多事沒告訴你們。我清楚看到他心中隱瞞了許多東西。千萬別去西力斯昂哥！」

「那麼我又能去哪呢？」佛羅多說：「難道要回到黑門之前束手就擒嗎？你對那地方究竟知道多少，竟會讓你聽到名字就如此害怕？」

「都是不確定的傳聞。」法拉墨說：「我們剛鐸人在這些年間甚至連大路的東邊都不踏上一步，年輕人更是一輩子也沒有來過這裡，我們也都沒有進入過黯影山脈。我們對它的一切所知，都是來自古代的報告和舊日的傳言。但是，我們確信，在米那斯魔窟之上的通道中，居住著某種邪惡的力量。只要一提到西力斯昂哥的名字，老一輩的人和飽讀歷史的學者都會大驚失色，不願多說。」

「米那斯魔窟的山谷在很久以前就落入了邪惡的魔掌，即使被驅逐的魔王還住在遠方，並伊西立安也還大部分掌握在我們手中的時候，那裡就是個充滿恐怖與威脅之地。正如你所知道的，那座城市曾是個強大、自豪又美麗的要塞，米那斯伊希爾，我們城市的姊妹城。但是，它在魔王第一次掌權的時候就被墮落的人類給攻占了，在魔王被推翻之後，這些人漫無目的四處流浪。據說，他們的領袖是墮落入黑暗邪術中的努曼諾爾人；魔王賜給他們擁有力量的戒指，他將他們吞噬了：讓他們變成了活生生的鬼魂，恐怖又邪惡。在魔王離去之後，他們占領了米那斯伊希爾並居住在該處，他們將該城和整座山谷中都填滿了腐敗之氣：表面上看起來似乎空無一物，但實際上廢墟中卻居住著無形體的恐懼。九名君王隱身在該處，經過他們的秘密籌備之後，魔王又再度回歸，他們也變得更為強大。然後，九名騎士從恐懼之門中竄出，我們毫無抵抗他們的方法。千萬別靠近他們的要塞。你會被發現的。那是個惡毒永不鬆懈之處，充滿了監視的眼睛。千萬別往那個方向走！」

「但你能夠告訴我其他的方向嗎？」佛羅多說：「你剛剛也說了，你自己也無法帶領我進入那山脈，更別提越過它們了。可是，我必須遵從愛隆等人在會議中的指示，一定要找到一條路越過那座山脈，至少必須搏命一試。如果我因為這條道路的危險而轉回頭，那麼，我能夠找到誰收留我？人類？還是精靈？你願意讓我帶著這東西前往米那斯提力斯嗎？就是這個東西逼使你兄長瘋狂！它會對米那斯提力斯造成什麼樣的影響？難道未來將會出現兩座米那斯魔窟，隔著充滿腐敗的死亡大地相視而笑嗎？」

「我不願意這種情況發生。」法拉墨說。

「那麼你要我怎麼辦？」

「我不知道。只是，我不願意你走向死亡或是遭遇嚴刑拷打的道路。我也不認為米斯蘭達會選擇這條路。」

「既然他已經離開了人世，我就得靠自己找出一條路來，而我們也沒時間浪費在四處搜尋上了。」佛羅多說。

「這真是艱難的命運與毫無希望的任務。」法拉墨說：「不過，至少請你記得我的警告：小心這個嚮導史麥戈，他之前雙手沾滿了血腥，我可以看得出來。」他嘆氣道。

「好吧，德羅哥之子佛羅多，我們如此相逢又別離。你不需要我溫言軟語的安慰：在這日光之下，我不指望日後能再見到你了。但你將帶著我的祝福上路，我也祝福你所有的同胞。你先休息一下，我們替你們準備一些吃的東西。」

「我其實很想知道這個狡猾的史麥戈到底是怎麼找到這東西，又是怎麼弄丟它的，但我現在不想再打攪你了。如果，有一天你能夠生還重返活人之地，我們能夠重新敘舊，靠著高牆坐在陽光下笑談過往的傷悲時，你一定要告訴我。直到那時，或是在努曼諾爾的真知晶石所無法看見的未來其他時刻中，我只能說：珍重再見！」

他站起身，對佛羅多深深一鞠躬，然後拉開簾幕，走入洞穴中。

第七節　前往十字路口

佛羅多和山姆再度回到床上，沉默地休息了片刻，身旁的人類則是忙著處理隨新的一天到來的工作。不久之後，有人送上清水讓他們盥洗，隨後帶他們來到一張擺好三份食物的餐桌前。法拉墨和他們一起用早餐。從昨天那場戰鬥至今他都未曾闔過眼，但看來並沒有疲態。當三人吃完早餐之後，一起站了起來。

「願你一路不受飢餓所擾！」法拉墨說：「你們的補給實在不多，所以，我已經命令部下將一些適合長途旅行的食物放進你們的背包中。當你們還在伊西立安中行走時，你們不會有飲水的問題；但是，千萬別飲用伊瑪拉德魔窟──活死谷中流出的泉水。你們必須切記這一點。我所有的斥候和哨兵都已經回來了，有些甚至曾潛到魔多大門附近。他們都發現了一個奇怪的現象，這塊大地上四處空無一人。道路上沒有任何移防的跡象，任何地方都聽不到腳步聲、號角聲或是弓弦聲。無名之地的上空籠罩著一股寂靜，似乎在等待些什麼。我不知道這意味著什麼。但是似乎一切就快有了定論了。風暴將臨。你們當盡快趕路！如果你們準備好了，就馬上出發。太陽很快就會驅走陰影的。」

旁人將哈比人的背包送了上來（比之前重了一些），另外還有兩柄打磨過的堅固手杖，一端包著生鐵，一端有著緊緊綁縛的皮繩。

「我沒有什麼適當的禮物，可以送給即將分別的你們，」法拉墨說：「但是，請收下這些手杖。它們對於在野外行走攀爬的人或許有些幫助。白色山脈中的居民經常使用這種手杖；不過，這是我們為了配合你們的身高剛削好並包上鐵的。它們是用美麗的拉比西隆樹製造的，那是剛鐸的木匠最喜愛的木材，它們向來有尋找到路回家的美譽。願這功能在你們即將前往的黑暗大地上不會完全失效！」

哈比人深深一鞠躬。「您真是太客氣了！」佛羅多說：「半精靈愛隆曾經說過，我會在路上找到出乎意料之外的友誼。我的確沒有料想到會有你這樣的情誼，能夠獲得你的友誼，就足以將邪惡轉為善良。」

他們做好了出發的準備。咕魯被從某個藏身的洞穴中帶了出來，他似乎比之前冷靜多了，只是，他依舊躲在佛羅多身邊，不敢面對法拉墨的目光。

「你的嚮導必須蒙上眼罩，」法拉墨說：「但我特許你和你的僕人山姆衛斯不用這樣做。」當他們走上前要罩住他眼睛時，咕魯發出吱吱聲，緊抓著佛羅多不放。於是佛羅多說：「請把我們三個人的眼睛都蒙住，最好先蒙我的，這樣或許他就明白我們沒有惡意。」

蒙上眼睛後，他們被領著離開漢那斯安南的洞穴。之後，他們通過了許多的走道和階梯，感受到晨間甜美清新的空氣吹拂在臉上。他們蒙著眼繼續上上下下又走了一段時間。最後，法拉墨的聲音下令除去他們的眼罩。他們又再度站在樹林中。在這裡聽不到瀑布的聲音，如今他們和那條溪流所流經的山谷之間隔著一道長長的面南的山坡。在西邊，他們可以看見光芒穿過樹林照進來，放眼望去只見一片空曠的天空，彷彿世界在那裡突然到了盡頭。

「我們在此必須分離了。」法拉墨說：「如果你聽從我的建議，你們最好還不要往東走。你們可以直接往前走，如此會有很長一段距離你們都會處在森林的掩蔽下。在你們的西側是一座巨大的山谷的邊緣，路會時陡時緩，有時沿著長長的山坡走。你們要靠近這道山脊和森林的邊緣走。我想，在你們剛開始趕路的時候可以在白天前進。這塊土地處在一種虛偽的安詳中，所有的邪惡都暫時離開此地。再會了，好好保重！」

他按照他們同胞的習俗擁抱兩名哈比人，將手放在他們的肩膀上，親吻他們的額頭。「請帶著所有善良之人的祝福去吧！」他說。

他們以最虔敬的姿態深深一鞠躬。然後法拉墨轉過身，走向一段距離之外的兩名侍衛，頭也不回地離去了。他們這才看到這些披著綠衣的人，行動之快速真令人驚嘆，幾乎一眨眼的工夫就消失了。森林中法拉墨之前所站立的位置顯得空盪盪的，彷彿是度過了一場夢一般。

佛羅多嘆了一口氣，轉身向南。彷彿為了嘲諷之前所有的禮儀一般，咕魯正在一棵樹底下挖掘著泥巴。「肚子又餓了？」山姆想道：「嗯，又來了！」

「他們終於走了嗎？」咕魯說：「這些可惡的臭人類！史麥戈的脖子還很痛，是的，好痛。我們走吧！」

「是的，我們走吧。」佛羅多說：「不過，如果你只會批評那些對你寬宏大量的人，你就給我閉上嘴！」

「好主人！」咕魯說：「史麥戈只是在開玩笑。他最會原諒人了，是的，是的，他最會了，即使是好主人的小騙局也一樣。喔，是的，好主人，好史麥戈！」佛羅多和山姆沒有回答。他們扛起背包，拿起手杖，走進伊西立安的森林中。他們這天在路上休息了兩次，同時吃了一點法拉墨為他們準備的食物：乾果和醃肉，足夠他們吃很多天，還有能再保存一段時間的新鮮麵包。咕魯則是什麼都沒吃。

太陽升起，在眾人不注意的時候越過頭頂，又悄悄地往西落下。從西方投射來的光芒變得略帶金黃，他們一直走在綠色的林蔭中，四周一片寂靜。鳥兒似乎全都飛走了，或是全都變啞了。

黑暗早早降臨到這沉默的森林中，在夜色完全籠罩大地之前，他們就疲倦地停了下來，因為，他們從漢那斯安南已經走了超過二十一哩以上的距離了。佛羅多躺在一棵老樹的樹根上沉沉睡去。山姆躺在他旁邊，卻沒那麼放心：他醒過來許多次，但從未發現咕魯的行蹤，在他們一準備休息之後，咕魯就立刻溜走了。究竟他是獨自睡在附近的地洞中，還是毫未休息地遊蕩了一整夜，他都沒交代；不過，天一剛亮，他就回來了，叫醒他的同伴。

「快起來，是的，他們得快起來！」他說：「還要往東往南走很遠。哈比人必須快一點！」

第二天過得和前一天幾乎沒什麼兩樣，只除了那種沉寂感似乎更深沉了；空氣變得十分凝重，走在樹下開始有種讓人喘不過氣來的感覺。彷佛遠方開始有雷雨在凝聚。咕魯經常停下腳步，嗅聞著空氣，然後他會自言自語，並且催促大家用更快的速度前進。

他們展開當天第三階段的跋涉時，下午已經快要過完了，森林變得比較開闊，樹木也都變得更高大、更稀疏了些。高大的冬青樹矗立在寬廣的林間草地上，四周還間或穿插著白楊木，以及一些剛冒出綠芽的古老橡樹。他們周圍的草地上散布著白屈菜和銀蓮花，白色和藍色的花瓣都閉了起來，陷入沉睡之中；此外還有好幾畝覆滿了落葉的林地上長滿了風信子：它們纖弱的鐘型花梗已經穿透出了地上的腐葉。四周看不見任何的飛禽走獸，不過，在這些空曠的地方，咕魯變得相當害怕，他們現在小心翼翼地走著，飛快地從一處陰影竄到另一處陰影。

光線消逝得很快，他們已經來到森林的邊緣了。他們坐在一株蒼老的橡樹底下，看著它伸出蛇般糾結的樹根攀下崎嶇的陡岸。他們前方是一個深邃、幽暗的山谷。山谷對面森林又再度茂密起來，在暮色中呈灰藍色，繼續往南延伸。在他們的右邊，剛鐸的山脈在火紅的天空映照下，在遙遠的西方發著紅光。左邊則是無盡的黑暗，那是魔多高聳的山牆；狹長的山谷就從那黑暗中伸展出來，如一條蜿蜒陡落的溝槽伸向安都因河。山谷底部有一條激流，佛羅多在這一片寂靜中可以聽見下方傳來水流沖擊岩石的聲音；在溪流的另一側有一條蜿蜒而下的道路，像一條灰白的絲帶，向下深入到夕陽光芒所不及的灰色冰冷迷霧中。在那裡，佛羅多似乎看見有些古老的高塔和殘破的尖頂，陰森幽暗，遠遠看去像是漂浮在一片幽暗的海上。

他轉過身問咕魯：「你知道我們在哪裡嗎？」

「是的，主人，在危險的地方。這是通往月之塔的道路，主人，往下通往河邊的那座廢墟都市。那座廢墟都市，是的，非常可怕的地方，到處都是敵人。我們不應該接受人類的建議，哈比人已經偏離那條道路很遠了。現在必須往東走，走上那邊。」他對著黑暗的山脈揮舞著細瘦的手臂。「我們不能走這條路。喔，不行！殘酷的人會從塔中往這邊走。」

佛羅多低頭看著那條路。無論如何，目前路上沒有任何動靜。它看起來十分孤單，荒廢棄置，一直往下延伸到雲霧瀰漫的廢墟中。不過，空氣中有股邪惡的感覺，彷彿確實是有什麼人眼看不見的邪惡事物在路上來去遊蕩。佛羅多再次看著遠方夜色中的高塔，不禁打了個寒顫，底下的水聲似乎變得十分冰冷而殘酷：那是魔窟都因河的聲音，來自死靈之谷遭污染的邪惡之河。

「我們該怎麼做？」他說：「我們已經走了這麼遠的距離，現在我們應該在背後的樹林裡找個可以躲藏躺下的地方嗎？」

「躲在黑暗中一點用也沒有。」咕魯說：「哈比人現在白天必須隱藏行蹤，是的，白天。」

「喔，拜託！」山姆說：「即使我們必須半夜起床，現在也得先休息一下。如果你知道怎麼走，眼前還會有很長一段時間天不會亮，足夠讓你帶我們走很長的距離。」

咕魯不情願地同意了，他朝著森林的方向轉回去，沿著森林的邊緣往東跋涉了一段路。他不願意在這麼靠近邪惡之路的地方在地面上休息，因此，在經過一番爭執之後，他們全都爬上一株大橡樹，它從主幹上分岔出來的茂密枝枒提供了很好的藏身之地，躺起來還滿舒服的。夜色降臨，在樹葉之間也變得一片黑暗。佛羅多和山姆喝了一點水，吃了一些麵包和乾果，但咕魯則是立刻蜷縮起來，開始睡覺。哈比人完全沒有闔眼。

在咕魯醒過來時，可能已經過了半夜了，兩名哈比人突然發現他目光灼灼地看著他們。他傾聽了片刻，聞了聞，這正如他們之前所注意到的，是他通常用來探測夜裡時間的方式。

「我們休息夠了嗎？我們睡飽了嗎？」他說：「走吧！」

「我們沒休息夠，我們也沒睡飽。」山姆抱怨道：「但我們還是必須跟著你走。」

咕魯立刻從樹上跳了下來，四肢著地，哈比人則是慢慢地爬下來。

當他們再度回到地面之後，咕魯立刻領著他們往東走，踏入那塊黑暗的大地。他們幾乎看不見什麼東西，因為夜色極端深沉，他們在被樹根絆到之前幾乎無法發現它們的存在。地面變得越來越崎嶇，也越難行走，但咕魯似乎一點也不受影響。他領著兩人穿過灌木叢和荒枯的荊棘叢，有些時候繞過某個幽暗的深坑或是地塹，有時則是走進漆黑的樹叢凹坑中又走出來；如果他們往下走一小段路，接下去要爬的坡總是變得更長、更陡。他們顯然一直在往上攀升。當他們第一次停下來休息的時候，回頭依稀可以看見被他們拋在背後的森林的頂部，如同一塊廣大深沉的陰影橫躺在大地上，是漆黑夜空下一片更黑的黑夜。從東方似乎有一股巨大的黑暗在慢慢浮現擴散，吞吃著黯淡模糊的星辰。西沉的月亮稍後擺脫了追逐的烏雲，但它周圍仍裹著一圈灰濛濛的黃色光暈。

最後，咕魯轉過身對哈比人說：「很快就要天亮了，哈比人動作必須快一點。在這些地方最好不要待在空曠處，不安全。動作快！」

他加快腳步，其他人疲倦地緊跟在後。很快的，他們開始爬上一塊高出來的丘陵，上面大半長滿了金雀花和越橘樹，以及矮而銳利的荊棘；不過，偶爾也可以見到一些焦黑的開闊處，是近來野火所留下的疤痕。當他們越爬近丘頂，金雀花樹叢也變得越密集；它們看起來非常的蒼老、高大，下方枯瘦憔悴，但上方依舊十分壯碩，上面已經綻放著許多在微光中閃爍的黃色花朵，並飄送著陣陣幽香。這些有刺的灌木叢高大到可容哈比人直著腰走在樹下，穿過地面覆蓋著厚厚樹葉的乾燥夾道。

他們在這寬闊山丘的另一側邊緣停下來，爬到一叢糾結的荊棘叢下藏身。這些荊棘糾纏盤繞的枝枒呈弧形彎倒近地面，又被四處生長的老歐石南給爬上蓋了過去。在這一團糾結的棘叢內竟有一個中空的天地，地面上鋪滿了掉落的樹枝和雜草，頂上則是蓋滿春天的新葉和新芽。他們在這塊空間中躺了片刻，疲倦得無力進食；透過頂上的縫隙，他們注意著天色緩慢改變。

但是白天遲遲不肯降臨，只出現一個死氣沉沉的褐色黎明。在東方低垂的雲朵之下，是有一片暗紅的光：那不是破曉的曙光。從他們所在之處越過幾片崎嶇的大地，伊菲爾杜斯山脈的黑暗身影正對著他們皺眉頭，山腳下模糊的夜色仍然十分濃重，不曾散去，頂端在那暗紅光芒的籠罩下是尖牙般的山峰輪廓。在他們的右邊，是一塊往西凸出的高大山肩，在陰影中顯得格外黑暗。

「我們接下來該怎麼走？」佛羅多問道：「魔窟谷的開口，是否就在那團黑暗過去那邊？」

「我們需要這麼早就擔心嗎？」山姆說：「我們今天白天應該不會再趕路了吧？如果這也算白天的話！」

「或許不會，或許不會。」咕魯說：「但我們必須趕快到達十字路口。是的，到十字路口。就在那邊，是的，主人。」

魔多上空的暗紅光芒消失了。東方接著冒出大量的雲氣，盤據在他們上空，讓曙光也變得十分黯淡。佛羅多和山姆吃了一些食物，躺了下來，但咕魯卻十分不安分。他不願意吃他們的食物，只是喝了一點水，然後，他在荊棘叢下爬來爬去，四處嗅聞且不停喃喃自語。接著，他就突然消失了。

「我猜是去找東西吃了。」山姆打著呵欠說。這次該他先睡，他很快就陷入夢鄉。夢中他以為自己又回到袋底洞的花園，似乎在找些什麼東西；但是他背上背著一個沉重的包袱，讓他直不起腰來。不知道怎麼搞的，這花園看起來似乎雜草叢生，非常凌亂，荊棘和野草也從圍欄邊開始恣意蔓延到花床上來。

「我知道這都是我的工作，可是我好累啊。」他一直不停地說著。突然間，他想起自己要找什麼東西。「我的菸斗！」他大喊一聲醒了過來。

「蠢蛋！」他對自己說，當他張開眼睛時，還搞不清楚自己為什麼會躺在樹籬底下；「菸斗一直都在背包裡面！」然後，他才想到自己的菸斗或許是在背包中，但他身上卻沒有任何的菸草，而且，他還身在離袋底洞不知道有幾百哩遠的地方。他坐了起來，天色幾乎全黑了。主人為什麼讓他一路睡到晚上，卻沒有叫醒他呢？

「佛羅多先生，難道你都沒睡嗎？」他說：「這是什麼時候了？看起來很晚了！」

「不，沒有很晚。」佛羅多說：「但是，天色卻變得越來越暗而不是明亮。依我的判斷，現在甚至還沒中午，你才不過睡了大約三個小時。」

「不知道發生什麼事情了。」山姆說：「有暴風雨要來嗎？如果是這樣，這可能會是我這輩子看過最猛烈的暴風雨了。真希望我們能夠找個深坑躲起來，而不是只躲在樹叢下。」他傾聽著四周的聲音。「那是什麼？是雷聲，鼓聲，還是什麼的？」

「我不知道。」佛羅多說：「它已經持續了很長一段時間了。有些時候地面似乎在震動，有些時候，似乎連你的胸口都跟著一起跳躍。」

山姆看著四周。「咕魯呢？」他問：「難道他還沒回來嗎？」

「沒有，」佛羅多說：「一點他的聲音或影子都沒有。」

「好吧，我不怪他。」山姆說：「事實上，我這輩子從來沒有這麼想要擺脫過一個人。但這還真符合他的風格，在走了這麼遠的路，正當我們最需要他的時候，他就走丟不見了——不過，我很懷疑他是否還真的有用。」

「你忘記之前在死亡沼澤的旅程了。」佛羅多說：「我希望他不會遭遇到什麼不測。」

「我希望他不要又玩什麼詭計。總之，我希望他像你說的，不要落入別人手裡。因為如果是那樣，我們很快就會有麻煩了。」

就在那一刻，隆隆的巨響又再度傳來，現在聽起來更清楚、更低沉。他們腳底的大地似乎也開始跟著顫抖。「看來，我們現在就有麻煩了。」佛羅多說：「我擔心我們的旅程就要畫上句點了。」

「或許吧，」山姆說：「可是我老爹常說，**保得一條命，不怕沒希望**。他後面還經常加上一句：**更重要的是吃東西**。佛羅多先生，你不如先吃點東西，然後睡一會兒吧。」

山姆推測，應該可稱為下午的時間慢慢過去了。從覆蓋的荊棘叢向外望去，只能看到一個陰沉、沒有陰影的世界，緩緩融入一團無形無狀、毫無色彩的幽暗裡。它讓人感到窒息，卻一點也不溫暖。佛羅多輾轉反側，睡得很不安寧，並且口中不時發出囈語。山姆認為有兩次聽見他說甘道夫的名字。時間好似停滯一般。突然間，山姆聽見身後傳來嘶嘶聲，原來是四肢著地的咕魯正用閃閃發光的眼睛窺視著他們。

「醒來，醒來！愛睡蟲，快醒來！」他低語著：「醒來！沒時間了。我們必須走了，是的，我們必須立刻出發。沒時間了！」

山姆懷疑地瞪著他：他似乎十分害怕，或者是非常興奮。「現在就走？你又在搞什麼把戲？時間還沒到。要是換成高雅有下午茶可喝的地方，這時甚至連下午茶的時間都還沒到咧！」

「愚蠢！」咕魯嘶嘶地說：「我們不是在什麼高雅的地方。時間快不夠了，是的，快沒時間了。我們必須離開。醒來，主人，快醒來！」他搖著佛羅多，佛羅多從夢中猛然驚醒，緊抓住咕魯的手臂坐了起來。咕魯甩開他的手，往後退縮。

「他們不可以這麼愚蠢。」他嘶嘶地說：「我們必須走了。沒時間了！」之後，他嘴裡翻來覆去就是這麼幾句話。他之前去了哪裡，他在想些什麼讓他變得如此急躁，他都不願意說。山姆內心充滿懷疑，也表現在臉上；但佛羅多則是面無表情，讓人不知道他心中在想些什麼。他嘆著氣，背起背包，準備踏入那不斷凝聚的黑暗中。

咕魯躡手躡腳地帶著他們走下山邊，同時盡可能走在有掩蔽的地方，只要一遇上空曠的地形，幾乎一定是彎腰快跑前進；不過，在如今這麼昏暗的光線下，即使是目光銳利的野獸，恐怕也很難發現這些穿著灰色斗篷戴上兜帽的哈比人，他們輕手輕腳前進，更是悄無聲息。就這麼不驚一草一木，他們飛快地穿越並消失在黑暗中。

他們排成單行，靜默無語地趕了一個小時的路，這地從四方而來的死寂與陰暗壓迫著他們，只有偶爾才被遠方所傳來的雷聲或是遙遠山谷中的鼓聲所打斷。他們從之前躲藏的地方不停往下走，然後轉向南，以咕魯所能找到最筆直的路線穿過這崎嶇的山坡朝遠方的山脈前進。在不遠之處，他們現在可以看到一排如同高牆一樣的樹木，當他們走近的時候，才發現這些樹是巨大又古老的神木群，每株都是參天大樹，雖然頂端枯萎斷折，彷彿被風暴掃過或被雷電劈打過，但卻不足以摧毀它們或掀翻它們的深根。

「十字路口，是的。」咕魯低語道，這是他們從離開之前的藏身處後，他所說的第一句話。「我們必須往那邊走。」他往東轉去，領著眾人走上斜坡，然後它突然出現在他們眼前：南方大道，沿著山腳蜿蜒前進，直到深入一大圈的樹木中。

「這是唯一的路，」咕魯低語道：「除了這條路之外沒有別的路，沒有路了。我們必須前往十字路口。動作快！安靜點！」

他們像是深入敵境的斥候一般悄悄踏上那條路，沿著它西邊多岩的路肩躲躲藏藏地前進，他們自己灰如岩石，腳步也輕得如同獵食的野貓。最後，他們終於抵達了那圈樹木，發現自己身處在一圈頂上毫無遮蔽的空地上，直視著陰沉的天空。這些神木巨大樹幹之間的空間，看起來像是某種傾頹大殿的黑色巨大拱門。在空地的正中央，有四條道路交會在一起；他們身後的是通往魔多大門的路，眼前則是通往南方的長路，在右邊的是從奧斯吉力亞斯上來的路，經過十字路口，向東進入黑暗中：這是第四條，也就是他們準備踏上的道路。

佛羅多滿心恐懼地在該處站了一會兒，這才意識到有道光芒在閃爍，他看見那光芒照在身旁山姆的臉上。他轉過身，透過眾多的枝枒，看見那條通往奧斯吉力亞斯的道路，像一條被拉直了的緞帶般持續往西方綿延。在那邊，在被暗影籠罩的陰鬱剛鐸再過去的遠方，正在緩緩沉落的太陽終於從緩慢凝聚的巨大雲朵邊緣露出臉來，像一團不祥的火球落入尚未遭到污染的大海中。這短暫的光芒照在一尊巨大的坐像上，這雕像莊嚴肅穆，如同亞苟那斯峽谷中巨大的君王石像。歲月侵蝕了它的外表，殘暴邪惡的手也毀壞過它。它的頭被砍掉了，那位置被放上一顆雕鑿過的圓石，野蠻的手粗魯地在上面畫了一張咧嘴獰笑的邪惡臉孔，額頭中央還有一隻紅色的眼睛。在它的膝蓋和寶座上，以及整個基座，都塗滿了魔多爪牙所使用的粗魯原始文字。

突然間，在西沉的陽光照耀下，佛羅多看見了國王的頭顱，它滾到了路邊。「山姆，你看！」他大喊著說：「你看！國王又再度戴上了皇冠！」它的雙眼已經被挖空、鬍子也斷了，但在它高而堅毅的額頭上，卻有一圈銀色和金色的花冠。一種開滿了小白花的爬藤纏繞在國王的額頭上，彷彿在向傾倒的國王致敬，在它雕刻出來的頭髮間，生長著黃色的景天花。

「邪惡是不可能永遠戰勝的！」佛羅多說。接著，短暫的餘暉便突然消失了。太陽落入地平線，彷彿油燈被熄滅一般，黑夜降臨。

第八節　西力斯昂哥的階梯

咕魯正拉著佛羅多的斗篷，恐懼不耐地發出嘶嘶聲。「我們必須走了，」他說：「我們不能夠站在這裡。快點走！」

佛羅多不情願地轉過身背離西方，跟著嚮導走向黑暗的東方。他們離開這一圈樹木，沿途躲躲藏藏地朝向山脈前進。這條路筆直地前進了一段距離，隨即彎向南方，一直來到他們從遠方就可以看見的巨岩底下。黑色的巨岩聳立在他們上方，似乎比它上方黑沉沉的天空來得更加黑暗。道路在它的陰影籠罩之下繼續前進，繞過它之後再度拐向東，並開始往上攀升。

佛羅多和山姆懷著沉重的心情吃力地往前進，再也沒有力氣去擔憂他們的危險。佛羅多低著頭，他胸前的重擔又開始將他往下拉扯；在伊西立安時，他幾乎忘了它的重量，可是當他們一通過十字路口之後，它又開始變重了。這時，感覺到他腳下的路又變陡了，他疲倦地抬起頭來；於是，正如咕魯之前所說的：他看見了戒靈的城市。他縮身躲到岩石邊。

那條狹長的山谷，是個充滿了陰影的深谷，直切入山脈中。在它遠處的那端，也就是山谷的側臂內，在伊菲爾杜斯黑暗膝部的高大石座上，矗立著米那斯魔窟的城牆和高塔。在它四周，上天下地，都籠罩在一片黑暗裡，但那座死城中卻有光芒。那不是許久以前被囚的美麗月光，從升月之塔——米那斯伊希爾的大理石牆上透出來，照射在山谷中。事實上，這時它所散發出來的光芒比月亮在蝕虧時所發的光還要蒼白，飄忽不定如腐敗之物的氣息，又像是鬼火，完全無法照亮四周的任何景物。在高塔和城牆上有許多的窗戶，像是無數望向虛無的黑洞；但高塔最頂層的輪廓漸漸顯露出來，先是一邊，然後是另一邊，像個巨大的鬼頭惡毒地睨視著黑夜。有那麼片刻，三人呆站在那邊，抖抖縮縮，不由自主地瞪著它。咕魯第一個恢復鎮定，他再度緊張地拉扯著他們的斗篷，但是沒有說話。他幾乎是硬拉著他們前進，每一步都是極不情願的，時間的流逝似乎也變慢了，因此每抬起一步都彷彿要經過數分鐘的掙扎才能放下。

就這樣，他們緩慢地來到了那座白色的橋樑。在此，發著微弱光芒的道路通過山谷中央的溪流繼續往前，蜿蜒而上通向城門：那是個張開在北邊城牆上的血盆大口。溪流兩岸都有寬廣的平地，籠罩著陰影的草地上長滿了白色的花朵。這些花朵也發著微光，雖然美麗，形狀卻讓人不寒而慄，像是噩夢中扭曲變形的東西。它們還發出一股淡淡的、令人作嘔的停屍間氣味，一股腐敗的味道充滿在空氣中。那座橋樑從這一邊的草地跨到另一邊的草地上。在橋頭上有著精工打造的人獸雕像，但全都看起來醜惡、腐化。橋下的水流十分寂靜，還冒著水氣，只是，這些冒上來盤繞在橋上的水氣卻是冰寒澈骨。佛羅多覺得自己的腦中一片空白，五官六識全都天旋地轉，突然間，彷彿有種超越他意志的力量接管了他，讓他伸出手，盲目地跑向前，腦袋左右晃動著。山姆和咕魯都奔上前，正當主人走到橋邊，即將摔落橋下時，山姆飛快地抓住主人的手臂，扶住了他。

「不是這方向！不，不是這方向！」咕魯低語道，但他齒縫間發出的嘶嘶聲像口哨般撕裂了這沉靜，他害怕得趴到地上去。

「撐過去，佛羅多先生！」山姆對著佛羅多的耳朵說：「醒過來！不是那個方向。咕魯說不是，我難得同意他的看法。」

佛羅多抬手按住額頭，將視線轉移到了山坡上的城市。發著閃光的高塔迷住了他，他極力抵抗著內心那股想要沿這路跑向塔門的慾望。最後，他終於勉力轉過身，而就在他這麼做的時候，他感覺到魔戒拉緊了他脖子上的鍊子在違抗他；而他的眼睛也一樣，當他移開目光時，有那麼片刻他像是瞎了。他面前的黑暗完全無法穿透。

咕魯像隻嚇壞了的野獸縮在地上往前爬，已經消失在這片黑暗中。山姆扶著步履蹣跚的主人，盡可能地緊跟在後。在離溪岸邊不遠處，路旁的石壁上有個缺口，他們穿過這缺口，踏上了一條狹窄的小徑。在山姆的眼中，這條小徑起初如同剛才的路那樣閃著微光，直到他們爬到上方脫離了草地上那片死亡花朵的花海之後，小徑才黯淡下來，蜿蜒直上山谷的北坡。

哈比人肩並肩沿著這條小徑艱苦地前進，完全無法看見前方的咕魯，只有在他停下腳步回頭招手示意的時候，才知道他人在何方。那時，他的眼中閃動著白綠色的光芒，或許是反映著魔窟的妖光，或者是他心中的某種情緒點亮的。佛羅多和山姆一直都覺得，魔窟的黑洞和詭異的妖光緊隨著他們，使他們充滿恐懼不停地回頭張望，再勉強拉回自己的目光注意越來越黑暗的小徑。他們緩慢地前進。當他們往上脫離了溪流中冒出的惡臭霧氣之後，他們的呼吸才終於變得比較順暢，頭腦也不再那麼昏昏沉沉的了；但現在他們的四肢都無比的痠痛疲累，彷彿扛著千斤重擔走了一整夜，或是逆著急流往上游了很久一般。到了最後，他們不休息實在走不下去了。

佛羅多停下腳步，在岩石上坐了下來。他們這時爬上了一個光禿禿的大石丘。在他們前方，山谷壁上有一塊凹陷，小徑經過這凹陷的外緣繼續前進，它的寬度不超過一道窗台，右邊就是萬丈深淵；在越過山脈南面陡峭的山壁後，小徑持續往上攀升，直到消失在上方的一團黑暗中。

「山姆，我一定得休息一下才行。」佛羅多低語道：「山姆哪，它好重，好重！不知道我還能夠帶著它走多遠？反正，我一定得休息一下，我們才能繼續趕路！」他指著眼前那狹窄的險路。

「噓！噓！」咕魯急忙跑了回來。「噓噓！」他手指放在嘴上，用力地搖著頭。他拉著佛羅多的袖子，指著眼前的道路，但佛羅多動也不動。

「不行，」他說：「還不行。」疲倦和超乎疲倦的壓力排山倒海向他壓來，他的四肢百骸似乎都因詛咒而變得無比沉重。「我得休息。」他喃喃道。

一聽見這句話，咕魯的恐懼和激動變得無比強烈，竟然讓他再度開口，他遮著嘴唇、嘶嘶地說話，彷彿不想讓隱形的竊聽者聽見。「不能在這裡，不行、不能在這裡休息。笨蛋！眼睛會看見我們，當他們來到橋上時會看見我們。快走！往上爬，往上爬！快來！」

「來吧，佛羅多先生，」山姆說：「他又說對了，我們真的不能待在這裡。」

「好吧，」佛羅多用虛弱的聲音說，彷彿在半夢半醒之間。「我願意試試。」他疲倦無比的站起身。

已經太遲了！就在那一刻，他們腳底下的岩石開始劇烈地震動，比先前更加震耳欲聾的轟隆聲再度在地面上滾動，在山脈中不停的回響。然後，一道刺眼的紅光突如其來的射出，在遙遠的東方之後，這道紅光射進天際，將低矮的雲朵全都染成血紅色。在這充滿陰影和蒼白微光的山谷中，這紅光激烈得讓人難以忍受。在葛哥洛斯盆地中湧出的火光照耀下，岩石尖峰和利刃般的山脊在漆黑中突刺而現。接下來是一聲巨大的雷響。

米那斯魔窟跟著回應了。一道道的閃電射向天際：藍白色的電蛇從高塔和環繞在四周的山丘上直沖陰沉的雲朵。大地發出哀鳴；從城市中傳出了一聲刺耳的嚎叫。在混雜著禿鷹粗厲冷酷的鳴叫和馬匹恐懼瘋狂的嘶鳴中，城中傳來了令人撕心裂肺、毛骨悚然的刺耳尖叫聲，這聲音急遽拔高，超越了人類聽力的極限。哈比人轉身面對它，接著踉蹌趴倒在地，用手緊緊摀著耳朵。

這恐怖的聲響結束之後，緊接著的是一長段讓人覺得無比痛苦的沉默，佛羅多承受不了這種壓力，緩緩地抬起頭。在狹窄的山谷彼端，幾乎與他視線平行的那座邪惡都市，它利齒森森的大門已經敞開了，從門中走出了一支前所未有的部隊。

這部隊全都穿著黑衣，漆黑得如同黑夜一般。靠著城牆蒼白的反光與地面微弱的光芒，佛羅多勉強可以看見他們：一排接一排、一行接一行的小人影，寂靜無聲地快速前進，如同黑色浪潮源源不絕地湧出。在他們隊伍之前，領軍的是一群秩序井然，如同影子一般的騎兵隊，領頭的是一名比所有騎士都要高大的形體：一名全身墨黑的騎士，只除了頭上有個像是頭盔的皇冠，閃動著危險的光芒。現在他正走近下方的橋，佛羅多瞪大的雙眼緊跟著他，完全無法眨動或移開。這莫非就是九騎士之首，返回人世帶領他的邪惡大軍前往戰場？是的，眼前的確就是那形容枯槁的墮落之王，他那冷酷的手曾握著致命的利刃刺殺魔戒持有者。之前的傷痕開始隱隱作痛，一股冰寒之氣流向佛羅多的心臟。

正當這些念頭帶著恐懼刺穿佛羅多，讓他如遭咒語綑綁不能動彈之時，那騎士突然在橋頭停了下來，身後的所有部隊也跟著靜止不動。一時間天地一片死寂。或許是魔戒在呼喚那死靈之王，因為他似乎猶豫不安了片刻，感應到有某種別的力量進入了他的山谷。渾身散發著恐懼、戴著頭盔的黑色頭顱左右轉動，用旁人看不見的雙眼掃視著四周。佛羅多等待著，像是毒蛇眼前的鳥兒一樣動彈不得；在他等待的時候，他突然確切地感覺到一道比以往都要迫切的命令——戴上魔戒！但是，這壓力雖然極為強大，他這時卻還沒有向它屈服的傾向。他知道魔戒只會出賣他，即使他戴上魔戒，也還沒有面對魔窟之王的力量，時候還沒到。他自己的意志不再回應那命令，雖然他因恐懼而慌張，並且感覺到有股強大的力量從外界襲來。那力量操縱他的手，而佛羅多只能眼睜睜地看著（就像在觀看某種古老的故事一樣），讓他的手一寸一寸移向脖子上的項鍊。然後，他自己的意志啟動了，慢慢地強迫他的手退回去，命令它去尋找另一樣東西，一樣藏在靠近他胸口的禮物。在他的手中，那東西感覺起來又冷又硬：凱蘭崔爾女王賜給他的小水晶瓶，這段時間以來他一直珍藏著，直到此刻才想起。當他一碰到它，所有魔戒的念頭都被驅逐出腦海。他嘆了口氣，垂下頭去。

就在同一刻，死靈王轉過身，策馬騎過橋樑，他所有的黑衣部隊也緊跟在後。或許是那精靈的斗篷欺瞞過了他的雙眼，或許是他那小小敵人的心智被增強了，抵抗了他的意志。但他也在匆忙中，必須趕路。時機已經到來，他偉大主上已經下令，他必須帶著部隊即刻投入西方的戰場。

他很快地如同陰影融入黑暗中，消失在路的另一頭；在他身後，無數的黑色身影依舊不停的通過橋樑。即使是在伊西鐸的全盛時期，這座山谷也從未派出過這麼強大的兵力。安都因河從來沒有受過這麼邪惡和浩大的兵力攻擊；然而，這只不過是魔多諸多兵力中的一支，而且還不是最強大的。

佛羅多打了個寒顫。突然間，他的思緒飄向法拉墨。「風暴終於爆發了！」他想：「這龐大的刀山劍林是要前往奧斯吉力亞斯的。法拉墨能夠來得及渡河嗎？他早已猜到了，但他知道確切的時間嗎？在九騎士之首出馬親征的時候，有誰能夠守得住渡口呢？還有其他的部隊會來。我已經太遲了。一切都要喪失了。都是因為我在路上的拖延，一切都完了。即使我完成了這項任務，也不會有任何人知道了。我還能去告訴誰，一切都將成為徒勞一場。」他被這種軟弱的情緒徹底擊潰，開始啜泣起來。而魔窟的部隊依舊繼續不停地前進。

然後，從極遙遠的地方，彷彿是穿越了夏爾的回憶而來，在某個陽光燦爛的早晨，門一打開，他聽見山姆的聲音說：「醒過來，佛羅多先生！快醒來！」即使那聲音加上「你的早餐做好了！」他也一點都不會感到驚訝的。山姆的語氣的確相當急促：「醒來了，佛羅多先生！他們都走了。」他說。

一聲沉悶的響聲，米那斯魔窟的大門關了起來。最後的一排長槍已經消失在路的彼端。高塔依舊對著山谷露出獰笑，但塔中的光芒已經消失了。整座城市又落入了黑暗與沉默的陰影中，但它依舊虎視眈眈的看著這山谷。

「醒來了，佛羅多先生！他們都走了，我們最好也趕快走了。這個地方還是有種力量留下來，它有眼睛，或是不用眼睛也可以看見四周的變化，你懂我的意思吧？我們在同一個地方待得越久，它就越有可能發現我們。快來，佛羅多先生！」

佛羅多抬起頭，慢慢地站起來。絕望並沒有離開他的心頭，但之前的軟弱已經過去了。他甚至露出凝重的微笑，明白自己心中已經決定了一切，正好和之前的想法完全相反。該做的就是要做，即使法拉墨、亞拉岡和愛隆、凱蘭崔爾、甘道夫都無法為他分擔這責任，他也不在乎。他一隻手拿著手杖，另一隻手握著凱蘭崔爾送給他的禮物，當他注意到清澈的光芒從手中流瀉而出時，他將它放到胸口，貼在胸前。然後，他轉身離開現在只殘餘著微弱灰光的魔窟，準備繼續往上走。

看來，在米那斯魔窟的大門打開時，咕魯似乎一路爬進了黑暗之中，把哈比人們留在後頭。現在他又爬了回來，牙齒不停地打顫，手指搓動著。「笨蛋！愚蠢！」他嘶嘶地說：「動作快！他們絕對不可以認為危險已經過去了。並沒有。快點！」

他們沒有回答，只是跟著他爬上那危險的岩石邊緣。即使在經歷過那麼多危險之後，他們還是不喜歡這樣的處境，但幸好它的距離並不長。很快的，小徑來到了一個圓形轉角，山脈在此又往外隆起，而小徑也突然進入了岩石上的一道狹窄開口。他們已經來到了咕魯所提過的第一段階梯。四周極黑，幾乎伸手不見五指，但咕魯回頭望向他們時，眼睛在黑暗中發出微光，就在他們上方幾步遠。

「小心！」他低聲說：「階梯，很多階梯。一定要小心！」

他們的確需要非常小心。佛羅多和山姆起初覺得兩邊終於有了山壁，安全多了，但那階梯陡峭得幾乎跟梯子一樣，當他們越爬越高，就越來越意識到背後底下那一片漆黑。石階每級都很窄，高低不平，時常令人猝不及防：它們的邊緣磨損又很滑，有些甚至破碎不堪，還有的腳一踏上去就碎成飛灰。哈比人掙扎著前進，到最後他們要用手抓著上面的階梯，強迫自己疼痛的膝蓋不停彎曲伸直；然而階梯卻似乎永無止盡地一直切入陡峭的山中，但他們頭上的山壁卻變得越來越高。

到了最後，正當他們覺得自己再也無法忍受的時候，他們看見咕魯的眼睛又回頭望著他們。「我們到了！」他低聲說：「第一段階梯走完了。聰明的哈比人可以爬這麼高，非常聰明。再爬幾階就好了，是的。」

頭昏腦脹、渾身痠痛的山姆，還有跟在後面的佛羅多，爬上最後一階，一屁股坐在地上，揉捏著腿和膝蓋。他們這時是在一個深黑的通道上，它似乎還不停地往上延伸，差別只是它的坡度比較和緩，而且沒有階梯。咕魯並沒有讓他們休息太久。「還有另外一道階梯。」他說：「更長的階梯。當我們走完下一段階梯後就可以休息，現在還不行。」

山姆發出哀嚎聲。「你剛剛說會更長嗎？」他問。

「是的，嘶嘶的，更長，」咕魯說：「但是沒有這麼難爬。哈比人爬完了直直梯，接下來會是彎彎梯。」

「在那之後呢？」山姆說。

「到時候就知道了。」咕魯柔聲說：「喔，是的，到時候就知道了！」

「我記得你說過那邊有個隧道；」山姆說：「是不是要穿過一條隧道或什麼的？」

「喔，是的，有條隧道。」咕魯說：「但哈比人在去那邊之前可以先休息一下。如果他們可以穿過隧道，他們幾乎就到頂了。非常接近，只要他們能通過。喔，是的！」

佛羅多打了個寒顫。之前的攀爬讓他汗流浹背，但現在他覺得渾身又黏又冷，似乎從看不見的山頂上有道冷風不斷地往下吹。他站起來，抖動身子說：「好吧，出發吧！」他說：「這裡實在不適合久坐。」

這條通道似乎綿延好幾哩，冷風一直不停地吹過來，讓他們一直頂著寒風前進。這座山脈似乎要用這致命的吹息來嚇阻他們，不讓他們前往一探高處的秘密，或是想要將他們吹下身後的黑暗中。他們只知道自己似乎走到了盡頭，因為右手邊突然感覺不到任何的山壁。他們幾乎什麼也看不見。大團大團沒有形狀的幽黑與深灰的陰影聳立在他們上方與四周，但在低垂的雲朵下方不時會迸射出暗紅色的光芒，在那一瞬間，他們可以看見前方和左右兩邊都是高聳入雲的山峰，彷彿是擎天的大柱正頂住一個搖搖欲墜的天頂一般。他們似乎往上直爬了幾百呎，來到了一個寬敞的岩棚下，左方是一道峭壁，右方是一個深谷。

咕魯領著他們貼近峭壁底下走過。暫時，他們似乎不用再繼續往上爬，但地面卻變得更為崎嶇，在黑暗中顯得更加危險，而且路面上堆滿了大小不一的落石。他們非常小心、緩慢地前進。無論是山姆還是佛羅多，都不記得自己進入魔窟谷有多久了。黑夜似乎永遠不會離開。

一段時間之後，他們又再度看到眼前有一座高大的山壁隆起，並且跟著再度出現另外一道階梯。他們又停了下來，稍後開始繼續往上爬。這是段極為漫長又疲倦的攀爬；但這次的階梯並沒有切入山中，而是在後傾的峭壁上如蛇一般蜿蜒而上，其中一段甚至沿著直上直下的斷崖邊緣走，佛羅多往下望了一眼，看見在他底下那猶如廣大深淵的是通往魔窟谷的大峽谷。在它底部，從死城通向無名關隘的死靈之路散發著詭異的光芒，像蟲一般綿延著。他急忙轉頭離開。

階梯一直不停蜿蜒向上，最後，在經過一段又短又直的攀爬之後，再次來到了另一塊平地上。這條小徑已經改變了行進方向，轉離了在大峽谷中主要的通道，沿著它自己在較低的峭壁底部切出來的危險空隙，穿入更高的伊菲爾杜斯的領域中。哈比人隱約可以看見兩邊有著高聳的石柱與尖峰，之間有著比黑夜還要深沉的石隙，在此，無數的寒冬不停地咬齧與侵蝕著這些太陽永遠照不到的岩石。這時，天空的紅光似乎變得更強了，然而他們不能確定這到底是可怕的早晨確實來到了這個陰影之地，還是他們看見的只是索倫在遠處葛哥洛斯盆地的翻騰中所發出的暴怒火焰。佛羅多抬起頭，在前面遠方高處，正如他所猜測的，他看見了這條艱難之路的最頂端。在東邊暗紅色天空的映襯下，在最高的山脊上有一條勾勒出來的狹窄石隙，從兩座山肩之間深切而過，在兩座山肩上各立有一個獸角形狀的岩石。

他停下腳步，更仔細地打量著，左邊的岩角比較高細，裡面發出某種紅光，或者也有可能是天空的紅光透過其中的孔洞照過來。他現在可以清楚地看見，那是一座矗立在隘口的高聳黑色塔樓。他碰碰山姆的手臂，指向前方。

「我不喜歡它的樣子！」山姆說：「你所說的秘密通道，最後還是有人把守。」他轉過身面對咕魯低吼道：「我想你早就知道了，對吧？」

「是的，所有的路都受到監視，」咕魯說：「當然是這樣的。但哈比人一定要試試才行。這可能是監視最薄弱的地方。或許他們都去參加大戰役了，或許這樣！」

「或許吧。」山姆咕噥道：「好吧，它看起來離這裡還很遠，我們還要爬很高才會到那邊，而且還要過隧道。佛羅多先生，我想你應該要睡一會兒。我不知道現在是白天或晚上的什麼時間，但是我知道我們已經連續走了很長一段時間了。」

「是的，我們得休息一下。」佛羅多說：「讓我們找個可以避風的角落吧，積蓄一些體力，準備走最後一程。」因為他覺得情況應該是這樣。山外那塊土地的恐怖和要在那邊執行的任務，似乎十分遙遠，遠到暫時還不會困擾他。他全部的心思都在想著要如何穿越眼前那無法穿透的高牆和守衛。只要他能夠完成這不可能的任務，那麼任務似乎就有希望完成了。至少，這是他在身心俱疲、處在西力斯昂哥的陰影下艱難往前邁進時的想法。

他們在兩塊巨大的石柱之間坐了下來，佛羅多和山姆坐在比較靠裡面的地方，咕魯則蹲伏在靠近出口的地方。哈比人在這裡吃了他們估計是踏入無名之境前的最後一餐，或許這也會是他們一起吃的最後一餐了。他們吃了一些剛鐸的食物，又加了一些精靈的乾糧，最後再喝了一點水。不過，由於他們得節省水，因此他們只是勉強沾濕一下乾燥的嘴唇。

「不知道我們還會不會再找到水喝？」山姆說：「可是，我想他們即使在那邊也要喝水吧？半獸人會喝水，對吧？」

「是的，他們喝水。」佛羅多說：「但還是別說了，他們所喝的東西不是我們能喝的。」

「那麼我們就更應該裝滿水壺，」山姆說：「可是這裡根本一點水也沒有，我連一滴水聲都沒聽到。而且，法拉墨還說過不可以喝任何魔窟中的水。」

「他所說的是，不要喝任何從伊姆拉德魔窟中流出的水。」佛羅多說：「我們已經不在那個山谷裡面了，而且如果這裡有泉水，也只是流進那山谷，不是流出那山谷。」

「我可不會這麼想，」山姆說：「至少在我渴死之前都不信。這個地方有種邪惡的感覺。」他嗅了嗅。「而且還有一種奇怪的味道，你注意到了嗎？有種怪怪的味道，令人窒息，我不喜歡這味道。」

「我不喜歡這裡的任何東西，」佛羅多說：「不管是階梯或是石頭、氣味還是骨頭。大地、水、風似乎都受到了詛咒。但我們的路偏偏就是通往這裡。」

「是的，的確是這樣，」山姆說：「如果我們在出發前對此地早有任何了解，現在就不會在這裡了，但我想世事多半就是這樣吧。在傳說和故事中的那些英勇行為，佛羅多先生，那些我以前稱之為冒險的事蹟，我以前認為這都是那些偉大的人物主動去找尋的，因為他們想要尋找刺激，想要在單調無聊的生活中找到一些樂子。但是，真正真實或銘刻人心的故事並不是這樣發展的，通常，人們都是誤打誤撞的闖入歷史漩渦中，或者可以說他們的道路就是被如此安排。我想，他們和我們一樣，有很多回頭的機會，只是他們選擇堅持下去。如果他們真的回頭了，我們也不會知道，因為他們將會被歷史所遺忘。我們都聽過那些繼續堅持下去人們的故事，但並非都是好結局——至少，對於故事內的主角和外面的讀者來說不是好結局。你知道的，就是回到家，一切都沒事，只是稍稍有了一些變遷，就像比爾博先生一樣。但是，這些並不是最好聽的故事，雖然能夠掉進那樣的故事是我們夢寐以求的！不知道我們現在到底是掉進了什麼樣的故事中？」

「我也不知道，」佛羅多說：「但我也不能確定，這才是故事的真正情節。你隨便找個最喜歡的故事當例子好了：你或許可以知道，或甚至是猜到這是什麼樣的故事，是快樂結局，還是悲劇收場，但是，故事中的主角就沒有這麼好運了，你也不會想要讓他們先知道結局。」

「是的，主人，當然囉。就以貝倫當例子囉，他根本沒想到自己會從安戈洛墜姆的鐵王冠上取下精靈寶鑽，但他還是做了，那個地方比我們現在的地方還要黑暗、還要危險許多。但是，當然，那是個很長的故事，超越了歡樂、悲傷和遺憾，精靈寶鑽最後才來到埃蘭迪爾手中。對了，主人，我之前從來沒想過這件事情！我們有——在女皇給你的玻璃瓶裡面，其實有那寶鑽遺留的光線耶！對啊，我們其實還在同一個故事裡面耶！這故事還在繼續中——難道偉大的故事永遠不會結束嗎？」

「不，故事永遠不會結束，」佛羅多說：「但裡面的人物來來去去；當他們的情節結束之後，他們就會離開，我們的情節遲早也會結束的。」

「到那時，我們就可以好好休息一下，睡個好覺！」山姆苦笑著說：「佛羅多先生，我真的只想這樣而已，我想要的只是普通的休息，睡一覺，醒來在花園裡面辛苦的工作一天，我想這就是我一輩子所希望的。那些重大的計畫根本不是給我這種人的。不過，我還是好奇我們會不會被放入歌曲和故事裡。當然，我們是在故事中了啦！但我的意思是說，要化成文字，你知道，就是能在壁爐邊說的故事，或是往後歲歲年年，都能從一本寫著紅色和黑色字體的大書裡面念出來。

那時人們會說：『我們來聽聽佛羅多和魔戒的故事！』然後他們會說：『好啊，我最喜歡這個故事了。佛羅多非常勇敢，對吧，爸爸？』『是的，孩子，他是哈比人中最出名的人，這應該就可以解釋一切了。』」

「這已經解釋了太多啦。」佛羅多笑著說，這是一個發自內心的清朗笑聲。自從索倫來到中土世界後，這些地方就不曾聽過這樣的聲音了。山姆突然間感覺到，彷彿所有的岩石都在傾聽著，連高聳的山壁也傾壓過來。但是佛羅多對此完全不在意，他又笑了。「是啊，山姆，」他說：「聽你這麼一說，讓我心情好愉快，彷彿這故事已經寫成了一樣。但是你還漏掉一個重要的人物：堅毅的山姆衛斯。『老爸，我想要聽更多山姆的故事。老爸，他們為什麼不把他的戲份加多一點呢？我最喜歡他說話了，每次都讓我笑呵呵。如果沒有山姆，佛羅多恐怕就走不遠了，對吧，老爸？』」

「好啦，佛羅多先生，」山姆說：「你不應該搞笑的。我可是十分認真的。」

「我也是，」佛羅多說：「我現在也還是。我們想得是有點太遠了。山姆，你和我，還卡在故事中最糟糕的部分咧，而且，很有可能有人在這邊會說：『爸，不要再念了，我們不想要聽了！』」

「或許吧，」山姆說：「但我不會是那個說這種話的人。事情被完成跟結束，和被寫成偉大故事中的一個篇章，是不一樣的。對啊，甚至咕魯在故事裡面都有可能成為好人，至少比他在你身邊的表現還好。照他自己的說法，他自己以前也很喜歡故事。不知道他認為自己是英雄還是壞蛋？」

「咕魯！」他大喊道：「你會想要當英雄嗎——這傢伙這下又跑到哪裡去了？」

無論是他們掩蔽處的入口還是附近的陰影中，都看不到他的蹤影。他拒絕吃他們的東西，但照慣例喝了一小口水，然後他似乎就像以前一樣蜷縮起來睡覺。他們以為他的消失是跟昨天一樣，又去附近找他自己喜歡的東西吃了；但他這次顯然是趁著他們兩人說話的時候溜走的。但這次又是為了什麼？

「我不喜歡他什麼也不說就偷偷溜走，」山姆說：「尤其是現在。他不可能在這邊找到吃的東西，除非他想要吃石頭。哼，這裡甚至連青苔都沒有！」

「現在擔心他也沒有用了。」佛羅多說：「即使我們知道是哪條路，沒有他，我們也走不遠，看來我們也只好忍受他的怪癖。如果他愛玩把戲，就只能讓他玩了。」

「都一樣，但我寧願讓他在我的監控之下，」山姆說：「而且，如果他在玩什麼把戲，我更希望能夠看清楚他在幹什麼。你還記得他從來沒說清楚這裡到底有沒有守衛嗎？現在我們在這邊看到了一座塔樓，或許是空的，或許不是。你想他會不會去找裡面的駐軍了？可能是半獸人還是什麼的——」

「不，我不這麼認為。」佛羅多回答：「即使他有什麼詭計，我想也不會是這種。至少我不認為他會去找半獸人，或是任何魔王的僕人。為什麼要等到現在，為什麼要花那麼大力氣爬到這裡，來到這麼靠近他害怕的土地之後，再這樣做呢？自從我們和他結伴之後，中間不知道有多少次可以讓他把我們出賣給半獸人。不，如果他真的有什麼詭計，那一定是他自己的秘密計謀，完全不想讓人知道。」

「好吧，佛羅多先生，我想你說的沒錯，」山姆說：「不過，這並不能讓我放心。我不想要犯下任何錯誤：我毫不懷疑他會興高采烈地把我交給半獸人，他可能還會親吻對方的手。但是我忘了——還有他的寶貝。的確，我想這整件事情都可以歸類到寶貝要給可憐的史麥戈。如果他有陰謀，這會是唯一的重點。但把我們帶到這裡來對他到底有什麼好處，我實在猜不到。」

「搞不好他自己也猜不到。」佛羅多說：「我也不認為在他迷糊的腦袋裡面，會只有一個計畫。我想他真的是不想要讓寶貝落入魔王手中，盡量拖延時間。因為，如果魔王拿到了魔戒，那也會是他的最後一場災難。就另一方面來說，他拖延的目的，也是為了等待適當的時機。」

「是的，這是膽小鬼和骯髒鬼之間的爭執，就像我之前所說的一樣。」山姆說：「不過，越靠近魔王的土地，膽小鬼就會變得越像骯髒鬼。記住我說的話：如果我們能夠走到那處關口，他絕對不可能這麼輕易就讓我們把魔戒帶進去的。」

「我們還沒走到邊界上哪。」佛羅多說。

「是的，但在那之前，我們最好睜大眼睛，別有任何的鬆懈。只要我們一閃神，骯髒鬼就會很快地攻擊我們。不過，主人，現在你打個盹還是安全的，只要你人在我身邊。如果你能夠瞇眼一會兒，我會覺得很高興的。我會替你守著；只要你靠在我身邊，讓我可以抱著你，就絕不可能有人能不驚動山姆而碰你一根汗毛。」

「睡覺！」佛羅多嘆氣道，他的口氣彷佛是在沙漠中看見綠洲的幻影一樣。「是啊，連在這邊我都睡得著。」

「主人，那就睡吧！枕在我的腿上睡吧。」

幾小時之後，當咕魯從前方黑暗的小徑上鬼鬼祟祟地爬回來時，發現他們就是這個樣子。山姆靠在岩石上，腦袋歪向一邊，呼吸十分沉重。佛羅多的頭枕在他膝上，熟睡著。山姆的褐色小手一隻放在他蒼白的額頭上，另一隻則輕柔地放在主人的胸前。兩人的表情都十分祥和。

咕魯看著他們，他瘦削、飢餓的面孔上掠過一種奇怪的表情，他眼中的光芒消失了，變得微弱、灰敗，蒼老而疲倦；他的臉上似乎籠罩著痛苦的陰影，搖著頭，回頭看著山頂，似乎陷入某種內心的掙扎中。然後他又轉回頭，伸出一隻顫抖的手，非常小心地碰觸著佛羅多的膝蓋，幾乎可以說是一種愛憐的動作。在那麼一瞬間，如果兩名睡著的哈比人看得見，他們會認為眼前站著的是一名疲倦的年老哈比人，經歷了早該歸於塵土的漫長歲月、所有的朋友和親戚也全都失去，年輕的活力也早已不復記憶，只剩下又老又弱的臭皮囊。

但那觸碰使佛羅多動了一下，在睡夢中輕哼了一聲，山姆立刻驚醒過來。他第一眼看到的景象是咕魯——「準備對主人動手」，他心裡這樣想。

「喂！」他粗魯地說：「你在幹什麼？」

「沒有，沒有，」咕魯柔聲說：「好主人！」

「就算是吧。」山姆說：「你這個老壞蛋，但你跑到那裡去了？偷偷摸摸地溜走，又偷偷摸摸地溜回來。」

咕魯縮回了手，厚重的眼皮下再度隱隱閃現出綠光。他這時看起來真像蜘蛛，四肢彎曲蹲伏在地上，雙眼凸出地看著對方。剛剛那一瞬間已經消逝了，再也無法喚回。「偷偷摸摸，偷偷摸摸！」他嘶嘶地說：「哈比人真是有禮貌，是啊。喔，好哈比人！史麥戈帶他們上到其他人都不知道的秘密道路。他又累又渴，是啊，很渴很渴，他還是帶領著他們到處找路，搜尋可能的出路，而他們就只會說偷偷摸摸，偷偷摸摸。真是好朋友，喔，是的寶貝，真是好啊！」

山姆覺得有些後悔，但依舊不是很相信對方。「抱歉，」他說：「我很抱歉，只怪你不該把我從睡夢中驚醒。而且我是不應該睡著的，所以我才會有些驚慌。可是，佛羅多先生很累了，我請他瞇一下，結果就變成這樣了。抱歉。但是你剛剛到底去了哪裡？」

「偷偷摸摸，哼。」咕魯說，眼中的綠光依舊沒有消失。

「喔，好吧，」山姆說：「隨便你愛怎麼說都可以！我想反正這也不會離事實太遠。現在我們最好一起偷偷摸摸地走。什麼時候了？是今天嗎？還是已經到了明天了？」

「已經是明天了，」咕魯說：「你們已經睡過一天了。很愚蠢，很危險，如果不是可憐的史麥戈偷偷摸摸地看守你們。」

「我想我們很快就會厭倦偷偷摸摸這個字眼了！」山姆說：「不過，算了吧，我會把主人叫起來的。」他溫柔地撥開佛羅多額前的頭髮，彎下身輕輕呼喊著他的名字。

「佛羅多先生，快醒來！快醒來！」

佛羅多動了動，張開眼，看到山姆正低頭看著他，不禁露出了微笑。「山姆，你叫得有點早了吧？」他說：「天還是黑的呢！」

「是的，這裡一直都是黑漆漆的。」山姆說：「但是咕魯回來了，佛羅多先生，他說這已經是隔天了。所以我們必須繼續往前走，那是最後一段路了。」

佛羅多深吸一口氣，坐了起來。「最後一段路！」他說：「嗨，史麥戈！找到吃的東西了嗎？你有休息過嗎？」

「沒吃的、沒休息，史麥戈什麼都沒有。」咕魯說：「他只會偷偷摸摸。」山姆發出嘖嘖的聲音，但還是忍住沒多說什麼。

「史麥戈，別給自己亂取綽號，」佛羅多說：「這樣不聰明，不管是真的還假的都一樣。」

「不管別人說他什麼，史麥戈只能照單全收。」咕魯回答說：「好心的山姆衛斯先生給了我這個綽號，他是個見識廣博的哈比人。」

佛羅多看著山姆。「是的，主人，」他說：「當我突然醒過來，發現他就在我身邊的時候，我的確這樣叫他。我說過我很抱歉了，但我很快就不那麼覺得了。」

「好了，算了吧。」佛羅多說：「不過，既然我們都已經到了這個地方，史麥戈，你和我都一樣，告訴我，我們在前面可以自己找到方向嗎？我們已經看到了那條路、也找到了進去魔多的方法，我想之前的承諾已經算是完成了。你已經照著你所承諾的做了，你不需要再受到任何的牽絆：你可以回去找東西吃，可以自由自在地休息，不管你想怎麼樣都可以，只是不能去投靠魔王的奴僕。有一天，我或是那些記得我的人，可能會給你一些獎賞。」

「不，不，時候還沒到！」咕魯哀嚎著說：「喔，不行！他們自己找不到路的，對吧？喔，真的不行。隧道就在眼前了，史麥戈必須繼續下去。不能休息。不能吃東西。還不能。」

第九節　屍羅的巢穴

如同咕魯所說的一樣，現在或許已經是白天了，但哈比人完全看不出有多大的改變；唯一的差異就是原先天空是處在完全的黑暗中，彷彿被浸在深沉的黑墨水之中，而現在，天空則是變成如同深夜一般的顏色，在許多空隙中他們繼續前進，咕魯走在前面，哈比人則是肩並著肩，走上兩旁高聳著風化的柱狀岩石的道路，那些矗立的岩石看起來像是一座座巨大的、未經雕鑿的石像。四周完全寂靜無聲。在不遠的前方，大約一哩左右之處，是座高大的灰色山壁，也是這座山脈最後一塊巨大隆起的山體。它看起來十分黝黑，隨著他們的走近，它更顯得往上攀升，直到它高聳入天擋在他們眼前，遮斷了所有在它之後的景物。岩壁之下則是灰濛濛的陰影。山姆嗅了嗅附近的氣味。

「噁！這味道好臭！」他說：「之前的臭味越來越濃烈了。」

他們此時正身處在陰影下，在這正中央有一個洞穴的開口。「這就是進去的地方，」咕魯柔聲說：「這就是隧道的入口。」他並沒有說出它的名字：托瑞克昂哥，屍羅的巢穴。從其中傳出了一種濃烈的臭味，這並非魔窟山谷中的腐敗氣味，而是一種噁心的惡臭，彷彿有各種各樣的難以名狀的穢物堆積在洞穴中，在黑暗之中醞釀著。

「這是唯一的路嗎，史麥戈？」佛羅多說。

「是的，是的。」他回答道：「是的，我們現在必須走這條路。」

「你是說你之前進過這個洞？」山姆說：「呼！不過，你大概不介意這種臭味。」

咕魯的眼中異光閃動。「他不知道我們介意什麼，是吧，寶貝？不，他不明白。但史麥戈可以忍受很多事情。是的，他曾經走過這條路。喔，是的，從中間通過。這是唯一的道路。」

「不知道是什麼東西發出這種臭味。」山姆說：「這好像是——算了，我不想說。我打賭這是半獸人住的地方，他們的穢物大概在裡面堆了幾百年。」

佛羅多說：「不管是不是半獸人，如果這是唯一的路，我們就必須走進去。」

他們深深吸了一口氣，然後走了進去。走不了幾步，他們就處在一片漆黑之中了。自從摩瑞亞那黑暗的礦坑通道之後，山姆和佛羅多就沒有遇見過這樣的黑暗；而且，這裡的黑甚至讓人覺得更深沉、更濃密。在礦坑內，還有空氣流動、回聲和廣大空間的感覺。這裡的空氣沉滯、凝重，聲音彷彿會被吸收一般。他們似乎走在一個完全由黑暗的本質所構成的恐怖世界當中，這黑暗所吐出的呼吸不只會讓人的眼睛看不見，更可以抹去腦中一切關於顏色和形狀的記憶。這裡是永夜，永不改變的黑夜，這裡的一切都是黑夜。

不過，在剛開始他們還有感覺，事實上，他們手腳的觸覺一開始時敏銳到幾乎令他們觸手生疼。讓他們驚訝的是，牆壁感覺起來很光滑，而地面上除了偶有一兩步階梯之外，十分筆直平坦，一直沿著同樣陡的坡度往上攀升。這條隧道又高又寬，寬到兩名哈比人並肩前進時，只有伸直手臂才能碰觸到兩邊的洞壁，他們徹底被黑暗隔絕，誰也看不見誰，只剩自己單獨一人。

咕魯先走進去，好像就在幾步之外。在他們還有心情他顧的時候，可以聽到他嘶嘶的呼吸聲與喘息聲就在前面。但是，過了不久之後，他們的感官變得遲鈍下來，觸覺和聽覺似乎都麻痺了，他們摸索著繼續往前進，主要靠著當初進來時的一股意志力在支撐，希望不久之後就可以穿過隧道，最後抵達另一邊的洞口。

在他們走了不久之後（這只是個推斷，因為時間的流逝和距離似乎都失去了意義），山姆走在右邊，觸摸著牆壁，可以清楚的感覺到那個方向有一個開口：他嗅到一種比較沒有那麼沉重的氣息，接著又走了過去。

「這裡不只有一條岔路，」他勉強的低語道，這地方似乎讓他很難提氣發出聲音來。「這真是像極了半獸人會居住的地方！」

在那之後，先是他，再來是在左邊的佛羅多，都經過了三四個這樣的開口，有些比較寬，有些比較小；但他們所走的毫無疑問是主要的幹道，它筆直向前，沒有轉彎，並且穩定向上攀升。但是它到底有多長？他們還要忍耐多久，或還能忍耐多久？隨著他們的攀爬，空氣的凝重與時俱增；並且，他們現在似乎還不時在這一片黑暗中感覺到某種比惡臭空氣還要濃厚的阻擋。當他們一路向前的時候，可以感覺到有什麼東西拂過他們的腦袋，或是擦過他們的雙手，可能是某種垂懸植物，或是某種觸鬚：他們說不出來那是什麼東西。而且，那臭味越來越濃。它不停的增加，到了最後，那臭味似乎成了他們唯一清楚的知覺，而且是種讓他們更加痛苦的折磨。一小時、兩小時、三小時：他們究竟在這漆黑無光的洞穴走了多久？幾小時——不如說幾天，或甚至幾星期。山姆離開洞壁縮到佛羅多身邊，兩人的雙手相碰，立刻緊握在一起，如此，他們繼續往前走。

終於，佛羅多摸索著左手邊的牆壁前進時，突然間摸了個空。他差一點就往旁邊跌進那空洞裡去。這處岩石上的裂口，比他們之前所遭遇到的任何一處都要寬闊，裡面所竄出的臭味是如此濃烈，而潛藏的威脅感更是讓人毛骨悚然，佛羅多忍不住一陣暈眩。就在那一刻，山姆也一個踉蹌，往前仆倒。

佛羅多勉強壓抑著噁心和無邊無際的恐懼，緊抓住山姆的手說：「站起來！」他聲音嘶啞的說：「這都是從這邊來的，那種臭氣和威脅感。快點走！快點！」

他鼓起最後一絲的勇氣和意志力，將山姆拉起來，強迫著自己的四肢不停移動。山姆蹣跚的跟在後面。一步、兩步、三步，最後他們終於跨出了第六步。或許他們通過了這散發出恐懼、不可見的開口，或許是別的原因；但他們只知道，突然間，兩人的行動變得比較輕鬆了些。彷彿是之前的敵意鬆開了魔掌。他們繼續掙扎著前進，依舊手牽著手。

但是，他們幾乎立刻就遭遇到了另一項難題。隧道似乎分成兩條岔路，在這一片黑暗中，他們完全無法分辨究竟是哪一條比較寬闊，或哪一條比較筆直。他們到底該往哪邊走？是左邊，還是右邊？他們完全沒有任何可資判斷的依據，但只要一個閃失，立刻可能危及性命。

「咕魯到哪裡去了？」山姆喘氣道：「他為什麼沒等我們？」

「史麥戈！」佛羅多勉強試著呼喚對方的名字。「史麥戈！」但他的聲音嘶啞，幾乎一出嘴唇就立刻難以分辨。沒有任何的回答、沒有回音，連空氣都毫無變動。

「我想他這次真的走了，」山姆嘀咕著。「我想這就是為什麼他要帶我們來這邊的原因。咕魯！如果我們還會再見面，你會後悔的。」

這時，他們在黑暗中摸索著，發現左方的開口被擋住了：如果這不是條死路，就是有塊大石頭掉在路中央。「不能走這條路，」佛羅多低聲道：「不管對或是錯，我們都必須走另一條。」

「而且還要快點！」山姆喘著氣說：「這裡有什麼比咕魯還要邪惡的東西。我可以感覺到有東西在監視著我們。」

他們往前走不過幾碼，身後就傳來了一種聲音；在這一片凝重的寂靜中，這讓人感到無比的恐懼：一種冒著泡，咕嚕咕嚕的聲音，拖得非常長的嘶嘶聲。他們轉過身，但還是什麼都看不見。他們只能如同雕像般的站立不動，瞪著黑暗中的未知。

「這是個陷阱！」山姆說，他立刻握住劍柄，當他這樣做的時候，他想到在古墓崗上遭遇到的可怕景象。「我真希望湯姆在附近！」他想著。然後，在一片黑暗的包圍下，在滿腔怒火和絕望的激盪下，他似乎看見了一道光芒：起初它強到難以忍受，彷彿是久不見天日的人直視陽光一樣痛苦。然後那光芒出現了顏色：綠色、金色、銀色、白色。在遙遠的地方，彷彿是由精靈之手所繪出的圖案，他看見了凱蘭崔爾女皇站在羅瑞安草地上的情景，她手中拿著許多的禮物。**至於你，魔戒持有者**，他聽見她說，遙遠但卻十分清晰，**我替你準備了這個**。

那咕嚕聲越來越靠近，中間還夾雜著某種巨大關節摩擦的尖銳聲音。在它之前先傳來的是一股臭味。「主人，主人！」山姆喊道，在這生命交關的危急時刻他嘶啞的喉嚨發出了聲音。「女皇的禮物！星之光！她說這會是你在黑暗中的照明。星之光！」

「星之光？」佛羅多彷彿大夢初醒一般，一開始完全不能理解對方說的話。「哦，是啊，我為什麼沒想到？**當所有光芒熄滅時僅存的光！**現在，真的只有這光明可以幫助我們了。」

他的手緩緩伸向胸口，然後慢慢地高舉起凱蘭崔爾的水晶瓶。它光芒微弱地閃爍了片刻，像是一顆掙扎著要穿透地上濃厚迷霧而升起的星辰一樣微弱；然後，它的力量逐漸增強，佛羅多的心中也開始升起了希望。它開始發亮，化為一團銀色的火焰，一顆燦爛閃動的光之心，彷彿埃蘭迪爾親身從高空上循日落的軌道下凡，他的額頭上戴著那最後一顆精靈寶鑽。黑暗開始從它面前退縮，最後它似乎是從一個中空的水晶球中央發出光來，連握著它的手也閃耀著白色的火焰。

佛羅多驚訝地瞪視著這棒極了的禮物，他隨身帶著它這麼久，竟然沒有想到它有這麼大的價值與力量。一路上他幾乎忘了它，直到他們來到魔窟谷，而且他從來不敢用它，怕它的光會暴露他們的行蹤。**Aiya Eärendil Elenion Ancalima!**他大喊道，自己也不知道那是什麼意思；它像是另一個聲音藉著他的口說出來，清脆響亮，不受這坑洞中的惡臭所困擾。

但是，中土世界也有其他的力量，古老而強大的黑夜之力量。在黑暗中漫步的她曾經聽過遠古時代精靈的呼喊，所以對此並不在乎，也不能讓她感到退縮。佛羅多在開口呼喊之時，他清楚感覺到有股強大的威脅向他壓迫過來，一種要置他於死地的目光正在打量著他。就在隧道中不遠的地方，在他們之前差點摔倒的開口和現在所在的位置之間，他察覺到有許多雙眼睛慢慢的現形，兩大團密集複雜的眼睛——原來這就是洞穴中殺氣的來源。星之光的輝芒在那許多面的複眼上被折射、打碎，但在那些眼睛的閃光背後，有種蒼白、致命的火焰開始持續燃起，那是在某種邪惡意識中醞釀已久的火焰。它們是被詛咒的妖物之眼，既殘忍又充滿了以傷人為樂的邪惡企圖，正貪婪地逼視著落入陷阱逃跑無望的獵物。

佛羅多和山姆害怕得不知所措，開始慢慢地後退，他們自己的目光也被那些充滿怨毒的眼睛給攫住。他們不斷地後退，那些眼睛則是不停地逼進。佛羅多的手開始顫抖，水晶瓶慢慢地垂了下來。突然間，他們一同轉身，拔腿就跑，那些眼為了娛樂自己，刻意將他們從某種定身的邪法中釋放出來，讓他們在恐慌中徒勞奔逃；不過，當他們邊跑佛羅多邊回頭看時，他驚恐地發現，那兩團眼睛也立刻緊追而來。死亡的臭氣像烏雲般緊緊地包圍著他。

「停住！停住！」他絕望地大喊：「跑也沒有用。」

那雙眼睛緩緩地逼近。

「凱蘭崔爾！」他大喊著，鼓起一絲勇氣，奮力將星之光高舉。那雙眼停了下來。它似乎有了懷疑，鬆懈了片刻。佛羅多的心中在此時燃起了熊熊怒火，他來不及多想，根本沒時間考慮這到底是愚蠢還是勇敢；就這麼左手拿著星之光，右手拔出了寶劍。刺針藍光一閃，這把鋒利的精靈寶劍在白光的照耀下發出柔和的光芒。然後，一手高舉著星光，一手拿著明亮的寶劍，夏爾來的哈比人佛羅多就這麼堅定地朝那兩團眼睛走過去。

那些眼睛動搖了。當光芒越來越靠近的時候，它們開始有了懷疑。一個接一個，那些眼睛的光芒減弱了，並且慢慢開始後退。它們之前從來沒有受過這麼致命的光芒的威脅。它們安全地躲在地底，不受太陽、月亮和星光的威脅。但是，現在，有一顆星星降下來到了地底，而且還在不斷地進逼。那些眼睛畏懼了。一個接一個，它們全都熄滅了；它們轉身離去，而在光線照不到的地方，有一團巨大身影在起伏。它們消失了。

「主人，主人！」山姆大喊著。他自己也拔出劍，緊跟在後。「星光萬歲！如果精靈聽到我們的所作所為，他們一定會替我們作首歌的！但願我能活著告訴他們並聽到他們所唱的歌曲。主人，等等，不要再追了！不要進到那洞穴裡面！現在是我們唯一的機會。我們趕快離開這個惡臭的洞穴！」

因此，他們又轉身朝向原來的方向，先是用走的，然後開始奔跑；因為隨著他們越往前走，隧道的地面越往上升，他們每走一步，便遠離那看不見的惡臭巢穴一些，而他們的手腳與心裡也多恢復一分力量。但是，那監視者的仇恨依舊潛伏在他們背後，或許牠暫時眼盲了，但並未被擊敗，依舊一心要置人於死地。這時，前方吹來了一陣冰冷、微弱的涼風。終於，隧道盡頭的開口已經出現在眼前了。他們氣喘吁吁，迫不及待地想要去到一個可見天日的地方，於是三步併做兩步地衝向前；接著，他們在驚訝中步履蹣跚地退回。出口被某種東西遮擋住了，但不是岩石：那是種柔軟、有些許彈性的東西，但卻又強韌、難以穿過。空氣可以透過，卻絲毫不透光。他們又往前衝了一次，卻再度被彈回來。

佛羅多高舉起星之光，看見眼前是一道灰幕，星之光無法穿透，也無法照亮，它彷彿是一團非由光線所投射出來的陰影，因此沒有光芒可以將它驅散。隧道口的上下左右被結上了一張嚴絲合縫的巨大網子，像是某種巨大蜘蛛的傑作，整整齊齊的，但是更緊密、更巨大，每條蛛絲都粗得跟繩子一樣。

山姆露出凝重的笑容：「蜘蛛網！就這樣嗎？蜘蛛網！就算是蜘蛛又怎麼樣！去死吧，給我破吧！」

他怒氣沖沖地揮著寶劍砍去，但鋒刃所過之處蛛網並不斷裂。它會稍稍往後縮一些，然後又如拉開的弓弦一樣彈回，將刀鋒和手臂都一起彈開。山姆用盡全身力氣砍了三次，終於，好不容易在無數蛛絲中有一條啪地斷了，咻地一聲彈捲而起。其中一端掃過山姆的手，讓他痛得大叫，退了幾步，趕緊用嘴吸著傷口。

「像這樣得要花好幾天才能砍出一條路來。」他說：「我們該怎麼辦？那些眼睛回來了嗎？」

「不，還沒看到，」佛羅多說：「不過，我依舊覺得它們還在看著我，或至少還在想著我：或許是在擬定某些其他計畫。如果這光芒減弱了，或消失了，它們會很快的回來。」

「最後還是被困住了！」山姆苦澀地說，他的怒氣再度因為疲倦和絕望而爆發了。「像是隻小蟲被困在蛛網中一樣。願法拉墨的詛咒趕快報應在咕魯身上！」

「就算這樣，對我們此刻也一點幫助都沒有。」佛羅多說。「來吧！讓我們看看刺針能創造什麼奇蹟。它是柄精靈的利刃。在鑄造它的貝爾蘭，那裡的山谷中也有這種恐怖的蛛網。不過，你必須站在後面守衛，替我擋住那些眼睛。來，拿著這星光。不要害怕。高舉著它，仔細警戒！」

於是，佛羅多走到這糾結的蛛網之前，迴身一砍，利刃俐落地砍斷了無數的蛛絲。閃著藍焰的寶劍像是鐮刀除草一樣的輕易，蛛網在刀刃前自然萎縮斷裂，無力的軟垂下來。很快的就開出了一條通路。

他砍了一劍又一劍，直到最後，所有劍尖所及的蛛網都被砍斷了，蛛網的上半部在吹進來的風中變成一幅隨風招搖的簾幕。陷阱被破壞了。

「來吧！」佛羅多大喊道。「快！快！」他心中突然充滿終於可以逃出這絕望之窟的狂喜。他的頭像喝了許多香醇美酒一樣暈眩。他一邊跳出洞口，一邊大喊大叫。

對他那雙經歷過洞穴中無盡黑暗的眼睛來說，外面的漆黑似乎也變得光明許多。那濃密的黑煙已經升高到天空中，變得比較稀疏了些。看來白天的最後幾小時已經快要過去了；魔多的紅光已經消失在這一團陰沉迷濛中。但是，對佛羅多來說，他似乎正面對著一個充滿希望的清晨。他幾乎已經來到了魔多高牆的邊緣，那裡離他只是再高一點而已了。西力斯昂哥的隘口，在黑色邊緣中的一道缺口，兩邊則是有著高聳的黑色岩石，彷佛是在天空中的兩名守衛。這只要一段衝刺，一下子就可以衝過去了！

「隘口終於到了，山姆！」他喊道，沒注意到自己的聲音很尖銳，在好不容易脫離了隧道中窒悶空氣的壓抑後，他的聲音變得又高又狂。「隘口！跑吧，跑吧，讓我們衝過去，在任何人來得及阻擋我們之前衝過去！」

山姆拚命逼迫自己雙腿盡快趕上去；但是，儘管他很高興獲得了自由，他還是覺得很不安；當他奔跑的時候，他還是不時回頭張望隧道口那漆黑的拱門，怕會看見眼睛，或是某種超過他所能想像的形體衝出來追捕他們。他或他的主人對於屍羅的本事所知太少了，她的巢穴有許多個出口。

她是有著蜘蛛形體的邪惡力量，已經在此居住了許久了，她甚至曾經居住在西方的精靈國度中，那地現在已經沉入了海中。在那裡，在許久之前，貝倫曾經奮戰穿過了多瑞亞斯北方的恐怖山脈，踏入了精靈王國，在月光下遇見了森林中青草地上的露西安。沒有任何故事描述屍羅是如何逃出廢墟，來到這裡的，因為在那黑暗的年代中，沒有多少記載流傳下來。但她畢竟就在這裡了，甚至是在索倫來到，在巴拉多要塞奠基之前，她就已經居住在此地；除了自己之外，她不服侍任何人。她啜飲著人類和精靈的血液，編織著陰暗的蛛網，在貪食無度的饗宴中變得無比痴肥臃腫；因為，所有的活物都是她的食物，而她所吐出的只有黑暗。她的後代廣布，那些在交配後倒楣被她所殺的雄蜘蛛的雜種，她的子孫，從一座山谷分布到另一座山谷，從伊菲爾杜斯到東方的山丘，甚至到多爾哥多和幽暗密林的各個要塞。但是，這其中沒有任何一隻可以超越她，她是偉大的屍羅，是昂哥立安「最後一個擾亂這不幸世界的子嗣。

許多年以前，咕魯就曾經遇到過她；史麥戈喜歡挖掘、探索所有黑暗的洞穴，也因此他過去一直行禮膜拜她。她邪惡的黑暗以一切的方法充塞在他四周，切斷他朝向光明和後悔的道路。他也承諾會替她帶來食物。但是，她所貪婪垂涎的與他所垂涎的不同。她對於高塔、戒指或是任何由人力所打造的東西所知甚少，也毫不關心；她唯一的慾望就是其他一切生靈的身心完全死亡，這樣能夠換來她的溫飽和食慾滿足，讓她繼續的臃腫，直到山脈再也裝不下她，黑暗再也無法隱藏她為止。

但是，那慾望離滿足還很遙遠，她已經潛伏在窩巢中飢餓了許久，由於索倫的力量不停擴張，光芒與生靈都不敢靠近他的邊境；山谷中的那座城市已經成為死城，沒有精靈或是人類會靠近，只剩下那些倒楣的半獸人。他們吃起來又苦又難吃。但她還是必須要填飽肚子；不管那些忙碌的傢伙如何從他們的塔樓往外挖掘出各樣彎曲的通道，她總是能找到方法將他們吃掉。但她一直渴求更甜美的肉。而咕魯這次終於把他們帶到了她面前。

「到時就知道了，到時就知道了。」走在由艾明莫爾前往魔窟谷的危險路上，當邪惡的一面在他身上凸顯時，他經常這樣自言自語：「到時就知道了。應該會這樣，喔是的，很可能會這樣，當她丟掉那些骨頭和衣服的時候，我們就可以找到它，我們就可以得到它，寶貝，那是給帶來好吃食物的可憐史麥戈的小小獎賞。正如我們所承諾的，拯救寶貝。喔是的。當我們好好收起它的時候，她就會知道。喔是的，那時我們就會好好回報她，我的寶貝。然後我們會好好回報每個人！」

---

1 昂哥立安是主神所居住的大陸中最邪惡的巨大生物。起初她是神靈之一，但是墮落後卻變成了巨大無匹的醜惡蜘蛛，擁有吞噬光明吐出黑暗蛛網的能力。在天魔王馬爾寇的命令之下，她用可怕的毒液毒死了主神之樹。甚至，當她和天魔王一起逃到中土世界之後，雙方更為了精靈寶鑽的爭奪而起了衝突。如果不是天魔王旗下的炎魔部隊聯手將她趕走，恐怕連天魔王都會被她擊敗。後來，她躲到貝爾蘭的恐懼山脈之中，在死亡之谷中生了許多隻巨大的蜘蛛。屍羅多半就是她的後代之一。在貝爾蘭於太陽第一紀元末陸沉之後，昂哥立安逃到哈拉德沙漠；在那裡，由於沒有別的東西可以獵捕，她將自己給吞食掉了。

在他心中的一個小角落裡，他就這樣一直盤算著，當他趁著同伴睡著，悄悄溜到她面前卑躬屈膝時，他還是希望能夠對她隱瞞這件事情。

至於索倫：他知道她躲藏的地方。有她住在那裡，飢餓卻凶狠不減，令他感到非常滿意，在進入他疆域的這條古道上，這是個比他的本領所創造出來的守衛更完美的看守者。至於那些半獸人，他們是好用的奴隸，反正他手下多的是，如果屍羅偶爾要抓幾個半獸人去填飽肚子，她請自便，他能捨得的。有時候，就像人偶爾會賞給自己的貓一頓美食一樣（他總是稱呼她為他的小貓，但她不買他的帳），索倫會把他一些毫無用處的犯人送去給她：他會讓他們被趕進她的洞穴中，然後讓部下回報她獵食的表現。

因此，他們就這麼相安無事地共處著，各自滿足於自己的計謀，不擔心對方的攻擊或是怒氣，也不擔心他們的惡行會有任何後果。從來沒有任何的獵物可以逃脫屍羅的羅網，而現在，她的怒氣和飢渴更是前所未有的盈脹欲裂。

不過，山姆對這個他們所打攪的邪惡一無所知；他唯一的線索只是心中有種逐漸累積的恐懼，是種他看不見的不安；它變得如此沉重，讓他連奔跑時的腳步都如同鉛一樣地抬不起來。他覺得身體的四周充滿了恐懼的氣息，隘口很可能有大軍駐守。而主人竟然就這麼毫無防備的奔向前去。因此，他將目光從左邊懸崖的凹洞邊移開，看著前方，發現有兩樣東西更讓他感覺到猜疑不定。他注意到佛羅多還沒有入鞘的寶劍正閃著藍光；他也注意到雖然身後的天空是黑色的，但塔樓中的窗戶依舊閃著紅光。

「半獸人！」他嘀咕著：「我們絕對不能夠這樣魯莽的衝過去。四周還有半獸人，或是比半獸人更糟糕的東西。」然後他很快恢復了他長久以來小心翼翼的習慣，他將手握起來包住了那寶貴的星之光。他的手因為流動的血液發出了片刻短暫的紅光，然後他將這顯露行蹤的光芒塞進胸前的口袋，將精靈的斗篷重新裹上。接著，他試著加快腳步。他的主人已經越衝越遠，幾乎已經離他有二十步之外，像個陰影一樣飛掠而去，他的身影很快就會隱沒在這灰色的世界裡了。

當她來的時候，山姆正好將星之光收到胸前的口袋。就在他左前方不遠的地方，突然有一個前所未見，讓人心膽俱裂的恐怖形體從懸崖下的另一個開口處衝了出來。這像是從人們的噩夢中甦醒過來的邪氣集合體，她的身軀像是蜘蛛，但比食肉的野獸更飢渴，她眼中的智慧之光讓她比一般的獸類更顯駭人。這些複眼就是他先前以為已經擊敗，退縮的眼睛。現在又再度亮起了恐怖的光芒，全都集中在她往外凸的前額上。她還長著詭異的角，在粗短的脖子後面則是臃腫變形的身體，看起來像是一個鼓脹的醜惡囊袋，在她的腿之間淫邪地搖晃著；她巨大的身軀是黑色的，上面點綴著噁心的記號，但之下的肚子則是蒼白、半透明的，不停地冒出臭氣。她的腿彎曲，扭曲的關節高聳於背部的高度之上，上面的毛髮根根聳立，像是鋼針一般，在每條腿的末端還搭配上一隻爪子。

在她一將柔軟的身體和折疊的肢體擠出洞口之後，她立刻用閃電般的速度奔跑過來，接著奮力一躍。她的位置剛好在山姆和他的主人之間。她可能沒有看見山姆，或者是由於他身上的光芒而刻意避開他，把所有的注意力集中在那失去了光芒，毫無防備奔跑著的佛羅多。他奔跑的速度很快，但屍羅更快，她再幾個躍進就可以追上他了。

山姆倒抽一口冷氣，鼓起所有力氣扯開喉嚨大喊：「小心你後面！」他嘶吼著：「主人，小心！我——」但他的聲音突然被悶住了。

一隻細長、黏膩的手摀住他的嘴，另一隻手則是抓住他的脖子，另外某種東西則是纏住了他的雙腳。他就這麼猝不及防地跌入了攻擊者的懷抱中。

「抓住了！」咕魯在他的耳邊嘶嘶的說道：「終於，我的寶貝，我們抓到他了。是的，這個臭哈比人。我們抓這個。她可以抓另一個。喔是的，屍羅會抓他，不是史麥戈：他保證過，他絕對不會傷害主人。但他抓到你了，你這個又臭又髒又狡猾的人！」他對著山姆的脖子吐了口痰。

在被對方的背叛激怒，和眼看著主人命在旦夕卻無法趕去的焦急情緒下，咕魯眼中緩慢遲鈍的山姆突然爆發出遠遠超過他所能預料到的凶狠和力量。咕魯扭緊的動作無法再快、再用力了。他摀住山姆的手滑開來，山姆一彎身，繼續往前衝，試著掙脫脖子上的束縛。他的寶劍依舊在手中，左手臂上還掛著法拉墨送他們的手杖。他在困絕中試著轉過身刺殺敵人，但咕魯的動作太快了。他一把伸出細長的右臂，快如疾電地抓住山姆的手腕：他的手指如同鋼箝一樣，緩緩地將山姆的手往前與往下拗，直到山姆吃痛大叫，放開了寶劍，讓它落到地上。同時間，咕魯的另一隻手則是加重了掐住山姆咽喉的力道。

於是山姆奮力使出最後一搏。他繃緊身軀雙腳穩穩的站在地上，接著突然雙腿往下一蹬，用盡吃奶的力氣讓自己往後飛去。

連這麼簡單的把戲都在咕魯對山姆的預料之外，因此，咕魯被山姆跌在身上，他的肚子狠狠地吃了山姆全身重量的一壓。他猛地發出一聲尖銳的嘶叫，掐住山姆咽喉的手也不禁鬆了一鬆；但抓住對方持劍手腕的那隻手仍握得死緊。山姆往前一衝，站了起來，順著咕魯抓住他的手腕很快往右一旋身，用左手抓住手杖，揚起向下一揮，喀啦一聲，正中咕魯伸出的手臂。

咕魯慘叫一聲，終於鬆了手。山姆猛烈跟進，他不肯浪費時間在換手上，直接用左手再狠狠揮出一擊。咕魯像蛇一般迅速往旁一閃，原先對準他腦袋的一擊打中了他的背部。手杖啪的一聲斷成兩半。這對他來說已經夠了。從背後偷襲向來都是他的老把戲，極少失敗。但這一次，在他自己的托大之下，竟然在兩隻手都掐住對方咽喉之前浪費時間在說話和羞辱對方上。自從那恐怖的光芒出現在黑暗中之後，他精心的計畫每一步就都有了致命的缺陷。現在，他必須面對一個體型並不遜於他的憤怒敵人。這不是他的戰鬥。山姆從地上撿起寶劍，準備揮出。咕魯發出一聲低嚎，像是大青蛙一般四肢著地一躍跳開。在山姆來得及反應之前，他就用驚人的速度奔回洞穴。

山姆手持寶劍緊追不捨。這時，他滿腔的殺意已經讓他只記得追殺咕魯這個目標。但是，在他來得及追上對方之前，咕魯就已經不見了。接著，當他呆立在這黑暗的洞口時，洞中的惡臭撲鼻而來，像是為了喚醒他一樣重重地甩了他兩個耳光，讓他突然想起佛羅多和怪獸追逐的身影。他猛然轉過身，發狂似地喊著主人的名字，死命奔向前。他太遲了。咕魯的計畫已經成功了。

第十節　山姆衛斯先生的抉擇

佛羅多仰面躺在地上，那怪物正彎身專注地打量著她的美食，甚至完全沒有理會山姆的哭喊聲，直到他逼近身邊。山姆在衝過來的時候，看見佛羅多已經從頭到腳都被綁在蛛網中，那怪物已經半舉起巨大的前腳，準備將這頓美食拖走。

原本握在他手中，現在掉落在他身邊，在地上閃著藍色光芒的是那把精靈寶劍。山姆沒有浪費一分一秒去思考他該做什麼，或想他是勇敢、忠誠還是滿腔怒火。他大喊一聲躍向前，左手撈起主人的寶劍。然後就義無反顧地往前衝。即使在野獸的世界中也不曾出現過這樣狂暴的攻擊：一個弱小的生物，只有小得可憐的利牙，竟然敢撲向站在夥伴旁邊尖牙利齒、銅皮鐵骨的怪獸。

她被山姆小小的喊叫聲從貪婪飽食的美夢中驚醒，緩緩地將她充滿可怕威脅和殺氣的目光轉向他。但是，在她來得及意識到眼前狂暴的怒氣是這一生僅見之前，發著藍光的寶劍就砍進了她的腳，切斷了利爪。山姆跳進她拱起的腿彎內，另一隻手迅如閃電地往上一戳，正中她低下來的腦袋上的複眼。一隻巨大的眼睛立刻瞎了。

現在，這隻可憐的小傢伙就躲在她的肚子底下，正好躲過了她的毒針和爪牙。她巨大的腹部就在他頭上，發出詭異的微光，而它濃烈的臭氣幾乎把山姆薰倒。但是，他滿腔的怒氣依舊可以支撐他再發出一擊，在被屍羅壓死，在他和他微小魯莽的勇氣被她壓扁之前，他奮力將發亮的精靈利刃切入她的身體。

可惜的是，屍羅不是龍，除了她的眼睛之外，她身上沒有任何的致命罩門。她一身古老的甲殼上長滿了各種各樣鼓脹的硬瘤，而腹內更是充滿了一層又一層由邪惡汁液不斷補強，不斷累積的血肉。寶劍劃開了一道猙獰的傷口，但裡面那層層疊疊的血肉卻不是任何人類可以破壞的；即使精靈或矮人可以鑄造出無比鋒利的武器，由遠古的神話英雄來攻擊，也無法突破這恐怖的防禦。她仗著皮粗肉厚，承受了這一擊，接著將腹部高舉至山姆頭上。毒液和噁心的氣泡不斷地從那傷口湧出。她雙腿一伸，準備用那臃腫的腹部壓死渺小的山姆。她卻沒有料到自己的動作太快了。因為，此時的山姆依舊不懼死亡地站著，丟下自己的武器，雙手高舉刺針，想要用來抵禦這以無比威勢壓下的噁心之物。就這樣，屍羅藉著自己殘酷的意志，和超越任何戰士力量的怪力，把自己對著無比鋒利的寶劍撞了下去。劍刃深深、深深地刺入，山姆也被緩緩地壓向地面。

屍羅連作夢都沒想過會承受這樣劇烈的痛苦，在她漫長的邪惡生命中，這是前所未有的。即使是古老剛鐸最驍勇的戰士，或是被困住的瘋狂半獸人，都不曾這樣傷害過她，劃破她美麗的血肉。她渾身一陣顫抖，勉力站了起來，將身軀從利刃上拔開，長滿鋼毛的肢體一彎曲，接著躍向另一個方向。

山姆跪倒下來，正好倒在佛羅多的頭旁邊。在那惡臭的籠罩下，他覺得天旋地轉，但雙手依舊緊握著寶劍。他的雙眼一片模糊，只能依稀看見佛羅多的面孔，他頑強地想恢復清醒，拚命靠向主人，極力擺脫腦中的昏沉。他緩緩地抬起頭，看見她就在幾步之外打量著他，嘴角流出滋滋作響的劇毒，綠色的黏液則從她受傷的眼中不停地湧出。她就趴在那裡，將重創的腹部靠著地面，巨大弓起的腿不停地抖動，準備聚集力氣再度撲向前——這次，她要壓碎獵物，用毒針將他螫死；不會再有先用一點點毒液麻痹掙扎美食的閒暇了；這次要一擊斃命，要將他徹底撕碎。

正當山姆趴在地上，從她的眼中看見自己死亡的景象時，突然腦海中出現了一個念頭，彷彿是從遙遠的地方傳來聲音對他說話。他趕忙用左手在胸前掏著，找到了他要的東西：在這有如噩夢一般的恐怖世界裡，它握起來冰冷又堅固，那是凱蘭崔爾的星之光。

「凱蘭崔爾！」他虛弱地說，接著，他聽見遙遠但卻清楚的聲音：那是精靈們漫步在夏爾的星空下時呼喊的聲音，以及在愛隆的烈火之廳中傳來的精靈樂音。

姬爾松耐爾，伊爾碧綠絲！

然後，他僵硬的舌頭彷彿被某種力量解放了，喉中開始冒出他完全不能理解的語言：

伊爾碧綠絲，姬爾松耐爾，
o menel palan-diriel,
le nallon sí di'nguruthos!
A tiro nin, Fanuilos!

隨著這呼喊，他掙扎著站了起來，再度成為那頑固的哈比人山姆衛斯，老爹的兒子。

「來吧，你這個臭傢伙！」他大喊著：「你傷了我的主人，你這該死的傢伙，你一定要付出代價。我們會繼續往前，但我們要先解決掉你。來吧，再嘗嘗寶劍的滋味！」

彷彿他不屈不撓的精神喚醒了星之光的力量，那個小玻璃瓶突然之間迸出萬丈光芒，像是他手中握著耀目的火把。它像是一顆躍出天際的星星，以刺眼的光芒撕裂濃密的黑暗。屍羅之前從來沒有面對過這種自天際降臨的恐怖白光。一道道的光束直接射進她受傷的頭，讓她頭痛欲裂，那可怖的光芒竟如同會感染一般，從一隻眼睛躍到另一隻眼睛。她往後跌倒，前腳在空中揮舞著，視線被她體內爆裂的閃電擊瞎了，腦中疼痛得彷彿要炸開一般。她勉力轉過劇痛的腦袋，滾到山壁旁，緩慢的，一爪一爪的爬向峭壁上那漆黑的開口。

山姆乘勝追擊趕了上去。他的腳步踉蹌，像是喝醉了酒一樣，但他還是繼續向前。屍羅最後終於退縮了，這古老的邪惡女王竟然渾身發抖，懦弱的想要加快腳步逃離這敵人。她好不容易爬到了洞口，勉強將身體擠進去，在地上留下一條黃綠色的黏液污跡。正當山姆向她的拖爬的腿奮力揮出最後一擊的時候，她滑了進去。力竭的山姆也跟著軟癱在地。

屍羅就這麼失蹤了。我們不知道她是否躲藏在黑暗的洞穴中，年復一年地試圖修補她全身的創傷，努力長出新的複眼，等待時機。到了最後，她在飢火難耐之下，或許會再度於黯影山脈中張開她致命的羅網。不過，這些，都不在這個故事的記載之中。

只剩下山姆孤單一人躺在地上。隨著這塊無名之地的黑夜慢慢降臨在這生死搏鬥的戰場上，他疲倦地爬回主人身邊。

「主人，親愛的主人，」他說，但佛羅多並沒有回應。之前當佛羅多興高采烈，毫無防備地為慶祝重見光明而奔跑時，屍羅用閃電般的速度從後面趕上來，一針刺進了他的脖子。他臉色死白，動也不動地躺在地上，對聲音毫無任何反應。

「主人，親愛的主人！」山姆大喊著，接著，他沉默了很長的一段時間，徒勞無功地等待著。

然後，他拚盡最後一絲力氣，飛快地切開束縛他的蜘蛛絲，將頭放在佛羅多的胸口和嘴邊，但他什麼也聽不見。沒有心跳，沒有生命存在的跡象。他揉搓著主人的手腳，觸摸著他的額頭，但一切都已經冰冷了。

「佛羅多，佛羅多先生！」他喊著：「不要把我一個人留在這裡！我是你的山姆啊！不要去我不能跟隨你的地方！佛羅多先生，快醒來！喔，醒來啊，佛羅多，喔，天哪！天哪！快醒來！」

然後，他被盲目的憤怒所淹沒，繞著他主人的身體狂奔起來，揮劍對著空氣亂砍、敲打著石頭、大聲咒罵著。最後，他才恢復了神智，彎下腰去看著佛羅多在暮色中蒼白的面孔。突然間，他回想起在羅瑞安凱蘭崔爾女皇的水鏡中所看見的景象：臉色死白的佛羅多沉睡在一個高大黑暗的峭壁下。當時，他以為他只是睡著了。「他死了！」他說：「不是睡著了，是死了！」當他話一說出口，彷佛這句話重又啟動了屍羅的魔咒，他覺得佛羅多的臉跟著變成青黑色。

山姆接著掉入了絕望的深淵，他趴到地上，用斗篷蓋住頭，內心一片黑暗，然後，他就什麼都不知道了。

當他心中的黑暗終於稍稍退卻後，山姆抬起頭，看著籠罩在四周的陰影。可是，這個吃力前進的世界究竟過了多久，幾分鐘還是幾小時，他全然不知。他還是在同一個地方，而主人也依舊躺在他的身邊，死了。天沒有崩，地也沒有裂，末日則是還沒到來。

「我該怎麼辦，該怎麼辦？」他說。「難道我和他一路奮鬥了這麼久，最後只能功虧一簣嗎？」然後，他想起自己在旅程之初所說的一段話，當時連他自己也不了解：**但我知道自己在一切結束之前該做些什麼，如果你明白我的意思，大人，我必須留到最後。**

「但我能夠做什麼呢？絕不能離開死去的佛羅多先生，讓他暴屍山頂，然後回家去吧？還是要繼續呢？繼續？」他喃喃念著，有那麼片刻，疑惑和恐懼動搖了他。「繼續？難道這就是我的使命？把他留在這裡？」

接著，他終於哭起來；他走到佛羅多的身邊，將他的屍體放好，把冰冷的雙手交疊在他的胸前，用斗篷將他裹好；然後他把自己的寶劍放在一邊，法拉墨給的手杖放在另一邊。

「如果我要繼續任務，」他說：「佛羅多先生，請你見諒，我必須要拿走你的寶劍。我只能把自己的寶劍放在你身邊，就像它在古墓中擺在古代國王的身邊一樣。你還可以繼續穿著比爾博老先生給你的美麗秘銀甲。至於你的星之光，佛羅多先生，你把它借給了我，而我也的確需要它；因為，此後，我將永遠處在黑暗之中。我或許配不上它，女皇也是將它賜給了你，但或許她會明白的。佛羅多先生，你明白嗎？我一定要繼續下去才行。」

但他還是依依不捨，還是不能走。他跪在地上，緊握著佛羅多的手，捨不得放開。時間不斷流逝，他依舊跪在地上，握著主人的手，心中不停地爭辯著。

他試著鼓起足夠的勇氣，讓自己孤身離開，踏上一場孤獨的旅程——這是為了復仇。只要他能下定決心離開，他的怒氣就足以讓他上天下地，追到天涯海角，直到抓住他——直到抓住咕魯為止。然後，咕魯就會付出狗命做為代價。但他離開的目的並不是為了這個。他不值得為了這個而將他的主人拋棄在此。人死不能復生，復仇不能將他喚回。他們最好還是死在一起。但就算這樣，那也還會是場孤獨的旅程。

他看著光亮逼人的劍尖。他想起背後的洞穴中還有一個黑沉沉的裂隙，彷彿可以摔入地心。不行，那樣一點用也沒有。那樣甚至連哀悼主人的死都做不到。那不是他當初離開夏爾的目的。「那我到底該怎麼辦？」他再次大喊，但是，這次他似乎已經清楚知道了那艱難的答案。**必須留到最後**。那將會是另一場孤獨的旅程，而且是最恐怖的。

「什麼？我，一個人要去末日裂隙，完成主人的任務？」他依舊還是遲疑不定，但那決心已經開始慢慢地滋長。「是嗎？要讓我從他手中拿走魔戒？是那場會議中決定要由他保管的。」

答案立刻浮現在他的腦海中。「那場會議同時也指派給他許多同伴，就是為了不讓任務失敗。你現在是遠征隊的最後成員，你絕不能坐視任務落空。」

「我真希望自己不是最後一個，」他哀嚎著說：「我真希望甘道夫在這裡，或是隨便任何人都好。為什麼只剩我一個人，只有我可以決定一切？我一定會犯錯的。我不應該拿走魔戒，自告奮勇地執行任務。」

「可是，你這不是自告奮勇，你是情勢所逼。至於說到是不是適當的人選，你想想看，佛羅多先生就不是，比爾博先生也不是。他們可都不是自告奮勇的哪。」

「啊，好吧，我必須要下定決心了。我要下定決心了。可是，我一定會犯錯的，因為我是笨山姆啊！」

「讓我想想：如果我們在這邊被發現，或是佛羅多先生被發現，而那東西又在他身上，嗯，魔王一定會得到它的。那麼那就是大家的末日到了，羅瑞安、瑞文戴爾、夏爾和全世界都會毀滅。而且，如果再浪費時間，也會是一樣的結果。戰爭已經開始了，事實上，魔王可能已經節節獲勝了。沒有機會拿著魔戒回去請求同意或是讓人給建議了。不，我只剩兩個選擇：坐在這裡等他們來把我殺了，然後再奪走它；或者是拿走它，趕快離開這裡。」他深吸一口氣。「就這麼決定了，帶它走！」

他彎下身，非常輕柔地解開佛羅多脖子上的扣子，將手伸進他的襯衫裡；然後他用另一隻手扶起主人的頭，親吻著他冰冷的額頭，將項鍊輕輕地取了下來。然後，再讓他靜靜躺回之前的安眠。他靜穆的臉上沒有任何的改變，從這最後的跡象，山姆才終於相信佛羅多已經去世，棄下了任務。

「再見，我親愛的主人！」他喃喃道：「原諒你的山姆。等到任務完成之後，只要有可能，他會再回到你身邊的。那時他就再也不會離開你了。好好的安息，等我回來。希望不要有任何可惡的野獸來冒瀆你的身體！如果女皇能聽見我的祈禱並賞我一個願望，我會希望能夠再回到這裡，找到你。再會了！」

接著，他低下頭，戴上綁著魔戒的項鍊；他的腦袋立刻因魔戒的重量而俯向地面，彷彿身上被綁上一塊大石板一樣。不過，慢慢的，彷彿那重量變輕，或是他的體內湧出一股新的力量，他抬起了頭，並且在使盡全身力氣站起來之後，他發現自己竟然可以承受這重擔往前走。他高舉著星之光好一會兒，低頭看著主人；它現在散發出柔和的光芒，彷彿夏日夜空的暮星一般，佛羅多的面孔在這光中再度散發出美麗的光彩，蒼白中帶著精靈的美麗，彷彿早已擺脫陰影的幸運者。隨著這最後一眼的苦澀安慰，山姆轉過身，收起星之光，步履蹣跚地踏入逐漸籠罩的黑暗中。

他不需要走太遠。隧道的出口已經被遠遠拋在後面，前方的隘口大約只需要再走幾百碼而已。在這昏暗的暮色中，小徑依舊清晰可見，這是條經過多年歲月的行走踐踏之後倖存的古道，平緩地往上升，小徑兩旁都是峭壁。小徑越來越窄，山姆很快就來到一條長而寬淺的石階前。現在，半獸人的塔樓就在他的正上方，塔樓內閃著紅色的光芒。他利用塔下的死角陰影躲藏著爬上了石階頂端。最後，他終於來到了隘口。

「我已經下定了決心。」他一直對自己這麼說。但其實他沒有。雖然他已經絞盡腦汁要想清楚自己得做些什麼，但事實上，他的所作所為完全都不合他的天性。「我會不會弄錯了？」他嘀咕著：「我還應該做什麼？」

隘口兩旁陡直的峭壁越來越近了，在他抵達頂點之前，在他看向前方往下通往無名之境的小路之前，他轉過身來。一時之間，他的心中充滿了疑惑，他回頭望去，依舊可以看見隧道的出口如同聚攏暮色中的一小塊污跡；他約莫可以知道佛羅多所在的地方。當他靜靜望著那片山壁，那個他的人生完全崩毀粉碎之處，他覺得那裡的地面似乎泛著光芒，但或許那只是他眼中的淚光吧。

「我只希望我能夠實現那個願望，那唯一的願望，」他嘆氣道，「回到這裡來找他！」最後，他轉向眼前的道路，走了幾步——這是他這輩子最沉重、最不情願的幾步路。

他只踏出了幾步；現在只要再踏出另外幾步，他就會往下走，永遠再也不會看到這塊高地了。就在此時，他突然聽見了喊叫和交談的聲音。他渾身僵硬地站著。半獸人的聲音。它們從他前後傳來。那是雜沓的腳步聲和粗魯的嘶吼聲：半獸人正從隘口的另一邊走上來，多半是從高塔的某個入口出來的。腳步聲和吼叫也從背後傳來。他猛轉過身，看見有小小的紅光，是火把，在下方閃爍著，那是從隧道中出來的半獸人。追捕終於展開了。高塔中的紅眼並沒有怠惰。他被發現了。

身後火把的光芒，和前方傳來的金屬撞擊聲，都已經十分靠近了。一兩分鐘之內，他們就會上到這裡來，將他抓個正著。他浪費了太多時間下定決心，現在事情可糟了。他怎麼可能逃出這種險境，保住小命，或保住魔戒？魔戒。他根本還來不及多想，就發現自己拉出了項鍊，把魔戒握在手上。半獸人的隊伍已經開始出現在前方的隘口上。於是，他戴上了魔戒。

世界完全改變了，在一瞬間他的腦中充滿了各種各樣的思緒。他立刻就意識到自己的聽力變得更靈敏，但視力卻昏暗了；不過，這又和在屍羅的巢穴中不同。他四周的景物這時不是被黑暗所包圍，而是變得模糊；而他自己彷彿身處在一個灰色的世界中，孤單得如同一塊小小的黑色岩石，而沉重的魔戒壓著他的左手，像是一球炙熱的黃金。他一點也不覺得自己隱形了，而是清楚、顯眼得可怕。他知道魔眼正在某處搜尋著他的蹤跡。

他可以聽見岩石破裂、魔窟谷中流水的聲音；屍羅在下方隧道的石穴中哀嚎著，迷失在某個黑暗的通道中；以及在塔樓底下地牢中的聲音，還有半獸人走出隧道時的咆哮聲，以及在前方的半獸人急促的腳步聲與嘶吼聲，全都在他耳中轟隆作響，震耳欲聾。他瑟縮著靠向懸崖。但是那隊半獸人如同鬼魅一般向前走來，像是在迷霧中扭曲變形的灰色身影，手中拿著噩夢中才有的蒼白火焰。他們從他面前走過。他低下頭，想要縮進岩石裂縫中，躲開這一切。

他傾聽著。從隧道出來的半獸人和從這上方走下去的半獸人已經看到了彼此，雙方都加快了腳步，開始大喊大叫。他可以清楚地聽見兩邊的聲音，而且他還聽得懂他們所說的語言。或許魔戒讓人有了理解各種語言的能力，也或許就單單是理解，特別是理解鑄造者索倫的僕人；因此，只要他心中留神，腦中就可以自動理解這些傢伙的對話。魔戒越靠近鑄造之處，它的力量的確越來越強；但唯一有一樣東西他不能提供，那就是勇氣。此刻山姆想到的仍然是躲藏，想要趴在地上直到一切過去為止。不過，他卻又忍不住專注地聽著。他不能夠確定這些聲音有多靠近，因為每句話似乎都是在他耳邊說的。

「喂！哥巴葛！你在這裡幹麼？打夠仗了嗎？」

「上面的命令，你這笨蛋。夏格拉，你又在這邊幹麼？在上面混煩了嗎？想要下來打仗嗎？」

「也是命令。我負責掌管這個隘口。給我客氣點。你有什麼要回報的？」

「沒有！」

「哈！嗨！喂！」一個叫喊聲打斷了兩名領袖的交談。底下的半獸人似乎突然看見了什麼。他們開始狂奔，其他人也是一樣。

「嗨！哇！那裡有什麼東西！就躺在路邊。間諜，間諜！」他們開始吹著號角，發出各種各樣的嘶吼聲。

山姆猛然一驚，從之前害怕的狀態下驚醒過來。他們看見他主人了。他們會怎麼做？他曾經聽過許多半獸人的故事，都讓人噁心齒冷。他無法忍受那情景。他跳了起來。所有的抉擇和任務都被拋在腦後，連恐懼和懷疑也一起煙消雲散。他知道現在自己該在哪裡：在他主人身邊，雖然他還不清楚自己在那裡能幹麼。他往回跑下石階，朝著佛羅多的方向跑了回去。

「不知道他們總共有多少人？」他想，「塔樓裡面至少來了三、四十個人，我猜底下出來的更多。在他們把我幹掉之前我能宰掉幾個？只要我一拔劍，他們就會看見它的光芒，這樣我遲早會倒下的。不知道會不會有歌謠描述這事件：山姆衛斯在主人身邊斬殺無數的半獸人，最後倒在隘口邊。不，一定不會有什麼歌謠了。當然不會了，因為魔戒將會被發現，世界上就不會再有歌謠了。對此我也無能為力。我必須留在佛羅多先生身邊。愛隆、議會，還有那些睿智的國王和皇后們，他們一定得理解。他們的計畫完全出錯了。我不可能成為魔戒的持有者。沒有佛羅多先生我什麼都做不到。」

但那些半獸人已經離開了他模糊視線的範圍。他之前一直沒時間考慮到自己，但現在他才意識到他非常疲倦，幾乎已經疲倦到精疲力竭的地步：他的腿已經沒辦法照著他的意志來運作了。他的動作太慢了，這條道路似乎變得有好幾哩長。他們都躲進這團迷霧中的什麼地方去了？

啊，他終於又看到他們了！不過距離仍然不近。一群身影圍繞著地面上的某樣東西；幾個人影似乎像是獵犬一樣跑來跑去，彎著腰在察看地面上的痕跡。他試著想要鼓起力氣做最後的衝刺。

「加油啊，山姆！」他說，「不然你這次又會太遲了。」他準備將劍出鞘，過不了多久，他就會拔出劍，然後，他們似乎從地上舉起了什麼東西，開始狂亂的歡呼和大笑。「嘿咻！嘿咻！用力！用力！」

然後另一個聲音大喊道：「出發了！走比較快的路。快回下門去！從附近的線索看來，她今天晚上不會再打擾我們了。」一整群半獸人開始前進。中間的四名將屍體高高地扛在肩膀上。「嘿咻！」

他們搬走了佛羅多的身體。他們走了。他已經趕不上他們了。不過，他依舊拚死命的往前趕。半獸人走到隧道口，走了進去。抬著重物的走在前面，後面的一大群推推撞撞。山姆努力掙扎想要趕上。他拔出劍，顫抖的手中發出藍光，但他們壓根沒有注意到。當他氣喘吁吁趕上來時，最後一名半獸人也已經消失在隧道中。

他站了一會兒，按著胸口，不停地喘氣。然後，他用袖子在臉上一抹，擦掉穢物、汗水和淚水。「可惡！」他說，然後就跟著半獸人一起奔入黑暗中。

在這隧道中，他不再覺得黑暗，他似乎只是從薄霧中踏進了濃霧內。他的疲倦依舊不停上漲，但他的意志卻變得更堅決。他似乎可以看見不遠的前方一直有火把閃爍的光芒。但不管他怎麼努力，就是趕不上他們。半獸人在隧道中前進的速度本來就很快，而這又是他們十分熟悉的隧道。即使是在屍羅的威脅下，他們也被迫必須經常使用這個洞穴，因為它是從死城過山最快的一條路。他們不知道這個巨大的洞穴和主隧道是什麼時候挖掘出來的，也不知道屍羅是在多久之前進駐的；不過，他們在主隧道的兩旁都挖掘出了許多分支的岔道，好在來來去去執行主人的命令時用來躲避屍羅的獵食。今晚，他們並不打算往裡面走太遠，而是打算趕快找到一條岔路讓他們可以回到峭壁上的塔樓去。大多數的人都對他們的發現感到非常高興，一邊趕路，一邊還彼此興高采烈地交談著，這是他們的習慣。山姆聽著他們所發出的惱人噪音，在這沉寂的空氣中顯得格外刺耳；在所有的聲音當中，他可以分辨出兩個聲音：他們比較大聲，也似乎比較靠近。兩個隊伍的首領似乎走在最後，一邊走一邊陷入爭辯。

「夏格拉，難道你就不能讓手下的笨蛋安靜一些嗎？」一個聲音抱怨道：「我們可不想要屍羅衝過來。」

「你再說啊，哥巴葛！你的部下更吵吧。」另一個聲音說：「讓部下放鬆一點吧！我想這次不需要擔心屍羅的問題了。看來她似乎坐到一根針了，我們對此不必大驚小怪吧。你難道沒看到嗎？一路都是骯髒的黏液拖回到她該死的洞穴裡面？如果這次她吃了虧，至少會有好久都不會出來了。就讓他們鬧一鬧吧。而且，我們這次終於走好運了：找到了路格柏茲要的東西。」

「路格柏茲要的嗎？你猜那是什麼？我看起來像是精靈，可是身材又太小了些。這個東西會有什麼危險。」

「在我們仔細檢查之前都不會知道的。」

「喔喔！所以他們也沒告訴你會找到什麼囉？他們根本沒把所有的情報都告訴我們，對吧？連一半都不到。但他們還是會犯錯的，連老大們都會。」

「噓，哥巴葛！」夏格拉刻意壓低了聲音，因此，連山姆被某種力量加強的聽力都只能勉強聽見他在說些什麼。「或許他們會，但他們到處都有耳目，有些甚至就是我的部下。不過，你說的也沒錯，他們似乎在擔心些什麼。底下的戒靈和路格柏茲的老大都一樣。有什麼事情差點出差錯了。」

「你說的是差點嗎？」哥巴葛說。

「好啦，」夏格拉說：「我們等下再談這個。等到我們到下面那條路之後再說。我們可以在那邊多講一些，讓部下先過去。」

不久之後，山姆眼睜睜的看著火把消失了。然後傳來低沉的聲響，正當他急忙趕過去的時候，則是轟隆一聲。他只能猜到，半獸人是走進了他和佛羅多之前發現被擋住的那條路。但是，現在它還是被擋住的。

似乎有塊巨大的岩石擋住去路，但半獸人不知怎麼搞的還是走了過去，他可以聽見另一邊有交談的聲音。他們依舊不停地奔跑著，往山裡面越走越遠，準備回到之前的塔樓。山姆感到無比的絕望。他們將主人的身體帶走，不知道要怎麼污辱他，而自己竟然無法跟上。他對那塊大岩石又推又刺，用全身的力量撞上去，但都一點用也沒有。這時，就在裡面不遠的地方，至少他這麼認為，他再度聽見了兩名首領交談的聲音。他靜靜地傾聽著，希望能夠知道一些有用的消息。或許，看來隸屬於米那斯魔窟的哥巴葛會走出來，他就可以把握機會溜進去。

「不，我不知道，」哥巴葛的聲音說：「照慣例，這消息來的速度快過任何會飛的東西。我不知道這是怎麼辦到的，我也最好不要知道。唬！這些戒靈讓我渾身發麻。只要被他們一瞪，好像全身的皮都被剝掉，讓你處在黑暗中冷得不停發抖。但是他寵幸他們，現在他們可是上頭最信任的人，我們再怎麼抱怨也沒有用。我跟你說啊，在底下的城市裡面服役可不好受。」

「你應該來這邊和屍羅一起住段時間才對。」夏格拉說。

「最好還是找個都沒有他們的地方住。可惜，戰爭已經開打了，或許等到戰爭結束之後會好一些。」

「他們說戰況很順利。」

「他們當然會這樣說。」哥巴葛嘟噥道：「我們到時候就知道了。反正，如果一切順利的話，我們就有更大的空間可以住了。你說怎麼樣？——如果我們有機會，帶幾個可靠的弟兄，找個有好東西可以搶奪，上頭又沒有什麼老大的地方待下來吧。」

「啊！」夏格拉說：「就像以前一樣。」

「是啊，」哥巴葛說：「不過，別想太多。我覺得有點不安。就像我之前說過的，老大們，咳，」他的聲音變得很低微：「咳，就連大首領都有可能犯錯的。你說過，似乎有什麼東西差點溜過去。可是我說，的確有東西溜進來了。我們必須小心一點。我們這些人老是必須替人家擦屁股，還沒有人感謝我們。但你也別忘記，敵人討厭上頭那位老大，也討厭我們。如果上頭老大垮了，我們也跟著完蛋。對了，你是什麼時候接到命令出任務的？」

「大概一小時之前，就在你們發現我們之前。有個消息傳來：**戒靈不安。階梯上有入侵者。加倍警戒。去階梯頂端巡邏**。我立刻就來了。」

「要命，」哥巴葛說：「我跟你說，據我所知，我們的沉默監視者兩天之前就開始不安了。但是，我的巡邏部隊沒有接獲出發的命令，也沒有任何消息送到路格柏茲去。這都是因為開戰號令的關係，戒靈的首領帶隊出征，還有其他一堆事。根據他們的說法，路格柏茲會有好一陣子無暇照顧好我們這邊。」

「我想，魔眼多半在別的地方忙碌著。」夏格拉說：「他們說，西方有大事正在發生。」

「我想也是。」哥巴葛說：「不過，現在竟然有敵人到了階梯這邊來。你們都在幹什麼？不管有沒有特別的命令，你們不都是應該要負責警戒的嗎？你到底是幹什麼吃的？」

「夠了！不用你來教訓我該怎麼做。我們當然都警醒得很。我們也知道有什麼不對勁。」

「是很不對勁哦！」

「是的，非常不對勁：有光亮還有叫喊聲。但屍羅那時已經出動了。我的部下看見她和她的寵物。」

「她的寵物？那是什麼？」

「你一定曾經看過他：小小的黑色傢伙；自己也像隻蜘蛛，或許更像隻餓扁的青蛙。他以前來過這裡。幾年之前第一次離開路格柏茲，上層告訴我們讓他走。從那之後他又出現在階梯上一次還是兩次，但我們都不理他：似乎他也和女王大人之間有些共識。我想他大概不好吃：她才不擔心我們上層會說什麼。不過，你們底下山谷裡的守衛還真嚴密：在這一切騷動開始的前一天，他就來過這裡了。昨天晚上稍早我們看見了他。反正，我的部下回報說女王大人正在好好的玩樂享受，所以我也就不那麼注意，直到消息傳來。我以為她的寵物送了個玩物給他，就像我們送戰俘給她一樣。她在享受的時候我可不敢插手。當屍羅在狩獵的時候，誰也不能打攪她。」

「誰也不能，是嗎？你剛剛難道沒看見嗎？我告訴你我覺得很不安。不管是誰從階梯那邊跑了過來，他真的滲透進來了。他砍斷了她的羅網，安全的離開洞穴。你最好仔細想清楚！」

「啊，好吧，但她最後還是抓到他了，不是嗎？」

「抓到他？你說誰？這個小傢伙嗎？如果只有他一個人，屍羅早就把他拖回巢穴去享用了，現在會留在那邊嗎？如果路格柏茲想要抓這個傢伙，是你得進巢穴去抓他。嘿嘿，你運氣真好。不過，我想不只他一個人。」

對此，山姆更加專注聆聽他們的對話，他將耳朵貼到了石壁上。

「夏格拉，你想想，是誰把這個小傢伙身上的蛛網切斷的？就是同一個割斷洞口羅網的人。

你還不明白嗎？是誰讓女王陛下受到重創？我想也是同一個人。他現在在哪裡？夏格拉，他在哪裡？」

夏格拉沒有回答。

「如果你有聰明帽的話，最好趕快戴上一頂。這可不是開玩笑的。從以前到現在，從來沒有，我說的是從來沒有任何人可以傷到屍羅，你應該也很清楚。我們當然不會覺得難過；可是，想想看，有個比以前任何的滲透者都要危險的傢伙正在四處亂竄，自從古代那次圍城和後來的大戰亂之後，我們就不曾面對過這麼危險的敵人了。真的有什麼東西溜進來了。」

「他又是什麼來頭？」夏格拉悶悶不樂的問。

「夏格拉隊長，從所有的跡象看來，我猜是一個高大強壯的戰士，最有可能是名精靈，他可能有一柄精靈寶劍，或許還有一柄戰斧。而且，他已經進入了你的負責區域，而你根本沒有發現他。這下子可好玩了吧！」哥巴葛吐了口口水。山姆聽見對方的描述，不禁露出苦澀的微笑。

「算了吧，你每次都這麼悲觀。」夏格拉說：「管你怎麼判斷這些線索，我覺得都有別的方法可以解釋。反正，我已經在每個據點都設下了哨兵，我們最好一件一件事情來。在我仔細的檢查過我們抓到的這個小傢伙之後，我才會擔心接下去的事情。」

「我認為你在這個小傢伙身上找不到什麼的。」哥巴葛說：「他說不定和那真正的禍害一點關係也沒有。那個拿著利劍的大傢伙似乎覺得他不重要，就讓他躺在那邊等死：這就是精靈的風格。」

「我們到時就知道了。快走吧！我們已經說得夠多了。我們去看看這個俘虜吧！」

「你準備拿他怎麼辦？別忘記是我先發現他的。如果有任何好東西，我和我的弟兄們一定要分一杯羹。」

「等等，」夏格拉不高興的說：「我有上級的特別命令。搞砸了不但我擔不起，你也擔不起。任何守衛發現的闖入者都必須被直接帶到塔中。俘虜必須要徹底的搜身。所有的文件、衣物、武器、信件、戒指或是任何裝飾品，都必須立刻送到路格柏茲，而且只能送到路格柏茲。還有，該名俘虜都必須要安全無恙，毫髮無傷的被監控著，直到他下令或是親自前來為止。這話說得夠清楚了，我正準備照著做。」

「徹底搜身，呃？」哥巴葛說：「什麼，牙齒、指甲和頭髮全都要嗎？」

「不是，根本不包括這些東西。我告訴你，他是路格柏茲要的人。他必須要毫髮無傷被送過去。」

「這會很難做到的。」哥巴葛笑著說：「他現在只不過是個屍體，路格柏茲要他去能幹什麼？把他丟到鍋裡去還比較香哩。」

「你這個蠢蛋。」夏格拉大吼道。「你之前還頭頭是道，好像很聰明的樣子。但是還有很多其他人知道，你卻不知道的事情。如果你不小心一點，搞不好下鍋或是送去給屍羅的就是你。屍體！你對於女王陛下就只知道這麼多嗎？當她用蛛網綁起獵物的時候，表示她想要吃肉。她可不吃死肉，也不喝冷血的。這傢伙根本沒死！」

山姆抓住岩壁，一時間覺得天旋地轉。他覺得整個黑暗的世界似乎上下顛倒了。這個衝擊大到他幾乎昏了過去。不過，即使在他竭力把持住自己的意識的同時，他內心深處還是清楚聽見自己在說：「你這個笨蛋，他沒死，你心裡根本就知道。山姆衛斯，別相信你的腦袋，那可不是你身上最靈光的一部分。你真正的問題是，你從來就沒抱任何真正的希望。現在該怎麼辦？」此時此刻，什麼都不能做，他只能強迫自己趴在動也不動的岩壁上，傾聽著半獸人邪惡的對話。

「笨！」夏格拉說：「她的毒液不只一種。當她在狩獵的時候，她會在獵物的脖子上刺一針，讓他們立刻癱瘓，然後她就可以好好享受了。你還記得烏夫塔克嗎？我們有好幾天找不到他人。然後我們發現他被吊掛在一個角落，全身纏得緊緊的，但他還很清醒地瞪著我們。我們真是快笑死了！她或許忘記了這個食物，但我們可沒有碰他；誰敢打擾屍羅啊。哼，這個小傢伙啊，幾個小時之後他就會醒過來，然後除了有些頭暈之外，他不會有什麼大礙的。當然，那得要路格柏茲願意放過他才行。還有，當然啊，他會搞不清楚自己身在何方，出了什麼事情。」

「還有他將會遇到什麼事。」哥巴葛哈哈大笑著說：「如果我們什麼都不能做，至少可以告訴他一些故事嚇嚇他。我想他可能從來沒去過美麗的路格柏茲，所以或許可以先替他做個說明。這會比我想像的還要有趣。走吧！」

「我話先說在前頭，我可不覺得這會有什麼好玩的。」夏格拉說：「他一定得毫髮無傷，否則我們就都死定了。」

「好吧！不過，如果我是你，我會在通報路格柏茲之前，先把那個逃掉的大傢伙抓到。如果你跟上級報告說抓到小的，卻漏掉大的，那聽起來可不妙。」

那聲音開始漸漸遠離。山姆可以聽見腳步聲在向後退去。他正從震驚中恢復過來，現在胸中充滿了怒火。「我完全搞錯了！」他大喊著：「我就知道會這樣。現在，他們把他抓走了，那些惡魔！那些怪物！永遠不要離開主人，永遠、永遠不要，這是我原先的座右銘。我心裡早就知道。希望大家能夠原諒我！現在我得要回到他身邊。快想想辦法，快想想！」

他再度拔出寶劍，用劍柄猛力敲著岩壁，但只聽的見悶悶的回音。不過，寶劍的光芒這時極為明亮，他可以隱約看到四周的環境。他驚訝的發現，這岩石原來是一座沉重的大門，大概有兩個他這麼高。在洞穴頂端和門的拱頂之間還有一段空隙；它多半就是用來阻擋屍羅的大門，裡面可能用某種門閂之類的東西擋住了，讓她再狡猾也無法弄開。山姆鼓起餘力奮力一躍，抓到門的頂邊，開始往上爬，翻了進去。然後，他手中握著閃閃發亮的寶劍，沿著蜿蜒向上的隧道開始狂奔。

主人還活著的消息激發了他最後一絲殘存的力氣，讓他顧不得疲倦了。他看不見前方的任何情況，因為這條新的隧道不停地左彎右拐，無法讓人一路看到底。但是，他認為自己正在緩緩地追上兩名半獸人：他們的聲音又開始靠近了。這次，似乎比之前更接近。

「我就準備這麼做。」夏格拉生氣的說：「把他關在最上面的房間。」

「為什麼？」哥巴葛說：「難道你底下沒有任何牢房嗎？」

「我跟你說過了，他絕對不可以受到任何傷害。」夏格拉說：「你明白嗎？他很寶貝。我不相信我的部下，還有你的部下，連你也一樣；因為你滿腦子都只想找樂子。如果你不聽明一點的話，我要他去的地方你就去不了。我已經決定了，最頂層。他在那邊會很安全的。」

「會嗎？」山姆說：「你們忘記了那個逃走的偉大精靈戰士！」話一說完，他就繞過最後一個轉角，卻發現由於隧道巧妙的的設計，或魔戒給他的聽力，他竟然誤判了距離。

那兩個半獸人依舊還在一段距離之外。他現在可以看見他們在火光照耀下黑暗粗壯的身影。這條隧道最後十分陡峭，卻也是筆直的。在盡頭處，大大敞開著的是兩扇大門，或許是通往塔樓下方的更深處。半獸人已經抬著他們的戰利品進去了。哥巴葛和夏格拉正在慢慢地靠近門口。

山姆聽見沙啞的歌唱聲，號角吹動和敲鑼的聲音，真是一片惹人厭惡的喧鬧。哥巴葛和夏格拉已經走到了門邊。

山姆大喊一聲，亮出刺針。但他的小聲音被掩沒在那噪音當中，根本沒人聽見他。

大門砰然一聲關閉了。轟！門內的鐵閂落下。匡噹。門關了起來。山姆飛身撞上那銅門，眼冒金星的摔到地上。他被困在外面的黑暗洞穴中。佛羅多還活著，卻被魔王給抓走了。

魔戒聖戰第二部分的故事就這麼結束了。第三部分《王者再臨》所記載的是對抗魔影的最後防禦，以及魔戒持有者任務如何結束的故事。

第二部完

「夏格拉，你想想，是誰把這個小傢伙身上的蛛網切斷的？是誰讓女王陛下受到重創？他現在在哪裡？夏格拉，他在哪裡？

小說精選・托爾金作品集

魔戒二部曲：雙城奇謀

2001年12月初版　　定價：新臺幣420元

2012年2月初版第二十九刷

2012年12月二版

2022年1月二版八刷

著者	J. R. R. Tolkien
譯者	朱學恆
叢書主編	胡金倫
編輯	程道民
校對	吳美滿
封面設計	江宜蔚

出版者	聯經出版事業股份有限公司
地址	新北市汐止區大同路一段369號1樓
叢書主編電話	(02)86925588轉5305
台北聯經書房	台北市新生南路三段94號
電話	(02)23620308
台中分公司	台中市北區崇德路一段198號
暨門市電話	(04)22312023
郵政劃撥帳戶第0100559-3號	
郵撥電話	(02)23620308
印刷者	世和印製企業有限公司
總經銷	聯合發行股份有限公司
發行所	新北市新店區寶橋路235巷6弄6號2F
電話	(02)29178022

副總編輯	陳逸華
總編輯	涂豐恩
總經理	陳芝宇
社長	羅國俊
發行人	林載爵

行政院新聞局出版事業登記證局版臺業字第0130號

本書如有缺頁，破損，倒裝請寄回台北聯經書房更換。　ISBN 978-957-08-4101-5 (平裝)

聯經網址 http://www.linkingbooks.com.tw

電子信箱 e-mail:linking@udngroup.com

國家圖書館出版品預行編目資料

魔戒二部曲：雙城奇謀/ J. R. R. Tolkien著．
朱學恆譯．二版．新北市．聯經．2012年12月
（民101年）．520面＋8張彩色．14.8×21公分
（小說精選）
譯自：The two towers
ISBN 978-957-08-4101-5（平裝）
[2022年1月二版八刷]

873.57 101022730